Cody McFadyen

DAS BÖSE IN UNS

Thriller

Aus dem Englischen von
Axel Merz

Lizenzausgabe der Axel Springer SE, Berlin
1. Auflage März 2014

© 2008 by Bastei Lübbe, Köln

Konzeption und Gestaltung: Klaus Fuereder, Berlin
Projektkoordination: Stephan Pallmann, Alexandra Wesner

Satz: Satzkasten, Stuttgart
Druck und Verarbeitung: CPI – Ebner & Spiegel, Ulm

ISBN: 9783942656832

Für Hyeri – für ihre Sanftmut

Teil I

Die Ruhe vor dem Sturm

1

Sterben ist eine einsame Sache. Das Leben aber auch. Wir alle verbringen unser Leben im tiefsten Innern einsam und allein. Ganz gleich, wie viel wir mit den Menschen teilen, die wir lieben, irgendetwas halten wir stets zurück. Manchmal ist es eine Kleinigkeit – zum Beispiel, wenn eine Frau sich an eine heimliche, längst vergangene Liebe erinnert. Sie erzählt ihrem Gatten, sie habe keinen Mann inniger geliebt als ihn, in ihrem ganzen Leben nicht, und das stimmt auch. Allerdings hat sie einen anderen Mann genauso sehr geliebt.

Manchmal ist das Geheimnis in unserem Innern etwas Riesiges und Düsteres – ein Ungeheuer, das direkt hinter uns lauert und dessen heißen Atem wir zwischen den Schulterblättern spüren. Ein Beispiel: Ein Student erlebt auf dem College, wie eine Frau von mehreren Kerlen nacheinander vergewaltigt wird, doch unser Student sagt kein Wort, zu keinem Menschen. Jahre später wird er Vater einer Tochter. Je mehr er sie liebt, desto größer werden seine Schuldgefühle. Trotzdem wird er seine inneren Qualen niemandem anvertrauen. Er wird eher Folter und Tod erleiden als die Wahrheit sagen.

In tiefster Nacht – in den Stunden, wenn jeder von uns alleine ist – kommen diese alten Geheimnisse und klopfen bei uns an. Einige klopfen lautstark, andere leise, kaum vernehmlich. Doch ob laut oder leise, sie kommen. Keine verschlossene Tür kann sie aufhalten. Sie haben den Schlüssel zu unserem Innersten. Wir reden mit ihnen, flehen sie an, wir verfluchen sie, schreien sie an. Wir wünschen uns, mit jemandem über diese Geheimnisse reden zu können, sie jemandem anvertrauen zu können, nur einem einzigen anderen Menschen, um ein klein wenig Erleichterung zu finden.

Wir wälzen uns im Bett hin und her oder gehen im Zimmer auf und ab oder nehmen Drogen oder heulen den Mond an, bis endlich der Morgen dämmert. Mit dem neuen Tag verstummt das Jaulen und Kreischen unserer dunklen Geheimnisse; sie kapseln sich wieder ein in unserem Innern, und wir tun unser Bestes, mit ihnen weiterzuleben. Der Erfolg bei diesem Unterfangen hängt von der Art und Größe des Geheimnisses ab und dem, der es in sich trägt. Nicht jeder ist dazu geschaffen, mit Schuld zu leben.

Jung oder Alt, Mann oder Frau, jeder hat Geheimnisse. Das habe ich gelernt. Das habe ich erfahren. Ich weiß es von mir selbst. Jeder.

Ich blicke auf das tote Mädchen auf dem metallenen Untersuchungstisch und frage mich: *Welche Geheimnisse hast du mitgenommen, von denen nie jemand erfahren wird?*

Sie ist viel zu jung, um tot zu sein. Anfang zwanzig. Wunderschön. Langes, dunkles, glattes Haar. Ihre Haut hat die Farbe von hellem Kaffee; sogar im harten Licht der Leuchtstoffröhren sieht ihre Haut glatt und makellos aus. Hübsche, zarte Gesichtszüge. Eine Angloamerikanerin mit leichtem Latino-Einschlag. Ihre Lippen sind blass im Tod, doch sie sind voll, ohne dick zu sein. Ich stelle mir vor, wie diese Lippen bei einem Lächeln ausgesehen haben, das in ein Lachen übergeht – ein weiches, melodisches Lachen. Sie ist klein und schlank; das sehe ich durch das Laken hindurch, das sie vom Hals abwärts bedeckt.

Ich habe viele Ermordete gesehen, doch jedes Mal erschüttert es mich aufs Neue. Ob Täter oder Opfer, gut oder böse, jeder war ein Mensch mit Hoffnungen, Träumen und Lieben. Doch wir leben in einer Welt, in der die Karten gegen das Leben spielen. Die Welt gibt uns reichlich Gelegenheit zu sterben: Krebs, ein Unfall auf der Autobahn, ein Herzanfall mit einem Glas Wein in der Hand und einem erstickten Lächeln im Gesicht. Mörder betrügen dieses System. Sie helfen den Dingen auf die Sprünge, beschleunigen sie, nehmen ihren Opfern etwas, das auch so schwer genug zu behalten und deshalb umso kostbarer ist. Und das macht mich rasend. Ich habe es gehasst, als ich es zum ersten Mal gesehen habe, und ich hasse es heute noch mehr.

Ich habe seit langem mit dem Tod zu tun. Ich arbeite beim FBI in Los Angeles und leite seit zwölf Jahren ein Team, dessen Aufgabe darin besteht, den schlimmsten Abschaum zu jagen. Serienkiller. Kinderschänder und -mörder. Männer, denen es Lust bereitet, Frauen zu Tode zu foltern, und die dann Sex mit den Leichen ihrer Opfer haben. Ich jage lebende Albträume, und es ist jedes Mal schrecklich. Doch es ist überall, und es ist unausweichlich.

Aus diesem Grund muss ich jetzt meine Frage stellen:
»Was machen wir hier, Sir?«

Assistant Director Jones ist mein langjähriger Mentor, mein Boss und der Verantwortliche für sämtliche Aktivitäten des FBI im Großraum Los Angeles. Nur haben wir jetzt ein Problem: Wir sind nicht in Los Angeles. Wir sind in Virginia, nicht weit von Washington D. C. Das ist der Grund für meine gefühllose Frage, was wir hier eigentlich verloren hätten.

Diese arme Frau mag tot sein, und die Unumstößlichkeit ihres Todes geht mir nahe, doch ich bin nicht für sie zuständig. Sie ist keine von meinen Toten.

AD Jones mustert mich mit einem Seitenblick, teils nachdenklich, teils verärgert. Jones sieht genau wie der Mann aus, der er ist: ein erfahrener Cop, ein narbiger Veteran. Er sorgt für die Einhaltung der Gesetze, und er führt Menschen. Jones hat ein kantiges, ausdrucksstarkes Gesicht, müde, aber harte Augen und einen militärischen Haarschnitt ohne Rücksicht auf Mode oder irgendwelche Kinkerlitzchen. Jones ist auf seine Weise ein attraktiver Mann, dreimal geschieden; die Frauen stehen auf ihn. Doch hier steckt mehr dahinter. Ein Schatten in einer Stahlkassette.

»Eine Bitte von ganz oben, Smoky«, sagt Jones. »Von Director Rathbun persönlich.«

»Tatsächlich?«

Ich bin ehrlich überrascht. Warum hier? Warum ich? Und warum geht AD Jones auf diese unübliche Bitte ein? Er war nie ein bürokratischer Sesselfurzer, sondern hat Befehle unnachgiebig hinterfragt, wenn er das Gefühl hatte, fragen zu müssen. AD Jones mag zwar »Bitte von ganz oben« gesagt haben, doch wir wären trotzdem nicht hier, hätte er nicht den Eindruck, dass es einen guten Grund dafür gibt.

»Ja«, antwortet er. »Rathbun hat einen Namen fallen lassen, den ich nicht übergehen konnte.«

Die Tür zur Leichenhalle schwingt auf, ehe ich die naheliegende Frage stellen kann.

»Wenn man vom Teufel spricht«, murmelt AD Jones.

FBI Director Samuel Rathbun betritt den Raum allein – schon wieder etwas Ungewöhnliches. Leute seines Ranges reisen normalerweise mit Gefolge; das war schon vor dem elften September so. Nun kommt

Rathbun zu uns und streckt zuerst mir die Hand entgegen. Ich ergreife sie, schüttle sie und schaue ihm verwirrt ins Gesicht.

Sieht so aus, als wäre ich hier die Ballkönigin, geht es mir durch den Kopf. *Aber warum?*

»Agentin Barrett«, sagt Rathbun in jenem Bariton, der sein Markenzeichen und politisch sehr vorteilhaft ist. »Danke, dass Sie so kurzfristig gekommen sind.«

Sam Rathbun, normalerweise »Sir« genannt, ist für einen FBI-Chef eine durchaus erträgliche Mischung äußerer und innerer Qualitäten. Er hat das erforderliche gute Aussehen und den politischen Durchblick, doch er verfügt auch über polizeiliche Fronterfahrung. Er hat als Cop angefangen, nebenbei ein Abendstudium in Jura absolviert und ist irgendwann beim FBI gelandet. Ich würde nicht so weit gehen, ihn »aufrichtig« zu nennen – sein hoher Rang verhindert diesen Luxus –, doch er lügt nur, wenn es unbedingt sein muss. Dem Vernehmen nach ist er ziemlich rücksichtslos, was mich nicht überraschen würde, und er soll ein Gesundheitsfanatiker sein. Er raucht nicht, trinkt nicht, verzichtet auf Kaffee und Cola und joggt jeden Morgen fünf Kilometer.

Tja, jeder hat so seine Fehler.

Ich muss den Kopf in den Nacken legen, um ihm in die Augen zu sehen. Ich bin nur knapp einsfünfzig; deswegen bin ich daran gewöhnt.

»Überhaupt kein Problem, Sir«, lüge ich, dass sich die Balken biegen. Denn genau genommen *war* es ein Problem. Ein verdammt großes Problem sogar. Doch AD Jones ist derjenige, der die Nebenwirkungen zu spüren bekommt, wenn ich mich störrisch zeige.

Rathbun nickt AD Jones zu. »Guten Tag, David«, sagt er.

»Guten Tag, Sir.«

Ich vergleiche die beiden Männer mit einigem Interesse. Sie sind ungefähr gleich groß. AD Jones hat braunes Haar, kurz geschnitten auf eine Weise, die sagt: »Ich hab keine Zeit, mich mit Äußerlichkeiten aufzuhalten.« Rathbuns Haar ist schwarz, durchsetzt mit grauen Strähnen und sorgfältig frisiert. Ein sehr attraktiver Mann in den besten Jahren, ein Macher durch und durch. AD Jones ist vielleicht zehn Jahre älter als Rathbun und hat mehr Falten um die Augen, während Rathbun aussieht wie jemand, der morgens joggt und seinen Sport liebt. Jones hingegen sieht aus wie jemand, der morgens joggen *könnte* und es vorzieht, stattdessen eine Zigarette zu rauchen und eine Tasse Kaffee dazu zu trinken – und zum Teufel mit jedem, dem das nicht passt. Rathbuns Anzug sitzt besser, und er trägt eine Rolex am Handgelenk. Jones trägt eine Uhr, für die er wahrscheinlich nicht mehr als dreißig Dollar bezahlt hat – vor zehn Jahren. Die Unterschiede sind also deutlich. Doch was mich trotz allem viel mehr interessiert, sind die Ähnlichkeiten der beiden.

Jeder hat den gleichen müden Blick – einen Blick, den man bekommt, wenn man heimlich eine schwere Last zu tragen hat. Beide haben die Gesichter von Pokerspielern, die nie alles auf den Tisch legen.

Zwei Männer, mit denen das Leben für eine Frau nicht einfach wäre, überlege ich. *Nicht, weil sie schlechte Kerle wären, sondern weil sie davon ausgehen, dass man um ihre Liebe weiß, und das muss reichen. Liebe ja, Blumen nein.*

Director Rathbun wendet sich wieder zu mir. »Ich komme gleich zur Sache, Agentin Barrett«, sagt er. »Sie sind hier, weil ich gebeten wurde, Sie bei dieser Sache hinzuzuziehen. Von jemandem, dem ich diese Bitte nicht abschlagen kann.«

Ich werfe einen raschen Blick zu AD Jones. Ich muss an seine Worte denken, Director Rathbun habe »einen Namen fallen lassen«.

»Dürfte ich fragen von wem, Sir?«

»Gleich.« Er nickt in Richtung der Leiche. »Sagen Sie mir, was Sie sehen.«

Ich drehe mich zu der Toten um, konzentriere mich.

»Eine junge Frau, Anfang zwanzig. Wahrscheinlich Opfer eines Verbrechens.«

»Wie kommen Sie darauf?«

Ich deute auf mehrere Blutergüsse am linken Oberarm der Toten. »Die Hämatome sind rot bis dunkelrot, sodass sie sehr frisch sein müssen. Sehen Sie die Umrisse der Finger? Die Hämatome wurden durch die Hand eines Menschen verursacht. Man muss sehr fest zupacken, um derartige Blutergüsse zu verursachen. Andererseits ist der Leichnam kalt. Das bedeutet, dass die Frau seit wenigstens zwölf Stunden tot sein muss, angesichts der Blutergüsse eher zwanzig Stunden – allerdings weniger als sechsunddreißig Stunden, denn das Opfer befindet sich noch im Zustand der Leichenstarre.« Ich zucke die

Schultern. »Sie war jung, und jemand hat sie kurz vor ihrem Tod so fest am Arm gepackt, dass Spuren zurückgeblieben sind. Sehr verdächtig.«

Ich blicke Rathbun mit einem schiefen Grinsen an. »Oh, beinahe hätte ich es vergessen … aller Wahrscheinlichkeit nach ist die Frau keines natürlichen Todes gestorben, sonst wäre ich nicht hier.«

»Gut beobachtet, wie ich es nicht anders erwartet habe«, sagt Rathbun. »Sie haben recht, Agentin Barrett. Die Frau wurde ermordet. An Bord eines Passagierflugzeugs auf dem Weg von Texas nach Virginia. Niemand hat bemerkt, dass sie tot war, bis sämtliche Passagiere die Maschine verlassen hatten und die Stewardess versucht hat, die Frau zu wecken.«

Ich starre ihn an. Ich bin sicher, dass er mich auf den Arm nimmt. »Ein Mord in zehntausend Metern Höhe? Das ist ein Witz, Sir, oder?«

»Leider nein.«

»Woher wissen wir, dass sie ermordet wurde?«

»Die Art und Weise, wie sie gefunden wurde, lässt keinen anderen Schluss zu. Doch ich möchte, dass Sie sich alles mit eigenen Augen anschauen, ohne Voreingenommenheit.«

Ich wende mich erneut der Leiche zu. Ich bin jetzt schon fasziniert von diesem Fall. »Wann ist es passiert? Wann genau wurde die Frau gefunden?«

»Ihr Leichnam wurde vor zwanzig Stunden entdeckt.«

»Haben wir bereits eine Todesursache?«

»Die Autopsie steht noch aus.« Director Rathbun blickt auf seine Uhr. »Der Gerichtsmediziner müsste bald hier sein. Wahrscheinlich wurde er aufgehalten, weil er zuvor eine Verschwiegenheitsvereinbarung unterschreiben muss.«

Dieser außergewöhnliche Umstand bringt mich zu meiner ursprünglichen Frage zurück: »Warum ausgerechnet ich, Sir? Oder besser gefragt, warum *Sie*? Was ist so Besonderes mit dieser Frau, dass es die Einbindung des FBI-Chefs in die Ermittlungen erfordert?«

»Das werde ich Ihnen gleich sagen. Aber zuerst möchte ich, dass Sie sich etwas ansehen. Haben Sie Geduld, Agentin Barrett.«

Als hätte ich eine Wahl.

Rathbun geht zu der Leiche und hebt das Laken von der Brust der Toten. Er hält es hoch.

»Sehen Sie her«, sagt er.

AD Jones und ich treten zum Kopfende des Untersuchungstisches, sodass wir den Leichnam von oben nach unten betrachten können. Ich sehe kleine Brüste mit braunen Warzen, einen flachen Bauch, um den ich die Frau beneiden würde, wäre sie noch am Leben. Mein Blick gleitet tiefer und gelangt ungestraft zum Schambereich, eine der vielen Würdelosigkeiten, die Tote über sich ergehen lassen müssen.

Und dann halte ich schockiert inne.

»Sie hat einen Penis!«, sprudelt es aus mir hervor.

AD Jones sagt nichts.

Director Rathbun lässt das Laken zurückgleiten, langsam und behutsam, eine beinahe väterliche Geste.

»Das ist Lisa Reid, Agentin Barrett. Sagt Ihnen der Name etwas?«

Ich runzle die Stirn, während ich versuche, die Verbindung herzustellen. Ich kenne nur einen Namen, der die Anwesenheit von Director Rathbun rechtfertigen würde.

»Sie meinen ... wie beim Kongressabgeordneten Reid aus Texas?«

»Ganz recht. Lisa wurde als Dexter Reid geboren. Mrs. Reid hat speziell Sie angefordert. Sie ist mit Ihrer ... äh, Geschichte vertraut.«

Sein Unbehagen amüsiert mich, doch ich lasse mir nichts anmerken.

Vor drei Jahren haben mein Team und ich einen Serienkiller gejagt, einen Psychopathen namens Joseph Sands. Wir waren ihm ganz dicht auf den Fersen, als er eines Nachts in mein Haus einbrach. Er fesselte mich an mein Bett und vergewaltigte mich wieder und wieder. Dann zerschnitt er mit einem Jagdmesser meine linke Gesichtshälfte, raubte mir für immer meine Schönheit und ließ eine unauslöschliche Reliefkarte aus Schmerz und Narbengewebe zurück.

Die Narbe fängt an meinem Haaransatz an, mitten auf der Stirn. Von dort verläuft sie senkrecht nach unten und zwischen den Augenbrauen hindurch, ehe sie in einem nahezu perfekten Neunzig-Grad-Winkel nach links wegführt. Ich habe keine linke Augenbraue mehr – die Narbe hat sie ersetzt. Von dort aus verläuft sie weiter über meine Schläfe und beschreibt eine träge Schlangenlinie über meine Wange nach unten. Von dort führt sie messerscharf zu meiner Nase und über den Nasenrücken und zieht sich über den Nasenflügel zum Kieferknochen, um von dort aus am Hals entlang bis zum Schlüsselbein zu verlaufen, wo sie endet.

Ich habe eine weitere Narbe, perfekt und gerade, die unter meinen linken Auge anfängt und sich bis zum Mundwinkel zieht. Sie ist das Geschenk eines anderen Psychopathen, der mich gezwungen hat, mir diese Wunde eigenhändig zuzufügen, mit einem Messer, während er mir sabbernd und grinsend zuschaute.

Das aber sind nur die sichtbaren Narben. Unter dem Kragen meiner Bluse gibt es weitere, hinterlassen von Mr. Sands' Jagdmesser und dem kirschroten Ende einer brennenden Zigarre. Ich verlor in jener Nacht mein Gesicht – doch das ist noch das Geringste, was Sands mir gestohlen hat. Er war ein hungriger Dieb und ein Feinschmecker, und er aß nur die kostbarsten Speisen.

Ich hatte einen Ehemann, einen wunderbaren Mann namens Matt. Sands fesselte ihn an einen Stuhl und ließ ihn dabei zuschauen, wie er mich vergewaltigte und mein Gesicht verstümmelte. Anschließend bekam ich den Logenplatz und durfte zusehen, wie er Matt folterte und tötete. Wir weinten beide, schrien beide – und dann war Matt nicht mehr da. Schreien war das Letzte auf dieser Welt, was wir gemeinsam taten.

Es gab noch einen letzten Diebstahl, den schlimmsten, allerschlimmsten von allen. Meine zehn Jahre alte Tochter Alexa. Ich hatte es irgendwie geschafft, mich zu befreien, und war mit meiner Waffe hinter Sands her gewesen. Er riss Alexa zu sich hoch, als ich auf den Abzug drückte, und die Kugel, die für ihn gedacht war, tötete meine eigene Tochter. Ich durchlöcherte Sands mit den restlichen Kugeln im Magazin und lud schreiend nach, um weiter auf ihn zu schießen. Ich hätte bis ans Ende aller Tage auf ihn gefeuert, wenn sie mich gelassen hätten.

Nach jener Nacht folgten sechs Monate, die ich am Rande des Suizids verbrachte, eingehüllt in Verzweiflung und Irrsinn. Ich wollte sterben, und ich wäre wohl auch gestorben. Doch ich wurde gerettet, weil vorher jemand anders starb.

Meine beste Freundin aus der Zeit an der Highschool, Annie King, wurde nur aus einem einzigen Grund von einem Irren ermordet: Er wollte, dass *ich* ihn jagte. Er vergewaltigte Annie auf brutalste Weise und schlitzte sie mit einem Fischmesser auf. Als er mit ihr fertig war, band er Annies zehn Jahre alte Tochter, Bonnie, mit ihrer Mutter zusammen. Bonnie war drei Tage lang an die Leiche ihrer Mutter gefesselt, bevor sie gefunden wurde. Drei Tage und Nächte Wange an Wange mit ihrer ausgeweideten, toten Mutter.

Ich erfüllte Annies Mörder seinen Wunsch: Ich jagte ihn und tötete ihn ohne jeden Skrupel.

Als es vorbei war, bekam mein Leben wieder einen Sinn: Annie hatte mir Bonnie anvertraut, wie sich herausstellte. Normalerweise wäre es eine zum Scheitern verurteilte Beziehung gewesen, denn ich war ein seelischer Krüppel, und Bonnie hatte das Grauen, das sie erlebt hatte, die Sprache geraubt. Doch das Schicksal kann sehr launisch sein. Aus Flüchen erwächst manchmal Segen. Wir waren beide zerbrochen, Bonnie und ich; zusammen aber halfen wir uns gegenseitig, wieder gesund zu werden. Bonnie fing zwei Jahre nach ihrem grauenerregenden Erlebnis wieder zu sprechen an, und ich habe meinen Lebenswillen zurück, ja, es kommt sogar vor, dass ich mich am Leben erfreue, was ich vor nicht allzu langer Zeit für ein Ding der Unmöglichkeit gehalten habe.

Ich habe gelernt, mit meiner körperlichen Entstellung zu leben. Ich habe mich selbst nie als schön empfunden, doch hübsch war ich. Ich bin klein und habe lockiges braunes Haar, das mir bis zu den Schultern reicht. Ich habe »mundgerechte Titten«, wie Matt sie zu nennen pflegte, und einen Hintern, der größer ist, als ich ihn gerne hätte, obwohl er für sich genommen anziehend scheint. Ich habe mich stets wohlgefühlt in meiner Haut und war mit meinem Aussehen ganz zufrieden. Sands' Werk jedoch hatte zur Folge, dass ich jedes Mal, wenn ich in den Spiegel schaute, zitterte und Schweißausbrüche bekam. Nach jener Nacht bürstete ich mein Haar nach vorn, um die Narben zu verdecken. Heute binde ich es zu einem Pferdeschwanz nach hinten, dicht am Kopf anliegend, eine Herausforderung an die Welt: Schau hin! Und ich scheiß drauf, wenn es dir nicht gefällt, was du siehst.

Das alles – meine »äh, Geschichte«, wie Director Rathbun es nennt – ist in Zeitungen und Zeitschriften im ganzen Land breitgetreten worden und hat mich bei Gut und Böse zu einer Art gruseliger Berühmtheit gemacht.

Darüber hinaus hat meine Entstellung eine obere Karrieregrenze beim FBI für mich festgelegt. Es gab mal eine Zeit, da wurde ich als Nachfolgerin von AD Jones gehandelt. Das ist vorbei. Meine Narben verleihen mir ein gutes Gesicht für eine Jägerin – oder jemanden, der Jäger ausbildet (man hat mir tatsächlich einen entsprechenden Posten in Quantico angeboten, aber ich habe abgelehnt), doch was das administrative Gesicht des FBI angeht und Fotoshootings mit dem Präsidenten, wird es so weit nicht kommen.

Ich bin mit alledem im Reinen, schon seit geraumer Zeit. Ich würde nicht sagen, dass ich meine Arbeit genieße – genießen ist nicht das richtige Wort –, doch ich bin stolz darauf, einen guten Job zu machen.

»Ich verstehe«, antworte ich. »Warum haben Sie zugestimmt?«

»Der Kongressabgeordnete Reid ist mit dem Präsidenten befreundet, und dessen zweite Amtszeit neigt sich bekanntlich dem Ende zu. Reid ist Spitzenkandidat für die Nominierungswahlen der Demokraten, wie Sie sicherlich wissen.«

»Präsident Allens Partei«, spricht AD Jones das Offensichtliche aus.

Langsam kristallisiert sich ein Bild heraus. Der Name, den Rathbun hat fallen lassen – der Name, den AD Jones nicht ignorieren konnte –, ist der des Präsidenten. Und Dillon Reid ist nicht nur ein Freund des Präsidenten, er ist sein möglicher Nachfolger.

»Das wusste ich nicht«, sage ich leise.

Director Rathbun hebt die Augenbrauen. »Sie wussten nicht, dass Dillon Reid ein Kandidat der Demokraten ist? Schauen Sie sich denn keine Nachrichten an?«

»Nein. Die Nachrichten sind immer nur schlecht. Warum sollte ich mir da die Mühe machen?«

Rathbun starrt mich ungläubig an.

»Es ist nicht so, als würde ich nicht zur Wahl gehen«, füge ich hinzu. »Wenn die Zeit gekommen ist, sehe ich mir die Kandidaten und ihre Programme an. Es ist nur so, dass ich mich nicht für den Mist interessiere, der vorher passiert.«

AD Jones lächelt schwach. Director Rathbun schüttelt den Kopf.

»Nun, jetzt, wo Sie es wissen, hören Sie gut zu«, sagt er.

Die Vorreden sind vorbei; jetzt ist die Zeit gekommen, die Befehle auszugeben.

»Im Verlauf dieser Ermittlung werden Sie sich zu keinem Zeitpunkt von der Politik oder politischen Erwägungen hindern lassen, aufrichtig und ehrlich zu arbeiten. Außerdem erwartet man Rücksicht und Diskretion von Ihnen. Ich werde Sie mit ein paar wichtigen Fakten vertraut machen. Sie werden diese Informationen für sich behalten. Sie werden sie nicht schriftlich niederlegen, nicht in einer Notiz, nicht in einer E-Mail. Sie werden diese Fakten nur an jene Mitglieder Ihres Teams weitergeben, die darüber Bescheid wissen müssen, und Sie werden dafür Sorge tragen, dass diese Personen ebenfalls den Mund halten. Ist das so weit klar?«

»Jawohl, Sir«, antworte ich.

AD Jones nickt.

»Ein transsexuelles Kind ist politisches Dynamit für jeden, besonders für einen demokratischen Kongressabgeordneten in einem Bundesstaat mit überwiegend republikanischen Stammwählern. Die Reids haben dieses Problem dadurch gelöst, dass sie offiziell jegliche Verbindung zu ihrem Sohn abgebrochen haben. Er wurde zwar nicht enterbt, doch wann immer sie gefragt werden, lautet ihre Antwort, dass er zu Hause nicht willkommen sei, solange er sein transsexuelles Leben führe. Es war in den Schlagzeilen, und es verschwand wieder aus den Schlagzeilen, und damit war die Sache mehr oder weniger erledigt.«

»Aber es war gelogen, oder?«, fragt AD Jones.

Ich blicke ihn überrascht an.

Rathbun nickt. »Die Wahrheit ist, die Reids liebten ihren Sohn. Es war ihnen völlig egal, ob er schwul, transsexuell oder Marsianer war.«

Und jetzt verstehe ich. »Die Eltern haben geholfen, die Geschlechtsumwandlung zu finanzieren, habe ich recht?«

»So ist es. Nicht direkt, versteht sich, aber sie haben Dexter Geld gegeben, wann immer er etwas brauchte – in dem Wissen, dass er es für seine sexuelle Verwandlung benutzen würde. Abgesehen davon hat Dexter heimlich jedes Weihnachten bei seiner Familie verbracht.«

Ich schüttle ungläubig den Kopf. »Ist diese Lüge tatsächlich so bedeutsam?«

Rathbun schaut mich an und lächelt. Es ist das Lächeln eines Erwachsenen gegenüber einem Kind, das einen soeben mit seiner Naivität bezaubert hat. *Ist sie nicht süß?*

»Sehen Sie nicht den Kampf der Kulturen, der in diesem Land entbrannt ist? Nun, stellen Sie sich diesen Kampf zehnmal verbissener vor, und Sie wissen, wie es in Teilen des Südens aussieht. Es könnte den Ausschlag geben, ob man zum Präsidenten gewählt wird oder nicht. Ja, diese Lüge *ist* bedeutsam.«

Ich überdenke seine Worte. »Ich verstehe«, sage ich. »Aber das alles interessiert mich nicht.«

Rathbun runzelt die Stirn. »Agentin Barrett ...«

»Moment bitte, Sir. Ich sage nicht, dass ich nicht bereit bin, Vertraulichkeit zu wahren. Ich sage nur, dass ich sie nicht wahren werde, nur weil der Kongressabgeordnete Reid gerne Präsident werden möchte. Das interessiert mich einen Scheißdreck. Ich wahre die Vertraulichkeit, weil eine Familie, die ihren Sohn verloren hat, es so von mir möchte.« Ich nicke in Richtung von Lisas Leichnam. »Und weil Lisa den Anschein macht, als wäre es ihr ebenfalls lieber so.«

Rathbun starrt mich für einen Moment an. »Meinetwegen«, sagt er schließlich und fährt fort: »Mrs. Reid wird Ihre Kontaktperson zur Familie sein. Wenn Sie mit dem Abgeordneten sprechen müssen, wird sie einen Termin vereinbaren. Erforderliche Genehmigungen beispielsweise, was die Durchsuchung von Lisas Wohnung angeht. In allen diesen Dingen ist Mrs. Reid Ihre Ansprechpartnerin. Halten Sie sich vom Abgeordneten Reid fern, es sei denn, es ist absolut notwendig.«

»Und wenn am Ende alles darauf hindeutet, dass er der Täter ist?«, frage ich. »Was dann?«

Rathbuns Lächeln ist humorlos. »Dann zähle ich darauf, dass Sie sämtliche politischen Notwendigkeiten ignorieren.«

»Wer kümmert sich um die Medien?«, fragt AD Jones.

»Ich selbst. Ich möchte nicht, dass einer von Ihnen mit der Presse spricht. Kein Kommentar, basta.« Er sieht mich an. »Das gilt ganz besonders für Agentin Thorne.«

Er meint damit Callie, ein Mitglied meines Teams. Sie ist berüchtigt dafür, dass sie sagt, was sie will und wann sie es will.

Ich muss grinsen. »Keine Sorge, Sir. Sie hat Wichtigeres zu tun.«

»Wie das?«

»Sie heiratet nächsten Monat.«

Er stutzt. »Tatsächlich?«

Callie ist beim FBI als eingefleischte Junggesellin bekannt. Ich gewöhne mich allmählich an die ungläubigen Mienen, wenn ich die Neuigkeit verkünde, dass sie in den Stand der Ehe treten will.

»Ja, Sir.«

»Es geschehen tatsächlich noch Zeichen und Wunder. Bestellen Sie ihr meine besten Wünsche. Aber passen Sie auf, dass sie ihr Mundwerk im Zaum hält.« Er wirft einen Blick auf seine Rolex. »Ich werde Sie jetzt zu Mrs. Reid bringen. Der Gerichtsmediziner müsste in Kürze hier sein. Die Ergebnisse der Autopsie gehen an mich und an Ihr Team, an niemanden sonst. Noch Fragen?«

AD Jones schüttelt den Kopf.

»Nein, Sir«, sage ich. »Aber ich denke, ich sollte allein mit Mrs. Reid sprechen. Sozusagen von Mutter zu Mutter.«

Er runzelt die Stirn. »Erklären Sie mir bitte genauer, was Sie damit meinen.«

»Statistisch gesehen stören Männer sich stärker an Transsexuellen als Frauen. Ich sage nicht, dass der Kongressabgeordnete Reid seinen Sohn nicht geliebt hat, doch falls Lisa jemanden hatte, dem sie sich wirklich nahe gefühlt hat, dann wette ich, dass es ihre Mom war.« Ich zögere. »Außerdem wird es vermutlich noch einen weiteren Grund dafür geben, dass Mrs. Reid nach mir verlangt hat.«

»Und welchen?«

Ich blicke auf Lisas Leichnam. Lisa verkörpert ein neues Geheimnis – ein Geheimnis, das die Toten enthüllen, das die Alten kennen und das die Jungen stets aufs Neue ignorieren: Das Leben ist zu kurz, ganz gleich, wie lang es ist.

Mein Lächeln ist ohne jeden Humor, als ich Jones antworte. »Weil ich ebenfalls ein Kind verloren habe, Sir. Es ist ein Club, zu dem nur Mitglieder Zutritt haben.«

2

ICH BEOBACHTE, wie der Wagen hinter dem Leichenschauhaus eintrifft. Er ist schwarz, wie nicht anders zu erwarten – die bevorzugte Farbe bei Regierungsfahrzeugen, ein beinahe tröstlicher Anblick in seiner Beständigkeit. Die hinteren Fenster sind dunkel getönt, sodass niemand von draußen hineinblicken kann.

Es ist halb fünf nachmittags, und die Dämmerung setzt allmählich ein in dieser Gegend von Virginia, die sich trotz ihrer Nähe zu Washington D. C. ihre eigene Identität bewahrt hat. Es ist hier stiller als in der Hauptstadt, und man fühlt sich irgendwie sicher, ob es nun wahr ist oder bloß Einbildung. Es ist eine Mischung aus Vorstadt und City, die eine Illusion von Komfort liefert. Wie so viele Städte im Osten hat sie ihr eigenes Gesicht, ihre ureigene Mischung aus Charakter und Geschichte.

Es ist Ende September, und ein solches Wetter wie hier habe ich an der Westküste noch nie erlebt. Die Luft ist beißend, eine Kälte, die einen Winter mit Schnee prophezeit. Keinen so schlimmen Winter wie beispielsweise in Buffalo, New York, aber auch keinen von diesen erbärmlichen kalifornischen Wintern.

Überall wachsen Bäume, junge und alte. Es sind so viele, dass unschwer zu erkennen ist, wie beliebt Bäume in dieser Stadt sind. Ich kann sogar den Grund dafür sehen. Der Herbst ist eine richtige, eine sichtbare Jahreszeit in Alexandria, Virginia. Eine Jahreszeit kräftiger, satter Farben. Die Blätter verfärben sich bunt – ein spektakulärer Anblick.

Der Wagen hält, die hintere Tür öffnet sich, und ich steige ein. Es wird Zeit, dass ich mich auf den Grund meines Hierseins konzentriere.

Director Rathbun hat mir kurz und knapp das Wichtigste über Rosario Reid erzählt: »Sie ist achtundvierzig Jahre alt. Mit sechsundzwanzig bekam sie Dexter, ein Jahr, nachdem sie den Kongressabgeordneten geheiratet hatte. Die beiden kennen sich seit der Highschool, doch sie haben nach dem Collegeabschluss noch ein paar Jahre gewartet, bevor sie in den Stand der Ehe getreten sind.

Rosarios Urgroßvater kam aus Mexiko in die Vereinigten Staaten und errichtete ein kleines Rinder-Imperium in einer Zeit, als das für Mexikaner in Texas gar nicht einfach war. Der Mann scheint seinen Schneid vererbt zu haben: Mrs. Reid ist knallhart. Sie hat in Harvard Jura studiert und ist Anwältin, und sie geht ihren Gegnern gerne an die Kehle. Während Mr. Reid damit beschäftigt war, eine politische Karriere einzuschlagen, hat Mrs. Reid den Unterprivilegierten zu ihrem Recht verholfen. Sie hat eine ganze Reihe von aufsehenerregenden Fällen gewonnen, über die ich keine Einzelheiten weiß, außer dass mächtige Firmen regelmäßig den Kürzeren gezogen haben. Als Mr. Reid beschloss, für den Kongress zu kandidieren, brach seine Frau ihre Zelte als Anwältin ab und organisierte seinen Wahlkampf.« Rathbun schüttelte bewundernd den Kopf. »Wer sie in Washington kennt, hütet sich davor, sie wütend zu machen, Agentin Barrett. Sie ist eine der nettesten Frauen, die ich kenne, aber sie kann skrupellos zuschlagen, wenn man ihrem Mann in die Quere kommt.«

Ich finde das alles faszinierend, sogar bewundernswert. Doch Menschen, die im Licht der Öffentlichkeit stehen, neigen schnell dazu, sich mit einer Aura des Geheimnisvollen zu umgeben, wenn man sie lässt. Ich möchte selbst ein Gespür für Rosario Reid bekommen. Die Mutter zu verstehen wird mir helfen, das Kind zu verstehen. Ich muss herausfinden, ob und wie viel sie mir gegenüber lügt – und falls sie lügt, aus welchen Gründen. Aus Liebe zu ihrem Kind? Aus politischer Zweckdienlichkeit? Oder einfach so?

Mrs. Reid nickt mir zu, als ich die Wagentür von innen zuziehe. Sie klopft an die Trennscheibe und signalisiert dem Fahrer loszufahren; dann drückt sie auf einen Knopf, von dem ich annehme, dass er die Gegensprechanlage abschaltet. Der Wagen setzt sich in Bewegung, und wir nehmen uns einen Moment Zeit, um einander zu beschnuppern.

Rosario Reid ist unbestreitbar eine attraktive Frau. Sie besitzt die klassischen Züge einer Latino-Schönheit; sie wirkt sinnlich und kultiviert zugleich. Als Frau erkenne ich, dass sie Maßnahmen ergriffen hat, um diese Schönheit in Schranken zu halten. Ihre Haare sind kurz und streng geschnitten, und sie hat graue Strähnen, die nicht nachgetönt wurden. Kein Mascara hebt ihre Wimpern hervor. Ihr Sohn hat die vollen Lippen von ihr geerbt, doch sie hat Liner benutzt, um den Amorbogen ein wenig zu begradigen. Sie trägt eine schlichte weiße Bluse, eine marineblaue Jacke und dazu passende Hosen, alles perfekt maßgeschneidert und dazu angetan, ihre sinnliche Ausstrahlung zu dämpfen.

Diese oberflächlichen Attribute verraten mir eine Menge über ihre Loyalität gegenüber ihrem Ehemann. Rosario tut das Gegenteil von dem, was die meisten Frauen in ihrer Situation tun würden: Sie maskiert ihre angeborene Sinnlichkeit, und sie dämpft ihre Schönheit mit zurückhaltendem Professionalismus. Tweed anstatt Seide.

Warum? Damit sie für die weibliche Wählerschaft des Kongressabgeordneten akzeptabel ist. Mächtige Frauen dürfen attraktiv sein, doch niemals sinnlich oder gar sexy. Ich weiß nicht, warum das so ist, aber es ist so. Selbst für mich. Ich vertraue einer Frau wie Rosario Reid in einer Machtposition mehr, als ich einer Frau vertrauen würde, die aussieht wie ein Model von Victoria's Secret.

Überlegen Sie selbst.

Außerdem ist sie stark. Sie gibt sich äußerlich gefasst, doch die Intensität ihrer Trauer ist offensichtlich, als ich ihr in die Augen schaue. Sie weint nicht in der Öffentlichkeit. Trauer ist für diese Frau Privatsache – noch etwas, das wir neben unseren toten Kindern gemeinsam haben.

Sie bricht das Schweigen als Erste. »Danke, dass Sie gekommen sind, Agentin Barrett.« Ihre Stimme klingt gemessen und leise, weder zu hoch noch zu tief. »Ich weiß, dass dies eine ungewöhnliche Situation ist. Ich habe immer darauf geachtet, die politische Macht meiner Familie nicht für persönliche Dinge auszunutzen.« Sie zuckt die Schultern, und ihre Trauer verleiht der Geste eine schreckliche Eleganz. »Jetzt habe ich eine Ausnahme gemacht, weil mein Kind tot ist.«

»Ich würde an Ihrer Stelle das Gleiche tun, Mrs. Reid. Ich möchte Ihnen mein Mitgefühl aussprechen. Ich weiß, dass es sich wie ein Klischee anhört, und ich weiß, dass es unter diesen Umständen unangemessen sein mag, aber es tut mir wirklich leid. Dexter ...« Ich unterbreche mich stirnrunzelnd und schaue sie an. »Ich bin mit solchen Dingen nicht vertraut, Ma'am. Soll ich ›er‹ oder ›sie‹ sagen? Soll ich von Dexter oder von Lisa sprechen?«

»Lisa wollte ihr Leben lang eine Frau sein. Also sollten wir sie auch so behandeln ... jetzt, nachdem sie tot ist.«

»Ja, Ma'am.«

»Lassen wir die Förmlichkeit, wenn wir unter uns sind, einverstanden? Wir sind zwei Mütter zweier toter Kinder, Smoky. Weit und breit sind keine Männer mit ihrem Imponiergehabe und ihrer Wichtigtuerei.« Sie zögert, fixiert mich mit grimmigem Blick. »Wir müssen die Köpfe zusammenstecken und schmutzige Arbeit bewältigen, und das erfordert Vornamen und keine Floskeln, meinen Sie nicht auch?«

Wir Frauen sind es, die unsere Kinder begraben. Wir sind diejenigen, die den Saum unserer Kleider durch den Friedhofsdreck ziehen. Das will sie damit sagen.

»Okay, Rosario.«

»Gut.« Ich merke, wie sie meine Narben betrachtet. »Ich habe darüber gelesen, was Sie durchgemacht haben, Smoky. In den Zeitungen und Illustrierten. Ich muss gestehen, ich bewundere Sie seit Jahren.«

Ihr Blick ist fest, als sie diese Worte sagt. Sie zuckt nicht zurück vor den Narben in meinem Gesicht, keine Spur. Wenn sie Unbehagen in ihr wecken, versteckt sie es besser, als Director Rathbun es getan hat. Ich nicke ihr zu, damit sie weiß, dass ich es zu schätzen weiß.

»Danke. Aber es ist nichts Bewundernswertes daran, diejenige zu sein, die nicht getötet wurde.«

Sie runzelt die Stirn. »Das ist sehr hartherzig. Sie haben weitergemacht. Sie haben weiter diesen Job getan, der Sie derartigen Gefahren aussetzt. Und Sie machen Ihre Arbeit gut. Sie leben weiter in dem Haus, in dem das Schreckliche passiert ist – was ich im Übrigen gut verstehen kann. Ich bin sicher, vielen Leuten geht es anders, aber ich verstehe Sie.« Sie lächelt traurig. »Ihr Zuhause ist der Ort, wo Sie Ihre Wurzeln geschlagen haben. Wie ein Baum, den man nicht verrückt. Ihre Tochter wurde dort geboren, und diese Erinnerung ist mächtiger als all die schmerzlichen Dinge, die Sie dort erlebt haben, nicht wahr?«

»Ja«, gestehe ich leise.

Ich merke, wie diese Frau mich einnimmt. Ich mag sie. Sie ist ehrlich. Ihr Einfühlungsvermögen sagt viel über ihren Charakter aus. Sie ist eine Person, die weiß: Familie ist Zuhause, Familie ist das Dach, das vor der Welt schützt. Liebe mag der Leim sein, der alles zusammenhält, doch die Abfolge gemeinsamer Augenblicke ist die wahre Seele der Dinge.

Wir fahren mit gemächlicher Geschwindigkeit einen großen Kreis um das Leichenschauhaus herum. Ich merke, wie meine Blicke erneut von dem bunten Laub der Bäume angezogen werden. Es sieht aus, als würden sie brennen.

»Ich habe genau wie Sie den Mann geheiratet, den ich in der Schule geküsst habe«, sagt Rosario und blickt aus dem Fenster. »Haben Sie Bilder von meinem Dillon gesehen?«

»Ja. Er ist sehr attraktiv.«

»Das war er schon damals. Und so jung. Er war meine erste Liebe.« Sie wirft einen Seitenblick zu mir, zeigt ein leichtes Lächeln. Es lässt sie für einen Moment aussehen wie achtzehn – einen strahlenden, kurzen Moment lang. »Er war mein erster Mann in allem.«

Ich erwidere ihr Lächeln. »Wie Matt für mich.«

»Wir sind eine aussterbende Art, Smoky. Frauen, die ihre Highschool-Liebe heiraten, die ihre Liebhaber an den Fingern einer Hand abzählen können. Glauben Sie, dass wir besser dran sind? Oder schlechter?«

Ich zucke die Schultern. »Ich denke, Glück ist das Persönlichste, was es geben kann. Ich habe Matt nicht geheiratet, um Keuschheit oder Treue zu demonstrieren. Ich habe ihn geheiratet, weil ich ihn liebte. So einfach ist das.«

Etwas von dem, was ich soeben gesagt habe, lässt ihre Gefasstheit ein wenig ins Wanken geraten. Ihre Augen werden feucht, auch wenn keine Tränen fließen.

»Das haben Sie großartig ausgedrückt. Ja. Glück ist etwas Persönliches. Das traf mit Sicherheit auf meine Tochter zu.« Sie dreht sich im Sitz und sieht mich an. »Wussten Sie, dass es viel gefährlicher ist, transsexuell zu sein, als irgendeiner anderen diskriminierten Minderheit anzugehören? Die Wahrscheinlichkeit, dass eine transsexuelle Person einem Hassverbrechen zum Opfer fällt, ist viel größer als bei Schwulen, Muslimen, Juden oder Afroamerikanern.«

»Ja, das weiß ich.«

»Und die Transsexuellen wissen es ebenfalls, Smoky. Die Jungen und Männer, die zu Frauen werden, die Mädchen und Frauen, die zu Männern werden – sie wissen, dass man sie ausgrenzen und verunglimpfen wird, vielleicht schlagen, vielleicht sogar umbringen. Sie tun es trotzdem. Und wissen Sie warum?« Ihre Hände zittern, und sie verschränkt sie im Schoß. »Sie tun es, weil es für sie keine andere Möglichkeit gibt, glücklich zu werden.«

»Erzählen Sie mir von Lisa«, bitte ich sie.

Denn das ist es, was sie in Wirklichkeit möchte. Das ist der Grund für mein Hiersein. Sie will, dass ich Lisa sehe, dass ich Lisa kennenlerne. Sie will, dass ich verstehe, was sie verloren hat, dass ich es fühle.

Sie schließt für einen Moment die Augen. Als sie sie wieder öffnet, sehe ich die Liebe darin. Rosario Reid ist eine starke Frau, und sie hat ihr Kind mit all ihrer Kraft geliebt.

»Ich werde zuerst über Dexter sprechen, denn so kam er zur Welt – als Junge. Er war ein freundlicher, hübscher Junge. Ich weiß, alle Eltern denken, dass ihre Kinder übers Wasser wandeln können, doch Dexter hatte tatsächlich keinen einzigen bösen Wesenszug. Er war ein kleiner, zierlicher Junge, aber nicht schwach. Sanft, aber nicht naiv. Verstehen Sie?«

»Ja.«

»Ich nehme an, ›Muttersöhnchen‹ wäre das Stereotyp, um ihn zu beschreiben, und bis zu einem gewissen Grad stimmt das auch. Doch Dexter hat sich nie hinter meinem Rock versteckt. Er hat seine Zeit wie jeder andere Junge verbracht, draußen, an der frischen Luft, und er hat sich mehr als einmal Ärger eingefangen. Er hat in der Little League gespielt und fing mit zehn Jahren an, Gitarre zu lernen; er hatte die eine oder andere Prügelei mit anderen Jungs. Kein Grund zu der Annahme, dass er zu irgendetwas anderem als einem prächtigen jungen Mann heranwachsen könnte. Ich musste ihn nur ganz selten bei seinem vollen Namen rufen.«

Sie geht davon aus, dass ich weiß, wovon sie redet, und sie hat recht. Es ist die universelle Sprache aller Mütter. Jedes Kind weiß, dass es in Schwierigkeiten steckt, wenn Mom den Vor- und Nachnamen zusammen benutzt. In ernsten Schwierigkeiten. Volle Deckung, und immer hübsch kleinlaut.

Rosario blickt mich an. »Wie alt war Ihre Tochter, als sie starb?«

»Zehn.«

»Das ist ein wundervolles Alter. Die letzten zwei, drei Jahre, ehe sie anfangen, Geheimnisse vor der Mutter zu haben.« Sie seufzt, doch es ist mehr Melancholie als Trauer. »Ich dachte, ich würde Dexter in- und auswendig kennen, aber natürlich kennt keine Mutter ihren Sohn, sobald er in die Pubertät kommt. Sie fangen an, sich abzugrenzen. Entsetzt von der Vorstellung, die Mutter könnte erfahren, dass sie masturbieren und Frauen im Sinn haben – schließlich ist die Mutter eine Frau. Ich war darauf vorbereitet. So laufen die Dinge nun mal. Doch Dexters Geheimnisse waren ganz andere als das, was ich erwartet hatte.«

»Wie kam es heraus? Woran haben Sie erkannt, dass er ein Problem ...« Ich unterbreche mich hastig. »Entschuldigung. Ist es falsch, es ein ›Problem‹ zu nennen?«

»Das kommt darauf an. Für diejenigen, die sich der Vorstellung widersetzen, dass es transsexuelle Menschen gibt, ist es die Veränderung an sich, die das Problem darstellt. Für die Transsexuellen besteht das Problem darin, dass ihr Körper und ihre innere sexuelle Identität nicht übereinstimmen. Wie dem auch sei – ich würde sagen, ›Problem‹ ist angemessen. Um Ihre Frage zu beantworten: Dexter hat sich als Knabe wahrscheinlich sehr lange unwohl in seiner Haut gefühlt. Er fing an zu ... zu experimentieren, als er gerade vierzehn war.«

»Experimentieren? Inwiefern?«

Ihre Hände zittern wieder, suchen einander und finden sich im

Schoß. Sie schweigt sekundenlang, und ich sehe, dass sie einen inneren Kampf austrägt.

»Es tut mir leid«, sagt sie schließlich. »Es ist nur, dass ... Dexters Persönlichkeit, die Dinge, die ich so sehr an ihm geliebt habe, waren so unübersehbar in der Art und Weise, wie er seine ersten Ausflüge zur Erkundung seiner sexuellen Identität unternahm. Es waren BHs und Höschen, verstehen Sie?«

»Er hat Büstenhalter und Höschen getragen?«

»Ja. Ich fand sie eines Nachmittags ganz unten in der Schublade, in der seine Unterwäsche lag. Vergraben und versteckt. Zuerst dachte ich, es sei meine Wäsche, aber so war es nicht, verstehen Sie? Das meine ich damit, wenn ich von seiner Persönlichkeit spreche. Wir haben Dexter Taschengeld gegeben, natürlich, und er hat in der Nachbarschaft ein paar Jobs übernommen, Rasen gemäht und so weiter. Er hatte sein eigenes Geld, mit dem er sich seine eigene Unterwäsche gekauft hat. Verstehen Sie? Er war *vierzehn*, und er war voller Zweifel wegen dem, was mit ihm geschah. Ich weiß aus späteren Gesprächen, dass er sich *schuldig* fühlte, schmutzig. Doch er war auch überzeugt, dass es nicht richtig wäre, die Sachen von mir zu stehlen, sondern dass es nur eine ehrenhafte Möglichkeit gäbe, nämlich sein eigenes Geld zu nehmen und sich die Sachen selbst zu kaufen. Es war ihm unendlich peinlich, hat er mir später erzählt, doch er konnte ausgesprochen stur sein, wenn es um Richtig oder Falsch ging.«

Ich kann es mir vorstellen. Ein junger, zierlicher Knabe, der mit brennenden Wangen ein Höschen und einen BH kauft, weil es nicht *richtig* wäre, sie von seiner Mutter zu stehlen.

Ich stelle mir vor, wie ich selbst mit vierzehn war. Wäre ich so aufrecht gewesen an seiner Stelle? Hätte ich den Mumm gehabt, mich in eine so peinliche Lage zu begeben?

Verdammt, nein. Mom hätte eine Garnitur Unterwäsche verloren.

»Ich verstehe«, sage ich zu Rosario. »Was ist danach passiert?«

Sie verzieht das Gesicht. »O Gott. Drei furchtbare Jahre, das ist passiert. Wissen Sie, ich stamme aus einer mexikanisch-amerikanischen Familie. Katholisch und erzkonservativ. Auf der anderen Seite war ich Anwältin und an Gesetze und Strukturen gewöhnt – und daran, Geheimnisse zu bewahren. Und das tat ich denn auch. Die Sache blieb zwischen Dexter und mir.«

»Verständlich.«

»Ja. Es dauerte eine Weile, bis ich es aus ihm herausgeholt hatte, und um fair zu sein, Dexter war ziemlich konfus deswegen. Er wusste selbst nicht so recht, was mit ihm geschah. Er erzählte mir, dass er sich manchmal ›seltsam‹ fühle, zum Beispiel, wenn er in den Spiegel schaue und einen weiblichen Körper zu sehen erwarte, keinen männlichen. Ich war zutiefst schockiert. Ich schnappte mir die Unterwäsche und schickte ihn postwendend zu einem Psychologen.«

»Aber die Dinge nahmen ihren Gang.«

»Der Psychologe meinte, Dexter hätte eine Geschlechts-Dysphorie, auch bekannt als gestörte Geschlechtsidentität. Hochtrabende Worte, die nichts anderes aussagten, als dass Dexter sich stark mit dem anderen Geschlecht identifizierte.«

»Ich bin mit diesem Thema vertraut. Es kann von einer leichten Obsession bis hin zu der Gewissheit reichen, dass das Individuum im falschen Körper gefangen ist und eigentlich dem anderen Geschlecht angehört.«

»Ganz recht. Der Psychologe hat Dexter ›behandelt‹. Er wollte Psychopharmaka als Bestandteil seiner Therapie einsetzen, doch ich untersagte es. Dexter war ein kluger, aufmerksamer, freundlicher Junge, ein Einserschüler, der nie mit dem Gesetz in Konflikt geraten war – warum um alles in der Welt sollte ich zulassen, dass man ihn unter Drogen setzte?« Sie winkt ab. »Es war alles umsonst. Die Behandlung bestand mehr oder weniger darin, seinen Zustand zu benennen und mit ihm daran zu arbeiten, ›gegen den Zwang anzukämpfen‹. Aber es hat nichts verändert.«

»Wann hat er beschlossen, den Weg der sexuellen Umwandlung einzuschlagen?«

»Oh, das hat er mir erzählt, als er neunzehn war. Ich glaube allerdings, er hatte den Entschluss bereits früher gefasst. Er hatte bis dahin lediglich herauszufinden versucht, wie er es bewerkstelligen konnte, ohne dass es seinen Vater und seine Mutter allzu sehr schmerzte. Nicht, dass wir es ihm leicht gemacht hätten, trotz allem.« Sie schüttelt den Kopf. »Dillon ging an die Decke. Wir hatten es ihm viele Jahre vorenthalten, und er liebte das Spiel der Politik so sehr. Unsere Enthüllung traf ihn völlig unvorbereitet.«

»Wie kam Dexter damit zurecht?«

Sie lächelt. »Er blieb ruhig. Ruhig und gefasst und voll innerlicher Gewissheit.« Sie zuckte die Schultern. »Er hatte einen Entschluss gefasst, und er würde ihn durchsetzen. Die Stärke seines Vaters.«

Und deine, Rosario.

»Sprechen Sie weiter.«

»Er sagte, ihm wäre klar, dass diese Sache ein Problem für uns wäre, besonders für seinen Vater. Sein Lösungsvorschlag lautete, dass wir ihn öffentlich enterben sollten. Er sagte, es sei ihm wichtig, dass seine Entscheidung uns so wenig wie möglich beeinträchtigt. Können Sie sich das vorstellen?« Ihre Stimme ist voller Trauer und Erstaunen. »Ich erinnere mich noch genau, wie er gesagt hat: ›Dad, was du tust, ist wertvoll. Du hilfst vielen Menschen. Ich möchte nicht, dass du diese Arbeit wegen mir aufgeben musst. Aber ich werde das auch nicht für dich aufgeben. Das ist der beste Kompromiss.‹ Ich denke, das ist dann schließlich zu Dillon durchgedrungen ... dass sein Sohn bereit war, sich öffentlich kasteien zu lassen, damit sein Vater in der Politik bleiben konnte. Ich sage nicht, dass es so glatt gelaufen ist, wie es sich jetzt vielleicht anhört, aber ...«

»Dexter kam durch.«

»Ja.« Sie schaut mich an, und ich sehe nichts als tiefen Schmerz, durchsetzt mit Bedauern und vielleicht ein wenig Selbstvorwürfen. »Die Einzelheiten sind nicht wichtig. Wichtig ist, dass wir als gute politische Familie, die wir geworden waren, genau das taten, was Dexter vorgeschlagen hatte. Wir errichteten einen Treuhandfonds, und Dexter zog aus. Als er dann tatsächlich als Frau zu leben anfing ... wissen Sie Bescheid über diesen Teil des Prozesses?«

»Ja. Man muss ein Jahr als Mann oder Frau gelebt haben, bevor man eine Genehmigung zur Geschlechtsumwandlung erhält.«

»Genau. Es gibt keine chirurgischen Eingriffe, ehe man nicht das ganze Jahr überstanden hat. Für Dexter bedeutete das, als Frau gekleidet zur Arbeit zu gehen, als Frau auszugehen und so weiter. Die Wartezeit von einem Jahr soll dafür sorgen, dass man erkennt, ob man sich absolut sicher ist.«

»Das ergibt Sinn.«

»So sehe ich das auch. Und Dexter dachte ebenfalls so. Wie dem auch sei, als dieses Jahr begann, gaben wir unser perfekt formuliertes Statement ab. Dass wir unseren Sohn immer noch liebten, aber nicht mit seiner Entscheidung einverstanden wären. Es war ein Meisterstück der Täuschung.« Sie stockt, während sie nach Worten sucht. »Sie kommen nicht aus dem Süden, Smoky, oder? Darum können Sie wahrscheinlich auch nicht verstehen, wie groß die Unterschiede sind. Verstehen Sie mich nicht falsch – es gibt genügend liberale Intellektuelle in Texas, aber ich würde nicht gerade sagen, dass sie die Mehrheit bilden.«

»Verstehe.«

Rosario schüttelt den Kopf. »Nein. Sie haben eine Vorstellung, vielleicht ein Klischee. Aber Sie können nicht begreifen, wie es wirklich ist, wenn Sie nicht dort aufgewachsen sind. Sie stellen sich wahrscheinlich Tabak kauende Hinterwäldler mit Gewehrhalterungen in ihren Trucks vor. Die gibt es bei uns auch, zugegeben, aber das zutreffendere Bild ist das eines gebildeten, sehr intelligenten, sympathischen Individuums, das ohne mit der Wimper zu zucken predigt, dass Homosexualität eine Abscheulichkeit sondergleichen ist. Diese Person hat in der Regel einen Freund, eine Freundin, irgendjemanden, mit dem sie zusammen aufgewachsen ist – und dieser Jemand ist der Meinung, Schwule sollten mehr Rechte haben. Die beiden können trotz dieses trennenden Grabens Freunde sein, sehr gute Freunde sogar.« Sie hebt eine Augenbraue. »Aber wenn der liberale Freund der *Schwule* wäre? Oh nein. Und *Transsexuelle?* Ach du meine Güte! Missgeburten, Launen der Natur, vielleicht für beide Freunde in meinem Beispiel. Wir haben große Fortschritte gemacht im Süden, und ich liebe das Land. Es ist meine Heimat. Aber der Süden ist auch ein Gewohnheitstier, das sich großen Veränderungen mit aller Kraft widersetzt.«

»So langsam verstehe ich.«

»Dennoch kam Dexter, wie ich bereits sagte, immer noch an Weihnachten nach Hause«, fährt Rosario fort. »Allerdings stets heimlich.« Sie stockt. »Furchtbar, nicht wahr? Dass wir unser Kind wegen unseres politischen Ehrgeizes aufgegeben haben.«

Ich denke über ihre Worte nach. Diese Frau verdient eine ehrliche Antwort und keine abgedroschene, leere Floskel.

»Ich finde«, sage ich vorsichtig, »dass alles andere Dexter verletzt hätte. Er war überzeugt, das tun zu müssen, was er tat, doch er machte sich auch Sorgen, dass es die politische Karriere Ihres Mannes beeinträchtigen könnte. Ich meine, er hat ›öffentlich enterben‹ gesagt. Anscheinend hat er nicht erwartet, dass einer von Ihnen beiden ihn tatsächlich enterben würde, oder?«

Sie sieht mich verblüfft an. »Nein. Nein, ich glaube nicht.«

»Dann war er sicher, dass Sie und Ihr Mann ihn liebten. Ich sage nicht, dass es alles entschuldigt, doch es ist sehr viel mehr als nichts, Rosario.«

Trauer ist manchmal einfach, manchmal komplex. Sie umfasst Selbstzweifel, Unsicherheit, Was-wäre-wenn, Wenn-doch-nur. Sie ähnelt Bedauern, doch sie ist viel stärker als Bedauern. Sie kann in einem einzigen Augenblick verschwinden oder bis zum Tod anhalten. Ich sehe dies alles in Rosarios Gesicht, und ich bin froh darüber, denn es bedeutet, dass ich ihr etwas Wahres sagen konnte. Lügen schmerzen, die Wahrheit jedoch bewegt uns.

Rosario braucht einen Moment, bis sie sich wieder unter Kontrolle hat. Immer noch keine Tränen.

»Also schön. Unser Kind hat dieses Jahr überstanden, und das war das Ende von Dexter. Ein Sohn starb, und eine Tochter wurde geboren. Noch dazu eine schöne Tochter. Lisa erblühte, sowohl innerlich als auch nach außen hin. Sie war schon immer ein glückliches Kind gewesen, doch nun schien sie zu strahlen. Sie war … zufrieden. Und Zufriedenheit lässt sich nur schwer erreichen, Smoky.«

Mir fällt auf, wie leicht sie über die Geschlechtsumwandlung hinweggeht, wie locker ihr »Lisa« und »sie« über die Lippen kommen. Dexter wurde zu Lisa – nicht nur für sich selbst, auch für seine Mutter.

»Wie hat Ihr Mann sich verhalten?«

»Er hat sich nie recht wohlgefühlt mit der Vorstellung. Doch ich will nicht das Bild eines klischeebehafteten Intoleranten von ihm malen. Dillon liebte Dexter und gab sich alle Mühe, auch Lisa zu lieben. Er hielt es für sein eigenes Versagen, wenn es ihm nicht gelänge, nicht für ein Versagen Lisas.«

»Lisa hat das ebenfalls gesehen, nehme ich an.«

Rosario nickt und lächelt. »Sie hat es gesehen. Sie war … glücklich. Die Hormone schlugen sehr gut an, und sie traf eine kluge Entscheidung, was ihre Brustoperation anging. Sie entschied sich für Implantate, die zu ihrer Figur passten, nicht zu groß und nicht zu klein. Sie gewöhnte sich an Make-up wie ein Fisch ans Wasser, sie bewegte sich ohne sichtliche Anstrengung wie eine Frau, und sie hatte einen guten

Geschmack. Selbst der Stimmunterricht, für manche das Schwierigste überhaupt, hat ihr keine Probleme bereitet.«

Männer haben tiefere Stimmen, weil ihre Stimmbänder während der Pubertät länger werden. Diese Verlängerung ist nicht reversibel, und sie erfordert, dass Männer, die sich in Frauen verwandeln wollen, lernen müssen, mit höherer Stimme zu reden.

»Hatte sie vor ... wollte sie bis zur letzten Konsequenz gehen?«

Nicht alle Transsexuellen entscheiden sich für eine Operation ihrer Genitalien.

»Sie hatte sich noch nicht entschieden.«

»Warum war Lisa in Texas?«, frage ich. »Soweit ich informiert bin, lebte sie hier, in Virginia. War Sie bei Ihnen zu Besuch?«

»Sie kam zur Beerdigung ihrer Großmutter nach Texas«, sagt Rosario. »Dillons Mutter.«

»Waren Sie und der Kongressabgeordnete auf dieser Beerdigung?«

»Ja. Es war eine kleine, private Beisetzung, ohne Pressevertreter und Fernsehteams. Zum Glück befinden wir uns nicht in einem Wahlkampf. Wir feierten den Gottesdienst, und Lisa flog am nächsten Tag nach Hause. Sie hätte morgen eigentlich wieder arbeiten müssen.«

»Was hat sie beruflich gemacht?«

»Sie hatte ein eigenes Reisebüro. Einen Einmannbetrieb, aber die Geschäfte liefen gut. Lisa hatte eine profitable Nische gefunden. Urlaub speziell für Schwule, Lesben und Transsexuelle.«

»Wissen Sie, ob Lisa Feinde hatte? Hat sie erwähnt, dass sie von jemandem belästigt wird?«

»Nein. Ich will die Frage nicht einfach abtun, Smoky – es war das Erste, woran ich gedacht habe –, aber mir ist nichts dergleichen aufgefallen.«

Vielleicht wärst du überrascht, geht es mir durch den Kopf, doch ich sage nichts.

All diese nächtlichen Geheimnisse, die großen wie die kleinen, die anklopfen, wenn der Mond hinter einer Wolke verschwindet – auch Kinder haben sie schon, und die Eltern sind üblicherweise die Letzten, die davon erfahren.

»Was ist mit Ihnen oder Ihrem Mann? Ich nehme an, Sie beide haben Feinde – jeder Prominente hat Feinde. Aber gibt es etwas Besonderes, das erst kurze Zeit zurückliegt?«

»Etwas Besonderes? Ich wünschte, ich könnte diese Frage bejahen. Nun ja ... Dillon bekommt hin und wieder verrückte Briefe. Ich lese sie alle, ehe ich sie an den Secret Service weiterleite. Der letzte Brief dieser Art kam vor sechs oder sieben Monaten. Irgendein Irrer drohte Dillon, ihn allein mittels der Kraft seiner Gedanken umzubringen. Aber im Moment gehen wir gerichtlich nicht gegen so etwas vor. Ehrlich gesagt, tun wir das kaum einmal. Deshalb konnte Dillon ja für die Demokraten einen Sitz im Kongress erringen – weil er diese Art von Konfrontation vermied.«

Ich überlege, was ich sie sonst noch fragen könnte, doch mir will im Moment nichts einfallen.

Meine nächsten Worte lege ich mir sorgfältig zurecht. »Rosario, ich möchte, dass Sie eines wissen: Ich werde alles tun, um denjenigen zu finden, der für Lisas Tod verantwortlich ist. Ich kann Ihnen nicht versprechen, dass ich ihn schnappe – ich habe vor langer Zeit gelernt, in dieser Hinsicht niemals Versprechungen zu machen –, aber mein Team und ich sind sehr, sehr gut. Wir brauchen Freiheiten, um unsere Arbeit zu tun. Ich bin bereit, gewisse Zugeständnisse zu machen, was politische Dinge angeht, doch letzten Endes arbeite ich weder für Sie noch für Ihren Mann, sondern für Lisa.«

»Lisa ist alles, was zählt.«

»Ich will nicht gefühllos erscheinen. Ich will lediglich sicher sein, dass ich meine Prioritäten deutlich gemacht habe.«

»Das haben Sie, und es klingt sehr vernünftig, Smoky.« Sie greift in ihre Jackentasche und reicht mir ein gefaltetes Blatt Papier. »Das sind meine sämtlichen Nummern. Sie können sich zu jeder Tages- und Nachtzeit bei mir melden, selbst wenn es um die kleinste Kleinigkeit geht.«

Ich nehme das Blatt entgegen. Sie klopft ein weiteres Mal gegen die Trennwand, das Signal, uns zum Leichenschauhaus zurückzubringen. Die Sonne geht unter, und der blutrote Himmel vermischt sich mit den feuerroten, brennenden Herbstbäumen.

Der Winter kommt. Der Winter ist immer noch hier. Wie der Tod.

»Darf ich Ihnen eine Frage stellen, Smoky?«

»Sie können mir jede Frage stellen, die Ihnen auf dem Herzen liegt, Rosario.«

Sie schaut mich an, und endlich sehe ich ihre Tränen. Keine stille

Trauer, keine schrille Hysterie, nur ein nasser Strom aus dem Augenwinkel.

»Sind Sie je darüber hinweggekommen?«

Diese Frau verdient die Wahrheit, und nichts als die Wahrheit, also sage ich sie ihr.

»Niemals.«

3

»CALLIE, ALAN UND JAMES sind auf dem Weg hierher«, berichtet mir AD Jones. »Sie müssten in wenigen Stunden eintreffen.«

Wir sind draußen vor dem Autopsieraum und beobachten durch eine Glasscheibe, wie der Gerichtsmediziner den Leichnam von Lisa Reid öffnet, um uns bei der Suche nach dem Killer zu helfen. Es ist die letzte, die endgültige Entweihung. Eine Autopsie ist ein seelenloses Geschäft, die Reduktion eines menschlichen Wesens auf den kleinsten gemeinsamen Nenner: Fleisch.

Inzwischen ist es nach neunzehn Uhr, und allmählich spüre ich die Trennung von zu Hause.

»Ziemlich eigenartig, hier zu sein«, bemerke ich.

»Ja«, pflichtet AD Jones mir bei und schweigt einen Moment. »Meine zweite Frau und ich haben vor ein paar Jahren einmal darüber gesprochen, hierher zu ziehen.«

»Tatsächlich?«

»Ja. Hier gibt es noch richtige Jahreszeiten. Weiße Weihnachten, eine erwachende Natur im Frühling, und den Herbst ... Sie haben ja die Bäume gesehen ...« Er zuckt die Schultern. »Ich hatte nichts dagegen. Dann ging die Ehe den Bach hinunter, und ich hab's offenbar vergessen.«

Er verstummt wieder. Das ist die Geschichte unserer Beziehung. In unerwarteten Augenblicken gibt Jones kleine Happen persönlicher Informationen preis. Häufig sind es bittersüße Erinnerungen, so wie jetzt. Er hat eine Frau geliebt, und sie haben darüber gesprochen, in eine Stadt zu ziehen, wo sie im Herbst das Laub zusammenharken und im

Winter Schneemänner bauen können. Und jetzt ist er wegen einer Leiche hier. Träume entwickeln sich – aber nicht unbedingt zum Besseren.
»Dr. Johnston ist ein merkwürdiger Typ«, sage ich leise und wechsle das Thema.
»Ja.«
Dr. Johnston, der Gerichtsmediziner, ist Mitte vierzig und ein Riese. Kein Fett, sondern Muskeln. Seinen Bizeps könnte ich nicht mal mit beiden Händen umfassen. Seine Oberschenkel sind so dick, dass er seine Hosen wahrscheinlich maßschneidern lassen muss. Sein Haar ist wasserstoffblond und kurz geschoren. Sein Gesicht ist grobschlächtig und wirkt brutal. Seine große Nase ist mehrmals gebrochen und schief, und auf seiner Stirn pulst eine Ader wie ein lebendiges Metronom, ein faszinierender Anblick. Er könnte professioneller Bodybuilder sein oder ein Hufeisenverbieger vom Jahrmarkt.
Er ist ganz versunken in seine Arbeit an Lisa. Ich sehe, wie seine muskulösen Arme sich bewegen, während er ihren Brustkorb öffnet. Das Geräusch ist selbst durch die Scheibe hindurch beunruhigend. Als würde jemand Styroporbecher zertreten. Ich kann nicht hören, was er sagt, doch seine Lippen bewegen sich unablässig, während er seine Befunde in ein Mikrofon diktiert, das über dem Untersuchungstisch hängt.
»Wie war Ihre Unterhaltung mit Mrs. Reid?«, erkundigt sich AD Jones.
»Gut. Schrecklich«, antworte ich und erstatte ihm Bericht.
»Sie hatten recht. Ich meine, was den Grund angeht, aus dem sie nach Ihnen gefragt hat.«
»Ja.«
Johnston beugt sich vor und schaut in Lisa. *In sie hinein.* Ich habe wesentlich schlimmere Dinge gesehen, doch aus irgendeinem Grund steigt bei diesem Anblick Übelkeit in mir auf.
»Was halten Sie bis jetzt von der Sache, Smoky?«
Ich weiß, warum Jones mir diese Frage stellt und was er hören will. Er möchte, dass ich das tue, was ich am besten kann. Dass ich meine besondere Gabe einsetze.
Ich mache diesen Job, weil ich eine spezielle Fähigkeit besitze: Ich begreife die Männer, die ich jage, kann mich in sie hineinversetzen. Es hat nichts mit Hellseherei oder anderen übernatürlichen Dingen zu

tun, nehme ich an, doch wenn ich ausreichend Fakten kenne, formt sich in meinem Kopf nach und nach ein Bild. Ein dreidimensionales Bild, angereichert mit Emotionen und Gedanken und – am wichtigsten – mit *Hunger*. Ein Hunger, den ich in meinem eigenen Mund zu schmecken glaube. Dunkle Aromen, so fühlbar, dass ich sie beinahe herunterschlucken kann.

Ich habe mit talentierten Männern gearbeitet, darunter AD Jones, die mir geholfen haben, diese Gabe zu verfeinern. Mit der Zeit habe ich begriffen, dass es darauf ankommt, das Unnatürlichste von allem zu tun, nämlich dann genauer hinzusehen, wenn normale Menschen sich abwenden würden.

Es ist, als würde man in Öl tauchen. Es ist so trüb um einen herum, dass man nichts sehen kann, solange man untergetaucht ist, doch man spürt die Glätte, die einen umhüllt. Manchmal tauche ich zu tief. Manchmal macht es mir innerlich Angst, und manchmal lerne ich etwas Neues über mich selbst.

Vor fünf Jahren habe ich einen Mann gejagt, der ausschließlich junge brünette Frauen ermordete. Keine von ihnen war älter als fünfundzwanzig, und alle waren bemerkenswert schön. Selbst im Tod waren sie noch anziehend, sogar für mich, die ich selbst eine Frau bin. Sie waren wie geschaffen, Männern den Verstand zu vernebeln.

Der Psycho, der diese Frauen umbrachte, empfand das Gleiche. Er vergewaltigte sie und tötete sie dann mit bloßen Händen. Er prügelte sie zu Tode, langsam, methodisch, mit konzentrierter Hingabe. Es ist eine persönliche, sehr intime Art und Weise, ein anderes menschliches Wesen zu töten.

Ich stand über seinen Opfern und sah hin. Ich sah hin, und ich sah *ihn*. Den Killer. Ich sah weiter hin, bis ich ihn *spüren* konnte. Er war ein Mann im Blutrausch, in wilder Raserei, in einer überwältigenden Mischung aus sexueller Begierde und Wut. Letzten Endes, so wurde mir bewusst, wollte er Sex mit den Frauen, um den Mond vom Himmel zu schütteln.

Ich stand benommen da und stellte zu meinem Entsetzen fest, dass ich ein wenig feucht zwischen den Beinen war. Ich war zu tief hinabgetaucht. Ich hatte zu intensiv gefühlt, was er gefühlt hatte.

Ich stürmte ins nächste Badezimmer und kotzte mir die Eingeweide aus dem Leib.

So schlimm es auch gewesen sein mochte, es half. Ich wusste, dass wir nach einem Mann suchten, der besonnen und durchtrieben zugleich war und dennoch die Kontrolle über sich verlor, wenn er den richtigen Auslöser in die Hand bekam.

Wir fingen unseren Mann. Wir hatten seine DNA, doch meiner tiefen Einsichten wegen bekamen wir obendrein noch sein Geständnis. Stacy Hobbs war eine neue Agentin im FBI-Büro Los Angeles, und sie war genau das, was ich brauchte. Vierundzwanzig, brünett, eine Ablenkung für jeden Mann in dreihundert Metern Umkreis.

Ich ließ Stacy sich genauso anziehen und schminken wie die Frauen, die der Hurensohn umgebracht hatte. Ich sagte ihr, wie sie in der Ecke stehen musste, wie sie ihn anschauen, ihre Hüfte vorrecken und verführerisch lächeln sollte. Ich sagte ihr darüber hinaus, dass sie kein Wort sagen durfte.

Sein Name lautete Jasper St. James, und er konnte den Blick nicht von ihr abwenden. Ich sah, wie er die Fäuste ballte. Beobachtete, wie sein Mund sich öffnete. Seine Lippen verzogen sich wie die eines Vampirs. Er fing an zu schwitzen und murmelte leise vor sich hin.

»Hure. Miststück. Hure.« Immer wieder.

In vorangegangenen Befragungen war er so kühl gewesen, wie jemand nur sein konnte.

Ich schlug die Beine übereinander – ein Zeichen an Stacy. Sie tat, was ich ihr gesagt hatte: Sie blickte Jasper direkt in die Augen und fuhr sich mit der Zunge langsam, obszön und nass über die Lippen. Dann drehte sie sich um und verließ den Raum ohne ein weiteres Wort.

Und Jasper schrie auf. Es war ein Schrei voll verzweifelter Wut, wie ein Raubtier ihn ausstoßen mag, wenn die sicher geglaubte Beute ihm aus den Fängen schlüpft. Es war nur ein einziger Schrei, ein Kreischen, ein hohes, schrilles Geräusch, als hätte jemand ihm die Eier mit einer Zange zerquetscht.

Ich beugte mich über den Verhörtisch und sah ihn an.

»Es muss sich ja verdammt geil angefühlt haben«, sagte ich mit dunkler, rauchiger Stimme, »den Frauen in die Augen zu sehen, wenn sich die Angst darin spiegelte ... das Wissen, dass sie sterben müssen.«

Ich erinnere mich an seinen Blick, aus dem Entsetzen, Faszination und Hoffnung sprachen. Beinahe konnte ich seine Gedanken hören: *Kann es sein, dass sie mich wirklich versteht? Ist das möglich?*

Ja. Es war möglich, wenngleich nicht auf die Art und Weise, wie er dachte. Ich fühlte es, ich verstand es, doch letzten Endes war mein Verstehen rein synthetisch; einzig Jaspers Liebe war echt.

Er plapperte und schwafelte, schwitzte und zitterte. Er erzählte mir alle seine Geheimnisse. Er war so glücklich, dass er sich mitteilen konnte, so dankbar, endlich ein Publikum gefunden zu haben. Ich lauschte und nickte und tat so, als fühlte ich mit ihm.

Mir kam der Gedanke, dass Jasper wahrscheinlich genau das Gleiche getan hatte, um die Frauen zu ködern. Machte ihn das zu meinem Opfer? Unsere Ziele unterschieden sich nicht allzu sehr. Jasper wollte die Frauen vernichten, und ich wollte Jasper vernichten. Der Unterschied zwischen uns war nur der, dass Jasper es verdient hatte.

Keiner dieser Gedanken hatte sich in meinem Gesicht gespiegelt. Ich hatte Jasper mit ungeteilter Aufmerksamkeit zugehört. Einmal hatte ich sogar seine Hand gehalten, als er weinte. *Armer Jasper*, hatte ich geflüstert. *Armer, armer Jasper.*

Als ich an jenem Abend nach Hause kam, legte ich mich in die Badewanne, bis das Wasser kalt wurde.

AD Jones bittet mich, erneut in dieses Öl zu springen, hineinzutauchen und so zu fühlen wie der Mann, der Lisa umgebracht hat.

»Ich habe noch nicht genügend Informationen«, sage ich. »Keine emotionale Komponente. Die Tat als solche ist dreist und sehr riskant. Das hat eine Bedeutung für unseren Mann. Es ist entweder eine Botschaft, oder es steigert den Nervenkitzel. Oder beides.«

»Was für eine Botschaft?«

Der Gedanke ist wie aus dem Nichts in meinem Kopf. »Ich bin vollkommen.‹ Oder: ›Der Grund für mein Tun ist die Vollkommenheit.‹«

AD Jones runzelt die Stirn. »Ich verstehe nicht.«

»Es ist wie ein Mord in einem abgeschlossenen Raum. Er hat während des Fluges getötet, in zehntausend Metern Höhe, eingeschlossen in der Kabine und umgeben von Zeugen. Ich vermute, er hat Lisa bereits zu Beginn des Fluges getötet, sodass er die ganze Zeit neben ihrer Leiche sitzen und den Nervenkitzel genießen konnte. Es muss eine unwiderstehliche Verlockung für ihn gewesen sein. Würde es jemand bemerken? Falls ja, gab es keinen Ausweg. Keine Fluchtmöglichkeit. Nur jemand, der perfekt ist, kann so etwas zustande bringen, kann den Mut aufbringen, kann seine Angst besiegen. Er fühlte sich sicher –

entweder aufgrund seiner Fähigkeiten oder weil das, was er getan hat, richtig war.«

»Was noch?«

»Er ist gerissen, diszipliniert und zu langfristigem, akribischem Planen imstande. Er ist älter, aber noch kein alter Mann. Mitte bis Ende vierzig, schätze ich.«

»Wieso?«

»Ein Jüngerer wäre nicht so selbstsicher und routiniert.« Ich seufze. »Wir werden die anderen Passagiere befragen, aber ich kann jetzt schon garantieren, dass sämtliche Personenbeschreibungen ungenau sein werden.«

»Sie meinen, er hat eine Verkleidung benutzt?«

»Ja. Aber er wird sich nur geringfügig verändert haben, durch eine andere Haarfarbe beispielsweise, oder gefärbte Kontaktlinsen. Der Unterschied wird wohl eher in der Persönlichkeit liegen. Er wird ein charakteristisches Verhalten einstudiert haben, das in den Erinnerungen der Zeugen hervorsticht ... etwas, das ihre Aufmerksamkeit gefesselt und jegliche andere Beobachtung überdeckt hat.«

»Was macht Sie da so sicher?«

»Alles andere wäre nicht perfekt. Nur Perfektion reicht aus, nur Vollkommenheit.«

JOHNSTON HAT SICH INZWISCHEN DARAN GEMACHT, Lisas Gesicht vom Schädel zu schälen, damit er ihren Kopf öffnen und zum Gehirn vordringen kann. Ich beschließe, dies zum Anlass zu nehmen, etwas anderes zu tun. Ich rufe Bonnie über ihr Handy an, ein Geschenk von mir. Es ist halb neun Ortszeit, also ist in Kalifornien Mittag. Bonnie nimmt das Gespräch gleich beim ersten Läuten entgegen.

»Hi, Smoky!«

»Hi, Süße. Wie geht's?«

»Gut. Elaina hat Makkaroni mit Käse gemacht.«

Elaina Washington ist die Ehefrau von Alan, einem Mitglied meines Teams. Sie ist eine Latina, dazu geboren, den Menschen in ihrer Umgebung Liebe und Unterstützung zukommen zu lassen. Elaina kann diese Liebe ausdrücken, indem sie einen in die Arme nimmt und tröstet, genauso gut aber auch dadurch, dass sie mit einem schimpft, wenn man es braucht. Sie war die Erste, die mich im Krankenhaus besuchte nach jener grauenhaften Nacht, als Sands meine Familie abgeschlachtet hatte. Sie hielt mich einfach nur in den Armen, während ich mich ausweinte, und dafür werde ich sie immer lieben.

Elaina passt auf Bonnie auf, wenn ich unabkömmlich bin, so wie jetzt. Außerdem erteilt sie meiner Adoptivtochter privaten Schulunterricht.

»Das ist großartig, Baby«, sage ich.

»Alan ist weggefahren. Heißt das, du bleibst auch länger weg?«

»Sieht so aus. Tut mir leid, Kleines.«

»Hör auf damit, Momma-Smoky.«

Bonnie ist weit über ihr Alter gereift. Der Mord an ihrer Mutter und das, was danach kam, haben sie innerlich fürchterlich verwundet, und die Narben haben eine erschreckende emotionale Reife hervorgerufen. Außerdem ist Bonnie künstlerisch talentiert – sie malt –, und die Tiefe ihrer Einsichten sind die eines erwachsenen, weisen Menschen. Es ist erschreckend und faszinierend zugleich. Doch »Momma-Smoky«, wie sie mich anredet, wenn sie mich zu trösten versucht – manchmal auch ohne ersichtlichen Grund –, bringt mich jedes Mal aufs Neue zum Lächeln. Es ist die Stimme eines jungen Herzens. Die Stimme eines Kindes.

»Womit soll ich aufhören, Bonnie?«

»Dich für etwas zu entschuldigen, wofür du nichts kannst. Die Leute werden schließlich nicht nach irgendeinem Plan ermordet. Du schnappst Leute, die andere ermorden, also lebst du auch nicht nach irgendeinem Plan. Ich hab kein Problem damit.«

»Danke. Es tut mir trotzdem leid, dass ich nicht bei dir sein kann.«

Ich höre das Geräusch von AD Jones' Schuhen auf den Fliesen und drehe mich um. Er schaut mich an und nickt in Richtung des Fensters, hinter dem die Autopsie vorgenommen wird.

»Ich muss jetzt aufhören, Liebes. Ich ruf dich morgen wieder an, okay?«

»Smoky?«

»Ja?«

»Heiratet Tante Callie *wirklich*?«

Ich kann nur mit Mühe ein Lachen zurückhalten. »Sie heiratet wirklich. Gute Nacht, Honey.«

»Nacht. Ich liebe dich.«

»Ich dich auch.«

Dr. Johnston deutet auf eine Schale, in der Lisas Herz liegt. »Das Herz war punktiert. Es war ein winziges Loch auf der rechten Seite des Brustkastens.« Er zeigt uns die Stelle. Das Loch ist tatsächlich sehr klein, doch der Bluterguss, der dadurch entstand, ist so groß wie meine beiden Hände nebeneinander. Ober- und unterhalb des Loches sehe ich vertikale Schnitte. Ich habe die Wunde vorhin übersehen; dass »Lisa« ein Mann war, hatte mich dann doch zu sehr geschockt.

»Das ergibt Sinn«, sagt AD Jones. »Lisa hatte einen Fensterplatz, und der Killer saß rechts von ihr.«

»Was könnte eine Wunde wie diese hervorrufen?«, frage ich.

»Alles, was lang, spitz und zylindrisch ist. Der Killer benötigt Kraft, Entschlossenheit und grundlegende Kenntnisse der Anatomie.« Er macht eine Faust und führt eine schnelle Bewegung aus, um den Vorgang zu demonstrieren. »Ein sauberer Stoß durch die Lunge hinauf ins Herz, und fertig.«

»Sie muss unter Drogen gestanden haben, damit er sie auf diese Weise im Passagierraum des Flugzeugs töten konnte«, sage ich nachdenklich.

Johnston nickt zustimmend mit dem massigen Schädel. »Ja. Der Tod wäre sehr schnell eingetreten, doch er wäre auch extrem schmerzhaft gewesen. Es wäre eindeutig zum Vorteil des Täters gewesen, das Opfer vorher zu betäuben.«

Ich denke darüber nach. »Es muss ein Mittel gewesen sein, das er oral verabreichen konnte«, sage ich. »Nichts deutet auf Gewaltanwendung hin oder darauf, dass er ihr eine Spritze gesetzt hat. Irgendwelche Theorien?«

»GHB, Ketamin oder Rohypnol kämen infrage, aber sie würden auch Probleme mit sich bringen. Jedes dieser Mittel kann zu Übelkeit und Erbrechen führen. Bei Ketamin können außerdem Krämpfe auftreten.« Er verschränkt die massigen Arme vor der Brust. »Nein, ich an seiner Stelle hätte es ganz nach der alten Schule gemacht. Ich hätte Chloralhydrat genommen.«

»Ein präparierter Drink«, wirft AD Jones ein.

»Es klappt am besten mit Alkohol. Der Mageninhalt der Toten roch tatsächlich danach. Es wirkt rasch, und falls er ihr eine Überdosis verabreicht hat, wurde sie ziemlich schnell bewusstlos.«

»Stimmt«, sage ich. »Er musste sich schließlich nicht sorgen, dass sie an einer Überdosis sterben könnte. Ich nehme an, dass Sie die Tote auf alle diese Wirkstoffe untersuchen?«

»Selbstverständlich. Ich beeile mich mit den Analysen. Die Ergebnisse müssten morgen Nachmittag vorliegen, zusammen mit dem Autopsiebericht.«

Mir kommt noch ein Gedanke. »Wie hat er wohl die Mordwaffe an Bord geschmuggelt? Den Gegenstand, den er ihr ins Herz gebohrt hat.«

Dr. Johnston zuckt die Schultern. »Das ist nicht mein Fachgebiet, tut mir leid.«

Ich gebe ihm meine Handynummer. »Rufen Sie mich an, sobald Sie alle Ergebnisse haben, und ich schicke jemanden vorbei. Machen Sie eine einzige Kopie für sich, und verwahren Sie die in einem Safe.« Ich sehe ihm in die Augen. »Wir haben es hier mit einem Fall für die Bundesbehörden zu tun, Dr. Johnston. Erstens, weil er sich an Bord eines Flugzeugs über dem Territorium der USA ereignet hat. Zweitens, weil ein Kongressabgeordneter darin verwickelt ist und möglicherweise ein Anschlag auf Dillon Reid selbst bevorsteht. Und drittens, weil es sich um ein Verbrechen aus Hass handeln könnte.«

»Warum diese Geheimhaltung?«, fragt Johnston.

»Den Reids zuliebe«, antworte ich. »Sie dient nicht irgendeiner Vertuschung – ich möchte, dass Sie das wissen. Mein oberstes Ziel ist es, den Täter zu fassen.«

Johnstons Lächeln ist ein klein wenig müde. »Ich weiß Ihre Offenheit zu schätzen, Agentin Barrett, aber keine Sorge. Ich bin nicht an Konspirationen interessiert. Ich habe in meiner Karriere bereits drei Todesfälle untersucht, die mit Politik zu tun hatten, unter anderem den Tod eines sehr mächtigen Mannes und eines männlichen Prostituierten. Ich bin mit den Gepflogenheiten vertraut.«

»Ich danke Ihnen.« Ich blicke auf den Leichnam von Lisa Reid auf dem Untersuchungstisch aus mattem Edelstahl. »Gibt es sonst noch etwas Beweiserhebliches?«

»Ja. Etwas sehr Ungewöhnliches. Ich wollte gerade darauf zu sprechen kommen.« Johnston nimmt eine weitere Schale und hält sie mir hin. »Ich habe das hier im Körper der Toten gefunden. Der Mörder hat die Wunde auf ihrer rechten Seite geweitet, um es einzuführen. Sie haben die Schnitte gesehen?«

»Ja.«

»Er hat es geschickt angestellt. Die Schnitte wurden erst nach Eintreten des Todes vorgenommen, als der Blutfluss zum Stillstand gekommen war. Dann hat der Täter das da in ihren Körper eingeführt.«

Ich starre in die Schale und sehe ein ungefähr daumenlanges silbernes Kreuz.

»Wo sind die Handschuhe?«, frage ich.

Johnston nickt zu einer Schachtel mit Einweg-Handschuhen aus Latex auf einer Arbeitsfläche. Ich streife mir ein Paar über; dann greife ich in die Schale und nehme das Kreuz heraus.

»Es ist schwer«, sage ich. »Massiv. Eine Silberlegierung, nehme ich an.«

Das Kreuz ist schlicht, ohne besondere Verzierungen. Es ist ungefähr fünf Zentimeter lang und zweieinhalb Zentimeter breit. Ich drehe es um und schaue mir die Rückseite an. Da scheint irgendeine Gravur zu sein, doch sie ist zu klein, als dass ich sie mit bloßem Auge lesen könnte.

»Haben Sie ein Vergrößerungsglas?«, frage ich.

Johnston holt eine Lupe und reicht sie mir. Ich halte sie über das Kreuz und sehe nun ein Symbol – sehr klein, sehr einfach: ein Schädel mit darunter gekreuzten Knochen, das universale Zeichen für »Gift«. Die Gravur befindet sich auf der Rückseite, in Kopfhöhe des Kreuzes. Entlang dem Querbalken erkenne ich ein paar Ziffern.

»Hundertdreiundvierzig«, lese ich vor.

»Was soll das bedeuten?«, fragt AD Jones.

»Keine Ahnung.« Ich lege das Kreuz in die Schale zurück. »Ich möchte, dass wir dieses Detail vorerst auf jeden Fall zurückhalten, Doktor – falls der Mord irgendwie bis zu den Medien durchdringt.«

»Selbstverständlich.«

»Sonst noch etwas?«

Er schüttelt den Kopf. »Im Augenblick nicht.«

AD Jones blickt auf die Uhr und zeigt mit dem Finger auf mich. »Dann fahren wir jetzt zum Flughafen. Ihr Team landet in Kürze, und ich muss zurück nach Kalifornien.«

Wir danken Dr. Johnston, verabschieden uns und gehen durch den Flur zum Ausgang. Unsere Schuhe pochen laut auf dem Linoleum, ein unheimliches Geräusch, wenn man unsere Umgebung berücksichtigt.

»Wie sieht Ihr Schlachtplan aus?«, erkundigt sich AD Jones.

»Das Übliche. Umfassende Spurensicherung in dem Flugzeug, in dem Lisa Reid ermordet wurde. Befragung sämtlicher Passagiere und Erstellen eines ersten groben Profils. Anschließend ...« Ich zögere. »Anschließend müssen wir uns daran machen, so schnell wie möglich weitere potenzielle Opfer zu identifizieren.«

Ich verzichte darauf, das Offensichtliche (und Besorgniserregendste) zu äußern.

Ein Totenschädel und die Zahl 143. Und es gibt nur eines, das ein Killer zählen würde.

Was unweigerlich zur nächsten Frage führt: Wie weit wird er noch zählen?

4

ES IST NACH DREIUNDZWANZIG UHR, und es ist ungemütlich kalt geworden. Ich hasse die Kälte.

Der Wind ist nicht schneidend, doch er weht beständig, und die Böen, die über den Asphalt jagen, haben meine Wangen taub werden lassen.

Der Mond steht riesig und aufgedunsen an einem wolkenlosen Himmel. Ich muss daran denken, dass er genauso auch schon auf die Höhlenmenschen herabgeschienen hat. Der Mond war lange vor mir da, und er wird noch lange nach mir da sein.

Wir haben ungefähr eine Stunde benötigt, um den privaten Flughafen in Washington D. C. zu erreichen. Er liegt abseits und einsam – bloß ein einzelner Hangar und eine Landebahn. Von hier aus werden mein Team und ich zum Dulles International Airport fahren, wo das Flugzeug steht, in dem Lisa Reid ermordet wurde.

Mich fröstelt, und ich lege die Arme um den Oberkörper, während ich beobachte, wie der private Learjet über das Vorfeld rollt. Es ist ein weißer Jet, und ich habe selbst schon viele Male darin gesessen.

AD Jones scheint die Kälte nichts auszumachen. Er raucht – eine Angewohnheit, die ich aufgegeben habe und immer noch vermisse, insbesondere, wenn ich jemanden meine frühere Marke rauchen sehe, wie AD Jones es tut. Ich war loyal gegenüber meinen Marlboros, und im Gegenzug waren sie immer für mich da. Sie gaben mir Trost, und ich gab ihnen Jahre meines Lebens. Es war ein einvernehmliches Arrangement, bis mir klar wurde, dass es keines war.

»Smoky?«

»Ja?«

»Da ist noch eine Sache, über die ich mit Ihnen reden muss.« Jones zieht an seiner Zigarette, inhaliert den Rauch, hält ihn in der Lunge und stößt ihn in einer Wolke wieder aus. Ich sehe ihm neidvoll zu und warte. »Ich möchte, dass Sie mich auf dem Laufenden halten. Täglich. Washington ist ein anderes Spielfeld als das, auf dem Sie gewöhnlich arbeiten. Director Rathbun ist ein anständiger Kerl, aber wenn es hart auf hart geht, zieht er den Schwanz ein und wirft Sie den Löwen zum Fraß vor, falls es ihm weiterhilft.« Sein Blick ist durchdringend. »Lassen Sie sich nicht täuschen, Smoky. Sie sind entbehrlich für ihn.«

»Ich kann auf mich aufpassen, Sir.«

»Ich weiß. Halten Sie trotzdem die Augen offen.«

»Aye, aye.« Ich schlage die Hacken zusammen und salutiere übertrieben.

Er findet es nicht lustig. »Das ist kein Witz, Smoky. Leute in solchen Positionen machen Karriere, indem sie andere für ihre Zwecke benutzen und dann wegwerfen. Sie sind eine begabte Ermittlerin, und Sie sind weiß Gott ein harter Brocken. Aber es mangelt Ihnen an Erfahrung in diesem Spiel.«

»Okay, okay. Ich habe verstanden.«

»Es gibt ein Gebiet, auf dem er Ihnen wirklich helfen kann, und das sind die Medien. Tun Sie genau das, was er gesagt hat – beantworten Sie keine Fragen der Journalisten. Verweisen Sie alle an Rathbun. Sie haben schon früher mit den Medien zu tun gehabt, ich weiß, aber wenn das hier nach außen dringt, gibt es eine Tsunamiwelle. Das FBI hat Spezialisten, die nur dafür bezahlt werden, sich um solchen Mist zu kümmern. Überlassen Sie denen die Arbeit.«

»Großes Indianerehrenwort.«

»Und sorgen Sie dafür, dass Callie die Klappe hält.«

»Ich habe alles unter Kontrolle, Boss.«

Der Blick aus seinen Augen ist voller Zweifel. Er schnippt seine Zigarette in die Nacht.

»Die Maschine wartet. Gehen wir.«

»Mann, ist das kalt hier oben, Schnuckelmaus!«, beschwert Callie sich in dem Augenblick, in dem ihre hochhackigen Schuhe den Asphalt berühren. »Warum sind wir hier und nicht daheim an einem zivilisierten Ort mit zivilisiertem Wetter und planen meine bevorstehende Hochzeit?«

Ich muss lächeln, wie immer. Ich werde einfach nicht immun gegen Callie. Ich glaube, nicht viele Leute schaffen das.

Callie kommt aus Connecticut und ist ein schlanker, langbeiniger, hochgewachsener Rotschopf mit dem Aussehen eines Models, und das scheint mit zunehmendem Alter eher besser zu werden. Sie ist gerade vierzig geworden und wenn überhaupt, ist sie heute noch attraktiver als vor fünf Jahren.

Callie ist sich ihrer Schönheit bewusst, und sie ist sich bei weitem nicht zu schade, diese Tatsache zu ihrem Vorteil zu nutzen. Doch letztendlich sind Äußerlichkeiten ohne Bedeutung für sie. Es ist ihr Verstand, den sie unendlich geschärft hat. Sie hat einen Master-Abschluss in Forensik mit Kriminologie als Nebenfach, und sie jagt seit mehr als zehn Jahren mit mir gemeinsam Serienkiller.

Callie hat einen Sinn für Humor, den nicht jeder zu schätzen weiß oder versteht. Ihre Angewohnheit beispielsweise, alles und jedes mit »Zuckerschnäuzchen« oder ähnlichen Begriffen anzureden, geht manchen Leuten auf den Geist. Ich nehme an, Callie hat es sich angewöhnt, um ihren Spaß zu haben und andere zu ärgern – vor allem Letzteres. Gerüchte besagen, dass sie einen Eintrag in der Personalakte hat, weil sie den Director des FBI, Mr. Rathbun höchstpersönlich, mit »Zuckerschnäuzchen« angeredet hat. Es würde mich nicht im Geringsten überraschen.

Callies Humor ist nicht böswillig. Er besagt nicht mehr und nicht weniger als: Wenn du dich selbst zu ernst nimmst, wirst du es in meiner Gegenwart schwer haben, also entspann dich ... Zuckerschnäuzchen.

Und dann gibt es noch die andere Seite von Callie. Die dunklere Seite, die Kriminelle zu sehen bekommen. Callie ist unbarmherzig in ihrer Suche nach der Wahrheit, denn die Wahrheit bedeutet ihr alles.

Würde ich ein Verbrechen begehen, würde Callie mich jagen – obwohl sie mich liebt. Es wäre schmerzlich für sie, aber sie würde mich zur Strecke bringen. Alles andere würde ihrem ganzen Wesen widersprechen, und gerade Callie ist nicht der Mensch, der im Widerspruch mit sich selbst steht.

Sie hat beschlossen, Samuel »Sam« Brady zu heiraten, den Chef des Sondereinsatzkommandos beim FBI Los Angeles. Es ist ein Schachzug, der jeden überrascht hat. Callie ist jahrelang auf Männerfang gewesen und hat jede Beute, die sie dabei gemacht hat, in vollen Zügen genossen. Sie war ein weiblicher Schwerenöter. Emotionale Langlebigkeit war nie Bestandteil von Callies Beziehungen.

Sie ist unglaublich reserviert, was ihre privatesten Dinge angeht, doch ich kenne einige ihrer Geheimnisse. Beispielsweise ihre Medikamentensucht. Sie ist abhängig von Vicodin, ein Mittel, das sie seit einer Wirbelsäulenverletzung nehmen muss, die sie vor zwei Jahren erlitten hat und die sie beinahe verkrüppelt hätte. Ich weiß auch, dass Callie sich deshalb so gegen die enge Bindung zu einem Mann gesperrt hat, weil sie mit fünfzehn schwanger wurde und gezwungen war, ihr Kind wegzugeben. Inzwischen hat sie sich mit ihrer lange verloren geglaubten Tochter ausgesöhnt, und vielleicht ist das mit ein Grund, dass ihre Einstellung sich geändert hat. Ich weiß es nicht. Callie gewährt mir stets nur kurze Einblicke in ihr geheimes Ich – kleine Schätze, die sie mir im Laufe der Jahre anvertraut hat.

Callies größte Geschenke an mich waren ihr unersättliches Verlangen, den Augenblick zu genießen, das Hier und Jetzt, und ihre unverbrüchliche Freundschaft. Ich kann mich auf Callie verlassen, immer und jederzeit. Sie war es, die mich in der Nacht gefunden hat, in der Joseph Sands meine Familie ausgelöscht hatte. Sie war es, die mir die Waffe entwand und mich ohne eine Sekunde des Zögerns an sich zog. Sie war es, die mich hielt, während ich weinte und schrie und ihren makellosen Anzug mit meinem Blut, meinen Tränen und meinem Erbrochenen ruinierte.

»Politischer Hokuspokus«, gehe ich nun auf ihre Frage ein. »Abgesehen davon mag ich die Kälte genauso wenig wie du.«

»So schlimm ist es gar nicht«, rumpelt eine tiefe Bassstimme. »Wenigstens liegt kein Schnee. Ich kann Schnee nicht ausstehen.«

Alan Washington ist das älteste und erfahrenste Mitglied meines

Teams. Alan ist nicht direkt zum FBI gegangen, sondern hat zehn Jahre beim Morddezernat des Los Angeles Police Department gearbeitet. Er ist Afroamerikaner, ein beeindruckender Bursche, ein Berg von einem Mann, der an einen Football-Verteidiger erinnert oder an eine mächtige, knorrige Eiche – die Sorte Mann, die einen dazu bringt, zur anderen Straßenseite zu wechseln, wenn er einem nachts entgegenkommt. Sein Aussehen verbirgt, was in ihm steckt: Alan ist ein Denker mit einem großen Herzen und einer Genauigkeit, die an Pedanterie grenzt. Er kann sich tagelang mit Details aufhalten – geduldig, ohne ärgerlich zu werden und ohne nach Abkürzungen zu suchen –, und er kann komplizierte Dinge auseinanderpflücken, bis nur noch einfache, verständliche Sachverhalte übrig sind. Darüber hinaus ist Alan der geschickteste Vernehmungsspezialist, den ich kenne. Ich habe mit eigenen Augen gesehen, wie er die hartgesottensten Straßenschläger in zitternde, weinerliche, plappernde Wracks verwandelt hat.

Der eindeutigste Hinweis auf Alans Wesen jedoch ist die Tatsache, dass er mit Elaina verheiratet ist und sie unübersehbar und abgöttisch liebt, mit einer Mischung aus Stolz und Staunen. Auch Matt hat mich so geliebt; es ist ein gutes Gefühl, und es verrät viel über den Charakter eines Mannes.

Alan lächelt mich an und tippt sich an einen nicht existierenden Hut.

»Gott sei gepriesen für kleine Gefälligkeiten«, sage ich und grinse.

Die nächste Stimme, die ich höre, trieft vor Missbilligung.

»Warum sind wir hier?«

Die Frage kommt vom letzten Mitglied meines Teams. Der Tonfall – unfreundlich und ungeduldig, kalt und direkt – macht mich wütend, wie jedes Mal.

James Giron ist ein Genie, aber so unleidlich, wie ein Mensch nur sein kann. Manchmal, wenn er nicht dabei ist, nennen wir ihn Damien – wie den Sohn des Teufels in *Das Omen*. Er hat nicht einen Hauch von Umgangsformen, zeigt keinerlei Interesse daran, einem Gegenüber irgendwelche Höflichkeiten zu erweisen, und kennt keine Rücksicht auf die Gefühle anderer. James hat das Konzept der Gedankenlosigkeit in neue Höhen katapultiert.

Er ist ein Buch mit leeren Seiten. Ich weiß nicht, ob er überhaupt ein Privatleben besitzt. Ich habe ihn noch nie über einen Song oder einen Film reden hören, der ihm gefallen hat. Ich weiß nicht, welche

Fernsehprogramme er sich anschaut, falls überhaupt. Ich weiß nichts von persönlichen Beziehungen. James lässt seine Seele zu Hause, wenn er zur Arbeit erscheint.

Was er mitbringt, ist sein Verstand. James ist ein Genie im wahrsten Sinne des Wortes. Er hat die Highschool mit fünfzehn abgeschlossen, seine Eignungstests mit Auszeichnung absolviert und das College mit einem Doktortitel in Kriminologie verlassen, als er gerade zwanzig war. Mit einundzwanzig kam er zum FBI, was von Anfang an sein Ziel gewesen war.

James hatte eine ältere Schwester, Rosa. Sie wurde von einem Serienkiller ermordet, als James zwölf war. Am Tag ihrer Beerdigung beschloss er, zum FBI zu gehen und den Rest seines Lebens mit der unerbittlichen Jagd auf Psychos zu verbringen wie den, der seine Schwester getötet hatte. Es ist die einzige wirkliche Information, die ich über James besitze – und der einzige Hinweis, dass James Giron menschlich ist.

Meist reiben James und ich uns aneinander. Wir empfinden keinerlei Sympathie für den jeweils anderen; wir sind wie zwei positive Pole, die sich gegenseitig abstoßen. Bis auf eine Ausnahme – James besitzt die gleiche Fähigkeit wie ich: Auch er kann in den wirren Geist menschlicher Bestien blicken, die aus purem Vergnügen morden.

»Weil jemand tot ist und jemand mit der entsprechenden Macht befohlen hat, dass wir den Mord untersuchen sollen«, antworte ich James auf seine Frage, warum wir hier sind.

Er runzelt die Stirn. »Das ist nicht unser Zuständigkeitsbereich. Wir haben hier gar nichts zu suchen.«

Ich blicke zu AD Jones hinüber. Er funkelt James mit einer Mischung aus Resignation und Unglauben an.

»Hör auf zu jammern, Damien«, sagt Callie. »Oder ich lade dich nicht zu meiner Hochzeit ein.«

James schnaubt. »Soll das eine Drohung sein?«

»Offenbar glaubst du, es wäre keine.« Callie grinst. »Aber glaub mir, deine Mama wäre sehr enttäuscht. Sie und ich hatten eine wunderbare Unterhaltung am Telefon. Sie freut sich sehr darauf, endlich die Leute kennenzulernen, mit denen du zusammenarbeitest.«

James starrt sie finster an. »Nenne mich nicht Damien.«

Ich unterdrücke ein Grinsen und gestatte mir ein Gefühl von Zufriedenheit wegen Callies Triumph über James. Ich habe seine Mutter nie kennengelernt, aber ich weiß, dass er jedes Jahr am Geburtstag seiner Schwester mit seiner Mutter zusammen Rosas Grab besucht, also sieht es zumindest so aus, als stünden sie sich nahe.

»Möchtest du uns gleich hier einweisen?«, fragt Alan mich und unterbricht damit das Wortgefecht.

»Warten Sie einen Augenblick«, sagt AD Jones. Er schaut mich an. »Denken Sie daran, was ich gesagt habe. Und halten Sie mich auf dem Laufenden.«

»Jawohl, Sir.«

Ein letztes Nicken, und er entfernt sich ohne ein weiteres Wort.

»Wir haben drüben einen Wagen stehen«, sage ich. »Steigen wir ein und schalten die Heizung an, und ich erzähle euch alles.«

Es ist ein großer Crown Victoria, ein wenig verbeult und zerkratzt, aber noch gut in Schuss. Alan klemmt sich hinters Steuer, und ich nehme auf dem Beifahrersitz Platz. James und Callie steigen hinten ein.

»Mach bitte warm«, sagt Callie und reibt sich die Arme, während sie theatralisch erschauert.

Alan lässt den Motor an und dreht die Heizung hoch. Die hubraumstarke Maschine grummelt im Leerlauf vor sich hin, während erhitzte Luft aus den Düsen strömt wie ein warmer Wind aus einem Höhleneingang.

»Besser so?«, fragt Alan.

Callie schnurrt. »Hmmm. Viel besser.«

Alan sieht mich an. »Das Rednerpult gehört dir, Chef.«

Als ich geendet habe, sitzen alle nachdenklich und schweigend da. James starrt aus dem Fenster. Callie tippt sich mit einem rot lackierten Fingernagel gegen die Schneidezähne.

»Ziemlich dramatisch«, sagt sie schließlich. »Die arme Frau an Bord einer Maschine umzubringen, zehntausend Meter über der Erde ...«

»Ein wenig *zu* dramatisch«, pflichtet Alan ihr bei.

»Ja«, räume ich ein. »Trotzdem hat er es getan. Er hat sie im Flugzeug getötet.«

»*Sie?*«, schnaubt Alan.

Ich runzle die Stirn. »Rechtlich gesehen, ja. In ihrem Führerschein steht ›weiblich‹. Gibt es ein Problem damit?«

Alan hebt die Hände, packt das Lenkrad und drückt zu. Einmal. Pustet die Luft aus und seufzt geräuschvoll.

»Hör zu«, sagt er dann. »Ich mag Transsexuelle nicht. Ich finde sie ... unnatürlich.« Er zuckt die Schultern. »Ich kann nichts dafür. In meiner Zeit beim LAPD habe ich ein paar Transen-Morde aufgeklärt. Ich hab meine Arbeit gemacht und hatte Mitgefühl mit den Familien ... ein Mensch ist schließlich ein Mensch. Aber das ändert nichts daran, dass Transsexuelle mir insgeheim zuwider sind. Manchmal schlüpft es mir halt raus.«

Ich starre meinen Freund schockiert an. Ich bin absolut und hundert Prozent sprachlos. Ist das wirklich Alan, den ich da reden höre? Außerhalb eines Vernehmungszimmers ist Alan der gelassenste und toleranteste Mensch, den ich kenne – zumindest habe ich das bis gerade eben gedacht.

»Meine Güte, wo haben wir denn diese Schwäche so lange versteckt?«, fragt Callie und gibt damit wieder, was ich denke.

»Er ist homophob«, sagt James, und das Gift in seiner Stimme überrascht mich. »Stimmt's? Du magst Schwule nicht, hab ich recht, Alan?«

Alan dreht sich auf dem Fahrersitz um, bis er James in die Augen blicken kann. »Ich sehe nicht gerne zu, wenn Kerle knutschen, falls du das meinst. Abgesehen davon bin ich nicht homophob. Es ist mir völlig egal, mit wem du vögelst, James. Aber es ist ein gewaltiger Unterschied zwischen einem Schwulen und jemandem, der sich die Titten oder den Lümmel abschneidet.« Er verzieht das Gesicht. »Abgesehen davon ist das meine Sache, okay? Ich sage nicht, dass es richtig ist oder irgendeinen Sinn macht. Ich habe auch keine Lust, groß darüber zu diskutieren. Elaina hat mir schon gesagt, was sie davon hält, und es hat sich trotzdem nichts bei mir geändert. Was meine Arbeit jedoch nicht beeinflusst.«

»Komm schon, sag die Wahrheit!«, fordert Callie ihn eifrig auf. »War es eine Frau, die du abgeschleppt hattest? Heiße Küsse und wildes Gegrapsche, und dann hast du ihr zwischen die Beine gegriffen und hattest plötzlich einen Schwanz in der Hand?«

Alan stöhnt auf. »Oh Mann. Hätte ich doch die Schnauze gehalten!«

»Genau«, sage ich. »Du hättest besser den Mund gehalten. Wenn du solche Kommentare in Gegenwart der Familie von dir gibst ...«

Er nickt zerknirscht. »Ja. Tut mir leid.«

»Also nicht homophob, eh?«, sagt James beißend.
Ich schaue ihn überrascht an. Sein Gesicht zeigt, dass er wütend ist. Er lässt die Sache nicht auf sich beruhen.
»Das sagte ich doch schon.«
»Blödsinn.« Alan sieht aus, als würde er aufbrausen, dann aber seufzt er nur. »Meinetwegen. Du musst mir ja nicht glauben. Ändert allerdings nichts an der Wahrheit.«
James starrt Alan wütend an. Er zittert am ganzen Leib. Ich habe keine Ahnung, was das soll.
»Ach ja? Dann verrate mir doch eins ...« Er stockt, zögert, atmet tief ein und aus. »Dann verrate mir doch, was du hierzu sagst: *Ich bin schwul.*«
Stille erfüllt das Wageninnere. Ich höre die anderen atmen, und ich höre das Geräusch der Heizung.
»Das ist ja ätzend«, sagt Callie und tut so, als äße sie Popcorn aus einer Tüte. »Mach weiter. Hör jetzt bloß nicht auf, Schnuckelchen.«
Ich für meinen Teil bin sprachlos.
James und schwul?
Es ist nicht die Enthüllung an sich, die mich schockiert. Es ist vielmehr die Tatsache, dass James überhaupt etwas über sich preisgibt. Es ist einfach zu persönlich. Es ist genauso irritierend, als würde er uns erzählen, was seine Lieblings-Eiskrem ist.
In gewisser Hinsicht bin ich überrascht, wie gut er seine Homosexualität bis jetzt verborgen hat. Wir haben es nicht zum ersten Mal mit Opfern aus der Schwulenszene zu tun. Doch James hat nie die leiseste Andeutung in dieser Richtung gemacht, nicht den kleinsten Hinweis gegeben.
Andererseits gilt das auch für Alan.
»Warum erzählst du uns das ausgerechnet jetzt?«, fragt Alan.
»Ich weiß es nicht!«, schnaubt James. »Aber lenk jetzt nicht ab. Beantworte meine Frage!«
Alan mustert James von oben bis unten. Die Andeutung eines Lächelns spielt um seine Mundwinkel. »Na schön, unter diesen Umständen muss ich dir sagen ... also, ich mag dich immer noch nicht.«
Callie prustet los. Es klingt albern.
James' Wut scheint sich ein wenig zu legen. Er starrt Alan in die Au-

gen, sucht nach einem verräterischen Zeichen, dass er die Unwahrheit gesagt haben könnte.

»Und das ist alles, was du dazu zu sagen hast?«, fragt er schließlich.

»Ja. Alles.«

In diesem Moment geschieht etwas Bewegendes. Alan streckt den Arm über den Sitz nach hinten aus und legt James eine mächtige Pranke auf die Schulter. Es ist eine sanfte Geste, beruhigend und beinahe freundlich. Was mich daran schockiert, ist James' Reaktion. Kein Zusammenzucken, kein Abwenden, keine Abwehr. Stattdessen sehe ich etwas anderes, eine Art von … *was?*

Erleichterung, wird mir klar. Es ist Erleichterung. Es ist James wichtig, was Alan von ihm denkt.

»Ehrlich, Mann«, sagt Alan erneut, mit einer Stimme, die genauso sanft ist wie die Geste.

Der Moment zieht sich in die Länge. Dann schüttelt James die Hand ab. »Schön«, sagt er und funkelt Callie und mich an. »Ich will nichts mehr darüber hören, okay?«

Ich hebe die Hand und gebe ihm mein großes Pfadfinderehrenwort. Callie nickt, doch gleichzeitig rutscht sie auf dem Sitz von James weg, so weit es geht.

»Was zum Teufel soll das?«, fragt er misstrauisch.

»Keine Sorge, mein Bärchen«, sagt sie. »Ich hab kein Problem damit, dass du schwul bist, ehrlich nicht. Aber ich heirate bald, und … na ja, es heißt, ihr schwulen Hühner wärt ansteckend. Vorsicht ist besser als Nachsehen.«

Ich hätte beinahe losgeprustet. James starrt Callie grübelnd an, bevor er schließlich seufzt. »Du bist eine Idiotin.«

Erneut spüre ich Erleichterung bei ihm. Callie behandelt ihn genauso wie immer, und dieses Ärgernis ist für James nach seinem »Outing« etwas Tröstendes.

Und was ist mit mir?, frage ich mich. Was erwartet er von mir?

Ich schaue in seine Richtung, doch James starrt wieder aus dem Fenster, als wäre nie etwas gewesen. Er wirkt entspannt.

Mir wird klar, dass er sich keine Gedanken gemacht hat, wie ich reagieren würde. Er wusste, dass ich ihn akzeptieren würde.

Und das gibt mir ein gutes Gefühl.

»Nachdem wir die Beichten jetzt aus den Füßen hätten, könnten wir vielleicht zurück zum Geschäft kommen?«, fragt Callie. »Wir wollen schließlich nicht das Wichtigste vergessen: die Planung meiner Hochzeit.«

»Was hat das Geschäft mit deiner Hochzeit zu tun?«, frage ich sie verwirrt.

Callie verdreht die Augen. »Nun ja, es sieht so aus, als müssten wir zuerst einen Killer schnappen. Also dann – hopp, hopp.«

Ich muss kichern. Callie sorgt sich nicht wirklich um ihre Hochzeit. Es ist ihre Art: Sie lebt, um die Ernsten zu erheitern und die Dunkelheit zu erhellen.

»Fahren wir nach Dulles«, sage ich. »Sie halten das Flugzeug für uns am Boden fest. Wir können unterwegs über alles reden.«

Alan setzt den Wagen in Bewegung, und ich muss daran denken, dass vor allem Bewegung das Leben vom Tod unterscheidet. Leben ist Bewegung. Ständig passiert irgendetwas. Ständig ist man unterwegs. Ständig zwängt man sich durch irgendwelche Lücken, ob der Moment nun geeignet ist oder nicht. Alans unerwarteter Ausbruch in Bezug auf Transsexuelle, James' Outing – beides, ob gut oder schlecht, bedeutet *Leben*, und die häufigen Unbehaglichkeiten des Lebens sind bei weitem der geordneten, friedvollen Ereignislosigkeit des Totseins vorzuziehen.

5

Wir haben ungefähr eine Dreiviertelstunde bis zum Dulles International Airport benötigt. Ein einheimischer Cop, der auf uns gewartet hat, brachte unseren Wagen durch eine Sicherheitsschranke und zeigte uns den Weg zum Flugzeug. Inzwischen ist Mitternacht durch, doch wie alle großen internationalen Flughäfen lebt und atmet der Dulles Airport auch außerhalb gewöhnlicher Uhrzeiten. Während Alan den Wagen zu unserem Ziel lenkt, sehe ich Flugzeuge starten. Sie springen förmlich aus einem Meer von Lichtern in den Nachthimmel hinauf.

Die Maschine, in der Lisa Reid ermordet wurde, wurde in einen

Wartungshangar gebracht. Der Hangar ist riesig, eine Halle aus Stahl und Beton – was bedeutet, dass es im Innern kalt ist. Die Außentemperaturen sinken immer weiter, und mir wird bewusst, dass ich nicht für dieses Wetter angezogen bin.

Das Innere des Hangars ist hell erleuchtet. Die späte Stunde und die nackte Zweckmäßigkeit des Baus in Verbindung mit der Kälte erzeugen ein Gefühl von Einsamkeit.

»Schätze, wir fahren einfach rein«, murmelt Alan und tut es auch sogleich.

»Wer ist das?«, fragt Callie, als wir vor der Maschine halten.

Wir werden von einer blonden Frau erwartet, die ich noch nie gesehen habe. Sie ist ungefähr in meinem Alter, und sie trägt eine schwarze Jacke, schwarze weite Hosen und eine weiße Bluse. Ihre Garderobe sieht schlicht aus, doch sie sitzt zu gut, um von der Stange zu sein. Die Frau ist mittelgroß, vielleicht einsfünfundsechzig, und attraktiv, ohne wirklich schön zu sein. Ihr Gesicht mit den intelligenten blauen Augen ist eine Studie in Ausdruckslosigkeit.

»Sieht nach Chefetage aus, wenn ihr mich fragt«, murmelt Alan.

Die Frau kommt gleich zu mir, als ich aus dem Wagen steige. »Agentin Barrett?«

»Die bin ich. Und wer sind Sie?«

»Rachel Hinson. Ich arbeite für Director Rathbun.«

»Okay.«

»Sie haben das Flugzeug für maximal vierundzwanzig Stunden«, sagt sie ohne weitere Umschweife. »Bis zum Ablauf dieser Frist wird niemand sonst diesen Hangar betreten. Niemand wird Sie belästigen.« Sie deutet auf einen Rollwagen in der Nähe. »Forensische Ausrüstung, einschließlich Kameras, Beweismittelbeuteln und der Akte, die von der örtlichen Polizei angelegt wurde, ehe wir den Fall übernommen haben. Ich fungiere als Supervisor.«

Ich habe mir bereits gedacht, dass das kommen würde.

»Nein«, sage ich mit freundlicher, doch entschiedener Stimme.

Hinson legt die Stirn in Falten und starrt mich an. »Wie bitte?«

»Ich habe Nein gesagt, Agentin Hinson. Dies ist mein Fall. *Meine* Ermittlungen. Mein Team und ich sind die Einzigen, die an Bord dieses Flugzeugs gehen werden.«

Sie tritt vor mich hin, ganz nah, und benutzt ihren Größenvorteil bei dem Versuch, mich einzuschüchtern. Es ist ein kluger Schachzug, aber es ist zugleich ein alter Trick, und er lässt mich kalt.

»Ich fürchte, ich muss darauf bestehen«, sagt sie und funkelt mich aus ihren blauen Augen von oben herab an.

Es ist ein ziemlich beeindruckender Anblick, das muss ich ihr lassen.

»Rufen Sie Director Rathbun an«, sage ich.

»Warum?«

»Weil er der Einzige ist, der dieses Problem lösen kann. Es geht hier nicht um Machtspielchen, Hinson. Okay, vielleicht ein klein wenig. Aber die Wahrheit ist, Sie stehen nur im Weg, und Ihre Motive für Ihre Anwesenheit sind eine Ablenkung. Wir können im Augenblick niemanden gebrauchen, der uns bei der Arbeit ständig über die Schulter gafft.«

Sie weicht nicht zurück, verlagert jedoch ihr Gewicht auf das rechte Bein. Ich sehe, dass sie über meine Worte nachdenkt. Sie wägt ihre Befehle, uns im Auge zu behalten, gegen die Frage ab, ob es klug ist, Director Rathbun zu belästigen. Sie ist nicht nervös deswegen; sie denkt bloß nach. Hinson ist es gewöhnt, nach eigenem Ermessen zu handeln.

»Hören Sie«, sage ich, um ihr ein wenig zu helfen. »Sie wissen, dass ich nicht nur hier bin, weil Director Rathbun mich herbefohlen hat.«

»In funktioneller Hinsicht schon.«

»In funktioneller Hinsicht vielleicht, aber nicht in tatsächlicher. Ich bin hier, weil die Frau des Kongressabgeordneten nach mir gefragt hat.«

Ein unmerkliches Lächeln umspielt Hinsons Lippen, ein leichtes Aufweichen ihrer geschäftsmäßigen Ausdruckslosigkeit. Es ist ein respektvolles Lächeln, eine Anerkennung meiner nicht ganz subtilen Art, keine Namen zu nennen.

»Schön, Agentin Barrett«, sagt sie, und jetzt tritt sie zurück. Sie greift in ihre Innentasche, und ich erhasche einen kurzen Blick auf ihre Waffe, die in einem Schulterhalfter steckt. Sie zückt eine schlichte weiße Visitenkarte und reicht sie mir. Auf der Karte steht »Hinson« in schwarzer Schrift, gefolgt von einer Telefonnummer und einer E-Mail-Adresse. Weiter nichts.

Ich sehe sie an. »Kurz und bündig, würde ich sagen.«

Sie zuckt die Schultern. »Ich kann an zwei Händen abzählen, wie oft ich diese Karte ausgegeben habe. Bitte rufen Sie mich an, wenn Sie

55

irgendetwas brauchen. Sie erreichen mich zu jeder Tages- und Nachtzeit unter dieser Nummer, sieben Tage die Woche.«

Sie wendet sich um und geht ohne ein weiteres Wort; ihre flachen Absätze klackern über den kalten Beton des Hangars.

Die erste Runde ist an mich gegangen, doch ich muss an AD Jones' Warnung denken, und ich bin absolut sicher, dass er recht damit hatte.

»Hmmm«, macht Alan. »Was soll man zu so einer sagen? Unangenehm? Angsteinflößend? Oder beides?«

»Nimm sie als das, was sie ist«, sage ich leise.

»Und das wäre?«

»Nützlich. Nützlich zu sein ist ihre höhere Bestimmung. Und jetzt lass uns endlich unseren Tatort in Augenschein nehmen.«

»Ich war noch nie in einem völlig leeren Flugzeug«, sagt Callie. »Es ist irgendwie unheimlich.«

»Zu still«, bemerkt Alan.

Beide haben recht. Unter normalen Umständen haben Flugzeuge ihre eigene Lärmkulisse, wie eine leise murmelnde Menge. Hier aber herrscht Grabesstille.

»Was ist das überhaupt für eine Maschine? Eine 727?«, fragt Alan.

»Eine 737-800«, sagt James. »Mittelgroß, schlanker Rumpf, hundertzweiundsechzig Passagiere in zwei Klassen. Länge neununddreißig Meter, Flügelspannweite vierunddreißig Meter. Leergewicht einundvierzig Tonnen. Reichweite voll beladen fünfeinhalbtausend Kilometer bei einer Reisegeschwindigkeit von ungefähr Mach null Komma sieben.«

Alan verdreht die Augen. »Danke, Besserwisser.«

»Wo hat sie gesessen?«, frage ich.

Alan schaut in die Akte. »Zwanzig F. Ein Fensterplatz.«

Ich runzle die Stirn. »Eine Frage dazu: Wie hat unser Freund es hingekriegt, einen Sitzplatz direkt neben ihr zu ergattern? Da musste er doch vorher wissen, wo sie sitzen wird. Wir müssen herausfinden, wo und wie sie ihren Flug gebucht hat.«

»Es gibt zu viele Unbekannte in der Gleichung«, bemerkt James.

Ich sehe ihn an. »Soll heißen?«

»Die Art und Weise des Mordes. Das *kann* nur funktionieren, wenn sie einen Fensterplatz hat.« Er nimmt Alan die Akte aus den Händen und zieht ein Foto hervor. »Er hat sie gegen das Fenster gelehnt zurückgelassen, mit einer Decke über dem Kopf, als würde sie schlafen. Das hätte nicht funktioniert, hätte sie in einem Mittelsitz gesessen, oder am Gang.«

»Und?«

»Worauf ich hinauswill … es gibt eine ganze Reihe verschiedener Möglichkeiten, wie er herausgefunden haben könnte, wo sie sitzt. Er könnte jemanden bestochen oder sich ins System gehackt haben. Anschließend könnte er den Sitzplatz neben ihr reserviert oder den Passagier, der ursprünglich dort sitzen sollte, zum Tausch überredet haben – sucht es euch aus. Allerdings gibt es seit dem elften September praktisch keine Möglichkeit mehr, in dieser Richtung irgendetwas im Voraus zu arrangieren. Beispielsweise, dass man auch wirklich einen Fensterplatz bekommt.«

Jetzt begreife ich, was James sagen will. »Er hat deiner Meinung nach also nicht von vornherein geplant, sie im Flugzeug zu töten.«

Er nickt. »Bestimmt nicht.«

Es ist ein winziges Detail, doch es ist eines von den Puzzlesteinchen, die uns dabei helfen, jenen Mann zu sehen, der das getan hat.

Er hat damit angefangen, dass er die Entscheidung traf, Lisa Reid zu töten – nicht damit, sie an Bord eines Flugzeugs zu töten. Er hat sie beobachtet, ist ihr nachgeschlichen, hat Informationen über sie gesammelt. Er fand heraus, dass sie eine Reise unternehmen wollte, dass sie einen Fensterplatz im Flugzeug hatte – und erst dann, nicht vorher, begann er an seinem Plan zu arbeiten, sie an Bord zu töten. Wären die Ereignisse nicht so abgelaufen, wie er es gebrauchen konnte, hätte er Lisa woanders umgebracht.

»Der Ort war von Bedeutung für ihn«, überlege ich laut, »aber er war keine Bedingung. Lisa war der bedeutsamere Faktor. Sie war der Schlüssel.«

»Warte«, sagt Callie. »Es gibt eine weitere Möglichkeit.«

»Und die wäre?«

»Dass es willkürlicher Mord war. Vielleicht war der Ort ein entscheidender Faktor für den Täter. Er hat einen Mittelsitz gebucht und von vornherein geplant, den Passagier zu töten, der neben ihm am Fenster saß – und das war rein zufällig Lisa. Vielleicht hat der Täter ein Problem mit der Fluggesellschaft oder mit Flugreisen im Allgemeinen.

Ich habe selbst schon das eine oder andere Mal Mordgelüste gegenüber einem unsympathischen Fluggast verspürt.«

»Möglich und definitiv ein bestürzender Gedanke«, räume ich ein. »Aber unwahrscheinlich. Die Tatsache, dass es Lisa Reid war – eine transsexuelle Person und Tochter eines Kongressabgeordneten und seiner Frau?« Ich schüttle den Kopf. »Das ist kein Zufall. Er liebt es, zu planen und zu kontrollieren. Die Auswahl eines Opfers ist ein integraler Bestandteil dieser Prozesse. Ich könnte mich irren, aber … es *fühlt* sich für mich nicht nach Zufall an.«

Callie denkt darüber nach; dann nickt sie. »Ich glaube, du hast recht.«

Wir bewegen uns den Mittelgang hinunter. Die 737-800 hat die klassische Aufteilung, zwei Reihen zu je drei Sitzen auf jeder Seite. Die Luft ist kühl, aber noch nicht kalt. Flugzeuge sind gut isoliert. Wir treffen bei 20F ein.

»Wie weit ist die Spurensicherung gekommen, Callie?«, frage ich.

Sie blättert in der Akte. »Vollständige fotografische Erfassung des Tatorts sowohl vor als auch nach Entfernung der Leiche. Sie haben das Gepäck abgeholt. Es steht unten im Hangar. Das ist bis jetzt so ziemlich alles.«

»Irgendjemand hat sich ganz schnell eingeschaltet«, meint Alan.

Ich nehme mir einen Moment Zeit und schaue mich um. Nichts Außergewöhnliches. Keine Eingebung. Noch nicht. Das ist es. Das ist der Ort, genau hier, wo ein Mensch einen anderen ermordet hat. Ein Leben hat in diesem Sitz am Fenster geendet. Wenn man an die Seele glaubt – und das tue ich –, ist dies der Ort, wo die *Essenz* des Wesens Lisa Reid für alle Ewigkeit verschwunden ist.

Wie immer bin ich betroffen von der Unangemessenheit des Ortes, an dem der Tod eingetreten ist, berücksichtigt man die Wahrheit des Todes selbst. Ich habe einmal eine hübsche junge Frau gesehen, die im Dreck lag. Nackt. Jemand hatte sie erwürgt. Ihre Zunge hing aus dem geschwollenen, zerschlagenen Mund. Ihre offenen Augen starrten zum Himmel hinauf. Sie hatte noch immer einen Rest ihrer einstigen Schönheit, doch er verblasste rasch. Obwohl sie tot war, versank alles andere neben ihr in Bedeutungslosigkeit. Es gab keinen Dreck, keinen Wald, keinen Boden, keinen Himmel, nichts außer ihr. Es gibt auf der ganzen Welt keine Leinwand, die ein beendetes Leben einfangen könnte. Der Tod ist sein eigener Rahmen.

»Da ist Blut auf dem Sitzpolster«, sagt Callie und reißt mich aus meinen Gedanken. »Am einfachsten wäre es, das ganze Polster mitzunehmen, ihres, seins, und dann nach Fingerabdrücken zu suchen. Das wäre eine gute Vorgehensweise. Allerdings nur, wenn unser Freund keine Handschuhe getragen hat. Anschließend alles mit dem Staubsauger absaugen. Das wär's mehr oder weniger, wenn ihr mich fragt.«

»Ich könnte mir vorstellen, er hat irgendetwas mitgenommen«, wirft James ein.

Ich drehe mich zu ihm um. »Und was?«

»Eine Trophäe. Er hat das Kreuz in ihrem Körper zurückgelassen. Also hat er wahrscheinlich auch etwas von ihr mitgenommen. Er hat ein Faible für Symbole.«

Nicht alle Serienkiller nehmen Trophäen, aber ich muss James beipflichten.

»Es könnte alles Mögliche gewesen sein«, sagt Alan. »Schmuck … etwas aus ihrer Brieftasche … eine Haarlocke …« Er zuckt die Schultern. »Irgendwas.«

»Wir sehen uns ihre Habseligkeiten an und versuchen herauszufinden, ob etwas fehlt«, sage ich.

»Es wird immer kälter, Süße«, sagt Callie. »Wie sieht dein Schlachtplan aus?«

Callie hat recht. Ich habe eine erste Witterung von diesem Psycho aufgenommen, doch hier gibt es sonst nichts, das mir weiterhelfen könnte.

»Du und James, ihr bleibt hier und nehmt euch den Tatort vor. Ruft mich an, sobald ihr fertig seid. Alan, du setzt mich bei Lisas Wohnung ab. Anschließend befragst du die Zeugen … Stewardessen, Passagiere, jeden Einzelnen. Versuch außerdem herauszufinden, wie der Kerl sein Flugticket gekauft hat. Hat er bar bezahlt? Mit einer Kreditkarte? Falls er eine Kreditkarte benutzt hat, dann wahrscheinlich mit einer falschen Identität. Wie hat er es angestellt?«

»Verstanden.«

Callie nickt ebenfalls.

Ich werfe einen letzten Blick auf das Fenster, neben dem Lisa Reid gestorben ist; dann wende ich mich ab und verlasse den Tatort für immer. Das Bild wird irgendwann verblassen, das weiß ich schon jetzt.

Eines Tages werde ich in einem Flugzeug an einem Fensterplatz sitzen und nicht einmal mehr an Lisa Reid denken.
Eines Tages.

6

ALAN UND ICH FAHREN AUF DEM FREEWAY ZURÜCK nach Alexandria. Unterwegs herrscht kaum Verkehr; nur wenige andere Fahrzeuge sind auf der Straße. Ihre Fahrer haben wahrscheinlich den gleichen Wunsch wie wir: Sie würden gern im Bett liegen und schlafen.
Alan fährt schweigend. Wir haben die Heizung voll aufgedreht, um die Kälte zu vertreiben. Es ist dunkel – stockdunkel und still.
»Was hat die Kälte nur an sich, dass sie die Dinge stiller erscheinen lässt, als sie normalerweise sind?«, überlege ich laut.
Alan schaut kurz zu mir herüber und lächelt. »Die Dinge *sind* stiller in der Kälte«, sagt er. »Du bist an L. A. gewöhnt. Da wird es normalerweise nie kalt genug, um Mensch und Tier in die Häuser zu treiben. Hier schon.«
Er hat recht. Ich habe diese Erfahrung als Mädchen gemacht, im Alter zwischen sechs und zehn Jahren, bevor meine Mom an Krebs erkrankte. Damals machten wir oft lange Camping-Reisen mit dem Auto. Mom und Dad stimmten ihren Urlaub aufeinander ab, und wir verbrachten zwei Wochen damit, kreuz und quer durch die Vereinigten Staaten zu trekken, von einem Campingplatz zum nächsten.
Ich erinnere mich an das Anstrengende bei diesen Reisen: das nicht enden wollende Surren der Räder auf dem Asphalt, das Vorbeirauschen der Welt und die intensive, beinahe schmerzhafte Langeweile. Ich erinnere mich an Spiele, die ich mit meiner Mom im Wagen gespielt habe. I-Spy. »Pididdles« zählen – Fahrzeuge, bei denen nur ein Scheinwerfer brennt. Schräge Lieder, laut und falsch gesungen.
Innerhalb fünf Jahren sah ich große Teile der Vereinigten Staaten: Den Rocky Mountain National Park. Yellowstone. Mount Rushmore. Wir überquerten den Mississippi in verschiedenen Staaten und aßen Gumbo in New Orleans, wo der riesige Fluss ins Meer mündet.

Einmal war Dad besonders ehrgeizig und fuhr im Herbst den ganzen Weg hinauf bis in den Norden des Staates New York. Er wollte uns die Catskill Mountains zeigen, wo angeblich Rip Van Winkle gelebt hat, die Figur aus Washington Irvings Kurzgeschichtensammlung. Es war eine unerträglich lange Fahrt, und wir waren gereizt und völlig am Ende, als wir endlich ans Ziel kamen. Wir fuhren auf den Campingplatz, und ich stieg aus dem Wagen, so schnell ich konnte.

Die Laubbäume in den Catskills waren unglaublich. Ihre Blätter leuchteten in den sattesten Farben. Es war kalt, so kalt wie hier und jetzt, und ich erinnere mich an die beißende Luft auf meinen Wangen und an die weißen Wölkchen meines kondensierenden Atems in der Luft.

»Da muss man im Wald pinkeln«, hatte meine Mutter geschimpft, »und dabei kriegt man dann auch noch 'ne Gänsehaut am Hintern!«

»Ist es nicht trotzdem wunderschön?«, hatte mein Dad geantwortet, mit hörbarer Ehrfurcht in der Stimme, ohne Moms Zorn zu bemerken.

Das liebte ich so an meinem Vater: Er war jung geblieben, unendlich jung, wenn es darum ging, die Welt zu bestaunen. Meine Mom war vorsichtiger. Sie blieb mit den Füßen auf dem Boden, was wichtig war; Dad jedoch hielt unsere Köpfe in den Wolken, was seinen eigenen Wert besaß.

Ich weiß noch, wie Mom sich zornig zu ihm umdrehte, um eine Bemerkung zu machen, die ihr jedoch auf den Lippen erstarb, als sie die Freude auf seinem Gesicht entdeckte. Sie folgte seinem Blick und sah endlich, was auch er sah, wurde angesteckt von seinem Staunen und stolperte mitten hinein in seinen Traum.

»Das ist es«, sagte sie leise. »Das ist es wirklich.«

»Darf ich mir die Gegend angucken?«, fragte ich.

»Sicher, Kleines«, antwortete Dad. »Aber geh nicht zu weit weg. Bleib in der Nähe, hörst du?«

»Okay, Daddy.« Ich sprang davon und rannte unter die Bäume.

Ich hielt Wort und blieb in der Nähe. Ich musste nicht weit laufen, nur ungefähr fünfzig Schritte, und ich war plötzlich mutterseelenallein, einsamer als je zuvor im Leben. Ich blieb stehen, um dieses Gefühl in mich aufzunehmen – nicht so sehr aus Angst, eher aus Interesse. Ich war auf eine kleine Lichtung gelangt, die umsäumt wurde von mächtigen Bäumen mit blutrotem Herbstlaub, das an den Zweigen verrottete. Ich breitete die Arme aus, legte den Kopf weit in den Nacken, schloss die Augen und lauschte der Stille und dem Schweigen des Waldes.

Jahre später stand ich vor der Leiche einer jungen Frau in den Wäldern von Angeles Crest, erinnerte mich an die Stille und das Schweigen und fragte mich, wie es sein mochte, mitten in diesem Nichts getötet zu werden, umgeben von dieser Einsamkeit – einer gewaltigen Kathedrale für die eigenen Schreie der Qual und der Angst.

Damals, auf jener Fahrt nach New York, war ich zehn Jahre alt. Es war die letzte Reise, die wir unternahmen, bevor meine Mom krank wurde. Wenn ich an meine Eltern denke, sehe ich sie stets in dem Alter von damals vor mir, dreißig und einunddreißig Jahre alt, jünger, als ich heute bin. Wenn ich an meine Kindheit denke, denke ich an diese Camping-Touren, an I-Spy und an Pididdles und »Sind wir bald da?« und das Lamentieren meiner Mutter. Ich erinnere mich an das Staunen meines Vaters, an Moms Liebe zu ihm, an das Herbstlaub und die Bäume und die Zeit, als die Stille noch Schönheit enthielt und keine Erinnerungen an Tod.

LISA WOHNT IN EINEM NEUBAU, fast im Zentrum von Alexandria. Die Reihenhäuser sind schmuck, passen aber nicht so recht in die Umgebung.

»Irgendwie wie Kalifornien in Virginia«, meint Alan und spricht meine Gedanken aus.

Das Haus hat seine eigene kleine Auffahrt. Es ist verputzt und mit braunem Holz verkleidet. Noch ist niemand hier gewesen. Noch gibt es kein gelb-schwarzes Absperrband an der Tür. Wir parken den Wagen in der Auffahrt, steigen aus und gehen zur Tür. Alan will sich Lisas Haus mit mir zusammen ansehen, ehe er sich auf die Jagd nach den Zeugen macht.

Wir sind noch einmal beim Leichenschauhaus vorbeigefahren, wo ich Lisas Schlüssel geholt habe. Ich probiere einen nach dem anderen im schwachen Licht der Straßenlaternen, doch keiner will passen.

»Der da vielleicht?« Alan zeigt auf einen goldfarbenen Schlüssel.

Ich schiebe ihn ins Sicherheitsschloss, und es dreht sich mit einem hörbaren Klicken. Ich stecke den Schlüsselbund in die Jackentasche, und wir ziehen beide unsere Waffen.

»Ladys first«, sagt Alan.

Das Haus hat zwei Gästezimmer, von denen eines als Arbeitszimmer dient. Wir sehen uns rasch in diesen beiden Zimmern sowie im Gästebad und im Elternschlafzimmer um, bevor wir unsere Waffen wieder einstecken.

»Hübsche Wohnung«, sagt Alan.

»Ja.«

Alles ist in gedämpften Erdfarben gehalten, unaufdringlich, ohne langweilig zu sein. Überall finden sich Farbtupfer, angefangen bei kastanienroten Wurfkissen auf dem Sofa bis hin zu weißen Baumwollvorhängen mit blauem Blumenmuster entlang den Säumen. Alles ist sauber und frei von Gerüchen. Keine Haustiere, keine schmutzige Wäsche, kein stehen gebliebenes Essen. Lisa hat nicht geraucht. Der Wohnzimmertisch aus Holz ist übersät mit einem bunten Allerlei von Magazinen und Büchern. Lisa war ordentlich, aber nicht pedantisch.

»Ist es okay, wenn ich jetzt fahre?«, fragt Alan.

Ich schaue auf die Uhr. Es ist fünf.

»Klar. Aber bevor du dich auf die Suche nach den Zeugen machst oder den Geldstrom analysierst, mach bitte eine Datenbankanfrage nach Morden mit der gleichen oder einer ähnlichen Signatur.«

»Du meinst das Kreuz?«

»Das Kreuz oder auch nur die Symbole auf dem Kreuz. Ich glaube zwar nicht, dass wir auf Verbrechen stoßen, die lange zurückliegen, aber es wäre möglich, dass sich in der jüngeren Vergangenheit nicht aufgeklärte Morde finden.«

Er runzelt die Stirn. »Du meinst, der Killer ist bereits längere Zeit am Werk und hat jetzt erst beschlossen, ins Licht zu treten?«

»Genau.«

»Ziemlich dumme Idee, wenn du mich fragst.«

»Hoffen wir, dass du recht hast.«

Ich bin allein. Ich lasse das Licht ausgeschaltet. Die Morgendämmerung hat eingesetzt, und ich will das Wohnzimmer so sehen, wie Lisa es gesehen hätte. Ich setze mich auf die Couch, braune Mikrofaser, ein Sofa wie tausend andere, sieht man davon ab, dass dieses Sofa Lisa gehörte. Sie hat hier auf diesem Sofa gesessen, wieder und wieder. Ich kann ihren Lieblingsplatz sehen – ein Kissen, das ein klein wenig abgenutzter ist als die anderen.

Gegenüber der Couch steht ein mittelgroßer Fernseher mit Flachbildschirm in gemütlichem Abstand von der Sitzecke. Ich stelle mir vor, wie Lisa hier sitzt, die Lichter aus, und wie Schatten über ihr Gesicht tanzen. Ich sehe eine Flasche Nagellack auf dem Wohnzimmertisch und muss lächeln. Sie hat ferngesehen, während sie sich die Fingernägel lackiert hat. Ich entdecke ein Buch auf einem Beistelltisch, eine humorvolle Liebesgeschichte. Vielleicht hat sie in dem Buch gelesen, während ihre Fußnägel getrocknet sind. Unschuldige Laster.

Diese Wohnung war ein Zufluchtsort, ein Heiligtum; dennoch werde ich sie auf den Kopf stellen. Ich glaube, dass ich zumindest in dieser Hinsicht den Killern, die ich jage, sehr ähnlich bin. Ich werde mich durch dieses Haus bewegen und Türen und Schubladen öffnen, werde Lisas E-Mails lesen und in ihren Arzneischrank schauen. Ich werde sämtliche Grenzen zu ihrer Privatsphäre überschreiten, bis es nichts mehr zu finden gibt.

Früher einmal konnte Lisa den Schlüssel umdrehen und die Welt draußen daran hindern, ihre Geheimnisse zu entdecken, aber das ist vorbei. Die Killer, die ich jage, beziehen ihre Machtphantasien aus der Vorstellung, sämtliche Barrieren niederzureißen, die ihr Opfer um sich herum errichtet hat, bis es schutzlos und voller Todesangst vor ihnen steht.

Meine Motive sind offensichtlich reiner, doch ich habe bereits vor langer Zeit gelernt, dass ich mit meiner Arbeit nicht weiterleben könnte, wäre ich unehrlich zu mir selbst, und die Wahrheit ist: Auch ich spüre einen Anflug dieser Macht, den Nervenkitzel eines Voyeurs, wenn ich das Heim eines Opfers durchsuche und alles durchwühle. Ich kann hinschauen, wohin ich will, anfassen, was ich will, jede Tür aufmachen, die ich öffnen will. Es ist berauschend, dieses Gefühl der umfassenden Kontrolle, und ich kann *beinahe* verstehen, warum es für Psychopathen so anziehend ist.

Ich stehe auf und gehe in die Küche. Sie ist klein, funktionell und sehr sauber. Braune Granitarbeitsflächen. Ein Kühlschrank aus Edelstahl mit dazu passender Mikrowelle, Ofen und Geschirrspüler. Ich öffne ein paar Schränke und schaue hinein. Weißes Porzellan, sauber und sorgfältig gestapelt.

Der Kühlschrank ist fast leer. Ich sehe eine Einkaufsliste an der Kühlschranktür. Darauf steht: Mineralwasser, Binden, Mac und Käse.

Das brauchst du jetzt alles nicht mehr, Lisa.
Die Küchenschubladen liefern keine Erkenntnisse. Besteck, ein Telefonbuch, ein paar Stifte und Haftnotizen. Ich bin nicht allzu überrascht. Lisa war ein Mensch, der es gewöhnt war, sich in der Öffentlichkeit zu verstellen. Sie hat ihre Geheimnisse sicherlich nicht hier aufbewahrt, wo ein Gast sie zufällig finden kann.
Ich gehe weiter ins Schlafzimmer. Es ist mittelgroß und mit flauschigem, beigefarbenem Teppichboden ausgelegt. Das Bett beherrscht den Raum, ein California Kingsize. Die irdenen Farbtöne aus dem Wohnzimmer finden ihre Fortsetzung. Lisa hatte ihren Stil gefunden, was das Dekor angeht: Feminin, ohne mädchenhaft zu wirken.
Ich gehe zum Nachttisch, zumeist der Ort, an dem Frauen ihre Geheimnisse aufbewahren. Ich öffne die oberste Schublade und werde nicht enttäuscht. Dort liegen ein Plastikbeutel voll Marihuana und Blättchen zum Zigarettendrehen. Außerdem eine Flasche Babyöl und ein Magazin mit Fotos von muskulösen nackten Männern. Ich schaue mich um und sehe den CD-Player.
Ich stelle mir vor, wie Lisa eine CD einlegt, sich einen Joint ansteckt und inhaliert, während sie durch die Seiten des Magazins blättert, bis sie den richtigen visuellen Anreiz findet … sich zurücklehnt, das Babyöl nimmt …
An diesem Punkt trennen sich unsere Wege, Lisa.
Meine Hände haben einen anderen Tastsinn, wenn sie in die dortigen Regionen wandern. Ich hatte niemals einen Penis, und ich wollte niemals einen, auch wenn ich Penisse in den Händen gehalten habe. Ich weiß, wie sie sich anfühlen, wie sie riechen, wie sie schmecken … doch ich weiß nicht, wie es ist, einen Penis zu berühren und zu spüren, dass es der eigene ist.
Hat es dir etwas ausgemacht? Du hast dich zu Männern hingezogen gefühlt, du hast dich danach gesehnt, eine Frau zu sein. Wenn du deinen Penis berührt hast, war er dir fremd? Hast du ihn in deiner Phantasie in etwas anderes verwandelt?
Ich versuche mich in Lisa hineinzuversetzen, zu empfinden, wie sie empfunden haben mag, doch die Erfahrung bleibt mir verschlossen.
Ich nehme mir die nächste Schublade vor und finde lediglich ein paar Taschentücher.

Ich gehe zur Kommode und durchsuche weitere Schubladen. Sie sehen aus wie meine eigenen. Ich sehe keinerlei Männersachen. BHs, Höschen, T-Shirts, Jeans. Genauso der begehbare Kleiderschrank – eine Mischung aus Kostümen, Hosenanzügen und tonnenweise Schuhen. Lisa hatte einen guten Geschmack, ein klein wenig zu schrill, um klassisch zu sein, und trotzdem relativ unaufdringlich. Freche Anspielungen, ohne mit der Tür ins Haus zu fallen.

Ich verlasse das Schlafzimmer und wende mich dem angrenzenden Bad zu. Erneut springt es mich förmlich an: Dies ist die Wohnung einer Frau. Make-up, Luffa, Seife mit Lavendelduft. Badeperlen, pinkfarbene Damenrasierer, ein Handcremespender. Selbst der Toilettendeckel ist heruntergeklappt. Hat sie im Sitzen gepinkelt? Oder im Stehen?

Der Arzneischrank ist der eines gesunden Menschen. Ich sehe Aspirin, Pflaster, Verbandmull und dergleichen. Keine Antidepressiva, keine verschreibungspflichtigen Schmerzmittel – überhaupt keine Medikamente, was mich verblüfft, bis es mir aufgeht: Lisa hat ihre Medikamente mitgenommen auf ihre Reise nach Texas.

Unter dem Waschbecken sind ein Wischlappen und Badreiniger. Auf dem Fußboden steht eine digitale Waage, und ich steige aus Gewohnheit darauf, immer noch in dem Bemühen, Lisa zu sein. Ich stelle mir vor, wie ich die Lügen der Anzeige ignoriere, so wie Lisa es getan hätte. Ein letztes Innehalten, ein Blick in die Runde, und ich verlasse das Bad, um mich in ihrem Arbeitszimmer umzusehen.

Das Büro ist in den gleichen dunklen Erdtönen gehalten wie die gesamte Wohnung. Vor dem Fenster steht ein Schreibtisch. Lisa konnte nach draußen schauen, wenn ihr danach war, während ihr Flachbildschirm gleichzeitig vor dem grellen Sonnenlicht geschützt wurde. Der Schreibtisch selbst besteht aus dunklem Holz und ist weder besonders massiv noch ausgesprochen zierlich, sondern irgendwo dazwischen. Offenbar stand Lisa auf Holz. Ich habe nur sehr wenig Metall an ihren Möbeln gesehen.

Neben dem Schreibtisch steht ein Aktenschrank. An der Wand gegenüber ein hohes Bücherregal, ebenfalls aus dunklem Holz. Ich werfe einen flüchtigen Blick auf die Buchrücken. Es handelt sich fast ausnahmslos um Reiseführer für Schwule und Lesben.

Ein Blick in den Aktenschrank enthüllt nichts von unmittelbarem

Interesse. Wir müssen alles gründlich durchgehen, doch das ist nicht der Grund, warum ich jetzt hier bin. Ich suche nach etwas, irgendetwas, das mir ins Auge springt, das uns helfen könnte, die richtige Fährte aufzunehmen.

Ich sehe mir den Schreibtisch genauer an. Er ist sauber, nichts außer einer kleinen Schale und einem Stift darin. Ich schließe die Augen, versuche mir Lisas morgendliche Routine vorzustellen. Ich schlüpfe aus den Schuhen, weil sie wahrscheinlich barfuß im Haus umhergelaufen ist – der Grund für den dicken Teppichboden überall.

Ich stelle mir vor, wie sie aufwacht, zur Kaffeemaschine geht, sich einen heißen Kaffee einschenkt und mit verschlafenen Augen an den Schreibtisch kommt, vor dem Computer Platz nimmt ...

Nein. Falsch.

Es gibt einen entscheidenden Unterschied zwischen Lisa und mir. Wenn ich morgens erwache, mögen meine Haare eine Katastrophe sein, ich habe Ränder unter den Augen, ich denke vielleicht sogar, dass ich meine Oberlippe mit Wachs enthaaren muss – aber ich muss niemals befürchten, dass jemand unangekündigt vor meiner Haustür steht und herausfindet, dass ich in Wirklichkeit gar keine Frau bin.

Lisa hatte genau diese Sorge. Eine beständige Sorge. Ich schließe die Augen und kehre an den Ausgangspunkt zurück.

Ich stelle mir vor, wie sie aufwacht. Ihr erster Weg führt sie ins Bad. Duschen, Beine rasieren, falls nötig, Zähneputzen. Haare machen. Make-up auflegen – nichts besonders Schickes, nur so viel, dass es ein Frauengesicht ist, das ihr aus dem Spiegel entgegenblickt. Wir alle sind auf die eine oder andere Weise Sklaven des Spiegels, doch für Lisa hatte er eine noch viel weiter reichende Bedeutung.

Die Kleidung ist leger, eine weite Jogginghose und ein T-Shirt sind okay, doch das Gesicht muss fertig sein, bevor sie sich einen Kaffee einschenkt. Es ist das Erste, was sie am Morgen nach dem Aufwachen tut – sie bereitet sich auf die Möglichkeit vor, dass Gott weiß wer sie sieht.

Jetzt passt auch der Rest: der Kaffee, der barfüßige Weg in dieses Arbeitszimmer.

Ich setze mich vor ihren PC und schalte ihn ein. Der Desktop-Hintergrund ist ein atemberaubendes Bild der ägyptischen Pyramiden vor einem wolkenlos blauen Himmel.

Ich öffne den Webbrowser und gehe den Verlaufsordner durch, um herauszufinden, welche Seiten Lisa besucht hat. Es ist eine Mischung aus Shopping und Geschäft. Ich entdecke ihre eigene Webseite, Rainbow Travels. Die erste Seite zeigt ein Foto von Lisa, lächelnd und hübsch. Hätte ich nur dieses Bild, ich würde im Traum nicht auf den Gedanken kommen, sie könnte mal ein Mann gewesen sein.

Fotos ...

Ich stehe auf, gehe aus dem Arbeitszimmer zurück ins Wohnzimmer, ins Schlafzimmer ... Ich hatte recht. Keine Fotos an den Wänden. Keine Bilder von ihrer Familie, keine Schnappschüsse von Rosario oder Dillon, nicht mal ein Foto von ihr selbst. Ein Picasso-Kunstdruck und ein Schwarzweiß-Poster von Ansel Adams. Mehr nicht.

Das macht mich nachdenklich. Warum keine Fotos? War die Vorstellung unangenehm für sie, jeden Tag ihre Eltern zu sehen? Oder war es einfach eine Fortsetzung ihrer Bemühungen, die Eltern vor ihrem eigenen Leben zu schützen? Damit kein Besucher einen Zusammenhang herstellen konnte?

Ich kehre ins Arbeitszimmer zurück, setze mich wieder vor den Computer und sehe ihre E-Mails durch. Massenhaft geschäftliche Korrespondenz, E-Mails im Zusammenhang mit Online-Käufen ... aber auch hier gibt es merkwürdigerweise nichts, rein gar nichts Persönliches.

Es ist wie eine Cyberspace-Version der fehlenden Familienfotos.

Allmählich entwickle ich eine Vorstellung von Lisa, die Rosarios Annahme vom zufriedenen Leben ihrer Tochter widerspricht. Zugegeben, das Haus ist hübsch. Lisa hatte ihr eigenes Reiseunternehmen, sie hatte einen Flachbildfernseher und Marihuana und Babyöl, alles schön und gut – doch in mir regt sich der Verdacht, dass diese Wohnung ein Ort der Einsamkeit war, ein Ort der täglichen Routine und des Verlassenseins.

Ich finde keine E-Mails an Freundinnen oder Freunde, und auch Lisa selbst hat keine erhalten. Keine Besuche auf Dating-Seiten, nicht der geringste Hinweis darauf, dass sie nach draußen gegangen wäre.

Ich stoße einen Seufzer aus und lehne mich im Bürosessel zurück. Ich bin unzufrieden. Wo ist Lisa in dieser Wohnung? Wo ist ihre Seele?

Mein Fuß berührt irgendetwas unter dem Schreibtisch. Stirnrunzelnd schiebe ich den Sessel zurück, beuge mich vor und hebe es auf. Als ich sehe, was ich da gefunden habe, geht mein Puls schneller.

Es ist ein braunes, in Leder gebundenes Notizbuch, auf dessen Vorderseite in goldenen Buchstaben das Wort »Journal« geprägt ist.

»Endlich kommen wir einen Schritt weiter«, murmle ich.

Der erste Eintrag liegt eine Woche zurück. Lisa hat eine hübsche, geschwungene, gut zu lesende Handschrift. Ich fange an zu lesen.

Ich weiß überhaupt nicht, warum ich diese Tagebücher führe. Vielleicht, um meine Einsamkeit zu dokumentieren. Ich weiß es wirklich nicht.

Jedenfalls hilft es, sich dann und wann hinzusetzen und die Worte zu schreiben: Ich bin einsam. Ich bin einsam. Ich bin so verdammt einsam.

Gestern habe ich in der Bibel gelesen, im ersten Brief an die Korinther. Ich habe darin gelesen und musste weinen. Ich weinte, weinte, weinte. Ich konnte nicht anders. Da steht:

Liebe ist langmütig, Liebe ist gütig. Sie ereifert sich nicht, sie prahlt nicht, sie bläht sich nicht auf. Sie ist nicht ungehörig, sie ist nicht selbstsüchtig, sie lässt sich nicht zum Zorn reizen, sie trägt das Schlechte nicht nach. Die Liebe erfreut sich nicht am Unrecht, sondern an der Wahrheit. Sie erträgt alles, glaubt alles, hofft alles und hält allem stand. Die Liebe hört niemals auf.

Ich las diese Zeilen, und für einen Moment hatte ich das Gefühl, nicht mehr atmen zu können. Es schmerzte so sehr, dass ich glaubte, zerspringen zu müssen.

Es war die Frage, die diese Zeilen in mir aufsteigen ließ: Werde ich jemals einen Menschen haben, dem ich diese Worte sagen kann? Jemals im Leben? Wird irgendwann einmal jemand so für mich empfinden?

Gibt es einen Mann da draußen, der mich küsst und der herausfindet, was ich bin, und mich trotzdem weiter küsst und bei mir bleibt? Und wenn es ihn gibt – werde ich ihn erkennen, wenn er mir begegnet?

Ich weiß, ich weiß. Ich bin auf einer Reise, und es ist ein Marathon und kein Sprint. Aber manchmal habe ich Zweifel. Zweifel an mir selbst. Zweifel an meinen eigenen Entscheidungen. Manchmal – ich schäme mich, es zu sagen – habe ich sogar an Gott meine Zweifel.

Wie kann ich Gott anzweifeln? Gott ist der Einzige, der immer für mich da gewesen ist.

Verzeih mir, Gott.
Manchmal fühle ich mich nur so schrecklich einsam.

Ich lese diese Zeilen und schlucke mühsam. Dann gehe ich zum nächsten Eintrag. Er ist zwei Tage nach dem ersten datiert.

Nana ist tot. Keine Überraschung, aber es tut trotzdem weh. Nana war Rassistin. Nana hätte mich nicht akzeptiert, wie ich jetzt bin – ich habe sie trotzdem geliebt, ich konnte nicht anders. Immerhin hat sie mein Geheimnis stets bewahrt. Das große Geheimnis. Sie hat mich weiter geliebt, selbst nach dieser schrecklichen Sache, jenem schmachvollsten Akt, den ich jemals begangen habe ...

Ich runzle die Stirn. Der Eintrag ist zu Ende. Ich streiche mit dem Finger über die Innenseite und merke, dass Seiten aus dem Tagebuch herausgerissen wurden. Ich blättere die weiteren Seiten durch.
Dann sehe ich es.
Und erstarre.
Meine Hände zittern, als ich das Tagebuch weiter aufklappe, um genauer hinzusehen, um sicher zu sein, dass ich tatsächlich sehe, was ich sehe.
Ganz oben auf einer Seite. Ein handgemaltes Symbol.
Ein Schädel und gekreuzte Knochen.
Darunter steht:

WAS SAMMLE ICH? Das ist die Frage, und diese Frage ist der Schlüssel. Beantworte sie schnell, oder es werden noch mehr Menschen sterben.

Ich lasse das Tagebuch auf den Schreibtisch fallen. Mein Herz schlägt rasend schnell.
Das ist *er*. Er war hier, in ihrer Wohnung. Der Mann aus dem Flugzeug.
Der Mann, der Lisa umgebracht hat.

7

»Also lässt er Hinweise zurück.«

Alan meint es als Feststellung, und er hört sich nicht gerade glücklich an.

»Und er hat eine Frist gesetzt. Schnappt mich, oder ich töte weiter.«

In dem Augenblick, als mir klar wird, dass der Täter ein Serienkiller ist, bleibt alles stehen. Es ist ein Augenblick vollkommener Stille. Der Atem stockt, die Erde hört auf sich zu drehen, und ein leises Summen erfüllt meinen Kopf und pulsiert durch meine Adern.

Es ist ein furchtbarer, aber notwendiger Augenblick, in dem ich die Bürde meines Berufs auf mich lade: Bis ich ihn (oder sie, Singular oder Plural) gestellt habe, geht das Töten weiter. Jeden Mord, der von nun an begangen wird, habe auch ich zu verantworten.

Es ist eine Sache zu wissen, dass die Psychopathen, die wir jagen, so lange töten, bis wir sie erwischen. Doch es ist eine vollkommen andere Sache, wenn sie dir klipp und klar sagen, dass sie bereits das nächste Opfer ins Visier genommen haben. Es ist eine ganz andere Größenordnung, was den Druck betrifft.

»Verdammt.« Alan seufzt. »Ich bin diese Arschlöcher leid. Begreifen die denn niemals, dass sie bloß ganz gewöhnliche Mörder sind?«

»Für sie ist es jedes Mal neu.«

»Ja, klar. Was hast du jetzt vor?«

Ich habe zuerst Alan angerufen, ohne großartig darüber nachzudenken. Ich musste mit jemandem reden, musste jemandem erzählen, was ich gefunden habe. Inzwischen verebbt der Adrenalinschock allmählich.

»Woran arbeitest du gerade, Alan?«, frage ich.

»Der Kerl hat sein Flugticket mit einer Kreditkarte bezahlt. Es ist eine gültige Karte, ausgestellt vor ein paar Jahren. Ich habe eine Adresse und bin auf dem Weg dorthin.«

Meine Zuversicht sinkt.

»Wie lautet der Name auf der Kreditkarte?«

»Richard Ambrose.«

»Der echte Richard Ambrose ist tot, Alan, wer immer er war.«

»Ich weiß.«

Hätte der Killer seine Identität völlig neu erfunden, wäre die Kreditkarte erst in jüngerer Zeit ausgestellt worden.

»Er hat wahrscheinlich jemanden gefunden, der seiner eigenen Personenbeschreibung nahekam«, überlege ich laut. »Das hilft uns vielleicht ein Stück weiter.«

»Möchtest du, dass ich zu diesem Ambrose fahre? Oder soll ich zu dir kommen?«

»Fahr zu Ambrose, ich komme hier schon zurecht.«

»In Ordnung. Ned und ich sehen uns die Sache an, dann melden wir uns bei dir.«

In seiner Zeit beim Morddezernat hat Alan von seinem Mentor gelernt, dass das Notizbuch der beste Freund eines Ermittlers ist und dass ein Freund einen Namen haben sollte. Alan gab seinem Notizbuch den Namen »Ned«. Dieser Name ist bis heute geblieben. Im Laufe der Zeit habe ich viele Inkarnationen Neds aus den unterschiedlichsten Innentaschen kommen sehen. Ned war stets ein zuverlässiger Freund.

»Okay, Alan.«

»Bist du sicher, dass du zurechtkommst?«

»Absolut. Mach weiter wie geplant.«

»Eieieiei«, murmelt Callie, nachdem ich ihr alles erzählt habe. »Unser verrückter Hänsel, der uns eine Spur aus blutigen Brotkrumen hinterlässt.«

James hatte recht: Der Killer nimmt irgendetwas von seinen Opfern. Er hat es selbst geschrieben.

»Wie kommt ihr voran?«, frage ich.

»Wir sind mit dem Staubsaugen fertig. Keine Ahnung, wie sehr uns das weiterhilft, bevor nicht ein Labor den Inhalt des Beutels untersucht hat. Ich konnte keine Fingerabdrücke finden, nur ein paar verwischte Bereiche auf den Lehnen, wo man normalerweise Abdrücke erwarten würde.«

»Er hat sie wahrscheinlich selbst abgewischt.«

»Ja. Ein Dummkopf ist er nicht. Aber das hatten wir ja gleich vermutet.«

»Jede Wette, dass er im System ist.«

»Wieso?«

»Er lässt bewusst Hinweise für uns zurück, Callie. Wir sollen wissen, dass er da ist. Er will, dass wir ihn jagen. Warum macht er sich dann die Mühe, seine Fingerabdrücke zu verwischen? Ich nehme an, weil er weiß, dass sie uns direkt zu ihm führen würden.«

»Hmmm. Falls ja, ist es zwar nicht unmittelbar beweisdienlich, aber es hilft weiter. Es bedeutet, dass der Kerl entweder aktenkundig oder Regierungsangestellter ist ... oder dass er beim Militär war.«

»Das ist doch schon was. Noch mehr?«

»Bis jetzt nicht. Wir werden gleich die Sitzkissen abnehmen. Und ich muss noch das Gepäckfach über der Sitzreihe nach Fingerabdrücken untersuchen, dann sind wir hier fertig.«

»Ich möchte, dass ihr als Nächstes hierherkommt. Wir müssen das Haus nach Spuren absuchen.«

Callies Antwort ist ein übertrieben dramatisches Seufzen. »Keine Ruhepause für die zukünftige Braut, oder wie?«

Ich muss kichern. »Entspann dich. Marilyn arbeitet doch sicher noch an der Logistik des schönsten Tages in deinem Leben?«

Marilyn ist Callies Tochter, und sie hat die Planung der Hochzeitsfeier übernommen.

»Es ist nicht Marilyn, um die ich mir Sorgen mache. Es ist ihre Gehilfin.«

Ich runzle die Stirn. »Ihre Gehilfin?«

»Kirby Mitchell.«

Ich hebe die Augenbrauen. »Du meinst ... unser Strandhase Kirby?«

»Kennst du sonst noch eine Kirby?«

Kirby Mitchell ist ein exzentrischer weiblicher Bodyguard. Ich hatte sie vor ein paar Jahren angeheuert, um ein potenzielles Opfer zu beschützen. Kirby ist Anfang dreißig, einsfünfundsechzig groß, blond und blauäugig. Sie sieht aus wie eines der hübschen, braun gebrannten kalifornischen Strandbunnys. Doch hinter dieser Fassade verbirgt sich eine ganz andere Kirby. Sie ist in Wirklichkeit eine Ex-CIA-Agentin – oder »irgendwas in der Art«, wie sie gerne immer wieder sagt. Gerüchten zufolge hat sie in Zentral- und Südamerika mehrere Jahre als Auftragskillerin für die Regierung der Vereinigten Staaten gearbeitet, bevor sie sich in dieser Branche selbstständig gemacht hat. Ich hege nicht die geringsten Zweifel an den Gerüchten um Kirby. Sie ist trotz ihres Zahnpasta-Lächelns und ihrer ständig guten Laune ein eiskalter Profi und tödlich wie eine Klapperschlange.

Außerdem ist sie loyal und humorvoll und hat es irgendwie fertiggebracht, sich in unser Team einzuschmuggeln.
»Wieso ausgerechnet Kirby?«, frage ich.
»Für einen weiblichen Profikiller hat sie einen sehr guten Geschmack, Smoky. *Superb.*«
»Verstehe.«
»Allerdings benötigt sie jemanden, der auf sie aufpasst, weißt du?«
»Oh ja, ich weiß.«
Kirby ist skrupellos, wenn es um die Umsetzung spontaner Entschlüsse geht, und ihr moralischer Kompass benötigt hin und wieder den einen oder anderen Stubser.
Callie seufzt. »Ich bin sicher, dass alles in Ordnung kommt. Wenn jemand versucht, sich ungebührlich an uns zu bereichern, soll Kirby ihm nicht *allzu sehr* wehtun, hab ich ihr gesagt.«
»›Nicht allzu sehr wehtun?‹«, frage ich.
Ich kann Callie beinahe grinsen hören. »Welchen Sinn hat es, eine Profikillerin als Hochzeitsplaner zu beschäftigen, wenn du sie nicht einmal dazu benutzen kannst, Dienstleister einzuschüchtern?«

Ich rufe Rosario Reid an und informiere sie in aller Kürze über unsere bisherigen Ergebnisse. Sie schweigt ein paar Sekunden.
»Er ... er war dort? Der Mann, der meine Lisa ermordet hat, war in ihrer Wohnung?«
»Ja.«
Neuerliches Schweigen. Ich weiß, was sie empfindet. Trauer, Wut, unbezähmbaren Hass. Den ohnmächtigen Wunsch, den Mistkerl zu zerquetschen, der ihrer Tochter das angetan hat, der ungestraft durch Lisas Wohnung und durch ihr Leben spaziert ist und ihr, Rosario, das Kind nahm.
»Rosario, ich muss diese Frage stellen: Wissen Sie vielleicht, worüber Lisa in ihrem Tagebuch geschrieben hat? Das große Geheimnis, das sie erwähnt?«
»Ich habe nicht die leiseste Ahnung.«
Wirklich nicht? Oder lügst du mich an?
Ich lasse das Thema auf sich beruhen – für den Augenblick.
Rosario seufzt. »Was werden Sie als Nächstes tun?«, fragt sie.
»Sobald meine Leute mit dem Flugzeug fertig sind, kommen sie

hierher in Lisas Wohnung. Sie werden das Haus von oben bis unten auf den Kopf stellen.«

»Ich verstehe.« Wieder Schweigen. »Danke, dass Sie mich auf dem Laufenden halten, Smoky. Bitte rufen Sie mich an, wenn Sie irgendetwas brauchen.«

Sie legt auf. Mir wird jetzt erst bewusst, dass sie mich nicht danach gefragt hat, was sonst noch in Lisas Tagebuch geschrieben steht.

Vielleicht bist du am Ende ja doch zu Unehrlichkeit imstande, Rosario? Vielleicht fürchtest du dich insgeheim davor herauszufinden, dass Lisa nicht ganz so glücklich war, wie sie dir immer erzählt hat?

Ich kann es ihr nicht verdenken. Auch ich will, dass die Erinnerungen an meine Alexa so makellos sind wie nur möglich.

Mein Handy summt. Es ist Alan.

»Richard Ambrose ist tot«, sagt er ohne Umschweife. »Seine Leiche liegt noch hier im Haus.«

Ich fluche in mich hinein. Diese Sache gleitet mir aus der Hand.

»Gib mir die Adresse, Alan. Ich nehme mir ein Taxi und komme zu dir.«

8

INZWISCHEN IST ES FAST ZEHN UHR MORGENS, und so langsam fühle ich mich wie jemand, der eine Nacht durchgemacht hat. Meine Augen sind trocken, ich habe einen schlechten Geschmack im Mund und Schmerzen, die ich normalerweise gar nicht kenne.

Ich konzentriere mich auf das Wetter und den Himmel, um mich wachzurütteln. Die Kälte hat die Luft gereinigt, und der Himmel ist unglaublich blau. Als ich aus dem Taxi steige, erfasst mich der Wind. Er ist beißend, doch nicht unangenehm. Die Sonne brennt kalt vom Himmel – nur Licht, keine Wärme.

Richard Ambrose hat in einem mittelgroßen älteren Haus gewohnt. Es besitzt ein weit vorspringendes Schrägdach – typisch für Häuser in Gegenden, in denen viel Schnee fällt. Das Äußere ist größtenteils grauer Stein, aufgehellt an verschiedenen Stellen mit blauen und weißen Säumen. Das Haus steht inmitten eines großen umzäunten Gartens voller Herbstblätter.

Es ist eine stille, bezaubernde Gegend. In mir steigen Visionen von Apfelcider an Halloween auf, an Kinder, die diese Blätter auf dem Rasen zu einem Haufen zusammenkehren, um anschließend darauf zu springen. Ich gehöre nicht zu jenen Kaliforniern, die der Meinung sind, dass Kalifornien allen anderen Bundesstaaten überlegen sei oder gar der einzige Ort, an dem man es aushalten kann. Ich kann verstehen, wie anziehend ein Ort wie dieser wirken muss, was für eine Ausstrahlung er besitzt. Ich könnte mir sogar vorstellen, hier zu leben – wäre nicht der verdammte Schnee.

Ich hasse den Schnee.

Ich bezahle das Taxi und schicke es fort, und dann stapfe ich durch das raschelnde Herbstlaub zur Betonveranda. Ich sehe, wie der Nachbar zur Linken hinter einem Vorhang hervorspäht. Die Vordertür ist aufgebrochen. Ich trete ein und finde mich umhüllt vom widerlichen, süßlichen Geruch nach Tod und Verwesung.

»O Gott ...« Ich schlucke mühsam, um den Brechreiz zu unterdrücken, und zwinge mich, die Tür hinter mir zu schließen.

Das Innere des Hauses ist warm – wärmer, als es sein sollte, als hätte jemand die Heizung hochgedreht.

Ist das ein kleines Geschenk an uns?, frage ich den Killer. *Hast du das Haus mit Absicht in eine Sauna verwandelt, damit der Leichnam zu stinken anfängt?*

Ich atme tief durch die Nase ein und aus und kämpfe gegen den Würgereiz an, der mich erfasst. Ich habe keine Maske, die ich aufsetzen könnte, und kein Menthol, das ich mir unter die Nase reiben kann. Das Atmen ist ein weiterer Trick: Atme den Gestank in vollen Zügen ein und überlaste den Riechnerv, bis er den Dienst quittiert. Doch nichts funktioniert zu hundert Prozent – nichts außer einer Gasmaske. Der Geruch des Todes ist zu durchdringend.

Das Innere des Hauses passt zum Äußeren. Antike Einrichtungsgegenstände. Ich sehe überall dunkle Hartholzdielen, und obwohl das Holz glänzt, ist es verkratzt und abgenutzt – edles, altes Holz. Die Wände sind Feinputz, und die Lampen sind ebenso alt wie authentisch.

»Alan?«, rufe ich gedämpft.

»Oben«, kommt seine Antwort.

Die Treppe in den ersten Stock liegt der Haustür gegenüber. Sie ist schmal und zu beiden Seiten von einer Wand gesäumt. Ich steige die Stufen hinauf, die ohne Ausnahme knarren und quieken – noch mehr von diesem alten Holz. Der Gestank nach verwesendem Fleisch wird von Sekunde zu Sekunde stärker.

Ich erreiche den oberen Absatz und finde mich vor einer Wand wieder. Ein Flur führt nach rechts und links.

»Wo bist du?«, rufe ich erneut.

»Elternschlafzimmer!«, ruft er zurück. Seine Stimme kommt von links.

Ich wende mich nach links und lausche den Dielen, die protestierend knarzen, als ich über sie hinweggehe. Es klingt wie ein mürrischer alter Mann. Ich komme an einem Kunstdruck an der Wand vorbei, eine Zeichnung von Picasso, Don Quichotte auf seinem Pferd.

Ich erreiche das Schlafzimmer, trete ein.

»*Gottverdammt!*«, entfährt es mir, und ich verziehe das Gesicht.

Alan steht am Fuß des Bettes und starrt auf etwas hinunter, das einmal ein Mensch gewesen ist.

Ambrose liegt auf dem Rücken, die Arme an den Seiten. Er ist nicht mehr aufgedunsen. Seine Haut hat eine cremige Konsistenz, an anderen Stellen ist sie bereits schwarz, und Körperflüssigkeiten sind über die Matratze gelaufen und tropfen auf beiden Seiten des Bettes zu Boden. Der Gestank hier drin ist überwältigend. Mein Mund füllt sich mit Speichel, und ich habe Mühe zu schlucken. Alan scheint das alles nichts auszumachen.

»Nach dem fortgeschrittenen Verfall zu urteilen ist er zwischen zehn und zwanzig Tagen tot«, bemerkt Alan.

Ich nicke. »Und er ist alleinstehend. Keine nennenswerten Insektenaktivitäten, was bedeutet, dass dieses Haus dicht versiegelt wurde. Gibt es eine offensichtliche Todesursache?«

Alan schüttelt den Kopf. »Ich kann keine Einschusslöcher feststellen, und die Verwesung ist bereits zu weit fortgeschritten, als dass ich sagen könnte, ob er erwürgt oder ob ihm die Kehle durchgeschnitten wurde.«

»Der Mord war rein funktional«, sage ich leise. »Der Mörder hat es nicht genossen, er hat einfach nur seinen Job gemacht. Er brauchte bloß die Identität des Toten.«

»Wo wir gerade von Identität sprechen, sieh dir das hier an.«

Alan reicht mir ein gerahmtes, zwanzig mal fünfundzwanzig Zentimeter großes Foto. Es zeigt einen gut aussehenden Mann Mitte vierzig mit dunklem Haar und einem ungezwungenen Lächeln. Ambrose mag keine Hollywood-Schönheit gewesen sein, doch er dürfte keine Probleme gehabt haben, Frauen aufzureißen. Interessanter jedoch ist die Tatsache, dass er einen Vollbart trägt. Ich reiche Alan das Bild zurück.

»Unser Freund hat sich für Ambrose entschieden, weil die beiden ungefähr im gleichen Alter sind und die gleiche Statur und das gleiche Aussehen haben«, sage ich. »Er wusste, dass er in ein Flugzeug steigen würde, in eine geschlossene Umgebung. Er konnte es sich nicht leisten, seine Verkleidung zu kompliziert zu machen. Jede Wette, dass er glatt rasiert zum Flughafen gefahren ist und Ambroses Führerschein benutzt hat. Er hat dem Sicherheitspersonal erzählt, er habe sich gerade erst den Bart abgenommen.« Ich zucke die Schultern. »Wenn er selbstbewusst und gewinnend genug war und die oberflächlichen Äußerlichkeiten gestimmt haben, könnte er damit durchgekommen sein.«

»Ich weiß nicht«, sagt Alan. »Es kommt mir ziemlich riskant vor. Was, wenn er an einen wachsamen Flugbegleiter geraten wäre? Jemanden, der genauer hinschaut?«

»Er hat an Bord eines Flugzeugs getötet, während des Fluges. Ich glaube nicht, dass er vor Risiken zurückschreckt.«

»Da ist was dran.«

»Abgesehen davon ist es gar nicht so schwer, wenn man über genügend Einfühlungsvermögen verfügt.«

Das Problem mit anständigen Menschen ist, dass sie anständig sind. Und weil sie anständig sind, neigen sie dazu, von anderen von vornherein das Gleiche anzunehmen. Wenn jemand ihnen erzählt, dass er Klempner ist, und wenn er in einem Overall daherkommt, dann *ist* er Klempner – und kein Serienkiller in Verkleidung. Teddy Bundy hatte einen Gips am Arm und fragte ein Mädchen, ob es ihm helfen könnte, ein Sofa in seinen Wagen zu laden. Er war attraktiv und charmant, und sie half ihm, ohne eine Sekunde nachzudenken, weil sie freundlich und hilfsbereit war. Wohingegen er sie tötete, ohne eine Sekunde nachzudenken, weil er böse war. Wahrscheinlich konnte sie gar nicht fassen, was geschah, nicht einmal in den letzten Sekunden ihres Lebens.

Das Eigenartige ist – man sollte annehmen, dass wir inzwischen vorsichtiger sind. Dass Bundys Trick mit dem gebrochenen Arm heutzutage nicht mehr funktioniert. Aber das ist ein Irrtum. Es funktioniert heute genauso wie damals, und es wird noch in hundert Jahren funktionieren. Weil wir so sind, wie wir sind.

»Was hast du jetzt vor?«, fragt Alan.

Ich stoße einen Seufzer aus. »Wir müssen aufpassen, dass wir uns nicht verzetteln. Wir haben das Flugzeug als Tatort, dazu Lisas Wohnung und jetzt dieses Haus. Callie und James schaffen das alles unmöglich allein.« Ich schüttle den Kopf. »Ich rufe AD Jones an.«

»Es wird Zeit, diese Sache nach Vorschrift anzugehen, Sir«, sage ich zu Jones. »Wir haben drei Tatorte, die wir untersuchen müssen. Rechtlich gesehen gehört der Ambrose-Fall in die Zuständigkeit der örtlichen Behörden. Wenn ich ihnen den Mord verschweige, begebe ich mich nicht nur auf juristisch gesehen dünnes Eis, ich stelle überdies die Erfordernis nach Vertraulichkeit über das staatliche Interesse an einer schnellen Untersuchung. Und das kann ich nicht.«

Mordermittlungen sind ein Prozess, bei dem sämtliche Ressourcen ausgeschöpft werden. Ein Blitzkrieg ohne jede Finesse. Man legt sämtliche Fallen aus und setzt alles ein, was man aufbieten kann – denn wenn man nicht während der ersten achtundvierzig bis zweiundsiebzig Stunden nach Eintritt des Todes eine Spur hat, ist es sehr wahrscheinlich, dass man keine mehr findet. Das alles geht mir durch den Kopf, während ich auf den verwesenden Leichnam von Richard Ambrose starre und mir bewusst wird, dass wir das Problem von jemand anderem lösen. Wie ich Rosario bereits gesagt habe – ich arbeite für die Opfer. Nicht für Rosario, nicht für ihren Ehemann und ganz bestimmt nicht für irgendeine politische Zweckmäßigkeit.

Ich höre AD Jones seufzen. »Gibt es wirklich keine andere Möglichkeit?«

»Nein, Sir, ethisch gesehen nicht. Wir haben einen Mord, und dazu einen ziemlich großräumigen Tatort. Wir müssen das gesamte Haus durchsuchen. Wir müssen herausfinden, ob etwas gestohlen wurde, und wir müssen immer noch Passagiere befragen – dazu das Personal an den Ticketschaltern und die Flugbegleiterinnen. Ganz zu schweigen von der Möglichkeit, dass wir im Verlauf der Ermittlungen auf weitere Opfer stoßen. Und vor allem ist da sein Versprechen, so lange weiter zu töten, bis wir ihn gefasst haben. Wenn wir vernünftige Arbeit leisten wollen, müssen wir die örtlichen Polizeibehörden einschalten.«

Eine lange Pause. Schließlich sagt Jones: »Einverstanden. Aber wir halten den Mord an Lisa Reid zurück. Wir haben juristische Gründe dafür. Ich will nicht, dass sonst jemand in ihre Wohnung geht. Und der Bericht des Gerichtsmediziners darf weiterhin nicht an die Öffentlichkeit. Falls die Einzelheiten über das Kreuz nach draußen dringen, würde es Ihre Ermittlungen stören.«

»Das stimmt.«

»Bevor Sie die Kavallerie rufen, Smoky, möchte ich, dass Sie sich rückversichern.«

»Wie das?«

»Rufen Sie Rosario Reid an. Sagen Sie ihr, es ist weder machbar noch verfahrenstechnisch möglich, die Angelegenheit länger unter Verschluss zu halten. Sorgen Sie dafür, dass sie begreift, dass die Suche nach Lisas Killer dadurch behindert wird. Appellieren Sie an Rosario als Mutter und als Frau des Politikers. Ich kümmere mich um Director Rathbun.«

»Jawohl, Sir.«

»Smoky? Es war richtig von Ihnen, mich deswegen anzurufen.«

ICH STEHE IM VORGARTEN. Blätter rascheln um meine Knöchel, und der kalte Wind lässt meine Wangen und Hände taub werden. Im Augenblick ist dieser frische Wind mir sehr willkommen, denn er vertreibt den Gestank des Todes aus meiner Nase.

»Ich vertraue auf Ihr Urteilsvermögen, Smoky«, sagt Rosario zu mir. »Was ich im Wagen zu Ihnen gesagt habe, habe ich genau so gemeint. Es geht in erster Linie um Lisa.«

»Ich danke Ihnen, Rosario. Ich hatte nichts anderes erwartet, aber ich wollte Sie vorwarnen. Außerdem ...« Ich zögere.

»Ja?«

»Es wäre nützlich, wenn Sie Director Rathbun mitteilen würden, dass Sie Vertrauen in meine Entscheidungen haben.«

»Ich werde persönlich mit ihm reden.«

»Danke. Ich bin seiner Assistentin über den Weg gelaufen. Sie hat mich ein bisschen nervös gemacht. Ich bin nicht an ein solches Spiel gewöhnt.«

»Rachel Hinson?« Rosario klingt belustigt. »Oh ja, sie ist ganz schön furchteinflößend – aber das kann ich auch sein. Und ich habe zehn Jahre mehr Übung darin als sie. Tun Sie, was immer Sie tun müssen.«
»Mach ich.«
Sie beendet die Verbindung, und ich drehe mich zu Alan um, der vorn auf der Veranda wartet, die Hände in den Jackentaschen. Ich nicke ihm zu. »Alarmieren wir die örtlichen Cops.«

9

ICH BIN WIEDER IN LISAS HAUS, zusammen mit Callie und James. Alan hat in Ambroses Haus die Koordination mit den einheimischen Polizeibehörden übernommen. Ich sehe nicht die Notwendigkeit, dort zu sein. Ambrose wurde benutzt und weggeworfen; er war nicht wichtig für den Killer. So kaltherzig das auch klingen mag: Es bedeutet, dass Ambrose auch für mich nicht von unmittelbarer Bedeutung ist.

James geht durch Lisas Haus, Zimmer für Zimmer. Ich nehme an, er tut das Gleiche, was ich zuvor getan habe: Er versucht, ein Bild von Lisas Persönlichkeit zu gewinnen. Sie war wichtig für unseren Irren. Wenn du das Opfer kennst, kennst du auch den Täter.

Callie sieht müde aus. Ich beobachte, wie sie eine Packung Vicodin aus der Tasche zieht und eine Pille nimmt, die sie trocken herunterschluckt.

»Mjam«, sagt sie, verdreht die Augen in gespieltem Genuss und reibt sich mit übertriebener Geste den Magen.

»Schluckst du immer noch so viel von dem Zeug?«, frage ich sie.

»Noch immer abhängig«, erwidert sie knapp. »Aber du wirst mir helfen, clean zu werden, noch bevor ich heirate. Nur du und ich, eingesperrt in ein Zimmer, Schweiß und Tränen und Kotzen.«

»Klingt verlockend.«

»Ja. Aber jetzt mal Spaß beiseite, was soll ich für dich tun?«

Ich berichte ihr von dem Tagebuch, das ich gefunden habe, und von der Botschaft des Killers darin.

»Er war hier in Lisas Wohnung, Callie«, schließe ich. »Vermutlich er hat Seiten aus ihrem Tagebuch herausgerissen. Ich möchte, dass du und James dieses Haus bis in die letzten Winkel absucht.«

»Meinst du, wir finden was?«

Ich zögere, zucke mit den Schultern. »Ich weiß es nicht. Schon möglich. Er wollte uns wissen lassen, dass er hier war. Als Zeichen hat er das Kreuz in Lisas Körper zurückgelassen. Einerseits legt er uns eine Spur aus Brotkrumen, andererseits versteckt er seine Fingerabdrücke ...« Ich schüttle den Kopf. »Ich werde nicht schlau daraus. Ich habe noch nicht genug, womit ich arbeiten könnte.«

James ist zwischenzeitlich hinzugekommen und lauscht unserer Unterhaltung.

»Ich bin der gleichen Meinung«, erklärt er. »Ich kann bisher nichts über ihn sagen, außer, dass er älter ist und überlegt vorgeht. Und er ist geschickt und furchtlos, ohne unkalkulierbare Risiken einzugehen. Und er *will*, dass wir von seiner Existenz wissen.«

Und dass er schon bald erneut töten wird, geht es mir durch den Kopf, doch ich spreche es nicht aus.

»Noch irgendetwas aus dem Flugzeug?«, frage ich.

»Nein«, antwortet Callie. »Wir müssen noch den Inhalt des Staubsaugers analysieren, und wir haben die blutigen Sitzpolster, aber das ist alles.«

»Dass er seine Fingerabdrücke verwischt hat, ist bis jetzt immer noch der aufschlussreichste Hinweis«, sagt James. »Er ist irgendwo in einer Datenbank, keine Frage.«

»Ja. Das und sein Verhalten sind die besten Spuren, die wir für den Moment haben.« Ich seufze. »Nicht gerade viel.«

»Langsam«, widerspricht Callie. »Wir sind gerade erst vierundzwanzig Stunden an diesem Fall dran. Und dieser Irre hat bereits den größten Fehler überhaupt gemacht: Er hat unsere Aufmerksamkeit auf sich gelenkt.«

James schüttelt den Kopf. »Sicher, aber es sieht nicht danach aus, als würden wir ihn zu fassen kriegen, bevor er das nächste Mal tötet.«

Callie zuckt die Schultern. »Darauf haben wir sowieso keinen Einfluss, ob es uns passt oder nicht. Also gehen wir an die Arbeit.«

Ich will gerade meine Zustimmung bekunden, als mein Handy summt. Es ist Alan.

»Schlechte Neuigkeiten«, sagt er.

»Was denn?«

»Du hast mich gebeten, eine Datenbanksuche nach ähnlichen Verbrechen zu starten.«

Meine Laune rutscht in den Keller. »Ja.«

»Die habe ich veranlasst, ehe ich zum Haus von Ambrose gefahren bin. Wir haben bereits einen Treffer. Allerdings ist es ein neues Verbrechen, gerade erst zehn Tage her.«

»Nimmst du mich auf den Arm?«

»Leider nicht. Der Typ ist ständig in Bewegung. Sieht so aus, als hätten wir es mit einem Kerl zu tun, der einen Plan verfolgt.«

Ich schließe die Augen und reibe mir über die Stirn. Diese Neuigkeiten lassen mich auf einen Schlag meine ganze Erschöpfung spüren.

»Okay«, sage ich schließlich. »Dann schieß mal los mit den Details.«

Zwischenspiel

Der Tod der
Rosemary Sonnenfeld

10

Rosemary erwacht um halb sieben vom schrillen Alarm ihres Weckers. Sie denkt einen Moment daran, ihn abzustellen und weiterzuschlafen, schließlich ist Sonnabend. Der Gedanke ist verführerisch, doch der Tadel ist augenblicklich und entschieden.
Nein, so funktioniert das nicht. So funktionierst du nicht. Disziplin tagein, tagaus, von heute an bis ans Ende deiner Tage. Es ist die einzige Möglichkeit.
Also zwingt sie sich in eine sitzende Haltung, lässt die Beine aus dem Bett baumeln. Ihre Füße berühren kurz den Holzboden; dann spürt sie die Kälte und zieht sie reflexhaft wieder zurück.
Kaffee. Ich brauche Kaffee.
Sie streckt sich und wundert sich wie so oft, warum sie sich so verspannt und träge fühlt. Schließlich ist sie erst vierunddreißig, und es ist vier Jahre her, dass sie ihr Leben zurechtgerückt hat.
Das ist der Preis, den du für deine Sünden zahlst.
Rosemary wirft einen flüchtigen Blick aus dem Fenster. Sie wohnt in einem Apartment in Simi Valley, Kalifornien – seit nunmehr vier Jahren, seit sie hierher geflüchtet ist, um ein neues Leben anzufangen. Es ist eine hübsche Wohnung, zwei Zimmer, eine gemütliche Einrichtung ohne jegliche Ecken und Kanten. Beigefarbene Teppiche und cremeweiße Wände, Holzböden im Schlafzimmer und in der Küche – es reicht, um sie wunschlos zufrieden zu machen.

In der Luft liegt ein kühles Frösteln, nicht gerade typisch für einen Septembermorgen. Sie ist nackt, und die Kühle macht ihre Brustwarzen hart. Sie schaudert, bekommt eine Gänsehaut.

Sie steht auf und tappt ins Badezimmer. Sie stößt einen spitzen Laut aus, als sie sich auf die Toilettenbrille setzt – sie fühlt sich an ihrem Hintern wie Eis an. Rosemary pinkelt, die Knie zusammengedrückt, wischt sich ab, steht auf, spült. Bevor sie das Badezimmer verlässt, wirft sie im Spiegel einen prüfenden Blick auf ihren Körper.

Sieht gut aus, wie immer. Zu dumm, dass es nie sonderlich hilfreich war.

Rosemary stellt fest, dass ihre Brüste immer noch straff sind, perfekte 80C. Ihr Bauch ist flach, keine Bindegewebsrisse, keine Narben. Sie ist knapp einssiebzig groß. Nicht schlank, aber auch nicht fett. Sie hat kräftige Arme und einen festen Hintern. Ihr Schamhaar ist blond, genau wie die schulterlangen Kopfhaare. Sie ist sehr froh darüber, sich nicht mehr rasieren zu müssen da unten.

Ein perfekter Körper. Andererseits – warum sollte es nicht so sein? Ich habe jedes Mal abgetrieben, wenn ich schwanger wurde. Achtmal insgesamt, jawohl. Mein Uterus ist so vernarbt, dass ich wahrscheinlich gar keine Kinder mehr kriegen könnte, selbst wenn ich wollte. Was wohl auch gut so ist. Kinder haben etwas Besseres verdient als mich.

Sie wendet sich vom Spiegel ab, verdrängt den Gedanken und geht ins Schlafzimmer zurück. Sie nimmt die Halskette und hängt sie sich um: ein kleines silbernes Kreuz an einem dünnen silbernen Kettchen. Sie kniet neben ihrem Bett nieder, die Knie auf dem harten, kalten Holzboden, beugt den Kopf nach vorn, schließt die Augen und fängt an zu beten, wie jeden Morgen.

»Gott, ich danke dir für einen weiteren Tag frei von jenem sündenvollen Leben, das ich früher geführt habe. Ich danke dir, dass du mir die Willenskraft gegeben hast, mich von den Verlockungen fernzuhalten und den Gelüsten zu widerstehen, die mich immer noch heimsuchen. Es wird besser, Herr, aber sie sind noch da. Manchmal denke ich an nichts anderes als an Drogen und ans Ficken, und dann will ich aufstehen und rausgehen und mir Koks und Alkohol reinziehen und einen hübschen großen Schwanz lutschen. Selbst jetzt, wo ich dies sage, wird meine Muschi feucht. Doch mit deiner Hilfe gelingt es mir, Tag für Tag zu widerstehen. Ich wende mich ab von jenen Versuchungen, und ich danke dir, dass du mir hilfst, die Kraft dafür zu finden, o Herr.«

Als sie vor vielen Jahren mit dem Beten angefangen hat, hatte sie sich noch nicht getraut, diese Sprache zu benutzen. Sie hatte saubere Worte benutzt und sich bemüht, reiner zu sein. Dann aber hat sie festgestellt, dass es sie nicht erleichtert hat. Es war unbefriedigend. Sie hat mit Vater Yates über ihr diesbezügliches Problem gesprochen.

Vater Yates war damals Mitte fünfzig, doch er war ziemlich cool. Er war ein Mann, der jedem eine Chance gab – ehemaligen Nutten genauso wie Drogensüchtigen auf Entzug. Solange er das Gefühl hatte, dass man es ernst meinte, war er für einen da. Nichts schien ihn aus der Ruhe zu bringen.

»Rosemary, die Dinge, die du Gott sagen möchtest, die unreinen Dinge, wie du sie nennst ... verrate mir doch, wie es ist, wenn sie dich überkommen.«

»Wie ein Zwang, Vater. Wenn ich was zu trinken brauche oder richtig geil aufs Ficken bin – bitte verzeihen Sie, Vater –, dann ist es, als würden schwarze Wellen über mich hinwegschwappen, eine nach der anderen. Wenn ich mich ihnen entgegenstemme, werden die Zwänge nur noch stärker. Aber wenn ich über sie rede, wenn ich sie in Worte kleide, verschafft es mir ein wenig Erleichterung.«

»Nenn mir ein Beispiel.«

Sie hatte ihn angestarrt. »Sie wollen, dass ich so darüber rede, als würde ich gerade daran denken?«

»Ganz recht.«

»Ich weiß nicht, Vater. Ich rede von sehr schmutzigen Dingen.«

Er hatte gekichert. »Rosemary, ich habe jedes Schimpfwort gehört, das es auf der Welt gibt. Ich habe im Beichtstuhl Dinge gehört, die dir den Atem verschlagen würden ... Beichten über Sodomie, die Phantasien von Männern, die Kinder missbrauchen ... glaub mir, ich komme mit allem zurecht, was du mir zu sagen hast.«

Sie sah ihn an und glaubte ihm, doch es fiel ihr immer noch schwer. Die Dinge, die sie empfand, die Worte, um diese Dinge zu beschreiben ... sie waren geheim. Es hatte mal eine Zeit gegeben, da hatte sie diese Worte gelebt, hatte diese Worte ausgesprochen, ohne auch nur eine Sekunde darüber nachzudenken. Diese Zeit war vorbei.

Andererseits ...

Sie konnte spüren, dass es eine gewisse Erleichterung mit sich bringen würde, wenn sie die dunklen Dinge, die in ihr hochschäumten, ausformulierte.

Doch was, wenn ...

Es war die große Sorge, die größte von allen, die Sorge, die uns alle daran hindert, uns zu unseren Sünden zu bekennen.

»Vater, wenn ich ... wenn ich das tue ...« Sie biss sich auf die bebende Unterlippe. »Versprechen Sie mir, dass Sie mich hinterher nicht verstoßen?«

Sie konnte ihm nicht in die Augen sehen. Er packte ihr Kinn und zwang sie, den Blick zu heben. Die Güte, die sie in seinen Augen sah, erweckte in ihr das Verlangen, vor Erleichterung zu weinen.

»Ich verspreche es, Rosemary. Ich verspreche es bei meiner Liebe zu Gott.«

Sie weinte ein wenig, und er wartete in Ruhe ab, bis sie sich beruhigt hatte. Dann wischte sie sich die Augen und fing an zu reden, erzählte ihm von diesen dunklen Geheimnissen. Die Worte kamen aus ihr hervor wie eine Flut, dunkel und furchtbar und voller Not, gesprochen zu werden.

»Manchmal, Vater, will ich einfach nur ficken, wissen Sie? Nicht Liebe oder Zärtlichkeit oder irgendwas in dieser Art. Ich will einen Schwanz im Mund und in meiner Fotze, am besten, nachdem ich mir so viel Koks reingezogen und so viel Alkohol gesoffen habe, wie ich in die Finger kriegen kann. Ich will es. Und während ich es will, spüre ich, wie es mich anmacht, wie das Verlangen noch stärker wird. Verstehen Sie, was ich meine?

So war es schon immer, Vater. Die Leute denken, Frauen wie ich wären Opfer, und manche sind es wahrscheinlich auch. Aber ich nicht. Ich konnte nie genug davon kriegen. Nie. Je dreckiger, desto lieber. Spuck mich an, piss mir ins Gesicht, mach mich zu einer Hure ... es törnt mich nur noch mehr an und macht meinen Orgasmus noch geiler. Ich will es tagelang, wochenlang. Ich will gevögelt werden, bis mir der Schädel platzt.«

Die Worte waren aus ihr geströmt, unzensiert, und dann war sie fertig. Sie hatte einen Blick auf Vater Yates riskiert und war erleichtert gewesen, kein Erschrecken und kein Urteil im Gesicht des Geistlichen zu sehen. Auf seine Weise vielleicht noch wichtiger war, dass sie nicht den geringsten Hunger bei ihm sah, nicht den Hauch von Gier. Keine Spur von voyeuristischem Nervenkitzel.

»Ich danke dir, Rosemary«, sagte Vater Yates. »Wie fühlst du dich jetzt, nachdem du das alles ausgesprochen hast?«

»Besser«, hatte sie ohne Zögern geantwortet. »Das Verlangen ist schwächer geworden. Es ist wie ...« Sie suchte nach den passenden Worten. »Es ist, als würde man einen dicken alten Pickel ausdrücken. Es tut weh, aber es ist eine Erleichterung, wenn er dann rauskommt, wissen Sie?«

Er hatte gelächelt und genickt. »Ja. Ja, ich weiß.« Seine Miene wurde wieder ernst, und er legte ihr eine Hand auf die Schulter und sah ihr in die Augen. »Darüber zu sprechen ist besser, als es zu tun, meinst du nicht, Rosemary?«

Sie hatte ihn angeblinzelt, überrascht von diesem erstaunlichen Gedanken.

War es besser? In dieser Gesellschaft hatte sie manchmal nicht das Gefühl. Sag in der Öffentlichkeit »Schwanzlutschen«, und es kann durchaus sein, dass du in einem Aufzug die Gelegenheit dazu bekommst.

Und doch ... es war ein großer Unterschied, ob man lediglich über das Saufen und Ficken redete oder ob man nach einem Filmriss mit dem Sperma eines Fremden im Anus aufwachte.

»Ich glaube, Sie haben recht, Vater.«

»Dann lautet mein Rat, das zu sagen, was du sagen musst, wenn du zu Gott betest. Zerbrich dir nicht den Kopf, mein Kind. Gott nimmt keinen Anstoß daran.«

Es war ihr wie ein merkwürdiger Rat erschienen, und um ehrlich zu sein war es ein Rat, den umzusetzen ihr schwergefallen war, doch irgendwann hatte sie sich daran gewöhnt. Manche mochten es blasphemisch finden, aber das war ihr egal – sollten sie ihr den Buckel runterrutschen, wenn sie denn von ihren hohen Rössern herabstiegen. Weil es nämlich funktionierte. Sie sprach ungeniert zu Gott, mit dem Ergebnis, dass sie inzwischen beinahe fünf Jahre ohne Alkohol und Drogen und Sex hinter sich gebracht hatte.

Sie nahm an, dass Gott wusste, was in ihr vorging. Gott wusste, dass ihre Liebe zu ihm mit jedem Tag wuchs, den sie hinter sich brachte, ohne mit einem Fremden zu vögeln oder sich zu betrinken oder eine Linie zu schnupfen.

Gott, so nahm sie an, hatte zugesehen, als sie mit siebzehn angefangen hatte herumzumachen und mit achtzehn in den ersten Pornofilmen mitwirkte. Wahrscheinlich hatte er auch ihren Rudelbums mit Schwarzen im hellen Scheinwerferlicht verfolgt (»Dicke schwarze Schwänze in einem engen weißen Loch!« hatte es auf der Videohülle geheißen) und ihren Abstecher in die Sodomie mit Hunden für den Schwarzmarkt.

Auch das Ende hatte Gott gesehen. Auf den Knien in einem Hotelzimmer, das man nur als grotesk bezeichnen konnte, als ein fettes Arschloch ihr ins Gesicht gespuckt und sie eine »Fleischpuppe« genannt hatte, worauf sie gegrinst und genickt hatte, weil sie Geld gebraucht hatte für Koks. Außerdem hatte es sie angemacht, und das nicht zu knapp.

Gott war auch dabei gewesen an jenem Tag, als sich alles geändert hatte, dessen war sie ganz sicher. Sie hatte in einem anderen beschissenen Zimmer im Bett gelegen, krank, fiebrig und mit Schüttelfrost, doch der Typ, der sie vögelte, scherte sich keinen Deut darum. Er hatte extra bezahlt, um es ohne Kondom zu tun; er hatte Geschwüre am Schwanz, doch ihr war alles egal. Sie hatte mehr oder weniger akzeptiert, dass sie drauf und dran war, den Löffel abzugeben.

Er war über ihr, die Zunge hing ihm buchstäblich aus dem Hals, er hechelte wie ein Hund – und dann, mit einem Mal, hatte sich sein Gesicht verändert. Es war zu einer Fratze aus nacktem Hass geworden. Er hatte eine Hand zur Faust geballt und sie geschlagen, wieder und wieder.

Er hörte nicht auf. Nicht, bevor er ihr die Nase dreimal gebrochen hatte und den Unterkiefer, ehe sie ein paar Zähne verloren hatte, ehe ihre Augen zugeschwollen und ihr linker Arm und ein paar Rippen gebrochen waren. Dann fickte er sie erneut, und sie wurde ohnmächtig.

Sie erwachte im Krankenhaus, und Vater Yates war bei ihr, saß neben ihr am Bett. Er sagte kein Wort. Er war nur da, hielt ihre Hand in der seinen und blickte auf sie herab.

Sie war in Tränen ausgebrochen. Sie weinte und weinte, tagelang, mit kurzen Unterbrechungen. Vater Yates und andere von der Kirchengemeinde blieben bei ihr am Krankenbett, bis sie sich so weit erholt hatte, dass sie entlassen werden konnte. Sie predigten nicht und verurteilten sie nicht und sagten auch sonst nicht viel. Sie waren einfach nur für sie da.

Und so hatte sie endlich begriffen, dass Gott sowohl für die Guten als auch für die Bösen da war, und dass er nicht grausam war, sondern dass er *wusste*. Gut zu sein war eine Entscheidung. Aufrichtig zu leben war eine. Freier Wille war der Weg zur Erlösung, und Gott würde niemanden zwingen, das Richtige zu tun. Gottes Aufgabe war es, da zu sein, wenn man sich für ihn entschied. Und da zu sein, wenn man sich nicht für ihn entschied.

Vater Yates und die Kirche hatten ihr wieder auf die Füße geholfen.

Sie hatten ihr geholfen, ihr Leben in Ordnung zu bringen und eine Wohnung zu finden. Sie waren da gewesen zu Anfang, als sie gestrauchelt war. Zweimal.

Sie erinnert sich an all diese Dinge, wie es häufig der Fall ist, und fügt ihrem Gebet ein paar abschließende Worte hinzu:

»Danke, Gott, dass du mir hilfst, und dass du meinem schändlichen, verdorbenen Maul Gehör schenkst und meinen schmutzigen Gedanken, und dass du mich sagen lässt, was ich sagen muss, damit ich auf dem rechten Weg bleiben kann. Amen.«

Schmutzige Worte und böse Gedanken waren ihre Geheimnisse, und man konnte mit solchen Geheimnissen nicht sauber bleiben. Deswegen ließ Gott zu, dass sie ihr Herz ausschüttete, ihre Galle, ohne vor ihr zurückzuschrecken, egal wie vulgär sie dabei wurde.

Sie steht auf und geht zur Dusche. Sie muss nicht zur Arbeit heute, doch Disziplin ist der Schlüssel zu dem Leben, das sie inzwischen führt. Jeden Tag zur gleichen Zeit aufstehen, kein Schlendrian, kein Verschlafen. Sonntags bis freitags läuft sie eine Meile. Samstags geht sie nicht laufen, steht aber zur gleichen Zeit auf wie an den anderen Tagen, geht unter die Dusche, trinkt ihren Kaffee und geht anschließend zur Kirche, um dort ehrenamtlich zu helfen.

All das, sinniert sie, hilft dabei, das eigentliche Geheimnis zu bewahren, das wahrhaft Schmutzige in ihr im Zaum zu halten. Diese eine, furchtbare …

Ein Klopfen an der Tür reißt sie aus ihren Gedanken. Sie runzelt die Stirn.

Wer zum Teufel ist das?

Sie packt ein Badetuch und betrachtet ihr Gesicht im Spiegel; dann tadelt sie sich sogleich für diese Eitelkeit, obwohl sie weiß, dass sie diese Angewohnheit wohl niemals wird ablegen können.

Sie öffnet die Tür, ohne durch den Spion zu blicken. Es ist Samstagmorgen, und sie ist hier in Simi Valley, Herrgott noch mal. Einer der sichersten Orte im ganzen Land.

Der Mann hat ein Lächeln im Gesicht und eine Pistole in der Hand. Er zielt damit auf ihren Kopf und tritt vor, zwingt sie, vor ihm zurückzuweichen.

»Ein Mucks, und ich puste dir das Hirn raus«, sagt er kühl und gelassen. Dann schließt er die Tür zu ihrem Apartment.

»Wer sind Sie?«, fragt sie mit bebender Stimme.

Er legt einen Finger an die Lippen. »Pssst ... Ich habe etwas für dich, Rosemary.«

Er greift in seine Jackentasche und zieht einen durchsichtigen Beutel hervor. Sie erkennt augenblicklich, was es ist. Natürlich.

Kokain. Herrliches, wundervolles, köstliches Kokain.

»Keine Angst, Rosemary. Es ist in Ordnung. Gott wird dir vergeben, solange du dich ihm ergibst, bevor ich dich töte. Vergiss nicht, Gott ist Liebe.«

Sie spürt, wie der alte, vertraute Dämon sich regt, selbst jetzt, nach all den Jahren, selbst mit einer Pistole vor dem Gesicht. Sie spürt die Wahrheit, über die sie so oft nachdenkt. Sie ist als Isebel geboren. Sie ist nicht erst eine geworden.

Lieber Gott, ich habe Angst, so schreckliche Angst, und trotzdem will ich das Koks, will es mit jeder Faser, und (sie kann nicht unehrlich sein in ihrem Zwiegespräch mit Gott, nicht jetzt, niemals) eigentlich ist es ja auch gar nicht meine Schuld, denn er zwingt mich ja dazu, was eine Erleichterung ist, weil es mich gewissermaßen von jeder Schuld befreit und deshalb ... Vergib mir, Gott.

Und gleich darauf: Verwirrung.

Woher weiß er, dass ich kokainsüchtig war?

Sie denkt nach, versucht sich zu erinnern, ob sie sein Gesicht schon einmal beim Treffen der Anonymen Drogenkonsumenten gesehen hat, oder in ihrer Kirche.

Nein. Nein, denkt sie. *Diese Augen hätte ich bestimmt nicht vergessen. Diese furchtbaren Augen.*

»Komm schon, Rosemary«, sagt der Mann, und seine Stimme klingt beinahe freundlich. »Auf uns wartet Arbeit.«

Spielt es eine Rolle, Herr? Spielt es eine Rolle, Gott, dass ich dieses Zeug aus freien Stücken niemals genommen hätte? Auch wenn ich es wirklich will, was er mir gibt, spielt es eine Rolle, dass ich nicht danach gesucht habe?

Rosemary hat beim Beten stets die Gegenwart Gottes gespürt, doch sie hat niemals seine Stimme gehört. Diesmal ist es nicht anders. Gott spricht nicht zu ihr, doch er ist da. Wie immer.

Er ist da, als sie das Koks schnupft, mit der Pistole an der Schläfe, und er ist selbst dann noch da, als das Ende kommt mit all seiner Dunkelheit.

Gott sagt kein Wort, doch er ist da, und das reicht ihr. Sie weiß, dass er ihren letzten Gedanken hört, ihre letzte Offenbarung.

Oh doch, es macht etwas aus, es macht einen Unterschied ... allen Unterschied der Welt. Vater unser, der du bist im Himmel. Gott, o mein Gott, ich liebe dich so sehr.

Beinahe wäre sie lächelnd gestorben, wären da nicht diese furchtbaren Schmerzen gewesen.

11

Es ist kurz nach Mittag, und ich telefoniere mit AD Jones.

»Ein ähnliches Verbrechen?«, fragt er ungläubig. »*Hier?*«

Er stöhnt nicht, doch ich weiß, dass ihm danach zumute ist, weil es mir nicht anders ergeht.

Ein Killer, der von Stadt zu Stadt springt, ist eine ganz neue Art von Ungeheuer. Ein Mann, der hingebungsvoll sein Handwerk ausübt, ein Wanderer, der sein Unwesen in zahlreichen verschiedenen Bundesstaaten treibt. Das schafft Probleme. Einheimische, die uns nicht in ihrem Sandkasten mitspielen lassen möchten. Die Gefahr von Inkompetenz auf Seiten der Forensik oder der Spurensicherung steigt mit zunehmender Anzahl der involvierten Strafverfolgungsbehörden. Ganz zu schweigen davon, dass eine Reihe von Opfern durch die Maschen des Siebs fallen. Das VICAP ist eine nationale Datenbank, die dem Zweck dient, Gewaltverbrechen miteinander in Verbindung zu bringen, beispielsweise, um Täterprofile zu erstellen. Doch wenn ein Mordermittler sich nicht die Mühe macht, seinen Fall ins VICAP einzugeben, existiert er in der Datenbank nicht, und es gibt keine Querverweise.

»Es bereitet mir Kopfzerbrechen«, stimme ich AD Jones zu.

»Was wollen Sie jetzt tun?«

Ich denke nach. Die Wahrheit ist, ich bin müde. Mein Team ist müde. Wir können unser gegenwärtiges Tempo unmöglich noch viel länger aufrechterhalten.

Andererseits ...

Die Zeitspanne, in der die Wahrscheinlichkeit am größten ist, dass er seine Fehler begeht, ist während des Verbrechens selbst. Je mehr Zeit ihm hinterher zum Abkühlen bleibt, desto mehr Gelegenheit hat er, seine Spuren zu verwischen und, schlimmer noch, seine Technik zu verfeinern. Der erste Mord ist in den meisten Fällen der schlampigste.

Aber es ist nicht sein erster Mord, oder? Vielleicht ist es nicht mal sein zehnter oder hundertster.

Ich seufze. »Wir machen für den Augenblick weiter wie bisher, Sir. Ich fliege zurück und sehe mir den Sonnenfeld-Mord an. Der Rest meines Teams bleibt hier vor Ort.«

»Wie ist die Aufteilung? Wer macht welche Arbeit?«

»Callie und James übernehmen persönlich die Spurensicherung in Lisas Wohnung. Alan ist am Ambrose-Tatort und koordiniert sein Vorgehen mit den einheimischen Cops.«

»Wird er dort wirklich gebraucht?«

Ich denke darüber nach. »Sie haben recht, Sir, wahrscheinlich nicht. Ich wollte ihm die Vernehmung der Zeugen, Passagiere und Besatzungsmitglieder des Fluges überlassen, aber das könnten die Einheimischen ebenso gut erledigen. Davon abgesehen bin ich sicher, dass die Forensiker in West Virginia kompetent sind, und Ambrose war sowieso nur ein Nebenprodukt.«

»Das ist pure Vermutung.«

»Falls Lisa kein zufälliges Opfer war – und ich bin sicher, das war sie nicht –, war Ambrose ein Mittel zum Zweck und keine Zielperson.« Ich stoße einen Seufzer aus. »Er ist ein zufälliges Opfer. Er wird mir keine neuen Einsichten verschaffen.«

»Dann nehmen Sie Alan mit. Er soll den Ambrose-Tatort den Einheimischen überlassen, und die Befragung der Zeugen ebenfalls.« Jones zögert kurz. »Ich möchte, dass Sie einen Partner bei sich haben, wann immer möglich, Smoky. Dieser Kerl scheint es auf einen Konflikt mit den Gesetzesbehörden anzulegen. Und das bedeutet, dass er uns entweder schon beobachtet oder beobachten wird.«

Ich hatte mir bereits so etwas gedacht, doch als ich die Worte nun aus dem Munde von AD Jones höre, läuft mir ein kalter Schauer über den Rücken. Inzwischen haben die Hurensöhne, die ich jage, in mindestens drei Fällen ein persönliches Interesse an mir und meinem

Team gezeigt. Wir sind zwar alle noch am Leben, aber keiner von uns hat die Sache völlig unbeschadet überstanden.«

»Jawohl, Sir.«

»Halten Sie mich auf dem Laufenden, Smoky.«

Er legt auf, ohne sich zu verabschieden. Ich wähle Alans Nummer.

»Lass mich raten«, meldet er sich ohne Einleitung. »Wir fliegen zurück nach L. A.«

»Du bist Gedankenleser.«

»Nein. Hättest du mich nicht gefragt, ob ich mitkomme, wäre ich trotzdem mitgeflogen. Ich hätte darauf bestanden.«

»Ich komme dich abholen«, sage ich. »Bis gleich.«

Ich habe vor Lisas Reihenhaus gestanden, als ich meine Anrufe getätigt habe. Jetzt stecke ich den Kopf durch die Tür.

»Callie?«

Sie kommt aus Lisas Schlafzimmer, eine Digitalkamera in den Händen, die in Latexhandschuhen stecken.

»Was gibt's, Süße?«, fragt sie.

Ich berichte ihr von Rosemary Sonnenfeld. Sie sieht mich mit erhobener Augenbraue an.

»Umtriebiger Junge«, sagt Callie.

»Ja. Alan und ich fliegen nach Hause und überprüfen die Sache. Ich brauche dich und James hier. Sammelt alles, was ihr findet. Wenn ihr fertig seid, ordert das Flugzeug und bringt alles nach Hause.«

»Können wir hinterher ausschlafen?«

»Wenn nicht, bezahle ich die Donuts.«

Callie ist süchtig nach Mini-Schokoladendonuts. Sie liebt dieses Zeug über alles. Es ist eine leidenschaftliche Affäre.

»Ein faires Angebot«, sagt sie. »Ich nehme an.«

»Wir sehen uns bald.«

»Ach ja, noch was. Grüß meinen Zukünftigen, wenn du ihn siehst, Smoky. Sag ihm, ich erwarte Sex, wenn ich nach Hause komme. Jede Menge Sex.«

»Ich bin sicher, das hört er gerne.«

Callie wirft die Haare nach hinten und lächelt. »Ich will ihm nur ausreichend Vorwarnzeit geben, damit er sich auf den Sturm vorbereiten kann.«

ALAN UND ICH SITZEN IM WAGEN und warten darauf, dass der Jet eintrifft. Alan wirft einen Blick auf die Uhr.

»Wir müssten um sechs dort sein. Ich habe bereits mit den Cops vom Simi Valley geredet und sie informiert, dass wir kommen. Ein Typ namens Atkins ist der zuständige Beamte für den Fall.«

»Wie weit sind sie inzwischen?«

»Sämtliche Spurensicherungsarbeiten sind erledigt, ebenso die Autopsie. Sie haben nichts gefunden, rein gar nichts.«

»Haben sie die Wohnung bereits wieder freigegeben?«

»Ja.«

»Verdammt.« Ich bekomme also keine Gelegenheit, allein durchs Haus zu laufen, wie bei Lisa Reid.

»Was möchtest du tun?«

»Wir treffen uns mit Atkins und finden heraus, was es über Rosemary Sonnenfeld herauszufinden gibt – wer sie war und wie sie starb. Vielleicht bringt es uns weiter.«

»Glaubst du?«

Ich schaue meinen Freund an und zucke die Schultern. »Irgendwohin wird es uns bringen. Ich hoffe lediglich, dass dieses Irgendwohin hilfreich ist.«

Er richtet den Blick in die Ferne und nickt. Ich frage mich, ob er es genauso hört wie ich – dieses Summen in der Stille. Drei frische Tote und weitere im Ofen. Mein Magen ist übersäuert vor Angst und Abscheu, und mein Körper fühlt sich an, als würden zirpende Zikaden durch meine Adern kriechen.

»KOMMST DU HEUTE NACHT NACH HAUSE?«

Wir sind im Flugzeug unterwegs. Ich telefoniere mit dem Bordgerät. Bonnie ist am anderen Ende der Leitung.

»Ich hoffe es, Liebes. Ich vermisse dich.«

»Ich vermisse dich auch, aber es geht. Wenn du arbeiten musst, kann ich warten.«

»Danke, Baby. Aber ich versuche es wirklich, versprochen.«

Eine Pause.

»Smoky?«

»Ja?«

»Ich weiß, dass du eine Menge zu tun hast, aber ich möchte, dass du dir bald Zeit für mich nimmst. Es gibt da eine Sache, über die ich mit dir reden möchte.«

Meine innere Alarmanlage aktiviert sich selbst, und meine Antennen richten sich auf. Ich kann mich nicht erinnern, dass Bonnie je eine Bitte wie diese an mich herangetragen hätte. Alles Mögliche schießt mir durch den Kopf, gute, schlechte und banale Dinge. Hauptsächlich schlechte. Ich achte darauf, dass meine Stimme ruhig und gelassen klingt.

»Was gibt es denn, Süße?«

Eine weitere lange Pause. Höchst ungewöhnlich für meine Ziehtochter.

»Na ja, ich hab nachgedacht … du weißt, dass ich Elaina sehr gern habe. Und ich habe wirklich den Privatunterricht gebraucht, aber …«

»Aber?«

Sie seufzt, und es bringt mein Herz zum Stocken. Es ist das Geräusch eines kleinen Mädchens, das eine schwere Last mit sich herumträgt. »Ich … ich denke, es wird Zeit für mich, wieder in eine normale Schule zu gehen. Du weißt schon, mit anderen Kindern und so.«

Jetzt ist es an mir, zu zögern.

»Hmmm«, stoße ich hervor.

»Ich sag ja nicht, dass du jetzt eine Entscheidung fällen musst, Smoky. Ich wollte nur, dass du es schon mal weißt. Dass ich mit dir darüber reden möchte und so.«

Ich räuspere mich und gebe mir alle Mühe, beruhigend und verständnisvoll zu klingen. »Sicher, Baby. Natürlich.«

»Okay. Danke, Smoky.« Sie klingt erleichtert.

Zu erleichtert. Warum macht sie sich solche Gedanken? Wegen mir? Falls ja, ist das keine gute Idee.

Ich gebe mich weiter verständnisvoll, obwohl mein Inneres in Aufruhr ist. Manche Dinge vergisst man nicht, wenn man Kinder hat. Ruhe und Lächeln beispielsweise, wenn es im Innern stürmt – kein Problem, so einfach wie Fahrradfahren.

»Wir reden später, Bonnie. Zu viel«, sage ich.

»Viel zu viel«, stimmt sie mir zu.

Wir verbringen viel Zeit miteinander, sind wegen meines Berufes aber auch häufig getrennt. Deshalb haben wir eine emotionale Stenosprache entwickelt, die für Bonnie und mich Wunder wirkt. »Zu viel«

ist eine unserer Phrasen, die Antwort auf die unausgesprochene Frage: »Wie sehr liebst du mich?« Es klingt unglaublich doof und ist doch völlig angemessen.

Mein Gott, ich liebe dieses Kind.

»Mach's gut, Liebes.«

»Du auch.«

Ich lege auf und starre durch das kleine Fenster auf die Wolken unter uns, wobei ich nach einem Ort der Stille in mir selbst suche. Doch ich habe Mühe, ihn zu finden. Meine älteste Freundin, die Angst, hat meine Verunsicherung ausgenutzt, um sich ganz dicht an mich zu schmiegen.

»Stimmt was nicht?«, reißt Alan mich aus meinen Gedanken.

Ich zucke die Schultern. »Bonnie. Sie will wieder auf eine normale Schule.«

Er hebt erstaunt die Augenbrauen. »Wow.«

»Ja, wow.«

»Macht dir Angst, wie?«

Seine Augen sind sanft, freundlich, geduldig. Alan kennt mich sehr gut, nicht zuletzt deshalb, weil ich ihm nahezu blind vertraue.

Ich stoße einen Seufzer aus. »Es macht mir schreckliche Angst, ja. Ich meine, ich kann sie verstehen. Sie ist zwölf. Sie weiß, dass ich sie nicht immer in einem Kokon festhalten kann. Aber es macht mir Angst, mir vorzustellen, dass sie allein da draußen …«

Er nickt. »Das überrascht mich nicht. Sie hat Schlimmes durchgemacht. Genau wie du.«

»Da liegt das Problem. Alle Eltern machen sich Sorgen, wenn sie ihre Kinder nach draußen in die Welt lassen. Aber nicht alle Eltern haben gesehen, was ich gesehen habe … Dinge, die man sich kaum vorstellen kann.«

»Ja.« Er schweigt für einen Moment. »Ich liebe Bonnie, das weißt du«, sagt er dann. »Ehrlich gesagt, die Vorstellung, sie allein da draußen zu sehen, macht mir ebenfalls Angst. Nicht nur um sie, auch um Elaina und um dich. Bonnie verkörpert deine zweite Chance, Mutter zu sein – und wahrscheinlich Elainas einzige Möglichkeit, ein wenig von diesem Gefühl zu erleben. Du und Elaina, ihr seid die wichtigsten Frauen in meinem Leben, und wenn Bonnie etwas zustoßen würde … Ich glaube nicht, dass eine von euch beiden das überstehen würde.«

Er lächelt melancholisch. »Auf der anderen Seite erfüllt es mich mit

Freude. Weil es bedeutet, dass das kleine Mädchen wieder okay ist.« Er sieht mir tief in die Augen. »Du weißt, was ich meine? Sie hat keine Angst mehr davor, in die Welt zu gehen. Das ist ein Fortschritt, Smoky. Es bedeutet, dass wir das Richtige für sie getan haben. Und das finde ich verdammt cool.«

Ich muss lächeln bei Alans Worten. Er hat mir die Angst zwar nicht genommen, aber er hat sie ein wenig abgemildert. Weil es stimmt, was er gesagt hat. Bonnie war so gut wie verloren für die Welt, nachdem ein Ungeheuer zu ihr nach Hause gekommen war. Ihre Seele war weit, weit draußen am Rand zur Ewigkeit, eine winzige Kerzenflamme in einem Gewittersturm. Das, was ihr Wesen ausmacht, wäre um ein Haar ausgelöscht worden, und nur eine leere, tote Hülle wäre geblieben.

Und jetzt sagt sie mir, sie fühlt sich stark genug, sich ein Leben aufzubauen, in dem es mehr gibt als nur mich. Es ist ein zutiefst beängstigender Gedanke, und er macht mich vielleicht sogar ein wenig eifersüchtig, aber … ja, es ist verdammt cool.

»Danke, Alan. Du hast recht.«

»Ich weiß. Aber glaub ja nicht, dass ich immer noch den Verständnisvollen abgebe, wenn sie anfängt, sich mit Jungen zu verabreden.«

Ich lächle ihn an. »Das wäre ja noch schöner. Es wird keine Verabredungen geben.«

Er lächelt zurück. »Dein Wort in Gottes Ohr.«

12

Simi Valley ist viel schöner als das eigentliche L. A., genau wie der größte Teil von Ventura County. Die Gegend ist überschaubarer und sicherer. Der Freeway 118 verbindet Simi Valley und das San Fernando Valley, und die Fahrt führt durch eine weite, unbesiedelte Hügellandschaft.

Der östlichste Teil von Simi Valley ist der ältere, mit Häusern aus den Sechzigerjahren. Es ist wie überall in den Vereinigten Staaten: Je weiter man nach Westen kommt, desto neuer sind alle Dinge.

So wie hier, so war Kalifornien früher, denke ich. Saubere Luft, unendlich viel Sonne im Frühling und Sommer und ein Horizont, den man noch sehen konnte. Simi ist eine mittelgroße Ortschaft. Hier fehlen die Verkehrsstaus und das Chaos – beides schon seit langer Zeit Kennzeichen von L. A.

Er herrscht dichter Verkehr, aber es gibt keinen Stau, und wir erreichen die Polizeiwache gegen neunzehn Uhr.

»Das muss Atkins sein«, murmelt Alan.

Ich sehe einen brünetten Mann mittleren Alters mit zurückweichendem Haaransatz, der auf dem Parkplatz vor der Wache wartet, gegen seinen Wagen gelehnt. Der Mann trägt einen anthrazitfarbenen Anzug, nicht das billigste Modell, doch auch nicht von Armani. Er sieht uns und kommt uns entgegen, als wir parken.

»Sie müssen Agent Washington sein«, sagt er zu Alan und streckt ihm lächelnd die Hand entgegen. »Das soll keine Beleidigung sein, aber Sie sind schwer zu übersehen.«

»Das höre ich jeden Tag«, erwidert Alan.

»Jede Wette.« Atkins wendet sich zu mir. »Und Sie sind Agentin Barrett.«

Seine Blicke verweilen auf meinen Narben, aber daran bin ich längst gewöhnt. Ich habe nichts dagegen, wenn gewisse Bevölkerungsteile mein Gesicht mustern. Detectives vom Morddezernat beispielsweise, wie Atkins einer ist. Sein Interesse ist aufrichtig. Er sieht mich fragend an, zuckt die Schultern und belässt es dabei. Kein Abscheu, kein Entsetzen, kein Aufstand. Die meisten Ärzte reagieren so. Kleine Kinder durchlaufen eine ganze Skala von Gefühlen, angefangen bei »Ist das dein richtiges Gesicht?« bis hin zu »Wow, cool!«.

»Danke, dass Sie bereit waren, sich so spät noch mit uns zu treffen«, sage ich und ergreife seine ausgestreckte Hand.

»Kein Problem. Wenn es uns hilft, diesen Fall zu knacken.« Seine Augen sind ausdruckslos, als er das sagt. Ohne Emotion. »Diese Geschichte macht mir wirklich Sorgen, wissen Sie.«

Er führt es nicht weiter aus. Das braucht er auch nicht. Man sieht viele Tote in unserem Beruf, und manche dieser Leichen verwandeln sich in Geister, die einen regelrecht verfolgen.

»Erzählen Sie uns davon«, fordert Alan ihn auf.

Atkins nickt. »Ich werde Ihnen von ihrem Tod erzählen. Aber ich habe mir gedacht, ich bringe Sie zuerst zu einem Mann, der Ihnen etwas über ihr Leben erzählen kann.«

»Und wer ist dieser Mann?«, frage ich.

»Vater Yates. Ein katholischer Priester, der Rosemary mehr oder weniger wortwörtlich aus der Gosse geholt hat.«

Alan sieht mich an und hebt fragend eine Augenbraue.

»Wenn schon, dann richtig«, sage ich und verdränge meine Erschöpfung mit Humor. Ich zeige auf Atkins' Wagen. »Sie fahren. Sie können uns auf dem Weg zum Tatort alles erzählen.«

ICH VERMUTE, amerikanische Autohersteller werden wohl so lange im Geschäft bleiben, wie es die Polizei gibt. Der Wagen ist ein aufgemotzter Crown Vic, nicht schwarz und weiß wie üblich, sondern nur schwarz mit einem mächtig bösen Motor unter der Haube.

Es ist dunkel geworden draußen, der Mond scheint, und wir sind wieder auf dem Freeway 118. Derzeit herrscht Berufsverkehr light. Andere Fahrzeuge sind vor und hinter uns, doch Abstand und Geschwindigkeit sind erträglich. Der Himmel ist wolkenlos, der Mond voll. Silbern, nicht gelb. Einige der felsigen Berge in der Ferne sehen aus, als wären die Gipfel schneebedeckt.

Ich sitze vorne, neben Atkins. Alan sitzt im Fond.

»Rosemary Sonnenfeld«, beginnt Atkins. »Alleinstehende weiße Frau, vierunddreißig, einsfünfundsechzig groß, ungefähr siebenundfünfzig Kilo, körperlich in guter Verfassung. Sie wurde tot in ihrer Wohnung aufgefunden. Neben ihr auf dem Nachttisch lag ein Beutel Kokain. Auf den ersten Blick sah alles danach aus, als wäre Rosemary ihrem altem Laster erlegen. Sie war Ex-Prostituierte, Ex-Pornodarstellerin und Ex-Drogensüchtige. Ich dachte zuerst, sie hätte einen Trip genommen und wäre an einer Überdosis gestorben, wegen mangelnder Gewöhnung.«

»Und was hat Ihre Meinung geändert?«, fragt Alan.

»Ein genauerer Blick. Die Autopsie ergab, dass sie genug Koks im Blut hatte, dass ein Pferd an der Dosis gestorben wäre, aber sie hatte auch eine Stichwunde in der Seite.«

»Interessant«, sage ich. Ich bin noch nicht bereit, Informationen über Lisa Reid preiszugeben.

»Ja. Und dann war da noch das Kreuz. Ein silbernes Kreuz, fünf

Zentimeter lang, zweieinhalb Zentimeter breit. Auf der Rückseite waren ein Totenschädel, gekreuzte Knochen und die Zahl 142 eingraviert. Das Kreuz fand sich in ihrer Leibeshöhle. Jemand hat es eingeführt.«

Wie bei Lisa Reid, geht es mir durch den Kopf. Und 142 … Lisas Kreuz hatte Nummer 143.

»Und als wären das noch nicht genug Beweise für einen Mord«, fährt Atkins fort, »fanden wir heraus, dass das Kreuz erst *nach* ihrem Tod eingeführt worden ist.«

»Das ist allerdings ziemlich beweiskräftig«, sagt Alan.

»Und dann ist da noch Vater Yates …«

»Der Priester«, sage ich.

»Ja. Vater Yates tut viel Gutes in der Gemeinde, ein sanfter Mann, aber kein Narr. Er hat Rosemary einmal im Monat zum Urintest in eine örtliche Klinik geschickt.«

»Tatsächlich?«, frage ich überrascht. »Klingt mir nach einem wenig vertrauensvollen Priester.«

Atkins lachelt. »Vater Yates ist Realist. Er ist ein wahrer Gläubiger und vollbringt zahlreiche gute Taten. Doch er hält sich an eine Regel. Wenn er einem hilft und ihn bei sich aufnimmt, hat man drei Rückfälle frei, bevor er sich von einem abwendet.«

»Und Rosemary ist clean geblieben?«

»Mehr als vier Jahre lang. Ich habe ihre Akte überprüft. Keine Drogen während dieser Zeit, und auch sonst nichts, absolut nichts. Sie hatte eine feste Arbeit, und sie hat jedes Wochenende freiwillig in der Kirchengemeinde geholfen. Alles deutet darauf hin, dass sie es geschafft hatte und clean geworden war.«

»Ich kann verstehen, warum Ihnen diese Sache zu schaffen macht«, sage ich.

Die meisten Leute halten uns Cops für Zyniker, und da ist auch was Wahres dran. Wir sehen das Schlimmste, das Menschen zu tun imstande sind. Es macht uns vorsichtig. Doch wir sind auch nur Menschen. Die meisten Kollegen und Kolleginnen, so verhärtet sie auch sein mögen, glauben noch immer, dass jemand sein Leben aus freien Stücken ändern kann, wenn er will. Dass ein Ganove eines Tages aufwachen und beschließen kann, ein guter Mensch zu werden. Es ist nur ein Vielleicht, doch dieser heimliche Wunsch erlischt niemals ganz.

Niemand kann mit der Vorstellung leben, dass der Mensch von Natur aus böse ist, und damit glücklich sein.

»Ja, diese Sache macht mir schwer zu schaffen«, räumt Atkins ein.

»Wie dem auch sei ... es war Mord. Leider haben wir nichts als Sackgassen. Die Spurensicherung hat nichts gefunden. Wir haben auch keine noch lebenden Verwandten oder Bekannten finden können. Zehn Tage sind vergangen, und es gibt noch immer keinen Tatverdächtigen.« Er schüttelt den Kopf. »Ich bin schon eine ganze Weile in diesem Beruf, Agentin Barrett, und ich weiß, wann ein Fall kalt wird. Der hier war von Anfang an kalt – bis zu dem Augenblick, als Agent Washington mich angerufen hat.«

»Gab es Hinweise auf sexuellen Missbrauch? Ejakulat in der Nähe des Leichnams?«

»Nichts dergleichen.«

»Wie wurde ihre Leiche gefunden? Waren ihre Beine gespreizt oder geschlossen?«

»Geschlossen. Die Arme über der Brust verschränkt.«

»Interessant«, sage ich leise.

»Was?«, fragt Atkins.

»Das andere Opfer war transsexuell. Rosemary war ehemalige Porno-Darstellerin und sexsüchtig. Geht man von unseren Opfern aus, hätte ich bei den Verbrechen eine sexuelle Komponente erwartet, doch keine Spur davon, in beiden Fällen. Die einzige Gemeinsamkeit aber ist das Kreuz. Sehr merkwürdig.«

»Was könnte das bedeuten?«, will Alan von mir wissen.

Ich schüttle den Kopf. »Kann ich noch nicht sagen. Warten wir ab, was der Priester uns erzählt.«

»ROSEMARY WAR EINER MEINER GRÖSSTEN ERFOLGE. Eine Rosemary war zehn Fehlschläge wert, verstehen Sie?«

Vater Yates ist ein Mittfünfziger mit militärisch kurzem, graumeliertem Haar, derben, attraktiven Gesichtszügen und klugen dunklen Augen. »Priesteraugen«, wie ich sie bei meinen Freunden nenne. Es liegt zu viel Freundlichkeit in diesen Augen, als dass sie selbstgerecht wären, und es spiegelt sich zu viel Wissen um die Sünde darin, als dass man irgendetwas vor ihnen verbergen könnte. Ich bin katholisch aufgewachsen, auch wenn ich seit langem nicht mehr der Kirche angehöre, und ich kenne die Sorte Priester, zu der Yates gehört. Zugänglich, praktisch und fromm, ohne den Realitäten des Lebens gegenüber blind zu sein.

Vielleicht wäre ich nicht aus der Kirche ausgetreten, gäbe es mehr Priester wie ihn.

Er ist ein großer Mann, gut einsneunzig, und dünn, ohne schlaksig zu wirken. Er trägt ein kurzärmeliges Hemd mit dem charakteristischen weißen Stehkragen. Seine Hände sind rastlos. Er ist ein energischer Mann, ein Mann der Tat. »Das Werk Gottes zu tun« bedeutet für ihn, für Gott zu malochen.

Er ist mir auf Anhieb sympathisch.

»Ich verstehe, Vater. Wir genießen hin und wieder ähnliche Siege, und sie machen die Fehlschläge wett. Größtenteils.«

Die Priesteraugen fixieren mich, und ich spüre das vertraute Aufwallen von Schuldgefühlen. Er kennt mich, er kennt mich genau. Er weiß, dass ich hin und wieder mithilfe eines Vibrators masturbiere. Er weiß, dass ich eine heimliche Lust dabei empfinde, einen Mann mit dem Mund zu befriedigen.

Jesus, schießt es mir durch den Kopf. *Und ich dachte, ich hätte das alles hinter mir.*

Natürlich weiß ich, dass ich mir das alles nur einbilde. Vater Yates ist kein Gedankenleser. Außerdem kenne ich das Phänomen: Steck einen Zivilisten in ein Verhörzimmer mit mir, und er empfindet mir gegenüber genauso.

»Ja«, antwortet Yates und nickt. »Es gibt eine Menge Parallelen zwischen dem, was wir tun.«

»Ganz sicher«, pflichte ich ihm bei. »Wir kennen beide die dunklen Seiten der Menschen. Sie haben wahrscheinlich schon von den meisten Verbrechen gehört, die ich gesehen habe.«

Er winkt ab. »Im Beichtstuhl habe ich wahrscheinlich schon *alles* gehört. Pädophilie. Inzest. Vergewaltigung. Mord. Der Unterschied zwischen Ihnen und mir sind unsere Ziele und die Mittel, die wir einsetzen, um diese Ziele zu erreichen.«

»Ich bringe die Menschen ins Gefängnis, und Sie versuchen, sie zu befreien.«

Es klingt ein wenig zynisch. Das hatte ich nicht gewollt.

Er antwortet mit einem belustigten Lächeln. »Und welche von beiden Methoden ist Ihrer Meinung nach die wirkungsvollere?«

Ich breite die Hände aus. »Verbrecher können Gott genauso gut im Gefängnis finden wie draußen, Vater. Aber im Gefängnis können sie wenigstens keinen Schaden mehr anrichten.«

Er kichert. »Ein Punkt für Sie, Agentin Barrett. Ich will nicht darüber streiten. Ich finde, was ein Mensch wirklich ist, zeigt sich in seinen Handlungen. Es mag nicht der Werbeslogan der Kirche sein, was ich jetzt sage, aber mir ist wichtiger, wie ein Mensch sein Leben lebt, als die Frage, wie oft er die heilige Kommunion empfängt.« Seine Miene wird ernst. »Ich habe von Ihrer Geschichte gehört und kenne einige der Männer, die Sie hinter Gitter gebracht haben. Sie sind sehr tüchtig.«

»Danke, Vater.«

Alan und Atkins sitzen ein paar Bänke hinter uns. Sie verhalten sich ruhig und unauffällig. Das hier ist eine Befragung, kein Verhör. Vertraulichkeit ist wichtig.

»Erzählen Sie mir von Rosemary«, fordere ich ihn auf.

»Ich bin seit zwanzig Jahren Pastor in dieser Gemeinde, Agentin Barrett. Wie Sie sicherlich wissen, ist L. A. eine temperamentvolle Stadt voller Kontraste. In den fünf Blocks, die meine Gemeinde umfasst, finden Sie anständige Familien aus der Mittelschicht und Teenagerprostitution, Elitestudenten und Straßenschläger, und alle teilen sich das gleiche Pflaster.«

»Ja.«

»Als ich von Gott ins Priesteramt gerufen wurde, wusste ich, dass er einen Mann der Praxis haben wollte. Meine Begabung liegt nicht darin, die Messe zu lesen. Gewiss, das kann ich auch, aber ich bin kein großer Prediger vor dem Herrn. Gott wusste, dass ich etwas anderes zu bieten hatte – ich kann das Böse in anderen sehen, ohne den Glauben an die Möglichkeit einer Erlösung zu verlieren.« Er lächelt schief. »Er wusste außerdem, dass ich mit einem großen Mundwerk und einem kritischen Verstand ausgestattet bin. Verstehen Sie das nicht falsch, ich stehe mit ganzem Herzen hinter meiner Kirche, doch es mangelt mir an politischem Geschick. Wenn ich der Meinung bin, dass das Kirchenrecht reformiert werden sollte, dann sage ich das auch.«

»Ich verstehe«, antworte ich amüsiert.

Es ist interessant für mich zu sehen, dass es selbst in den engen Grenzen der Kirche einen Graben gibt zwischen den Robenträgern und den Männern vor Ort, zwischen den Offizieren in der Etappe und den Männern an der Front.

»Ich wurde in diese winzige Gemeinde versetzt, weil sie mich irgendwo hinstecken mussten. Sie wussten, dass es ein Fehler wäre, mich in ein Kloster zu schicken – die Kirche ist nicht immer blind, egal, was manche Leute denken –, doch sie wollten mich auch nicht im Rampenlicht.« Er grinst, und ich sehe ihn vor mir als zwanzig Jahre jüngeren Mann, voller Energie, ein richtiger Rebell. »Ich hätte vor Freude die ganze Welt umarmen können. Ich war genau dort, wo ich immer hingewollt hatte.«

Eine Frage kommt mir in den Sinn. »Dürfte ich Sie fragen, Vater, was Sie gemacht haben, bevor Sie Priester wurden?«

»Natürlich, Agentin Barrett. Bevor ich Priester wurde, war ich ein unruhiger junger Mann. Ich habe wegen Diebstahls im Erziehungsheim gesessen. Ich hatte Affären mit Frauen. Ich habe getrunken, und ich war ein übler Schläger.«

Er sagt das alles ohne die kleinste Spur von Scham. Kein Stolz auf die Vergangenheit, aber auch keine Entschuldigung.

»Und wie kam es zu der Veränderung?«, frage ich.

»Ich bin einem alten Priester begegnet. Vater Montgomery. Ein gütiger Mann, aber hart wie Stahl. Er packte mich beim Schlafittchen und wusch mir den Kopf. Er beeindruckte mich zutiefst. Da stand er, ein Mann Gottes – ein Beruf, den ich immer abgetan hatte als etwas für Schwächlinge –, und er blinzelte nicht beim Anblick von Blut oder rümpfte die Nase, wenn ein junges Mädchen in einem Leder-Minirock und Plateauschuhen zum Beten kam. Vater Montgomery spendete ihr das Sakrament der heiligen Kommunion, obwohl er wusste, dass sie nach dem Gottesdienst aus der Tür gehen und ihren Körper verkaufen würde. Er hatte einen Wahlspruch: ›Lass dein Messer draußen liegen, und du bist willkommen in diesem Haus.‹«

»Wo war das?«

»Detroit.« Er zuckt die Schultern. »Vater Montgomery hat mich bekehrt. Ich hörte den Ruf Gottes und wusste, was er von mir wollte. Ich sollte Vater Montgomery nacheifern. Was ich seither getan habe.«

»Rosemary«, erinnere ich ihn.

»Rosemary war eine ruhelose junge Person. Ihre Geschichte war nicht gerade originell. Ein schwieriger Teenager, der mit Drogen in

Berührung kam und auf dem Strich gelandet war. Was bei Rosemary anders war, was sie komplizierter machte, war die Abhängigkeit. Sie genoss die Verbindung aus Drogenmissbrauch und schmutzigem Sex. Ich will damit nicht sagen, dass sie es für gut oder richtig hielt. Aber es machte ihr großes Vergnügen, sie suchte es förmlich. Rosemary war nicht das unschuldige Opfer eines glattzüngigen Kupplers. Sie war auch nicht als Kind missbraucht worden.« Er schüttelt den Kopf, als ihm etwas einfällt. »Sie hat mir einmal erzählt, sie wäre einfach ›als schlechter Mensch auf die Welt gekommen‹. Eine Krankenschwester, ein Mitglied meiner Gemeinde, hatte mich auf Rosemarys Einlieferung in die Notaufnahme aufmerksam gemacht. Sie sagte sinngemäß: ›Dieses Mädchen ist ganz unten angekommen, Vater. Entweder sie ändert sich, oder sie wird sterben.‹«

»Und? War sie ganz unten angekommen?«

»Ja. Sie war von einem Kerl fast totgeschlagen worden, als sie auf einem Kokaintrip war. Sie hatte eine Chlamydieninfektion. Syphilis und Gonorrhöe wüteten in ihrem Körper. Und zu alledem hatte sie sich auch noch eine Grippe eingefangen.«

»Wow.«

»Genau. Sie war nicht mit HIV infiziert, Gott sei Dank, und die Syphilis war noch im ersten Stadium. Es sah so aus, als hätte der Heilige Geist persönlich über Rosemary gewacht.«

Ich halte das zwar für fraglich, sage aber nichts dazu.

»Bitte fahren Sie fort, Vater.«

»Ich war da, als sie aufwachte. Sie weinte und weinte. Sie konnte nicht aufhören. Ich stellte ihr die Frage, die ich immer stelle: ›Bist du bereit für meine Hilfe?‹ Und Rosemary antwortete schluchzend: ›Ja.‹ Ich suchte eine Bleibe für sie. Mitglieder der Kirchengemeinde halfen ihr beim Entzug, und wir beteten gemeinsam.« Seine Augen blicken traurig. »Wir beteten sehr viel.« Er sieht mich an. »Es gab etwas Besonderes an Rosemary, das man erst kennen musste, um zu begreifen, was für ein Mensch sie war. Und damit meine ich nicht ihre Sünden oder ihre Krankheiten. Es ist vielmehr so, dass diese anscheinend hoffnungslose verlorene junge Frau irgendwie, von irgendwoher, eine gewaltige Kraft bezog. Sie hat mir erzählt, dass sie immer noch fast jeden Tag an Drogen und Sex dachte. Das Verlangen wurde schwächer, doch es verschwand nie völlig. Und trotzdem hielt sie durch.« Er ballt in hilfloser Wut die Faust. »Sie hat die letzten fünf Jahre ein gottgefälliges Leben geführt. Keine Drogen, keine Exzesse, kein Rückfall in alte Verhaltensweisen. Ich hasse es, dieses Wort zu benutzen, doch es ist in Rosemarys Fall mehr als zutreffend: Sie wurde *errettet*.«

»Ich verstehe.« Ich bin nicht überzeugt, bin aber bereit, die Möglichkeit zu akzeptieren, dass Rosemary sich tatsächlich geändert hat. Vater Yates macht auf mich nicht den Eindruck eines Mannes, der mit Scheuklappen durchs Leben läuft.

»Darüber hinaus ...« Er zögert.

»Ja?«

»Ich nehme die Beichte ab, verstehen Sie? Ich kann Ihnen nicht verraten, was Rosemary mir gesagt hat, nur so viel: Sie hat mir die schlimmsten Seiten ihres Selbst gezeigt. Sie hat absolut nichts zurückgehalten.«

Ich bin weit mehr als neugierig: Ich bin gefesselt. Doch ich weiß auch, dass dieser Mann Rosemarys Vertrauen niemals enttäuschen würde – und ich finde in diesem Gedanken einen unerwarteten Trost.

Die Wurzeln des Katholizismus reichen tief bei mir.

»Gibt es sonst noch etwas, das Sie mir erzählen könnten, Vater? Irgendetwas, von dem Sie glauben, dass es hilfreich sein könnte?«

»Tut mir leid, Agentin Barrett, aber ich fürchte, das Einzige, was ich beitragen kann, ist ein Bild von Rosemary in ihrer schlimmsten und in ihrer besten Zeit.«

Ich greife in meine Tasche, zücke eine Visitenkarte und reiche sie ihm.

»Rufen Sie mich an, Vater, falls Ihnen noch etwas einfällt.«

»Versprochen.« Sein Blick ruht für einen Moment auf mir. »Wie stehen Sie eigentlich zum Gebet, Agentin Barrett?«

Er hat mich überrumpelt; damit habe ich nicht gerechnet. »Rein persönlich? Ich finde das Gebet an sich überbewertet und die Ergebnisse alles andere als überzeugend.«

Die Worte sprudeln aus mir hervor, ohne dass ich Zeit finde, sie abzumildern. Ich bedaure meine Vehemenz. Zucke die Schultern. »Tut mir leid, Vater.«

»Aber nein! Wenn Sie wütend sind auf Gott, so bedeutet das, dass Sie immer noch an seine Existenz glauben. Das reicht mir völlig, für den Augenblick.«

Mir fehlen die Worte. Ich weiß nicht, was ich darauf erwidern soll. Deswegen murmle ich nur »Danke, Vater« wie eine Sechzehnjährige, bevor ich mich zum Gehen wende. Alan und Atkins folgen mir. Diese verdammten Priesteraugen. Manchmal machen diese frommen Männer mich wirklich wütend.

13

ES IST HALB NEUN DURCH. Alan, Atkins und ich sitzen in einer Nische im hinteren Teil eines Denny's. Es ist eine ruhige Nacht, und unsere Kellnerin ist müde. Sie bringt ein halbherziges Lächeln zustande, als sie unsere Kaffeebecher nachfüllt, doch sie versucht nicht, uns in ein Gespräch zu verwickeln. Ich nehme an, sie ist daran gewöhnt, Cops zu bedienen.

Vinyl und Resopal, so weit das Auge reicht. Gibt es irgendetwas, das amerikanischer wäre?

Atkins hat uns eine Kopie der Fallunterlagen gegeben, zum Bersten voll mit Fotos vom Tatort. Nachdem unsere Kellnerin wieder in sicherem Abstand ist, klappe ich die Akte auf und nehme die Fotos in Augenschein.

»Übel«, bemerke ich.

»Aber sauber«, erwidert Atkins.

Es ist ein Kommentar, der mehr Einblick verrät. Und er hat recht. Ich betrachte ein Foto von Rosemary. Sie war eine schöne Frau. Auf dem Bild ist sie nackt. Sie liegt auf ihrem Bett, auf dem Rücken, mit geschlossenen Beinen, die Arme auf der Brust. Ihr Kopf liegt im Nacken, und ihre Augen sind weit geöffnet. Aus ihrem linken Nasenloch läuft ein dünner Blutfaden über ihre Wange bis zum Kinn. Es ist ein grauenvolles Bild, doch nicht so schlimm, wie es hätte sein können. Kein Hinweis auf sexuellen Missbrauch. Abgesehen von dem Blut aus der Nase sowie der Stichwunde und dem umgebenden Hämatom auf ihrer rechten Körperseite wirkt Rosemarys Leichnam nahezu unberührt.

»Keine Raserei«, sagt Alan. »Der Täter hat nicht die Kontrolle verloren.«

»Ja«, stimme ich ihm zu.

Sexuelle Psychopathie ist kein Akt von gewöhnlichem Zorn, sondern von heftiger, alle Vernunft verdrängender Wut. Penetration allein reicht nicht – es ist die Zerstörung des Opfers, auf die es ankommt. Ich sehe nichts von alledem auf den Fotos. Sex scheint nicht das Motiv zu sein.

Ich klappe die Akte zu und nehme einen Schluck Kaffee.

»Die Spurensicherung hat absolut nichts gefunden«, sagt Atkins. »*Nada.*«

»Das überrascht mich nicht«, antworte ich. »Der Täter ist sehr beherrscht und äußerst erfahren. Er hatte eine Aufgabe zu erledigen, und das hat er getan, ohne übermäßige Aufregung und unnötige Sauerei. Er kam unbemerkt und ist unbemerkt wieder verschwunden. Unter diesen Umständen findet man selten Spuren.«

»Wie schnappen Sie dann diese Kerle?«, fragt Atkins.

Manchmal schnappen wir sie gar nicht, zirpen die Grillen.

»Indem wir herausfinden, was sie tun und warum sie es tun. Und indem wir hoffen, dass sie irgendwann einen Fehler machten, je mehr Zeit vergeht, und uns einen Hinweis zurücklassen.«

»Das ist nicht gerade tröstlich.«

Ich antworte mit einem ausdruckslosen Lächeln.

Er erwidert das Lächeln genauso leer und hebt seinen Kaffeebecher.

ALAN UND ICH SIND WIEDER AUF DEM HIGHWAY, unterwegs nach Hause. Alan fährt. Wir haben Atkins mit Versprechungen vertröstet; mehr konnten wir ihm nicht bieten.

»Soll ich bei mir zu Hause vorbeifahren, damit du Bonnie holen kannst?«, fragt Alan.

Ich schaue auf die Uhr. Es ist fast halb elf.

»Nein. Fahr mich zu mir. Ich hole Bonnie morgen ab.«

Ich überlege, ob ich Callie und James anrufen soll, aber dann wird mir klar, dass es bei ihnen bereits nach ein Uhr nachts ist. Falls die beiden schlafen – was ich hoffe –, möchte ich sie nicht wecken.

»Waren ein paar ziemlich verrückte Tage«, sagt Alan.

»Kann man wohl sagen.«

Er sieht mich von der Seite an. »Schon irgendein Bauchgefühl?«

Ich schüttle den Kopf. »Nein, eigentlich nicht. Ich brauche eine

Mütze voll Schlaf, damit die Eindrücke sich setzen können. Bei diesem Fall gibt es vieles, das mir Sorgen macht.«

»Zum Beispiel?«

»Ich bin ziemlich sicher, dass unser Mann schon seit einer ganzen Weile tötet und dass er auf diesem Gebiet ein Könner geworden ist. Er geht methodisch und überlegt vor. Er weiß genau, was er tut, und wird so schnell keinen Fehler machen, der uns auf seine Spur bringt.«

»Einen Fehler hat er aber schon gemacht. Er hat uns verraten, dass er existiert.«

»Zugegeben. Aber das war Absicht. Wir tappen weiterhin im Dunkeln.«

Alan lächelt matt. »Du bist immer wieder die große Zynikerin, wenn wir einen neuen Fall haben. Trotzdem endet es jedes Mal damit, dass wir den Schweinepriester fassen.«

»Wirklich? Dann lass mich wenigstens einen Moment meinen Pessimismus genießen.«

Er lacht. Mein Handy summt, und meine Stimmung hebt sich ein wenig, als ich auf dem Display sehe, wer der Anrufer ist.

Tommy Aguilera ist seit gut zwei Jahren mein Freund. Er ist ehemaliger Agent des Secret Service, der sich als privater Ermittler und Security-Berater selbstständig gemacht hat. Ich habe Tommy kennengelernt, als er noch beim Secret Service war. Tommy war einem Burschen als Leibwächter zugeteilt worden, der sich als mörderischer Hurensohn erwies. So geriet Tommy in die Situation, den ihm anvertrauten »netten jungen Mann« erschießen zu müssen. In dem sich anschließenden Feuersturm, den die Medien anheizten, verhinderte allein meine Aussage, dass Tommy ins Gefängnis musste oder Schlimmeres. Er hatte mir damals gesagt, ich solle mich bei ihm melden, wenn er jemals etwas für mich tun könne.

Ein paar Jahre später verließ er den Secret Service. Ich weiß immer noch nicht warum. Er würde es mir wahrscheinlich verraten, würde ich ihn danach fragen. Aber das habe ich nie getan, und er hat nie von sich aus damit angefangen. Nicht dass Tommy kalt wäre, er ist bloß wortkarg bis zum Gehtnichtmehr.

Ich hatte Tommy beim Wort genommen, als ich einen extrem schwierigen Fall am Hals hatte, und ihn um Hilfe gebeten. Er war zu mir nach Hause gekommen und hatte meine Wohnung nach Wanzen abgesucht (und welche gefunden; außerdem noch einen GPS-Tracker an meinem Wagen). Es war nicht geplant, doch es endete damit, dass ich ihn küsste, und er überraschte mich damit, dass er meinen Kuss erwiderte.

Mein Mann war damals erst sechs Monate tot gewesen, und mein Körper war entstellt von Narben. Ich fühlte mich innen wie außen hässlich, und ich litt immer noch Höllenqualen. Tommy aber nahm mich in die Arme und gab mir das Gefühl, trotz allem begehrenswert zu sein. Es war ein sehr befriedigendes Erlebnis, in körperlicher und seelischer Hinsicht.

Tommy ist ein wunderbarer Mensch. Er ist Latino, schwarzhaarig, braunhäutig und dunkeläugig, aber kein wirklich hübscher Kerl, allein schon wegen der großen Narbe auf der rechten Schläfe und dem kantigen, energischen Unterkiefer. Außerdem ist er ein Riese von einem Mann mit den rauen Händen eines Bauarbeiters und dem Körper eines Schwergewichtlers. Tommy ist ein wundervoller Anblick, ob er nun angezogen oder nackt ist, und Sex mit ihm kann rau und schmerzhaft sein oder sanft und voller Wonne. Im Bett ist er ein unermüdlicher Quell sexueller Freuden.

»Hey«, sage ich, als ich Tommys Anruf entgegennehme.

»Hey«, antwortet er. »Bist du immer noch im Lande unterwegs?«

»Nein. Ich bin gerade auf dem Weg nach Hause.«

»Lust auf Gesellschaft?«

»Ja, bitte. Wie wär's, wenn du mir eine Fußmassage gibst? Ich brauche dringend ein bisschen Entspannung.«

»Klar. Wir sehen uns dann.«

Ich lege auf und merke, wie ich leise vor mich hin summe. Erschrocken breche ich ab und werfe einen verstohlenen Seitenblick zu Alan. Er scheint sich voll und ganz auf die Straße zu konzentrieren, bis er unvermittelt sagt: »Dieser Typ scheint dich glücklich zu machen.«

»Er ist okay.«

»Hmmm.«

Ich schaue Alan von der Seite an. »Was?«

»Es geht mich ja nichts an, Smoky, aber vielleicht solltest du aufhören, diese Sache unter Vorbehalt zu sehen. Du verdienst es, glücklich zu sein. Aber sollte er nicht erfahren, dass er dieses Gefühl in dir weckt? Das hat er doch auch verdient.«

Ich bin überrascht von der Heftigkeit des Zorns, der plötzlich in mir aufsteigt. Mir liegt eine bissige Antwort auf der Zunge, die ich mir im letzten Moment jedoch verkneife.

»Ich werde darüber nachdenken«, sage ich stattdessen.

»Na, na.« Es ist eine sanfte Ermahnung, wie eine freundliche Hand unter dem Kinn, die meinen zögernden Blick zu ihm lenkt. »Ich meine doch nur … Ich freue mich, dass du endlich wieder lächeln kannst, wenn du an einen Kerl denkst.«

Die Wut verfliegt.

»Ja. Ich auch.«

14

Ich drehe den Knauf, öffne die Tür und finde vor, was ich erwartet habe: die Ruhe und Stille eines verlassenen Hauses.

Es ist das Haus, das Matt und ich gemeinsam gekauft haben. Das Haus, in dem ich gelernt habe, wie es ist, eine Ehefrau zu sein, eine Mutter, und in dem ich das alles verloren habe. Es ist das Haus, in dem ich vernichtet wurde und in dem ich mich selbst wieder aufgebaut habe.

Drei Jahre sind vergangen, seit mein Matt und meine Alexa starben. Ich wache des Nachts nicht mehr schreiend auf, ich starre nicht mehr auf meine Waffe und frage mich, ob es wehtut, wenn ich mir den Schädel wegpuste. Ich wandle nicht mehr mit tiefgefrorener Seele durchs Leben. Ich habe jetzt Bonnie, ich habe Tommy, und ich habe mein Team. Ich habe gelernt, das Leben wieder zu genießen. Die Zynikerin in mir will nicht recht zugeben, dass das Leben *gut* sein kann, doch sie lässt immerhin zu, dass ich sage, das Leben ist *besser* – besser als damals.

Matt war perfekt für mich, für uns, für unsere Art zu leben. Es war nicht ungewöhnlich, dass ich um neun Uhr abends nach Hause kam, seelisch erschöpft und den Gestank der Toten in meiner Kleidung. Ich hatte schon damals immer gezögert, den Schlüssel im Schloss zu drehen. Ich hatte innegehalten und versucht, das Dunkle abzuschütteln, um sicher zu sein, dass ich es nicht in das Licht und die Liebe meines

Heims mitnahm. Es hatte nicht immer funktioniert, doch ich hatte es jedes Mal versucht.

Ich machte die Tür auf, und sämtliche Lichter brannten, weil Matt es gerne hell hatte. Normalerweise lief der Fernseher oder die Stereoanlage, weil das Hintergrundgeräusch beruhigend wirkte. Der Geruch von etwas Leckerem hing in der Luft. Matt war ein fabelhafter Koch. Wenn es ein Rezept gab, egal für was, konnte er es zubereiten.

Er kam jedes Mal zur Tür, um mich zu begrüßen, wenn ich von der Arbeit nach Hause kam. Das änderte sich niemals, selbst nach vielen Jahren Ehe nicht. Es spielte keine Rolle, ob wir uns gerade stritten oder liebten.

»Willkommen daheim, Reisende«, pflegte er zu sagen. Das war unsere Phrase, so notwendig und natürlich wie Sonne oder Regen.

In den alten Zeiten, bevor Alexa geboren wurde, setzte Matt mir eine köstliche Mahlzeit vor und vielleicht ein kleines Glas Wein dazu, und dann lauschte er geduldig, wie ich über meinen Tag schimpfte und stöhnte, und anschließend lauschte ich ihm, wenn er über seinen Tag schimpfte und stöhnte. Vielleicht sahen wir hinterher gemeinsam fern, doch normalerweise endete es damit, dass wir Sex hatten, bevor wir einschliefen. Wir hatten eine Menge Sex in der Anfangszeit unserer Ehe. Guten Sex, durchschnittlichen Sex, manchmal sogar schlechten Sex (auch wenn es, wie Matt meinte, so etwas wie einen schlechten Orgasmus gar nicht gibt).

Je länger unsere Ehe dauerte, desto seltener wurde der Sex. Doch unsere Ehe entwickelte sich weiter, statt abzunutzen. Das war das Großartige daran, mit Matt verheiratet zu sein. Wir waren einander vielleicht nichts Neues mehr, aber das Staunen über den anderen verloren wir nie.

Alexa wurde geboren, und das verlieh dem Nachhausekommen eine völlig neue Dimension. Als sie jünger war, ging ich jedes Mal zu ihr. Als sie älter wurde, kam sie mir entgegen. Sie übernahm die Begrüßungsphrase ihres Vaters, und manchmal hörte ich die beiden in Stereo:

Willkommen daheim, Reisende. Tritt deine Stiefel in die Ecke. Das Wetter draußen mag bescheiden sein, hier drin scheint aber die Sonne.

Ein Klischee wird manchmal nur deswegen zu einem Klischee, weil es so wahr ist, dass man es ständig wiederholt. Es *gibt* einen Unterschied zwischen einem Haus und einem Heim.

Die Dinge sind heute nicht mehr so wie früher. Wenn ich nach Hause komme, sind die Lichter aus. Es ist kühl im Haus. Kein verlockender Duft von Essen hängt in der Luft. Keine beruhigenden Geräusche von einem Fernseher oder einer Stereoanlage. Und noch etwas fehlt: die Pflanzen. Matt unterhielt einen kleinen Dschungel in unserem Haus. Ich hingegen habe keine Ahnung von solchen Dingen. Ich brauche keine Zimmerpflanzen umzubringen – sie begehen Selbstmord, wenn sie mich nur sehen. Sie schlitzen sich die kleinen Pflanzen-Pulsadern auf, sobald sie feststellen, dass ich ihre Pflege übernommen habe.

Willkommen daheim, Reisende.

Es ist nicht das Gleiche wie früher.

Ich muss daran denken, was Rosario im Wagen zu mir gesagt hat. Über den Ort, wo ich meine Wurzeln habe. Ich frage mich, wie viel davon wahr ist. Die Zeit ist nicht stehen geblieben, doch werde ich die Vergangenheit jemals wirklich loslassen, solange ich in diesem Haus lebe?

Ich schließe die Tür hinter mir und gehe durchs Wohnzimmer in die Küche, wobei ich im Vorbeigehen das Licht und den Fernseher einschalte. Ein Nachrichtensprecher redet munter drauflos und verdrängt ein wenig die Leere. Ich schiebe Makkaroni und Käse in die Mikrowelle. Ein weiteres schwieriges Gebiet für mich. Ich kann nicht kochen. Ich würde sogar Wasser anbrennen lassen.

Ich schenke mir ein Glas Wein ein und warte, bis meine Nudeln mit Käse fertig sind. Dann nehme ich den Teller und das Glas mit aufs Sofa. Matt bestand immer darauf, dass wir wie eine zivilisierte Familie am Esstisch aßen.

Dann ändere das, Dummkopf. Du hast jetzt Bonnie. Du hast Tommy. Setz dich endlich wieder an den Esstisch, jetzt gleich, und schließ die verdammte Glotze an eine Zeitschaltuhr an, wenn du nach Feierabend nicht in eine stille Wohnung kommen möchtest.

Meine Stimmung hebt sich ein wenig. Pragmatismus war schon immer eine meiner Stärken. Ich mag es, Dinge zu reparieren, wenn sie kaputtgehen. Es geht mir gegen den Strich, in mein Bierglas zu jammern (oder in mein Weinglas, wie heute Abend). Ich habe in den letzten Jahren mehr als genug Zeit mit Weinen verbracht. Weniger Tränen, mehr Schweiß. Los, reiß dich zusammen.

Gute Idee, Mrs. Barrett, sage ich zu mir. *Hört, hört!*

Ich muss kichern über diesen inneren Gedankenaustausch. Ich mache mir keine Sorgen mehr darüber, ob diese stummen Gespräche bedeuten, dass ich den Verstand verloren habe. Wahrscheinlich sind sie ein Indiz, dass ich mich weiter zum Besseren entwickelt habe – oder dass ich tatsächlich verrückt geworden bin.

Ich schaue mir ausnahmsweise die Nachrichten an, während ich das Pseudo-Essen herunterschlinge. Nichts Neues, wie gehabt: Die Zivilisation steht weiter am Abgrund, wie es schon ist, seit es Nachrichten gibt. Noch findet sich in den Schlagzeilen kein Hinweis auf Lisa Reid.

Als es an der Haustür klopft, durchzuckt mich ein winzig kleines Glücksgefühl. Ich werfe die leere Essensschachtel in den Mülleimer und stelle zu meiner Überraschung fest, dass ich beinahe zur Tür *stürze*.

Ich öffne und lächle den Mann in meinem Leben an. Er trägt ein dunkles Jackett und Slacks, dazu ein weißes Hemd ohne Krawatte. Sein Haar ist ein wenig zerzaust, doch er sieht wie immer zum Anbeißen aus.

»Hey«, sagt er, ein einziges Wort, durchtränkt von Wärme und unterlegt von einem breiten Lächeln. Er ist genauso glücklich, mich zu sehen, wie ich über sein Kommen bin.

Ich lege den Kopf in den Nacken und stelle mich auf die Zehenspitzen für einen langen Kuss.

»Willkommen daheim, Reisender«, sage ich.

Er hebt eine Augenbraue. »Ich finde, das sollte ich zu *dir* sagen.« Er grinst. Er kommt herein und wirft sich aufs Sofa. »Du warst ziemlich beschäftigt.«

Ich setze mich zu ihm und lege die Füße in seinen Schoß. Es ist ein unausgesprochener Wunsch nach einer Massage. Tommy erfüllt ihn mir, und ich stemme ihm fast das Becken entgegen, während seine starken Hände sich daranmachen, die Spannung wegzumassieren.

»Ja«, antworte ich. »Zu schade, dass man in einem Privatjet keine Vielfliegermeilen sammeln kann … meine Güte, tut das gut.«

»Möchtest du darüber reden?«

Mir wird bewusst, dass dies einer der großen Unterschiede ist in meiner Beziehung zu Tommy und der, die ich mit Matt hatte. Ich habe mit Matt nicht über meine Fälle geredet, nicht oft jedenfalls. Ich ließ sie nicht in mein Haus, hielt sie fern von Matt und Alexa. Bei Tommy ist es anders. Er weiß, was Mord und Tod sind, und er hat genau wie ich Menschen getötet. Ich kann mit ihm über meine Arbeit reden, und es schadet ihm nicht, weil ... na ja, weil dieser Schaden bei ihm bereits angerichtet wurde.

»Sicher«, sage ich. »Jedenfalls so lange, wie du nicht mit der Massage aufhörst. Es fühlt sich an wie ein Orgasmus nach dem anderen.«

Ich erzähle ihm ausführlich, was sich in den letzten anderthalb Tagen ereignet hat. Er lauscht und nickt dann und wann – und das alles, ohne auch nur für eine Sekunde mit seiner Massage auszusetzen.

»Wow«, sagt er, als ich fertig bin. »Komplizierte Sache.«

»Kein Witz.« Ich zähle an den Fingern ab: »Sehen wir mal. Ich habe die transsexuelle Tochter eines Kongressabgeordneten – rein zufällig ein aussichtsreicher Präsidentschaftskandidat –, ermordet an Bord eines Flugzeugs irgendwo über den Vereinigten Staaten, und mein Team und ich werden aus unserem gewohnten Verantwortungsbereich gezerrt und mitten hinein in ein politisches Minenfeld geschubst. Zweitens habe ich eine bekehrte, ehemals drogen- und sexsüchtige Ex-Porno-Darstellerin, die hier in meinem Zuständigkeitsbereich umgebracht wurde. Drittens wurde bei beiden Opfern ein Kreuz in der Körperhöhle gefunden, eingeführt vom Mörder. Die Zahlen auf den Kreuzen sind in den Hundertern – was nicht symbolisch ist, fürchte ich. Ich habe keine Spur, die der Rede wert wäre. Und mitten in all diesem Durcheinander plant Callie ihre Hochzeit, und James hat uns eröffnet, dass er schwul ist.« Ich streiche mit der Hand durch meine Haare. »Verrückt.« Ich zwinge mich zu einem Lächeln. »Na ja, wenigstens ist es nicht langweilig.«

Er erwidert mein Lächeln, doch es liegt ein Ausdruck darin, den ich nicht einordnen kann. Seine Fußmassage ist zu etwas Automatischem geworden, das er beinahe geistesabwesend fortsetzt.

Er ist nervös, wird mir überraschend klar. *Mein Stoiker ist nervös.*

Ich ziehe die Füße zurück. »Möchtest du mir irgendwas sagen?«

Schweigen. Er lehnt sich zurück, blickt zur Decke und seufzt. »Ja.«

»Und was? Du machst mir Angst, weißt du?«

Er bedenkt mich mit einem sehr grüblerischen Blick, der nicht gerade dazu beiträgt, meine Nervosität zu lindern.

»Du weißt, dass ich ein Problem mit der Integrität habe, nicht wahr?«, fragt er.

»Soll das ein Witz sein? Du bist der Anstand in Person. Du fluchst ja nicht mal.«

»Nun ... das meine ich ja gerade. Ich weiß, Kompromisse gehören zum Leben, besonders, wenn man sein Leben mit jemandem teilt. Mein Problem ist, dass ich keine Kompromisse eingehen kann, niemals, wenn es um Anstand geht, um Aufrichtigkeit. Ich ... ich habe in der Vergangenheit immer wieder Probleme deswegen gehabt. Beim Secret Service hat es Zeiten gegeben, da wollten meine Vorgesetzten, dass ich nicht immer nur Schwarz und Weiß sehe, sondern verschiedene Grautöne.«

»Ich finde, das war ein guter Vorschlag.«

Er lächelt und schüttelt den Kopf. »Das wird sich gleich zeigen, Smoky. Vor ein paar Tagen ist mir klar geworden, dass ich dir etwas sagen möchte. Dass ich dir etwas sagen muss. Es ist vielleicht nicht der günstigste Zeitpunkt, und vielleicht sollte ich noch damit warten, denn Vorsicht ist der bessere Teil des Wagemuts, aber ...« Er zuckt die Schultern. »Es ist eine Frage der Aufrichtigkeit, weißt du?«

Mein Magen zieht sich zusammen und macht Flickflacks wie ein Bodenturner.

»Was habe ich eben gesagt? Von wegen, du machst mir Angst?« Ich boxe ihm gegen den Arm. »Wir nähern uns einer ausgewachsenen Panik.«

»Dann sag ich es jetzt einfach.« Er atmet tief durch und sieht mir in die Augen. »Ich liebe dich, Smoky. Ich habe dir vor zwei Jahren gesagt, dass ich weiß, dass es geschehen wird, und dass ich es dir sagen werde, wenn es so weit ist. Nun, es ist so weit. Ich liebe dich, Smoky. In dem Augenblick, in dem ich mir sicher war, wusste ich, dass ich es dir sagen muss.« Ein weiteres Schulterzucken, ein wenig schwächer diesmal. »Es hat etwas mit Integrität zu tun, weißt du?«

Ich bin sprachlos.

Er liebt mich.

Wow.

Er liebt mich?

Sag was, Dummkopf! Sag irgendwas, aber versuch nichts Dämliches zu sagen!

Ich räuspere mich. »Ich ... ich ... wow. Ich weiß gar nicht, was ich ... was ich sagen soll.«

Ich bedaure meine Worte in dem Moment, da ich sie hervorgestammelt habe. Dieser Mann, dieser wunderbare Mann, hat mir soeben gestanden, dass er mich liebt – und das ist alles, was mir dazu einfällt?

»Oh, Tommy, tut mir leid. Das war so dämlich, wie es nur geht.«

Er verblüfft mich, indem er lächelt.

»Entspann dich. Mir ist klar, dass du eine Weile brauchst, um das zu verarbeiten. Und ich bin nicht so unsicher, dass ich auf der Stelle eine Antwort brauche. Ich musste es dir nur sagen, ich musste diese Brücke überqueren und sie hinter mir abbrennen. Es war an der Zeit.«

Ich sehe ihn an und überlege meine nächsten Worte mit Bedacht. Ich weiß, dass sie sehr, sehr wichtig sind. Letztendlich entscheide ich mich für die gute altmodische Wahrheit, nichts als die reine Wahrheit. Ich nehme seine Hände in die meinen. Ich will den Körperkontakt.

»Tommy … ich brauche Zeit. Ich wünschte, es wäre nicht so, aber ich kann es nicht ändern. Das bedeutet nicht, dass ich nicht das Gleiche für dich empfinde. Es bedeutet nur …« Ich suche nach Worten, die ausdrücken, was ich empfinde. »Ich habe Angst.«

Er führt meine Hände an seine Lippen und küsst sie sanft. Seine Augen sind voller Wärme, voller Mitgefühl, wie ich es noch nie vorher bei ihm gesehen habe. Ich habe einen freundlichen Tommy gesehen, einen wütenden Tommy, einen ärgerlichen Tommy, einen nachdenklichen Tommy und einen tödlichen Tommy. Das hier ist ein neuer Tommy: Verständnis und Mitgefühl ohne süßliche Falschheit.

Das ist der *liebende* Tommy, wird mir bewusst.

»Du hast einen Mann geliebt, Smoky. Du hast Matt kennengelernt, als ihr beide noch Teenager wart, und du wusstest, dass er der Eine war. Du hast nie daran gezweifelt, hast dich nie gefragt, ob es ein Irrtum ist. Du hast nie nach etwas anderem verlangt. Du hast ihn durch eine Tragödie verloren und nicht, weil du oder er es so gewollt hätte. Es ist logisch, dass dich das nicht ohne Weiteres loslässt. Ich verstehe, dass du im Moment keine Antwort hast. Ich möchte nur, dass du darüber nachdenkst und dir überlegst, wie deine Antwort aussieht.«

Die Worte, das Mitgefühl darin, das völlige Fehlen von Hintergedanken sind wie ein Schlag in den Magen. Sie rauben mir den Atem. Eine Träne kullert über die unvernarbte Seite meines Gesichts. Tommy streckt die Hand aus und wischt sie mit dem Daumen so behutsam ab, wie er kann.

»Nicht weinen, Baby.«

Er hat mich noch nie so genannt. *Baby.* Er hat noch nie ein so persönliches Kosewort benutzt, und es öffnet mich auf eine Weise, die ich selbst nicht begreife. Ich dränge mich in seine Arme und heule mir an seiner Brust die Augen aus. Es ist keine schlimme Trauer, keine Verzweiflung darin. Es ist ein Gewittersturm, der sich über mir zusammengebraut hat, Wolken, die sich leeren müssen, weil sie zu schwer geworden sind. Ich heule noch eine Zeit lang, während Tommy mich hält, bis die Tränen versiegen und sich in ein Schniefen verwandeln. Er sagt nichts und streichelt mein Haar. Mir wird bewusst, dass ich für immer so bleiben könnte, an ihn gekuschelt, wäre das alles, was er von mir will.

Aber genau da liegt das Problem. Er will nicht nur das. Er will alles.

Ich löse mich von ihm und wische mir mit dem Handrücken über die Augen.

»Und wie geht es mit uns in der Zwischenzeit weiter?«, frage ich mit vom Weinen rauer Stimme.

Seine Augen sind ein wenig traurig. »Wir müssen eine Weile getrennt verbringen. Du musst nachdenken, musst das verarbeiten. Und ich kann nicht mit dir schlafen, bis es so weit ist.«

»Was? Warum?«

Es ist eine kindliche Frage. Die Wahrheit ist, ich kenne den Grund ganz genau.

»Ich kann nicht mit einer Frau schlafen, der ich gesagt habe, dass ich sie liebe, ehe ich nicht weiß, ob sie das Gleiche für mich empfindet. Es ist keine Bestrafung und kein Ultimatum. Es ist einfach so, dass ich nicht mit einer Frau zusammen sein kann, die weniger für mich empfindet als ich für sie.«

Ich starre ihn lange Zeit an. »Ja.« Ein tiefer Seufzer. »Ich könnte auch nicht mit dir zusammen sein, wäre es anders herum.«

Er beugt sich vor und nimmt mein Gesicht in beide Hände. Es sind starke Hände, raue Hände, weich an manchen Stellen, schwielig an anderen. Er bringt seine Lippen auf die meinen, und der Kuss ist Perfektion. Tief, leidenschaftlich, *Casablanca* pur. Er macht mich atemlos und lässt erneut die Tränen in mir aufwallen.

Er steht auf.

»Du weißt, wo du mich findest.«

»Tommy!«, rufe ich ihm hinterher, als er zur Tür geht. »Deine Integrität ... die ist richtige Scheiße.«

Er antwortet nicht.

»Tommy?«

Er bleibt stehen, dreht sich um und sieht mich an. »Ja?«

Ich bringe ein Lächeln zustande. »Ich glaube trotzdem, es ist etwas Gutes.«

Er erwidert mein Lächeln, tippt sich mit den Fingerspitzen an eine imaginäre Hutkrempe, und dann ist er fort.

Ich bin wieder allein mit all meinen Widersprüchen. Sie sind wie Fledermäuse, die sich flatternd und fiepsend in mein Haar krallen. Ich ziehe die Knie ans Kinn, schlinge die Arme um die Schienbeine und schaukle langsam vor und zurück, vor und zurück.

»Scheiße, Scheiße, Scheiße, Scheiße!« Die Tränen kommen wieder, heiße galoppierende Pferde hinter meinen Augen.

Und ich habe keine Eiskrem im Haus.

Hey, sagt meine innere Stimme ein wenig durchtrieben. *Du hast immer noch ein wenig José Cuervo im Küchenschrank versteckt.*

Ich ignoriere die Stimme und halte mich an meine zuverlässigste Freundin: das Heulen.

Nach Matts und Alexas Tod habe ich einen großen Teil meiner Zeit mit dieser Freundin verbracht. Und so hängen wir auch diesmal ein paar Minuten miteinander herum, ein heulendes Elend, ehe ich sie wieder in die Wüste schicke.

Ich lehne mich auf dem Sofa zurück und starre schniefend an die Decke. Ich fühle mich leer und hundeelend.

Was ist eigentlich dein Problem? Tommy ist ein guter Mann. Nein, Quatsch – Tommy ist ein großartiger Mann. Er ist ehrlich, er ist loyal, er ist mordsmäßig sexy und er liebt dich! Es ist schließlich nicht so, als hättest du die große Auswahl.

Doch es geht nicht um Tommy, soviel ist mir bewusst. Es geht nicht um die Gegenwart. Es geht um die Vergangenheit.

Sicher, es gab mal eine Zeit, da fühlte sich allein der Gedanke, mit einem anderen Mann zusammen zu sein, wie ein Betrug an Matt an. Matts Geist war überall. Hier im Wohnzimmer, in der Küche, im Bett neben mir. Doch Matt ist nur noch eine schöne, blasse Erinnerung und längst kein Phantom mehr.

Abgesehen davon weiß ich, dass Matt sich für mich freuen würde, dass er mich wieder glücklich sehen will.
Und? Was dann?
Nun, da wäre Bonnie ...
Ich schüttle den Kopf.
Nein. Schieb nicht ihr die Schuld zu.
Eines der letzten Überbleibsel aus Bonnies Kindheit ist ihre Vorliebe für die Zeichentrickserien im Fernsehen am Samstagmorgen. Sie verpasst nie eine Sendung, und wenn Tommy da ist, steht er auf, und sie schauen sich die Filme gemeinsam an. Ich teile ihre Liebe für den frühen Morgen nicht, doch ich bin mehr als einmal die Treppe hinunter in Richtung Kaffeekanne getaumelt und habe die beiden beobachtet, wie sie gelacht haben, während Wile E. Coyote schreckliche Dinge zustoßen. Ich weiß nicht, ob ich es eine Vater-Tochter-Beziehung nennen würde, die die beiden entwickelt haben – noch nicht –, doch Bonnie mag Tommy sehr, und sie weiß, dass er sie ebenfalls mag.
Die Wahrheit ist, so wird mir bewusst, dass ich niemanden außer mir selbst für diesen Albtraum verantwortlich machen kann.
Aber warum?
Ein Wort steigt aus den dunkleren Tiefen meiner Seele empor wie Schwefeldampf aus einem Riss in der Erdkruste.
Bestrafung.
Ich drehe das Wort in Gedanken hin und her, untersuche es auf seinen bitteren Geschmack und staune über die Andeutung von Schrecken, die es mit sich zu bringen scheint.
Bestrafung? Aber wofür?
Das weißt du sehr genau. Für das Unverzeihliche, das du getan hast, nachdem Matt und Alexa gestorben waren. Diese Sache, von der keine Menschenseele etwas weiß, nicht einmal Callie.
Ich klatsche in die Hände. Das Geräusch ist erschreckend in dem leeren Haus. Wie ein Gewehrschuss. Ich klatsche erneut. *Peng!*
Wir denken nicht daran, nein, nein. Nicht jetzt. Nicht jetzt, und vielleicht niemals. Auf keinen Fall!
Meine innere Stimme stockt. Ich empfinde jetzt Trauer, keine Durchtriebenheit.
Schön, meinetwegen. Aber das ist der Grund dafür, dass du Angst hast,

Tommy zu lieben. Du glaubst, du hast nicht das Recht, überhaupt jemanden zu lieben.
   Ich habe keine Antwort darauf. Sie ist auch nicht erforderlich. Die Wahrheit hat die lästige Eigenschaft, meistens das letzte Wort zu haben.
   Ich stehe auf und gehe in die Küche. Ich brauche eine Ablenkung, jetzt, jetzt, jetzt. José Cuervo ist genau das Richtige, danke sehr.
   Ich nehme die Flasche aus ihrem Versteck ganz oben im Küchenschrank und schenke mir ein. Ich hebe das Glas zu einem trotzigen Toast.
   »Auf die Wahrheit, dass die Wahrheit eben *nicht* immer frei macht.«
   Der Tequila läuft durch meine Kehle wie Abbeizer, und mehr ist es auch nicht. Die Hitze breitet sich in meinem Magen aus und bringt einen Ansturm von Zufriedenheit mit sich. Ich stelle die Flasche zurück und säubere das Glas, um sicher zu sein, dass ich keine Spuren von diesem kleinen Geheimnis hinterlasse. Ich bin zu diszipliniert, um ein Trunkenbold zu werden, doch ich trinke in solchen Momenten der Schwäche – was mir jedes Mal unausweichlich Schamgefühle beschert und das Bedürfnis, mein Trinken zu verheimlichen.
   Die Bitterkeit, jener nervöse Geschmack von Angst und Bestürzung, ist durch den Alkohol jedoch nicht ausgelöscht, nur unscharf geworden. Die scharfen Kanten sind nun in weichen Schaumgummi gehüllt. Das muss für den Augenblick reichen.
   »Als nächsten Trick«, murmle ich zu mir, während ich zurück ins Wohnzimmer gehe, »wenden wir uns meiner längsten und zugleich am meisten geliebten Sucht zu.«
   Arbeit.
   Arbeit, süße, wunderbare Arbeit. Wenn man einen Job hat, einen sinnvollen Job, besteht einer der vielen Vorteile darin, dass man sich darin versenken kann, sollte sich die Notwendigkeit ergeben. Das Grillenzirpen kann genauso verführerisch wie anstrengend sein.
   Ich nehme den gelben Notizblock und den Stift vom Wohnzimmertisch. Der Block liegt dort wegen einem meiner Rituale. Spät nachts (wie beispielsweise jetzt), wenn ich alleine bin, ziehe ich die Füße unter den Leib und versuche, Ordnung in das Gewirr der Daten und Fakten des Falles zu bringen, an dem ich gerade arbeite.
   Es hilft mir, mich zu konzentrieren, und hat im Lauf der Jahre zu

einer ganzen Reihe nützlicher Eingebungen geführt. Außerdem ist es ein verdammt guter Talisman. In diesen Block zu kritzeln hilft mir, die Gedanken zurückzudrängen, die ich nicht haben will.

Was Morde angeht, gibt es eine Reihe von Axiomen, die ich im Lauf der Jahre entwickelt habe. Pragmatismen. Einsichten. Ich konzentriere mich darauf und schreibe sie nieder, um die Räder in ihren Lagern in Bewegung zu setzen und Tommy und die Geister zu vertreiben, die er mit sich bringt.

Das Opfer ist stets das Entscheidende. Selbst wenn es sich bei dem Mord um ein zufälliges Ereignis handelt, vergiss eines nicht – die Dinge, die wir einem Impuls folgend tun, sind häufig diejenigen, die am meisten über uns enthüllen.

Ein Killer hat mir einmal verraten, dass er seine Würgeopfer findet, indem er die erstbeste Frau nimmt, die Blickkontakt zu ihm herstellt. Ich wies ihn darauf hin, dass all diese Frauen aus irgendeinem Grund blond waren. Er dachte darüber nach, lachte und räumte ein, dass seine Mutter eine Blondine gewesen war. (»Mom war eine richtige Fotze«, fügte er hinzu, ohne dass ich gefragt hätte.)

Die Methode verrät uns, was ihn antreibt – oder was er uns glauben machen will.

Ein anderer Killer, den ich gefasst habe, schlug auf seine Opfer ein, bis sie keine Gesichter mehr hatten. Er war von einem dermaßen intensiven Hass getrieben, dass er dabei in eine Art Dämmerzustand fiel. »Ein paar Mal«, verriet er mir, »ein paar Mal weiß ich noch, wie ich angefangen habe, einer von den Huren die Fresse zu polieren, aber ich kann mich nicht erinnern, was passiert war, als es schließlich aufhörte, und das ist schade, weil es doch das Schönste an der Sache ist, die Gesichter zu zerschlagen.« Er bedauerte seine Filmrisse zutiefst.

Wahnsinn ist nicht das Gleiche wie Dummheit.

Die Wahrheit ist, sie alle sind auf ihre Weise wahnsinnig. Doch einige sind außerdem hochintelligent.

Sex als eine Komponente – oder das Fehlen davon – ist der Schlüssel zum Motiv.

Dieser letzte Punkt macht mich nachdenklich.

Beide Opfer, von denen wir bisher wissen – Lisa Reid und Rosemary Sonnenfeld – wurden ermordet, jedoch nicht sexuell missbraucht. Lisa war eine Transsexuelle, die kurz vor der Geschlechtsumwandlung stand, was für sich genommen auf eine sexuelle Komponente hindeutet. Rosemarys Vergangenheit weist ebenfalls auf Sex hin, und doch hat der Täter sie nicht missbraucht.

Ich kaue auf dem Stift, während ich überlege. Ich komme zur gleichen Schlussfolgerung wie zuvor.

Es geht für ihn nicht um Sex.

Das ist äußerst selten. Es geht fast immer um Sex.
Diesmal nicht, sagt meine innere Stimme.

Okay, um was geht es dann? Die Opfer sind das Entscheidende. Was sind die Gemeinsamkeiten?

~~- Beide Opfer waren Frauen.~~

Ich streiche die letzte Zeile durch. Lisa Reid war keine Frau, noch nicht. Diese Unterscheidung mag ihr gegenüber unfair sein, aber für den Killer war sie von Bedeutung. Also ist es *keine* Gemeinsamkeit.

Dann such nach Gemeinsamkeiten bei der Methode.
- Beide Opfer wurden auf die gleiche Weise getötet. Ein spitzer Gegenstand wurde ihnen in schrägem Winkel in die rechte Körperseite und bis ins Herz gestoßen.
- Beiden Opfern hat der Killer durch die so entstandene Öffnung ein Kreuz in die Körperhöhle geschoben.

Ich überlege, was das Kreuz bedeuten könnte. Neben sexuellen Motiven und den verschiedenen Formen des Wahnsinns spielen religiöse Manien bei vielen Serienmorden eine tragende Rolle. Häufig sind es satanische Elemente, doch es gibt mehr als genug Beispiele, wo der Killer glaubt, seine Opfer zu erretten, indem er sich einbildet, für eine höhere Instanz zu arbeiten, für »Mächte des Lichts« und nicht für »Herrscher der Finsternis«.

Ist es das? Haben wir es hier mit einem Retter zu tun, der seine Opfer von irgendetwas erlösen will? Ich kritzle auf den Block:

Wovor rettet man jemanden?

Eine Antwort fällt mir ein:

Vor den Konsequenzen seiner Handlungen. Aus religiöser Sicht heißt das, vor der ewigen Verdammnis.

Ja. Das ergibt Sinn.

Was verdammt einen Menschen?

Ich zermartere mir das Hirn, versuche alte Erinnerungen an meinen Katechismus auszukramen. Irgendetwas über Todsünden, lässliche Sünden ...

Ich nehme meinen Notizblock mit nach oben in mein Arbeitszimmer. Ich setze mich vor meinen Computer, öffne den Internetbrowser, rufe eine Suchmaschine auf.

Im Suchfeld gebe ich ein: *Bedeutung Todsünde*.

Der erste Treffer lautet: *Todsünde, Definition*.

»Fragt, und es wird euch gegeben«, murmle ich und klicke auf den Link.

Das Wörterbuch der Amerikanischen Sprache öffnet sich, und der entsprechende Eintrag erscheint auf meinem Bildschirm.

Eine Sünde wie Mord oder Blasphemie, die so schwerwiegend ist, dass sie die Seele der göttlichen Gnade beraubt und sie in die ewige Verdammnis schickt, wenn die Sünde zum Zeitpunkt des Todes nicht vergeben wird.

Weiter unten auf der Seite findet sich eine Abhandlung zu diesem Thema, die Bezug nimmt auf Thomas von Aquin. Da steht:

Eine Todsünde vernichtet die göttliche Gnade im Herzen desjenigen, der sie begangen hat. Damit es sich um eine Todsünde handelt, müssen drei Bedingungen erfüllt sein:

A. Es muss sich um eine schwere Sünde handeln.
B. Die Sünde wird im vollen Wissen des Sünders begangen.
C. Die Sünde wird vorsätzlich und absichtlich begangen.

Woraus folgt, dass eine Todsünde nicht versehentlich begangen werden kann, da zwei der Bedingungen Wissen und Billigung sind. Mit anderen Worten, der Sünder weiß, dass es eine schwere Sünde vor Gott ist, was er tut, und tut es trotzdem und mit Vorsatz. Er ist sich bewusst, dass er gegen Gottes Gesetz und seine Liebe verstößt.

In seinem Brief an die Galater zählt Paulus eine Reihe schwerer Sünden auf: ›*Offenbar aber sind die Werke des Fleisches, welche sind: Unzucht, Unsittlichkeit, Ausschweifung, Götzendienst, Zauberei, Feindschaft, Hader, Eifersucht, Jähzorn, Eigennutz, Zwietracht, Spaltungen, Neid und Missgunst, Trink- und Essgelage und Ähnliches mehr, und ich sage noch einmal, was ich euch bereits gesagt habe: Wer so etwas tut, wird das Reich Gottes nicht erben.*‹

Und im ersten Brief an die Korinther heißt es bei Paulus: ›*Wisst ihr denn nicht, dass Ungerechte das Reich Gottes nicht erben werden? Täuscht euch nicht! Weder Unzüchtige noch Götzendiener, noch Ehebrecher, noch Lustknaben, noch Knabenschänder, noch Diebe, noch Habsüchtige, und auch keine Trinker, Lästerer und Räuber werden das Reich Gottes erben.*‹

In diesem Tonfall geht es weiter. Ich gehe ein paar Seiten zurück und klicke auf die übrigen Links, welche die Suchmaschine gefunden hat. Ich bin nicht überrascht, dass die Fakten, die eine Todsünde spezifizieren, nicht klar definiert und heftig umstritten sind. Die katholische Kirche vertritt Ansichten, die sich von denen der Protestanten unterscheiden. Die orthodoxen Kirchen in Osteuropa wiederum vertreten andere Standpunkte als die Kirchen im Westen. Strenge Traditionalisten klassifizieren sieben Todsünden, während andere dies infrage stellen.

Allerdings gibt es auch Punkte, in denen klare Übereinstimmung herrscht. Alle Kirchen räumen ein, dass Mord eine sehr schwere Verfehlung ist. Und Homosexualität wird allerseits als Expressfahrschein in die Hölle betrachtet.

»Tut mir leid für dich, James«, murmle ich. »Niemand mag gottlose Arschficker.«

Der kleinste gemeinsame Nenner: Man weiß, dass es eine schwere Sünde ist; man weiß, dass man Gottes Liebe verwirkt und gegen sein Gesetz verstößt, und man tut es trotzdem. Wenn man sich einer Todsünde schuldig gemacht hat, ohne dass man auf dem Sterbebett die Verantwortung dafür übernimmt und bereut, ist man gelackmeiert. Dann kann man wie ein unzerstörbarer Marshmallow über dem ewigen Lagerfeuer rösten.

Ich lehne mich in meinem Bürosessel zurück und konsultiere erneut meinen Notizblock.

Okay, sehen wir uns an, was wir bis jetzt haben. Also, wenn unser Freund seine Opfer vor der Verdammnis rettet, dann ... ja, was? Bringt er sie zu einem Geständnis, bevor er sie tötet?

Eine andere, offensichtliche Möglichkeit wird mir bewusst.

Vielleicht rettet er sie ja gar nicht. Vielleicht schickt er sie in die Verdammnis.

Wenn er etwas über sie weiß. Wenn er weiß, dass sie etwas getan haben, was er als Todsünde betrachtet, und wenn er sie umbringt, ehe sie Gelegenheit zur Reue haben, schickt er sie nach seiner Sichtweise geradewegs in die Hölle.

Aber warum sollte er das tun? Ich bezweifle, dass es eine persönliche Beziehung zu den Opfern gibt, also scheidet unmittelbare Rache aus. Es muss eine allgemeinere Grundlage geben. Rache in absentia? Sendet er eine Botschaft? Führt er den Willen Gottes aus?

»Was denn nun? Rettest du sie, oder schickst du sie in die Hölle? Sorgst du dich um ihre Seelen oder nicht?« Ich werfe den Block in hilfloser Wut vor mir auf den Schreibtisch.

Bin ich überhaupt auf der richtigen Fährte?

Ich denke darüber nach. Ja, ich bin auf der richtigen Fährte. Ich kann es aber nicht beweisen; es ist mehr ein Gefühl.

Er tötet sie nicht aus sexuellen Beweggründen. Er tötet sie, weil ihr Tod in religiöser Hinsicht von Bedeutung sind, und Sünde ist die Nabe, um die sich jedes religiöse Rad dreht.

Ich nehme den Block wieder an mich und kehre damit ins Wohnzimmer zurück. Ich starre auf das Papier, während ich nachdenke. Dann schreibe ich:

> Er hat uns eine Frage gestellt: »Was sammle ich? Das ist die Frage, und diese Frage ist der Schlüssel.«

Ich glaube, ich kenne die Antwort, zumindest für den Augenblick, basierend auf den Informationen, die ich besitze und auf dem, was mein Bauchgefühl mir sagt.

> Sünden. Er sammelt Sünden. Das ist die Viktimologie, die Frage der Beziehung zwischen Opfer und Täter. Das sind die Gemeinsamkeiten. Nicht die Haarfarbe oder die Körbchengröße oder das Geschlecht. Seine Opfer sind Sünderinnen (zumindest glaubt er das).

Ja … ja, das fühlt sich richtig an. Es erzeugt eine Resonanz in mir. Die Stimmgabel in meinem Innern schwingt und verrät mir, dass ich den richtigen Ton getroffen habe.

Eine Frage bleibt allerdings noch:

> Glaubt er, dass er Sünder ihrer gerechten Bestrafung zuführt, oder schickt er die Erlösten, damit sie zur Rechten Gottes sitzen?

Die nächste Frage kommt ohne mein Zutun – die Wiederkehr des inneren Gemaules, das ich zu unterdrücken versucht habe.

Was ist mit deiner Sünde? Ist es eine Todsünde?

Oh ja, darauf kannst du wetten. Gut, dass ich nicht an Himmel und Hölle glaube.

Nicht wahr?

Stille. Gesegnete Stille.

»Gelobt sei Gott«, murmle ich mit allem Sarkasmus und aller Bitterkeit, die ich aufbringe.

Gott antwortet nicht, wie immer.

Eine Woge der Erschöpfung überrollt mich wie ein Laster, so schwer und mit solcher Wucht, dass meine Augenlider sich schließen, ohne dass ich es verhindern könnte. Der Notizblock gleitet mir aus den Fingern. Ich rolle mich auf dem Sofa zusammen, und dann zieht die Müdigkeit mich auch schon in die Dunkelheit hinunter.

15

DAS TELEFON REISST MICH UNSANFT AUS DEM SCHLAF. Ich fühle mich übernächtigt, verkatert, allerdings nicht als Folge des Alkohols vom Vorabend. Es ist mein Alter. Als ich Anfang zwanzig war, konnte ich eine oder zwei Nächte am Stück durchmachen, die dritte Nacht schlafen und erfrischt und wie neugeboren aufwachen. Heute dauert es Tage, bis ich wieder in der Spur bin. Der steife Hals verrät mir, dass das Schlafen auf der Couch nicht gerade hilfreich gewesen ist.

Ich richte mich stöhnend in eine sitzende Haltung auf. Vergangene Nacht war ich einsam – im Augenblick bin ich richtig froh, dass niemand da ist, der mich so sehen könnte. Ich dränge den Nebel in meinem Gehirn mittels schierer Willenskraft zurück und nehme das Gespräch an.

»Barrett.«

»Du klingst aber fröhlich, Schnuckelmaus.«

»Wie spät ist es, Callie?«

»Halb neun morgens.«

»Was? Verdammt!«

Ich springe auf und renne in die Küche, während ich das Telefon mit der Schulter gegen mein Ohr klemme. Ich habe gestern Abend vergessen, die Zeitschaltuhr für die Kaffeemaschine einzuschalten, also drücke ich jetzt auf den Knopf und warte darauf, dass der segensreiche braune Nektar zu fließen beginnt. Ich habe die Geduld eines Junkies, wenn es um den ersten Kaffee am Morgen geht. Bonnie wacht in der Regel vor mir auf, und das weiß sie; sie schenkt mir Kaffee ein, sobald sie hört, dass ich die Treppe herunterkomme.

»Ganz schön faul«, neckt mich Callie. »Zu lange zu viele akrobatische Stellungen ausprobiert, was?«

Sie meint es gut, doch ihre Frage bringt die Erinnerungen an den vergangenen Abend wieder hervor.

»Nein.«

Meine Antwort ist kurz und bündig, und das lässt sie stocken.

»Hmmm ... kommen diese Depressionen durch einen Mangel an Koffein zustande, oder gibt es Probleme an der Heimatfront?«

»Beides, aber ich will jetzt nicht darüber reden. Was gibt's denn? Wo bist du?«

»Näher als du denkst.«

Es klopft an meiner Haustür.

»Kleines Schweinchen, kleines Schweinchen, lass mich rein.«

Ich stöhne auf. Mir ist heute Morgen nicht danach, Callie zu sehen – oder sonst jemanden. Absolut nicht.

»Ich komme«, seufze ich.

WIR SITZEN AM ESSTISCH. Ich habe meinen Kaffee zur Hälfte intus, und das Leben erscheint allmählich wieder ein wenig hoffnungsvoller.

Callie sitzt mir gegenüber und genießt ihre eigene Tasse. Ich mustere sie und staune wie immer über ihre Fähigkeit, in jeder Situation gut auszusehen. Ich bin diejenige, die vergangene Nacht geschlafen hat, und nun sitze ich hier in zerknitterten Klamotten, und meine Haare sehen aus, als wäre ein Hurrikan hindurchgetost. Callie hingegen sieht aus, als käme sie geradewegs von einem Tag in einem Wellness-Hotel zurück.

Sie greift in die Jackentasche und nimmt eine Schmerzpille. Was mich in die Realität zurückbringt. Ich trinke einen Schluck Kaffee und schaue ihr prüfend in die Augen. Sie ist gut verborgen, die Erschöpfung, doch sie ist da, schwimmt in den Schatten, sichtbar ausschließlich in dem richtigen Licht.

»Fühlt unser miesepetriges Häschen sich jetzt ein wenig besser?«, fragt Callie.

»Ein wenig. Wann seid ihr zurückgekommen?«

»Damien und ich sind vor zwei Stunden gelandet. Wir benutzen die FBI-Labors, um unseren kleinen Schatz an Spuren zu analysieren.« Sie hebt ihre Tasse zu einem spöttischen Toast. »Anschließend kann ich mich endlich wieder darum kümmern, dass meine Hochzeit zurück in die Spur kommt.«

Ich hebe eine Augenbraue. »Ist sie denn *aus* der Spur?«

»Nichts Dramatisches, aber es wäre möglich, dass Kirby ein bisschen mehr Aufsicht benötigt.«

»Was ist passiert?«, frage ich. Mir schwant nichts Gutes.

»Es gab ein paar Probleme mit dem Kuchen. Kirby hat in meinem Sinne gehandelt, war aber ein bisschen zu energisch. Sie hat im Grunde gar nichts getan, aber sie hat dem Konditor zu viel von ihrem wahren Gesicht gezeigt.«

»Aha«, sage ich.

Kirbys wahres Gesicht ist furchteinflößend. Sie ist eine durch und durch fröhliche, charmante Person – es sei denn, sie beschließt, jede Menschlichkeit aus ihren Augen zu verbannen. In diesem Moment fühlt man sich, als würde man von einem ausgehungerten Raubtier angestarrt.

»Sie wollten mir schon die Anzahlung zurückgeben, doch Sam hat sie umstimmen können. Tja, wenn die Katze aus dem Haus ist, tanzen die Mäuse auf dem Tisch.« Callie stellt ihren Becher ab und beugt sich vor. »Und jetzt erzähl mir, was mit Tommy passiert ist.«

Für einen Moment erwäge ich, ihr zu sagen, sie solle sich gefälligst um ihren eigenen Kram kümmern, aber dann wird mir klar, dass es vergeblich wäre. Albern. Lächerlich.

»Er hat mir gestanden, dass er mich liebt.«

»Ehrlich?«

»Ja.«

Callie lehnt sich im Stuhl zurück, plötzlich in sich gekehrt.

»Hm«, sagt sie nach ein paar Sekunden. »Ich kann mir vorstellen, warum das schwierig ist für dich.«

Das ist das andere Gesicht von Callie, und es ist einer der Gründe, warum sie meine Freundin ist. Sie hat ein verdammtes Lästermaul und keinen Respekt vor niemandem, doch sie weiß, wann es Zeit ist, ernst zu werden.

»Ich weiß nicht, warum es so schwierig ist. Aber es *ist* schwierig«, sage ich, und das ist nur zum Teil gelogen.

»Ist es wegen Matt?«, fragt Callie. »Weil Matt nämlich absolut kein Problem haben würde wegen dir und Tommy, weißt du?«

Callie kannte Matt und liebte ihn. Sie lud sich häufig zum Abendessen bei uns ein. Sie konnte nicht genug bekommen von Matts Tacos.

»Ich weiß. Das ist es ja gerade. Ich habe kein Problem, was Matt und Alexa angeht. Ich erinnere mich an sie, und ich bin froh, dass es so ist. Es bringt mich nicht mehr um.«

Callies Stimme ist sanft. »Es ist Zeit, dass du weiterziehst, Smoky.«

Ich sehe ihr in die Augen. Callie hat alles mit mir durchgemacht, einfach alles. Sie weiß nichts von meinem einen Geheimnis, dem großen Mysterium, das ich vor mir selbst verschweige, doch alles andere weiß sie.

»Kann ich dich etwas fragen, Callie?«

»Klar. Nur raus damit.«

»Warum heiratest du? Ich meine, ich weiß natürlich, warum die Menschen heiraten, aber ... was hat sich geändert? Du warst immer eine einsame Wölfin.«

Sie fährt mit einem burgunderroten Fingernagel über den Rand ihres Kaffeebechers. »Eine einsame Wölfin, keine Einzelgängerin. Das ist ein großer Unterschied. Und ich musste sicher sein, absolut sicher. Wölfe paaren sich fürs Leben, weißt du?«

»Und? Bist du sicher?«

Der Blick, mit dem sie mich betrachtet, ist beinahe misstrauisch. Callie ist einer der verschwiegensten Menschen, die ich kenne. Wenn es – außer Sam – irgendjemanden gibt, dem sie ihr Inneres anvertraut, dann bin ich das, doch selbst mich lässt sie nicht oft in die Karten sehen.

»Ja, ich bin sicher.«

Dann lächelt sie strahlend und überrascht mich damit. Mir wird klar, dass Callie glücklich ist wegen dieses Gefühls, sicher zu sein. Ich kenne sie als einen stets zufriedenen Menschen, doch es gibt einen Unterschied zwischen Zufriedenheit und Glücklichsein. Und das hier ist Glücklichsein.

»Fühlt sich gut an, hm?«

»Und ob.«

Ihr Lächeln verschwindet wieder hinter der Mauer aus schelmischer Ironie.

»Tja«, sagt sie. »Du und ich, wir werden niemals wie die Girls von

Sex and the City, also wechseln wir das Thema und machen uns an die Arbeit, okay?«

Ich hebe meinen Becher und proste ihr zu. »Darauf trinke ich.«

16

»Warum ersetzen die Bürokraten nicht mal diese verdammten Teppichböden?«, schimpft Alan, als wir durch den Flur zu unseren Büros gehen.

»Weil hier oben niemand hinkommt, den das FBI beeindrucken will«, erwidere ich.

Wir haben Alan beim Aufzug getroffen, Callie und ich.

»Wenn das stimmt«, sagt sie, »können die Teppichböden meinetwegen bleiben. Die sind mir immer noch lieber als Horden von Presse- und Fernsehfuzzis.«

Die Wahrheit ist, die Teppiche sind vollkommen in Ordnung. Es ist ein dünnes, dichtes Gewebe, gemacht für starke Benutzung, ein wenig abgelaufen, aber durchaus noch ansehnlich. Doch wir mussten auf dem Weg nach oben durch den Empfang, und Alan hat bemerkt, dass der Marmor im Bereich hinter dem großen Empfangsschalter zum zweiten Mal in fünf Jahren ausgetauscht wird.

»Bleib fair, Alan«, sage ich. »Beim ersten Mal, als sie die Lobby renovieren mussten, war es wegen uns.«

Vor zwei Jahren platzte ein Kerl in die Empfangshalle und warf mit Granaten um sich. Dann feuerte er aus einer automatischen Waffe auf alles, was sich bewegte, bevor er wieder verschwand. Dieser Verrückte stand mit einem Mann in Verbindung, den wir damals jagten, also war es gewissermaßen unsere Schuld.

»Ja, ja. Aber sieh nur!« Alan deutet mit unterschwelliger Empörung auf einen kleinen Fleck. »Unten kriegen sie neuen Marmor, und ich muss mir seit vier Jahren jedes Mal, wenn ich ins Büro gehe, diesen verdammten Fleck ansehen. Das ist nicht richtig!«

»Ich wusste gar nicht, dass du so ein empfindliches Häschen bist«, spöttelt Callie.

Wir biegen um den letzten Knick im Gang vor unseren Büros, die im Gebäude allgemein »Death Central« heißen, Todeszentrale.

Mein derzeitiger Job beim FBI ist der einer NCAVC-Koordinatorin. Das NCAVC ist das Bundesamt für die Analyse von Gewaltverbrechen, dessen Zentrale sich in Washington, D. C., befindet. In jedem FBI-Büro gibt es einen Agenten, der für die Aktivitäten des NCAVC in seinem Bereich zuständig ist. Repräsentanten des Todes sozusagen. In Podunk ist es vielleicht ein einzelner Agent, der außerdem für zahlreiche andere Aufgaben verantwortlich ist. Hier in L. A. gibt es eine NCAVC-Vollzeit-Koordinatorin – mich – sowie ein ganzes Team von Agenten, weil sich in L. A. besonders viele Psychos tummeln. Ich nehme an, Serienkiller sind in dieser Hinsicht wie alle anderen Menschen: Sie mögen das sonnige kalifornische Klima.

»Von wegen, ›weil hier oben niemand hinkommt‹«, murmelt Alan.

Kirby steht vor der Tür zu den Büros und zwirbelt eine blonde Locke um den Zeigefinger. Ihre Augen leuchten auf, als sie uns sieht.

»Hey, Leute! Wie geht's denn so? Wie war's drüben im Osten? Zu kalt für mich, so viel weiß ich jetzt schon. Ich muss jederzeit ein Bier am Strand trinken können, wenn ich Bock darauf habe, versteht ihr? Na ja, wie dem auch sei – ich muss mit Callie über Hochzeitsdinge reden.«

So redet Kirby immer. Plappert munter drauflos, als gäbe es überhaupt keine Sorgen auf dieser Welt.

»Wie bist du überhaupt hier raufgekommen?«, will Alan wissen.

»Ich hab meine Methoden, schon vergessen?« Sie zwinkert ihm zu und will ihn freundschaftlich boxen, doch er hebt protestierend die Hand. »Ich brauche keinen neuen blauen Fleck, Kirby.«

Sie ist kaum größer als einsfünfundsechzig, aber ihre freundschaftlichen Hiebe haben es in sich.

Kirby grinst ihn an. »Sei nicht so wehleidig.« Sie blickt Callie an. »Aber seine Frau macht einen wahnsinnig guten Napfkuchen. Ich hatte gestern ein paar Stücke, und …«

»Was?«, ruft Callie aus.

»Entspann dich, Callie-Baby. Es war nur der Testkuchen. Ich hab die auserwählten Sachen nicht angerührt.«

»Hmmm«, brummt Callie. »Und sag nicht immer Callie-Baby zu mir.«

Sie verschwendet ihren Atem. Kirby wird sie Callie-Baby oder Red Sonja nennen oder was ihr sonst noch alles in den Sinn kommt. Sie hat keine Angst vor Callie. Sie hat vor niemandem Angst, wahrscheinlich nicht mal vor dem Teufel persönlich.

»Übrigens, tut mir leid wegen dem Kuchenbäcker«, sagt sie und verdreht die Augen. »Konnte ja niemand ahnen, dass er fast 'nen Herzschlag kriegt, weil er versehentlich meine Waffe unter der Jacke entdeckt.«

»Versehentlich, hm?«, sagt Alan. Der Unglaube in seinen Worten ist überdeutlich und spiegelt meinen eigenen wider.

»He, Mann!«, sagt Kirby entrüstet. »Ich bin keine Barbarin.« Sie grinst, bis sich auf ihren Wangen Grübchen zeigen. »Ich weiß einfach nur, wie man eine Verhandlungsposition hält.«

Alan feixt. »So nennt man das jetzt?«

Kirbys Faust schießt vor und landet einen ziemlich schmerzhaften Treffer auf Alans Oberarm. Er verzieht das Gesicht und reibt sich die Stelle, während er sie finster anfunkelt. »He, das hat wehgetan!«

»Ihr Kerle seid allesamt Weicheier!« Sie wendet sich wieder Callie zu. »Also, der Grund, warum ich hier bin … Der Schneider wollte uns noch mal fünfhundert Dollar mehr berechnen, wegen der geänderten Farbe der Sachen für die Brautjungfern. Ich hab ihm gesagt, dass ich das für unfair halte, aber er wollte nicht nachgeben, also hab ich ihm gesagt, ich würde es wirklich schätzen, wenn er endlich mal bessere Manieren bekäme, und weißt du was? Er hat nachgegeben!« Sie grinst wie ein Kind, das soeben seinen Eltern ein Einser-Zeugnis vorlegt.

»Einfach so?«, fragt Callie.

»Natürlich nicht, das war die Kurzfassung, aber ich schätze, die diplomatischen Details langweilen dich, oder? Solange niemand umgebracht wird und keiner in den Knast muss, ist die Mission erfüllt.«

Callie beschließt, es dabei zu belassen. »Was noch?«

»Der Blumenmensch ist süß. Ich hab eine Nacht mit ihm rumgemacht. Jetzt gibt er uns einen satten Rabatt. Ich will ja nicht prahlen«, sie rammt ihre Hüfte gegen meine, »aber ich bin ziemlich sicher, dass es was mit unserem Spielchen zu tun hat.« Sie kichert albern.

Alan stöhnt. Ich schüttle den Kopf. Callie nimmt es mit ausdrucksloser Miene hin – der Pragmatismus der Braut in spe.

»Mach ruhig so weiter«, sagt sie, »wenn du mir dadurch ein paar Hundert Dollar sparen kannst. Sonst noch was?«
»Nichts.«
»Danke für den Lagebericht. Halt mich bitte auf dem Laufenden.«
»Jepp.« Kirby wendet sich zum Gehen.
»Ach ja ... Kirby?«, ruft Callie ihr hinterher. »Lass die Kanone in Zukunft stecken. Zieh das Ding erst ab tausend Dollar aufwärts, okay?«
»Geht klar, Callie-Baby!«
Alan schüttelt den Kopf. »Macht es dir denn überhaupt nichts aus, dass sie mit deinem Floristen in die Kiste springt, um einen Rabatt rauszuschlagen?«
Callie streckt die Hand aus und tätschelt Alan die Wange. »Alan«, sagt sie. »Blumen sind teuer.«

»NETT, DASS ALLE GEKOMMEN SIND.«
James funkelt uns missbilligend an.
»Mach dir nicht ins rosa Höschen«, sagt Callie und schneit an ihm vorbei. »Ich hab genauso wenig Schlaf gehabt wie du. Abgesehen davon ist alles Smokys Schuld.«
»Und?«, raunzt er Alan an. »Was hast du für eine Entschuldigung?«
»Die Gleiche wie immer. Es geht dich einen feuchten Kehricht an.«
»Ich gehe davon aus, dass AD Jones sich bald bei uns meldet«, unterbreche ich den freundlichen Wortwechsel. »Es wäre schön, wenn wir uns in fünf Minuten zu einer Besprechung treffen könnten.«
James ist wütend, doch er hält den Mund. Ich gehe weiter zu meinem Büro.
Die Todeszentrale umfasst genaugenommen nur zwei Räume. Der größere davon ist ein weiter, offener Raum, in dem James, Callie und Alan ihre Schreibtische haben. Der zweite ist ein kleines Büro dahinter – mein Büro. Die Einrichtung ist spartanisch, doch sie erfüllt ihren Zweck.
Ich setze mich hinter meinen Schreibtisch und wähle Bonnies Handy an.
»Hi, Smoky!«
Bonnies Stimme gibt mir die Aufmunterung, die ich während der vergangenen Nacht vergeblich in der Arbeit und im Tequila gesucht

habe. Sie klingt so froh, meine Stimme zu hören. Ihre Freude ist offen und bedingungslos. Männer mögen kommen und gehen, ein Kind bleibt für immer.

»Hi, Honey. Wie geht es dir?«

»Ganz gut. Elaina und ich fangen gleich mit Mathe an. Langweilig!«

»Du wirst trotzdem Lesen, Schreiben und Rechnen lernen.«

Ich kann beinahe hören, wie sie die Augen verdreht angesichts meiner elterlichen Ermahnung.

»Kommst du heute und holst mich ab? Ich will dich endlich wiedersehen. Außerdem wollten wir doch das Steak-Rezept ausprobieren.«

Bonnie und ich haben vor ein paar Monaten einen Pakt geschlossen. Wir stimmen überein, dass eine Mikrowelle zwar eine tolle Sache ist, aber doch ihre Grenzen hat, wenn es ums Essen geht. Also haben wir beschlossen, einen Abend in der Woche – welcher, spielt keine Rolle – mit dem Versuch zu verbringen, etwas Richtiges zu kochen. Ich habe einen Stapel Kochbücher gekauft, und wir haben uns damit amüsiert, das Haus mit Qualm und dem Gestank nach angebranntem Fleisch zu füllen. Ein paar Mal ist es uns sogar gelungen, etwas Essbares zu produzieren.

»Ich kaufe die Steaks ein, bevor ich dich abholen komme, Bonnie.«

»Cool!«

»Und jetzt wieder zurück zur Mathematik. Wir sehen uns heute Abend.«

Ein geräuschvolles Seufzen. Es wärmt mir das Herz, wie jedes Zeichen von normalem Verhalten bei Bonnie. Wenn sie offiziell Teenager ist und anfängt, mir Widerworte zu geben, werde ich wahrscheinlich der glücklichste Mensch auf Erden sein.

»Okay. Bis dann.«

Ich überlege, ob ich Tommy schnell anrufen soll, entscheide mich dann aber dagegen. Ich habe im Augenblick ein wenig zu oft das Bedürfnis, mit ihm zu reden.

Ich verlasse mein Büro und betrete den Hauptraum. Wir haben eine große Tafel dort, die wir benutzen, wenn wir uns zusammensetzen und spontane Einfälle sammeln. Ich ziehe die Kappe von einem der Spezialstifte, während die anderen mich erwartungsvoll ansehen.

»Gehen wir zuerst durch, was wir bisher wissen«, sage ich. »Wir haben zwei Opfer, Lisa Reid und Rosemary Sonnenfeld.« Ich schreibe ihre Namen auf die Tafel. »Beide leben in völlig verschiedenen Gegenden.«

»Was bedeutet, dass unser Freund sich bewegt«, sagt Alan. »Die Frage ist: Warum?«

James nickt. »Richtig. Bewegt er sich, um sein Werk über einen möglichst großen Bereich auszudehnen, oder weil er seinen jeweiligen Opfern gefolgt ist?«

»Letzteres, nehme ich an«, sage ich und erzähle ihnen von meiner Theorie. Dem Sündensammler.

»Unheimlich«, sagt Callie. »Aber interessant.«

»Streichen wir alles, was die beiden nicht gemeinsam haben«, sage ich. »Eins der Opfer war eine Frau, das andere ein Mann vor der Geschlechtsumwandlung zur Frau. Lisa Reid war die Tochter einer reichen Familie mit Beziehungen, während Rosemary eine Ex-Prostituierte und Ex-Drogenabhängige war. Rosemary war blond, Lisa brünett. Das Einzige, was sie gemeinsam haben, war die Todesart und vielleicht Dinge aus ihrer Vergangenheit.«

»Könntest du das genauer erklären?«, fragt James.

»Lisas Tagebuch. Sie schreibt etwas von einem großen Geheimnis und ist dabei, es zu enthüllen, doch die Seiten sind herausgerissen. Stattdessen hinterlässt der Killer seine Botschaft an uns. Wir wissen bereits, dass Rosemary vor ihrem Sinneswandel ein fragwürdiges Leben geführt hat.«

»Du sagst, die einzige Gemeinsamkeit zwischen beiden Opfern war, dass sie *Sünder* gewesen sind?«, fragt Alan.

»Nun, das verringert den Kreis der möglichen Opfer natürlich immens«, spöttelt Callie.

»Was ist mit Spuren?«, frage ich sie.

»Im Moment Fehlanzeige. Wir haben einen Staubsaugerbeutel voller Material aus dem Flugzeug. Wir haben die blutigen Polster, doch ich könnte mir vorstellen, dass das Blut ausnahmslos von Lisa stammt. Wir haben verschmierte, unbrauchbare Abdrücke auf den Armlehnen. Vielleicht ergibt die Analyse des Materials im Staubsaugerbeutel etwas, doch irgendwie ...«

»Wohl eher nicht«, sage ich. »Der Killer ist schon älter, und er hat Übung. Ich kann mir nicht vorstellen, dass er dumme Fehler macht.«

»Ich will das Kreuz analysieren lassen«, fährt Callie fort. »Die Metallurgie ist praktisch nicht zurückzuverfolgen, aber es ist trotzdem unsere direkteste Verbindung zum Mörder.«

Callie hat recht. Das Kreuz ist sein Symbol. Es ist wichtig für ihn. Wenn wir das Kreuz berühren, berühren wir ihn.

»Gut. Was noch?«

»Wisst ihr«, sinniert James, »wenn wir für einen Moment bei der religiösen Motivation bleiben – die auch ich vermute, für den Augenblick jedenfalls –, gibt es eine weitere signifikante Gemeinsamkeit. Die Art und Weise, wie die Opfer gestorben sind.«

»Ein Stich in die Seite«, sagt Alan.

»Ein Stich in die *rechte* Seite«, verbessert ihn James. »Vom religiösen Standpunkt aus betrachtet ist das bedeutsam.«

Ich starre ihn an, als mir klar wird, worauf er anspielt. Ich frage mich, wieso ich nicht selbst darauf gekommen bin.

»Die Lanze«, sage ich. »Longinus.«

»Entschuldigt«, sagt Callie, »aber ich kann euch nicht folgen. Könnt ihr das vielleicht genauer erklären, für die anwesenden Heiden?«

»Longinus war der römische Soldat, der Christus die Lanze in die Seite gebohrt hat, um sicher zu sein, dass er tot ist«, erklärt James.

»*Einer der Soldaten stieß mit einer Lanze in seine Seite, und sogleich floss Blut und Wasser heraus*«, zitiert Alan.

Ich schaue ihn an, hebe fragend eine Augenbraue.

Er grinst. »Sonntagsschule nach Baptistenart. Meine Freunde und ich fanden die Offenbarung des Johannes und die Kreuzigung am spannendsten. Dramatisch und blutig.«

»Das geht wohl an der tieferen Bedeutung vorbei«, sage ich.

»Hey, wir waren gerade mal zehn Jahre alt!«

»Ja, ja, ja«, sagt James ungeduldig. »Was ich sagen will ... es gilt allgemein als gesichert, dass Longinus mit der Lanze Christi' *rechte Seite* durchbohrt hat.«

»Genau wie bei unseren Opfern«, bemerkt Callie.

»Die größte Frage bleibt bestehen«, fährt James fort. »Warum bringt er sie um?«

»Ganz einfach«, wirft Alan ein. »Weil sie Sünder sind.«

James schüttelt den Kopf. »Sie sind frei von Sünde, sobald sie gebeichtet haben. Was nach allem, was du uns über deine Unterhaltung mit Vater Yates erzählt hast, zumindest bei Rosemary der Fall war ...«

»Immer langsam, Leute«, unterbreche ich. »Das sind eine ganze Menge Annahmen. Vielleicht war Rosemary in den Augen des Täters schon deshalb eine Sünderin, weil sie eine ehemalige Prostituierte war. Und Lisa Reid wollte ihr Geschlecht ändern, was in jeder Religion eine Ungeheuerlichkeit ist.«

»Zugegeben. Aber das passt nicht mit seiner Methode zusammen«, wirft James ein. »Wenn die Handlungen der Opfer ihn so empört haben, warum wurde dann so wenig Gewalt angewendet? Die Morde sind sauber, funktional, symbolisch. Es fehlt jede Leidenschaft.«

»Außerdem gibt es keinerlei Spuren von Folter«, meint Callie. »Es ist fast so, als wären die Opfer *notwendig*. Wie Requisiten in einem Schauspiel.«

Callie mag recht haben, doch das Fehlen brutaler Gewalt lässt mich nicht los. Sexualverbrecher verletzen das Opfer, demütigen es, quälen es. Unsere Opfer wurden nicht verletzt. Rosemary wurde aufgebahrt, aber nicht auf demütigende Weise. Die Tatsache ihres Todes war dem Killer wichtiger als alles andere.

»Also unterschiedliche Typen von Opfern, keine sexuelle Motivation, ein religiöses Thema. Was sagt uns das alles?«, fragt James.

»Wenn es nicht um Sex geht«, überlege ich laut, »geht es entweder um Rache oder darum, eine Botschaft zu verkünden. Er will entweder uns oder jemand anders etwas mitteilen, indem er sie tötet.«

»Rache scheidet aus«, sagt James. Es ist eine Feststellung, keine Frage.

»Stimmt«, sage ich. »Zu wenig Brutalität.«

»Was will er uns also sagen?«, fragt Alan.

»Ich weiß es nicht. Irgendetwas, das ihm wichtig ist. Hat das VICAP noch irgendwelche Treffer hervorgebracht, Alan?«

»Nein.«

Callie stößt einen leisen Pfiff aus. »Wow. Wir haben also überhaupt nichts.«

Ich starre sie finster an. »Sehr scharfsinnig beobachtet.«

»Ich nenne die Dinge nur beim Namen.«

Meine hilflose Wut rührt weniger von Callies Bemerkung her, als vielmehr von der Wahrheit ihrer Worte. Und den Konsequenzen.

»Ihr wisst, dass er bereits sein nächstes Opfer ausgesucht hat«, erinnert uns James, als würde er meine Gedanken lesen. »Vielleicht sogar schon das übernächste.«

Ich starre ihn säuerlich an. »Du und Callie, ihr könntet in die forensische Abteilung gehen. Seht mal, ob ihr was findet.«

»Und was machen wir?«, fragt Alan. »Oder ich?«

»Ich muss AD Jones berichten und Rosario Reid anrufen«, antworte ich. »Anschließend fahren wir zu Vater Yates. Ich will jeden befragen, der Rosemary kannte und in den letzten Jahren irgendwie mit ihr zu tun hatte.«

Alan nickt billigend. »Ein guter Detektiv findet seine eigene Spur.«

»Der Witz hat einen Riesenbart«, sagt Callie mit gespieltem Spott. »Viel Spaß euch beiden. Damien und ich gehen ins Labor.«

»Hör auf, mich so zu nennen, du Junkie!«, schimpft James.

Es ist schwer zu sagen. Macht er einen Witz, oder versucht er tatsächlich, Callie eins auszuwischen?

Callie jedenfalls pariert mühelos.

»Touché, Priscilla. Und jetzt beweg deine hübschen roten Slipper und sieh zu, dass wir an die Arbeit kommen.«

Sie gehen zur Tür, während sie sich weiter gegenseitig Beleidigungen an den Kopf werfen.

»James scheint sich daran zu gewöhnen, dass Callie ihn mit seinem Schwulsein veräppelt«, beobachtet Alan.

»Ich glaube, es würde ihm mehr zu schaffen machen, würde sie es nicht tun. Denn so weiß er, dass es ihr vollkommen egal ist. Abgesehen davon würde Callie sich jede dahingehende Bemerkung sparen, wenn jemand anders in Hörweite ist.«

»Ja. Willst du jetzt die beiden Gespräche führen?«

»Gib mir eine Viertelstunde. Wir treffen uns unten in der Lobby.«

17

»NOCH IST NICHTS IN DEN NACHRICHTEN über Lisa Reid«, informiert mich AD Jones.

»Ich bin beeindruckt. Selbst wenn man außen vor lässt, dass Lisa das Kind eines Kongressabgeordneten ist, hätte ein Mord an Bord eines Flugzeugs doch längst schon Aufmerksamkeit geweckt haben müssen.«

»Director Rathbun weiß offensichtlich, wie man mit der Presse umgeht. Allerdings dürfte es nicht ewig so bleiben. Wie weit sind wir?«

Ich informiere ihn über alles, was sich seit unserer letzten Besprechung ergeben hat, einschließlich der verschiedenen Theorien, mit denen wir uns derzeit befassen.

»Was haben Sie für ein Gefühl bei dieser Sache?«, will er wissen, als ich fertig bin.

AD Jones hat sich durch die Dienstränge bis auf seinen jetzigen Posten hinaufgearbeitet. Er weiß, wie unser Job funktioniert, und er wird nie einer von den Anzugtypen sein. Wenn er eine Frage wie diese stellt, dann tut er es, weil er meine Meinung respektiert und die ungeschönte Wahrheit hören will.

»Ich nehme an, dass wir sehr bald in einer Sackgasse landen, es sei denn, wir finden eine neue Spur oder ...«

»... oder er tötet sein nächstes Opfer«, beendet Jones den Satz für mich.

Da ist sie wieder, die Pause, während der die Erde stillsteht. Der Killer ist irgendwo da draußen, und er ist auf der Jagd. Vielleicht ist gestern Nacht eine Frau gestorben, während ich im Bett gelegen und geschlafen habe. Vielleicht ist heute Morgen eine Frau gestorben, während ich mit Callie am Frühstückstisch Kaffee getrunken und Witze gerissen habe. Hat die Frau geschrien, während wir uns unterhalten haben? Hat der Killer gegrinst und sich an den Qualen des Opfers geweidet?

Ich verdränge den Gedanken.

»Ja, Sir. Der Täter geht äußerst methodisch vor. Er hat Selbstvertrauen und geht Risiken ein, aber er ist nicht verrückt. Er kämpft nicht gegen sexuelle Zwänge an und hört keine Stimmen. Er verfolgt einen Weg, der ihn zu einem bekannten Ziel führen wird. Was genau das für ein Ziel ist, konnten wir bisher nicht feststellen.«

AD Jones lehnt sich in dem braunen Ledersessel zurück, den er schon hat, solange ich ihn kenne. Das Leder ist abgewetzt und stellenweise gerissen. Man hat ihm bei mehr als einer Gelegenheit gesagt, dass er den Sessel endlich loswerden soll – ein gut gemeinter Ratschlag, den er jedoch ignoriert. Er kann stur sein wie ein Ochse. Und er kommt damit durch, weil er auf seinem Gebiet ein Ass ist.

»Okay«, sagt er. »Was bleibt also übrig? Wie lautet der Angriffsplan?«

»Callie und James untersuchen die Staubsaugerbeutel. Vielleicht finden wir darin etwas, das uns weiterbringt.«

»Aber das glauben Sie nicht, Smoky.«

»Nein, Sir, aber ...« Ich zucke die Schultern. »Ich schätze, wir machen uns damit zum Narren.«

»Hm. Sonst noch was?«

»Alan und ich möchten noch einmal zu Vater Yates. Wir wollen sämtliche Bekannten von Rosemary Sonnenfeld befragen und sehen, wohin es uns führt.«

Jones trommelt mit den Fingern auf der Tischplatte. Nickt. »Ich informiere Director Rathbun. Halten Sie mich auf dem Laufenden, Smoky.«

»Aye, aye, Sir.«

»Und rufen Sie Rosario Reid an. Halten Sie sie ebenfalls auf dem neuesten Stand und sorgen Sie dafür, dass sie auf unserer Seite bleibt. Ich denke, das ist eine gute Idee.«

»Das steht gleich als Nächstes auf meinem Plan, Sir.«

»Nichts? Überhaupt nichts?«

Rosarios Stimme klingt weit entfernt. Ich höre nichts von der Stärke, die ich an jenem Abend in ihrem Wagen gespürt habe.

»Nein, tut mir leid. Aber es ist noch früh, Rosario, sehr früh. Manchmal dauert es halt ein bisschen länger.«

»Und diese andere junge Frau, die er ermordet hat? Hatte sie ebenfalls Familie?«

»Nein. Wie es aussieht, hatte sie nur die Kirche.«

Schweigen.

Dann: »Morgen ist Lisas Begräbnis.«

Ich höre die Anspannung in ihrer Stimme.

»Das tut mir leid«, sage ich und komme mir dumm vor.

»Darf ich Sie etwas fragen, Smoky?«

»Ja, sicher.«

»Wie war es, Ihre Tochter zu begraben?«

Die Frage hat die Wucht einer Abrissbirne. Sie zerschmettert innerhalb eines Sekundenbruchteils meine Verteidigungsmauern.

Wie war es? Die Erinnerung ist heute so lebendig wie damals. Ich habe beide zur gleichen Zeit begraben, Matt und Alexa, meine Welt. Ich erinnere mich, dass es ein schöner Tag gewesen war. Die kalifornische Sonne schien auf die Särge und ließ die Metallbeschläge glänzen. Der Himmel war blau und wolkenlos. Ich hörte nichts, empfand nichts, sagte nichts. Ich bewunderte die Sonne und schaute zu, wie mein Leben für immer im Erdreich versank.

»Es war wie ein Horrorfilm, der nicht aufzuhören schien«, antworte ich Rosario.

»Aber er *hat* aufgehört?«

»Ja.«

»Und das war irgendwie noch schlimmer, nicht wahr? Dass er aufgehört hat?«

»Das war das Schlimmste von allem.«

Ich habe ihr die Wahrheit versprochen, vorbehaltlos, und ich habe keine Skrupel, mein Wort zu halten. Rosario und ich sind Schwestern im Geiste. Es ist nicht unsere Art, ein Leben in Verzweiflung zu leben oder uns in tobsüchtige Alkoholiker zu verwandeln. Wir gehören zu denen, die leiden, trauern und Tränen vergießen und dann, wenn es vorbei ist, weitermachen. Langsamer und schwerfälliger als vorher, aber unverdrossen. Rosario will wissen, was auf sie zukommt, und ich sage es ihr. Ich kann es ihr nicht ersparen, kann sie nicht davor bewahren, doch ich kann sie darauf vorbereiten.

»Danke, dass Sie mich angerufen haben, Smoky«, sagt sie. Eine Pause. »Ich weiß, dass es nicht besser wird, wenn Sie ihn finden. Es bringt mir mein Kind nicht zurück.«

»Darum geht es nicht, Rosario. Ich weiß, wovon ich rede, glauben Sie mir. Er muss bezahlen.«

Er muss bezahlen für das, was er getan hat. Nicht, weil es Lisa Reid zurückbringen würde, nicht einmal, weil es das Leid mindern würde, das ihr Tod hinterlässt, sondern weil er Rosarios Kind getötet hat. Einen anderen Grund braucht es nicht; er steht für sich allein. Töte das Kind einer Mutter, und du bezahlst den Preis. Es ist ein Naturgesetz, und es gibt keine Ausnahme.

»Ja. Auf Wiederhören.«

»Auf Wiederhören, Rosario.«

Nachdem wir aufgelegt haben, wird mir bewusst, dass ich in gewisser Weise Glück gehabt habe. Ich habe den Mann getötet, der mein Kind ermordet hat. Und doch hat es nichts geändert. Meine Alexa war trotzdem tot. Auf der anderen Seite, wenn ich an ihn denke ... wie er durch meine Hand starb, rührt sich eine Bestie in mir, satt, zufrieden und furchterregend. Die Erinnerung an den Geschmack seines Blutes wird immer berauschend für mich sein.

18

DER SOMMER ENDET ZÄH in diesen Breiten, klammert sich bis zum letzten Atemzug an die Sonne. Die Luft heute Morgen war frisch, aber nicht zu kalt, und inzwischen klettert das Thermometer schon wieder in Richtung zwanzig Grad Celsius.

Der Verkehr fließt erstaunlich flott. Alan kann eine Geschwindigkeit von über hundert Sachen halten, ein kleines Wunder auf dem Freeway 405, nicht nur um diese Tageszeit. Man ist hier nie allein, egal um welche Uhrzeit.

Ich beobachte, wie L. A. in das San Fernando Valley übergeht. Es ist eine subtile Veränderung, aber sie ist spürbar. Wäre Los Angeles ein Apfel, würde er von innen nach außen verrotten, wobei die Innenstadt der Kern ist. Das San Fernando Valley ist ebenfalls von Fäulnis befallen, doch hier wachsen an verschiedenen Stellen noch Blumen durch die Risse. Es gibt ein klein wenig mehr Platz für alles und ein klein wenig mehr Schmutz überall.

Wir steuern den Parkplatz der Erlöserkirche an.

»Nicht sonderlich imposant, hm?«, bemerkt Alan.

Ich habe in der vergangenen Nacht nicht so genau hingesehen. Es war dunkel, und ich war müde. Aber Alan hat recht. Die Kirche ist klein, und wahrscheinlich gibt es keine wohlhabenden Gemeindemitglieder. Hier gibt es nur Margarine, keine Butter. Wasser aus dem Hahn, nicht aus der Flasche.

»Ich finde die Kirche dadurch irgendwie vertrauenswürdiger«, sage ich.

Alan grinst. »Ich weiß, was du meinst.«

Wir lernen in unserem Job, dass Kleidung noch lange keine Leute macht. Man kann in einem T-Shirt genauso morden wie in einem dreiteiligen Anzug. Man kann reich sein und morden, und man kann arm sein und morden. Ein Messer ist ein Messer ist ein Messer. Kirchen sind mir nicht geheuer, am wenigsten die voller Gold und Prunk und Prachtentfaltung. Frömmigkeit hat in meinen Augen etwas mit Askese zu tun.

»Ich habe ihn angerufen und ihm gesagt, dass wir kommen«, sagt Alan. »Er erwartet uns.«

Ich betrete die Kirche und sehe auch das Innere mit neuen Augen und ausgeruhter Nase: Ich rieche Bleiche. Die Kirchenbänke sind aus Holz und abgenutzt. Der Boden ist Beton, nicht Marmor. Der Altar vorn ist klein. Christus hängt in seiner üblichen Position und blickt auf uns alle herab. Unser Erlöser muss dringend neu bemalt werden; an zahlreichen Stellen blättert die Farbe.

Sein Anblick lässt mich innerlich immer noch erzittern. Ich weiß nicht, ob ich noch an ihn glaube oder nicht, doch ich habe einmal an ihn geglaubt. An ihn und an die Jungfrau Maria. Ich habe zu beiden gebetet, habe sie angefleht, den Krebs meiner Mutter zu heilen. Mom starb trotzdem. Dieser Betrug war das Ende meiner Beziehung zu Gott. Wie kann er mir meine Sünden vergeben, wenn ich ihm nie verziehen habe, dass er meine Mutter sterben ließ?

Vater Yates sieht uns und kommt uns mit einem Lächeln entgegen.

»Agentin Barrett, Agent Washington«, begrüßt er uns.

»Hallo, Vater«, sage ich. »Ziemlich leer hier drin. Die Geschäfte gehen wohl schlecht heute?«

Ich winde mich innerlich. Ich bin offenbar nicht imstande, in diesem Gotteshaus meine Bitterkeit im Zaum zu halten. Alan sieht mich eigenartig von der Seite an. Vater Yates tut, als hätte er es nicht gesehen.

»Heutzutage ist jeder Tag ein schlechter Tag in der Erlöserkirche, Agentin Barrett. Wir retten keine Seelen am Fließband, verstehen Sie? Immer hübsch eine nach der anderen.«

»Verzeihung, Vater. Meine Bemerkung war unangebracht.«

Er winkt ab. »Sie sind immer noch wütend auf Gott, wenn ich das richtig sehe. Wenn er es aushalten kann – und das kann er, nehme ich an –, dann kann ich es auch. Nun, es gibt da jemanden, den Sie kennenlernen sollten. Agent Washington hat mir verraten, warum Sie gekommen sind. Die Frau, die ich Ihnen gleich vorstellen werde, ist die

einzige Person, die mir eingefallen ist. Soweit ich weiß, war sie Rosemarys einzige Freundin. Rosemary hatte keine lebenden Angehörigen. Aber vielleicht kann Ihnen diese Person weiterhelfen.«
»Wieso?«
»Weil sie früher Polizeibeamtin war. Detective. In Ohio.«
»Tatsächlich?«
»Ich schwöre.« Er lächelt – Priesterhumor. »Sie wartet in der Sakristei.«

WIE ALLES ANDERE AN DIESER KIRCHE ist auch die Sakristei klein und sauber. Schlichte Regale bieten Platz für den Abendmahlskelch, wenn er nicht in Gebrauch ist, den Messwein und den Beutel mit den Oblaten.

»Sie werden von Nonnen gebacken«, hatte meine Mutter mir einmal auf meine diesbezügliche Frage hin geantwortet.

Ich war damals kein großer Fan von Nonnen, und die Oblaten mochte ich noch weniger. Sie hätten doch eine Belohnung darstellen müssen dafür, dass man den Ausdauertest der heiligen Messe überstanden hatte; stattdessen schmeckten sie wie Styropor.

Ich sehe einen Schrank ohne Türen, weiß gestrichenes Holz. Vater Yates' Robe hängt darin.

Es gibt keinen Tisch in dem kleinen Raum, nur ein Fenster und drei arg mitgenommene Holzstühle. Auf einem sitzt eine Frau und wartet.

»Das ist Andrea«, sagt Vater Yates zu uns. »Andrea, das sind Agentin Smoky Barrett und Agent Alan Washington vom FBI.«

Sie nickt. Schweigt.

»Ich lasse Sie jetzt allein«, sagt Vater Yates und geht.

Ich betrachte Andrea. Sie ist von normaler Statur, nicht zu klein und nicht zu groß, und wiegt vielleicht sechzig Kilo. Ihr Gesicht wäre durchschnittlich, wären da nicht die Augen und die Haare. Die Haare sind lang und glänzend und so schwarz, dass sie blau schimmern. Die Augen sind groß und klar und womöglich noch dunkler als die Haare.

Es sind kluge Augen. Ich kann eine Andeutung von Cop darin erkennen. Ihr Blick ist offen, direkt, zurückhaltend, jene Mischung aus Widersprüchen, die sich nur bei Gesetzesbeamten findet – und bei kaltherzigen Kriminellen. Sie mustert meine Narben, ohne sich eine Reaktion anmerken zu lassen.

Sie trägt ein gelbes T-Shirt, das vielleicht eine halbe Nummer zu groß ist, dazu verwaschene Bluejeans und Tennisschuhe.

Ich strecke ihr die Hand entgegen.

»Erfreut Sie kennenzulernen, Andrea«, sage ich.

Ihr Händedruck ist kräftig und fester, als ich erwartet hätte. Ihre Handflächen sind trocken. Ich lasse mir meine Überraschung nicht anmerken, als ich Narben an ihren Handgelenken und am Unterarm entdecke. Zwei Schnitte, einer horizontal, einer vertikal. Die Spur eines Selbstmordversuchs.

»Gleichfalls.« Ihre Stimme ist tief und kehlig, eine Telefonsex-Stimme.

»Ja, ich habe versucht, mich umzubringen.« Sie dreht die andere Handfläche nach oben, und ich sehe noch mehr Narben. »Passend zur anderen Seite«, sagt sie.

»Ich stand selbst einmal dicht davor.« Ich weiß selbst nicht, warum ich das sage.

Sie sieht mich verstehend an und nickt. Wir setzen uns.

»Wieso erregt der Mord an Rosemary die Aufmerksamkeit des FBI?«, kommt sie gleich auf den Punkt.

Ich versuche es mit der Standard-Antwort: »Darüber darf ich noch nicht reden.«

Sie antwortet mit dem humorlosesten Grinsen, das ich je gesehen habe, gefolgt von einem Kichern, das besagt: Ihr seid Armleuchter, wenn ihr glaubt, dass ich es euch so einfach mache. »Nun, dann kann ich Ihnen leider nicht helfen. Eine Hand wäscht die andere. Legen Sie die Karten auf den Tisch oder gehen Sie.«

Ich schaue Alan an. Er zuckt die Schultern.

»Also schön«, sage ich. »Rosemary Sonnenfeld ist nicht das einzige Opfer des Killers. Wenn Sie noch mehr wissen wollen, endet unser Gespräch an dieser Stelle.«

»Nein, das reicht fürs Erste. Und ich bin froh, das zu hören.«

»Dass er auch andere Frauen getötet hat?«

»Natürlich. Bei mehreren Morden ist die Wahrscheinlichkeit größer, dass Sie ihn erwischen.«

Sie schert sich nicht um das Gesamtbild. Wenn der Tod anderer hilft, den Mord an ihrer Freundin aufzuklären, ist es in Ordnung.

»Wollen Sie uns mehr darüber erzählen?«, fragt Alan.

Ich werfe ihm einen Seitenblick zu. Er konzentriert sich voll und ganz auf Andrea. Alan ist wahrscheinlich der begabteste Vernehmungsbeamte, den ich je gesehen habe, also halte ich den Mund und nehme mir einen Augenblick Zeit, Andrea zu beobachten.

Ich brauche länger als Alan, um es zu erkennen, aber dann fällt der Groschen. Es ist in ihren Augen, in ihrem Gesicht, in allem: Sie ist *traurig*. Es ist nicht die kurzlebige Traurigkeit eines Menschen, der einen schlechten Tag hat. Es ist nicht Verzweiflung. Es ist irgendetwas dazwischen, eine Erschöpfung, eine Müdigkeit, die auf ihr lastet. Andrea hat eine Geschichte zu erzählen, eine schlimme Geschichte, und man muss ihr Gelegenheit geben, diese Geschichte loszuwerden, ehe man fragen kann, was man eigentlich von ihr wissen möchte.

Andrea antwortet nicht sogleich auf Alans Frage. Sie mustert mich noch ein paar Sekunden aus diesen großen, intelligenten schwarzen Augen, bevor sie sich Alan zuwendet.

»Ich war früher selbst Cop«, sagt sie. »Zu Hause in Ohio.«

Alan nickt. »Vater Yates sagte es uns bereits.«

»Ich war eine gute Polizistin. Ich konnte Lügen aus einer Meile Entfernung riechen, und ich sah Zusammenhänge, wo andere keine erkannten. Nach fünf Jahren war ich bereits beim Morddezernat.«

»Flotte Karriere«, bemerkt Alan. »Wegen Ihrer Fähigkeiten, oder hatten Sie einen Rabbi?«

Er meint einen Mentor. Jemanden weiter oben in der Hierarchie, der ihre Karriere gefördert hat.

»Beides. Ich war tüchtig. Aber mein Dad war ebenfalls Cop gewesen, und deshalb gab es Leute, die auf mich geachtet haben. So war das in Ohio.«

»So ist es überall«, sagt Alan. »Auch hier. Ich war zehn Jahre lang beim Morddezernat des Los Angeles Police Department. Talent allein reicht nicht immer.«

»Ja. Wie dem auch sei, ich kam ziemlich gut voran. Ich wurde schnell befördert, heiratete einen großartigen Mann – keinen Cop –, und wir bekamen ein Baby. Einen wunderbaren Jungen, den wir Jared tauften. Das Leben war schön. Dann aber änderte sich alles.«

Andrea unterbricht sich. Starrt stumm in die Ferne.

»Inwiefern?«, fragt Alan.

»Da war dieser Irre. Er brachte Familien um ... ganze Familien. Er kam in eine Vorstadtgegend und spähte die Menschen aus, die dort lebten, bis er eine passende Familie gefunden hatte. Passend hieß, dass es mehrere Kinder von zehn Jahren oder darüber geben musste, am besten Jungen und Mädchen gemischt, und wenigstens ein Elternteil. Alleinerziehende Mütter waren am besten, doch eine männliche Person war ebenfalls Teil der Gleichung, ob es der Vater war oder ein Sohn oder ein Bruder ... ganz egal.

Er kam abends, wenn es dunkel wurde. Er zwang alle, sich zu entkleiden, und dann verbrachte er die Nacht damit, sein Ding durchzuziehen. Er zwang sie, Sex miteinander zu haben. Schwester mit Schwester, Mutter mit Sohn, Vater mit Tochter. Sie verstehen, was ich meine. Anschließend vergewaltigte er seinen Favoriten ... oder einige seiner Favoriten. Wenn er fertig war, ließ er alle am Leben, bis auf ein Opfer, das er vor den Augen der anderen erwürgte.«

Sie schluckt mühsam, während sie sich erinnert.

»Wir haben eine Spezialeinheit zusammengestellt, der ich angehörte. Ich war heiß auf den Fall. Irgendetwas an dieser Geschichte ging mir an die Nieren. Ich weiß heute noch nicht, was es war. Es war eine schlimme Geschichte, doch ich hatte schon schlimmere gesehen.«

»Manchmal ist es mit den getöteten Opfern einfacher als mit den überlebenden«, bemerke ich.

Andrea sieht mich mit neu erwachtem Interesse an. »Eigenartig, dass Sie das sagen. Die überfallenen Familien jedenfalls waren am Ende, für immer. Die meisten endeten in Scheidung. Einige der Väter und Kinder brachten sich um. Keine von den Müttern. Ich weiß immer noch nicht warum.«

»Wegen der anderen Kinder«, murmelt Alan.

»Was?«, fragt Andrea.

»Die Mütter haben sich nicht umgebracht, weil sie für die anderen Kinder da sein mussten.«

Sie starrt Alan einen Moment an, ehe sie fortfährt. »Es kam ihm darauf an, seine Opfer zu zerstören, sie kaputt zu machen. Das gab ihm den eigentlichen Kick. Nachdem ich das erkannt hatte, wusste ich, warum er sie am Leben ließ. Er wollte wiederkommen und sie in ihrem Elend, ihrer Verzweiflung beobachten. Wir haben die Opfer und ihre Häuser rund um die Uhr bewacht, und was soll ich Ihnen sagen? Der Mistkerl erschien tatsächlich, und wir haben ihn gepackt.

In Ohio gibt es die Todesstrafe. Der Hurensohn hat vor ein paar Jahren in der Gaskammer seinen letzten Atemzug getan.«

»Gute Arbeit«, sage ich.

»Ja, wir haben ihn geschnappt«, entgegnet sie, »aber das hat mir nicht geholfen. Ich bekam die Geschichten der Opfer nicht mehr aus dem Kopf ... den Gedanken daran, zu was er sie gezwungen hatte. Wie er ihr Leben zerstörte. Irgendwann bekam ich Schlafstörungen. Wie jeder richtige Cop behielt ich alles für mich und wandte mich an den gleichen Therapeuten, den auch mein Vater in Zeiten der Not aufgesucht hatte, Dr. Johnnie Walker.« Ein freudloses Lächeln. »Dr. Walker hatte immer Sprechstunde, konnte ein Geheimnis für sich behalten und ging sauber runter.«

»Ich habe ihn selbst schon besucht«, sagt Alan.

»Wirklich?«, fragt sie.

»Ja. Er behandelt eine Menge Cops.«

Bitterkeit verzerrt ihr Gesicht. »Ja, aber er ist nicht billig. Er fängt zwar billig an, aber am Schluss ist die Rechnung gewaltig.«

Sie schließt und öffnet die Augen ein weiteres Mal; dann sieht sie zuerst mich, dann Alan an, und starrt dann an die Decke. Ich sehe Sturm in ihren Augen, Wind und Regen und Donner, Schmerz und ohnmächtige Wut und etwas noch Schrecklicheres, von dem ich nicht genau weiß, was es ist.

»Er hat mich alles gekostet«, sagt sie. »Alles.« Ihre Stimme ist tonlos. »Vielleicht hätte ich es ändern können, wenn ich den Mund aufgemacht und um Hilfe gefragt hätte. Aber das können Cops nicht gut. Außerdem war da der Druck, dass ich eine Frau bin. Ständig hat jemand darauf gelauert, dass ich Schwäche zeigte. Also behielt ich es für mich, und ich verbarg es gut. Wir Cops sind gute Lügner, nicht wahr?« Sie sieht Alan an. »Ich fuhr betrunken mit dem Wagen, und ich hatte Jared bei mir. Es gab einen Unfall, und er starb.«

Stille. Sie sieht uns nicht an.

Ich habe einen bitteren Geschmack im Mund. Eine weitere schlimme Geschichte, die ich in meinen Katalog überflüssiger, furchtbarer Geschichten eintragen kann. Was dieser Frau widerfahren ist, geschah nicht deshalb, weil sie ein schlechter Mensch wäre, ein schlechter Cop oder eine schlechte Mutter. Es war etwas an diesem Fall, das ihr zusetzte und das sie zur Flasche trieb, während es andere kalt ließ. Eines

Tages saß sie mit ihrem Sohn im Wagen und war so voll, dass sie zick anstatt zack fuhr. Das war ihr Ende, zumindest für eine Weile. Dass sie den Täter längst erwischt hatte, spielte keine Rolle. Sie war sein letztes Opfer.

»Ich habe zweimal versucht, mich umzubringen. Einmal mit Tabletten, das zweite Mal mit Rasierklingen. Ich wurde wegen Dienstunfähigkeit entlassen. Mein Mann ließ mich sitzen. Ich wollte einen dritten Selbstmordversuch unternehmen, dann aber dämmerte mir die Wahrheit. Der Tod war zu gut für mich. Ich musste leiden.« Sie spricht immer noch in diesem lakonischen Tonfall. »Also ging ich nach L. A. und wurde Nutte.«

Ich zucke zusammen bei dieser Enthüllung.

»Warum?«, frage ich.

Die großen Augen richten sich auf mich, nageln mich fest. »Buße. Ich hatte meinen Sohn umgebracht. Ich hatte es verdient, zu leiden, und hielt es für einen guten Anfang, wenn ich mich für ein paar Jahre von Fremden für Geld missbrauchen ließ.« Sie stößt ein hässliches, bellendes Lachen aus. »Und wissen Sie, was das Beste daran war? Ein Kerl, den ich in Ohio in den Knast gebracht hatte, kam wieder raus und zog nach L. A. Das Schicksal schickte ihn zu mir! Es hat ihn unheimlich angetörnt, dass ausgerechnet die Polizistin, die ihn in den Knast gebracht hatte, vor ihm auf den Knien war und ihm den Schwanz lutschte.«

Ich bin fassungslos. Mir fehlen die Worte.

»Aber Sie sind keine Hure mehr«, stellt Alan fest. »Wie sind Sie hierhergekommen?«

»Die Zeit bleibt nicht stehen, Agent Washington. Die Welt bewegt sich weiter. Es verändert einen Menschen, ob man will oder nicht. Es spielt keine Rolle, wie viel Schmerz man erlitten hat oder wie sehr man sich selbst hasst … früher oder später geht das Leben weiter, und wenn es nur in ganz kleinen Schritten ist. Ich war es zufrieden, für das zu leiden, was ich Jared angetan hatte. Es war richtig. Doch eines Tages wachte ich auf und hatte den Gedanken, dass es vielleicht genug war.« Sie zuckt die Schultern. »Ich brauchte Hilfe, um mich zu ändern. Ich bin katholisch erzogen, und so fand ich den Weg hierher. Vater Yates tat seine Arbeit, nahm sich meiner an, und ich war keine Hure mehr.«

Das ist die absolute Kurzfassung, wird mir klar. Es ist eine ziemlich große Lücke zwischen dem Zeitpunkt, an dem sie aufgehört hatte, sich als Strafe für den Tod ihres Sohnes zu prostituieren, und dem, was sie heute ist. Doch diese Frau wird uns nur das erzählen, was sie erzählen will. Sie wird nicht weinen, sie wird nicht rührselig werden oder mit leuchtenden Augen himmelwärts blicken. Vielleicht war sie früher einmal weich und zart wie eine Rose – wer weiß. Sie hat sich im Lauf der Zeit in Stein verwandelt.

»Wie gut kannten Sie Rosemary?«, fragt Alan.

Ein leichtes Beben durchläuft ihre steinerne Fassade.

»Gut. Sehr gut. Wir waren die besten Freundinnen.«

»Das tut mir leid.«

»Das Leben ist manchmal ziemlich gemein.«

»Sie haben sich hier kennengelernt?«

»Ja. Wir haben beide samstags freiwillig in der Gemeinde geholfen. Anderen, die ganz unten waren. Ich war nicht besonders gesprächig. Rosemary horchte mich trotzdem aus. Sie hatte etwas an sich, eine naive Fröhlichkeit, der man schwer widerstehen konnte. Sie wusste, dass alles im Eimer war, und konnte trotzdem nicht anders, als darüber zu lachen. Dass sie immer nach einem Grund gesucht hat, fröhlich zu sein, zog mich zu ihr hin.«

Irgendetwas in ihrem Gesicht oder dem Klang ihrer Stimme, als sie über die Tote spricht, bringt mich zu meiner nächsten Frage.

»Hatten Sie eine Beziehung?«

Andrea verengt die Augen, seufzt.

»Kurze Zeit. Es ging mir nicht um Sex. Ich wollte nur mit jemandem zusammen sein. Und ich mochte Rosemary. Wir beendeten es im Guten. Ich stehe nicht auf Frauen, genauso wenig wie Rosemary auf Frauen stand. Wir ließen den Sex sein und blieben bei der Liebe. Es funktionierte.«

»Ich verstehe«, sagt Alan. Er nähert sich behutsam der Frage, die uns wirklich interessiert. »Andrea, können Sie uns irgendetwas berichten, von dem Sie meinen, es könnte uns weiterhelfen? Haben Sie irgendjemanden bemerkt, der ein übertriebenes Interesse an Rosemary gezeigt hat? Jemand Neues, der für die Kirche arbeitet? Irgendetwas?«

Sie schüttelt den Kopf.

»Ich habe mir das Hirn zermartert, glauben Sie mir. Als ich erfuhr, das Rosemary ermordet worden war, bin ich durchgedreht. Nicht dass ich geweint hätte – Tränen vergieße ich schon lange nicht mehr –, aber ich habe mein Zimmer verwüstet. Seitdem habe ich an kaum etwas anderes gedacht. Wissen Sie, Rosemary hielt sich selbst an einer sehr straffen Leine. Sie war süchtig aufs Ficken. Ich sage nicht, sie war sexsüchtig, denn das würde es nicht treffen. Sie liebte es bloß, sich vögeln zu lassen. Je erniedrigender, desto besser. Sie behielt die Dinge unter Kontrolle, indem sie sich an einen strengen Tagesablauf hielt, von dem sie niemals abwich. Sie stand auf, machte ihre Übungen, ging arbeiten, kam hierher. Das war im Wesentlichen alles ... bis auf die Zeit, die sie mit mir verbrachte.«

»Und vor ihrem Tod gab es keine Unterbrechungen oder Ausnahmen von dem gewohnten Ablauf?«, fragt Alan.

Andrea breitet hilflos die Hände aus. »Nein. Nichts dergleichen.«

»Was ist mit der Kirche?«, bohrt er weiter. »Neue männliche Mitglieder?«

»Ich habe darüber nachgedacht. Aber nein, nichts. Es tut mir leid. Ich wäre Ihnen gerne behilflich, aber ich kann nur eins mit Sicherheit sagen: dass es niemand aus Rosemarys Vergangenheit war.«

»Wie meinen Sie das?«, frage ich.

»Rosemary hat mir erzählt, dass jeder, den sie gekannt hat, längst tot und vergessen sei. Gestorben an Altersschwäche, Krankheiten oder Drogen.«

ALAN UND ICH SITZEN IM WAGEN. Wir fahren zurück ins Büro. Ich fühle mich rastlos und durcheinander.

»Diese Geschichte ist total verfahren, Alan.«

»Wieso das?«, fragt er.

»Wir sind keinen Schritt weitergekommen. Wir haben drei Opfer – und die auch nur, weil er sie uns geliefert hat. Aber es gibt keine verlässliche Beschreibung, keine Fingerabdrücke, keine DNA, kein Garnichts, *nada*. Ich habe eine Idee, was ihn antreiben könnte, aber sie ist nicht vollständig, nicht fassbar ... nichts, das hervorspringt.«

Er blickt mich seltsam an.

»Was ist?«, frage ich.

»So ist es manchmal eben. Wir arbeiten an dem Fall, bis wir etwas finden, das eine Spur liefert. Das weißt du selbst. Wieso bist du nach gerade mal zwei Tagen schon so pessimistisch?«

»Weil es persönlich ist.«

»Persönlich?«

»Wir nehmen an, dass dieser Typ schon seit Jahren herumschleicht und Leute umbringt, stimmt's? Wir glauben, dass die Zahlen auf den Kreuzen für die Zahl seiner Opfer stehen. Wenn das stimmt, ist er einer der fleißigsten Killer aller Zeiten. Und er mordet vor unserer Nase. Die Lisas und Rosemarys dieser Welt sterben wie die Fliegen, und dieser Irre lacht sich ins Fäustchen.«

Alan nickt. »Die Opfer machen dir zu schaffen.«

Es ist eine einschneidende Beobachtung, ein verbales Skalpell.

»Die Opfer machen mir immer zu schaffen.«

»Sicher. Aber manchmal machen sie dir mehr zu schaffen als sonst. Und das ist einer von diesen Fällen, richtig?«

Ich gebe meinen Widerstand auf.

»Ja.«

»Warum?«

»Aus dem gleichen Grund, aus dem Atkins der Mord an Rosemary zu schaffen macht. Die meisten Leute lassen sich vom Leben treiben. Sie akzeptieren, was es ihnen bringt. Lisa Reid und Rosemary Sonnenfeld sind gegen den Strom geschwommen. Auch wenn sie wussten, dass es hart ist, dass es vielleicht sogar vergeblich ist, haben sie nicht aufgegeben. Und als sie es endlich ans Ufer geschafft haben, schleicht dieser Mistkerl sich von hinten an sie heran, schlitzt ihnen die Kehlen durch und wirft ihre Leichen zurück ins Wasser.«

Alan schweigt ein paar Sekunden und konzentriert sich auf das Fahren. Dann räuspert er sich.

»Ja. Es geht mir ebenfalls unter die Haut. Ich muss dauernd an dich denken.«

Ich schaue ihn erstaunt an.

»An mich?«

Er grinst, wirft mir einen Seitenblick zu.

»Wenn es darum geht, gegen den Strom zu schwimmen, Smoky, bist du die ungekrönte Goldmedaillengewinnerin.«

19

»Keine verwertbaren Abdrücke«, sagt Callie. »Sämtliches Blut auf den Polstern stammt von Lisa Reid. Wir haben ein schwarzes Haar im Staubsauger gefunden, das nicht von Lisa ist, allerdings hatte es keine Wurzel. Wir können also keine DNA daraus extrahieren.«

»Na toll«, erwidere ich. »Wie sieht es mit den Kreuzen aus?«

»Sie sind nicht aus reinem Silber«, berichtet James. »Es ist Sterlingsilber – dreiundneunzig Prozent Silber, der Rest Kupfer. Sehr verbreitet. Er hat ein gut zu bearbeitendes Metall ausgewählt, falls er die Kreuze selbst gemacht hat. Sterlingsilber schmilzt bei 890 Grad Celsius, ist härter als Gold und sehr leicht kalt zu schmieden.«

»Soll das heißen, er könnte ein paar Teelöffel aus dem Familienbesteck genommen und sie geschmolzen haben, um daraus diese Kreuze zu machen?«, fragt Alan.

»Wäre gut möglich.«

»Was ist mit den erforderlichen Werkzeugen? Gibt es irgendetwas Ungewöhnliches, das wir zurückverfolgen könnten?«

»Ich fürchte nein«, sagt Callie. »Wenn man keine großen Mengen schmilzt, reicht ein gewöhnliches Gasschweißgerät.«

»Was ist mit Lisas Haus? Wir wissen, dass er sich an ihrem Tagebuch zu schaffen gemacht hat, und ich wette, dass er eine Zeit lang durch ihre Zimmer gestreift ist.«

Callie schüttelt den Kopf. »Keine Abdrücke. Ich hab sogar die PC-Tastatur untersucht. Unser Freund ist ein sehr vorsichtiger Bursche.«

»Wie wir erwartet haben«, sage ich.

»Ich habe einen Anruf von den örtlichen Detectives bekommen«, sagt Alan. »Die Passagiere an Bord des Flugzeugs beschreiben unseren Mann als gesprächigen Weißen mit Bart, der ungefähr so aussah wie Richard Ambrose. Wenig hilfreich, was?«

Ich gehe genervt zur Tafel. Ich schreibe auf, was wir wissen, sowenig es auch ist, während ich nach etwas Zusammenhängendem oder Nützlichem suche.

»Es geht nicht um Sex. Es geht darum, dass sie Sünder waren – ob reuig oder nicht.«

»Reuig«, sagt James.

Ich drehe mich um und sehe ihn an. »Reuig?«

»Die Geschichte von dieser Ex-Polizistin verrät uns etwas über Rosemary. Die beiden waren Freundinnen, weil beide sich entschieden hatten, den richtigen Weg einzuschlagen. Beide haben sich einer eisernen Disziplin unterworfen. Sie haben darauf geachtet, jegliche Katalysatoren in ihrer Umwelt zu meiden, die sie in alte Verhaltensweisen zurückwerfen könnten. Woraus ich schließe, dass alles an den beiden Frauen sagt: ›Reuig.‹«

»Was ist mit Lisa?«, fragt Alan.

»Reuig. Das zeigt ihr Tagebuch«, erklärt James.

Ich nicke. »Gutes Argument, James. Also reuige Sünder. Kommen wir zurück zur Methodologie. Der *coup de grâce* ist ein Stoß in die rechte Seite, genau wie bei Jesus am Kreuz. Unser Freund hinterlässt Kreuze in den Wunden und beschriftet sie mit Zahlen, die vielleicht, vielleicht auch nicht die Zahl seiner bisherigen Opfer zum gegebenen Zeitpunkt darstellen. Wenn es so ist, dann ist er sehr fleißig und aus diesem Grund sehr erfahren. Im VICAP sind keine ähnlichen früheren Verbrechen gespeichert, was bedeutet, dass er gerade erst beschlossen hat, ins Scheinwerferlicht zu treten.«

»Ein weiterer Widerspruch«, sagt James leise.

»Wie meinst du das?«, frage ich.

»Das Kreuz. Es ist sein Symbol. Und wie er es platziert, ist ritualistisch. Wenn Rituale im Spiel sind, dann sind sie in der Regel das Entscheidende. Falls er mehr als hundert Menschen getötet hat – wie hat er bis jetzt der Versuchung widerstanden, Kreuze in den Leichen zu deponieren? Wir hätten doch von Leichen hören müssen, in deren Körper Kreuze steckten. Haben wir aber nicht.«

Es ist ein gutes Argument. Für den organisierten Serienkiller ist der Mord immer ein Akt voller Bedeutung und voller Symbole. Wie der Mord bewerkstelligt wird, ist immens wichtig und sakrosankt. Und dann das Opfer – vielleicht muss es blond sein, vielleicht darf es nie mehr als Körbchengröße C haben, vielleicht müssen die Zehennägel rot lackiert sein, wenn es stirbt. Das alles zusammen bildet eine Signatur, von der ein Täter nicht wieder abweicht, wenn er sie erst einmal entwickelt hat. Unser Killer sticht den Opfern von der rechten Seite ins Herz und steckt silberne Kreuze in die Wunden. Wenn er tatsächlich seit Jahren tötet, dürfte diese Signatur nicht neu sein.

»In diesem Fall gibt es nur wenige Möglichkeiten«, sagt Alan. »Entweder hat er seine Signatur geändert, oder die Zahlen sind ein Bluff, oder er hat die Leichen seiner früheren Opfer beseitigt, sodass sie unentdeckt geblieben sind.«

»Wahrscheinlich Letzteres«, meldet James sich zu Wort.

»Ein wundervoller Gedanke«, murmelt Callie.

Ich starre auf meine Notizen an der Tafel, suche verzweifelt nach einer anderen Erklärung, einem Zusammenhang.

Nichts. Absolut nichts.

»Alles schön und gut«, sage ich. »Aber es bedeutet, dass wir in einer Sackgasse stecken.«

»Dann war es das?«, fragt Alan.

»Für den Augenblick. Ich werde AD Jones Bericht erstatten. Nutzt die Zeit, um euren Papierkram zu erledigen, und drückt die Daumen, dass wir irgendwie einen Durchbruch schaffen, ohne dass ein weiterer Mord geschieht.«

»Also eine vorläufige Atempause«, sagt AD Jones zu mir. »Manchmal bleibt einem nichts anderes übrig, Smoky, als ein wenig Abstand zu gewinnen.«

»Ich weiß, Sir. Es ist nur …«

»Ich weiß, ich weiß. Der Killer macht keine Pause. Es ist hart, aber so ist es manchmal.« Er sieht mich abwägend an. »Sie wurden in den letzten Jahren verwöhnt.«

Zorn steigt in mir auf, und ich kann die Schärfe in meiner Stimme kaum unterdrücken.

»Wie kommen Sie auf diesen Gedanken, Sir?«

»Nun machen Sie keinen Katzenbuckel. Ich sage lediglich, dass Sie einen guten Lauf hatten und Ihre Fälle schnell lösen konnten. Es war ein wirklich guter Lauf. Aber so ist es nicht immer. Nicht die ganze Zeit. Irgendwann gerät man an den einen Killer, den man niemals schnappt. Ich sage nicht, dass es diesmal so ist – ich sage nur, dass Sie nicht alle fassen können.«

Ich starre ihn an und habe Mühe, ruhig zu bleiben.

»Sir, ich möchte nicht respektlos erscheinen, aber ich will das im Augenblick nicht hören.«

Er zuckt gleichgültig die Schultern. »Niemand will das hören. Es steht zu viel auf dem Spiel, immer. Trotzdem sollten Sie sich seelisch auf den Tag vorbereiten, an dem es so weit ist, denn dieser Tag wird kommen, das steht fest.«

»Danke. Sehr aufmunternde Worte, Sir.«

Er lacht laut auf; es klingt wie ein Bellen. »Okay, okay. Ich schließe mich weiterhin mit Director Rathbun kurz. Tun Sie, was Sie tun müssen.«

»Danke, Sir.«

MEIN BLICK SCHWEIFT DURCH DAS BÜRO. Callie unterhält sich am Telefon mit ihrer Tochter Marilyn über die bevorstehende Hochzeit. Die Tatsache, dass Callie nicht nur eine Tochter hat, sondern sogar schon einen Enkel, ist immer noch ein wenig verwirrend für mich. Sie war stets der Inbegriff einer Junggesellin, die Männer genossen hat wie andere ein Gourmet-Essen. Ihre einzigen permanenten Bindungen waren hier, bei uns, bei ihrer Arbeit.

Sie hatte einen Moment in ihrer Vergangenheit verdrängt, zusammen mit dem Schmerz, den er in ihr hervorgerufen hat, bis ein Fall und ein Killer sie und ihre Tochter wieder zusammengebracht haben.

Es macht mich wütend, hin und wieder jedenfalls, dass ein Serienmörder Callie dieses wunderbare Geschenk gemacht hat.

Alan ist nicht im Büro, und James hat die Nase in einer Akte vergraben.

Ich starre auf die weiße Tafel, bis meine Augen brennen.

»Ein Haufen Nichts«, murmle ich leise vor mich hin. »Ein verdammter Haufen Nichts. Für den Augenblick jedenfalls.«

Einen Fall beiseitezulegen ist nicht so, als würde man eine Akte zuklappen und auf den Stapel der unerledigten Aufgaben legen. Man schließt die Augen und schleudert die Akte von sich, so weit man kann, während man selbst mit Höchstgeschwindigkeit in sein normales Leben zurücksprintet und so tut, als gäbe es den Fall nicht, als flatterte er nicht irgendwo da draußen über einem wie eine Fledermaus.

Doch er ist *da*. Er lauert hinter jeder Ecke, nie mehr als eine Armeslänge von einem entfernt, kichert leise vor sich hin und wartet darauf, dass der Wind sich dreht. Manchmal wache ich mitten in der Nacht auf und finde ihn auf meiner Brust, und er starrt mich aus schwarzen Augen an und grinst mich an aus einem Maul, das zu breit ist für sein Gesicht. Er liebt mich. Es ist furchtbar, doch er liebt mich.

Ich werde Bonnie abholen, also breite ich die Arme aus und schleudere diesen Dämon von mir. Die schiere Willenskraft rettet mich wieder einmal, für den Augenblick.

20

Ich konsultiere meine Einkaufsliste im Wagen, um sicherzugehen, dass ich alles habe. Bonnie und ich wählen unser wöchentliches Rezept stets gemeinsam aus. Diese Woche waren wir besonders ehrgeizig und haben uns für ein Steak mit Madeira-Essig-Sauce entschieden. Die bloße Tatsache, dass die Sauce die unwahrscheinliche Mischung aus Madeira, Balsamessig und Dijon-Senf beinhaltet, ist ein bisschen einschüchternd, doch wir sind übereinstimmend zu dem Entschluss gekommen, etwas Neues zu wagen.

Ich lese die Liste leise vor mich hin: »Delmonico Steaks, gebrochener Pfeffer, Olivenöl ... ja, alles da.«

Zufrieden mache ich mich auf den Weg zum regelmäßigen Höhepunkt meines Tages, der darin besteht, meine Adoptivtochter abzuholen und mit nach Hause zu nehmen.

»Smoky!«

Es ist ein Schrei des Entzückens, gefolgt von einem schlanken Mädchenkörper mit ausgestreckten Armen, die mir um den Hals fliegen. Ich erwidere die Umarmung und wundere mich mit einer Mischung aus Erstaunen und Bedauern, wie groß Bonnie bereits geworden ist. Mit ihren zwölf Jahren misst sie bereits einsfünfundfünfzig, was für einen Außenstehenden wahrscheinlich normal ist. Für mich aber bedeutet es, dass Bonnie größer ist als ich. Die Tatsache, dass ich vor zwei Jahren noch auf ihren Kopf hinuntersehen konnte, unterstreicht die Veränderungen, die sie in dieser Zeit durchgemacht hat.

Ich bin nie dazu gekommen, diese Erfahrungen mit Alexa zu durchleben und ihr dabei zuzusehen, wie sie sich nach und nach vom Mädchen zur jungen Frau entwickelt. Bonnie steht an der Schwelle zum Teenager, und sie ist definitiv die Tochter ihrer Mutter. Annie war wunderschön, blond und frühreif. Bonnie besitzt das gleiche blonde Haar, die gleichen eindrucksvollen blauen Augen und die gleiche schlanke Gestalt. Sie verwandelt sich vor meinen Augen von unbeholfen zu neckisch und ausgelassen. Einmal mehr bemerke ich mit der stets gleichen Mischung aus Traurigkeit, Besorgnis und Hilflosigkeit, dass ihre Brust nicht mehr knabenhaft flach ist und dass ihr Gang nicht mehr staksig ist, sondern wiegend und geschmeidig.

Ein dunkler Gedanke steigt in mir auf. Die Jungs. Bald werden sie Notiz von Bonnie nehmen. Sie werden nicht genau wissen warum, aber du, Bonnie, wirst immer interessanter für sie werden. Du wirst die Blicke der Normalen auf dich ziehen – aber auch die Blicke der Hungrigen, weil die Hungrigen dich riechen wie ein Hund das Fleisch.

Ich schiebe diesen Gedanken weit von mir. *Zerbrich dir später den Kopf darüber. Jetzt ist die Zeit für Liebe.*

»Hey, Baby. Wie war die Schule?«

Sie löst sich von mir und verdreht die Augen. »Langweilig, aber okay.«

»Sie hat sich wacker geschlagen«, sagt Elaina. »Ein bisschen unkonzentriert manchmal, aber sie ist ihrer Jahrgangsstufe voraus.«

Bonnie lächelt Elaina an und sonnt sich in ihrem Lob. Ich kann es ihr nicht verübeln. Ein Lob von Elaina ist wie Zuckergebäck oder eine wärmende Sonne. Elaina ist einer jener aufrechten Menschen, die stets genau das meinen, was sie sagen, und die sich im Zweifelsfall zu Gunsten der Betroffenen irren. Elaina ist für Bonnie und für mich wie eine Mutter. Wir lieben sie heiß und innig.

»Verdammt«, murmelt Alan in diesem Augenblick.

Er sitzt auf dem Sofa vor dem Fernseher und scheint Probleme mit der Fernbedienung zu haben.

»Keine Flüche bitte«, ruft Bonnie in seine Richtung.

»Entschuldigung«, sagt er. »Wir haben gerade Digitalfernsehen bekommen, und ich hab keine Ahnung, wie das Mistding funktioniert.«

Bonnie blickt mich und Elaina an, verdreht ein weiteres Mal die Augen, geht zu Alan und nimmt ihm die Fernbedienung aus der Hand.

»Du bist ein echter Luddit, Alan!«, sagt sie. »Pass auf, ich zeig dir, wie's geht.«

Sie zeigt ihm die Schritte, die erforderlich sind, um ein Programm zu speichern und es anschließend anzuwählen, und beantwortet geduldig seine Fragen. Elaina und ich sehen den beiden nachdenklich zu.

»Das ist schon alles«, beendet Bonnie ihre Demonstration.

»Danke«, sagt Alan. »Und jetzt verschwinde, damit ich meine Programme durchzappen kann.«

»Hey! Keine Umarmung?«, protestiert Bonnie.

Er lächelt sie an. »War nur ein Test«, sagt er und streckt die Hände aus, um sie mit seinen dicken Armen an sich zu drücken.

Die Zuneigung zwischen Bonnie und Alan wärmt mir das Herz. Wenn Elaina wie eine weitere Mutter für sie ist, dann ist Alan wie ein Vater.

»Okay, und jetzt verschwinde!«, sagt er.

»Komm«, fordere ich Bonnie auf. »Die Steaks warten schon darauf, dass wir sie vermasseln.«

Sie packt ihren Rucksack, umarmt Elaina ein letztes Mal, und wir gehen durch die Tür.

»Luddit, wie?«, sage ich, als wir in den Wagen steigen.

»Wortschatz. Siehst du – ich passe auf«, sagt sie und streckt mir die Zunge heraus.

»*Man's Guide to Steak*«, beschwere ich mich. »Ein Buch für Männer! Warum haben wir dieses Kochbuch gekauft? Hallo? Wir sind zwei Frauen!«

»Weil es für Koch-Analphabeten wie uns geschrieben ist«, sagt Bonnie. »Jetzt komm schon, wir schaffen das. Was schreibt er?«

Ich seufze und lese laut aus dem Rezept vor. »›Reiben Sie die Steaks auf beiden Seiten mit Salz und Pfeffer ein.‹«

»Hab ich.«

»›Geben Sie einen halben Löffel Olivenöl in die Kasserolle.‹«

»Hab ich.«

»Äh ... dann sollen wir das Olivenöl stark erhitzen. Was immer das bedeutet.«

Bonnie zuckt die Schultern und dreht den Knopf am Herd. »Am besten, wir warten einfach, bis wir es für heiß genug halten.«

»Gute Idee. Ich schneide schon mal den Schlitz ins Fleisch.«

Das ist unser Trick. Die ersten paar Male, die wir versucht haben, Steaks zu braten, haben wir die Vorschriften in den Kochbüchern befolgt – »drei bis vier Minuten von jeder Seite« und Ähnliches –, und jedes Mal hatten wir Fleisch, das entweder zu durch war oder zu roh. Bonnie kam schließlich auf die Idee, das Fleisch an einer Stelle durchzuschneiden, sodass wir genau sehen konnten, wie die Farbe in der Mitte sich veränderte. Es ist vielleicht nicht hübsch anzusehen, aber es hat bis jetzt immer funktioniert.

»Ich glaube, es ist so weit«, sagt Bonnie.

Ich nehme die beiden Steaks und schaue sie mir an. »Jetzt geht's los.« Ich werfe sie in die Pfanne, und wir werden mit einem brutzelnden Geräusch belohnt.

Bonnie benutzt den Bratenwender und drückt das Fleisch in die Pfanne, und ich sehe ihr dabei zu. »Riecht gut«, sagt sie. »Bis jetzt.«

»Ich habe Makkaroni mit Käse für die Mikrowelle im Gefrierschrank, für den Fall, dass wir es vermasseln«, sage ich.

Sie lächelt mich an, und ich lächle zurück. Wir haben absolut keine Ahnung, was wir tun, aber wir tun es zusammen.

»Wie sieht das für dich aus?«, fragt sie.

Ich beuge mich vor und sehe, dass die Mitte braun ist, jedoch nicht zu braun. Und das haben wir geschafft, ohne die Steaks außen in Kohle zu verwandeln. Wie durch ein Wunder.

»Sie sind fertig«, wage ich zu behaupten.

Bonnie benutzt den Bratenwender, um die Steaks aus der Kasserolle zu nehmen und auf die bereitstehenden Teller zu legen.

»Okay«, sage ich. »Und jetzt kommt der schaurige Teil. Die Soße.«

»Wir schaffen das schon.«

»Wir versuchen es zumindest.«

Sie hält ein Päckchen Butter hoch. »Wie viel?«

Ich konsultiere das Kochbuch. »Einen Teelöffel. Aber zuerst, steht hier, sollen wir den Herd auf mittlere Hitze zurückdrehen. Vielleicht sollten wir ein bisschen warten, bis die Platte abgekühlt ist. Ich glaube, Butter kann anbrennen.«

Wir warten ein paar Sekunden, obwohl wir immer noch nicht wissen, was wir tun.

»Jetzt?«, fragt Bonnie.

»Ich weiß genauso wenig wie du.«

Sie gräbt mit dem Teelöffel in der Butter und gibt sie in die Pfanne. Wir sehen zu, wie sie Blasen wirft und sich langsam verflüssigt.

»Ich weiß nicht«, sagt Bonnie, »aber das sieht nicht gerade nach viel aus.«

»Meinst du, wir sollen noch mehr in die Pfanne geben?«

Sie runzelt die Stirn. »Na ja … es ist schließlich nur Butter. Wahrscheinlich kann nicht viel passieren.«

»Dann nimm noch einen Teelöffel.«

Sie tut wie geheißen, und wir sehen zu, wie die Butter schmilzt und eins wird mit der ersten Portion.

»Was nun?«, fragt sie.

»Hier steht, wir sollen die Schalotten einrühren … oh, Mist!« Ich sehe Bonnie an. »Ich kann mich nicht erinnern, irgendwas über Schalotten gelesen zu haben.«

»Was sind Schalotten?«

»Genau.«

Wir starren auf die Pfanne aus inzwischen brutzelnder Butter. Sehen uns erneut an.

»Was machen wir jetzt?«, frage ich.

»Keine Ahnung«, erwidert Bonnie. »Vielleicht ist die Extra-Butter ein passender Ersatz?«

»Probieren wir's aus.« Ich muss kichern.

Bonnie zeigt mit dem Bratenwender auf mich. »Hör auf damit, Smoky«, sagt sie mit strenger Stimme. Und fängt selbst an.

Was mich natürlich erneut zum Kichern bringt, und jetzt ist dieser Zug in echter Gefahr, aus den Gleisen zu springen.

»Gütiger Himmel!«, pruste ich. »Wir sehen besser zu, dass wir fertig werden, sonst verbrennt uns noch die Butter.«

Bonnie kichert. »Butter brennt?«

»Hab ich jedenfalls gehört.« Ich konsultiere das Kochbuch. »Zurück auf hohe Hitze.«

Sie dreht den Knopf.

»Jetzt rühren wir eine Tasse Madeira und eine Drittel Tasse Balsamessig ein.«

Wir gießen die Tassen zur Butter und werden belohnt mit einer beißenden, stinkenden Wolke aus Essigdämpfen.

»Wow!«, krächzt Bonnie. »Das stinkt ja furchtbar! Bist du sicher, dass es so im Buch steht?«

Ich blinzle, bis ich wieder klar sehen kann, und schaue in unsere derzeitige Bibel. »Ja.«

»Wie lange lassen wir es kochen?«

»Rühren Sie die Masse, bis ... warte, lass mal sehen ... bis sie auf die Hälfte eingekocht ist.«

Drei Minuten später hat die Mischung zu unserem Erstaunen ganz genau das getan, was das Kochbuch vorhergesagt hat.

»Und jetzt sollen wir drei Teelöffel Dijon-Senf unterrühren«, sage ich.

Wir lassen den Senf in die Masse plumpsen, die nun ein wenig das Aussehen von Saufraß angenommen hat. Der Gestank ist nicht so stark wie zuvor, aber es riecht immer noch nicht gut.

»Bist du sicher, dass das da kein Scherzkochbuch ist oder so was?«, fragt Bonnie.

»Oh, hey!«, sage ich. »Hier steht, dass wir noch zwei Löffel Butter zugeben sollen. Also insgesamt drei. Zwei haben wir schon. Also los, tun wir den dritten dazu und warten, bis er geschmolzen ist.«

Die Butter verleiht unserem Hexengebräu kein appetitlicheres Aussehen. Ein paar Augenblicke verstreichen. Bonnie sieht mich stirnrunzelnd an.

»Meinst du, es ist fertig?«

Ich schiele misstrauisch auf unser Werk. Das Gebräu hat eine gelblich-graue Farbe. Es riecht nach Butter, Senf und Essig. »Zu spät zum Beten.«

Wir nehmen die Kasserolle vom Ofen und geben die Soße über die beiden Steaks, wie das Kochbuch es von uns verlangt. Bonnie trägt unsere Teller zum Esstisch, während ich uns zwei Gläser Wasser einschenke.

Wir sitzen vor unseren Steaks, Messer und Gabeln in den Händen.

»Fertig?«, fragt Bonnie.

»Jepp.«

Wir schneiden jeder ein Stück Fleisch ab und schieben es uns in den Mund. Wir kauen schweigend.

»Wow ...«, sagt Bonnie staunend. »Das ist ehrlich ...«

»... richtig gut«, beende ich den Satz für sie.

»Nein, besser. Das ist richtig, *richtig* gut.«

»Köstlich sozusagen.«
Sie grinst mich an, und in ihren Augen funkelt der Schalk.
»Schalotten, pah!«, sagt sie. »Wir brauchen keine blöden Schalotten.«
Ich habe von meinem Wasser getrunken und verschlucke mich prustend, als ich loslache.

»Das nächste Mal kochen wir Gemüse dazu«, schlage ich vor. Wir hatten nichts außer den Steaks und ein paar Brötchen.
»Vielleicht Schalotten«, witzelt Bonnie.
Wir sitzen auf dem Sofa. Im Fernsehen läuft irgendeine dämliche Talentschau, aber wir sehen kaum hin. Das Abendessen war großartig, und der Abend ist wundervoll. Normal. Ich sehne mich sehr nach Normalität und habe sie doch so selten.
»Ich möchte mit dir über die Schule reden«, beginnt Bonnie.
So viel zum Thema »normal«.
Ich tadele mich sogleich für diesen Gedanken. Was könnte normaler sein als ein Kind, das zusammen mit anderen Kindern zur Schule gehen will? An der Nervosität in ihrem Gesicht kann ich sehen, dass sie sich sehr viele Gedanken macht darüber, wie ich auf ihren Wunsch reagiere.
Oh, verdammt.
Ich schaue sie an, richte meine ganze Aufmerksamkeit auf sie.
»Okay, Bonnie. Erzähl mir, was dich bedrückt.«
Sie zieht die Beine unter den Leib und schiebt eine Locke hinters Ohr, während sie nach den richtigen Worten sucht. Diese Geste lässt ein Gefühl des Déjà-vu in mir aufkommen – der Geist ihrer Mutter. Ihre Gene leben in Bonnie weiter.
»Ich habe eine Menge nachgedacht, Smoky.« Sie sieht mich an, lächelt ein schüchternes Lächeln. »Ich schätze, ich denke ständig eine Menge nach.«
»Es ist eine deiner Begabungen. Es gibt nicht genügend Leute auf der Welt, die nachdenken. Worüber hast du denn nachgedacht?«
»Was ich werden will, wenn ich groß bin … wenn ich erwachsen bin, meine ich.«
Interessante Unterscheidung.
»Und?«
»Ich möchte das Gleiche tun wie du.«

Ich starre sie an. Mir fehlen die Worte. Von all den Dingen, die sie hätte sagen können, von all den Berufen, unter denen sie hätte wählen können, gefällt mir das am wenigsten.
»Warum? Was ist mit deiner Malerei?«
Sie lächelt mich an. Dieses Lächeln besagt, dass ich mir etwas vormache, aber trotzdem charmant bin.
»Ich bin nicht so gut, Smoky. Das Malen macht mir Spaß und bringt mir Frieden, aber es ist nicht meine Bestimmung.«
»Du bist erst zwölf. Wie kannst du jetzt schon wissen, was deine Bestimmung ist?«
Ihr Blick wird stechend, und in ihren Augen erscheint eine Kühle, die mich ganz schnell zum Schweigen bringt. Plötzlich sieht sie überhaupt nicht mehr wie eine Zwölfjährige aus.
»Weißt du, was ich immer als Erstes sehe, wenn ich die Augen zumache?« Ihre Stimme klingt ruhig, monoton, wie ein Singsang. »Das Gesicht meiner toten Mutter. So, wie ich es drei Tage lang gesehen habe, als ich an sie gefesselt war.« Sie wendet den Blick ab und starrt in die Ferne, als die Erinnerung in ihr hochkommt. »Sie war schreiend gestorben. Am ersten Tag weinte ich auf ihr. Ich weiß noch, dass ich mich deswegen schlecht gefühlt habe, weil ein paar meiner Tränen in ihre Augen fielen und ich dachte, dass es nicht richtig ist, weil sie die Tränen nicht abwischen konnte. Dann hörte ich auf zu weinen und versuchte zu schlafen. Ich versuchte mir einzureden, dass sie nicht tot ist und dass sie mich in den Armen hält. Es funktionierte sogar ... für kurze Zeit. Bis sie anfing zu riechen. Danach war alles nur noch grau und blau und schwarz. Manchmal male ich diese Farben und denke an diesen letzten Tag, weil er irgendwie nicht wirklich war. Wenn ich von diesem Tag träume, dann sind meine Träume voller Schreien und Regen.«
Die Worte hypnotisieren mich. Als ich wieder sprechen kann, ist meine Stimme rau vor Traurigkeit. »Es tut mir leid, Bonnie. Es tut mir unendlich leid.«
Sie kehrt in die Gegenwart zurück. Ihre Augen verlieren die beängstigende Kühle, diese *Leblosigkeit*. Stattdessen spiegelt sich nun Sorge um mich darin. »Hey, hey, Momma-Smoky, alles in Ordnung ... ich meine, es ist natürlich nicht in Ordnung, aber ich bin okay. Es hätte ja ganz anders enden können. Ich hätte mich nie wieder erholen kön-

nen, weißt du? Ich war nicht sicher, ob ich je wieder reden wollte oder ob die Albträume je wieder aufhören würden. Ich dachte daran, mich selbst zu töten. Aber jetzt mag ich mein Leben wieder. Ich liebe Elaina und Alan, und am meisten von allen liebe ich dich.« Sie grinst. »Zum Beispiel heute Abend. Wir haben Steaks gebraten.«

»Ja«, sage ich. »Leckere Steaks.«

»Das ist nichts Besonderes, aber es ist *alles*. Weißt du?«

»Ich weiß, mein Schatz.«

»Die Sache mit meiner Mom ist trotzdem passiert, Smoky. Sie ist passiert, und sie ist immer da, und auf gewisse Weise wird sie wohl immer bleiben. Und weißt du was? Ich *will* auch gar nicht vergessen. Ich glaube, an dem Tag, an dem ich mich nicht mehr erinnern kann, wie Mom in diesem Zimmer ausgesehen hat, stecke ich in ziemlichen Schwierigkeiten.«

Die schlichte Weisheit ihrer Worte nimmt dem Dolch, der beinahe mein Herz durchbohrt hätte, die Schärfe. Bonnie hat recht. Ich habe immer geglaubt, ich würde Matt und Alexa noch einmal umbringen, sobald ich nicht mehr um sie traure. Irgendwann wurde mir bewusst, dass Trauer nicht erforderlich ist, nicht einmal Schuldgefühle. Erinnern alleine genügt. Aber – ein riesengroßes Aber – Erinnern ist *unbedingt* notwendig.

»Ich verstehe«, sage ich zu Bonnie.

Sie lächelt mich an. »Ich weiß. Deswegen müsstest du auch verstehen, warum ich später den Job machen will, den du hast.«

»Wegen dem, was deiner Mom passiert ist.«

Die kühlen, berechnenden Augen sind wieder da. Die Zwölfjährige ist wieder verschwunden.

»Nicht nur wegen Mom. Auch wegen dem, was mir passiert ist. Wegen dem, was dir passiert ist. Wegen dem, was Sarah passiert ist.«

Sarah ist das überlebende Opfer eines Falles, den ich vor ein paar Jahren gelöst habe. Auch wenn sie sechs Jahre älter ist als Bonnie, haben die beiden sich in ihrem Elend gefunden und sind weiterhin enge Freundinnen.

»Jeder, den ich kenne und liebe, weiß, dass es diese Monster wirklich gibt, Smoky. Und wenn man weiß, dass es sie gibt, kann man nicht mehr so tun, als gäbe es sie nicht. Dann muss man etwas unternehmen.«

Ich starre sie an. Ich will diese Worte nicht aus diesem Mund hören.

Mein Gott, ich hasse dieses Gespräch. Weil die Räder in dem Moment in Bewegung gesetzt wurden, in dem Bonnie an ihre aufgeschlitzte tote Mutter gefesselt und ihrem Schicksal überlassen wurde. Weil sie sich damals verändert hat und zu der heutigen Bonnie geworden ist.

Es macht mich traurig. Ich habe in einer Phantasiewelt gelebt, als ich mir eingebildet habe, Bonnie würde zu einer normalen Erwachsenen heranreifen, in ein normales Leben hineinwachsen, einer normalen Arbeit nachgehen, heiraten und Kinder bekommen.

Wen habe ich damit täuschen können?

Bonnie nicht, so viel steht fest.

Ich seufze. »Ich verstehe.« Es mag mir nicht gefallen, aber ich verstehe sie wirklich.

»Dazu gehört aber, dass ich auf eine normale Schule gehe. Ich kann die Monster nicht verstehen, nicht wirklich, wenn ich nicht einmal normale Menschen verstehe, weißt du?«

Und du bist keiner von den normalen Menschen, Baby? Ich denke die Worte, doch ich spreche sie nicht aus. Ich will die Antwort nicht hören.

»Ich dachte, du willst zur Schule, weil du Freundinnen in deinem Alter finden möchtest.«

»Aber ich *bin nicht* in meinem Alter, Smoky.«

Endlich geschieht es, gegen meinen Willen. Diese schlichte Feststellung reicht aus, um eine Träne hervorzubringen. Sie kullert meine Wange hinunter. Bonnie verzieht sorgenvoll das Gesicht und streckt die Hand aus, um mir die Träne abzuwischen.

»Tut mir leid. Ich wollte dich nicht traurig machen.«

Ich räuspere mich. »Ich möchte nicht, dass du mir jemals irgendetwas anderes als die Wahrheit sagst. Ganz egal, wie ich mich dadurch fühle.«

»Aber ich möchte nicht, dass du dich schlecht fühlst. Ich könnte tot sein. Ich könnte in einer Klapsmühle sitzen. Ich könnte immer noch mitten in der Nacht schreiend aufwachen ... du erinnerst dich?«

»Ja.«

Das ist uns beiden passiert, manchmal gleichzeitig. Albträume spazierten in unseren Schlaf, und wir wachten von unseren eigenen gellenden Schreien auf.

»Das alles ist viel besser heute, siehst du? Ich möchte nicht, dass du denkst, ich wäre nicht glücklich.«

Es gelingt ihr, tief in mich vorzudringen und die größte, schlimmste Angst einer jeden Mutter in Worte zu kleiden.

»Bist du denn glücklich, Bonnie?«

Ich bin ein wenig schockiert über den kläglichen, flehentlichen Klang meiner eigenen Stimme. Bonnie schenkt mir ein weiteres Lächeln, ein unverfälschtes Lächeln ohne kalte Augen und Nebel und Schreie und Regen. Nichts als zwölf Jahre alter Sonnenschein, der wundervollste Sonnenschein, den es geben kann.

»Acht von zehn Tagen bin ich glücklich, Smoky.«

Ich muss an das denken, was Alan gesagt hat, und ich weiß, dass es stimmt. Dankbar zu sein für das, was einem gegeben ist, ist ein Klischee – aber nur, weil es so verdammt wahr ist. Bonnie ist hier, Bonnie ist wunderbar, intelligent, talentiert, sie spricht, sie hat keine Angst vor dem Leben und wacht des Nachts nicht mehr schreiend auf. Ja, sie hat sich verändert durch das, was sie erlebt hat, doch sie ist nicht daran zerbrochen, und letzten Endes ist das der größte Segen von allen. Fast ein Wunder.

Ich ziehe sie an mich und drücke sie ganz fest.

»Okay, okay«, sage ich. »Aber kannst du nicht bis zum Herbst warten? Dieses Schuljahr noch mit Elaina abschließen?«

»Ja, ja, ja, danke, danke, danke!«

Ich weiß, dass es die richtige Entscheidung ist, weil diese freudigen Laute einmal mehr echte, unverfälschte Zwölfjährige sind.

Wir verbringen den Rest des Abends eingehüllt in Normalität, ohne viel zu unternehmen, außer die Gesellschaft der anderen zu genießen. Für kurze Zeit mache ich mir nicht einmal Sorgen, ob jemand sterben könnte.

Irgendwie dreht die Welt sich auch ohne mich.

Ich erwache vom hartnäckigen Summen meines Handys. Mit verschlafenen Augen starre ich auf das Display. Es ist Alan, der anruft.

»Es ist fünf Uhr morgens«, sage ich statt einer Begrüßung. »Das kann nichts Gutes bedeuten.«

»Tut es auch nicht«, antwortet er. »Die Scheiße fliegt jeden Augenblick in den Ventilator.«

Teil II

Der Sturm

21

»Ich hab einen Anruf von Atkins bekommen. Er surft oft auf diesen viralen Video-Seiten ...«

»Was?«, frage ich.

»Webseiten, die ihren Nutzern erlauben, Videoclips hochzuladen«, erklärt James. »Es kann sich um selbst gedrehte Clips handeln oder um bis zu drei Minuten lange Ausschnitte, die jemand aus den Nachrichten oder einer DVD oder was auch immer entschlüsselt hat.«

Ich runzle die Stirn. »Und welchen Sinn soll das haben?«

»Unterhaltung«, sagt Callie. »Voyeurismus. Kommunikation. Du findest auf diesen Seiten alles, von Skateboard-Unfällen auf dem Bürgersteig und brechenden Gliedmaßen bis hin zu reizenden, gerade erwachsenen Gören, die in ihren Bikinis herumsitzen und über Weltpolitik reden.«

»Bonnie kennt sich wahrscheinlich bestens damit aus«, seufze ich.

Callie tätschelt mir den Kopf. »Jeder kennt sich damit aus, Lämmchen, nur du nicht.«

Alan öffnet einen Browser und tippt eine URL ein: User-Tube.com. Einen Moment später füllt der Schirm sich mit einer Serie von hübsch angeordneten Miniatur-Fotos. Jedes Foto ist mit einer Legende versehen.

»Wipeout«, lese ich unter einem.

Das Bild zeigt jemanden, der von einem Motorrad segelt, als es in den Boden kracht.

Alan klickt das Foto an, und eine neue Seite öffnet sich.

Der Videoclip beginnt zu spielen. Wie nicht anders zu erwarten, sehen wir, wie ein Motorrad auf eine Rampe zurast, in die Luft segelt und den Landepunkt verpasst. Der Fahrer springt wie ein echter Superman ab, während die Maschine sich in den Boden bohrt. Superman landet, prallt ein paar Mal auf und bleibt schließlich reglos und merkwürdig verrenkt liegen.

»Autsch!«, sage ich und verziehe das Gesicht.

»Es geht noch weiter«, sagt Alan.

Wer immer den Clip gedreht hat, hat uns und sämtlichen anderen Zuschauern den Gefallen getan, bis zum Augenblick vor dem Aufprall zurückzuspulen und alles in Zeitlupe genüsslich zu wiederholen. Wir bekommen das Krachen und Knirschen der berstenden Maschine in jenem langen, gedehnten *Ooohneiin!*-Widerhall zu hören, während wir zusehen, wie der glücklose Fahrer durch die Luft segelt und wie ein menschlicher Basketball landet.

»Heftig«, murmle ich.

»Der moderne römische Zirkus«, sagt Callie.

»Was ist das, was da unter dem Clip steht?«

»Benutzerkommentare«, sagt Alan. »Man legt sich ein Benutzerkonto an, und dann darf man seine eigenen Clips hochladen und Kommentare zu denen verfassen, die andere hochgeladen haben.«

Er scrollt ein wenig nach unten, sodass ich einige der Bemerkungen lesen kann:

- *Scheiße, der ist ja wirklich im Arsch!*
- *Und da soll noch einer sagen, dass Menschen nicht fliegen können!*
- *Meine Fresse, habt ihr gesehen, wie er gehüpft ist? Meine Fresse!*
- *Wir haben alle das Gleiche gesehen wie du, Sackgesicht.*

»Intellektuelle unter sich«, stelle ich fest.

»Es ist nicht alles so chaotisch«, sagt Alan und navigiert zurück zur Homepage. »Es gibt Kategorien, siehst du?«

Ich lese die Überschriften. Spaß für die ganze Familie. Tiere. Verliebte. So langsam begreife ich die Anziehungskraft dieser Seiten.

»Also kann jeder hierherkommen und seine Videoclips hochladen, und andere können darüber reden?«

»Ja. Es gibt 'ne Menge Mist, aber es gibt auch ein paar ziemlich kreative Sachen. Kurzfilme, Comedians und Musiker, die sich auf diese Weise Gehör zu verschaffen suchen ...«

»Und Sex, nehme ich an.«

»Nicht auf dieser Seite. Die Webmaster achten sehr streng darauf. Keine Nacktaufnahmen.«

»Aber die haben kein Problem damit, Blut und gebrochene Knochen zu zeigen«, sagt James.

»Stimmt.«

Ich schaue Alan an. »Du besuchst diese Seite regelmäßig?«

Er zuckt die Schultern. »Was soll ich sagen? Es macht süchtig. Jeder Clip ist ein Snack, keine Mahlzeit.«

»Man wird nicht satt von einem einzigen«, zwitschert Callie dazwischen.

»Okay«, sage ich. »Ich verstehe das Prinzip. Und jetzt zeigt mir bitte, was das alles mit uns zu tun hat.«

Alan deutet auf die Liste der Kategorien.

»Es gibt eine Kategorie ›Religion‹. Im Allgemeinen ist der Inhalt mehr oder weniger immer der gleiche. Prediger oder Möchtegern-Prediger halten ihre dreiminütigen Vorträge. Ein Rechter redet über die Sünde der Abtreibung, ein Linker über die Sünden jeglicher organisierter Religion.«

Er klickt auf die Kategorie, und eine neue Reihe Miniaturbilder füllt den Schirm.

»Die oberen zehn sind diejenigen, die du dir ansehen musst.«

Er klickt auf das erste Bildchen. Das Videofenster ist zunächst schwarz. Dann erscheinen weiße Druckbuchstaben: »Der Anfang: Eine Studie über Wahrheit und die Seele.«

Die Buchstaben verblassen, und ein paar weitere Sekunden Schwärze folgen. Dann öffnet sich das Bild, und der Rumpf eines Mannes erscheint. Er sitzt an einem schlichten braunen Holztisch. Er ist von den Schultern bis zur Tischplatte zu sehen, mehr nicht. Die Wand hinter ihm ist grauer Beton. Das Licht kommt irgendwo von oben, gerade ausreichend, um ihn und seine unmittelbare Umgebung zu erhellen. Der Begriff *karg* kommt mir in den Sinn. Schnee auf einem baumlosen Feld. Seine Hände liegen ineinander verschränkt vor ihm auf dem Tisch. Sie halten einen Rosenkranz. Er trägt ein schwarzes Hemd und eine schwarze Jacke.

»Eine Studie über die Natur der Wahrheit«, beginnt er, »ist zugleich eine Studie über die Natur Gottes.« Seine Stimme ist tief – kein Bass, mehr Bassbariton. Es ist eine angenehme Stimme. Ruhig, gemessen, entspannt.

»Warum ist das so? Weil die grundlegende Wahrheit hinter allen Dingen ist, dass sie so existieren, wie Gott sie geschaffen hat. Die Wahrheit von etwas zu sehen bedeutet, es genau so zu sehen, wie es ist, nicht überdeckt von unseren eigenen Vorstellungen, unseren Vorurteilen, und unverstellt von unseren eigenen Ergänzungen. Mit anderen Worten, es ist im Moment seiner Erschaffung zu sehen, genau so, wie Gott es gemacht hat. Deshalb sieht man ein Stück vom Angesicht Gottes, wenn man die Wahrheit von irgendetwas sieht.«

»Interessant«, murmelte James. »Zwingend.«

»Was also hindert uns daran, diese Wahrheit zu erkennen? Wir alle wurden geboren mit Augen zu sehen und mit Ohren zu hören. Wir alle haben ein Gehirn, das die Eindrücke unserer Sinne verarbeitet. Warum aber erzählen dann zwei Menschen, die Zeugen eines Autounfalls werden, völlig unterschiedliche Versionen der Wahrheit? Und warum zeigt eine Videoaufzeichnung des gleichen Unfalls über jeden Zweifel erhaben, dass die Beobachtungen der beiden Menschen falsch sind?

Die Antwort ist offensichtlich. Weil nur die Videokamera unbestechlich das aufnimmt, was sie sieht. Ohne jede Veränderung. Was genau ist also der Unterschied zwischen einer Kamera und einem Menschen?« Er wartet ein paar Sekunden, ehe er weiterspricht. »Der Unterschied ist der, dass die Videokamera keinen eingebauten Filter besitzt. Sie hat keine ›Seele‹ und keinen ›Verstand‹. Man kann von hier aus extrapolieren, dass die Seele und der Verstand die Ursachen sind, falls es zu Fehleinschätzungen und Irrtümern kommt.

Doch wenn Gott alle Dinge erschaffen hat – und das hat er –, müssen wir anerkennen, dass er auch die Seele und den Verstand erschaffen hat. Gott macht keine Fehler. Deswegen sind Seele und Verstand bei der Geburt perfekt und imstande, die grundlegende Wahrheit zu erkennen. Man könnte argumentieren, dass es bei der Geburt keinen Filter gibt zwischen der Wahrheit der Welt und dem Selbst. Was ist dann dieser ›Filter‹? Dieses Ding, das den Menschen im Lauf der Zeit verändert, das seine Erinnerung weniger zuverlässig macht als eine Videokamera?«

Erneut verblasst das Fenster, wird schwarz, gefolgt von den gleichen weißen Buchstaben, die verkünden: »Ende des ersten Teils.«

Ich wende mich Alan zu. »Das ist ja alles ganz nett, aber was hat es mit uns zu tun?«

»Sieh weiter hin.«

Er klickt auf die nächste Miniatur, und einmal mehr durchlaufen wir den schwarzen Schirm, die weiße Schrift, und enden beim Erzähler.

»Der Filter ist die Sünde. Der Katalysator ist die Macht der Wahl. Gott verlieh dem Menschen die Fähigkeit, zwischen Himmel und Hölle zu wählen. Zwischen ewigem Leben und ewiger Verdammnis. Von dem Augenblick an, in dem wir den Mutterleib verlassen, treffen wir Entscheidungen. Und es ist die Natur unserer Entscheidungen, die im Lauf der Zeit über unser Schicksal entscheidet, wenn der Tod eines Tages an die Tür klopft.

Von dem Augenblick an, in dem wir uns für die Sünde entscheiden, erschaffen wir den Filter. Wir ziehen uns einen Schleier über die Augen und errichten eine Barriere zwischen uns und der grundlegenden Wahrheit der Dinge, wie Gott sie erschaffen hat. Verstehen Sie? In dem Maße, wie wir die grundlegende Wahrheit über uns selbst verändern – die von Gott geschaffene Wahrheit –, ändern wir unsere Wahrnehmung all der anderen Wahrheiten, all der anderen Werke Gottes. Das wird in der Bibel an zahlreichen Stellen beschrieben, beispielsweise in der Geschichte von Saul:

Auf der Reise aber begab es sich, als er sich der Stadt Damaskus näherte, dass ihn plötzlich ein Licht vom Himmel umstrahlte. Er stürzte zu Boden und hörte, wie eine Stimme zu ihm sprach: Saul, Saul, warum verfolgst du mich? Er antwortete: Wer bist du, Herr? Und dieser sprach: Ich bin Jesus, den du verfolgst. Es wird dir schwer werden, wider den Stachel auszuschlagen! Da sprach er mit Zittern und Schrecken: Herr, was willst du, dass ich tun soll? Und der Herr antwortete ihm: Steh auf und gehe in die Stadt hinein, so wird man dir sagen, was du tun sollst! Die Männer, die mit ihm reisten, standen sprachlos da. Sie hörten wohl die Stimme, sahen aber niemanden. Da stand Saul von der Erde auf. Als er aber die Augen öffnete, sah er nichts. Sie nahmen ihn bei der Hand und führten ihn nach Damaskus hinein. Und er konnte drei Tage lang nicht sehen und aß nicht und trank nicht.

Sehen Sie? Saul konnte Jesus nicht sehen, obwohl er vor ihm war. Und später:

Da ging Hananias hin und trat in das Haus ein, und er legte Saul die Hände auf und sprach: Bruder Saul, der Herr hat mich gesandt, Jesus, der dir auf dem Weg hierher erschienen ist. Du sollst wieder sehen und mit dem Heiligen Geist erfüllt werden. Sofort fiel es ihm wie Schuppen von den Augen, und er konnte wieder sehen und stand auf und ließ sich taufen. Und nachdem er gegessen hatte, kam er wieder zu Kräften.

Saul beichtete seine Sünden und ging zu Jesus Christus und war nicht mehr blind. Es gibt jene, die nur das Buchstäbliche in dieser Geschichte sehen und nicht die Metapher. Ich sehe sie als eine direkte Botschaft, ein Paradigma dessen, über das ich gesprochen habe. Saul war ein Sünder und aus diesem Grunde blind gegenüber Gott, selbst als dieser direkt vor ihm stand. Saul war erfüllt von Gott und gewann sein Augenlicht wieder. Was könnte offensichtlicher sein, grundlegender und wahrer?

Und so sage ich euch als jemand, der sein Leben lang daran gearbeitet hat, ein aufmerksamer Beobachter der Wahrheit Gottes zu sein, dass es eure Sünden, eure Geheimnisse, eure Lügen sind, die euch daran hindern, die allumfassende Liebe in der Welt rings um euch zu erkennen.

Vielleicht hört ihr diese Worte und stimmt damit überein und beschließt, von diesem Moment an in Wahrheit zu leben, ehrlich zu sein und nicht mehr zu sündigen. Ich begrüße das und heiße es gut, doch ich muss auch aufrichtig sein euch gegenüber und euch sagen, dass ihr versagen werdet, es sei denn, ihr begreift etwas Wichtiges: Die Wahrheit ist kein Streben. Die Wahrheit ist etwas Unmittelbares. Sie ist sofort und endgültig.

Was ich damit meine?

Das erkläre ich in unserer nächsten Diskussion: Die Natur der Wahrheit, die eine Lüge verbirgt – am Beispiel von Lisa / Dexter Reid.«

Abblende, das Bild wird schwarz.

»Heilige Scheiße«, sage ich.

»Warte ab«, sagt Alan grimmig. »Es kommt noch schlimmer.«

Er klickt auf das nächste Mini-Bild. Ich betrachte den Clip und kämpfe gegen das flaue Gefühl an, das in meinem Magen aufschäumt.

Erneut die Hände, die den Rosenkranz halten. Sie haben sich nicht bewegt, seit wir uns die Clips anschauen.

»Lisa Reid wurde als Dexter Reid geboren, Sohn von Dillon Reid und seiner Frau Rosario. Dexter wurde unzufrieden mit dem Körper, den Gott ihm gegeben hatte, und beschloss, ihn zu verändern in dem Versuch, eine Frau zu werden.

Alle werden darin übereinstimmen, dass dies eine Ungeheuerlichkeit ist, die gegen den Willen des Herrn verstößt. Doch genau an diesem Beispiel, an dieser fehlgeleiteten Seele, können wir höchst lebendig das Phänomen der Wahrheit illustrieren, die eine weitere Lüge verbirgt. Dieses Phänomen funktioniert folgendermaßen: Eine Person enthüllt ein großes Geheimnis, eine schwere Sünde, eine schlimme Lüge. Es erfordert Mut, dazu zu stehen, und es verschafft dem Bekennenden sowohl Erleichterung als auch Bewunderung seitens seiner Umwelt. Er wird gelobt dafür, endlich mit der Wahrheit ans Licht gekommen zu sein. All das mag schön und gut sein ... sieht man davon ab, dass es meist noch ein dunkleres, tieferes, unbekanntes Geheimnis darunter gibt.

Verstehen Sie? Indem man eine große Sünde enthüllt, befreit man sich von dem Verdacht, dass es noch eine weitere Sünde geben könnte. Wir sehen, dass der Betreffende die Wahrheit sagt, und wir weinen Tränen der Erleichterung mit ihm und wünschen, wir hätten die gleiche Charakterstärke, den gleichen neu gefundenen Mut und die gleiche Tugend. Doch ohne dass wir es ahnen, bleibt eine andere, viel größere Sünde ungesehen.

Das ist es, was ich meinte, als ich sagte, dass Wahrheit kein Streben, kein Weg, sondern eine augenblickliche Ankunft ist. Man gelangt entweder auf einen Schlag zur ganzen Wahrheit, oder überhaupt nicht. Es gibt keinen halben Weg zu Gott. Man ist entweder bei ihm oder nicht.

Aus Dexter Reid wurde Lisa Reid. Und er enthüllte gegenüber der Welt sein Geheimnis – den Wunsch, eine Frau zu werden. Er nahm das Entsetzen in Kauf, den Abscheu, die Geißelungen und die Schande, die damit einhergingen. Er ging unbeirrt seinen Weg und weigerte sich, trotz der gesellschaftlichen Missbilligung davon abzuweichen. Einige Leute – vielleicht sogar eine ganze Menge – bewunderten Dexter dafür. Sein Leben war schwierig, sogar gefährlich, doch er tat, was er tat, weil er das Gefühl hatte, es tun zu müssen – trotz aller Hindernisse. Die Definition von Mut.«

Eine weitere Pause. Diesmal bewegen sich die Hände. Ein Daumen kommt frei und reibt die Perlen des Rosenkranzes.

»Doch Dexter hatte noch ein Geheimnis. Er hat es seinem Tagebuch anvertraut. Ich habe die Seiten des Tagebuchs hier. Ich habe sie gestohlen, nachdem ich ihn getötet habe.«

Schwarzblende. Die weißen Buchstaben: »Fortsetzung im nächsten Clip.«

»Verdammt!«, rufe ich.

»Es ist nicht einfach, sich an dieses Medium zu gewöhnen«, räumt Alan ein.

Er klickt auf das nächste Vorschaubild. Als das Video beginnt, ist das Fenster ausgefüllt mit einem Blatt Papier. Ich erkenne Lisas Handschrift wieder. Der Erzähler zieht das Blatt von der Linse weg und hält es in der Hand, sodass er davon ablesen kann. Der Rosenkranz bleibt unverwandt in seiner Linken, und er bewegt andächtig die Perlen zwischen Daumen und Zeigefinger – eine Bewegung, die ihm so natürlich ist wie Gehen. Er beginnt zu lesen.

Die Sünde des Dexter Reid

22

Es war ein perfekter Sommertag. Heiß, nicht zu schwül und angefüllt mit Dutzenden Verheißungen. Alles außer Schule.

Dexter stand auf der Veranda des Hauses und ließ den Blick über die Umgebung schweifen. Es war eine schöne Gegend, kein Zweifel. Nicht, dass das Schöne von den neuen Häusern herkam, sondern von den gepflegten, alten Villen, die sorgsam in Schuss gehalten wurden.

Der Himmel war von einem intensiven Blau; ein »Texashimmel«, wie Mom ihn nannte. Texas war ein Land voller flacher, wogender Hügel, und weil es in Austin kaum Wolkenkratzer gab, konnte man vielerorts von Horizont zu Horizont den blauen Himmel sehen. Es war wunderschön.

Dexter war an diesem Samstag wie üblich aufgewacht und seiner morgendlichen Routine nachgegangen. Sie war ihm kostbar, und dies umso mehr, je älter er wurde und je deutlicher er erkannte, dass sich etwas änderte. Er war elf Jahre alt und bereits imstande, die Grenzen zwischen den Geschlechtern zu erkennen, die – einst so verschwommen – mehr und mehr in den Mittelpunkt traten. Jungs, die nur ein Jahr älter waren als er, redeten viel häufiger und mit viel stärkerem Interesse und Hunger über Dinge wie »Pussy«. Es war eine beunruhigende Entwicklung.

Dexter war seit seinem sechsten Geburtstag jeden Samstagmorgen um halb sechs aufgestanden, ohne Wecker. Er hatte herausgefunden, dass einige der besten Zeichentrickserien – die alten in Schwarzweiß, die man sonst nirgendwo mehr zu sehen bekam –, in diesen frühen Stunden gesendet wurden.

Er pflegte aufzustehen und hinunter in die Küche zu gehen und sich einen Toast mit Zucker und Zimt zu machen – dick mit Butter, ungesunden Mengen an Zucker und genau so viel Zimt, dass alles ein klein wenig Biss bekam. Er schob den Toast in den Mini-Ofen, und wenn er wieder herauskam, brutzelte die Butter darauf. Dexter beobachtete durch die Scheibe, wie die Heizschlangen rot glühend und der Toast in der Hitze braun wurden.

Er liebte diese frühen Morgenstunden, wenn außer ihm niemand wach war, sodass er das ganze Haus für sich allein hatte – wenigstens in seiner Einbildung. Es war ein Gefühl von Freiheit und Sicherheit, nicht so sehr, dass niemals etwas passieren würde, sondern vielmehr, dass *jetzt*, in diesem Moment, nichts Schlimmes geschah. Die Zeit zwischen halb sechs und acht Uhr morgens war in Dexters Herz wie ein Waffenstillstand zwischen ihm und der Welt.

Sobald sein Toast ausreichend abgekühlt war (aber nicht zu sehr), legte Dexter ihn auf ein paar Papiertücher und ging damit ins Wohnzimmer, wo der Fernseher stand. Er schaltete das Gerät ein, suchte den richtigen Kanal und ließ sich auf seinen Bohnensack fallen. Mom hasste den Bohnensack, und Dad war ebenfalls nicht begeistert davon – er nannte ihn ein »Relikt aus den Siebzigern« –, doch Dexter hatte darauf beharrt, das Sitzmöbel zu behalten. Es war ein Talisman. Ein Teil des Rituals.

Manchmal gab es im Texas-Fernsehen in diesen frühen Morgenstunden *Inki und der Vogel Mynah*, aber die meiste Zeit wurde *Huckleberry Hound* gespielt oder sonst ein alter, nicht einzuordnender Zeichentrickfilm. Auf diese folgte *Tom und Jerry*, und von *Tom und Jerry* ging es weiter zur *Bugs Bunny Roadrunner Show*. Dexter sah sie alle nacheinander an und verfasste während der Werbeunterbrechungen im Kopf Listen mit all den schicken neuen Spielsachen, die er von Mom und Dad erbetteln konnte.

Der erste Teil der morgendlichen Magie endete stets gegen acht Uhr, wenn Mom und Dad aufstanden. Dexter liebte seine Eltern, doch der Zweck des Rituals war Einsamkeit, und sie brachen mit ihrer Gegenwart den Bann. Dexter ging stets unter die Dusche und zog sich an, während sie ihren ersten Kaffee tranken. Ein Kuss auf Moms Wange und ein gemurmeltes »Guten Morgen« zu Dad, und spätestens um halb neun war er durch die Tür und aus dem Haus.

Da stand er nun, Toast und Zeichentrick hinter sich und den ganzen Tag vor sich. Was sollte er mit seiner Zeit anfangen? Er hatte ein paar Dollars in der Tasche, das Ergebnis eifrigen Rasenmähens in der Nachbarschaft. Er konnte zum Circle K fahren und ein paar Comics kaufen. Oder er konnte sein Fahrrad nehmen und zum Teich fahren. Gütiger Himmel, er konnte tun und lassen, wozu er Lust hatte!

Er beschloss, zu Fuß zu gehen – eine ungewöhnliche Wahl, doch der Tag war großartig, und er wollte den Boden unter seinen Tennisschuhen spüren. Er ging hinunter zur Kreuzung, wo seine Wohnstraße in eine andere Straße mündete. Nach rechts gelangte man in den Park und zum Schwimmbad, links ging es nach Rambling Oaks, eine Gegend, die bei den Kindern nur »Wäldchen« genannt wurde.

Es war im Grunde genommen kein richtiges Wäldchen, mehr ein verwilderter Hain. Er befand sich ganz am Rand des Neubaugebiets, noch nicht gerodet und umgepflügt von Baggern als Vorbereitung für ein neues Wohngebiet mit größeren Häusern.

Die meiste Zeit verspürte Dexter keine große Lust, in den Wald zu gehen, doch an diesem Tag war es anders. Er war ein geselliges Kind, doch derzeit war ihm nicht nach Geselligkeit zumute. Also bog er nach links ab und nicht nach rechts. Es war eine einfache Entscheidung, doch sie würde sein Leben für immer verändern – wie das nun mal so ist mit solchen Dingen.

Die Straße endete unvermittelt vor festgefahrener Erde. Die festgefahrene Erde wiederum endete bei den Bäumen. Wenn man ein Stück weiterging, gelangte man auf Gras, und von dort ging es weiter zur nächsten Straße mit Häusern. Das Wäldchen war eine Art letzte Bastion, und hier geschahen alle möglichen Dinge.

Hier hatten mehr Teenager ihre erste Zigarette geraucht, als man zählen konnte. Hier wurden erste Küsse getauscht, und natürlich gab es auch Gerüchte über erste Blowjobs und Ähnliches, was Dexter allerdings für ziemlich unwahrscheinlich hielt. Er war nicht superintelligent, er hatte lediglich ein bisschen mehr Verstand als seine Altersgenossen, und dieser Verstand sagte ihm, dass es eine bessere Umgebung als das Wäldchen brauchte – zumindest ein Auto –, wollte man ein Mädchen aus der Gegend dazu bringen, dass es einem am Schwanz lutschte.

Schmutzige Magazine wurden hier gelesen. Dexter hatte im Verlauf des letzten Jahres einige davon zu sehen bekommen – allerdings waren seine Reaktionen darauf eher zwiespältig gewesen und wollten irgendwie nicht zu denen seiner Freunde passen. Die anderen hatten gegrölt und Witze gerissen und in kichernder Überzeugung verbale Juwelen wie »haarige Muschi« und »Pelzburger« von sich gegeben – doch nichts von alledem ergab irgendeinen Sinn für Dexter, waren doch die Frauen auf den Bildern dort unten in der Regel haarlos. Außerdem, was hatte ein Burger mit alledem zu tun?

Dexter wusste durchaus, dass in dem Wäldchen auch Tränen vergossen wurden. Nette Nachbarschaft hin oder her, von Zeit zu Zeit wurden trotzdem Kinder geschlagen. Und es gab Missbrauch, auch wenn niemand groß darüber redete. Das Wäldchen war ein Zufluchtsort, ein Hafen, ein Ort für das Einfache, das Illegale, das Dunkle und das Traurige. Selbst mit seinen elf Jahren hatte Dexter bereits begriffen, dass das Wäldchen zu jenen Orten gehörte, die er in seinem späteren Leben niemals vergessen würde. Es würde eine lebhafte, machtvolle Erinnerung sein, die ihn begleitete, selbst wenn es nur im Geiste war.

Er ließ sich Zeit auf seinem Weg die Straße hinunter. Genoss den Sonnenschein und die Geräusche. Niemand war so verrückt und mähte schon um diese frühe Stunde seinen Rasen, doch zwei Leute wuschen ihre Wagen, was eine gute Idee war. Dexter steckte die Hände in die Hosentaschen und entdeckte einen weißen Kiesel auf der Straße, der sich zum Kicken eignete. Es würde ein prachtvoller Tag werden!

Der Bürgersteig endete, und Dexter betrat nackten Boden. Es gab zwei Arten von Boden in Texas. Da war der dunkle, trockene, klumpige Boden, auf dem Gras und alles Mögliche andere wuchsen. Und da war der hellbraune, körnige Boden, der die Sonne aufzusaugen schien und immer mit Kies und Geröll durchsetzt war.

Das hier war diese zweite Sorte.

Bis zu den ersten Bäumen war es nicht weit, und Dexter beschloss, den Morgen zu einem ausgiebigen Spaziergang zu nutzen. Er würde das Wäldchen durchqueren und zur Straße dahinter weitergehen, um von dort in einem weiten Bogen nach Hause zurückzukehren und eine weitere Stärkung zu sich zu nehmen, Wurst oder Erdnussbutter und Marmelade, was auch immer, und Limonade dazu. Und dann vielleicht eine Fahrt zum Comicladen oder ins Schwimmbad.

Warum auch nicht? Der Tag gehörte ihm.

Er beschleunigte seine Schritte, als er zu den Bäumen ging, beflügelt von den erfreulichen Aussichten.

In diesem Augenblick hörte er die Stimme.

»Küss ihn, du dämlicher Idiot.«

Dexter erkannte diese Stimme auf der Stelle. Jedes Kind in der Gegend hätte sie erkannt. Sie gehörte Mark Phillips, einem üblen Schläger und ganz allgemein bösartigen Zeitgenossen. Marks Geschichte war so wenig originell wie der Texas-Dreck unter Dexters Tennisschuhen. Er war schnell gewachsen, war groß und stark geworden und genoss seine Macht über andere.

Mark hatte verschiedene Schutzgeld-Erpressungen am Laufen, wie nicht anders zu erwarten: Essensgeld-Beteiligungen, Comicheft-Anteile, Taschengeld-Prozente. Zuwiderhandlung oder Weigerung wurde bestraft, und das war der Punkt, in dem Mark sich wirklich hervortat. Er war bereit, in Sachen Grausamkeit weiterzugehen als andere.

Der durchschnittliche Schläger prügelte einen windelweich, drehte einem an den Brustwarzen oder ließ einem seinen Speichel in den Mund tropfen, während er einen am Boden festhielt. Mark benutzte diese Methoden ebenfalls, jedoch mit dem entscheidenden Unterschied, dass damit bei ihm noch lange nicht Schluss war. Tränen waren normalerweise das sichere Zeichen, dass man sich geschlagen gab. Nicht so bei Mark.

Dexter hatte es einmal am eigenen Leib erfahren müssen. Aus irgendeinem Grund – er wusste immer noch nicht genau, was ihn geritten hatte – hatte er sich geweigert, Mark einen Comic zu geben, als er es von Dexter verlangt hatte. Marks Reaktion war augenblicklich und heftig gewesen. Er hatte Dexter so fest ins Gesicht geschlagen, dass dieser zu spüren glaubte, wie seine Augen in den Höhlen umherschwappten. Der nächste Schlag hatte den Solarplexus getroffen, und Dexter war in die Knie gebrochen, während er nach Atem gerungen hatte.

Noch im gleichen Augenblick hatte Mark sich auf ihn geworfen, ihn am Boden festgenagelt, die Arme unter den Knien gefangen.

»Dir Schwuchtel sind endlich Eier gewachsen, was? Ganz beschissene Idee, Schwuchtel. Jetzt wirst du dafür bezahlen.«

Dexter erstarrte. Er hatte geglaubt, dass er bereits dabei war zu bezahlen. Plötzlich bekam er keine Luft mehr. Panik kam herangerollt wie eine Tsunamiwelle. Er war sicher, dass er sterben würde. Er starb natürlich nicht, doch es fühlte sich so an.

»Ich werd dir was zeigen, das ich im Fernsehen in einer Kampfsportsendung gesehen habe, Schwuchtel«, sagte Mark. Sein Tonfall war beinahe fröhlich. Dexter sah zu dem großen Jungen hoch und strich das »Beinahe« aus dem letzten Gedanken.

Mark setzte einen Daumen rechts und links von Dexters Gesicht und drückte auf eine Stelle direkt unterhalb des oberen Wangenknochens. Er drückte nach oben. Nicht besonders fest – was die ganze

Sache noch beängstigender machte, weil selbst der schwache Druck bereits entsetzlich wehtat.

»Na, geiles Gefühl, was? Da ist so ein Nervendingsbums, ein Akupressurpunkt oder so. Ist ja auch egal – tut schlimmer weh als ein Tritt in die Eier.«

Und dann drückte er richtig zu, machte seine Daumen zu stählernen Klauen und drückte mit all seiner nicht unbeträchtlichen Kraft.

Dexter konnte nicht anders, seine Augen quollen ihm aus den Höhlen. Er schrie nicht bloß, er *brüllte*. Der Schmerz war augenblicklich und furchtbar und überall. Es fühlte sich an, als hätte Mark Dolche in Dexters Wangen gerammt.

Er konnte Mark sehen, durch den wabernden Schmerz hindurch, am Rand seines Gesichtsfelds, wie er fröhlich grinste. Marks Augen leuchteten. Dexter spürte die Erektion des größeren Jungen, als der sich auf ihn drückte. Davon, dass er einen Schwächeren zum Jammern und Schreien brachte, bekam Mark einen Steifen.

An diesem Punkt hätte es aufhören müssen. Bei jedem anderen Schläger wäre es so gewesen. Doch an diesem Tag fand Dexter heraus, dass Mark bereit war, sich ganz unmissverständlich zu machen.

Er hörte nicht auf. Er drückte noch fester zu. Er drückte und grinste, während Dexter brüllte, und er drückte so lange, bis Dexter sich in die Hose pinkelte. Und Dexter schrie, bettelte, flehte um Gnade.

»Ist deine Mama eine Hure?«, fragte der größere Junge.

»Ja, ja, ja!«, kreischte Dexter.

»Dann sag es! Sag mir, dass deine Mama eine dreckige, alte, schwanzlutschende Hure ist, die drauf steht, in den Arsch gefickt zu werden.«

Erneut spürte Dexter dunkel den erigierten Penis des anderen, pulsierend jetzt.

Zu Dexters Gunsten sei gesagt, dass er angesichts der ungeheuerlichen Forderung seines Peinigers zögerte. Doch dann drückte Mark noch fester zu.

»Okay, okay, okay!«, kreischte Dexter. »Sie ist eine dreckige, alte, schwanzlutschende Hure!«

»Die sich gerne in den Arsch ficken lässt«, sagte Mark.

»Die sich gerne in den Arsch ficken lässt! Bitte hör auf, bitte hör auf … bitte hör auf bitte …«

Endlich ließ Mark locker. Nahm die Daumen weg. Doch er stand nicht sofort auf, ließ Dexter nicht sofort frei. Er blieb auf ihm sitzen, starrte mit halb geschlossenen, hungrigen Raubtieraugen auf ihn hinunter, während sein Penis gegen Dexters Bauch pulsierte. Betrunken vom Machtrausch – von der Macht, anderen Schmerzen zuzufügen.

»Hör zu, Schwuchtel«, sagte Mark. »Wenn du auch nur ein Sterbenswörtchen von dem erzählst, was ich hier mit dir gemacht habe, und ich erfahre davon, reiß ich dir den Schwanz ab. Das ist mein Ernst. Kapiert?«

Dexter konnte nicht sprechen. Er zitterte am ganzen Leib, und das Pochen in seinen Wangen wollte nicht aufhören. Es fühlte sich beinahe so an, als hätte Mark seine Daumen nie weggenommen. Er schüttelte den Kopf, *nein, nein*, und brach in Tränen aus. Heftige, raue Schluchzer ließen ihn am ganzen Körper beben.

Mark starrte ihn angewidert an.

»Verdammte Pussy-Schwuchtel.«

Eine Sekunde später war der Schläger verschwunden. Dexter drehte sich auf die Seite und übergab sich auf den guten alten Texas-Boden. Seine Wangen standen in Flammen. Es dauerte beinahe zwei Tage, bis das Pulsieren völlig abebbte, und er konnte in dieser Zeit keinen Bissen essen.

Es war Dexters erste Begegnung mit nacktem, schierem, Todesangst erweckendem Terror, und diese Begegnung hatte ihre Spuren hinterlassen. Dexter zweifelte nicht daran, dass der Schläger seine Drohung in die Tat umsetzen würde. Mark *liebte* es, anderen Schmerz zuzufügen. Das war es, was ihn antrieb, was seine Reifen mit Luft befüllte, was sein Rückgrat stärkte.

Mark war von Grund auf böse, so viel war Dexter klar. Kinder kennen keine Grauschattierungen. Moralische Mehrdeutigkeiten kommen erst später, wenn Kinder beginnen, ihre eigenen Fehler und Missetaten zu rechtfertigen. Mark war ein Monster, gnadenlos, verderbt und grausam.

Und als Dexter nun Marks Stimme sagen hörte: »Küss ihn, du verdammter Bekloppter«, da war das kein gutes Zeichen, ganz und gar nicht.

Jahre später fragte Dexter sich, warum er nicht auf dem Absatz kehrtgemacht hatte und in die Straße zurückgerannt war, zurück zur

Kreuzung und dem Weg, der zum Teich und in den Park führte. Warum er nicht ein Elfjähriger geblieben war.

Doch an jenem Tag bewegte er sich weiter in Richtung der Stimme, voller Angst und doch außerstande, sich abzuwenden.

Hinter der ersten Reihe von Bäumen gab es eine kleine Lichtung. Und dort stand Mark über Jacob Littlefield.

Jacob war älter als Mark oder Dexter, beinahe siebzehn, doch er war kleiner und schwächer als Mark und geistig langsamer als Dexter. Jetzt wurde Dexter auch klar, dass Marks »Bekloppter« wortwörtlich gemeint war. Er benutzte eine gemeine Beleidigung, die Jacob sicher schon häufig gehört hatte und deren Bedeutung er zweifellos verstand.

Jacob war auf Händen und Knien und weinte wie ein verlorenes Baby. Er hatte ein großes rundes Gesicht und kurz geschnittene blonde Haare. Seine Haut war milchig weiß, die schönste Haut, die Dexter je bei einem anderen Jungen gesehen hatte. Jacob war ein süßer kleiner Kerl, immer lächelnd und sehr zutraulich. Seine Mutter hielt ihn normalerweise streng im Auge. Dexter fragte sich, was da passiert war.

Mark deutete auf seinen rechten Fuß, der, wie Dexter bemerkte, nackt war. Er sah widerlich aus, unappetitlich und schmutzig.

»Ich hab gesagt, du sollst ihn küssen, du zurückgebliebenes Sackgesicht! Du sabberst doch die ganze Zeit, da kriegst du doch genug Spucke zusammen, um zwischen meinen Zehen sauber zu lecken.«

»Aber ich will nicht!«, jammerte Jacob. »Bitte zwing mich nicht.«

Mark schlug dem Jungen mit aller Wucht ins Gesicht. Dexter hörte es klatschen und erschauerte.

»Tu, was ich sage, oder ich schlag dir die Zähne ein, du Hirni. Hast du kapiert?«

Mark schlug erneut zu, und jetzt fing Jacob an zu heulen, richtig laut, wie ein Baby, das sich verlassen fühlt. Mit einer Mischung aus Entsetzen und Faszination beobachtete Dexter, wie Jacob sich nach vorn beugte und anfing, Marks hässlichen, schmutzigen Fuß zu küssen und zu lecken.

Scheiße, schoss es ihm durch den Kopf. Dexter fluchte nicht oft, aber Scheiße war ein vielseitiges Wort. Manchmal passte es für eine Sache wie angegossen. Und dies hier war so eine.

»So ist es gut, du Idiot. Mach ihn schön sauber.«

Dexter erkannte den Ausdruck in Marks Gesicht. Wildes, irres Vergnügen. Er war sicher, dass Mark wieder *ein Zelt gebaut* hatte, wie sie gerne sagten, wenn sie bei Freunden schliefen. Nur, dass es diesmal nicht witzig war. Ganz und gar nicht. Dexters Kehle war wie ausgetrocknet, und sein Mund schmeckte wie Staub. Er war sicher, dass er gerade das Schlimmste sah, was er je im Leben gesehen hatte.

Er wusste, dass er so schnell wie möglich von hier verschwinden musste. *Verdammt* schnell. Sonst würde er sich mit ziemlicher Sicherheit neben Jacob wiederfinden und den Dreck und Käse von Marks Zehen lecken, bis sie glänzten.

Aber was war mit Jacob?

Der Gedanke blieb nicht aus. Schließlich war Dexter ein anständiger Junge. Die Antwort kam rasch und erfüllte Dexter mit Scham, aber auch mit Erleichterung.

Tut mir leid, Jacob. Ich möchte nicht in deiner Haut stecken.

Das war nicht heldenhaft, doch der bloße Gedanke an das, was Mark schon einmal mit ihm, Dexter, getan hatte, ließ ihn schaudern und seine Blase nervös werden.

Jacob war auf sich allein gestellt. Es war *Scheiße*, aber es gab keine andere Möglichkeit.

Dexter wandte sich zum Gehen, und in diesem Moment geschah es. Es war wie eine Szene aus einem schlechten Film. Das älteste Klischee der Welt. Er trat auf einen Stock. Es war ein trockener Sommer gewesen, und das Holz brach mit einem Geräusch so laut wie ein Chinakracher.

Der Stock knackte, und eine Sekunde später war Mark bei ihm.

Das Problem bei Typen wie Mark – das, was sie erst richtig schlimm machte – war die völlige Skrupellosigkeit, die das Fehlen jeglicher Moral ihnen verschaffte.

Dexter hörte die Bewegungen des älteren Jungen und spürte, wie eine große, kräftige Hand ihn im Nacken packte, bevor er Gelegenheit bekam, den gedanklichen Befehl »*Lauf weg!*« in Bewegung umzusetzen.

»Na, wen haben wir denn da?«, kicherte Mark. »Sieht so aus, als gäb's hier 'ne richtige Versammlung von Bekloppten.«

»Lass mich los, Mark«, sagte Dexter mehr aus Gewohnheit als aus Hoffnung, dass der größere Junge auf ihn hören würde. »Ich bin nur ... spazieren gewesen. Ich hab nicht ... auf meine Umgebung geachtet.

Ich hab nichts gehört oder gesehen, ich schwör's!« Mark drückte ein wenig fester zu, und Dexter wand sich. Es war noch kein richtiger Schmerz, doch es war bereits eine Andeutung.

»Das glaub ich dir nicht, Schwuchtel«, sagte Mark. »Ich hab hier eine kleine Party am Laufen, und ich finde, du solltest mitmachen.«

Er drehte sich ohne ein weiteres Wort um und marschierte zusammen mit Dexter, den er immer noch am Nacken gepackt hielt, auf die Lichtung zurück. Jacob war noch immer auf Händen und Knien. Er zitterte, stammelte. Dexter wunderte sich nicht, dass der ältere Junge nicht weggelaufen war. Mark hatte ihm wahrscheinlich gedroht, ihn umzubringen, sollte er es versuchen. Besser den Fuß ablecken als sich für den Rest seiner Tage umdrehen zu müssen. Jedes kleine Kind, das von älteren schikaniert wurde, verstand diese Logik.

Mark versetzte Dexter einen Stoß, und er segelte nach vorn. Er stolperte und landete so unglücklich im Dreck, dass er sich das Kinn aufschlug und seine Zähne mit solcher Wucht zusammenkrachten, dass er es im Schädel spürte wie einen Schlag mit einem dicken Holzlöffel.

»Leck weiter, Idiot!«, herrschte Mark den anderen Jungen an.

Jacob schluchzte, doch sein Widerstand war gebrochen. Er machte sich erneut daran, Marks dreckige Zehen mit der Zunge zu säubern. Dexter drehte sich um und setzte sich hin. Er wischte sich über den Mund. Seine Zähne schmerzten.

Die Sonne war heiß, doch ihre Wärme tat längst nicht mehr gut. Sie war plötzlich mehr surreal. Dexter fühlte sich, als wäre er lebendig in einem Backofen eingesperrt. Die Geräusche der Insekten und Vögel ringsum klangen irgendwie träge.

Sirup-Albträume.

So pflegte Nana diese Art von Träumen zu nennen. Die Träume, in denen man weglaufen will und das Gefühl hat, sich durch Mus zu bewegen. Sie nannte es »Albtraum-Sirup«, und sie hatte Dexter erklärt, dass dieses Albtraum-Sirup manchmal sogar dann erschien, wenn man hellwach war.

Mark richtete den Blick aus halb geschlossenen Eidechsenaugen auf Dexter. Er war äußerst zufrieden. Das war genau sein Ding. Unterdrückung, Erniedrigung, Macht. Mark wusste, was er wollte, und er hatte keinerlei Gewissensbisse.

»He, Schwuchtel. Du hast die Wahl. Du kannst tun, was ich sage, oder du kriegst noch mehr von dem, was du vor ein paar Monaten gekriegt hast.«

Die Worte ließen Dexter erschauern. Auf seiner Stirn bildeten sich Schweißperlen. Sein Mund wurde trocken. *Was immer er will, es kann nicht so schlimm sein wie das hier. Nichts auf der Welt kann so schlimm sein.*

»Okay, Schwuchtel. Du holst deinen kleinen albernen Pimmel raus und lässt diesen Trottel daran saugen. Ich will, dass er an deinem Oskar Meyer lutscht.« Erneut dieses träge, zufriedene, von keinerlei Gewissensbissen beeinträchtigte Grinsen. »Er lutscht, und du kommst, du Hampelmann. Wenn du nicht kommst, kriegst du die Daumen zu spüren, klar?« Er wackelte mit besagten Daumen und grinste noch breiter.

Noch Jahre später sollte Dexter sich fragen, wie es kam, dass Typen wie Mark so genau wussten, wo sie das Messer ansetzen mussten, damit es am meisten wehtat. Es war eine unheimliche Fähigkeit. Wie ein Hai, der Blut im Wasser schmecken konnte.

Dexter hatte sich immer bemüht, ein guter Junge zu sein. Auch er konnte wütend und selbstsüchtig sein, doch bis zu diesem Augenblick hatte er noch nie etwas wirklich Böses, Hässliches getan. Er hatte seine Wut noch nie an einem Schwächeren ausgelassen. Er hatte niemals ein wehrloses Tier gequält, und seine Lügen waren Notlügen und nicht der Rede wert. Irgendwie schien Mark das zu spüren. Deshalb wollte er es ändern, weil er wusste, dass es Dexter sehr viel stärker schmerzte, als wenn er Marks Käsefuß sauber leckte oder sich unter seinen eisernen Daumen wand.

»Und wenn nicht?«

»Leck weiter, Trottel!«, schnauzte Mark den vor ihm knienden Jacob an; dann richtete er seinen Schlafzimmerblick und das Eidechsengrinsen wieder auf Dexter. »Ich bring dich zum Schreien, Schwuchtel-Bubi. Ich bring dich so zum Schreien, dass dir dein Spatzenhirn aus den Ohren rausfliegt.«

Dexter kämpfte gegen seine Angst an. So viel Wahrheit gestand er sich selbst zu, wenn er sich in späteren Jahren an jenen Tag erinnerte. Er versuchte es. Doch Mut im Angesicht von Folter – das fand er an jenem Tag heraus – gab es vielleicht in Comics, nicht aber für elfjährige Jungen, denen ein anderer Ausweg angeboten wurde.

Er stand auf, ging zu Mark und blickte hinunter auf Jacob, dessen

Weinen inzwischen ein wenig verebbt war. Er leckte immer noch Marks Füße, die inzwischen tatsächlich ziemlich sauber aussahen.

Saubere Arbeit, dachte Dexter am Rande der Hysterie.

Jacob hielt einen Augenblick inne und sah zu Dexter auf. Er hatte tatsächlich eine wunderschöne Haut und die Augen eines Kindes. Groß und zutraulich. Aus seiner Nase lief Rotz, und auf seinen Wangen zeigten sich schmutzige, nasse Spuren vom Weinen.

»Bevor du ihn lutschen lässt, will ich, dass du ihm eins in die Fresse haust«, sagte Mark, und seine Stimme klang schleppend und träge.

Tu das nicht!, schrie es in Dexters Innerem. *Das kannst du nicht ungeschehen machen, nie wieder!*

Dexter vermochte den Blick nicht von Jacobs Gesicht abzuwenden. Von diesem runden, dümmlichen, lieben Gesicht. Er spürte, wie irrationaler Zorn auf Jacob ihn erfasste. Wäre dieser Blödmann nicht, würde er, Dexter, sich jetzt nicht in dieser Lage befinden. Dann würde er nicht zu so etwas Schrecklichem gezwungen.

Wärst du nicht so ein Idiot, Jacob! Wärst du doch nicht hier, und wäre ich nicht hier und würde spazieren gehen, weil es ein so wunderschöner Samstagmorgen ist!

Wut erfasste Dexter. Später, viel später wurde ihm klar, dass es Frust und Angst und Scham waren, die zusammenkamen.

Er holte mit der Hand aus. Sie hing in der Luft, zitternd.

»Na los, Schlappschwanz«, stichelte Mark und weidete sich an der Qual seines Opfers.

Dexter war in der Hölle.

Er schloss die Augen, sodass er Jacobs Gesicht nicht mehr sehen konnte. Er hielt sich an seiner Wut fest, hielt sie aufrecht, so gut er konnte, und schlug zu.

23

»Ich schlug diesen armen Jungen ins Gesicht, und dann ... dann machte ich, was Mark von mir verlangt hatte, und ich sah zu, wie Mark ihn hinterher bedrohte«, liest der Mann in dem Videoclip weiter. »Er sagte Jacob, er würde ihn töten, falls er quatschte, und hinterher würde er Jacobs Mom vögeln.

Das war das Ende der Samstage meiner Kindheit. Ich versuchte weiterhin, in den frühen Morgenstunden aufzuwachen, doch die Zeichentrickfilme waren seltsam blass geworden, und der Zimttoast schmeckte nicht mehr so gut wie vorher.

Auch ich selbst fühlte mich nie wieder wie zuvor. Man hat Vorstellungen von sich selbst, insbesondere als Kind. Ideale. Man glaubt, man wäre mutig, wenn es darauf ankommt, und dass man in einer schwierigen Situation die richtige Entscheidung treffen würde. Mark raubte mir diese Illusion. Ich begriff, dass ich imstande war, einem anderen – noch dazu jemand Hilflosem – Schmerz zuzufügen, ihn sogar zu vergewaltigen, um meine eigene Haut zu retten. Ich war kein Held, wenn es darauf ankam, und was auch immer sonst geschehen wird, ich werde es nie vergessen.

Ich habe Nana erzählt, was passiert war. Ich habe es ihr erzählt und geweint, und sie hat mich gehalten, lange Zeit, und schwieg, während sie über alles nachdachte. Am Ende sagte sie zu mir: Jeder Mensch hat ein kleines hässliches Geheimnis. Erinnere dich das nächste Mal an deines, bevor du andere verurteilst.

Nana war der einzige Mensch, der davon wusste – bis zu diesem Jahr. Ich fand einen Priester, einen guten Menschen, der bereit war, meine Beichte anzuhören. Ich redete, er hörte zu, und dann, Wunder über Wunder, erteilte er mir die Absolution. Er sagte mir, Gott würde mir vergeben, und ich glaube ihm. Gott ist wirklich nicht das Problem, wie mir immer mehr bewusst wird. Ich bin nur nicht sicher, ob ich bereit bin, mir selbst zu verzeihen. Aber ich versuche es. Ich versuche es wirklich …«

Der Mann legt das Blatt vor sich auf den Tisch und faltet erneut die Hände. Daumen und Zeigefinger reiben weiterhin die Perlen des Rosenkranzes.

»Dexter Reid hat also der Welt ein Geheimnis enthüllt – seinen Wunsch, eine Frau zu sein. Doch er hielt ein weiteres Geheimnis zurück, das mit sehr viel mehr Schande verbunden war, zumindest für ihn selbst. Die ganze Wahrheit und nichts als die Wahrheit, wie es so schön heißt. Leicht zu sagen, schwer zu tun, notwendig für die Erlösung …

Ein weiteres Beispiel gibt uns der Tod von Rosemary Sonnenfeld.«

Schwarzblende.

»Ist das ungute Gefühl gerechtfertigt, das mich gerade überkommt?«, frage ich Alan.

»Ja.«

»Dann weiter.«

Alan klickt den nächsten Clip an. Diesmal verkündet die weiße Schrift: »Tod und Sünde der Rosemary Sonnenfeld.«

»Rosemary war der Inbegriff einer Sünderin«, intoniert der Mann. Er klingt nicht sonderlich abschätzig, eher nüchtern. Er sagt einfach, wie es ist. »Sie verbrachte ihre Jugend mit Sex, Drogen und Perversion. Am tiefsten Punkt angelangt, ließ sie Gott in ihr Leben ein und beichtete ihm ihre Vergangenheit. Sie enthüllte ihre dunklen Geheimnisse und versuchte fortan, auf dem rechten Weg zu bleiben. Doch wie Dexter Reid hatte auch Rosemary ein zweites, tieferes Geheimnis, eine verborgene größere Sünde. Sehen Sie selbst.«

Ein Schnitt, und der Videoclip zeigt eine Frau, das Gesicht über einer Linie Kokain, einen Strohhalm in der Hand. Sie ist nackt, und sie zittert. Ich erkenne Rosemary. Sie beugt sich vor, schnupft das Kokain.

»Noch mehr«, befiehlt eine Stimme im Hintergrund. Es ist die Stimme des Mannes in den Clips.

Rosemary blickt auf. Ihre Augen sind wirr, doch ich sehe die Angst darin.

»Wenn ich weitermache, sterbe ich«, lallt sie.

»Stimmt«, sagt die Stimme. »Und wenn du es nicht tust, schieße ich dir die Kniescheiben weg und schneide dir die Brüste ab, und dann stirbst du auch, aber es ist sehr viel schmerzhafter und dauert länger.«

Eine Pause. »Also, weiter.«

Ein Ausdruck von Resignation huscht über Rosemarys Gesicht. Sie beugt sich wieder über das Kokain und nimmt eine weitere riesige Prise. Es scheint nicht aufzuhören. Der Strohhalm rutscht ihr aus den Fingern, ihr Kopf schnappt nach hinten, die Augenlider flattern, das Haar hängt im Rücken. Es ist eine abscheuliche Art von Kunst. Die Ästhetik des nahenden Todes.

»Jetzt leg dich zurück«, sagt der Mann mit beruhigender Stimme. »Leg dich zurück, meine Tochter.«

Eine behandschuhte Hand kommt ins Bild und stößt ihren nackten, zitternden Leib auf das Bett. Rosemary lächelt, beißt sich auf die Unterlippe. Auf ihrer Stirn zeigen sich kleine Schweißperlen. Sie ist das

Bild einer Frau, die ganz dicht vor etwas Ekstatischem, Wundervollem steht. Wieder und wieder presst sie die Oberschenkel zusammen wie jemand, der versucht, einen Orgasmus zu unterdrücken.

»Erzähl uns von Dylan, Rosemary.«

Das Pressen endet, und sie scheint in die Wirklichkeit zurückzukehren. Sie runzelt die Stirn, erschauert, fängt an zu schwitzen.

»Wo-woher wi-wissen Sie …? Wi-wie …? Der einzige M-Mensch, mit dem ich da-darüber gesprochen habe, war m-mein …«

»Ich weiß, Rosemary«, unterbricht er sie. »Du stirbst. Tritt mit der Wahrheit auf den Lippen vor deinen Schöpfer. Erzähl uns von Dylan. Er war dein Bruder, ist es nicht so?«

»J-ja. Bruder. Wu-wunderbarer Bruder.«

»Wie alt war Dylan?«

Sie zuckt krampfhaft und schließt die Augen.

»Dreizehn«, zischt sie.

»Und wie alt warst du?«

»Fünfzehn fünfzehn fü-fü-fünfzehn«, sagt sie in einem Singsang.

»Erzähl uns alles, Rosemary. Erzähl uns, erzähl Gott, was du mit dem wunderbaren Dylan getan hast.«

Eine lange Pause, und jetzt zittert sie richtig. Ihr Atem wird flacher, geht schneller.

Sie hat nicht mehr viel Zeit, schießt es mir durch den Kopf.

»Ich bin eines Nachts in sein Bett geschlichen und habe seinen Schwanz gelutscht«, krächzt sie, diesmal ohne zu stocken. »Ich habe ihn gelutscht, und er konnte nicht anders, als mich machen zu lassen. Ich habe ihn wieder hart gelutscht, und dann hab ich ihn gefickt.«

»Und was ist am nächsten Tag passiert, Rosemary?«

Schweigen. Zuckungen. Schwitzen.

»Was ist am nächsten Tag passiert, Rosemary?«

Sie schüttelt den Kopf, hin und her, hin und her.

»Nein … nein … nein …«

»Gott liebt dich, Rosemary. Gott ist Liebe.«

Diese Worte bewirken eine Veränderung, die ich nicht verstehe. Rosemary bricht in Tränen aus.

»Er hat sich umgebracht. Er ist ins Bad gegangen und hat sich die Pulsadern aufgeschnitten. Er hat keinen Abschiedsbrief hinterlassen, weil er wusste, dass ich den Grund kenne. Niemand sonst hat ihn je erfahren. Nicht Mom, nicht Dad, aber ich, ich kannte ihn, kannte ihn, kannte ihn ... Das Böse in mir, der verdammte Hunger hatte den süßen Dylan getötet ... Hat ihn gezwungen, gegen seinen Willen Böses zu tun ... hat ihn lebendig aufgefressen. Das hungrige Böse in mir hat ihn getötet.«

Es überläuft mich eiskalt angesichts der Qual in ihrer Stimme. *Das hungrige Böse.*

»Sehr gut, Rosemary«, sagt die Stimme, in der erstaunlicherweise tiefes Mitgefühl liegt, das aufrichtig zu sein scheint. »Ich werde dir jetzt Frieden geben. Ich werde dich nach Hause zu Gott schicken. Würde dir das gefallen?«

Sie spricht das Vaterunser.

»Vater unser, der du bist im Himmel ...«

Ein langer Metallstab mit einer scharfen Spitze erscheint im Blickfeld der Kamera.

»... geheiligt werde dein Name ...«, sagt der Mann.

Schnitt.

Wir sehen den Mann wieder am Tisch sitzen. Ich weiß, was in der Zwischenzeit passiert ist. Er hat Rosemary den Stab in die Seite gerammt, mit der Spitze schräg nach oben, ins Herz, und ihr den schnellen Tod verschafft, den er ihr versprochen hatte.

»Einmal mehr«, sagt der Mann. »Sehen Sie? Ein enthülltes Geheimnis, das ein weiteres, tieferes, dunkleres Rätsel verbirgt. Die Wahrheit ist kein Streben, sondern eine augenblickliche Ankunft.«

Zum ersten Mal ändert sich seine Körperhaltung. Er schiebt den Rosenkranz zur Seite und legt die Hände flach auf die Tischplatte.

»Ich habe mein Leben damit verbracht, mich auf diesen Moment vorzubereiten. Auf diese Enthüllung. Ich habe dies nicht um meiner selbst willen getan. Ich habe dies nicht getan, weil ich das Töten genieße.«

»Natürlich nicht«, ätzt Callie.

»Ich habe diese Zeit gebraucht, um ein nicht zu widerlegendes Argument für die Wahrheit zu liefern. Denn wie lautet die grundlegendste Wahrheit? Lebe mit Lügen, lebe in Sünde, und du bringst dich selbst um die Früchte des Himmels. Lebe mit der Wahrheit, beichte deine Sünden, halte nichts zurück, und du wirst sitzen zur Rechten Gottes, wenn dein letzter Tag gekommen ist. So einfach ist das. Es erfordert keine Debatten, keine endlosen Diskussionen. Es erfordert weiter nichts als eine Ebene des Absoluten, auf der man handelt.

Wir alle lieben unsere kleinen Sünden. Die Geheimnisse, die wir für uns behalten – manchmal sind sie das Einzige, das wir wirklich und wahrhaftig unser Eigen nennen können. Ich verstehe das sehr wohl. Ich weiß, dass das Leben hart sein kann. Die Mutter, die drei Jobs gleichzeitig hat und ohne fremde Hilfe vier Kinder aufzieht, stiehlt sich für kurze Zeit davon, um sich mit einem verheirateten Mann zu treffen. Es verleiht ihrem Leben einen Schuss Aufregung und ein gestohlenes, vorübergehendes Gefühl von Freiheit, ohne dass sie glaubt, sterben zu müssen. Oh ja, die Sünde kann manchmal wie Wasser in der Wüste sein. Das ändert für die Frau aber nichts daran, dass sie niemals ins Himmelreich eingehen wird, wenn sie ohne vollständige und vorbehaltlose Beichte ihrer Sünde stirbt, mag sie noch so fleißig arbeiten, und mag sie ihre Kinder zu noch so anständigen Menschen erziehen. Fragen Sie sich also selbst: Sind diese gestohlenen Augenblicke eine Ewigkeit in Verdammnis wert?

Ich habe zwei Jahrzehnte damit verbracht zu töten – nicht wegen des Nervenkitzels, sondern um hier und jetzt anzukommen und Ihnen die Wahrheit dessen zu überbringen, was ich gesehen habe.

Ich habe meine Opfer mit Bedacht ausgewählt, wie Sie sehen werden. Jedes hatte ein dunkles Geheimnis, das es nicht preisgeben wollte, unter gar keinen Umständen. Und doch sitzen inzwischen alle zur Rechten Gottes und erfreuen sich an den Wundern des Himmels. Letztendlich gaben sie ihr Leben hin, damit Sie begreifen können. Diese Opfer waren Märtyrer, nicht aus freien Stücken zwar, aber dennoch waren sie Märtyrer.

Ich bin kein Messias. Es hat nur einen Messias gegeben – Jesus Christus, den Sohn Gottes. Doch voller Demut tue ich kund, dass ich ein Prophet bin, ein Prophet der modernen Zeiten. Wir leben in einer Zeit, die getränkt ist in Sünde. Gottlosigkeit ist nahezu selbstverständlich geworden. Wenn Sie dieses Video sehen und hören, was ich zu sagen habe, dann sage ich Ihnen: Es ist Zeit aufzuwachen. Es gibt Gutes, und es gibt Böses. Es gibt einen Gott. Es gibt einen Himmel, und es gibt die Hölle. Die Straße zum Himmel ist eine Straße absoluter Wahrheit. Die Straße zur Hölle ist ein Weg voller Lügen, voller Nicht-Enthüllungen, voller Beschönigungen, voller Festhalten an diesen behüteten Geheimnissen. Welchen Weg werden Sie einschlagen?

Wenn Sie sich für die Straße zum Himmel entscheiden, dann sehen Sie sich den Rest meiner Filme an und hören Sie mir gut zu. Vielleicht sehen Sie, wie Ihre eigenen Sünden von anderen gebeichtet werden. Die gewaltige und zugleich schlichte Wahrheit ist: Selbst die schlimmste Sünde, die ein Mensch begehen kann, vermag Gott zu verzeihen. Man muss ihn nur darum bitten.

Vor zwanzig Jahren erkannte ich, dass Gott mich dazu auserwählt hatte, diese Wahrheit mit der Welt zu teilen. Die Sünde ist allgegenwärtig. Wir sündigen von dem Augenblick an, in dem wir das Licht der Welt erblicken. Doch wenn Sie diesen Film sehen, lassen Sie sich sagen: Sie können errettet werden, solange Sie alle Ihre Sünden vor Gott eingestehen und nichts, absolut nichts zurückhalten.

Manche werden sich fragen, wie ich Mord rechtfertigen kann. Meine Antwort ist einfach: Was Sie in diesen Videoclips sehen werden, ist kein Mord, sondern Opferung. Diese Leute haben mir ihre Sünden gebeichtet, sie haben bereut, und deshalb wird ihnen ein Platz im Himmelreich zuteil. Betrachten Sie die Fakten. Es gab schon Viele, die das gesagt haben, was ich jetzt sage. Und doch hören die Menschen nicht zu. Sie behalten ihre Geheimnisse weiter ängstlich für sich. Sie hören die Worte, fühlen sie jedoch nicht in ihren Herzen.

Worte reichen nicht, wie es scheint. Der Mensch muss seine Mitmenschen weinen, bluten und sterben sehen. Er muss die dunklen Geheimnisse anderer hören, um *vielleicht* zu begreifen, dass er nicht allein ist und dass andere ebenfalls grauenvolle Dinge getan haben. Die, die ich geopfert habe, haben sich Gott ergeben, damit ich sicher sein kann, dass Sie dieses eine Mal zuhören und die wichtigste aller Wahrheiten spüren: Um ewige Erlösung zu erreichen, muss man aufrichtig sein zu Gott. Wer auch nur die kleinste Sünde zurückhält, wird auf ewig in der Hölle schmoren!«

Die letzten Worte sind hastig hervorgestoßen, ein leidenschaftlicher Gewittersturm.

Das ist es, geht es mir durch den Kopf. *Deshalb tut er, was er tut. Oder zumindest, warum er* glaubt, *dass er tut, was er tut.*

Er hat Argumente gesammelt für die Wahrheit vor Gott. Die Toten waren notwendig, um dieses Ideal zu beweisen, und gerechtfertigt wegen der möglichen Errettung vieler anderer, die seine Clips sehen und die Lektionen lernen, die er zu vermitteln versucht. Er hat keinen Grund, sich schuldig zu fühlen. Schließlich hatten seine Opfer gebeichtet – und das wiederum bedeutete, dass er sie an einen besseren Ort schickte, wenn er sie tötete. Herrgott noch mal, er tat ihnen geradezu einen *Gefallen!*

Was für ein Haufen Scheiße, denke ich. Was ist mit Ambrose? Wie hat er den Mord an ihm gerechtfertigt? Psychopathen, ganz gleich, wie intelligent sie sein mögen, haben stets ihre Schwachstellen. Die Erklärungsversuche dieser Killer, wie logisch sie auf den ersten Blick auch erscheinen mögen, können niemals das grundlegende Motiv verbergen: Sie genießen das Leiden und den Tod anderer.

Der Mann nimmt den Rosenkranz wieder auf und beginnt, die Perlen zu reiben.

»Ich werde mich selbst opfern als höchste und letzte Demonstration der Lehren, die ich verkünde. An die Mitarbeiter der Gesetzesbehörden, die dieses Video sehen, möchte ich folgende Botschaft richten: Alles, was Sie wissen müssen, um mich zu finden, finden Sie in diesem und den übrigen Clips. Alles. Sie müssen lediglich klar denken. Und Sie benötigen die Fähigkeit, die *Wahrheit* zu erkennen. Praktizieren Sie, was ich predige, und Sie werden sehen, dass ich direkt vor Ihnen stehe. Halten Sie jedoch an Ihren Lügen fest und behalten den Schleier über den Augen, wird es viel länger dauern. In diesem Fall ist Zeit nicht Geld, sondern Leben, verehrte Polizeibeamte und FBI-Agenten.

Ich bin noch nicht fertig mit meinem Werk. Ich habe Namen auf einer Liste, und ich habe Dinge in Bewegung gesetzt, um die Sünder zuerst vor mich und dann zur Rechten Gottes zu bringen. Ich werde in den nächsten zwei Tagen erneut töten, und diesmal wird es ein Kind sein.«

»Verdammt!«, flucht Alan unterdrückt.

Wieder dieser erstarrte Augenblick. Die Welt hört auf sich zu drehen. Die Grillen zirpen in meinen Adern. Ich bezweifle nicht eine Sekunde, dass er die Wahrheit sagt, und noch weniger, dass er seine Drohung in die Tat umsetzt.

»Das ist für den Augenblick alles. Mir ist bewusst, dass die Medien mir in unserer heutigen Zeit einen Künstlernamen geben wollen. Ich auf der anderen Seite will nicht, dass irgendein Geistesblitz eines Journalisten vom Zweck meiner Botschaft ablenkt. Also machen wir es so: Nennen Sie mich den ›Prediger‹.«

Schwarzblende.

Alle schweigen.

»Der Prediger also«, sagt Callie schließlich sarkastisch. »Was für ein aufgeblasenes Arschloch.«

»Rosemary hat gesagt: ›Der einzige Mensch, mit dem ich darüber gesprochen habe, war mein ...‹ Was für ein Mensch?«, frage ich.

»Jemand aus ihrer Kirche?«, meint Alan.

Ich runzle die Stirn. »Das würde nicht viel Sinn ergeben. Hast du ihr Gesicht gesehen? Null Wiedererkennen. Sie hatte keine Ahnung, wer dieser Kerl war. Es ist eine kleine Kirche mit einer eng verflochtenen Gemeinde.«

»Damit scheidet Vater Yates aus«, stellt Alan fest. »Aber was wäre mit einer Selbsthilfegruppe?«

»Was für eine denn? Die Anonymen Kokser oder was?«, fragt Callie.

»Es wäre zumindest eine größere Gruppe von Leuten«, erwidert Alan. »Da ist es schwieriger, sich an ein Gesicht zu erinnern.«

»Das ist einen Gedanken wert«, sage ich.

»Wie man's nimmt«, seufzt Alan. »Ich musste mehr als einmal in solchen Gruppen Nachforschungen anstellen. Das ist eine Strafe. Die Leute nehmen das ›anonym‹ verdammt ernst.«

»Trotzdem, wir behalten es im Hinterkopf. Was ist mit den restlichen Clips?«

»Ich habe mir bis jetzt noch keinen anderen angeschaut«, erwidert Alan. »Aber es sieht so aus, als hätte er die Wahrheit gesagt. Es gibt noch sechs weitere Clips auf dieser Seite, und dann ...« Er klickt auf einen Link, der »nächste Seite« heißt, und der Browser lädt eine weitere Seite mit den Vorschaubildern weiterer Clips. »Wenn man genau hinsieht, kann man erkennen, dass jeder Clip die Informationen über den Autor beinhaltet. Diese Clips stammen alle von ihm.«

Ich beuge mich vor. Tatsächlich, ich sehe ein Feld »Autor: Der Prediger« unter jedem der Vorschaubildchen. Ich betrachte die Bilder. Es ist eine bunte Mischung. Einige sind schwarz, andere zeigen die vertrauten weißen Schriftzeichen, die er zur Betitelung seiner Clips verwendet, wiederum andere zeigen junge und alte Frauen. Manche sehen aus wie tot, manche zu Tode verängstigt, einige sind geknebelt. Es gibt keinen eindeutigen Opfertypus.

»Wie viele Clips gibt es auf einer Seite?«, frage ich.

»Zehn Reihen à fünf«, antwortet Alan.

»Und wie viele Seiten?« Ich habe Angst vor der Antwort.

»Knapp drei.«

»Wenn jeder Clip ein Opfer bedeutet, sind die Zahlen auf den Kreuzen, die wir in den Körpern von Lisa Reid und Rosemary Sonnenfeld gefunden haben, letzten Endes wohl doch eine Strichliste«, sagt Callie leise.

»Es gibt noch ein Problem«, sagt Alan und navigiert zurück zur ersten Seite der Religionssektion der Webseite. »Diese Clips kommen auf die Frontseite, basierend auf ihrer Popularität. Mit anderen Worten, je häufiger sie angesehen werden.«

»Na großartig«, sage ich seufzend. »Gehe ich recht in der Annahme, dass es auch einen Gesamtindex gibt?«

Alan nickt. »Wenn diese Clips oft genug angesehen werden, landen sie nicht nur auf der ersten Seite der Religionssektion, sondern auf der Homepage selbst.«

»Irgendjemand wird sehr bald die Verbindung zu dem Namen Reid herstellen«, mutmaßt James. »Ganz zu schweigen von seiner Drohung, ein Kind zu töten. Das kommt in die Schlagzeilen.«

Das Gefühl in meiner Magengrube wird bodenlos.

»Das wird einen Sturm in den Medien auslösen«, sage ich. »Wir müssen versuchen, das zu verhindern.« Ich gehe auf und ab, während ich laut meine Gedanken ordne. »Die Medien werden die Story ausschlachten, und von diesem Augenblick an kriegen wir von überall her Anrufe wegen der Opfer. Die Tatsache, dass er bis heute im Verborgenen geblieben ist, bedeutet mit großer Wahrscheinlichkeit, dass seine Opfer allesamt ungelöste Vermisstenfälle sind. Das sind möglicherweise eine ganze Menge Familien, die wütend nach einer Bestätigung verlangen.«

»Meine Güte«, sagt Callie, die jetzt erst begreift, was ich sage. »Diese armen Menschen werden sich auf uns stürzen wie Ameisen.«

»Nicht nur die Angehörigen«, stellt Alan fest. »Auch die Irren.«

Alan hat recht: Mordfälle, die hohe Wellen schlagen und von den Medien verfolgt werden, ziehen Irre an wie verdorbenes Fleisch die

Schmeißfliegen. Massenweise erscheinen Leute und legen Geständnisse ab. Je ungewöhnlicher das Verbrechen, desto länger die Schlange, in der sie anstehen. Ich reibe mir die Stirn, während ich immer noch auf und ab gehe.

»Wir müssen diese Clips von der Seite entfernen lassen«, sage ich.

»Ja«, pflichtet Callie mir bei.

»Wartet mal«, sagt James, beugt sich über seine Tastatur und tippt Adressen von Webseiten ein, eine nach der anderen, jede in einem neuen Browser-Fenster. Nach ein paar Sekunden lehnt er sich zurück und schüttelt den Kopf. »Das dachte ich mir.«

»Was?«, frage ich.

»Der Schlüsselbegriff ist *viral*«, antwortet er. »User-Tube ist die beliebteste Seite für das Tauschen von Videoclips, aber es ist bei weitem nicht die einzige. Ich habe die URLs von zehn weiteren Seiten eingetippt. Seht selbst.«

Wir alle beugen uns vor, während James durch die verschiedenen Fenster blättert, die er geöffnet hat. Jedes ist gefüllt mit Reihen von Miniaturbildern von Videoclips.

»Das sind die …?«, frage ich.

»Genau. Das sind die Clips des Predigers. Weitergepostet von Usern zu anderen, ähnlichen Webseiten überall auf der Welt.« Er zuckt die Schultern. »Das große Fressen fängt im Web viel schneller an als in der wirklichen Welt.«

Alan reibt sich mit beiden Händen das Gesicht. »Heilige Scheiße«, flüstert er.

»Und?«, frage ich. »Willst du mir damit sagen, dass es keinen Sinn macht, wenn wir die Clips von User-Tube herunterlöschen?«

»Nein. User-Tube ist die beliebteste Webseite für das Tauschen von Videoclips im Internet. Wenn wir die Clips löschen, hat das zwar eine augenblickliche Auswirkung – doch es verhindert nicht ihre weitere Ausbreitung. Es verringert lediglich ihre Präsenz im Netz.«

»Wie das?«, fragt Alan.

James zuckt die Schultern. »Die Clips sind inzwischen überall. Auch auf den Festplatten von Usern. Sie sind auf CDs gebrannt und auf DVDs. Betrachter verschicken sie per E-Mail, teilen sie in Foren und Newsgroups. Es gibt tonnenweise Videoseiten außerhalb der Vereinigten Staaten. Sie werden nicht auf das hören, was wir ihnen sagen.

Selbst einige von denen, die in den Vereinigten Staaten zu Hause sind, werden sich weigern, die Clips ohne Gerichtsbeschluss zu löschen. Außerdem ist die Hierarchie von User-Tube entscheidend. Der Inhalt wird von Benutzern hochgeladen. Für jeden Clip, den wir löschen, werden Dutzende von Benutzern ihn erneut posten, entweder im Namen der Redefreiheit oder des Voyeurismus. Es ist das perfekte Medium für jemanden wie den Prediger.«

Alan wirft verzweifelt die Hände hoch. »Was zur Hölle sollen wir dann tun?«

»Wir lassen sie löschen. Wir lassen unsere Computerspezialisten mit User-Tube zusammenarbeiten und überwachen jeden Versuch des Predigers, weitere Clips hochzuladen. Sie fangen die Clips ab und informieren uns. Außerdem werden sie mit den anderen Webseiten in Verbindung treten, von denen wir wissen, dass sie sich kooperativ verhalten. Darüber hinaus ...« Er schüttelt den Kopf. »Zuerst einmal müssen wir akzeptieren, dass der Zug bereits abgefahren ist. Die Clips sind im Netz. Ganze Familien werden sie sehen, und wir können nichts, absolut nichts dagegen tun.«

Ich starre ihn sekundenlang an. »Ich muss AD Jones anrufen«, sage ich dann. »Wir werden zusätzliche Leute brauchen.«

James nickt. »Eine Sondereinheit.«

»Genau.«

Alan stöhnt. »Großartig. Eine Bande von Neulingen, die über ihre eigenen Füße stolpern und versuchen, mir meinen Schreibtisch zu stehlen.«

»Wir werden die Leute hauptsächlich einsetzen, um die Telefone zu besetzen und beim Sammeln von Informationen zu helfen. Das Verfolgen von Spuren sowie die eigentliche Untersuchung bleiben vorerst in unseren Händen.«

»Sie machen die Drecksarbeit, wir heimsen den Ruhm ein.« Callie lacht. »Das gefällt mir.«

»Aber alles schön der Reihe nach«, sage ich zu meiner Mannschaft. »Wir müssen diese Clips überwachen. Er hat uns die Namen von Rosemary und Dexter genannt. Vielleicht hat er bei allen Taten die gleiche Vorgehensweise benutzt. Wir müssen eine Liste anfertigen und anschließend die nationalen Datenbanken nach ähnlichen Verbrechen durchsuchen.«

»Sucht nach Gemeinsamkeiten in der Umgebung«, sagt James. »Vielleicht gibt er uns Hinweise, die uns bei der Identifikation seiner Opfer helfen und unser geographisches Zielgebiet eingrenzen.« Er sieht mich an. »Wir müssen die Opferliste irgendwann an die örtlichen Polizeidienststellen weitergeben. Wenn wir den Radius einengen können, umso besser.«

»Guter Gedanke. Teilt die Clips auf. Ich nehme die letzte Seite und mache mich an die Arbeit, sobald ich Jones und Rosario Reid angerufen habe.«

Alan verzieht das Gesicht. »Meinst du, sie hat es gewusst?«, fragt er. »Was ihr Sohn diesem armen Jungen angetan hat? Diesem Jacob?«

Ich fühle mich müde und ausgepumpt, elektrisiert und fasziniert – alles zur gleichen Zeit.

»Nein. Gehen wir an die Arbeit.«

24

»GÜTIGER HIMMEL«, flucht AD Jones und verstummt. Ich warte geduldig. »Das findet seinen Weg in sämtliche Medien«, sagt er dann.

»Es ist bereits dabei, Sir«, erwidere ich.

Ich habe ihn auf seinem Handy angerufen. Es ist stets eingeschaltet.

»Haben wir irgendeine Vorstellung, wer das Kind ist, das er töten will?«

»Nein, Sir.«

Neuerliches Schweigen.

»Haben Sie mit Rosario Reid gesprochen?«

»Nein, Sir, noch nicht. Ich habe zuerst Sie angerufen. Mrs. Reid steht an zweiter Stelle.«

»Das wird schwer für die Frau.« Er seufzt. »Ich nehme an, Sie möchten eine Sondereinheit zusammenstellen?«

»Wir benötigen die zusätzlichen Kräfte, Sir. Sobald diese Geschichte über das Internet hinaus in die konventionellen Medien gelangt, brauchen die betroffenen Familien eine Nummer, die sie anrufen können. Wenn wir die Medien schon nicht daran hindern können, die Sache an die Öffentlichkeit zu bringen, können wir sie wenigstens zu unserem Vorteil nutzen.«

»Einverstanden. Dann brauchen Sie jemanden, der sich damit auskennt und belastbar ist.«

»Haben Sie schon eine Idee?«

»Es gibt eine Agentin in der Abteilung für Öffentlichkeitsarbeit, die so etwas schon mal gemacht hat. Jezebel Smith.«

»Jezebel? Heißt sie wirklich so?«

»Ja, ja, ich weiß. Jezebel ist seit ungefähr acht Jahren in diesem Job, und sie ist eine Selbstläuferin. Wir haben sie während der Terrorhysterie im vergangenen Jahr eingesetzt. Leute haben aus hundert Meilen im Umkreis angerufen, um angebliche Al-Kaida-Sichtungen zu melden. Totaler Schwachsinn und reine Zeitverschwendung, aber Jezebel hat ganze Arbeit geleistet, als es darum ging, die Spreu vom Weizen zu trennen.«

»Nun, wenigstens ist sie keine Anfängerin. Ich dachte, die Agenten, die wir im Telefondienst einsetzen, sind Grünschnäbel?«

»Ich fürchte, für die anderen gilt das auch. Was brauchen Sie sonst noch?«

»Möchten Sie, dass ich Director Rathbun informiere?«

»Nein. Das erledige ich selbst. Ich werde dafür sorgen, dass er mich anruft und nicht Sie. Wir brauchen seine volle Unterstützung, um mit den Medien klarzukommen.«

»Danke.«

»Am besten, Sie fangen so schnell wie möglich an, Smoky. Ich setze mich mit Agentin Smith in Verbindung, sobald ich im Büro bin, und schicke sie zu Ihnen. Sie müsste innerhalb der nächsten Stunde bei Ihnen sein. Rufen Sie inzwischen Rosario Reid an.«

»Jawohl, Sir.«

Er legt auf, und ich nehme mir einen Augenblick Zeit. Ich will Rosario nicht anrufen. Ich habe nicht die geringste Lust. Ich hasse es, den Hinterbliebenen schlechte Nachrichten zu überbringen.

»Da musst du jetzt durch«, sage ich mir.

Ich wähle die Mobilfunknummer, die Rosario mir gegeben hat. Sie geht nach dem dritten Läuten ran.

»Smoky?«

»Ja. Hallo.«

»Sie haben schlechte Neuigkeiten, nicht wahr?« Kein Zögern. Das macht es ein klein wenig einfacher für mich.
»Sehr schlechte.«
Erneut kein Zögern. Ihre Stimme ist fest. »Erzählen Sie.«
Das tue ich dann auch. Ich berichte ihr von dem Prediger, von den Videoclips und von den Seiten, die er aus Lisas Tagebuch gerissen hat. Rosario schweigt während meines gesamten Berichts und auch noch, als ich längst fertig bin.
»Ich erinnere mich an Jacob Littlefield«, sagt sie schließlich leise. »Er war ein süßer Junge. Und ich erinnere mich auch an Mark Phillips. Ein kleines Monster, das zu einem großen Monster heranwuchs. Er war schon im Gefängnis, bevor er zwanzig wurde. Der arme Dexter. Mein armer, armer Sohn.«
Ihre Stimme bricht. Es ist das erste Mal, dass ich es bei ihr höre. So trifft der Verlust uns manchmal – er macht die Zeit zu etwas Belanglosem, Irrelevantem. Rosario hat die Fassung nicht verloren, als ihr Kind ermordet wurde. Doch jetzt, beim Gedanken an ihren jungen Sohn und das Ende seiner Samstagmorgen, kann sie nicht mehr.
»Sind wir diesem Ungeheuer denn bereits einen Schritt nähergekommen?«, fragt sie nach ein paar Sekunden.
»In gewissem Sinne, ja. Er hat uns mit Videoaufzeichnungen seiner früheren Morde versorgt. Je mehr Daten wir haben, desto größer die Wahrscheinlichkeit, dass wir ihn fassen.«
»Aber warum sollte er aller Welt Lisas Geheimnis verraten? War es denn nicht genug, sie zu ermorden?«
Rosario will verstehen, und ich versuche ihr zu helfen, auch wenn ich weiß, dass es kein Trost für sie ist.
»Es geht stets nur um Macht, Rosario. Macht über Leben und Tod. Seine Opfer zu ermorden ist ihm nicht genug. Er will spüren, dass er alles unter Kontrolle hat, selbst das Persönlichste, Privateste und Bestgehütete. Das ist sein Sex. Großartiger Sex.«
»Und sein Gefasel über Gott und die Wahrheit?« Ihre Stimme zittert vor Abscheu.
»Er glaubt, dass er glaubt. Da bin ich sicher. Doch er ist zugleich verrückt. Deshalb verkennt er die Wahrheit.«
»Und wie sieht diese Wahrheit aus?«
»Er redet von Reue und Vergebung der Sünden und dass er seinen

Opfern hilft, das ewige Seelenheil zu erlangen. Vielleicht glaubt er sogar daran, weil er es sich immer wieder einredet. Die hässliche Wahrheit aber sieht so aus, dass er ein perverser Killer ist, der Spaß am Töten hat.«

»Rosario schweigt für einen Moment.«Woher wollen Sie das wissen?« Ich denke über die Frage nach. Es ist nicht das erste Mal, dass ich sie zu hören bekomme.

»Ich lasse zu, das zu empfinden, was Menschen wie er empfinden.« Neuerliches Schweigen.

»Und was empfindet er, wenn er tötet? Dieses Ungeheuer, das mein Baby ermordet hat?«

»Abartige Freude«, antworte ich ohne Zögern. »Den höchsten Genuss.«

Als sie wieder spricht, klingt ihre Stimme rau und dunkel. »Ich will, dass er Qualen erleidet. Höllenqualen. So wie seine Opfer.«

»Ich weiß. Ich werde versuchen, ihn zu fassen.«

»Machen Sie sich keine Gedanken um mich oder das, was es für meine Familie bedeutet, wenn die Sache an die Öffentlichkeit gelangt. Es wird schwierig, aber wir kommen damit klar. Konzentrieren Sie sich darauf, dieses ... dieses *Ding* zu finden. Bitte.«

»Das werde ich.«

ALAN HÄLT MIR EIN BLATT HIN, als ich ins Büro zurückkehre.

»Er nennt uns die Namen bei jedem der Fälle«, sagt er. »Einige von ihnen liegen schon ziemlich lange zurück, bis zu zwanzig Jahre, schätze ich, wenn man sich die Frisuren, Kleidung und dergleichen anschaut.«

»Und es ist im Grunde jedes Mal das gleiche Schema«, sagt Callie. »Er bringt sie dazu, ein großes, dunkles Geheimnis zu beichten, und dann macht er ihnen klar, dass er sie töten wird.«

»Allerdings endet jeder Clip vor dem eigentlichen Mord«, wirft James ein.

»Ja, eigenartig«, denke ich laut nach. »Man sollte doch meinen, dass der Augenblick des Todes für ihn wichtiger ist als das Vorspiel.«

»Vielleicht will er dadurch glaubwürdiger erscheinen«, sagt James.

»Er erzählt uns – und redet sich selbst ein –, dass er das alles tut, um seine Vorstellung von Wahrhaftigkeit zu belegen, die den Menschen Gott am nächsten bringt. Er versucht, dies der Welt zu vermitteln, so-

213

dass andere ebenfalls errettet werden können. Vielleicht befürchtet er, dass er zu voyeuristisch erscheint, wenn er die Morde zeigt.«

»Ich wette, dass er jeden einzelnen Mord gefilmt hat«, sagt Alan. »Er hat sie bloß aus den Clips herausgeschnitten. Wahrscheinlich sitzt er zu Hause und holt sich einen runter, während er sich die Szenen anschaut.«

»Ich weiß nicht recht«, wende ich ein. »Ich glaube, dass er sich unter Kontrolle hat. Der fromme Mann, der den Versuchungen und den eigenen Lastern widersteht ... irgendwas in der Art. Es passt zu dem, was er uns als seine Persönlichkeit unterschieben will. Okay, schauen wir uns erst einmal weiter die Clips an, und notieren wir uns die Namen. Wenn er schon bereit ist, uns die Namen zu geben, sollten wir die Gelegenheit nutzen.«

Ich informiere die anderen über Jezebel Smith und meine Unterhaltung mit AD Jones.

Alan schaut auf die Uhr. »Sie müsste bald hier sein. Richtet sie die Nummer ein?«

Damit meint er die geplante Telefon-Hotline für die Angehörigen, mögliche Zeugen und Tippgeber.

»Ja. Sie kennt sich aus damit. Sie leitet die Show alleine.«

Niemand sagt etwas.

»Also dann, an die Arbeit.«

Augenblicke später bin ich zurück in meinem Büro. James hat sämtliche Clips heruntergeladen und zwischen uns aufgeteilt. Ich schiebe die CD, die er mir gegeben hat, in den Computer. Die Clips sind numerisch geordnet, mit einer vierstelligen Zahl. Ich seufze tief und klicke auf den erste Clip. Das schwarze Fenster öffnet sich; dann erscheint die weiße Schrift: »Die Sünden und der Tod von Maxine McGee.« Ich notiere den Namen auf einem Block. Das Gesicht einer Frau erscheint. Es ist ein hübsches Gesicht, wenngleich nicht klassisch schön. Sie hat braunes, schulterlanges Haar, und der Schnitt verrät mir, dass der Clip irgendwann in den 1980ern aufgenommen wurde. Sie hat große braune Augen, und ihr Gesicht ist beinahe pausbäckig. Die braunen Augen sind umgeben von Schwarz. Es sind die Augen eines Waschbären, weil sie schluchzt und verängstigt ist und weil ihre Tränen die Wimperntusche verlaufen lassen.

Ich notiere ihre äußeren Merkmale neben ihrem Namen auf dem

Block, um mich ein Stück von der Realität dessen zu entfernen, was ich auf dem Bildschirm sehe. Die Frau auf dem Schirm ist längst tot. Sie durchlebt ihre letzten Augenblicke; sie weiß es, und ich sehe, dass sie es weiß. Es macht mich müde.

»Maxine McGee«, intoniert der Prediger mit seiner angenehmen Stimme, die ich zu hassen gelernt habe. »Erzähl den Menschen, die das hier sehen, von deiner Sünde.«

»Wo-wo-wovon reden Sie?«, fragt Maxine schluchzend.

»Maxine.« Die Stimme hat einen tadelnden Tonfall, das verbale Äquivalent eines freundlich mahnend erhobenen Zeigefingers. »Möchtest du nicht zur Rechten Gottes sitzen? Erzähl ihnen von deinem Baby. Erzähl ihnen vom kleinen Charles. Wie alt warst du damals? Sechzehn?«

Ihr Verhalten ändert sich augenblicklich und auf erschreckende Weise. Ihre Augen weiten sich, die Tränen versiegen, und ihr Unterkiefer sinkt herab. Mit einem Mal ist sie eine Karikatur aus Schock und Fassungslosigkeit.

»Siehst du? Du *weißt* also, wovon ich rede.«

Der Abgrund aus Furcht und Beunruhigung in meinem Magen hat sich wieder aufgetan.

Maxine blinzelt. Schließt den Mund. Öffnet ihn wieder. Schließt ihn erneut.

Sie sieht aus wie ein sterbender Guppy.

»Komm schon, Maxine. Charles. Du erinnerst dich doch an Charles, oder? Der Säugling Charles, der in einer Mülltonne in einer dunklen Gasse seinen letzten Atemzug getan hat, weggeworfen wie Abfall?«

Der Ausdruck, der jetzt über Maxines Gesicht huscht, jagt mir einen Schauer über den Rücken. Es ist Verletzung, so tief, so absolut, so authentisch, dass ich den Clip beinahe anhalte. Er hat sie allein dadurch verletzt, dass er ihr gezeigt hat, dass er es weiß. Er ist durch ihre stärkste Verteidigung geschlüpft, und das ist schlimmer, als an einen Stuhl gefesselt zu sein. Vielleicht sogar schlimmer als das Wissen, dass sie sterben wird.

Das ist es, begreife ich. *Das ist es, was ihn anmacht. Dieser Augenblick der tiefsten Not, der Verzweiflung, der hoffnungslosen Unterwerfung.*

Sie beginnt erneut zu weinen, doch es ist eine andere Art von Trauer. Es ist Scham, nicht Angst. Sie lässt den Kopf hängen, und die von

Schminke schwarzen Tränen platschen auf ihre nackten Beine und hinterlassen schwarze Streifen darauf.

»Ich war doch erst sechzehn«, sagt sie fast unhörbar leise.

Sie klingt wie sechzehn, als sie es sagt.

»Stimmt«, sagt er. »Andererseits, wie alt war der kleine Charles?«

»Minuten«, haucht sie. »Er war erst ein paar Minuten auf der Welt.«

»Und was hast du mit ihm gemacht?«

»Ich ... ich war erst sechzehn. Ich wurde schwanger von ... von Daddy. Er und Mom taten so, als würden sie nichts bemerken. Ich war dünn, und mein Bauch wurde nicht so dick, aber die anderen Kinder in der Schule merkten es. Aber Daddy ... er kam nachts trotzdem weiter zu mir.« Sie hält den Kopf wieder erhoben. Sie starrt ins Nichts, während sie sich erinnert. Sie ist zurückgefallen in ihre Kindheit, und sie spricht mit kindlicher Stimme. »Ich hasste dieses Ding in meinem Bauch. Es kam davon, weil Daddy immer bei mir war, und ich weiß noch, wie ich immer dachte, dass ich so was wie einen Teufel in mir habe ... einen Dämon. Eine Kreatur mit Fängen und Klauen, die wächst und wächst. Manchmal bewegte sie sich, und ich fing an zu zittern. Ich hatte schreckliche Angst davor.« Sie erschauert. »Zum Schluss tat Daddy nicht mehr so, als wäre gar nichts da. Einmal legte er mir die Hand auf den Bauch und sagte: ›Wenn es ein Junge wird, nennen wir ihn Charles.‹ Da habe ich das Baby noch mehr gehasst. Ich war sicher, dass es der Sohn des Teufels werden würde oder so was.

Eines Nachts bin ich aufgewacht, und mein Bett war nass. Die Fruchtblase war geplatzt. Ich hatte schlimme Schmerzen. Ich wusste, dass ich es nicht zu Hause haben wollte, hier bei mir. Also stand ich auf und zog mich an und nahm Daddys Wagen und fuhr raus zu den verlassenen Fabriken. Ich fand eine Stelle im Dunkeln, wo ich ihn nicht sehen musste, wenn er rauskam mit seinen Fängen und Klauen und seinem Schwanz.«

Sie stockt. Verzieht gequält das Gesicht.

»Was geschah dann, Maxine?«, fragt der Prediger.

»Er kam heraus. Er kam zur Welt. Er lag nur da im Dreck, und ich war froh, dass ich es hinter mir hatte. Ich wusste nur eins: Ich hatte Angst. Ich wollte ihn nicht ansehen. Und dann ... dann schrie er.« Ich höre Staunen in ihrer Stimme. »Er klang so normal. Gar nicht wie ein Dämon. Er klang wie ein Baby. Also sah ich ihn an, und er war so klein und weinte nur und weinte, als wäre er wütend auf mich und auf den kalten Dreck, in dem er lag, und auf die ganze Welt. Er hatte mein Blut an sich, und dann nahm ich ihn einfach und sah ihn zum ersten Mal richtig an.«

»Und was hast du gesehen, Maxine?«

Sie schließt die Augen. »Ein Baby. Ein ganz normales Baby.«

»Und? Was hast du noch gesehen?«

Sie öffnet die Augen. Sie sind voller unerträglichem Schmerz. »Dass er Daddy gehören würde. Daddy würde ihn irgendwie schlecht machen ... ihn anstecken mit seiner Bosheit, oder ihn missbrauchen. Er war kein Dämon von Geburt an, doch Daddy war der Teufel, und Daddy würde ihn am Ende auch zu einem Teufel machen. Also tat ich ...« Sie stockt, atmet tief und schluchzend durch. »Also tat ich das Einzige, was ich für richtig hielt. Ich nahm Charles, suchte eine Mülltonne und steckte ihn ganz tief rein, und dann bedeckte ich ihn mit Abfall, bis ich seine Schreie nicht mehr hören konnte.«

»Was ist danach passiert?«

»Ich fuhr nach Hause. Und wissen Sie was?« Sie richtet den Blick jetzt in die Kamera. Ihre Augen sind ein stummes Flehen. »Daddy hat nie gefragt, was aus dem kleinen Charles geworden ist. Nicht ein einziges Mal.«

»Aber es war schlimmer für dich, dass deine Mutter nicht gefragt hat, nicht wahr?«

»Ja«, flüstert Maxine. »Das war das Schlimmste. Es war, als hätte Charles für sie niemals existiert. Vielleicht war es ja auch so. Vielleicht waren sie Menschen, die ohne Schuldgefühle leben konnten ... ohne sich um jemand anderen zu sorgen.«

»Aber du warst keiner von diesen Menschen, nicht wahr, Maxine?«

Sie presst die von Make-up verschmierten Augen zusammen und heult. »Nein! Ich habe es nie vergessen! Niemals! Ein Jahr später bin ich von zu Hause weggelaufen und hierher nach Kalifornien gekommen. Ich habe gehurt, nahm Drogen und hasste mich selbst. Doch dann ... fand ich Gott. Und änderte mein Leben von Grund auf.«

Erneut öffnet sie die Augen, und erneut sehe ich das Leid darin. »Wissen Sie das denn nicht? Ich habe mich geändert. Ich habe mich von meinem Teufel abgewandt und Gott meine Seele gegeben. Ich arbeite heute mit Kindern. Ich helfe Kindern, um wiedergutzumachen, was ich meinem Charles angetan habe. Sehen Sie das denn nicht?«

Sie bettelt um Gnade, doch das Murmeln, das ich im Hintergrund höre, verrät mir, was ich bereits gewusst habe: Er gewährt keine Gnade. Er ist erbarmungslos. Das Murmeln ist der Anfang des Vaterunsers.

»Vater unser, der du bist im Himmel, geheiligt werde dein Name ...« Dann eine Pause. »Gott bedeutet Liebe, Maxine«, sagt er.

Schwarzblende.

Mein Mund hat sich mit Galle gefüllt. Adrenalin schießt durch meinen Kreislauf und lässt mein Herz unregelmäßig schlagen. Meine Haut fühlt sich heiß an. Mir ist schwindlig.

Ich höre ein gackerndes Etwas durch die Nacht in meinem Verstand laufen. Es krabbelt so schnell es kann, als es versucht, aus der Dunkelheit ans Licht zu springen.

Sieh mich an!, schnarrt es, grollt es und gackert es. *Du weißt, was ich bin. Sieh her! Sieh mich an!*

Ich kneife die Augen fest zusammen und schüttle den Kopf. *Nein, nein, nein, nein!*

Das Phantom von vergangener Nacht ist wieder da. Diesmal ist es zu einem Ungeheuer gewachsen, und es hat mich in einem unerwarteten Moment überrascht.

Ich spüre das Verlangen nach der Tequila-Flasche, eine nackte, wilde Gier, die mir Angst macht. Das ist es, wird mir klar, was den Alkoholiker zu seinem nächsten Drink treibt: das Gefühl, dass er einen langsamen, qualvollen Tod stirbt, wenn er nichts trinkt.

Ich strecke die Hand aus, halte sie über die Tischplatte. Sie zittert.

Sieh mich an, verlangt die Stimme erneut, schneidender diesmal und durchdringender. Es ist keine Frage, es ist ein Befehl.

Ich spüre Übelkeit in mir aufsteigen. Mir wird bewusst, dass es schlimmer werden wird. Dass ich nichts dagegen tun kann.

Gütiger Himmel, ich muss kotzen!

Ich springe auf, renne aus meinem Büro und zur Toilette draußen auf dem Gang. Die Tür ist unverschlossen, doch ich bin allein.

Ich reiße die Tür zu einer der drei Kabinen auf und lasse mich vor dem Klosett auf die Knie fallen. Mein Magen krampft sich zusammen, und ein kurzer Schmerz schießt durch meinen Kopf. In der nächsten Sekunde kotze ich mir die Seele aus dem Leib. Es geht rasch vorbei, doch es ist heftig. Ich kann spüren, wie mir das Blut in den Kopf steigt und Tränen in die Augen presst. Ich packe die Seiten der Kloschüssel und warte, ob es vorbei ist.

Sieh mich an.

Ich winde mich wie ein Seil in den starken Händen eines Matrosen, biege mich wie ein Violinbogen, und meine Muskeln verkrampfen sich, als ich mich erneut übergebe. Es dauert ein wenig zu lange diesmal, und ich sehe Sterne hinter geschlossenen Augenlidern.

Doch diesmal weiß ich, dass ich fertig bin, und ich lasse mich in eine sitzende Haltung zurücksinken, lehne mich an die Wand der Kabine. Ich bleibe einen Moment sitzen und atme, die Hand an der Stirn, während ich versuche, das Monster mitsamt seinen Klauen zurück in seine Kiste zu drängen.

Jetzt ist nicht die Zeit, sage ich mir. *Es gibt eine Zeit, aber nicht jetzt. Bitte.*

Ich schließe die Augen, lehne den Kopf an die Wand und lasse meine Gedanken treiben. Die Zeit vergeht in unregelmäßigen Sprüngen. Bilder entstehen vor mir. Sie sind zusammenhanglos, wirr, ohne Rhythmus und ohne erkennbaren Grund. Ich sehe Matt, ich sehe Bonnie, und da ist Tommy, der mir sagt, dass er mich liebt, und da ist Maxine mit ihren Waschbärenaugen.

Ich öffne die Augen wieder und merke, dass die Stimme verstummt ist. Ich nutze die Gelegenheit, um mich unsicher auf weichen Knien zu erheben. Ich betätige die Wasserspülung, und dabei wird mir bewusst, dass Tränen über meine Wangen rinnen.

»Oh verdammt, verdammt«, murmle ich.

Ich hasse es zu weinen. Habe es immer gehasst.

Ich habe mich wieder halbwegs unter Kontrolle. Mein Magen krampft sich nicht mehr zusammen, und das Gemaule in meinem Kopf ist zu einem leisen Flüstern im Hintergrund verklungen. Doch mein Mund ist immer noch gefüllt mit dem säuerlichen Geschmack von Erbrochenem. Ich öffne die Tür meiner Kabine und wanke nach draußen.

»Besser?«

Ich bin so überrascht, dass ich fast meine Waffe ziehe. Ich wirble herum beim Klang der Stimme, wobei ich beinahe hinfalle, so weich sind meine Knie immer noch. Kirby steht vor mir, die Arme vor der Brust verschränkt. Sie lehnt an der Tür zum Korridor, kaut Kaugummi und mustert mich mit einem Blick, den ich nicht recht einschätzen kann.

»Was tust du hier?«, frage ich heiser.

»Dafür sorgen, dass keiner reinkommt und mitkriegt, wie du schlappmachst.« Sie zuckt die Schultern. »Eigentlich bin ich raufgekommen, weil ich zu Callie wollte. Dabei hab ich gesehen, wie du zum Klo gerannt bist, und das hat mich neugierig gemacht.«

Ich wende mich zum Waschbecken, sodass ich ihr nicht in die Augen sehen muss. Ich drehe das Wasser an.

»Ich habe nicht schlappgemacht«, sage ich.

Sie bläst ihren Kaugummi auf, bis er zerplatzt. »Wenn du's sagst. Aber du warst fast zwanzig Minuten in dieser Kabine.«

Ich richte mich schockiert auf.

Zwanzig Minuten? So lange?

Ich riskiere einen verstohlenen Blick zu Kirby. Sie steht nur da und kaut auf ihrem Kaugummi. Ihr Gesichtsausdruck ist eine Mischung aus Geduld und Leere. Sie scheint meine Gedanken zu lesen und hebt das Handgelenk, um mir die Uhr zu zeigen.

»Ich hab auf die Uhr geschaut.«

Ich wende mich wieder ab und spritze mir kühlendes Wasser ins Gesicht. Meine Wangen brennen vor Verlegenheit.

»Und warum interessiert dich das?«

»Na ja ... ich respektiere nicht viele Leute auf dieser Welt, Smoky, aber du gehörst dazu. Und ich dachte mir, wenn du schon zusammenbrichst, hast du dabei ein wenig Privatsphäre verdient.«

Sie sagt es im gleichen sorglosen, unbekümmerten Tonfall, mit dem sie über das Wetter spricht oder über die Toten.

Bla bla bla, schön warm heute, ein herrlicher Tag. Tut mir leid, ich muss dich töten, aber es könnte schlimmer für dich kommen, denn es könnte ja langsam sein anstatt schnell, nicht wahr? Hahaha. PENG.

Ich spüle mir den Mund aus, bis der Geschmack weg ist, dann nehme ich mir einen Moment Zeit, um im Spiegel mein Äußeres zu überprüfen. Ich sehe müde aus, aber nicht verrückt. Das ist doch schon was.

»Danke«, sage ich mühsam.

»Keine Ursache.«

Ich werfe einen letzten Blick auf mein Gesicht.

Geheimnisse.
Man kann sie nicht einmal vor sich selbst bewahren. Nicht für immer jedenfalls.

Als ich in die Todeszentrale zurückkehre, wartet dort eine Frau auf mich. Sie ist groß, gut einsachtzig, und – kaum zu glauben – noch schöner als Callie. Ich schätze sie auf ungefähr zweiunddreißig, mit langem, glattem blondem Haar und einer Haut, die nach Haferflocken und frisch geschrubbten Äpfeln aussieht. Sie hat klare, intelligente blaue Augen und einen schlanken Körper. Ich will sie hassen, gleich auf den ersten Blick, doch dann lächelt sie mich an. Es sind nicht die makellosen weißen Zähne, die mir den Wind aus den Segeln nehmen, sondern die aufrichtige Offenheit in diesem Lächeln. Sie streckt mir die Hand entgegen.

»Ich bin Jezebel Smith«, sagt sie.

Ich schüttle ihr die Hand und ignoriere Kirbys Kichern hinter mir.

Jezebel nickt Kirby ungerührt zu. »Ja, ich weiß. Als Kind habe ich sehr unter dem Namen gelitten, aber heute stehe ich drüber.«

»Hey, mein Dad hat mich Kirby genannt. Ich weiß, wie das ist. Es sollte ein Gesetz geben, das Eltern verbietet, ihre Kinder zu nennen, wie sie gerade Lust haben.«

»Amen.« Jezebel lächelt.

»Kirby«, sage ich und drehe mich zu ihr um.

Die Profikillerin hebt beide Hände. »Schon gut, Chef, schon gut. Ich sage nichts mehr und lass dich deine Arbeit machen. Ich muss nur eben zu Callie-Baby wegen ein paar Hochzeitsdetails.«

Sie zwinkert Jezebel ein letztes Mal zu und schlendert davon.

»Interessante Frau«, sagt Jezebel Smith nachdenklich.

»Sie wissen nichts über Kirby, und glauben Sie mir, das wollen Sie auch gar nicht. Wie sieht es aus, hat AD Jones Sie über alles informiert?«

Sie nickt ernst. »Kann ich einen von den Clips sehen?«, fragt sie. »Ich würde gerne wissen, bei was ich da mitmache.«

Ich frage nicht, ob sie sicher ist oder ob sie so etwas schon einmal gesehen hat. Falls ja, ist die Frage eine Beleidigung. Und falls nicht, ist sie sowieso nicht vorbereitet. Ich nehme sie mit in mein Büro und starte einen zufällig ausgewählten Clip. Ich schaue weg, während er läuft. Jezebel beugt sich vor, um ihn sich anzuschauen. Sie schweigt die ganze Zeit.

»Bestie.« Mehr sagt sie nicht, als der Clip geendet hat.

»Ja.«

»Ich habe bei meiner Arbeit regelmäßig mit den Angehörigen zu tun. Ich sehe sie, rede mit ihnen … ich habe bei ihnen zu Hause gesessen. Mit dem, was er tut, macht er zahllose Familien kaputt.«

»Das weiß er.«

Sie richtet sich auf. »Okay. Also, ich werde eine Telefonzentrale im Konferenzraum eine Etage unter dieser einrichten. Ich werde sechs Agenten einsetzen. Ich hätte gerne mehr, aber mehr kann der Assistant Director im Augenblick nicht erübrigen. Wir haben eine Serie von Telefonnummern, die für Situationen wie diese reserviert sind. Ich lasse Sie wissen, welche Nummer wir haben, sobald die Hotline steht. Ich kenne die Frau in der Zentrale, die für den Kontakt mit den Medien zuständig ist. Ich werde mit ihr besprechen, wie wir die Nummer publik machen.«

»Wir sollten in dieser Suche von uns aus aktiv werden und den Medien einen Schritt voraus sein«, sage ich.

Ihr Lächeln ist nachsichtig. »Glauben Sie mir – die Medien sind *uns* bereits ein gewaltiges Stück voraus. Ich kann Ihnen garantieren, dass sämtliche Informationsstellen im gesamten Land bereits kontaktiert wurden. Betrachten Sie es wie einen Tsunami. Er kommt, er ist unausweichlich, und Widerstand ist zwecklos.«

»Eine Flutwelle.«

»Die gute Nachricht ist, dass ich was von meinem Job verstehe. So wie die Leute, die in der Zentrale daran arbeiten. Sie sollten sich gar nicht mit den Medien abgeben. Verweisen Sie die Leute an mich. Mein Team wird sämtliche Anrufe filtern, die über die Hotline eingehen. Sie erhalten lediglich die echten Hinweise.«

Jezebels Zuversicht ist ansteckend. Ich kritzle meine Handynummer auf eine Haftnotiz und reiche sie ihr.

»Rufen Sie mich an, wenn Sie Neuigkeiten haben. Ich muss regelmäßig berichten – ich bin sicher, Sie kennen diesen ganzen Scheiß.«

»Ja, und ich weiß, wie man die Klospülung betätigt«, sagt sie lächelnd; dann wird sie wieder ernst. »Schnappen wir uns diesen Mistkerl.«

Es wäre beinahe melodramatisch, wären es nicht genau die richtigen Worte.

25

Jezebels Metapher von einem Tsunami ist zutreffend. Die Flutwelle erreicht uns gegen zwei Uhr mittags.

Ich habe die mir zugeteilten Videoclips angesehen und Namen notiert, wie alle anderen auch. Es ist still in unseren Büros, doch die Luft bebt von Nervosität und dem Verlangen, diesen Irren zu finden, ehe er sein Versprechen in die Tat umsetzen kann.

Ich notiere mir soeben den Namen einer zu Tode verängstigten brünetten Frau, als mein Handy läutet.

»Die Story kommt in sämtlichen Fünf-Uhr-Nachrichten«, sagt Jezebel ohne Einleitung. »Und an der Ostküste ist es bereits fünf.«

»Und was berichten sie?«

»Dass ein Psycho, der sich ›Prediger‹ nennt, im Internet Videoclips von angeblichen Mordopfern veröffentlicht hat. Dass man bereits in der Lage war, die Identität von zwei Opfern zu bestätigen.«

»Großartig.«

»Wir wussten, dass es passieren würde, und wir sind bereit. Ich habe mit dem Presse- und Informationsbüro in Quantico gesprochen. Dort beruft man in der nächsten halben Stunde eine Pressekonferenz ein. Sie wird landesweit übertragen, und dabei wird die Nummer der Hotline bekannt gegeben.«

»Können Sie mir so bald wie möglich die Namen der beiden bestätigten Opfer geben?«

»Kriegen Sie in der nächsten halben Stunde. Möchten Sie die Pressekonferenz verfolgen?«

»Nein.«

»Wirklich nicht?«

»Nein. Es mag wichtig sein, aber es ist nicht meine Aufgabe. Mein Team und ich müssen die restlichen Opfer identifizieren.«

»Verstehe. Ich verschaffe Ihnen die beiden Namen und halte Sie auf dem Laufenden. Die Hotline wird vermutlich in den nächsten fünf Minuten heißlaufen.«

»Ich bin hier.«

Ich lege das Telefon beiseite, nehme meinen Stift wieder in die Hand und klicke auf »Fortsetzen«. Der Clip, den ich als Letztes angesehen habe, läuft weiter.

»Bitte ...«, fleht die Frau.

Bitte, bitte – immer das Gleiche. Die Einwortlyrik des Opfers.

ALAN STEHT AN DER TROCKENTAFEL. Er schreibt Namen auf und – wo bekannt – Tatorte. Ich gebe ihm meine Liste und nehme mir einen Moment Zeit, um die Daten in Augenschein zu nehmen, die wir bereits gesammelt haben.

»Alles Frauen«, sage ich.

»Also doch eine sexuelle Verbindung«, bemerkt Callie.

Sie hat recht. Wenn es tatsächlich nur um Wahrheit und die Errettung der Seele ginge, hätten wir auch Männer in den Clips gesehen. Es ist dem Killer wahrscheinlich gar nicht bewusst, und er wäre überrascht, würde man ihn darauf hinweisen.

Mord ist Mord, und es ist stets ein Akt der Wut. Die Wut kann direkt sein – er hasst Frauen –, oder sie ist umgeleitet: Er hasst sich selbst wegen irgendetwas, das mit Frauen zu tun hat. Es ist ein faszinierendes Thema.

»Gemeinsamkeiten?«, frage ich. »Wie sieht es mit dem Alter aus?«

»Wir wissen es nicht mit Sicherheit, ohne eine Bestätigung der Identität der jeweiligen Opfer, doch basierend auf unseren Beobachtungen haben wir bisher keine Frau gesehen, die älter als fünfunddreißig war. Die meisten sind eindeutig jünger.«

»Wie viel jünger?«

»Zehn bis fünfzehn Jahre. Wenn er ein Kind tötet, scheint es das erste Mal zu sein.«

»Waren seine Opfer attraktiv? Nein, vergiss das. Längst nicht alle, die ich gesehen habe, waren Schönheiten.«

»Das kann ich bestätigen«, wirft James ein. »Eine der Frauen in meinen Clips war fettleibig, eine andere hatte schlimme Akne. Das Aussehen ist jedenfalls kein entscheidender Bestandteil seiner Auswahlkriterien.«

»Aber das Geschlecht«, überlege ich laut. »Okay. Wie sieht es mit den Tatorten aus? Wie weit liegen sie verstreut?«

»Ich lasse eine Karte ausdrucken, sodass wir es bildlich sehen können«, sagt Callie. »Er ist umhergereist, so viel scheint festzustehen. Mit bisher wenigen Ausnahmen hat er sich im Westen der Vereinigten Staaten herumgetrieben, hauptsächlich Kalifornien, Oregon, Washington, Nevada, Arizona, New Mexico, Utah und Colorado.«

»Interessant. Dann war Virginia also weit außerhalb seines üblichen Reviers?«

Callie nickt. »Keines der anderen Opfer war so weit im Osten.«

Mir kommt eine Idee. »Gibt es andere transsexuelle Opfer?«

»Keine«, sagt James.

»Dann war Lisa Reid eine weitere Anomalie. Sie ist die einzige Transsexuelle und das einzige Opfer, das so weit außerhalb seines normalen Jagdreviers umgebracht wurde. Was dann ja wohl genau der Grund dafür sein dürfte, warum sie ausgewählt wurde.«

»Er hat beschlossen, an die Öffentlichkeit zu treten«, pflichtet Alan mir bei. »Er nimmt an, dass sie ihm dabei hilft, den größten Eindruck zu machen. Gleiches gilt für das Töten eines Kindes.«

»Warum ausgerechnet jetzt?«, frage ich. Niemand antwortet. »Welche anderen Gemeinsamkeiten gibt es?«

»Er stoppt die Clips vor dem eigentlichen Mord an den einzelnen Opfern«, sagt James. »Wie wir bereits festgestellt haben, ist seine Botschaft an uns wichtiger für ihn als der Tod der Opfer. Die Morde wurden aus einem bestimmten Grund begangen und nicht des Nervenkitzels wegen.«

»Sie waren ihm nicht gleichgültig. Zumindest will er uns glauben machen, dass sie ihm am Herzen lagen«, sage ich. »Auf gewisse Weise zieht er sie nackt aus, indem er ihre dunkelsten Geheimnisse enthüllt, doch dann zieht er den Vorhang vor die letzten Augenblicke ihres Lebens. Er respektiert diese Privatsphäre und erhält ihnen ihre Würde.«

»Er wird niemals zornig«, sagt James. »Er ist entschlossen, bleibt aber stets gelassen. Er ist sich nicht zu schade, ihnen zu drohen, um ihre Mitarbeit zu erzwingen, doch das geschieht losgelöst von allem anderen. Ein Mittel zum Zweck, keine Machtphantasie.«

»Ich nehme an, dass das Thema ›Geheimnisse‹ in allen Clips auftaucht?«

»Ich fürchte ja«, räumt Callie ein. »Und nicht nur faktisch, auch formell.«

Ich runzle die Stirn. »Was soll denn das bedeuten?«

»Es bedeutet, dass es keine Geheimnisse der Art ›Ich habe Mom zwanzig Dollar aus dem Geldbeutel gestohlen‹ gibt«, sagt Alan. »Es sind ausnahmslos düstere, traurige oder verquere Geheimnisse – oder alles zusammen.« Er konsultiert Ned, seinen Notizblock. »Natürlich gibt es häufig eine sexuelle Komponente. Es gibt eine Reihe zufälliger Morde, die damals unentdeckt blieben, und es gibt eine Reihe vorsätzlicher Morde. Eine Frau wurde über Jahre hinweg von ihrem Mann geschlagen, und sie hat es an ihrem Baby ausgelassen. Mit brennenden Zigaretten.« Er blickt zu mir herüber. »Eine verfluchte Galerie von Abscheulichkeiten.«

Mein Magen zuckt, und ich höre erneut diese Stimme. Noch sind keine Worte erkennbar, doch die Stimme rührt sich, bemüht, sich Gehör zu verschaffen. Ich zwinge mich dazu, mich auf die Liste von Namen zu konzentrieren und auf das, was sie mir verraten können.

»Er hat allem Anschein nach jedes Verbrechen auf Video aufgezeichnet«, sagt James. »Die Änderungen in der Bild- und Tonqualität zeigen, dass er seit einer Reihe von Jahren zugange ist. Wahrscheinlich hat er mit Super-8 oder einem ähnlichen Medium angefangen und ist im Lauf der Jahre zu modernerer Technologie gewechselt. Er dürfte ziemlich geschickt sein – nichts Weltbewegendes, aber besser als ein durchschnittlicher Computerbenutzer. Er musste die alten Filme digitalisieren und editieren, um seine Videoclips herzustellen.«

»Wenn schon nichts anderes, dann verschafft es ihm Glaubwürdigkeit«, sagt Callie widerwillig. »Er hat seine Tun von Anfang an dokumentiert, während er auf den Tag gewartet hat, der Welt sein ›Anliegen‹ zu offenbaren.«

»Wie konnte er so sicher sein?«, fragt Alan.

Ich sehe ihn an und runzle die Stirn. »Was meinst du damit?«

»Na ja, als er damit angefangen hat, gab es noch kein Internet, zumindest nicht für den privaten Gebrauch. Er hat von Anfang an geplant, sein Gesicht zu zeigen, und es ist ziemlich offensichtlich, dass er es mithilfe von Videos tun wollte. Wenn wir nur zwei Jahrzehnte zurückgehen, haben wir einen Riesenstapel VHS-Kassetten.«

»Und?«

»Das wäre direkter gewesen. Er gegen uns. Aber das hier?« Er deutet auf den Computer.« Er hat diese Clips auf eine öffentliche Webseite gestellt. Wie konnte er sicher sein, dass er unsere Aufmerksamkeit bekommt?«

»Er hat umsichtig ausgewählt«, antwortet James. »Die Webseite, auf der er diese Clips gepostet hat, ist die am häufigsten besuchte virale Videoseite der Welt. Ich nehme an, wenn weder die Medien noch wir etwas bemerkt hätten, hätte er uns eine E-Mail oder einen Brief geschrieben.«

Alan nickt. »Vielleicht hätte er uns sogar angerufen.«

»Gibt es eine Möglichkeit, die Clips zurückzuverfolgen?«, frage ich.

James schüttelt den Kopf. »Nein. CDs, DVDs, selbst Druckerseiten können bis zu einem gewissen Grad zurückverfolgt werden, aber ein digitaler Videoclip hat von Haus aus keine verborgene Signatur.«

»Was ist mit dem Upload? Er muss ja irgendwo mit dem Web in Kontakt getreten sein, um die Clips auf User-Tube hochzuladen.«

»Ich habe unsere Computerspezialisten bereits darauf angesetzt«, sagt Callie. »Sie beantragen einen Durchsuchungsbefehl, während wir reden.«

»Wahrscheinlich ist es ohnehin eine Sackgasse«, vermutet Alan.

»Wahrscheinlich«, pflichte ich ihm bei. »Aber ...«

»Ja«, sagt er. »Manchmal sind die Bösen auch dumm.«

»Genau. Sonst noch etwas?«

»Ja«, meldet James sich zu Wort. »Woher bekommt er seine Informationen?«

Der größte und wichtigste Teil des Rätsels. Lisa Reid hatte ihre Geschichte einem Tagebuch anvertraut, aber was ist mit den anderen?

»Vielleicht ist er ein Priester«, sinniert Alan.

»Ein Wanderprediger?«, sage ich. »Das glaube ich nicht. Es wäre zu offensichtlich. Selbst wenn er sich nur als Wanderprediger ausgibt. Vater Yates hat nichts von einem Geistlichen auf Besuch erzählt. Rosemary hat ihren Angreifer nicht wiedererkannt.« Ich schüttle den Kopf. »Nein, kein Priester.«

»Trotzdem – das ist die Frage, auf die wir eine Antwort finden müssen«, sagt Alan.

»Was ist mit meinen früheren Vorschlägen?«, frage ich. »Irgendwelche Selbsthilfegruppen?«

»Möglich. Aber es muss nicht unbedingt eine einzelne Informationsquelle sein, aus der er sein Wissen bezieht«, sagt Callie. »Er könnte seine Opfer an beinahe jedem beliebigen Ort finden. Kirchen, die eine große Gemeinde ansprechen. Anonyme Alkoholiker, Selbsthilfegruppen von Medikamenten- oder Rauschgiftsüchtigen und so weiter. Er kann diese Gruppen als Leidensgenosse infiltrieren, als Alkoholiker oder was auch immer, sich das Vertrauen der anderen erschleichen und sich als mitfühlender Zuhörer ausgeben.«

»Gutes Argument«, sage ich. »Wir sollten das als mögliche Gemeinsamkeit bei den Opfern im Auge behalten.«

»Führen wir doch einmal auf, was wir inzwischen über ihn herausgefunden haben«, schlägt James vor.

Ich nicke. »In Ordnung. Er ist sehr funktional und wahrscheinlich attraktiv. Er tritt selbstsicher auf in Gegenwart von Frauen. Sie sind keine Bedrohung für sein Bild von sich selbst. Sie machen ihn nicht wütend, jedenfalls nicht übermäßig.«

»Vielleicht ist er Jungfrau«, murmelt James.

Ich hebe die Augenbrauen. »Wie kommst du denn darauf?«

»Jede seiner Androhungen von Gewalt gegenüber den Frauen ist lediglich Mittel zum Zweck und dient nicht seiner eigenen sexuellen Befriedigung. Bei den Opfern, deren Leichen er uns bisher hat finden lassen, gibt es keinerlei Spuren unnötiger oder gar sexueller Gewalt. Seine Phantasien sind geistiger Natur. Sie beinhalten religiöse Bilder, Wahrheit und in der Folge davon Reinheit.« Er zuckt die Schultern. »Der sexuelle Akt ist überhaupt nicht existent.«

»Heilige und Hure«, sinniert Callie.

»Was?«, frage ich sie.

»Na, das alte Sprichwort. Männer wollen einen Engel heiraten, aber Sex wollen sie mit Huren. Eine Frau, die auf Sex steht, ist keine gute Ehefrau und bla bla bla.«

»Und wo ist die Verbindung zu unserem Fall?«

»Er hat keinen Sex mit den Frauen. Warum nicht? Weil er sie verehrt.«

In meinem Kopf macht es *Klick-klick-klick* wie der Verschluss einer High-End-Kamera.

»Ja«, sage ich und schaue in die Ferne. »Du könntest recht haben. Aber wie kann er die Frauen verehren angesichts der Geheimnisse, die sie in sich tragen?«

Ich gehe zur Tafel und blicke auf meine Notizen, während ich angestrengt versuche, einen bestimmten Gedanken zu fassen, der sich mir immer wieder entzieht. Mein Team wartet schweigend. Sie kennen das; sie haben es schon mehr als einmal bei mir erlebt.

»Und?«, fragt Alan schließlich.

Ich stoße frustriert den Atem aus. »Ich kriege es noch nicht zu fassen.«

»Dann machen wir weiter«, sagt Alan. »Es wird dir schon noch einfallen, Smoky.«

Ich weiß, dass er recht hat. Versuch dich zu erinnern, wo du deine Schlüssel hingelegt hast, und du findest sie nie im Leben.

»Wie sieht der nächste Schritt in unserem Angriffsplan aus, o Gebieterin?«, fragt Callie.

»Vermisste Personen«, entscheide ich. »Wenn er so lange unter unserem Radar geblieben ist, hat er die Leichen seiner Opfer beseitigt. Er hat dafür gesorgt, dass sie nicht gefunden werden und dass wir nichts über ihn erfahren, ehe er nicht selbst bereit dazu ist.« Ich drehe mich um und starre auf die Reihen von Namen. Es sind so viele ... zu viele.

»Ich schätze, uns steht die Aufgabe bevor, mehr als hundert ungelöste Vermisstenfälle aufzuklären ... mit dem schlimmstmöglichen Ergebnis. Wir müssen herausfinden, wer diese Leute waren.«

»Und zwar schnell«, sagt Alan.

Der Tod lauert nicht mehr irgendwo am Horizont. Er steht direkt vor uns, sieht hin, schaut wieder auf seine Uhr und grinst.

26

»Bitte entschuldigen Sie meine derben Worte, Agentin Barrett, aber für mich sieht es so aus, als wären wir mitten in einem erstklassigen Achtzylinder-Rudelbums gelandet.«

»Das ist eine ziemlich treffende Einschätzung, Sir.«

Ich habe den Anruf auf meinem Handy entgegengenommen, und zu meiner Überraschung ist Director Rathbun am anderen Ende der Leitung. Doch mein Erstaunen, dass er meine Nummer kennt, währt nicht lange. Schließlich ist Rathbun der Boss des FBI.

»Es sieht schlimm aus, Sir, und es wird sicher noch schlimmer.«

»Offenbar haben Sie auf dem Seminar über Beruhigungstechniken für Vorgesetzte gefehlt.«

»Ich bevorzuge die Wahrheit, Sir.«

»Schön«, entgegnet er. »Dann beeindrucken Sie mich mit ein paar Wahrheiten.«

»Die Wahrheit ist, Sir, dass es sich um eine große und schmutzige Sache handelt und dass ich Sie nicht um die Arbeit mit den Medien beneide. Diese Geschichte gibt es nur deswegen, weil der Täter beschlossen hat, aus dem Verborgenen ans Licht zu treten. Er hat uns per Videoclips eine Liste mit Namen geliefert, dazu weitere Informationen, die erkennen lassen, dass seine Vorgehensweise eine unverkennbare Handschrift trägt. Er hat uns bereits so viel an die Hand gegeben, dass Sie uns alle feuern sollten, wenn wir ihn auf der Grundlage der bisher vorliegenden Informationen nicht schnappen, Sir.«

»Bringen Sie mich nicht auf Ideen.« Director Rathbun seufzt. »Sie wollen damit sagen, indem er uns seine Publicity aufbürdet, zeigt er uns zugleich eine Möglichkeit, ihn zu erwischen?«

»Ja, Sir.«

»Okay. Geben Sie mir ein Zwischenfazit.«

Ich denke kurz über meine Antwort nach. Unser Gespräch mag offen und einfach erscheinen, doch mein Gesprächspartner ist Sam Rathbun. Er ist nicht nur der Chef des FBI, sondern war früher ein begabter Vernehmungsbeamter.

»Ich sehe hundertdreiundvierzig tote Frauen, Sir«, antworte ich. »Ich sehe viele Familien, die mit den schlimmstmöglichen Nachrichten über vermisste Angehörige rechnen. Ich sehe aber auch, dass der Täter einen fatalen Fehler gemacht hat, indem er aus seinem Rattenloch hervorgekommen ist. Wir werden ihn fassen. Aber das muss uns gelingen, ehe er das nächste Mal zuschlägt.«

Rathbun lässt sich einen Moment Zeit. Denkt über meine Worte nach.

»Gehen Sie wieder an die Arbeit, Agentin Barrett«, sagt er dann.

Er legt auf, bevor ich »Jawohl, Sir« sagen kann.

Ich wähle sofort die Nummer von AD Jones. Politik mag nicht meine Stärke sein, doch selbst ich kenne die Regel, dass man tunlichst den Boss informieren soll, wenn der Boss der Bosse mit einem redet.

»Was gibt's?«, fragt AD Jones unwillig.

»Störe ich gerade, Sir?«

»Ja. Aber Sie hätten sich kaum ohne triftigen Grund gemeldet. Also, was haben Sie zu sagen?«

»Director Rathbun hat mich angerufen.«

»Rathbun persönlich?«

»Ja, Sir.«

Ich höre ihn leise fluchen.

»Was wollte er?«, fragt er dann.

Ich gebe in knappen Worten den Inhalt unseres Gesprächs wieder.

»Okay. Ich weiß, was das zu bedeuten hat.« Jones klingt besänftigt.

»Irgendjemand stellt ihm Fragen. Möglicherweise der Präsident.«

Menschen in Machtpositionen haben mich nie sonderlich beeindrucken können. Sie furzen im Privatleben genauso wie wir alle, selbst wenn es durch seidene Wäsche ist. Doch als Jones nun den Präsidenten der Vereinigten Staaten zur Sprache bringt, bin ich doch beeindruckt, wie ich mir eingestehen muss.

»Ich weiß nicht, was ich davon halten soll, Sir ...«

»Eine angemessene Reaktion wäre beispielsweise Nervosität, Smoky. Danke für die Info.«

Er beendet das Gespräch, bevor ich mein »Aye, aye, Sir« hervorbringen kann.

Ich schaue auf die Uhr. Es ist früher Abend, neunzehn Uhr. Ich habe noch eine Menge zu tun, doch ich will mich bei Bonnie melden, bevor ich mich erneut in den Mahlstrom stürze.

»Hi, Smoky«, begrüßt sie mich. Ihre Stimme klingt betrübt.

»Stimmt was nicht, Baby?«

Schweigen.

Dann: »Ich habe ein paar von den Videoclips gesehen.«

Ich sacke im Sessel zusammen. *Gütiger Himmel.*

»Wie hast du das gemacht?«

»Ich ... ich ... du erinnerst dich, worüber wir gesprochen haben. Ich will später mal die Arbeit tun, die du machst. Ich hab die Nachrichten gesehen, den Computer eingeschaltet und eine Seite gefunden, auf der die Clips gespeichert waren.«

»Wie viele hast du dir angeschaut, Bonnie?«

Ich höre sie schlucken. »Zuerst nur einen. Es war dieses Mädchen, April hieß sie. Der Kerl ließ sie erzählen, wie sie ihr Baby gequält hat.

Mir wurde schlecht. Ich bin ein Dummkopf«, murmelt sie kleinlaut.
»Ich war wütend auf mich selbst, weil mir schlecht geworden war, also bin ich wieder an den Computer zurück und hab mir noch welche angesehen.«
»Wie viele?«
»Vielleicht dreißig ...«
»Jesses! Bonnie!«
»Sei nicht böse, Smoky. Bitte, nicht böse sein.«
»Ich bin nicht böse, Bonnie, aber ich werde dein Benutzerkonto für eine Weile einschränken«, sage ich. »Du hättest mich oder Elaina fragen müssen, bevor du so etwas tust, und das weißt du.«
Sie seufzt. »Ja.«
»Und?«
»Ich wusste, dass du Nein sagen würdest.«
»Okay. Kein Internet in den nächsten beiden Wochen. Nur, was du für deine Hausaufgaben benötigst. Verstanden?«
»Ja.«
Okay, genug davon.
»Und wie fühlst du dich? Ist alles in Ordnung?«
»Ich weiß nicht. Am meisten hat mir zu schaffen gemacht, was dieser Mann gesagt hat. Es ergibt Sinn. Was er über die Wahrheit gesagt hat, zum Beispiel. Ein Mann wie er, der Dinge tut wie er ... es macht mir Angst, dass er sinnvolle Dinge sagt, die man verstehen kann.«
»Ich weiß, Bonnie.«
»Es geht mir nicht aus dem Kopf. Die Frauen ... all das Schlimme, das sie getan haben ... das war böse, aber noch schlimmer ist, wenn man dem Mann recht geben muss in dem, was er sagt.«
»Wenn auch du später mal als Agentin arbeitest, wirst du häufig auf dieses Problem stoßen. Ein Verbrechen als solches ist immer etwas Böses. Bei den Menschen selbst aber gibt es Abstufungen. Deshalb kommt es mehr darauf an, was sie tun und nicht so sehr, was sie sind.«
»Wie meinst du das?«
»Ein Mann kann beispielsweise behaupten, dass es für ihn die wichtigste Eigenschaft ist, ein guter Vater zu sein. Und dann geht er nach Hause und verprügelt seine Kinder. Oder noch schlimmer, derselbe Mann ist Psychiater und behandelt die Kinder anderer Leute, vielleicht schon seit Jahren. Vielleicht hat er schon vielen Kindern geholfen. Für

mich als Agentin aber zählt nur, dass er nach Hause geht und seine *eigenen* Kinder schlägt.«

Bonnie ist still, während sie über meine Worte nachdenkt.

»Ich glaube, ich brauche noch Zeit, um das zu verstehen.«

Sie hat recht, aber irgendwann wird sie es begreifen. Bonnie ist wie ein spiegelglatter See, ruhig und still. Doch unter der Oberfläche, wo die Sonne niemals scheint und wo die Krebse sich verbergen, geschehen viele Dinge.

»Wir können ja noch mal darüber reden, okay?«, sage ich.

»Okay.«

»Versprochen?«

»Ich verspreche es, Smoky. Mir geht's schon besser, ehrlich. Tut mir leid, dass ich etwas getan habe, das du nicht gewollt hättest.«

Mir entgeht die Formulierung nicht. Sie entschuldigt sich nicht für das, was sie getan hat, sondern dafür, dass sie mich damit verärgert hat.

»Entschuldigung angenommen. Aber vergiss nicht – zwei Wochen kein Internet.«

»Ich werde es nicht vergessen.«

»Und jetzt gib mir Elaina.«

Ein paar Sekunden vergehen, dann ist Elaina in der Leitung.

»Oh, Smoky.« Sie klingt so elend, dass ich durch die Leitung kriechen und sie an mich drücken möchte.

»Mach dir keine Vorwürfe, Elaina. Bis jetzt hatten wir immer nur Glück bei Bonnie. Ich nehme an, so was war längst fällig.«

»Vermutlich hast du recht, aber ich fühle mich trotzdem schuldig. Sie hat an ihrem Laptop gesessen und die drahtlose Internetverbindung benutzt. Ich habe in der Nacht nicht gut geschlafen, deswegen wollte ich ein Nickerchen machen, hab dann aber ein paar Stunden geschlafen. In dieser Zeit hat Bonnie sich die Clips angesehen. Es tut mir leid, Smoky.«

»Elaina, bitte. Du bist ihre zweite Mutter. Du hast ihre Schulausbildung auf dich genommen, du kümmerst dich um sie, wenn ich Überstunden machen muss. Du tust eine Menge. Sei nicht so hart gegen dich selbst.«

»Danke. Ich danke dir, aber wie würdest du dich an meiner Stelle fühlen?«

Ich würde mich fühlen wie Dreck.

»Ich weiß. Aber Bonnie ist kein kleines Kind mehr. Sie wusste, dass wir nicht gutheißen würden, was sie tut, und sie hat es bewusst vor uns verborgen.« Ich erzähle ihr von dem zweiwöchigen Internet-Verbot.

»Ich werde dafür sorgen, dass sie es einhält«, sagt Elaina.

»Gut. Ich glaube nicht, dass es Probleme geben wird. Sie hat die Strafe reumütig auf sich genommen.«

»Ach?« Ich bin froh, eine Spur von Erheiterung in Elainas Stimme zu hören. »Vielleicht sollte uns das mehr zu denken geben als alles andere.«

»Vielleicht. Und jetzt hör auf, dir Vorwürfe zu machen. Ich liebe dich.«

Sie seufzt. »Ich liebe dich auch. Gib meinem Mann einen Kuss von mir. Bonnie will dich noch mal sprechen.«

»Okay.«

»Smoky.« Bonnies aufgeregte, ein wenig atemlose Stimme. »Ich habe vergessen, dir etwas zu sagen.«

»Was denn?«

»Dieser Mann ... der Mann, der sich ›Prediger‹ nennt.«

»Ja?«

»Schnapp ihn und bring ihn für den Rest seines Lebens ins Gefängnis. Ich will, dass er hinter Gittern stirbt.«

Es ist keine Bitte, es ist eine Deklaration. Bonnie hat gesehen, was dieser Mann getan hat, und das ist schlimmer als alles, was ihr sonst noch zu schaffen macht.

»Ich werd's versuchen, Bonnie.«

»Gut.«

Sie legt wortlos auf. Ich starre einen Moment auf das Telefon, verwirrt und beunruhigt zugleich. Bonnie ist von Anfang an etwas Schlichtes, zugleich aber Kompliziertes in meinem Leben gewesen. Das Schlichte ist meine Liebe zu ihr. Sie ist unbeschränkt und rein. Das Komplizierte ist Bonnie selbst. Sie hat die Heiterkeit eines Kindes, doch sie hat auch Schichten wie eine Erwachsene – Schichten, zwischen denen sich Dinge verbergen, von denen ich nicht sicher bin, ob ich sie jemals sehen werde. Sie hat gelernt, wie sie ihre Geheimnisse für sich bewahren und bequem damit leben kann. Manchmal macht es mir Sorgen, die meiste Zeit aber nicht. Es ist einfach so.

Bonnie, das wird mir immer deutlicher, verwandelt sich in einen

Teenager wie ein Werwolf im Licht des Vollmondes, und damit einher kommt, wie es scheint, die Fähigkeit zur Verschleierung und die Bereitwilligkeit zum Lügen. Das würde mich nicht weiter beunruhigen; so ist nun mal der Lauf der Dinge. Das Problem ist: Bonnie lügt nicht wegen heimlichen Rauchens oder wegen heißer Küsse mit einem Jungen. Sie hat sich an den Computer geschlichen, um sich die letzten, furchtbaren Augenblicke dieser Frauen anzusehen.

Es gibt nichts auf der Welt, wird mir klar, das so sehr wie die Mutterschaft dazu geeignet ist, ein Gefühl von Hilflosigkeit oder Dummheit in einem zu wecken.

Ich verlasse mein Büro. Der Mahlstrom erwartet mich.

»Dieser Fall legt gnadenlos die Lücken in unseren Suchsystemen offen«, schimpft Alan. »Habt ihr gewusst, dass das NCIC mehr als hunderttausend ungelöste Vermisstenfälle verzeichnet, von denen weniger als hundert im AFIS gespeichert sind?«

Das NCIC, das National Crime Information Center, ist eine Datenbank, die dem FBI und den Polizeibehörden bundesweit aktuelle Daten über gesuchte Personen und andere Informationen liefert. AFIS, das Automatisierte Fingerabdruckidentifizierungssystem, stützt sich auf die Fingerabdruck-Datenbanken verschiedener Ermittlungsbehörden. Die beiden anderen großen Datenbanken, die für unsere Arbeit von Bedeutung sind, sind CODIS, eine nationale Datenbank mit den DNA-Profilen vermisster Personen und verurteilter Straftäter, sowie VICAP.

»Nur fünfzehn Prozent der nicht identifizierten menschlichen Überreste sind im NCIC gespeichert. CODIS gibt es seit 1990, und es wächst ständig. Doch es ist immer noch kaum mehr als ein Tropfen im Ozean.«

CODIS war ein Geniestreich. Wenn jemand verschwindet und nicht binnen dreißig Tagen wieder auftaucht, wird eine DNA-Probe veranlasst – falls die Möglichkeit besteht, von einem Gegenstand, der der vermissten Person gehört hat (Haare von einer Bürste etwa, oder Speichel von einer Zahnbürste), oder man nimmt eine Vergleichsprobe von einem Blutsverwandten. Die DNA wird analysiert und in der Datenbank gespeichert. Wird ein Leichnam aufgefunden, kann er häufig mittels CODIS identifiziert werden. Es hat sogar Fälle gegeben, in denen jahrelang vermisste Kinder dank CODIS lebend wiedergefunden werden konnten.

Das Problem bei diesen Datenbanken ist die Kooperation. Wenn örtliche Polizeibehörden die Formulare nicht ausfüllen und keine DNA-Proben nehmen, kann nichts in einer Datenbank gespeichert werden. Wenn die Informationen zur Verfügung stehen, muss jemand sie eingeben, sonst bleiben die Daten unvollständig.

Es ist ein fehlerbehaftetes System, doch es ist besser als gar nichts. Wir haben mehr als einmal Fälle unter Einsatz einer oder mehrerer dieser Datenbanken gelöst. Sie mögen nicht perfekt sein, doch sie sind ausgezeichnete Hilfsmittel.

»Was haben wir gefunden?«

»Wir haben bisher vierzig namentliche Übereinstimmungen«, sagt Alan. »Unsere Computerspezialisten helfen uns mit sämtlichen zur Verfügung stehenden Mitteln. Aus den Clips fertigen sie Standbilder von den Gesichtern der Opfer, die wir an die zuständigen örtlichen Polizeireviere weiterleiten. Die wiederum legen die Bilder den Familien vor und lassen sich die Identität bestätigen. Wenn ich raten soll, würde ich sagen, dass wir auf eine Trefferquote von hundert Prozent kommen. Es ist sicher kein Zufall, dass die Namen von den Clips mit denen von vermissten Personen übereinstimmen.«

»Ja. Übrigens sagt deine Frau, ich soll dich von ihr küssen.«

»Nur zu.«

»Bleib dran. Wir machen weiter bis um elf.«

»Welche Freude.«

Ich gehe zu James, der gerade den Telefonhörer auflegt.

»Die Tipps, die Jezebel an uns weiterleitet, zahlen sich aus«, sagt er. »Wir hatten inzwischen fast achtzig Anrufer, die Opfer auf den Clips identifizieren konnten.«

»Wow.«

Manch einer mag sich wundern, wie es so schnell so viele Personen sein können. Ich finde es nicht erstaunlich. Bei Vermissten ist es ermittlungstechnisch in vieler Hinsicht schlimmer als mit den Toten. Vermisste bedeuten ein ständiges, ungewisses Vielleicht: Vielleicht sind sie noch am Leben, vielleicht auch nicht. Vermisste verhindern einen endgültigen Abschluss, erlauben keine wahre Trauer. Dieses Vielleicht hat zur Folge, dass die Familien ständig warten, bangen und Ausschau halten, und dass sie sich an Strohhalme der Hoffnung klammern, bis endgültige Gewissheit besteht.

Ich habe einmal einer Mutter die Nachricht überbracht, dass man ihre Tochter, die drei Jahre zuvor verschwunden war, tot aufgefunden hatte. Die Frau weinte herzzerreißend, doch was sie dann sagte, ging mir tief unter die Haut.

»Es war furchtbar schwer, die Ungewissheit zu ertragen«, stammelte sie schluchzend. »Es gab Zeiten, da habe ich mir nur noch gewünscht, dass es vorbei ist, selbst wenn es bedeutet, dass sie nicht mehr lebt.«

Ich sah, wie ihre Augen sich weiteten, als ihr klar wurde, was sie da gesagt hatte: dass sie sich ein Ende herbeigewünscht hatte, selbst wenn es den Tod ihrer Tochter bedeutete. Diesen Augenblick werde ich nie vergessen.

»Keening« ist ein Trauergesang aus Schottland und Irland. In früheren Zeiten, ehe es von der katholischen Kirche verboten wurde, war das Keening ein Bestandteil der Totenwache. Ein Mann oder eine Frau wurden bestellt, um die Abstammung des Verstorbenen aufzusagen, ihn zu lobpreisen und den Schmerz der Hinterbliebenen zu verkünden. Das geschah durch eine Art Sprechgesang, wobei häufig rhythmisch geklatscht oder im Stehen auf den Absätzen geschaukelt wurde oder beides. Es war eine Sühne, dazu gedacht, dem verlorenen Leben Gerechtigkeit widerfahren zu lassen. Ich musste daran denken, denn es war genau das, was ich bei dieser Frau beobachtet hatte.

Jetzt denke ich erneut daran. All diese Familien. Keening. Achtzig trauernde Familien, eine unfassbare Zahl, unmöglich zu begreifen.

»Ich kümmere mich um sämtliche örtlichen Gesetzesbehörden«, sagt James. »Ich bin der einzige Kontakt für sie. Sie sollen davon ausgehen, dass jeder unserer bestätigten Vermisstenfälle ein Mord ist, und ihre besten Ermittler darauf ansetzen. Alles, was sie auf diese Weise finden, gelangt direkt zu mir. Ich gleiche die Ergebnisse ab und gebe sie in unsere Datenbank über die Opfer ein.«

»Wir haben eine Datenbank?«

Er deutet auf seinen Computer. »Ich habe eine angelegt.«

»Gute Arbeit, James.«

»Ich weiß.«

Die Tür zum Büro schwingt auf, und Callie marschiert mit einer großen, auf einer Styroporplatte aufgezogenen Karte der Vereinigten Staaten herein. Kirby folgt ihr und plappert ununterbrochen.

»Also ist das mit den Blumen in Ordnung? Der Preis ist okay?«

»Der Preis ist wunderbar, Kirby. Was ist mit dem Kuchen?«

»Da kriegen wir keinen Rabatt. Der Konditor ist schwul.«

»Sehr witzig. Was ist mit dem Preis?«

»Liegt im Budget. Ach, und es gibt gute Neuigkeiten vom Fotografen. Ein Typ, den ich gekannt habe. Wir haben mal zusammen gearbeitet. Er hat Observationen gemacht, aber er ist gut mit der Kamera, und nur darauf kommt es letztlich an, nicht wahr?«

Ich sehe, wie Callie über Kirbys Vorschlag nachdenkt, einen alten Freund zur Hochzeit mitzubringen, was angesichts von Kirbys Hintergrund nicht ganz unproblematisch ist.

»Schön.«

»Das wird eine Hochzeit!«, meint Alan. »Ein Drittel der Lieferanten wird von Kirby gevögelt, ein Drittel eingeschüchtert, und der Rest sind ehemalige Söldner aus ihrem Bekanntenkreis.«

»Wieso ehemalige?«, sagt Kirby. »Die meisten sind immer noch aktiv.«

»Ich hasse es, euren Plausch zu stören«, sage ich, »aber ich müsste mal mit Callie reden.«

»Okay, ich bin schon weg«, sagt Kirby. »Ich weiß, was ich wissen muss. Wir sehen uns später, Callie-Baby.«

»Ja. Ruf mich an.«

»Ich bin nur bis vier Uhr morgen früh wach«, sagt Kirby. »Ich brauche meinen Schönheitsschlaf.«

Callie hält die Landkarte hoch, damit wir sie alle sehen können.

»Ich habe James eine Liste sämtlicher Tatorte ausdrucken lassen und sie mit Stecknadeln markiert.«

Wir versammeln uns um die Karte, um die Sache aus der Nähe zu betrachten.

»Es gibt mehrere Häufungen«, sagt Alan. »Hier«, er zeigt auf L. A., wo es mehr als zwanzig gibt, »und hier.« Er zeigt auf Las Vegas, Nevada.

»Sonne und Sünde«, sagt Callie.

Die restlichen finden sich verteilt in den übrigen westlichen Staaten. Einige in Städten, deren Namen jeder kennt, andere in Kaffs, von denen ich noch nie gehört habe. Der Gesamteindruck ist mehr als ernüchternd.

»Es sieht aus wie ein beschissener Wald!«, sagt Alan. Es ist ein Echo meiner eigenen Gedanken.

»Entschuldigt«, meldet Kirby sich zu Wort. Sie ist also doch nicht gegangen. »Warum steht dieser Name auf der Tafel?«

Sie deutet auf den Namen eines der Opfer in Los Angeles: Willow Thomas.

»Wieso?«, frage ich.

Das Lächeln, mit dem sie antwortet, ist freudlos und beängstigend und lässt sämtliche Alarmglocken in mir schrillen.

»Beantworte meine Frage.«

Ihr Tonfall ist freundlich. Es könnte eine Frage über das Wetter sein. Doch Kirbys Leopardenaugen sind plötzlich erschienen, und sie sind kalt, kalt, kalt. Es ist die völlige Gleichgültigkeit eines bezahlten Killers, der einen Menschen nicht deswegen erschießt, weil er ein schlechter Mensch ist, sondern weil jemand anders diesen Menschen tot sehen will und bereit ist, dafür zu zahlen.

»Hast du keine Nachrichten gesehen?«, fragt Callie.

Kirby wirft ihr einen raschen Blick zu.

»Wenn ich die Nachrichten gesehen hätte, würde ich wohl kaum diese Frage stellen, Callie, meinst du nicht auch?«

Dass sie Callies Namen benutzt, ohne irgendeinen Schnörkel anzufügen, lässt meine Unruhe wachsen. Kirbys Stimme klingt immer noch sanft, und die Ermahnung an Callies Adresse ist gelangweilt, ja lustlos, aber die Luft ist mit einem Mal aufgeladen, und ich spüre die Atmosphäre von Gefahr.

Was hat das zu bedeuten?

»Es gibt da einen Mann«, sage ich und beobachte ihre Reaktion. »Wir vermuten, dass er seit zwanzig Jahren Frauen umbringt. Und wir sind ziemlich sicher, dass die Namen auf der Tafel zu seinen Opfern gehören.«

»Opfer? Du meinst, sie sind tot?«

»Ja.«

Sie kommt zu mir und legt den Arm um meine Schulter. Es ist alles andere als freundlich. Es ist eine intensive, unbehagliche Nähe. »Und?«, flüstert sie, den Mund ganz nahe bei meinem Ohr. »Wissen wir, wer dieser Mann ist?« Ihre Worte sind wie aus Eis gehauen, so unendlich kalt klingen sie.

»Noch nicht.« Ich löse mich von Kirby und sehe ihr in die Augen. »Und ich bin nicht sicher, ob ich dir den Namen verraten würde, wenn es anders wäre.«

Sie starrt mich mit ihrem eiskalten Blick an. Eine Ewigkeit, wie es scheint.

»Kann ich mit dir reden?«, fragt sie schließlich. »Unter vier Augen?«

Sie wendet sich ab und geht in Richtung meines Büros, ohne auf eine Antwort zu warten. Ich drehe mich zu Alan, Callie und James um.

»Keine Ahnung«, sagt Callie.

»Ich wusste noch nie, was im Kopf dieser Psychopathin vor sich geht«, sagt Alan.

Lediglich James sagt gar nichts.

WIR SITZEN IN MEINEM BÜRO, die Tür ist geschlossen. Ich warte darauf, dass Kirby zu reden anfängt. Dass sie schweigt, ist unnatürlich.

Sie sitzt im Besuchersessel vor meinem Schreibtisch, spielt an ihrer Unterlippe und sieht zur Seite.

»Erzähl mir von Willow Thomas, Kirby«, sage ich schließlich in die lastende Stille hinein. »Wer war sie? Was hat sie dir bedeutet?«

Erneut das Zupfen an der Unterlippe. Ich habe Kirby noch nie so wortlos und ausweichend erlebt. Sie ist normalerweise so subtil wie eine Zweijährige.

»Willow war die Freundin von einem Freund. Sie war Zivilistin. Ist sie immer gewesen. Sie wurde unschuldig geboren und starb wahrscheinlich unschuldig. Sie war ein naives Ding, wie eine junge Katze, viel zu zutraulich für diese Welt. Sie war nicht so wie ich oder mein Freund. Wir waren niemals Zivilisten. Wir wurden schon fertig geboren, bereit für den Rock 'n' Roll und den ganzen Mist, den die große weite Welt zu bieten hat. Nicht Willow. Willow war schwach.«

»Wie war der Name dieses Freundes?«

Erneut der tadelnd erhobene Zeigefinger. Ein schiefes Grinsen. »Netter Versuch. Aber ich bin nicht bereit, dir diese Information zu geben. Noch nicht.«

»Ist es von Bedeutung?«

»Wäre ich der Meinung, dass wir dann herausfinden könnten, wer der zukünftige Tote ist, würde ich dir den Namen nennen.«

Der zukünftige Tote. So, wie sie es sagt, klingt es nach absoluter Gewissheit.

»Bist du sicher?«

»Willow hat die richtige Entscheidung getroffen. Sie hat sich von uns losgesagt, um ein ruhiges, normales Leben zu führen. Wir haben nie wieder miteinander geredet, doch ich habe mich hin und wieder nach ihr erkundigt, um sicher zu sein, dass niemand sie übervorteilt. Eines Tages war sie verschwunden. Ich benutzte meine … Quellen, um sie aufzuspüren, doch sie war wie vom Erdboden verschluckt. Es war, als wäre sie eines Nachts aufs Meer geschwommen und nie zurückgekehrt.«

»Wann war das?«

»Vor ungefähr zehn Jahren.«

»Hat sie Familie?«

Kirby nimmt sich lange Zeit, bevor sie antwortet.

»Nein. Sie war eine Waise.«

»Ich verstehe.«

Ich warte auf mehr. Kirby lächelt.

»Eher friert die Hölle zu«, sagt sie schließlich. »Sie war eine Waise, sie verschwand vor zehn Jahren aus dem sonnigen Los Angeles, und sie hat in ihrem ganzen Leben niemals absichtlich einem anderen Menschen wehgetan außer sich selbst. Das ist alles, was du wissen musst.«

Ich erzähle ihr von den Videoclips und worum es darin geht. Ich beobachte ihr Gesicht, während ich rede, suche nach einem verräterischen Zucken, einem Riss in der Fassade. Doch Kirby lauscht nur und zwirbelt eine Strähne blonder Haare um den Zeigefinger.

»Ich verstehe«, sagt sie, als ich geendet habe.

»Kirby, hatte Willow ein Problem, von dem du weißt? Hat sie getrunken? Drogen genommen? Ist sie zu Treffen von Selbsthilfegruppen gegangen? Irgendetwas in der Art?«

»Ja. Sie trank. Sie hatte allerdings damit aufgehört. Sie war bei den Anonymen Alkoholikern und hat sich da schwer engagiert.«

Bingo, denke ich.

»Sonst noch etwas, das du mir über Willow Thomas erzählen kannst?«

»Nichts, das dir weiterhelfen würde.« Sie beugt sich vor. Wieder habe ich das Gefühl von etwas Elektrischem in der Luft. »Du hast also noch keine Ahnung, wer der Typ ist?«

»Keine.«

Kirby nickt. »Schön. Okay. Ich schätze, damit wären wir fertig.« Sie steht auf und will gehen.

»Kirby? Möchtest du den Clip sehen?«

Sie hat die Hand am Türknauf, steht mit dem Rücken zu mir. Sie zögert.

»Nein«, sagt sie dann. »Ich kenne das Geheimnis, das Willow für sich behalten wollte.«

Sie dreht den Knauf und geht.

EINE ZIVILISTIN. So hat Kirby die Tote genannt, Willow Thomas. Ich verstehe, was sie gemeint hat, während ich die Frau in dem Videoclip beobachte.

Sie hat genau dieses Aussehen. Als wären die Grausamkeiten des Lebens eine ständige Überraschung, von denen sie sich immer wieder betrogen fühlt. Sie hat in einer Märchenwelt überlebt, bis jemand sie gepackt und auf den Boden der Tatsachen gezerrt hat.

Es war das Ergebnis von fürchterlichem Schmerz, der ihr zugefügt wurde und von dem sie sich niemals erholt hat.

Sie ist schön, auf eine ätherische, durchscheinende Weise. Sie hat glattes dunkles Haar und ist so dünn, dass es schmerzt. Doch dieses Ausgemergelte unterstreicht ihre Schönheit noch, wie es bei manchen – wenigen – Frauen der Fall ist. Ihre Haut ist sehr blass, nur die Wangen zeigen ein wenig Farbe. Ihre Lippen sind voll und rot.

»Erzähl mir von deinen Narben, Willow«, sagt der Prediger zu ihr.

Sie zittert. Ihre Blicke zucken hierhin und dorthin – links, rechts, auf ihn, dann direkt in die Kamera, sodass ich das Gefühl habe, sie würde mich ansehen. Ihre Tränen kommen nicht ununterbrochen; es braucht Zeit, bis ihre Augenwinkel sich mit Flüssigkeit füllen, bis große Tropfen über ihre Wangen kullern und dann auf ihren nackten Oberschenkeln zerplatzen. Übelkeit steigt in mir auf, als ich sehe, dass sie von oben bis unten eine Gänsehaut hat. Er muss ihre Angst buchstäblich gerochen haben.

»Willow«, drängt er so sanft wie eh und je. »Die Narben. Oder ich muss dir noch einmal wehtun.«

Seine Worte lassen Willow so heftig erschauern, dass ich die Stuhlbeine auf dem Boden klappern höre.

»Nein!«, kreischt sie.

»Dann rede bitte. Erzähl mir von deinen Narben.«
»Aber Sie wissen doch schon alles!«, jammert sie. »Ich weiß, dass Sie es wissen. Sie haben es mir selbst gesagt!«
»Das stimmt, aber ich möchte, dass du es vor der Kamera wiederholst.«
Sie hört auf zu zittern. Stößt einen Seufzer aus. Ein neuerliches tiefes Atemholen und ein geräuschvolles Ausatmen. Sie lässt den Kopf nach vorne fallen, sodass ihr die glatten Haare ins Gesicht hängen, wobei die Spitzen die tränenfeuchten Oberschenkel berühren.
»Wir haben uns manchmal gegenseitig geritzt«, flüstert sie.
»Wer? Du und wer noch?«
»Ich und Mandy. Mandy war meine Schwester. Sie war zwei Jahre älter als ich. Wir kamen zusammen in ein Kinderheim, weil Mom und Dad uns so viel geschlagen haben. Mandy hat mir vom Ritzen erzählt ... dass es einem besser geht, wenn man sich selbst wehtut.«
»Und hast du dir wehgetan?«
»Ja.«
»Sprich weiter.«
»Wir benutzten ein Rasiermesser. Meist schnitten wir uns in die Innenseite unserer Beine, oberhalb der Stellen, die man sehen konnte, wenn wir Röcke trugen. Manchmal haben wir uns gegenseitig geritzt.«
»Und das habt ihr auch an dem Tag getan, nicht wahr? Euch gegenseitig geritzt?«
»Ja.« Es ist die kleinlauteste Stimme, die ich je gehört habe. Fast unhörbar leise.
»Und was ist passiert?«
»Sie ... sie hat mich zuerst geschnitten. Es war ... wunderbar. Ich kann es nicht beschreiben. Bevor man sich schneidet, fühlt man sich taub und voller Angst, alles ist unwirklich ... aber dann kommt der Schnitt, und der Schmerz ist *wirklich* da, scharf und süß und ... *jetzt*. Keine Zukunft, keine Vergangenheit, nur das Jetzt. Wenn wir uns geschnitten haben, ging es immer nur um diesen einen Moment. Wir fühlten uns lebendig ...«
»Sprich weiter.«
»Mir war ganz heiß, und ich fühlte mich gut, so gut. Mandy hatte mich ziemlich tief geschnitten. Sie sah, wie gut es mir tat, und sagte, ich solle sie genauso tief schneiden ... ganz tief. Also tat ich es.«

243

»Hast du zu tief geschnitten, Willow?«

Sie hebt den Kopf, und ich sehe entsetzt, wie weiß ihr Gesicht ist. Es ist das Gesicht einer Toten.

»Ich habe in die Arterie geschnitten«, flüstert sie. »Mandy war immer so dünn ... wir beide waren dünn. Ich habe gedrückt, und ich habe nicht richtig aufgepasst, weil ich immer noch das Adrenalin in mir hatte und die Endorphine von ihrem Schnitt, und da habe ich zu tief geschnitten. Sie fing an zu bluten, zu stark, viel zu stark ...«

Sie verstummt.

»Erzähl uns den Rest, Willow. Was hast du anschließend getan?«

Ich sehe zum ersten Mal, dass in dieser Frau einmal Kraft gewesen ist. In ihren Augen funkelt abgrundtiefer Hass auf den Prediger. Wenn sie könnte, würde sie ihn mit dem Rasiermesser aufschlitzen.

»Ich habe ihr gesagt, dass sie zu heftig blutet. Mandy sah an sich herab und ... und ... lächelte. Sie lächelte. Sie sagte mir, dass ich rausgehen und keinem sagen sollte, dass ich es war, die den Schnitt gemacht hat. Ich sagte Nein und dass sie Hilfe brauchte, aber sie erwiderte nur, es sei zu spät, sie würde sterben und es wäre okay, alles in Ordnung, und sie wollte nicht, dass ich deswegen in Schwierigkeiten käme, darum sollte ich gehen und zurückkommen und so tun, als hätte ich sie so gefunden und als wäre ich total überrascht ... und das hab ich dann auch getan, habe bis fünf gezählt und bin ins Zimmer zurück, und Mandy verlor bereits das Bewusstsein, und ich schrie, und überall war Blut, Blut und ...« Ihr Redeschwall verstummt nur zum Luftholen; dann ein weiteres tiefes Seufzen. »Ich hielt sie und versuchte die Blutung zu stoppen, aber es war zu viel. Ich stand in einer Lache ... ich hätte schwimmen können in ihrem Blut.« Ein Herzschlag lang Schweigen. »Und dann starb sie.«

»Hast du getan, was deine Schwester gesagt hat, Willow? Hast du so getan, als wärst du es nicht gewesen?«

Sie nickt. Sie ist womöglich noch blasser geworden. Ihre Augen funkeln voller Hass, nacktem Hass.

»Sag es, Kind«, fordert er sie auf.

Sie schüttelt sich, ein heftiges Erschauern, das die Stuhlbeine klappern lässt. »Ich habe meine Schwester getötet und jeden in dem Glauben gelassen, dass sie es selbst gewesen ist.« Sie speit die Worte hervor, bitter und giftig.

»Und hast du dafür Mitgefühl erhalten?«
»Ja.«
»Hast du den Leuten davon erzählt, dass du dich selbst ebenfalls geschnitten hast?«
»Ja.«
»Eine letzte Frage, Willow. Hast du den Leuten erzählt, dass deine Schwester dich auf diesen Weg gebracht hat? Hast du die Leute glauben gemacht, dass Mandy dich dazu überredet hat?«
»Jaaa ...« Es klingt wie ein Stöhnen. Ihre Augenlider flattern, ihre Miene verändert sich, der Hass weicht Verzweiflung.

Er wartet. Ich habe das Gefühl, dass er sehr zufrieden ist, und ich spüre, wie mein eigener Hass auf ihn wächst.

»Danke, Willow. Vergiss nicht, Gott ist Liebe.«

Schwarzblende.

Mir war nicht bewusst, dass ich die Luft angehalten habe. Ich atme aus und lehne mich im Sessel zurück.

Das also war Kirbys Freundin, denke ich.

Ich frage mich, ob das wirklich das Geheimnis ist, das Kirby zu kennen glaubt.

Ein Klopfen an der Tür reißt mich aus meinen Gedanken. James steckt den Kopf ins Zimmer.

»Wir haben eine Spur.«

27

»Wir haben auf richterliche Anordnungen überprüft, ob wir den Uploads der Videoclips eine IP-Nummer zuordnen können«, sagt James. »Wir wollten wissen, ob er dumm genug ist, uns zu seiner Internetverbindung zu führen. Der Hurensohn ist so raffiniert, dass es nicht sehr wahrscheinlich war, aber er hat viel Material hochgeladen, darum erschien es uns einen Versuch wert.«

»Und? Hat er eine Spur hinterlassen?«

»Die meisten Verbindungen operieren auf der Basis einer dynamischen IP-Nummer. Der Internet-Provider weist dem Computer eines

Benutzers bei jeder Verbindung – oder jeden Tag – eine neue IP zu. Manche Leute ziehen eine so genannte statische IP vor, eine Nummer, die sich nie ändert. Die Nummer, unter der die Uploads stattgefunden haben, war statisch.«

»Und das bedeutet, dass sie nur diesem speziellen Benutzer gehört haben kann?«

»Genau.«

Ich gehe auf und ab, während ich über das Gehörte nachdenke.

»Das kommt mir seltsam vor. Es ergibt keinen Sinn, dass dieser Mann in jeder Hinsicht gerissen ist, sich in diesem einen Fall aber strohdumm anstellt. Könnte es sein, dass die IP gar nicht von ihm ist?«

»Gut möglich. Wenn der Besitzer dieser IP einen Wireless Router benutzt und ihn nicht durch ein Passwort geschützt hat, wäre es vorstellbar, dass jemand mit einem Laptop in einem Auto sitzt, das vor der Tür seines Hauses parkt, und die Verbindung für seine Uploads kapert.«

»Ist es üblich, dass normale WLAN Router nicht passwortgeschützt sind?«

»Ja. Viele Leute kaufen einen Router, stöpseln ihn ein und fertig. Sie machen sich nicht die Mühe, die Verbindung zu sichern – vor allem, weil sie die Technik nicht kapieren.«

»Zeig mir den Burschen.«

James tippt auf eine Taste und deutet auf den Bildschirm, auf dem das Foto eines kalifornischen Führerscheins zu sehen ist.

»Harrison Bester«, lese ich. »Einundvierzig, schwarzes Haar, blaue Augen. Sieht ganz normal aus. Wissen wir schon etwas über ihn?«

»Ja«, sagt Alan, der in diesem Augenblick zur Tür hereinkommt und mit einem braunen Umschlag wedelt. Er lässt sich in den Sessel fallen und liest vor: »Harrison war Systemingenieur. Er hat sich von einer beträchtlichen Abfindungszahlung einen Franchise-Versandladen gekauft. Reichtümer macht er damit nicht, hat aber definitiv ein gehobenes Einkommen. Wohnt in Thousand Oaks. Verheiratet. Name der Ehefrau Tracy. Zwei Kinder, beides Töchter, im Alter von fünfzehn und siebzehn Jahren.«

Callie schüttelt den Kopf. »Das passt wieder alles nicht«, meint sie zutreffend. »Harrison und Tracy müssen schon ziemlich früh im Baum gesessen und sich geküsst haben, um eine siebzehnjährige Tochter zu haben. Außerdem passt es ganz und gar nicht zu unserem Freund. Er gehört zu der unberechenbaren Sorte. Der ist kein Familienmensch. Der hätte gar keine Zeit für ein Familienleben.«

»So sehe ich das auch«, sagt James.

»Ich ebenfalls«, pflichte ich ihnen bei. Ich denke kurz nach und treffe eine Entscheidung. »Callie, ich möchte, dass du dir ein Notebook nimmst und mit dem Wagen vor dem Haus von Bester parkst. Finde heraus, ob Bester einen WLAN-Router betreibt und ob er gesichert ist oder nicht. In der Zwischenzeit setze ich mich mit AD Jones in Verbindung und sorge dafür, dass der Bursche sieben Tage die Woche rund um die Uhr observiert wird.«

»Lieber Vorsicht als Nachsehen?«, fragt Alan.

Ich zucke die Schultern. »Ich glaube nicht, dass Bester der Prediger ist, aber Glauben und Wissen sind zwei verschiedene Paar Schuhe. Selbst wenn er es nicht ist, könnte es sein, dass die beiden sich kennen. Vielleicht stecken sie unter einer Decke. Oder sie sind Saufkumpane, die sich seit einer Ewigkeit kennen, und Harrison hat keine Ahnung, dass sein Freund ein Serienkiller ist. Außerdem besteht immer die Möglichkeit – auch wenn es unwahrscheinlich ist –, dass der Prediger zurückkommt, um erneut die Verbindung zu kapern. Für den Augenblick ist es unsere beste Spur.«

»Okay. Ich fahr los. Mal sehen, was es mit unserem Mr. Bester auf sich hat«, sagt Callie, packt ihre Notebooktasche und geht zum Ausgang.

»Melde dich sofort, sobald du etwas weißt«, rufe ich ihr hinterher.

»Nur wenn du mir versprichst, dass du mich hinterher für einen Quickie mit meinem zukünftigen Ehemann nach Hause fahren lässt!«, ruft sie zurück, und dann ist sie auch schon durch die Tür.

»Ich habe mir die Selbsthilfegruppe angesehen, die Rosemary besucht hat«, sagt Alan.

»Und?«

Wahrscheinlich hört er die Hoffnung in meiner Stimme, denn er schüttelt verneinend den Kopf. »Sie ging ziemlich regelmäßig zu den Anonymen Drogensüchtigen im Valley. Ich habe mit dem Leiter dort gesprochen. Es ist eine Gruppe, in der es einen ständigen Wechsel gibt und der Leute aus sämtlichen Gesellschaftsschichten angehören. Es gibt keine Teilnehmerliste, keine Bewerbungsformulare, keine Auswahl. Solange man bereit ist, über sein Problem zu reden, ist man willkommen.«

»Ein perfektes Versteck.«

»Ja. Deshalb war der Mann wohl auch nicht bereit, mir Informationen zu geben. Das gehört zu den Grundsätzen der Gruppe.« Er zuckt die Schultern. »Unser Freund ist gerissen. Jede Wette, dass er dort war.«

»Und ich gehe jede Wette ein, dass wir jeden Einzelnen befragen können, und niemand würde sich an einen Burschen erinnern, der irgendwie auffällig gewesen wäre. Genau wie die Passagiere im Flugzeug.«

AD JONES HAT MICH GEBETEN, ihn persönlich zu informieren, nicht per Telefon. Ich klopfe an seine Bürotür.

»Herein!«, ruft er.

Er sitzt hinter seinem Schreibtisch, als ich eintrete. Er sieht erschlagen aus, mürrisch. Er hat seine Krawatte gelockert und die Ärmel hochgekrempelt. Ich lasse mich in einen der ledernen Besuchersessel sinken. Er legt den Kopf auf die Seite, sieht mich abschätzend an.

»Sie sehen schrecklich aus«, sagt er.

»Danke gleichfalls, Sir.«

Er verzieht die Mundwinkel zur Andeutung eines Lächelns.

»Ja. Es war ein höllischer Tag. Hier hat sich alles um diesen Prediger gedreht. Die Medien drehen durch, und das bedeutet, dass auch Rathbun durchdreht. Ich hatte Anrufe von den Polizeidirektoren in Los Angeles, San Francisco, Las Vegas, Carson City, Phoenix, Salt Lake City ... Sie kriegen hoffentlich eine Vorstellung. Ich konnte sie alle zu uneingeschränkter Kooperation bewegen. Es wird kein Gerangel um Zuständigkeiten geben.«

»Wie haben Sie dieses Wunder vollbracht?«

Er reibt sich die Stirn. »Überall schreien Familien nach Antworten oder nach Blut oder beidem, und die Medien setzen ihnen auch noch zu. Die Chefs der Polizeibehörden müssen politisch handeln. Sie brauchen dringend Antworten, und zwar schnell. Und sie sehen ein, dass ihre beste Chance darin besteht, wenn sie alle an einem Strang ziehen.«

»Danke, Sir. Das wird uns sicher helfen.«

»Jetzt sind Sie an der Reihe, mir zu helfen, Smoky. Wie weit sind wir bei dieser Sache?«

Ich erzähle ihm von der IP-Nummer. Er verzieht das Gesicht.

»Ich stimme Ihnen zu, dass wir dieser Spur nachgehen müssen, und ich genehmige die Observation. Aber ich bezweifle, dass er unser Mann ist.«

»Der Meinung bin ich auch, Sir. Er hat viel Zeit damit verbracht, diesen Augenblick vorzubereiten. Es ist wichtig für ihn. Zu wichtig, um einen so dummen Fehler zu machen.«

»Und wohin führt uns das?«

»Ich denke, wir werden den Fall lösen, indem wir den kleinsten gemeinsamen Nenner finden, Sir.«

»Werden Sie deutlicher.«

»Es ist ein logisches Problem. Er ist erfahren und gerissen, aber ein Gewohnheitstier. Alle seine Opfer waren Frauen – mit Ausnahme von Lisa Reid. Alle hatten irgendein dunkles Geheimnis, das er enthüllt hat, und wir können davon ausgehen, dass er sie alle auf die gleiche Weise getötet hat. Wir müssen das Muster so genau analysieren, bis wir den Hinweis entdecken, der uns zu ihm führt.«

»Und was glauben Sie, wie dieser Hinweis aussieht?«

»Bei ihm dreht sich alles um Geheimnisse und Wahrheit. Die Frage, auf die wir eine Antwort finden müssen, lautet: Woher weiß er, was er weiß? Ich glaube, wenn wir das herausfinden, haben wir ihn.«

»Ideen?«

»Wir vermuten, dass er seine Opfer in Selbsthilfegruppen findet, bei den Anonymen Alkoholikern zum Beispiel. Außerdem in Kirchen. Mit großer Wahrscheinlichkeit infiltriert er die Gruppen, indem er sich als Leidensgenosse ausgibt.« Ich zucke die Schultern. »Ich schätze, er könnte auch als Therapeut auftreten, oder als Priester.«

»Aber das glauben Sie nicht.«

»Es wäre zu direkt, zu riskant. Er muss sich in der Menge verstecken, und er braucht die Möglichkeit, sich jederzeit unauffällig zu verdrücken. Das kann er aber nicht, wenn er sich in eine Lage bringt, in der Menschen eine Beziehung zu ihm aufbauen. Dann würde es zu sehr auffallen, wenn er verschwindet.«

»Stimmt«, sagt Jones nachdenklich. »Und wie können wir das nutzen, um ihn aufzustöbern?«

»Das weiß ich noch nicht.« Ich höre die Hilflosigkeit in meiner Stimme.

»Nun«, sagt Jones, »in dieser Situation haben Sie zwei Möglichkeiten, Agentin Barrett. Entweder Sie beachten die Sache nicht weiter, oder tauchen Sie selbst in die Umgebung ein.«

»Ja, Sir.«

»Gut. Dann sollten Sie sich schnell darüber klar werden, was Sie tun wollen. Nach allem, was ich bisher sehe, *will* unser Freund geschnappt werden. Also geben wir ihm, worauf er scharf ist. Machen Sie sich an die Arbeit.«

Ich verlasse sein Büro, und seine Worte klingen mir in den Ohren.

Tauchen Sie selbst in die Umgebung ein.

Als ich wieder in der Todeszentrale bin, gehe ich gleich zu Alan.

»Los, komm, wir fahren zu Vater Yates.«

28

EIN WEITERER SPÄTABENDLICHER TRIP INS VALLEY. Der Mond versteckt sich diesmal und kommt nur gelegentlich hinter den Wolken hervor.

»In L. A. sieht man nie die Sterne«, murmelt Alan.

»Das liegt an den Lichtern der Großstadt.« Ich lächle. »Sie machen den Himmel zu hell. Das Streulicht und der Smog.«

Die Räder rumpeln und poltern auf dem unebenen Straßenbelag, während wir durch die Dunkelheit jagen.

VATER YATES TRÄGT JEANS UND EINEN PULLOVER. Sein Haar ist zerzaust. Seine Augen blicken müde. Er gähnt, als er uns sieht.

»Verzeihung.« Er lächelt und schüttelt zuerst mir, dann Alan die Hand. »Ich gehe früh schlafen und stehe mit den Hühnern wieder auf, wie das Sprichwort sagt.«

»Kein Problem, Vater. Wir sitzen im gleichen Boot, nur dass *wir* manchmal ins Bett gehen, wenn die Hühner aufstehen. Das bringt der Job mit sich.«

Er deutet auf die vordere Reihe von Bänken, und wir nehmen dort Platz.

»Sie benötigen meine Hilfe, sagten Sie?«

»Haben Sie einen der Videoclips gesehen, die er aufgenommen hat?«

»Nur die ersten paar, in denen er seine Argumente für die Wahrheit darlegt. Ich habe kein Interesse, ihm dabei zuzusehen, wie er Menschen ermordet.«

»Und? Was denken Sie?«

Vater Yates lehnt sich zurück und betrachtet das große Kruzifix über dem Altar. Es ist sein Anker an diesem Ort; ich erkenne es daran, wie ein Teil der Sorgen und der Müdigkeit aus seinen Augen verschwindet.

»Sind Sie vertraut mit den Katechismen der katholischen Kirche, Agentin Barrett?«, fragt er.

»Äh ... ich glaube schon. Ich wurde katholisch erzogen.«

»Wie steht es mit dem offiziellen Katechismus?«

»Ich fürchte, Vater, ich weiß nicht, was Sie meinen.«

»Warten Sie.«

Er verschwindet in der Sakristei und kehrt gleich darauf zurück, ein kleines, dickes, gebundenes Buch in den Händen. Er reicht es mir. Ich lese den Titel: *Katechismus der Katholischen Kirche.*

»Alles, was Sie schon immer über die katholische Kirche wissen wollten, aber nicht zu fragen wagten.« Er lächelt. »Es gibt einen Absatz darin, nach dem ich meine Handlungen ausrichte. Ich habe ihn erneut gelesen, kurz nachdem ich mir diese Videoclips angeschaut hatte.« Er nimmt mir das Buch wieder ab und schlägt eine der vorderen Seiten auf. »Hier: ›Das gesamte Anliegen von Doktrin und Lehre muss auf die Liebe ausgerichtet sein, die niemals endet. Gleichgültig, ob etwas zum Glauben, zur Hoffnung oder zum Handeln vorgeschlagen wird, die Liebe unseres Herrn muss stets zugänglich sein, sodass jeder sehen kann, dass sämtliche Werke der vollkommenen christlichen Tugend der Liebe entspringen und keinen anderen Zweck haben, als zur Liebe zu finden.‹« Er klappt das Buch wieder zu und streicht beinahe zärtlich über den Einband. »Ich liebe diesen Absatz. Er ist ein Stück Wahrheit. Was immer aus meiner Kirche werden mag, welche Fehler übereifrige oder intolerante Gemeindemitglieder auch begehen mögen, welche Verbrechen von bösen Menschen begangen werden, die sich als Männer Gottes maskieren – ich lese diesen Absatz und weiß, dass das Problem bei den Menschen liegt, nicht bei meiner Kirche oder meinem Glauben. Es sind die Verleugner der Kirche, die ihre Handlungen nicht an der Reinheit dieses einen Absatzes ausrichten – an dem Gedanken, dass wir kein anderes Ziel verfolgen, als zur Liebe zu finden.«

»Ein hübscher Gedanke«, räume ich ein. »Zu schade, dass er viel zu selten in die Praxis umgesetzt wird.« Ich verziehe das Gesicht. »Bitte verzeihen Sie, Vater.«

Er lächelt. »Ich stimme Ihnen durchaus zu. Konfrontation und Angriff sind nicht der richtige Weg, um einen Menschen zu Christus zu führen. Man sagt den Leuten nicht, dass sie dumm sind und zur Hölle verdammt – man zeigt ihnen die Worte Christi oder setzt durch das eigene Tun ein Beispiel, an dem sie sich orientieren können. Oder man hilft ihnen einfach nur, wenn sie Hilfe benötigen. Der Glaube ist etwas Freiwilliges. Man kann ihn nicht mit vorgehaltener Waffe erzwingen.«

»Ich verstehe, worauf Sie damit hinauswollen«, sagt Alan. »Der Prediger verkörpert allerdings nicht gerade die Vorstellung christlicher Nächstenliebe.«

Vater Yates runzelt die Stirn. »Mord ist niemals ein Akt der Liebe. Dieser Mann macht sich bestenfalls etwas vor.«

»Was ist mit seinen Ideen?«, frage ich. »Was er über die Wahrheit sagt?«

Vater Yates seufzt. »Ich will ganz ehrlich sein. Die Ideen an sich sind durchaus interessant. Ich nehme seit vielen Jahren die Beichte entgegen, und ich habe das Phänomen, von dem dieser Mann spricht, selbst erlebt. Das Schwierigste für die Menschen ist nicht, die Wahrheit zu sagen, sondern die *ganze* Wahrheit. Ich bin sicher, dass viele Leute mit dem übereinstimmen, was er sagt. Sie können darauf wetten, dass er Anhänger hat.«

»Machen Sie Witze?«, frage ich ungläubig.

»Ich fürchte nein. Viele Menschen in der christlichen Welt glauben an Schwarz oder Weiß und leben nach dem Prinzip ›Jeder bekommt, was er verdient‹, wenn es um Gott und die Bibel geht. Und wenn man seine Sünden nicht beichtet, landet man eben in der Hölle. Einige Leute werden sicherlich der Meinung sein, dass die Opfer dieses Mannes selbst schuld an ihrem Schicksal sind. Sie waren nicht bereit, ihre Sünden vor Gott zu beichten, und mussten dafür bezahlen.«

Ich starre auf das Kruzifix, auf den Christus mit der abblätternden Farbe, auf der Suche nach dem Trost, den Vater Yates in seinem Anblick zu finden scheint. Mich tröstet der Anblick nicht – wie immer. Wie kann ich an eine Kirche glauben oder einer Religion anhängen, die Menschen wie den Prediger hervorbringt?

»Vergessen Sie nicht das Gute, das getan wird«, sagt Vater Yates und reißt mich aus meinen Gedanken. »Die Millionen Kinder, die dank christlicher Wohlfahrt jeden Tag zu essen bekommen. Denken Sie an die Unterkünfte, die für die Heimatlosen errichtet werden, an die Missionen mit ihren Schulen, Hospitälern und Garküchen. Vor gar nicht langer Zeit ging eine Gruppe von Christen aus Südkorea nach Afghanistan. Sie wussten, dass es gefährlich ist, und sie waren vermutlich schlecht beraten, aber darum geht es gar nicht. Entscheidend ist, dass diese Leute keinerlei Hintergedanken hatten. Sie gingen ihren Weg, um zu helfen. Sie wurden als Geiseln genommen. Der größte Teil von ihnen wurde freigelassen, doch einige hat man getötet. Religion war immer ein zweischneidiges Schwert und wird es immer bleiben. Es kommt darauf an, wie man sie benutzt, und das hängt in jedem einzelnen Fall vom Individuum ab.«

Er hält kurz inne; dann fährt er fort: »Es ist wie bei allem anderen auch. Gäbe es kein Internet, gäbe es weniger Pornographie und Kindesmissbrauch. Aber was ist mit all dem Guten, das getan wird, gerade *weil* das Internet existiert? Handel, freier Informationsfluss, das Niederreißen kultureller Barrieren, ein Nachlassen der Fremdenfeindlichkeit, weil die Menschen zum ersten Mal kreuz und quer über die ganze Welt miteinander reden können. Alles kann zum Guten oder zum Bösen benutzt werden. Das schließt die Kirche mit ein – und sämtliche Interpretationen der Bibel.«

»Reden wir über die Beichte, Vater. Verraten Sie mir, was die Beichte für Sie bedeutet?«

Wieder schweift sein Blick zu Jesus über dem Altar. »Meiner Meinung nach ist die Beichte der wichtigste Dienst, den die Kirche dem Gläubigen anzubieten hat. Der wahre Grund dafür, dass die Worte dieses Ungeheuers die Menschen so tief treffen, ist nicht der, dass sie besonders revolutionär wären. Der wahre Grund ist, dass die meisten

Menschen mit der Last von Geheimnissen durchs Leben gehen ... Geheimnisse, die uns Tag für Tag zu schaffen machen. Ich habe Gläubige erlebt, die vor Erleichterung geweint haben, nachdem sie eine kleine, lässliche Sünde gebeichtet hatten.«

»Aber die meisten Opfer des Predigers haben schreckliche Dinge getan. Wie steht es damit?«

»Ich habe über die Jahre hinweg eine Reihe grauenvoller Beichten gehört. Ja, es ist wahr ... furchtbare Dinge. Und ich hatte Beichtende, die nicht sonderlich reumütig waren. Doch die große Mehrheit leidet unter der Bürde der bösen Dinge, die sie getan hat. Die meisten Menschen urteilen viel härter über sich selbst, als Sie oder ich es tun würden. Es hat mich nicht hart gemacht, mir Beichten anzuhören, im Gegenteil. Ich glaube an das Gute im Menschen, an seine grundlegende Anständigkeit.«

»Mir fällt es schwer, daran zu glauben, Vater«, sage ich.

»Amen«, murmelt Alan.

Vater Yates lächelt. »Das ist verständlich. Sie verbringen Ihre Zeit mit Menschen, die ohne jede Reue sündigen und, schlimmer noch, die sich an ihren Sünden erfreuen. Aber glauben Sie mir – das weitaus verbreitetere Beispiel ist die Mutter, die ich dazu bringen muss, sich selbst zu verzeihen, weil sie aus Erschöpfung oder Überlastung die Hand gegen ihr Kind erhoben hat. Wir sind nicht ohne Fehler, aber wir sind nicht böse.«

»Hören Sie in den Beichten alles?«, frage ich.

»So gut wie. Manchmal halten die Menschen Dinge zurück. Die Beichte abzunehmen kann man nicht lernen. Es ist eine Kunst. Man muss bei seinen Gemeindemitgliedern Vertrauen gewinnen. Sie müssen sicher sein können, dass sie hinterher nicht anders behandelt werden, nachdem sie ihrem Beichtvater von ihren kleinen Vergehen, ihren fleischlichen Sünden oder Schlimmerem berichtet haben.«

»Sie haben in der langen Zeit schreckliche Dinge gehört, sagten Sie. Wie behandeln Sie diese Personen nach der Beichte? Genauso wie vorher?«

Er zuckt die Schultern. »Ich habe keine andere Antwort als die, die ich bereits gegeben habe«, sagt er. »Es ist meine heilige Pflicht.«

»Das muss manchmal schwierig sein.«

»Es hat schwierige Augenblicke gegeben«, räumt er ein.

»Wie reagieren Sie, wenn Sie etwas erfahren, dass erst noch geschehen wird oder bereits im Gange ist?«, fragt Alan. »Beispielsweise ein Vater, der sein Kind missbraucht. Oder ein Mann, der beichtet, dass er sich bei Prostituierten mit HIV infiziert hat und trotzdem weiterhin mit seiner Frau schläft?«

»In solchen Fällen bete ich, Agent Washington. Ich bete um Kraft. Ich bete, dass das Sakrament der Beichte ausreicht, um diese Person an weiteren Sünden zu hindern. Ja, es ist schwierig. Doch wenn ich wegen der Sünden eines Mannes oder einer Frau das Beichtgeheimnis breche, entziehe ich mich zugleich den Hunderten anständiger Menschen, die mich als Beichtvater benötigen. Sollen Hunderte Unschuldiger für die Sünden eines Einzelnen bezahlen?«

»Und es gibt keine Ausnahmen?«

»Es ist mir gestattet, einen reuigen Sünder zu überreden, dass er sich der Polizei stellt, falls er gegen das Gesetz verstoßen hat. Ich kann ihm sogar die Absolution verweigern, sollte er sich widersetzen, aber ich darf nicht gegen das Beichtgeheimnis verstoßen.«

Alan schüttelt den Kopf. »Ich beneide Sie nicht um Ihre Arbeit, Vater, zumal Sie ein Denker sind, wie ich feststelle. Es muss Ihnen den Schlaf rauben.«

Vater Yates lächelt. »Manchmal reicht allein die Kraft des Glaubens zum Leben. Manchmal reicht das Vorbild der Heiligen Schrift, um sich geistig leiten zu lassen. Ich bewege mich irgendwo dazwischen. Ich habe Krisen ... jeder Priester durchlebt sie. Nonnen ebenfalls. Mutter Teresa hatte die meiste Zeit ihres Lebens tiefe persönliche Zweifel an Gott.«

»Haben Sie echte Veränderungen an Menschen beobachten können?«, frage ich.

»Selbstverständlich. Nicht immer, doch genug, um zufrieden zu sein.«

»Wie geht es normalerweise vonstatten? Bei denen, die sich ändern?«

Er denkt über meine Frage nach, bevor er antwortet. »Reue. Aufrichtige Reue. Es ist eine Sache, eine Sünde zu beichten. Aufrichtige Reue jedoch erfordert eine Veränderung als grundlegenden Bestandteil. Wenn man bereut, ändert man sich. Wenn nicht, dann nicht.«

»Hat Rosemary bereut?«

»Ich denke schon. Ja.«

»Dürfte ich einen Blick in Ihren Beichtstuhl werfen, Vater?«

Er zögert, studiert mich eingehend, doch ich fühle mich nicht unbehaglich unter diesen forschenden Blicken. In seinen Augen ist zu viel Güte.

Er steht auf. »Folgen Sie mir.«

»Ich warte hier«, ruft Alan mir leise hinterher. »Vielleicht bete ich ein wenig. Um genügend Schlaf heute Nacht, zum Beispiel.«

Ich winke ihm halbherzig zu, während ich Vater Yates zum Beichtstuhl folge. Und dann geschehen zwei Dinge gleichzeitig: Das, was ich zu sehen versuche, wird deutlicher, heller; zugleich ist die Stimme in meinem Kopf plötzlich wieder da.

Ich spüre, wie sich auf meiner Stirn kalter Schweiß bildet.

»Machen wir es doch gleich richtig«, sagt Vater Yates, als wir uns dem Beichtstuhl nähern. »Ich nehme meinen normalen Platz ein und Sie den der Sünderin.«

»Warum nicht«, sage ich, doch ich höre meine eigene Stimme kaum. Zu viele Fledermausflügel flattern in meinem Kopf.

Ich öffne die Tür und betrete die winzige Kammer. Es gibt nur wenig Licht hier drin. Die Kammer ist karg und aus dunklem, schlecht lackiertem Holz. Vor dem Gitterschirm, der Priester und Sünder voneinander trennt, steht ein Kniestuhl. Ich schließe die Tür, starre auf den Kniestuhl.

Wenn schon, denn schon, denke ich. Mir ist zum Lachen und zum Weinen gleichzeitig zumute.

Diesmal spricht die Stimme laut zu mir. *Sieh mich an.*

Hastig knie ich nieder. Aus irgendeinem Grund lässt es die Stimme verstummen.

Vater Yates schiebt das Fenster auf.

»Kleiner als in meiner Erinnerung«, sage ich.

»Ich nehme an, Sie waren bei Ihrer letzten Beichte sehr viel jünger«, entgegnet er belustigt.

»Nun ja ... wie war das noch? Segne mich, Vater, denn ich habe gesündigt. Seit meiner letzten Beichte sind, hmmm ... ungefähr siebenundzwanzig Jahre vergangen.«

»Verstehe. Hast du etwas zu beichten, meine Tochter?«

Ich erstarre. Ich spüre, wie etwas in mir aufsteigt. Es ist wütend, hässlich und bitter.

»War *das* Ihr Gedanke, als Sie mich draußen so angesehen haben,

Vater? Dass Sie mich in den Beichtstuhl locken und dazu bringen, meine Seele auszuschütten, damit ich meinen Glauben wiederfinde?«

»Es würde fürs Erste reichen, wenn du mir deine Seele ausschüttest«, erwidert er ruhig. »Um den Glauben wiederzufinden, ist es noch ein wenig zu früh.«

»Gehen Sie zum Teufel!«

Er seufzt. »Agentin Barrett, Sie sind hier, und ich bin hier, und in diesen engen Wänden sind Sie vollkommen sicher. Sie können toben hier drin, Sie können weinen, Sie können mir alles erzählen, es bleibt zwischen Ihnen, mir und Jesus Christus. Irgendetwas bekümmert Sie, das ist nicht zu übersehen. Warum nicht darüber reden? Sie wollten sich doch ... wie haben Sie gleich gesagt? Sie wollten sich in diese Umgebung versenken. Nun, das ist Ihre Chance.«

»Als ich das letzte Mal einem Mann meine Geheimnisse erzählt habe, Vater, hat dieser Mann versucht, mich umzubringen.« Ich bin überrascht, wie kalt meine Stimme klingt.

»Ja, ich habe davon gelesen. Ich kann Ihre Zweifel verstehen. Aber wenn Sie schon nicht auf Gott vertrauen können, dann vielleicht auf mich. Ich habe noch nie gegen das Beichtgeheimnis verstoßen.«

»Ich glaube Ihnen.«

Ich glaube ihm tatsächlich. Außerdem kann ich nicht abstreiten, dass in dieser Umgebung eine Sehnsucht erwacht, tief und durchdringend. Und genau das ist die Ursache für einen Teil meiner Wut.

Sieh mich an, hatte die Stimme in meinem Kopf gesagt. Das Problem ist nicht, dass ich nicht sehen könnte, was die Stimme von mir verlangt. Das Problem ist im Gegenteil, dass ich niemals aufhören kann, es zu sehen.

Das Bedürfnis, mit jemandem über mein Geheimnis zu sprechen, es mir endlich von der Seele zu reden, die Möglichkeit, dass es mir ein wenig Frieden bringt – ob Gott oder nicht Gott –, verspricht eine solche Erleichterung, dass ich das Gefühl habe, als würde ein Heer von Ameisen über meine Haut krabbeln.

Ich atme ein und aus. Mein Atem geht flach. Mein Herz rast. Meine Hände sind ineinander verschränkt, mehr aus Verzweiflung als im Gebet.

»Ich weiß nicht, ob ich noch an Gott glaube, Vater«, flüstere ich. »Ist es richtig zu beichten, wenn ich mir nicht sicher bin, ob Gott existiert?«

»Solange du wahrhaftig bereust, kann die Beichte nur etwas Gutes sein, meine Tochter.«

»Smoky, Vater. Nennen Sie mich Smoky.«

»Smoky. Gibt es Sünden, die du mir beichten möchtest?«

Es gibt viele Sünden, Vater, sehr viele Sünden. Sünden des Stolzes, Sünden des Neids, Sünden der Lust. Ich habe Menschen ermordet. In Selbstverteidigung, aber einem Teil von mir hat es gefallen, diese Menschen zu töten. Ich bin unendlich froh darüber, dass ich den Mann getötet habe, der mir Matt und Alexa genommen hat. Es verschafft mir Genugtuung bis in alle Ewigkeit.

Sünden?

Ich habe gegen meine Familie gesündigt, gegen meine Freunde, gegen die, die mich geliebt und die mir vertraut haben. Ich habe gelogen. Ich trinke abends. Ich habe in meinem ganzen Leben nur mit zwei Männern geschlafen, doch ich habe es voller Hingabe getan. Manchmal aus Liebe, aber oft nur aus Geilheit. Ist es eine Sünde, sich daran zu erfreuen, einen Schwanz im Mund zu haben? Matt und Tommy »Fick mich, jaaa, fick mich, o Gott, fick mich« ins Ohr geflüstert zu haben? Hat Gott Verständnis dafür, dass ich ihn dort hineingezogen und zu einem Teil dieses verschwitzten Augenblicks gemacht habe?

Ich habe auf das Leid anderer geschaut, auf das Unrecht, das ihnen widerfahren ist, auf ihre verstümmelten Leichen, und ich habe gelernt, wie man sich abwendet. Wie man die Bilder und die Gefühle aussperrt, nach Hause geht und Spaghetti isst und sich vor den Fernseher setzt, als hätte der Schmerz dieser Menschen niemals existiert, oder als spielte er keine Rolle. Ich habe es mir zur Aufgabe gemacht, Verbrecher zu jagen. Ich bekomme mein Geld, weil andere Menschen sterben.

Sind das Sünden?

Ich verlagere mein Gewicht auf der Kniebank. All diese Dinge, die in meinem Kopf sind, mögen Sünden sein oder auch nicht, doch das Monster in meinem Innern wird durch etwas ganz anderes geweckt.

Sieh mich an, sagt dieses Etwas, doch die Stimme klingt sanft diesmal, freundlich.

Es ist meine eigene Stimme.

Ich spüre Tränen über meine Wangen laufen. Ich werde mit Vater Yates darüber reden, wird mir klar. Ich wollte von Anfang an mit ihm darüber reden; ich wusste es bereits in dem Augenblick, als ich diese

Kirche betreten habe. Das ist der Grund, aus dem die Schweißausbrüche und die Übelkeit wieder vergangen sind.

»Ich habe etwas Schreckliches getan, Vater«, flüstere ich. »Ich glaube, das ist der Grund, weshalb ich mir keine richtige Freude, kein Glücklichsein mehr erlauben kann … weshalb ich nicht mehr zulassen kann, jemanden wirklich zu lieben. Weil ich es nicht verdient habe.«

Es laut auszusprechen bringt die Qualen erst richtig hervor. Das Monster versucht, als ein Heulen aus meiner Kehle zu kriechen, doch ich kämpfe es nieder, dränge es zurück in mein Inneres. Es ist zu still hier drin, als dass ich mir Schreie erlauben könnte. Alan würde mich hören. Ich balle die Hände zu einer einzigen Faust und presse sie mir vor den Mund. Ich beiße darauf, bis meine Zähne die Haut durchdringen. Ich schmecke mein eigenes Blut und bebe vor Schmerz.

Vater Yates hat schweigend abgewartet. Jetzt spricht er wieder. Seine Stimme ist freundlich. Beruhigend. Er erinnert mich für einen Augenblick an meinen richtigen Vater. Nicht an Gott, sondern an Dad, der stets die Kreaturen unter meinem Bett in Schach gehalten hat.

»Kleide es in Worte, meine Tochter«, sagt Vater Yates. »Sprich es einfach aus. Ich werde dir zuhören, ohne dich zu verurteilen. Was du hier drinnen sagst, wird niemals durch mich oder jemand anderen nach draußen getragen. Welche Bürde du auch trägst, es ist an der Zeit, sie abzuwerfen.«

Ich nicke. Tränen strömen mir übers Gesicht. Ich weiß, dass Vater Yates mein Nicken nicht sehen kann, doch meine Kehle ist wie zugeschnürt, und ich kann nicht reden. Er scheint es zu spüren.

»Lass dir Zeit, meine Tochter.«

Ich schniefe. Er wartet. Die Sekunden verrinnen, und schließlich löst sich die unsichtbare Hand, die meine Kehle zugedrückt hat, und ich kann wieder sprechen.

»Nach dem Überfall in meinem Haus war ich eine Zeit lang im Krankenhaus. Sands hatte mir das Gesicht bis auf den Knochen zerschnitten. Er hatte mir mit einer Zigarre Brandwunden zugefügt. Nichts davon war lebensbedrohlich, aber ich hatte schlimme Schmerzen, und die Ärzte waren besorgt wegen möglicher Infektionen, weil die Wunden so tief waren.

Ich wollte sterben, Vater. Ich war entschlossen zu sterben. Ich hatte absolut und unumstößlich beschlossen, mir eine Kugel in den Kopf zu jagen. Gleich nach meiner Entlassung aus dem Krankenhaus wollte ich nach Hause fahren, meine Angelegenheiten ordnen und mich anschließend umbringen ...«

»Sprich weiter.«

»Das alles sind Dinge, die jeder weiß. Ich musste zu einem Psychiater – und Sie wissen, was daraus geworden ist. Der Punkt ist, die Leute wissen, dass ich mich mit Selbstmordgedanken getragen habe. Sie wissen von der Vergewaltigung, und sie sehen die Narben. Das alles können sie verstehen und nachvollziehen. ›Natürlich hat sie Selbstmordgedanken, sieh dir doch an, was sie durchgemacht hat, das arme Ding‹ und so weiter. Verstehen Sie?«

»Ja.«

»Ein Teil von mir hat es in sich aufgesaugt. All das Mitleid. Die arme, arme Smoky. Ist sie nicht stark? Ist es nicht bewundernswert, wie sie sich gefangen hat und weitermacht?«

Die Bitterkeit steigt wie Säure in mir auf. Ich kann sie fast im Mund schmecken. Es ist der Geschmack von Selbstverachtung, ja Selbsthass.

»Erzähl mir, was die Leute nicht wissen, Smoky. Das, was nicht so bewundernswert ist.«

Der Anflug von Feindseligkeit macht mich ein wenig schwindlig, so heftig ist er. Hitze steigt in meine Wangen und meine Stirn. Dieses Geheimnis will nicht ohne Widerstand erzählt werden. Es kann das Licht sehen, und dieses Licht lässt es toben und schreien. Es wird kämpfend untergehen.

»Scheiß auf Gott«, hauche ich, und liebe den Geschmack meiner Worte, den Kitzel, den sich mit sie bringen.

»Bitte?«

»Ich sagte, scheiß auf Gott und seine Vergebung. Warum sollte ich diesen himmlischen Versager wegen irgendetwas um Vergebung bitten? Wozu brauchte meine Mutter seine Vergebung? Wissen Sie, dass sie uns in ihren letzten Tagen angefleht hat, sie zu erlösen? Sie hatte so fürchterliche Schmerzen ... sie hat darum gebettelt, dass wir ihr Leben beenden. Und sie war die frommste Katholikin, die ich jemals gekannt habe.«

»Und?«, fragt er mit ruhiger Stimme. »Hast du ihr Leben beendet?«

»Was? Scheiße, nein, Vater.« Die Wut ist wie eine Flutwelle, sie hat mich überrollt, und ich bin machtlos dagegen.

»Dann erzähl mir, was du getan hast, Smoky. Du musst Gott nicht um Vergebung bitten, wenn du nicht willst. Aber du musst zumindest dich selbst danach fragen.«

Ich knirsche mit den Zähnen und balle die Hände zu Fäusten, bis sie taub sind.

»Mir selbst vergeben?« Meine Stimme ist kaum mehr als ein Flüstern. »Was denn ... nur weil ich es hier drin laut ausgesprochen habe, soll plötzlich alles wieder in Ordnung sein?«

»Nein. Aber es ist ein Anfang. Ich kann dir nicht sagen, warum es so viel ausmacht, wenn wir jemand anderem erzählen, was wir getan haben, Smoky, aber es ist so. Es sind nur Worte, aber anschließend geht es dir besser. Du musst mir erzählen, was du getan hast, und du wirst sehen, dass es nicht das Ende der Welt bedeutet, nur weil du es mir erzählt hast.«

Diese Ruhe ist unfassbar. Der Mann ist ein Ungetüm des Glaubens, geduldig und unerschütterlich. Müsste er einen Swimmingpool mit einem Kaffeelöffel leeren – er würde es tun, ohne zu maulen, ganz gleich, wie lange es dauert. Es erzeugt in mir ein Gefühl von Sicherheit und zugleich Feindseligkeit. Ich will ihn umarmen und schlagen zur gleichen Zeit.

»Ich war schwanger«, sprudelt es aus mir hervor.

Stille.

Ich denke für einen Moment, dass er bereits über mich urteilt, doch dann wird mir klar, dass er nur wartet.

»Sprich weiter, Smoky«, sagt er schließlich.

»Erst ein paar Monate. Es war eine große Überraschung. Ich hatte ein Diaphragma benutzt. Matt und ich waren nicht alt, aber wir waren auch keine jungen Küken mehr. Es ist ... es ist einfach passiert.«

»Wusste dein Ehemann davon?«

Du bist zu schlau für mich, Vater.

»Nein. Ich war nicht sicher, ob ich es ihm erzählen würde. Ich war nicht sicher, ob ich das Baby behalten wollte.«

»Warum nicht?«

»Ich weiß es nicht. Selbstsucht, nehme ich an. Ich war Ende dreißig, und mit meiner Karriere ging es bergauf ... die üblichen Ausflüchte. Verstehen Sie mich nicht falsch, ich hatte noch nicht beschlossen, das Kind loszuwerden. Nicht zu hundert Prozent. Aber ich dachte darüber nach, und ich hielt es vor Matt geheim.«

»Hattest du viele Geheimnisse vor deinem Mann?«

»Nein. Das ist es ja gerade ... nun ja, zumindest ist es ein Teil des Problems. Matt und ich, wir hatten wirkliches Glück. Ich weiß alles über die verschiedenen Möglichkeiten, wie eine Ehe aus der Spur geraten kann. Männer betrügen, Frauen betrügen, Männer lügen, Frauen lügen. Geliebte töten Frauen, Frauen töten ihre Männer ... oder vielleicht ist alles in Ordnung, und sie sterben beide an Krebs. Manchmal ist es ein langsamer Tod. Jahre voller kleiner Geheimnisse führen zu großem Misstrauen, und irgendwann hat die Ehe weniger mit Liebe als mit Leidensfähigkeit zu tun.

Bei Matt und mir war es nie so. Wir hatten unsere Kämpfe. Wir haben manchmal tagelang nicht miteinander geredet. Doch am Ende haben wir immer wieder zusammengefunden, und wir haben uns geliebt. Ich habe ihn nie betrogen, und ich bin sicher, dass er mich niemals betrogen hat.«

»Dann war es also ungewöhnlich, eine Ausnahme, die Schwangerschaft vor ihm zu verheimlichen.«

»Es war sehr ungewöhnlich. Man verheimlicht Kleinigkeiten. Das gehört dazu, wenn man mit einem anderen Menschen zusammenlebt. Manche Dinge muss man einfach für sich behalten. Aber nicht die großen Sachen. Man verheimlicht keine Schwangerschaft, und man verheimlicht ganz bestimmt keine Abtreibung. Wir jedenfalls waren nicht so.«

»Hat er es vor seinem Tod erfahren?«

»Nein.«

»Glaubst du, du hättest es ihm erzählt?«

»Ich würde es gerne glauben. Aber ich bin mir nicht sicher.«

»Was ist aus dem Kind geworden?«

Das ist die entscheidende Frage. *Sieh mich an*, sagt die Stimme. Tue ich! Tue ich! In grellem Neon, im Licht von zehntausend Zehntausend-Watt-Scheinwerfern.

»Es geht nicht so sehr darum, *dass* ich das Baby abgetrieben habe, Vater«, sage ich, »sondern *warum*.« Meine Stimme klingt leer. Ich bin erschöpft. Ich wäre lieber irgendwo anders, egal wo, nur nicht hier. »Ich wollte mich umbringen, aber ich wusste, dass ich das niemals fertigbringen würde, solange ich ein Baby in mir trug. Also sagte ich dem Arzt, er solle sich darum kümmern.« Ich bin müde, schrecklich müde.

»Es war das letzte kleine Stück Matt, direkt in mir, in meinem Leib, bereit zu wachsen und geboren zu werden und weiterzuleben. Matt musste nicht enden, *wir* mussten nicht enden in jener Nacht. Sands hat mir das nicht genommen. Er hat mein Baby nicht getötet. Das habe ich selbst getan. Ich.«
Ich fange an zu weinen.
»Gibt es noch mehr?«, fragt Vater Yates.
»Ob es noch mehr gibt? Selbstverständlich gibt es noch mehr. Ich bin hier, sehen Sie nicht? Ich habe das Baby abtreiben lassen, damit ich mich umbringen kann, und am Ende habe ich es nicht einmal versucht! Das Baby ist umsonst gestorben! Für nichts und wieder nichts! Ich ... ich ... ich ...« Ich will die Worte nicht sagen, aber ich muss. »Ich habe das Baby getötet, Vater. Ich habe es ermordet.«
Ich kann nicht mehr weiterreden. Ich kann nur noch weinen. Ich weine nicht um mich selbst. Ich weine, weil eine der letzten Handlungen meiner Ehe darin bestand, meinen Mann zu belügen. Ich weine bei dem Gedanken, dass Alexa eine kleine Schwester oder einen Bruder hätte haben können. Vor allem aber weine ich wegen dieses ungeborenen Kindes. Es wäre eine Chance gewesen, etwas von dem zurückzuholen, was Sands gestohlen hat. Ich habe diese Chance in einem Moment der Agonie weggeworfen. Es geht nicht darum, ob Abtreibung richtig oder falsch ist. Es geht um die Gründe für diese Entscheidung, den Schmerz, die Selbstsucht, das Vielleicht, das Könnten-gewesen-sein. Um das Elend und die Verzweiflung des Begreifens, dass man etwas Furchtbares getan hat, das man nie wieder ungeschehen machen, nie wieder gutmachen kann.
Ich weine und weine, und Vater Yates lässt mich. Er sagt nichts, doch ich spüre seine Gegenwart, und sie ist tröstlich.
Ich weiß nicht, wie lange es so geht. Irgendwann verebbt der Schmerz. Doch er ist nicht ganz verschwunden, nur weniger heftig.
»Smoky, ich habe nicht vor, dir mit der Heiligen Schrift zu kommen. Ich weiß, dass dein Glaube nicht stark genug ist. Aber was du getan hast, war falsch. Die Gründe waren falsch. Das weißt du selbst. Was aber ist die eigentliche Sünde? Was ist es, das diesen Schmerz in dir erweckt? Es ist die Tatsache, dass du das Geschenk des Lebens weggeworfen hast. Es ist mir egal, woher dieses Geschenk deiner Meinung nach kommt – von Gott, von der Ursuppe, von beidem –, doch Leben

ist ein Geschenk, das weißt du selbst. Ich denke, du weißt es besser als die meisten anderen Menschen, schon wegen deines Berufs.«

»Ja«, flüstere ich.

»Siehst du denn nicht, was daraus folgt? Wenn du dir selbst weiterhin nicht verzeihen kannst, wenn du dir selbst weiterhin jede Liebe versagst, setzt du die gleiche alte Sünde fort – weil das bedeutet, dass du dir das *Leben* verweigerst.«

»Aber wie kann ich zulassen, glücklich zu sein, Vater, wirklich glücklich? Ich kann nicht ändern, was ich getan habe.«

»Du leistest Wiedergutmachung. Du wirst es nicht vergessen. Du wirst es nicht rechtfertigen. Du wirst dich *ändern*. Du erziehst die Tochter deiner toten Freundin. Erziehe sie gut. Sei ihr eine gute Mutter. Lehre sie, das Leben zu lieben. Gibt es einen Mann in deinem Leben? Liebe ihn. Wenn du ihn heiratest, hab keine Geheimnisse vor ihm. Du hast einen Beruf, der es dir ermöglicht, Verbrecher ins Gefängnis zu bringen. Mach deine Arbeit ordentlich, und du wirst Leben retten. Es ist nur recht und billig, dass du für deine Sünde gelitten hast, aber du bist kein schlechter Mensch, Smoky, und es ist an der Zeit, dass jemand dir vergibt, wenn du es schon nicht selbst tun willst. Ich habe dir deine Buße auferlegt. Vielleicht dauert es ein ganzes Leben, sie abzuleisten. Doch jetzt erteile ich dir die Absolution von deinen Sünden im Namen des Vaters, des Sohnes und des Heiligen Geistes.«

Es sind nur Worte. Ich habe keinen Frieden geschlossen mit Gott, und ich bin nicht sicher, ob ich es jemals tun werde. Möglicherweise werde ich nie wieder das Innere eines Beichtstuhls sehen, und insgeheim denke ich, dass Jesus vielleicht nur ein Zimmermann war, und mehr nicht. Doch Vater Yates hat recht: Laut darüber zu sprechen, es jemand anderem anzuvertrauen und zu sehen, dass die Welt nicht aufhört sich zu drehen, verschafft mir eine Erleichterung, wie ich es niemals für möglich gehalten hätte. Ich fühle mich rein. Die Sorge ist immer noch da, und das ist auch richtig so. Die Ungeheuer, die ich jage, bereuen nicht.

»Danke, Vater.«

Ich weiß nicht, was ich sonst sagen soll.

»Es ist mir eine Freude«, erwidert er. Ich kann beinahe spüren, wie er lächelt. »Siehst du? Es gibt sehr viele Abenteuer in meinem Beruf.«

»Das stimmt«, flüstere ich.

Manche Menschen erforschen die äußere Welt. Sie steigen auf Berge, segeln über die Meere, jagen mit Eingeborenen. Manche finden Abenteuer im Überfluss, wie beispielsweise Hemingway; sie rennen mit den Stieren, frönen dem Alkohol, leben aus dem Vollen. Und dann gibt es Leute wie Vater Yates und mich: Wir verbringen unsere Tage damit, die innere Welt zu erforschen, wo hinter jeder Biegung etwas Neues und manchmal Furchtbares lauert. »Hic sunt leones«, schrieben die alten Entdecker auf ihre Karten. »Hier gibt es Löwen.« Diese Warnung gilt bis heute für das Hirn und das Herz, ob unerforscht oder nicht.

Der Gedanke, dass du dich in diesen Beichtstuhl knien und mit einem anderen menschlichen Wesen über die Dinge reden konntest, über die du noch nie gesprochen hast ...

»Mein Gott«, flüstere ich.

»Smoky ...«

»Oh, verdammt!«

... oder tauchen Sie selbst in die Umgebung ein. Das habe ich getan, so sicher wie das Amen in der Kirche. Und die Antwort hat mir die ganze Zeit ins Gesicht gestarrt. Es war ganz einfach. Es war direkt. Es war richtig.

»Smoky, ist alles in Ordnung?«

Ich stehe auf. Wo sonst hätte er Zugang zu den Geheimnissen seiner Opfer erhalten? Wo sonst?

»Vater, ich glaube, ich habe schlechte Neuigkeiten für Sie. Ich glaube, jemand anderes war in Ihrem Beichtstuhl ... und damit meine ich nicht Gott.«

29

»Es ist die ideale Umgebung, um eine Wanze anzubringen«, sagt Alan. »Es ist dunkel, und die Leute konzentrieren sich auf sich selbst und nicht auf das, was um sie herum ist.«

Wir stehen vor dem Beichtstuhl. Ich bin nach draußen gesprungen, noch während die Tränen auf meinen Wangen trockneten.

Es ergibt Sinn. Wir haben unser Augenmerk auf Selbsthilfegruppen gerichtet. Treffen der Anonymen Alkoholiker und dergleichen. Doch warum ein so weites und unvollkommenes Netz auswerfen, wenn man auf der Suche nach dunklen Geheimnissen ist? Der Prediger ist besessen von der Religion. Wenn man ein religiöser Mensch ist, wem erzählt man seine tiefsten, dunkelsten Geheimnisse? Die Art von Geheimnissen, die wir auf den Videoclips gesehen haben?

Seinem Priester.

Man schließt die Tür des Beichtstuhls hinter sich und lässt alles heraus. Ich habe es ja selbst getan, und ich war die ultimative abgefallene Christin. Die offensichtliche Hauptsorge eines jeden Sünders in Bezug auf Vertraulichkeit ist der Priester – die Person, die hinter dem Gitter sitzt und die Beichte abnimmt –, nicht die abwegige Möglichkeit, dass jemand den Beichtstuhl verwanzt hat.

Vater Yates geht auf und ab. Er ist aufgeregt und wütend, besorgt und erschüttert. Ich kann ihn verstehen. Ich denke an das, was wir vor wenigen Minuten dort drin getan haben, und erschauere bei der Vorstellung, dass jemand uns belauscht haben könnte. Für ihn muss es noch zehnmal schlimmer sein, weil er sich dafür verantwortlich fühlt.

»Wenn das stimmt, dann ... es ist furchtbar, ganz furchtbar«, sagt er. »Die Gläubigen sind nicht mehr sicher, wenn sie zur Beichte kommen. Und diejenigen, die gebeichtet haben, werden sich betrogen fühlen. Es wird zu Vertrauenskrisen kommen.«

Der arme Mann sieht völlig erschüttert aus. So habe ich ihn noch nicht gesehen. Es macht mich betroffen, denn ich habe mich an das tröstliche Gefühl seiner Unerschütterlichkeit gewöhnt.

»Vater, ich muss Ihnen eine Frage stellen.«

Er bleibt stehen. Fährt sich mit der Hand durchs Haar.

»Natürlich. Fragen Sie.«

»Ich brauche Gewissheit. Sie haben gesagt, Sie hätten sich keinen der Videoclips von den Opfern des Predigers angesehen. Was ist mit dem von Rosemary? Dem Clip, in dem er seine These kundgetan hat?«

»Ich habe ihn mir nicht angeschaut. Ich konnte es nicht ertragen.«

»Ich muss Sie nach dem Geheimnis fragen, das Rosemary in diesem Clip offenbart hat. Es war eine ziemlich üble Sache, und er wusste sie bereits. Ich werde Ihnen sagen, was es war, und ich möchte von Ihnen wissen, ob Rosemary in der Beichte darüber gesprochen hat.«

»Ich kann nicht gegen das Beichtgeheimnis verstoßen!«, protestiert er heftig. »Rosemary Sonnenfelds Tod entbindet mich nicht von diesem Gelübde.«

»Kommen Sie, Vater. Selbst dann nicht, wenn es hilft, Rosemarys Mörder zu fangen? Er wird bald ein Kind töten, wenn wir ihn nicht fassen!« Ich zeige mit dem Finger auf ihn. »Von diesem Haken lasse ich Sie nicht so schnell! Ich verstehe, dass es wegen des Beichtgeheimnisses ein großes Problem für Sie ist, aber Sie müssen genau überlegen, was richtig ist und was falsch! Rosemarys großes Geheimnis ist bereits frei zugänglich im Internet, wo jeder es sehen kann! Wie könnten Sie das noch schlimmer machen? Wenn Sie mich fragen, können Sie es nur besser machen.«

»Ach wirklich?« Seine Stimme ist schroff. »Ich will Ihnen eine Frage stellen, Smoky. Wenn Sie morgen sterben würden, wäre es Ihnen dann egal, ob ich öffentlich mache, worüber wir vorhin im Beichtstuhl gesprochen haben?«

Die Frage macht mich im ersten Moment sprachlos. Meine unwillkürliche Reaktion lautet: Scheiße, nein!

Touché, Vater.

»Unter normalen Umständen selbstverständlich nicht. Aber wenn man mich ermordet hätte wie Rosemary Sonnenfeld? Wenn man mich gezwungen hätte, alles noch einmal vor der Kamera zu erzählen, damit es der Welt offenbart wird?« Ich trete dicht vor Vater Yates hin, zwinge ihn, mir in die Augen zu sehen. »Mein Wunsch wäre, dass Sie alles nur Erdenkliche tun, um diesen Kerl seiner gerechten Strafe zuzuführen!«

Ich kann seinen inneren Widerstreit sehen, kann ihn verstehen. Vater Yates ist ein Mann der Überzeugungen, ein wahrer Gläubiger, der praktiziert, was er predigt. Er lebt sein Leben nach unverletzlichen Grundsätzen, deren Festigkeit und das simple Schwarz und Weiß ihn in seinem Glauben verankert halten, wenn er sich durch Grauzonen bewegt, die manche andere an ihrem Glauben verzweifeln ließen. Die Rosemarys dieser Welt sind komplizierte Menschen. Es muss schwierig sein, sich mit ihnen zu befassen. Ich kann Vater Yates' Bedürfnis nach Gewissheit verstehen.

»Also schön, sagen Sie es mir«, sagt er schließlich. »Wenn Ihre Theorie eine nähere Betrachtung verdient, werde ich Ihnen ein Zeichen geben. Ich werde keine direkte Aussage zum Inhalt von Rosemarys Beichte machen, aber ich werde ein Zeichen geben.«

Ich kann sehen, dass selbst dieser Kompromiss ihm zu schaffen macht.

»Danke, Vater.«

Ich erzähle ihm, dass Rosemary ihren Bruder verführt und dass Dylan sich daraufhin das Leben genommen hat. Vater Yates' Gesicht ist die ganze Zeit eine starre Maske. Als ich geendet habe, sieht er mir in die Augen und bekreuzigt sich.

»Im Namen des Vaters, des Sohnes und des Heiligen Geistes, Amen«, murmelt er.

Aufregung erfasst mich und verdrängt alles andere.

»Ich brauche morgen Zugang zum Beichtstuhl, Vater. Gleich morgen früh. Ich werde ein Team hierher schicken, das den Beichtstuhl und den Rest Ihrer Kirche nach Wanzen absucht.«

Er seufzt. »Natürlich.«

»Alan, kannst du uns einen Moment allein lassen?«

Mein Freund nickt. »Ich warte draußen beim Wagen.«

Als Vater Yates und ich allein sind, deute ich auf die vordere Kirchenbank. »Nehmen Sie Platz, Vater.«

Er setzt sich. Ich setze mich neben ihn.

»Ich weiß, dass es schlimm für Sie ist.«

Er starrt erneut zu Jesus, doch diesmal scheint er nicht den inneren Frieden zu finden, den ich vorhin beobachten konnte.

»Tatsächlich?«, fragt er. »Wissen Sie das wirklich?«

»Ja. Sie fühlen sich verletzt. Sie haben das Gefühl, als wäre das Einzige zerstört worden, auf das Sie sich jemals verlassen konnten.«

Er wendet sich zu mir, betrübt und interessiert zugleich. »Das trifft es ziemlich gut.«

»Ich weiß genau, was in Ihnen vorgeht. Mein Beruf hat mich verraten, hat einen Killer zu mir nach Hause gelockt, der mir die Familie und das Gesicht nahm.« Ich öffne meine Jacke und zeige ihm meine Pistole. »Ich habe immer an meine Waffe und meinen Dienstausweis geglaubt. Ich war überzeugt, dass sie mich schützen würden. Ich war mir absolut sicher und hatte nicht den leisesten Zweifel.« Ich zucke die Schultern. »Ich habe mich geirrt.«

»Sie sagten, dass meine Arbeit als Geistlicher wichtig ist, Smoky. Bedeutet das, Sie haben sich mit Gott versöhnt?«

»Nur keine vorschnellen Schlüsse, Vater. Ich bin immer noch sauer auf Gott. Ich weiß nicht, wie es hiermit steht«, ich deute auf die Kirchenwände ringsum. »Ich weiß, dass Sie mir geholfen haben.« Sehr geholfen. Ja, wenn es Ihnen etwas bedeutet, Vater: Ich halte Ihre Arbeit für wichtig.«

Erneut diese betrübten Augen. »Ich habe den Teufel in meine Kirche gelassen.«

»Und? Geben Sie bei der ersten Niederlage gleich auf? Wo ist der harte Bursche aus Detroit geblieben? Ja, es ist eine schlimme Situation. Finden Sie sich damit ab, nehmen Sie einen Drink, beten Sie oder tun Sie, was immer Priester tun, um Dampf abzulassen. Und dann gehen Sie zurück an die Arbeit.«

Noch ein Lächeln. Ich habe das Gefühl, dass er es selbst nicht merkt.

»Ich werde darüber nachdenken, was Sie gesagt haben. Aber ich möchte, dass Sie in meiner Kirche nicht mehr fluchen, Smoky.«

»Das verspreche ich Ihnen – wenn Sie mir versprechen, sich nicht mehr selbst zu bemitleiden.«

Er lacht auf. »Einverstanden.« Dann wird seine Miene wieder nüchtern. »Bitte, fangen Sie diesen Mann.«

»Das werde ich.«

»Gut. Und jetzt lassen Sie mich bitte allein. Ich muss beten.«

ALAN LEHNT DRAUSSEN AM WAGEN und blickt hinauf in den sternenlosen Himmel von L. A.

»Seelsorge für den Seelsorger?«, fragt er.

»Er hat sich wieder beruhigt.«

»Wie willst du jetzt vorgehen?«

Ich schaue auf die Uhr. Es ist nach elf.

»Machen wir Schluss für heute. Ich rufe Callie und James an und sag ihnen, sie sollen nach Hause fahren. Wir fangen morgen in aller Frühe wieder an.«

»Hört sich gut an. Ich bin erledigt. Du rufst an, ich fahre.«

»MR. HARRISON BESTER IST ALLEM ANSCHEIN NACH kein sicherheitsbewusster Internetnutzer«, sagt Callie. »Ich sitze gleich hier vor seinem Haus und suche das Papier für meine Hochzeitseinladungen aus.«

»Hat sich das Überwachungsteam schon gezeigt?«
»Nein.«
»Sie müssten bald da sein. Bleib solange auf deinem Posten.«
Callie stößt einen tiefen Seufzer aus. »Du nimmst heute wirklich keine Rücksicht darauf, unter was für einem Druck ich stehe. Eine Hochzeit planen, an diesem Fall arbeiten, Kirby im Zaum halten und meinen nächtlichen Sex-Marathon mit Sam absolvieren ... das alles ist verdammt stressig.«
»Armes Mädchen.« Ich muss lachen.
»Danke, Süße. Das hab ich jetzt gebraucht – ein wenig Mitgefühl. Wie war es bei Vater Yates?«
»Äußerst aufschlussreich. Ich erzähl dir morgen früh alles. Wir fangen zeitig an.«

»ICH GEHE SCHLAFEN, wenn mir danach ist. Du bist meine Vorgesetzte, nicht meine Mutter.«
»Wie du meinst, James. Ich habe eine Spur, eine gute sogar. Ich will euch morgen in aller Frühe zur Verfügung haben.«
»Ich bin immer in aller Frühe da«, entgegnet er und legt auf.
Ich schüttle den Kopf und klappe mein Handy zu.
»Wie geht es Damien?«, fragt Alan.
»Er ist reizend, wie immer.«
»Wenn ich daran denke, dass James schwul ist ... weißt du, was für mich am merkwürdigsten daran ist?«
»Die Vorstellung, dass er mit jemandem intim sein könnte?«
Er lächelt. »Genau. Bevor er gesagt hat, dass er schwul ist, habe ich ihn als eine Art Neutrum betrachtet. Geschlechtslos. Ich kann mir nicht vorstellen, dass jemand ihn lange genug erträgt, um mit ihm in die Kiste zu springen.«
»Der liebe Gott hat einen großen Tierpark.«
»Jedenfalls freut es mich für James.«
»Ja?«
»Ja. Er ist ein unleidlicher kleiner Mistkerl, und manchmal würde ich ihm am liebsten die Zähne einschlagen, aber er gehört trotzdem zur Familie. Ich bin froh, dass er neben dem J-O-B noch was anderes hat.«
Ich lächle ihn an. »Du bist ein großer alter Weichkeks, Alan.«
»Erzähl es bloß keinem. Hey, ich habe Vater Yates beobachtet, als du

ihm die Geschichte von Rosemary erzählt hast, und von ihrer Beichte in diesem Video. Der Typ ist richtig gut. Ich konnte seine Reaktion unmöglich deuten.«

Alan liest Menschen wie andere Leute Bücher: Das Verengen der Pupillen, eine Veränderung der Atmung, selbst etwas scheinbar so Bedeutungsloses wie das Drehen eines Rings um einen Finger – das alles hat seine Bedeutung, wenn es darum geht, die Wahrheit aus jemandem herauszuholen. Alans Bemerkung bedeutet, dass Vater Yates sich sehr gut darauf versteht, solche Reaktionen zu unterdrücken.

»Es ist ein wirklich interessanter Fall«, fährt Alan fort. »Vielleicht sollten wir den guten Vater ein wenig genauer in Augenschein nehmen. Eine solche Kontrolle über sich selbst zu haben ist sehr selten, es sei denn, man wurde darin ausgebildet.«

»Er ist nicht unser Mann«, entgegne ich.

»Bist du sicher?«

Sicher? Das sollte ich eigentlich nicht sein. Ich wurde früher schon genarrt und habe Engeln vertraut, die sich als verkleidete Teufel erwiesen haben. Diesmal aber bin ich wirklich sicher.

»Ich bin sicher«, sage ich zu Alan.

»Irgendwelche neuen Einsichten gewonnen?«

Mehr wird Alan nicht fragen nach dem, was im Beichtstuhl zwischen Vater Yates und mir passiert ist. Er weiß, dass er die Sache auf sich beruhen lassen sollte, genauso, wie ich es tun würde, wären unsere Rollen vertauscht.

»Überprüf ihn, wenn du willst, Alan. Das volle Programm. Aber ich sag dir, er ist nicht unser Mann.«

»Okay, schon gut.« Er verstummt, und wir fahren schweigend durch die Nacht. Die Lichter der Stadt sind überall – wie schmutzige Brillanten auf einem grauen Samtkissen. Das ist L. A., wunderschön trotz all seiner Fehler. Ein Moloch, ungeschliffen bis in alle Ewigkeit und dennoch liebenswert in seinem durchsichtigen Streben nach Größe.

»Bedeutet das jetzt, dass du wieder in die Messe gehst und zur Kommunion und alles?«, fragt Alan schließlich.

»Hör auf mit diesem verrückten Gerede. Er hat mir geholfen, okay? Er hat nicht zwischen mir und Gott vermittelt. Ich habe das Gefühl, dass ich eine ganze Weile genug vom Katholizismus habe, noch bevor dieser Fall vorüber ist.«

»Amen.«

»Wie steht es mit dir?«

»Ich habe nicht mehr mit Gott gesprochen, seit ich zum zweiten Mal ein totes Baby gesehen habe.«

Wir sehen zu viele schlimme Dinge bei unserer Arbeit. Unser Problem mit dem Glauben an Gott ist: Wenn es Gott gibt, hat entweder der Teufel ihn verjagt, oder Gott schert sich einen Dreck um das, was hier unten passiert. Und gar kein Gott ist allemal besser als ein Gott, dem die Menschen egal sind.

30

»WILLKOMMEN DAHEIM, REISENDE«, sage ich zu mir selbst, als ich durch meine Haustür gehe.

Die Worte erscheinen nicht ganz so sinnentleert wie am Tag zuvor. Meine Beichte hat ein hohles Gefühl in meinem Innern hinterlassen, aber es ist nicht unangenehm. Es ist kein Schwarzes Loch in mir oder so etwas. Es ist mehr wie ein leerer Tisch, der darauf wartet, gedeckt zu werden.

Was stelle ich auf dich? Neues Porzellan oder das alte Familiensilber?

Ein wenig von beidem, überlege ich.

Ich klappe mein Handy auf und rufe Tommy an.

»Hey«, sagt er.

»Hast du schon geschlafen?«

»Nein. Ich habe an dich gedacht, um ehrlich zu sein.«

»Gut. Weil ich gerne reden möchte ... weil ich dir etwas sagen muss. Kannst du vorbeikommen? Bonnie schläft bei Alan und Elaina.«

»Alberne Frage«, sagt er. »Bis gleich.«

ER STEHT VOR MEINER TÜR und sieht zerknitterter aus als jemals zuvor. Tommy ist kein Schickimicki – ich bin nie auf den Gedanken gekommen, dass er Zeit vor dem Spiegel verschwendet –, doch er ist stets gewaschen und rasiert und hat die Haare gekämmt. Heute Abend jedoch trägt er einen Stoppelbart, und seine Haare sehen aus, als hätten sie lediglich flüchtige Aufmerksamkeit erfahren. Auf seinem Hemd ist ein Essensfleck. Ich strecke die Hand aus und streichle seine Wange.

»Alles in Ordnung?«, frage ich. »Du siehst ziemlich fertig aus.«

»Ich habe gewartet, dass du dich meldest.«

Verwundert trete ich einen Schritt zurück. »Du siehst wegen mir so zerrupft aus?«

Sein Grinsen ist schief. »Ich bin Latino. Wir tragen unsere Herzen außen. Ich fühle entweder mit Leib und Seele oder gar nicht.« Er zuckt die Schultern. »Manchmal ist das ein echtes Problem.«

Ich streichle erneut seine Wange und staune bei dem Gedanken, dass dieser Mann wegen mir den Schlaf und seinen Seelenfrieden verloren hat.

Das kommt daher, dass du dich selbst lange Zeit als wertlos betrachtet hast, reibt meine innere Stimme mir freundlicherweise unter die Nase. *Und vielleicht findet er das ja auch, wenn du ihm sagst, was du Vater Yates erzählt hast.*

»Möchtest du ein Bier?«, frage ich.

»Klar. Aber es könnte damit enden, dass ich auf deiner Couch schlafe. Ich hab schon was getrunken. Ich konnte zwar noch hierherfahren, aber wenn ich noch was trinke, darf ich nicht mehr ans Steuer.«

Ich lächle ihn an. »Dieses Risiko gehe ich ein.«

Ich hole uns zwei Bier aus dem Kühlschrank und setze mich mit untergeschlagenen Beinen auf die Couch, wo ich mit dem Daumennagel am Etikett der Flasche zupfe.

»Ich muss dir was erzählen, Tommy. Es ist etwas, was ich getan habe ... etwas Schlimmes. Ich fürchte, wenn ich es dir gesagt habe, willst du mich nicht mehr.«

Er sieht mich aus seinen dunklen Augen an und nimmt nachdenklich einen Schluck Bier.

»Ist es etwas, das ich wissen muss?«

Ich runzle die Stirn. »Wie meinst du das?«

»Es ist okay, wenn man ein paar Geheimnisse für sich behält. Ich muss nicht alles über deine Vergangenheit wissen, um dich hier und jetzt zu lieben.«

Die Hand, die meine Flasche hält, zittert einen Moment. »Das stimmt zum größten Teil. Aber das hier muss ich dir erzählen. Es sorgt dafür …« Ich suche nach den richtigen Worten. »Es gibt mir das Gefühl, nicht der Mensch zu sein, für den die Leute mich halten.«

Er trinkt einen weiteren Schluck, stellt die Flasche auf den Wohnzimmertisch, nimmt mir meine Flasche weg und stellt sie daneben. Er ergreift meine Hände, drückt sie und sieht mir in die Augen.

»Erzähl es mir«, sagt er.

Das tue ich dann auch. Ich erzähle ihm die ganze Geschichte. Wie ich mich gefühlt habe in diesem Krankenhausbett im Dunkeln. Von meinem Wunsch zu sterben. Vom Gipfel der Selbstsucht, dem Abtreiben meines Babys, damit es mich nicht daran hindern konnte, mir selbst eine Kugel durch den Kopf zu schießen. Er lauscht nur, sagt kein Wort, hält unverwandt meine Hände, wendet sich nicht ab. Als ich geendet habe, schweigt er eine Weile.

»Sag etwas«, flüstere ich.

Er bringt meine Hände an seine Lippen und küsst sie langsam. Es ist kein sexueller Akt, nicht einmal ein sinnlicher, doch er ist intim und sehr tröstend. Er küsst jeden Finger auf den Knöchel, endet mit dem Daumen. Dreht meine Hände um und küsst meine Handflächen mit trockenen Lippen; dann zieht er die Linien mit einem Finger nach. Er streicht mir eine Locke aus der Stirn, sieht mich an, lächelt.

»Ich liebe dich, Smoky. Vielleicht hast du etwas anderes erwartet, aber das ist alles, was ich dazu zu sagen habe. Ich brauche dich, und nicht nur halb. Ich will dich ganz, jeden Zentimeter, jede Narbe, jedes vollkommene Teil und jedes unvollkommene auch.«

»Bist du … bist du sicher? Ich bin nicht einfach, Tommy. Zehnmal in den letzten beiden Jahren habe ich mir gesagt, dass ich fertig bin mit meiner Vergangenheit. Mit den Dingen, die mir passiert sind. Es geht mir viel besser heute, das ist wahr, aber es scheint irgendwo immer ein neues Loch zu geben, in dem etwas Düsteres lauert, das nur darauf wartet, mir das Leben schwer zu machen. Was ist, wenn sich das niemals ändert? Willst du jemanden lieben, der vielleicht bis an sein Lebensende ein Stück Vergangenheit mit sich herumschleppt, das er nicht loslassen kann?«

»Du bist, was du bist, wegen dem, was in deinem Leben bis zum heutigen Tag passiert ist, Smoky. Nicht nur wegen der guten Dinge. Ich liebe die Person, die du heute bist.«

»Und Bonnie?«

»Ich liebe auch Bonnie, und sie weiß das.«
»Sie weiß es?«
»Sie hat mir vor ein paar Monaten gesagt, dass sie mich liebt. Wir haben zusammen Zeichentrickfilme angesehen, und sie hat gesagt: ›Tommy, du weißt, dass ich dich liebe, oder?‹« Er schüttelt gedankenverloren den Kopf. »Sie hat nicht mal den Blick vom Fernseher genommen. Ich habe so getan, als wäre es keine große Sache, und habe geantwortet, dass ich es natürlich gewusst hätte und dass ich sie ebenfalls liebe. Dann haben wir uns weiter die Zeichentrickfilme angesehen, als wäre nichts gewesen.«

»Wow.« Ich muss grinsen. »Du hast wirklich alle Positionen abgedeckt.«

Er nimmt wieder meine Hände in seine. Seine Hände sind groß und rau und voller Schwielen.

»Ich bin ein anständiger Kerl, Smoky. Ich betrüge nicht. Im Grunde bin ich ehrlich. Ich bin loyal. Aber ich habe auch meine Fehler. Ich kann manchmal arrogant sein, ein selbstgerechtes Arschloch. Es geschieht nicht oft, aber wenn es passiert, dann garantiere ich dir, dass es dich stinkwütend macht.«

»Ich weiß, dass du nicht perfekt bist, Tommy, aber ...«

»Lass mich ausreden. Ich nehme keine Drogen, und ich rauche nicht, aber ein-, zweimal im Jahr besaufe ich mich bis zur Besinnungslosigkeit. Vielleicht sollte ich das nicht tun, aber so ist es nun mal. Es ist mein einziges Laster. Du hast mich nie wirklich betrunken gesehen.«

»Ich bin sicher, ich kann damit umgehen.«

»Das glaube ich auch. Aber du solltest es trotzdem vorher wissen. Wenn ich so betrunken bin, werde ich scharf, aber der Sex ist egoistisch, und ich kriege einen Koller, wenn du mir sagst, dass du kein Interesse hast, mit einem Betrunkenen zu schlafen. Und am nächsten Morgen habe ich dann ein schlechtes Gewissen.«

»Was noch?«

Er schweigt. Streichelt meine Hände, wieder und wieder. »Ich habe fünf Menschen getötet, Smoky, im Rahmen meines Jobs. Und zweimal habe ich Freude dabei empfunden. Ich meine nicht Befriedigung, sondern richtige Freude.« Er sieht mich wieder an. »Von allen meinen Fehlern ist das wahrscheinlich der, der mir am meisten Kummer macht.«

Ich schaue diesen Mann an und sehe in ihm etwas von mir selbst. Für mich war Tommy immer stark und sanft zugleich, kaum aus der Ruhe zu bringen und ein Mann, der stets überlegt, bevor er handelt. Das stimmt auch alles, doch er hat auch ein wenig von einem Wilden in sich, die Fähigkeit, sich die Hände schmutzig zu machen mit dem Blut eines Feindes und Befriedigung darüber zu verspüren.

»Ich kann dir aus Erfahrung sagen – solange es dir Kummer macht, bist du wahrscheinlich noch gesund.«

»Das sage ich mir auch.«

Unsere Blicke begegnen sich erneut. »Ich liebe dich, Tommy.«

Allein diese Worte zu sagen verschafft mir unglaubliche Erleichterung. Ich hatte eine tonnenschwere Last auf den Schultern. Das hier ist nicht die Liebe, die Matt und ich hatten. Matt kannte mich schon als Kind, noch bevor ich Menschen getötet habe. Matt gab mir den ersten Kuss. Er war mein Halt, meine Verbindung zu der Welt außerhalb meiner Arbeit, er und Alexa, und das war etwas Wunderbares.

Seit damals hat das Leben mit einer Axt auf mich eingehauen. Teile von mir wurden amputiert oder verkrüppelt. Ich habe Menschen furchtbare Dinge angetan – Menschen, die es sicherlich verdient hatten –, und ich habe diese Dinge manchmal viel zu sehr genossen, nehme ich an. Ich habe die Ungeheuer beobachtet, und sie haben mich beobachtet. Sie sind unbeeinflusst geblieben. Ich nicht. In mir steckt jetzt ein bisschen von ihnen, ein klein wenig Ungeheuer, und ich bezweifle, dass ich es jemals wieder loswerde.

Tommy sieht es in mir – und in sich selbst –, und wir teilen diese Bürde. Wie ich hat er begriffen, dass all diese Dunkelheit wie eine Droge ist, dass es ein unglaubliches Gefühl von Macht verleiht, die Entscheidung über Leben und Tod eines anderen treffen zu können, und dass die Grenze zwischen Gut und Böse manchmal haarfein ist.

»Okay. Cool«, sagt er und grinst angesichts dieser Untertreibung.

»Ich habe noch eine Überraschung für dich«, sage ich. »Und sie gefällt dir vielleicht nicht.«

»Was für eine Überraschung?«

»Ich will alles, Tommy. Mit Haut und Haar. Ich will mein Zuhause wiederhaben. Und will mit dir zusammen wohnen.«

Er blinzelt überrascht. Für einen Moment werde ich nervös. Dann verzieht er die Lippen zu einem Lächeln. Er küsst mich.

»Einverstanden.«

Jetzt bin ich es, die blinzelt. »Ehrlich? Einfach so?«

»Wir sind seit zwei Jahren zusammen, Smoky. Ich würde das nicht ›einfach so‹ nennen.«

»Gutes Argument. Dann ist es also ein Ja?«

»Sicher ist es ein Ja.«

Er nimmt mein Gesicht in die Hände, und der Kuss, den er mir diesmal gibt, enthält all die Leidenschaft, die wir zurückgehalten haben.

Ich löse mich von ihm und frage atemlos: »Nachdem wir das ... mit der Liebe ... jetzt geklärt haben, können wir endlich ... zum Vögeln kommen?«

»Du bist ja so romantisch«, sagt er, küsst meinen Hals und betastet meine Brüste.

Ich drücke seinen Kopf weg und zwinge ihn, mich anzusehen. »Ich meine es so, wie ich es gesagt habe, Tommy. Die beiden letzten Tage waren heftig. Ich brauche heute Nacht keine zärtliche Liebe. Stell dir vor, ich wäre eine rollige Katze.«

Er antwortet, indem er handelt. Er reißt mich in die Arme und trägt mich die Treppe zum Schlafzimmer hinauf. Er wirft mich ohne Zeremonie aufs Bett und zieht sich aus. Ich tue das Gleiche, überwältigt von Geilheit und dem einfachsten Wunsch von allen: Nähe.

Innerhalb der nächsten dreißig Minuten benutze ich Gottes Namen erneut in Verbindung mit sehr profanen Dingen, während ich nach mehr, mehr, mehr giere. Und wenn man bedenkt, was alles gewesen ist, kann ich mir irgendwie nicht vorstellen, dass Gott etwas dagegen hat.

31

ICH WACHE AM FRÜHEN MORGEN AUF, Tommys Bein über meinem Leib. Die Bettlaken riechen nach dem Sex der vergangenen Nacht.

Am wichtigsten jedoch ist, ich bin glücklich aufgewacht. Ich bin mitten in einem Fall, der von Minute zu Minute explosiver wird, auf der Jagd nach einem Killer mit der größten Zahl von Opfern, die mir in meiner Karriere untergekommen ist, und ich fühle mich erfrischt. Konzentriert. Bereit, die Herausforderung anzunehmen.

Ich springe aus dem Bett und unter die Dusche und wasche Tommy mit nicht geringem Bedauern von mir ab. Ich bin fast fertig, als er sich zu mir gesellt. Er rammt mich mit seiner morgendlichen Erektion.

»Ich weiß, was du als Frühstück willst«, sage ich und dränge mich gegen ihn. »Mach schnell. Ich muss heute pünktlich im Büro sein.«

Er kommt meiner Aufforderung schwungvoll nach, und zehn Minuten später duscht er alleine weiter, während ich den Kleiderschrank nach passenden Klamotten absuche. Ich binde mir die Haare zu einem Pferdeschwanz und pfeife munter vor mich hin, während ich in meine Schuhe steige. Tommy erscheint in der Badezimmertür, während er sich die Haare mit dem Handtuch frottiert. Ich nehme mir einen Moment Zeit, um ihn von Kopf bis Fuß zu betrachten.

»Mjam, mjam«, sage ich, und er lacht.

»Bist du schon weg?«

Ich schaue auf meine Uhr und springe vom Bett auf. Ich gehe zu ihm, stelle mich auf die Zehenspitzen, um ihn auf den Mund zu küssen, während meine Hand für einen Moment auf seiner Brust verweilt.

»Ja. Ich muss mich beeilen.« Ich bin auf dem Weg zur Schlafzimmertür, als mir einfällt, dass ich beinahe das Wichtigste vergessen hätte. Ich drehe mich zu ihm um. »Ich liebe dich«, sage ich.

Er grinst, und dieses Grinsen wird immer mehr zu dem, was mir am besten an ihm gefällt. »Ich liebe dich auch. Ruf mich an, wenn du Zeit hast.«

Ich werfe ihm eine Kusshand zu und renne die Treppe runter, stürze eine Tasse Kaffee hinunter, sprinte zum Wagen und fahre los.

Auf dem Weg zur Arbeit nehme ich mir einen Moment, um auszukosten, dass ich einem Mann gesagt habe, dass ich ihn liebe – und dass ich es ernst gemeint habe. Ich erinnere mich an Callies Lächeln, als sie mir erzählt hat, dass sie sich bei Sam sicher sei.

»Du hattest recht, Callie«, sage ich zu mir selbst. »Es ist ein wundervolles Gefühl. Ich hatte es fast vergessen.«

Die innere Stimme, die mich ununterbrochen belästigt hat, ist verstummt. Matts Geist ist nicht in der Nähe, obwohl ich sicher bin, dass er sich irgendwann wieder zeigen wird. Ich sehe ein, dass ich nicht erwarten kann, ich könnte ihn und Alexa eines Tages für immer verdrängen. Sie werden bis in alle Ewigkeit zu mir zurückkehren, immer wieder, und nicht nur im Guten. Ich nehme an, sie werden auch auf meinem Totenbett bei mir sein.

Mir wird bewusst, dass mir erneut ein Ungeheuer geholfen hat, ganz gleich, wie indirekt es war. Der Prediger predigt die Tugend der Wahrhaftigkeit. Ich habe getan, was er gesagt hat, und tatsächlich: Seither fühle ich mich viel besser.

Aber dankbar bin ich ihm nicht.

ALS ICH INS BÜRO KOMME, ist James bereits da, zusammen mit Jezebel Smith.

»Genau dich wollte ich sehen«, sage ich zu James. »Ich glaube, ich weiß jetzt, wie er an seine Informationen gelangt.«

Ich erkläre ihm meine Vermutung.

»Wäre möglich«, stimmt James mir zu. »Und es passt zu dem religiösen Paradigma. Er kennt sich aus mit Technik, er liebt sie geradezu. Die Infiltration von Selbsthilfegruppen in der Hoffnung, eine Unterhaltung mit dem richtigen Opfer in Gang zu bringen, ist zu vage, zu unsicher. Die Beichten mit Hilfe von Wanzen abzuhören hingegen ist eine Präzisionszielübung.«

»Wenn ich recht habe, ist der gemeinsame Nenner aller Opfer, dass sie praktizierende Katholikinnen sind. Wir müssen eine Möglichkeit finden, das nachzuprüfen, ohne den Grund für unsere Neugier zu verraten.«

»Was müssen wir nachprüfen?« Callie betritt das Büro, Kaffee in der einen, Donuts in der anderen Hand. Alan folgt ihr dicht auf den Fersen.

Ich unterbreite meine Hypothese ein weiteres Mal.

»Ach du meine Güte!«, sagt Callie, als ich fertig bin. »Das wird Wellen schlagen!«

James runzelt die Stirn. »Hier tut sich eine ethische Frage auf. Wir haben eine schlüssige Theorie, wie der Prediger seine Opfer auswählt. Vielleicht sollten wir damit an die Öffentlichkeit gehen und jeden warnen, der bei seiner Beichte irgendeine größere Sünde gestanden hat.«

Es ist ein interessantes Argument, an das ich noch gar nicht gedacht habe.

»Das werden wir tun, wenn es so weit ist«, entscheide ich. »Aber erst einmal müssen wir herausfinden, ob die Opfer tatsächlich Katholiken waren. Falls dem so ist, können wir unsere weitere Strategie entwickeln.«

»Wir könnten es als Fragebogen tarnen«, schlägt Jezebel vor. »Die Familien anrufen und eine Reihe von allgemeinen Fragen stellen. Wir erzählen ihnen, dass wir nach sämtlichen Informationen suchen, die uns irgendwie helfen könnten. Eine der Fragen ist die nach der Religionszugehörigkeit. Auf diese Weise fällt es nicht auf.«

»Gute Idee«, sage ich. »Machen Sie sich gleich mit James an die Arbeit. Callie, du musst rüber zur Erlöserkirche. Vater Yates erwartet uns. Wir müssen den Beichtstuhl dort nach Wanzen absuchen.«

»Das ist nicht mein Fach. Forensik, nicht Elektronik, du erinnerst dich?«

»Okay, ruf Tommy an. Er ist Experte auf diesem Gebiet. Er kann dir sagen, worauf du achten musst.«

Sie hebt eine Augenbraue. »Ihr redet wieder miteinander?«

»Könnte man so sagen, ja.«

»Jetzt weiß ich, warum du diese selbstzufriedene ›Ich-bin-heute-Nacht-gefickt-worden‹-Aura hast«, sagt sie.

»Es ist sogar noch viel interessanter, aber das erzähle ich dir später.«

Callie nimmt ihren Kaffee und ihre Handtasche und zeigt mit dem Finger auf mich. »Glaub ja nicht, dass ich das vergesse!«

»Das ist meine letzte Sorge. Ach ja, noch was, Callie ...« Sie bleibt stehen und dreht sich um. »Ruf mich sofort an, wenn du fertig bist.«

Weil ich sicher sein möchte, dass nicht meine eigene Beichte irgendwo auf einem Band gespeichert ist.

Aber das sage ich nicht laut, denn es ist unwahrscheinlich. Ich gehe davon aus, dass der Prediger die Wanzen entfernt, sobald er hat, was er will, um Entdeckung zu vermeiden. Aber Vorsicht ist besser als Nachsehen, hat Mom immer gesagt.

Callie tippt sich zum Abschied mit zwei Fingern an die Stirn.

»Was ist mit mir?«, fragt Alan.

Die Bürotür fliegt auf, bevor ich etwas erwidern kann. AD Jones marschiert herein. Er ist blass im Gesicht.

»Wir sind zu spät.«

»Valerie Cavanaugh, zehn Jahre alt. Wurde heute Morgen tot in ihrem Kinderzimmer gefunden. Ein Stich in die Seite, wie bei allen anderen.«

Wir sind im Büro von AD Jones. Alan sitzt vor seinem Schreibtisch. Ich gehe auf und ab. Ich will schreien – oder jemanden erschießen. Mir ist schlecht vor Schuldgefühlen.

»Weiß man, ob sie Katholikin war?«

AD Jones runzelt die Stirn. »Was hat das denn damit zu tun?«

Ich hatte noch nicht die Zeit, ihn über meine Theorie zu informieren. Das hole ich jetzt rasch nach.

»Das würde alles erklären«, pflichtet er mir bei. »Wie er seine Informationen erhält ... die Einbindung des Religiösen. Es passt.«

»Ich möchte es vorerst noch nicht nach außen tragen, Sir.« Ich erkläre ihm unseren Plan mit dem Fragebogen.

»Gut, einverstanden. Leiten Sie das in die Wege. Und dann möchte ich, dass Sie und Alan zum Haus der Cavanaughs fahren.«

»Könnte ein Nachahmungstäter sein«, wirft Alan ein. »Jemand, der den Prediger als Täter vorschiebt.«

»Die Eltern?«, frage ich.

Er zuckt die Schultern. »Alles ist möglich.«

Ich muss einräumen, dass er recht haben könnte. Die Mutter oder der Vater – oder beide Elternteile – könnten die Berichterstattung über den Prediger gesehen und die kleine Valerie auf die gleiche Weise getötet haben in der Hoffnung, die Tat unserem Serienkiller anzuhängen. Die meisten kindlichen Opfer werden von einem oder beiden Eltern ermordet, das ist eine traurige Tatsache.

Doch das glaube ich in diesem Fall nicht. Nicht dieses Mal.

»Seien Sie diskret mit dieser Theorie«, ordnet AD Jones an. »Soweit ich informiert bin, musste die Mutter Beruhigungsmittel bekommen.«

»Das Format ist einfach«, sagt Jezebel, als ich den Fragebogen lese. »Wir behalten zwei Mitarbeiter an der Hotline. Abgesehen davon haben wir inzwischen die Identität sämtlicher Opfer bestätigt. James, ich und weitere vier Mitarbeiter rufen die Familien an. Bis zum späten Nachmittag müssten wir durch sein.«

»Sehr gut«, sage ich.

Die Fragen sind so konstruiert, dass sie zu der erfundenen Geschichte des Sammelns von Hintergrundinformationen über die Opfer passen. Es sind breit gestreute, unverdächtige Fragen: »Hat sie das College besucht?« – »Hatte sie Kinder?« – »Zu welchen sozialen Gruppen hatte sie Kontakt?« Und mitten drin, vergraben unter allen anderen: »War sie religiös? Welcher Religionsgemeinschaft hat sie angehört?«

»Die Medien werden keinen Verdacht schöpfen«, sagt Jezebel. »Und die Familien werden mitmachen, jedenfalls der größte Teil.«

»Dann los.«

»KEINE WANZEN IN DIESER KIRCHE, HALLELUJA«, meldet Callie am Telefon. »Allerdings habe ich im Beichtstuhl eine Stelle gefunden, die aussieht, als wäre sie mit Holzkitt zugespachtelt worden.«

»Fingerabdrücke?«, frage ich ohne große Hoffnung.

»Fehlanzeige. Und der Holzkitt ist zwar interessant, hilft aber auch nicht viel weiter. Ich kann nicht sagen, wie lange er schon dort ist. Könnten Monate sein, oder Jahre.«

»Nicht Tage?«, frage ich mit dem erneuten Gedanken an meine eigene Beichte.

»Nein, bestimmt nicht. Er ist auf jeden Fall älter.«

»Ziemlicher Zufall, dass er überhaupt da ist«, sage ich.

»Was soll ich jetzt tun?«

»Ich möchte, dass du zu uns stößt. Wir sind unterwegs zu einem Tatort.«

Callie schweigt.

Dann: »Er hat es also getan? Ein Kind?«

»Sieht so aus.«

»Gib mir die Adresse.«

32

DIE CAVANAUGHS WOHNEN IN EINEM VORORT von Burbank, in einem zweistöckigen Haus, das Anfang der Achtzigerjahre erbaut und zwischenzeitlich renoviert worden ist. Es handelt sich um eine jener kleinen Wohnstraßen, die man nur in Los Angeles findet. Still, abgeschlossen, von Bäumen gesäumt – und keine drei Blocks weiter findet man nichts als Beton und Hektik, Hektik, Hektik.

»Die Mediengeier kreisen bereits«, bemerkt Alan.

»Jung, weiß, Mittelschicht, weiblich und tot«, sage ich. »Das ist überall in den USA eine Titelstory.«

Man lässt uns durch die Absperrungen, die errichtet wurden, um die Medien und Neugierige auf Distanz zu halten. Nachbarn stehen vor ihren Häusern auf dem Rasen, entsetzt, dass ein Monster ihnen so nahekommen konnte, und dankbar, dass es nicht ihr eigenes Kind ausgesucht hat.

»Drei Streifenwagen«, stellt Alan fest. »Wahrscheinlich, um die Gaffer unter Kontrolle zu halten. Dazu zwei zivile Fahrzeuge. Der eine Wagen ist von der Stadt – wahrscheinlich ein Politiker, der wegen der Presse- und Fernsehleute hergekommen ist. Im anderen sitzen vermutlich die zuständigen Detectives vom Morddezernat.« Er schüttelt den Kopf. »Ich möchte jetzt nicht in ihrer Haut stecken.«

Ich stoße ein Schnauben aus. »Und was ist mit unserer eigenen Haut?«

»Es ist etwas anderes, wenn du ein Cop bist. Wir sind vom FBI. Wir können unser Ding machen und abhauen. Die Detectives stehen im Scheinwerferlicht und können nicht weg.«

»Hm. So hab ich das noch nie gesehen.«

»Wie willst du vorgehen?«

Ich werfe einen Blick auf meine Umgebung. Die meisten Medienvertreter sind damit beschäftigt, ihre Einstellungen abzudrehen, das Haus zu filmen, die Gegend, die Polizei. Helikopter kreisen über uns. Nachrichtenreporter umklammern ihre Mikrofone und proben lebhaft-dramatische Zusammenfassungen dessen, was sie bisher in Erfahrung gebracht haben. Doch es sind nicht sie, über die ich mir im Moment den Kopf zerbreche. Ich suche weiter und finde, was ich befürchtet habe.

»So ein Mist«, murmle ich vor mich hin. »Wir haben ein paar Typen von der cleveren Sorte.«

Damit meine ich die »echten« Nachrichtenleute. Diejenigen, die mehr Zeit mit Suchen als mit Reden verbringen, die mit der Nase in der Luft nach dem leisesten Hauch der echten Story schnüffeln. Das Team, das ich entdeckt habe, wird von einer Frau geführt. Sie ist blond, Mitte dreißig, gut gekleidet in einen dunklen Hosenanzug. Sie beobachtet nicht das Haus, sondern starrt zu uns und unserem Wagen.

Ich sehe, wie sie mit ihrem Kameramann redet und auf uns deutet. Sie kann durch die getönten Scheiben nicht gesehen haben, wer wir sind, aber irgendwie scheint sie es trotzdem zu wissen.

»Wir können uns nicht vor den Kameras verstecken, nicht bei einem Fall wie diesem«, sagt Alan.

»Sicher nicht.« Ich seufze. »Finden wir heraus, wer der verantwortliche Beamte ist. Dann sehen wir uns an, was es zu sehen gibt, und verschwinden wieder.«

Wir steigen aus dem Wagen und gehen zum Haus. Ich versuche, das Gesicht von den Kameras abgewendet zu halten, doch dann fällt mir ein, dass sie mich beim Rauskommen in der Frontalen einfangen, und ich gebe meine Bemühungen resigniert auf.

Wir erreichen die Tür und werden von einem Cop in Uniform aufgehalten. Er ist ein älterer, erfahrener Bursche.

»Na, Alan, was gibt's?«, fragt der Cop, ohne zu lächeln.

Er ist groß. Nicht so groß wie Alan, aber breit. Er hat weißes Haar und ein grobschlächtiges, derbes Gesicht. Ich hätte ihn als stumpfsinnigen Muskelberg abgetan, wären da nicht seine Augen. Sie blicken scharf, intelligent und unfreundlich.

»Ich muss denjenigen sprechen, der die Show hier leitet, Ron«, sagt Alan.

Der Cop schnaubt leise. »Was hat das FBI mit dieser Sache zu tun? Ist das nicht eine Nummer zu klein für euch?«

Alan lächelt. Sein Lächeln ist genauso unfreundlich wie Rons Blick. »Immer noch ein Arschloch, wie ich sehe. Und es sieht so aus, als würdest du immer noch mir die Schuld geben, dass man dich wieder in eine Uniform gesteckt hat.«

Das Gesicht des Cops läuft rot an. Es wird Zeit, dass ich einschreite.

»Hallo, Ron. Wissen Sie, wer ich bin?«

Er nimmt den Blick widerwillig von Alan und schaut mich an. Er mustert mein Gesicht, dann nickt er.

»Ich kenne Sie.«

»Dann wissen Sie auch, dass ich nur aus einem einzigen Grund hier bin. Wegen des toten kleinen Mädchens. Können Sie mir weiterhelfen und Ihren Streit mit Alan vielleicht auf später verschieben?«

Seine Blicke huschen zwischen uns hin und her. Schließlich stößt er einen unwilligen Seufzer aus. »Warten Sie.«

Er nimmt sein Funkgerät vom Gürtel und drückt auf den Sprechknopf. »Detective Alvarez?«

Eine kurze Pause, dann kommt die Antwort. »Was gibt's?«

»Ich hab zwei FBI-Leute hier draußen. Alan Washington und Smoky Barrett. Sie wollen rein.«

Eine längere Pause, dann: »Lassen Sie sie durch.«

»Roger.«

Ron steckt sein Funkgerät wieder in das Gürtelhalfter und öffnet ohne ein weiteres Wort die Tür. Er verfolgt Alan mit feindseligen Blicken, bis wir im Innern verschwunden sind.

»Was war denn das?«, frage ich, sobald wir im Foyer sind.

»Kurzversion? Ron Briscoe war Detective beim Morddezernat. Ziemlich guter Mann. Er leitete die Ermittlungen gegen einen Kerl, der kleine Mädchen strangulierte. Er wusste, wer der Bursche war, doch es gelang ihm nicht, die nötigen Beweise zu beschaffen. Also kürzte er ab. Legte falsche Spuren. Ich fand es heraus und machte den Mund auf. Der Täter musste wegen Verfahrensfehlern freigesprochen werden, und Briscoe wurde wieder in Uniform gesteckt.«

»Was wurde aus dem Täter?«

»Der Vater eines der Opfer hat ihn erschossen und wanderte dafür ins Gefängnis.«

Ich blicke meinen Freund an – fasziniert und entsetzt zugleich über diese Offenbarung. Er hat sehr nüchtern gesprochen, doch ich weiß, dass er schwer an dieser Bürde tragen muss.

»Da kommt ein hohes Tier«, murmelt Alan mir zu. »Commissioner Daniels persönlich.«

Fred Daniels ist seit mehr als zehn Jahren Commissioner bei der Polizei von Los Angeles. Er ist Ende fünfzig, aber vitaler als viele jüngere Männer. Er ist groß und hager; sein Haarschnitt ist militärisch streng, und er besitzt das Gesicht eines Drill Sergeants. Daniels kommt zu uns und streckt mir die Hand entgegen.

»Agentin Barrett«, sagt er.

»Commissioner.«

Er schüttelt auch Alan die Hand.

»Sie waren früher bei der Polizei in Los Angeles, nicht wahr, Agent Washington?«

»Zehn Jahre beim Morddezernat, Commissioner.«

»Gut zu wissen, dass wenigstens ein paar Mitarbeiter des FBI Erfahrungen mit der Straße haben ... ohne Sie beleidigen zu wollen, Agentin Barrett.«

»Kein Problem, Commissioner.«

»Sie meinen also, die Tat könnte mit diesem Prediger zusammenhängen?«

Direkt zur Sache. »Wir untersuchen die Möglichkeit«, antworte ich.

»Die Spurensicherung ist oben.« Der Commissioner deutet zur Treppe. »Detective Alvarez ist ein guter Mann. Treten Sie ihm nicht auf die Füße.« Er hatte seine Uniformmütze unter den Arm geklemmt. Jetzt zieht er sie hervor und setzt sie sich auf. »Ich gehe raus und füttere die Piranhas von den Medien.«

Er geht zur Tür und rennt beinahe Callie um, die gerade hereinwill.

»Wow, der Commissioner!«, haucht sie, schmachtet ihn an und klimpert mit den Wimpern. »Ich fühle mich ja so was von geehrt, so früh hier zu sein.«

»Kennst du Alvarez?«, frage ich Alan.

»Nur dem Namen nach.«

Ich seufze. »Es hilft uns nicht weiter, wenn wir das vor uns herschieben. Gehen wir rauf und sehen wir uns den Tatort an.«

RAYMOND ALVAREZ IST EIN KLEINER MANN von vielleicht einsfünfundsechzig. Doch er ist durchaus ansehnlich, und unter dem Latex des Einweghandschuhs seiner linken Hand kann ich einen Ehering erkennen. Alvarez ist energiegeladen und gestikuliert beim Reden heftig mit den Händen.

»Der Vater ist zusammen mit der Mutter im Krankenhaus. Sie ist ausgeflippt. Hat die Küche zertrümmert, das Porzellan zerschmettert, Stühle durch die Fenster geworfen und was weiß ich. Sie hat sich die Hände ziemlich übel zerschnitten. Alles war voller Blut. Man musste ihr gewaltsam ein Beruhigungsmittel verabreichen.«

»Haben Sie es gesehen?«

»Wie die Frau ausgeflippt ist? Ja. Schien echt zu sein, wenn Sie mich fragen.«

Manchmal täuschen die Schuldigen hysterische Anfälle vor, um den Verdacht von sich abzulenken. Es ist nicht einfach, so gut zu schauspielern. Echte Trauer, wie man sie empfindet, wenn ein naher Angehöriger ermordet wurde, ist immer spontan. Manche Menschen schreien, manche weinen, manche erstarren, manche fallen in Ohnmacht.

»Können wir Valerie sehen?«, frage ich.

»Hier entlang.«

Er fragt nicht nach dem Grund. Wozu auch? Wenn man sich einen Leichnam am Ort eines Verbrechens anschauen will, gibt es keine Alternative. Er führt uns den Gang hinunter, am Elternschlafzimmer vorbei. Der Boden ist mit beigefarbenem Teppich ausgelegt, die Wände sind weiß gestrichen: Kalifornien auf seine langweiligste, behäbigste Weise. Wir kommen an Fotos vorbei, die an den Wänden hängen, jeder Rahmen schwarz, jedes Bild im gleichen Stil. Die Cavanaughs sind ein hübsches Paar, er mit den kurzen blonden Haaren, sie mit der langen blonden Mähne, beide mit den weißesten Zähnen, die ich je gesehen habe. Sie lächeln und zeigen diese strahlenden Zähne auf jedem Bild. Schöne Menschen. Ein Mädchen – ich nehme an, es ist Valerie – ist auf mehreren dieser Fotos zu sehen, ebenfalls blond und ebenfalls lächelnd und mit den gleichen perlweißen Zähnen, die sie von ihren Eltern geerbt hat.

Valerie war zehn, als sie starb. Meine Tochter Alexa war zehn, als sie starb. Bonnie war zehn, als sie in mein Leben trat.

Eine magische Zahl.

»Hier entlang. Ziehen Sie bitte Handschuhe und Papierüberschuhe an«, sagt Alvarez und deutet auf zwei Kisten, die vor dem Zimmer stehen.

Wir kommen seiner Bitte nach – und dann steigt mir auch schon dieser Geruch in die Nase, jene einzigartige Mischung aus Latex und Blut. Wir betreten das Zimmer. Es ist von oben bis unten in Pink gehalten: die kleine Prinzessin bis zum Exzess. Die Wände sind pink, das Bett hat einen pinkfarbenen Himmel, die pinkfarbene Bettdecke ist spitzenbesetzt. Zahlreiche Stofftiere bevölkern Bett und Boden. Ein kleiner – pinkfarbener – Schreibtisch steht in einer Ecke, mit einem Computer darauf. Der Monitor ist eingeschaltet, wie ich bemerke.

Doch es ist Valerie, die unsere Aufmerksamkeit fesselt – die Aufmerksamkeit aller, die sich im Zimmer aufhalten. Valerie liegt auf dem Rücken, die Arme auf der Brust verschränkt. Ihre starren Augen sind weit offen. Ihre blonden Haare umgeben ihren Kopf wie ein Fächer.

Blut ist aus der Wunde in der Seite ausgelaufen und durchtränkt das Bettzeug und den Teppichboden mit einem Burgunderrot, das einen scheußlichen Kontrast zu all dem Pink bildet. Valeries Mund ist geschlossen. Die weißen Zähne sind nicht zu sehen.
»Sie ist nackt«, beobachtet Alan.
»Die Pose ist aber nicht sexueller Natur«, bemerke ich.
»Stimmt.«
Ich wende mich an Alvarez. »Wer hat sie gefunden?«
»Der Vater. Sie kam nicht zum Frühstück nach unten. Da ist er nach oben gegangen, um nach ihr zu sehen, und hat sie so vorgefunden.«
»Der Vater hat sie nicht angerührt«, sagt Callie. »Eigenartig.«
Sie meint damit, dass Valerie in der gleichen Haltung daliegt, in der sie gestorben ist, wie wir am Muster des Blutflusses aus der Wunde erkennen können.
»Ich habe ihn danach gefragt«, erklärt Alvarez. »Er sagt, er hätte gesehen, dass sie tot sei. Die offenen Augen, die weiße Haut ...«
»Ich sehe es auch«, sage ich.
Ich kann keinen Funken Leben in Valerie erkennen. Sie sieht aus wie eine kalte, weiche Schaufensterpuppe.
»Gibt es Hinweise, wie der Täter eingedrungen ist?«, fragt Alan.
»Eine Tür führt vom Garten zur Garage, und eine Tür aus der Garage ins Haus. Offenbar wurden beide Türen äußerst geschickt geöffnet. Falls es unser Mann war, hat er das Tor zum Garten aufgemacht, hat sich Zutritt zur Garage verschafft und ist von dort ins Haus eingedrungen.«
»Keine Alarmanlage?«, frage ich.
»Keine. Und kein Hund. Pech.«
»Trotzdem, ziemlich verwegen«, sage ich. »Mitten in der Nacht herzukommen und das Kind umzubringen, während die Eltern schlafen.«
»Passt das zu Ihrem Mann?«, fragt Alvarez.
»Er geht Risiken ein. Und er hat uns gewarnt, dass er als Nächstes ein Kind tötet.«
Alvarez deutet auf das Bett und auf die tote Valerie. »Was ist damit? Kommt Ihnen das authentisch vor?«
»Ich habe bisher nur zwei Tatorte, um Vergleiche anzustellen. Aber es sieht genauso aus, sieht man vom Alter des Opfers ab. Und das ist besorgniserregend. Wir haben Informationen zurückgehalten, was den *Modus Operandi* des Gesuchten angeht.« Ich berichte Alvarez von dem

Kreuz, das der Prediger post mortem in den Körpern seiner Opfer zurückgelassen hat.« »Wenn es hier kein Kreuz gibt, haben wir es möglicherweise mit einem Nachahmer zu tun.«
»Und in diesem Fall müssten wir die Eltern sehr genau unter die Lupe nehmen.« Alvarez seufzt. »Großartig. Ich bin nicht sicher, was mir lieber wäre.«
»Könnten wir das gleich als Erstes überprüfen?«, ruft Callie. »Ist der Coroner schon da?«
»Er ist draußen vor dem Haus und bereitet den Leichenwagen vor. Ich sag ihm Bescheid.«

»WIE TIEF WAR DAS KREUZ bei den anderen Leichen eingeführt?«
Dr. Weems, der Coroner, ist ein Mann mittleren Alters und macht einen pingeligen Eindruck – in seinem Beruf durchaus ein Pluspunkt.
»Gleich unter der Haut, vor dem Brustkorb«, sagt Callie. »Sie müssten es ertasten können.«
»Es wäre eine unübliche Vorgehensweise, das Kreuz gleich hier am Tatort zu entfernen«, sagt der Coroner zögernd.
»Aber nicht verboten«, entgegne ich. »Und wenn Sie die Entnahme filmen, sind Sie auf der sicheren Seite, was die Beweisaufnahme angeht. Zeit ist von entscheidender Bedeutung, Doktor.«
Ich rechne es ihm hoch an, dass er nicht allzu lange zögert. »Also schön«, sagt er. »Detective Alvarez, würden Sie bitte den Kameramann rufen? Ich untersuche die Tote an Ort und Stelle und entferne das Kreuz aus dem Körper, falls es da ist.«
Es ist zur üblichen Praxis geworden, die Schauplätze von Kapitalverbrechen zu filmen, insbesondere wenn es um Verbrechen geht, die öffentliches Aufsehen erregen. Es ist allerdings ein zweischneidiges Schwert: Falls Verfahrensfehler begangen werden, sind sie auf dem Film festgehalten und können der Verteidigung als Munition gegen die ermittelnden Beamten dienen. Aber das Gegenteil trifft genauso zu: Wenn die Kamera sagt, dass etwas so ist, dann ist es so. Punkt.
Der Kameramann wird uns als Jeff vorgestellt. Er ist jung und dunkelblond und macht den Eindruck, als wäre er noch viel zu jung für diese Art von Arbeit. Dennoch lässt er sich nicht schockieren. Er richtet die Kamera auf Valeries Leichnam und beginnt zu filmen, ohne mit der Wimper zu zucken.

Dr. Weems kniet neben dem Bett nieder und untersucht die Wunde in Valeries Seite.

»Es scheint sich um ein rundes, nicht ausgefranstes Loch von etwa einem Zentimeter Durchmesser zu handeln. Das benutzte Instrument war spitz und extrem scharf. Zu beiden Seiten des Einstichs sind Schnitte zu erkennen. Sie sind gleichermaßen sauber und stammen vermutlich von einem Skalpell oder einer ähnlich scharfen Klinge.« Vorsichtig betastet er mit der Fingerspitze den Bereich um die Wunde herum. »Unter der Haut kann ich einen harten Gegenstand spüren.«

Adrenalin schießt in meinen Kreislauf. Ich bin aufgeregt – und schäme mich augenblicklich dafür. Valeries Tod hätte mir zu schaffen machen sollen, doch alles, woran ich jetzt noch denken kann, ist die Frage nach den Spuren, die ihre Leiche liefert.

Dr. Weems blickt auf und schaut in die Kamera. »Die Wunde wurde bereits fotografisch dokumentiert«, sagt er. »Ich werde jetzt versuchen, den Gegenstand aus der Wunde zu entfernen.« Er zieht eine kleine Tasche zu sich heran, die mir vorher gar nicht aufgefallen ist. Es ist ein Arztkoffer. Er sieht schick aus, wie aus den 1950ern.

Sein Werkzeug, denke ich.

Ich finde dieses Zugeständnis an die Mode ein wenig unheimlich. Dinge, die mit den Toten zu tun haben, sollten ihre Ästhetik allein aus der Funktion beziehen.

Er öffnet den Koffer und kramt darin, bis er etwas gefunden hat, das aussieht wie eine überdimensionierte Pinzette.

»Falls einer der Anwesenden einen unruhigen Magen hat oder sonst wie empfindlich ist«, sagt er, indem er sich über die Wunde beugt, »sollte er jetzt lieber wegschauen oder das Zimmer verlassen. Wir können kein Erbrochenes gebrauchen, das den Tatort kontaminiert.«

Niemand rührt sich. Jeff filmt unbeeindruckt weiter.

Dr. Weems steckt die Pinzette ohne Zögern und ohne Zeremonie in das Loch.

»Ich kann einen harten Gegenstand ertasten«, bestätigt er. »Ich muss ihn drehen, um ihn herausziehen zu können, ohne die Haut weiter zu beschädigen. Warten Sie einen Augenblick ... so.« Er zieht die Pinzette vorsichtig aus der Wunde.

»O Gott«, murmelt Alan.

Ein silbernes Kreuz. Es besitzt ungefähr die gleiche Größe wie die anderen.

Weems legt das Kreuz in einen Beweismittelbeutel, nachdem Jeff es gefilmt und Fotos davon gemacht hat.

»Dann ist es also Ihr Mann«, stellt Alvarez fest.

»Sieht ganz danach aus«, erwidere ich. »Damit stellt sich die Frage: Warum ausgerechnet Valerie? Er tötet Menschen, die dunkle Geheimnisse mit sich herumtragen. Was für ein dunkles Geheimnis kann eine Zehnjährige schon haben?«

»Oh, vertue dich nicht. Ich hatte mit zehn Jahren schon eine Menge Geheimnisse«, sagt Callie. »Aber ich war meiner Zeit schon immer voraus.«

Mein Handy summt.

»Barrett«, melde ich mich.

»Ich bin es, James. Wir machen gute Fortschritte bei der Befragung der Familien. Bis jetzt waren sämtliche Opfer ohne Ausnahme praktizierende Katholikinnen.«

»Sehr gut. Noch was?«

»Wir sollten überlegen, ob wir die Observierung von Besters Haus abbrechen. Ich habe Nachforschungen über seinen Verbleib während des Mordes an Lisa Reid angestellt. Bester war geschäftlich in San Francisco.«

Ich runzle die Stirn. »Das genügt nicht. Wir brauchen mehr, um ...«

»Ich *habe* mehr.«

»Lass hören.«

»Einer unserer Computerspezialisten hat sich in halbstündlichem Abstand mit den Leuten von User-Tube in Verbindung gesetzt, um herauszufinden, ob der Prediger versucht, neue Clips hochzuladen.«

»Und?«

»Sie haben einen Clip abgefangen ... betreffend Valerie Cavanaugh.«

»Verdammt.« Ich reibe mir die Schläfen.

»Zurück zu Bester: Dieser neue Clip wurde nicht über seine IP gepostet. Nach Auskunft der Beschatter war er die ganze Zeit zu Hause und lag im Bett, als Valerie ermordet wurde. Er war es nicht, Smoky. Bester ist nicht der Prediger.«

Ich seufze inbrünstig. »Also gut. Brechen wir die Observierung ab.«

Ich beuge mich ein wenig vor, während ich spüre, wie sich in meinem Innern etwas zusammenzieht. »Erzähl mir von diesem neuen Clip.«

James zögert eine Sekunde zu lang für meinen Geschmack. »Er ist anders«, sagt er schließlich. »Er hat sie nicht gefilmt, kurz bevor er sie umgebracht hat.«

»Was soll das heißen?«, frage ich.

»Ich habe dir den Clip per E-Mail geschickt. Sieh ihn dir an. Dieser Clip ist übel, verdammt übel. Er wird die Familie endgültig zerstören.«

In James' Stimme fehlt die übliche ätzende Schärfe. Er klingt bedrückt, beinahe deprimiert – und das allein ist mehr als alles andere dazu angetan, meine Erregung zu dämpfen. Ein Frösteln durchrieselt mich.

»Wie schlimm ist es?«

Erneut das Zögern.

»Es ist ein Albtraum, Smoky.«

DIE CAVANAUGHS HABEN EINE DRAHTLOSE INTERNETVERBINDUNG, und Callie hat ihr Notebook dabei. Wir finden uns im Wohnzimmer ein, rufen meine E-Mails ab und laden den Clip herunter, den James an meine Adresse geschickt hat.

Ich sitze neben Callie auf dem Sofa. Alan sitzt neben ihr, und Alvarez steht hinter uns.

»Bereit?«, fragt Callie.

Ich nicke. »Fang an.«

Sie klickt auf die Schaltfläche, und der vertraute schwarze Hintergrund und die weiße Schrift erscheinen. Dann die Hände und der Rosenkranz, das grelle Licht und der karge Holztisch.

»Mir ist bewusst, dass dieser Clip mit größter Wahrscheinlichkeit von den Polizeibehörden abgefangen wird«, beginnt der Prediger. »Seien Sie versichert, dass es sich nur um ein vorübergehendes Problem handelt. Es gibt heutzutage zahlreiche Möglichkeiten, die Wahrheit an die Öffentlichkeit zu bringen. Nun denn, lassen Sie uns über die Beziehung von Wahrheit und Zeit sprechen, wie es in diesem Fall angemessen erscheint. Wahrheit interessiert sich nicht für Alter. Ein Kind ist ein Kind, zugegeben, doch eine Seele ist eine Seele, und Wahrhaftigkeit ist ein Gebot an alle. Der Teufel erscheint in zahlreichen Verkleidungen, und ob man zehn ist oder achtzig – die Beichte und die damit verbundene Reue sind in jedem Fall der einzige Weg zur Erlösung. Das ist der Sinn dieses speziellen Teils meines Werkes. Ich möchte zwei Dinge demonstrieren: Wahrhaftigkeit ist alterslos, und Wahrheit ohne Reue ist für sich selbst genommen eine Lüge.« Er reibt eine Rosenkranzperle zwischen Daumen und Zeigefinger. »Valerie Cavanaugh stammt aus einer guten Familie. Sie hat gottesfürchtige Eltern. Sie verlangen viel von ihrer Tochter, und Valerie hat sie nie enttäuscht – nach außen hin. Valerie war stets eine Musterschülerin. Sie übt jeden Tag eine Stunde lang Klavier. Sie ist in einem Schwimmverein und hat bereits einige Pokale errungen. Sie engagiert sich zusammen mit ihren Eltern bei Wohltätigkeitsveranstaltungen und hilft Leuten, die weniger Glück im Leben hatten ...«

»Das alles stimmt«, sagt Alvarez dazwischen.

»Doch Äußerlichkeiten können trügen«, fährt der Prediger fort. »Und das Beichten auch der größten Verbrechen macht die Beichte selbst zu einer Lüge, wenn es an wahrer Reue mangelt.«

Die Sünden der Valerie Cavanaugh

33

»Sieh mich an, Kätzchen«, sagt Valerie.
Die Katze dreht den Kopf zu der Stimme und miaut einmal leise. Sie hat wunderschöne grüne Augen, und Valerie lächelt.
»Braves Kätzchen«, sagt sie und krault das Tier hinter den Ohren. Es ist ein schöner Tag.
Die Sonne scheint, doch die Hitze ist nicht drückend. Daddy nennt solche Tage »kalifornischen Herbst«. Ein leichter Wind weht. Valerie schließt die Augen und hebt den Kopf zum Himmel. Der Wind kühlt ihre Haut und streicht durch ihr Haar. Sie krault die Katze unablässig hinter den Ohren.
Valerie ist im Garten hinter dem Haus. Mommy und Daddy sind ausgegangen, und Emma, die Babysitterin, schlummert auf dem Sofa. Es ist einer jener seltenen Momente, in denen Valerie für sich alleine ist, und sie genießt jede Sekunde davon.
Der Garten ist riesig. Es gibt einen Patio und einen Pool und jede Menge üppigen grünen Rasen. Mommy hat viel Zeit mit dem Entwurf des Gartens verbracht und die Arbeiter persönlich beaufsichtigt (keine halben Sachen, sonst bist du am Ende selbst nur eine halbe Persönlichkeit, pflegt Mommy immer zu sagen). Valerie sitzt hinter einer Hecke, die eine Barriere bildet zwischen dem Rest des Gartens und der hohen Mauer aus Schlackenstein, die das Grundstück von der Außenwelt trennt.
»Braves Kätzchen«, murmelt sie erneut.
Die Katze miaut. Es ist kein fröhliches Miauen, und Valerie kann es dem armen Tier nicht verdenken. Schließlich ist es in ein Handtuch eingewickelt.
»Tut mir leid, Kätzchen«, sagt sie. »Aber ich kann mich schließlich nicht von oben bis unten zerkratzen lassen, nicht wahr?«
Valerie würde gerne noch länger warten, die Einsamkeit noch eine Weile genießen, doch sie kann sich nicht darauf verlassen, dass Emma bis in alle Ewigkeit weiterschläft. Sie seufzt.

»Besser, wir bringen es hinter uns, Kätzchen. Keine halben Sachen, sonst bist du am Ende selbst nur eine halbe Persönlichkeit.«

Sie legt die ins Handtuch gewickelte Katze in ihren Schoß, dreht sie auf den Rücken und legt ihre Hände um den Hals des Tieres. Dann drückt sie zu.

Sie drückt nicht allzu fest, denn sie will nicht, dass das Kätzchen zu schnell stirbt. Den Augenblick zu genießen ist schließlich ein großer Teil des Vergnügens.

Valerie sieht der Katze die ganze Zeit unverwandt in die Augen. Sie weiß selbst nicht genau, was sie sucht. Vielleicht den Moment des Todes, wenn der letzte Lebensfunke erlischt. Wer weiß? Doch es ist ein endloser Quell der Faszination: *Irgendetwas* geschieht da drin, so viel steht fest.

Valerie spürt, wie die Katze sich wehrt, wie sie versucht, sich aus dem Handtuch zu befreien.

Tut mir leid, Kätzchen, aber du hast keine Chance.

Sie kichert leise, dann verstummt sie.

Valerie spürt, wie ihr Herz schneller schlägt. Ein undefinierbares Gefühl erfasst sie. Eine Art von Erregung, die sie nicht einzuordnen vermag. Sie versucht es auch nicht großartig. Was sie tut und das Gefühl, das sie dabei hat, reichen ihr völlig.

Die Bemühungen der Katze werden verzweifelt, panisch. Valeries Puls und ihre Erregung wachsen in gleichem Maße. Ein paar weitere Sekunden vergehen, und die Katze verliert das Bewusstsein. Valerie drückt weiter zu. Sie merkt nicht, dass sie die Augen aufgerissen hat und dass ihre Zunge zwischen den Lippen hervorlugt.

Der Moment vergeht. Die Augen der Katze sind leer. Valerie lockert ihren Griff. Sie hat den Atem angehalten. Jetzt stößt sie die Luft aus.

»Braves Kätzchen«, sagt sie und krault das tote Tier hinter den Ohren.

Es gefällt ihr, dass die Katze zur Antwort nicht mehr miaut. Es gefällt ihr sehr.

Valerie lässt sich einen Augenblick Zeit, entspannt sich, schwelgt in dem kurzen Moment, in dem sie ihr wahres Selbst sein kann.

Es ist nicht leicht, sich immerzu wie ein ganz normales Mädchen zu benehmen, geht es ihr durch den Kopf. *In Augenblicken wie diesem fühle ich mich wirklich frei.*

Doch Valerie weiß selbst mit ihren zehn Jahren schon, dass sie ihr wahres Gesicht verborgen halten muss. Sie war sehr vorsichtig, seit sie damit angefangen hat, Katzen zu töten. Sie hat sich im Zaum gehalten, und sie hat stets darauf geachtet, die Kadaver gründlich zu verscharren, hier, hinter der Hecke. Es ist nicht immer einfach, zugegeben, doch sie kann warten. Sie hat die Zukunft gesehen. Sie, Valerie, wird älter, und eines Tages wird sie viel mehr Freiheiten besitzen. Eines Tages, überlegt sie, wird sie sogar Auto fahren dürfen.

Wer weiß, was sie dann erst alles töten kann!

Sie grinst bei diesem Gedanken, ohne sich dessen bewusst zu sein. Ihre perlweißen Zähne blitzen in der Sonne, und das blonde Haar wogt in Wind. Sie tätschelt die tote Katze, während sie ihren Träumen nachhängt.

»Mein Gott«, sagt Alan.

Ich bin stumm, genau wie Callie.

Es ist offensichtlich, dass Valerie nicht bemerkt hat, dass sie gefilmt wurde. Das Video selbst ist Schwarz-Weiß und von hoher Qualität. Dann fällt mir auf, aus welchem Winkel es aufgenommen wurde, und mir kommt eine Idee. Ich stehe auf und gehe zur Glasschiebetür, die nach hinten in den Garten führt.

Draußen angekommen, bleibe ich stehen und sehe mich um. Vor mir ist der Pool mit seinem blauen, klaren Wasser. Der Rasen ist von sattem Grün und perfekt gemäht. Ich sehe die Heckenreihen zur Rechten und Linken. Sie bilden zwei ununterbrochene Linien vom Haus bis zur Rückseite des Gartens. Zwischen den Hecken und den Mauern, die das Grundstück umschließen, ist ein freier Raum von nicht mehr als dreißig Zentimetern Breite.

Nicht viel Platz, doch genug für eine Zehnjährige.

Ich entscheide mich für die rechte Reihe und gehe los. Klein wie ich bin, habe ich Mühe, über die Hecke zu schauen, also stelle ich mich auf die Zehenspitzen, stütze mich mit den Händen an der Mauer ab und spähe in die Lücke.

Der Rasen endet vor der Hecke, die bis zum Boden hinunter grün ist. Hinter der Hecke ist kahles Erdreich zu sehen. Ich erkenne kleine Stellen, an denen die Erde umgegraben und flachgetreten zu sein scheint.

Acht bis zehn Stellen, schätze ich. Acht bis zehn tote Katzen.

Valerie Cavanaugh, die süße blonde Valerie mit den makellosen weißen Zähnen, ist eine kleine Psychopathin gewesen.

Ich schließe die Augen und rufe mir das Video ins Gedächtnis. Den Winkel, aus dem die Aufnahme gemacht wurde. Ich öffne die Augen wieder und drehe mich nach rechts, gehe die Hecke entlang bis zu deren Ende und beuge mich vor. Und siehe da, ich finde, wonach ich gesucht habe.

»Er hat eine Lochkamera am Ende der Hecke aufgestellt«, sage ich, als ich wieder im Haus bin. »Sie hatte keine Ahnung, dass er sie beobachtet hat.«

»Woher wusste er denn, wo er die Kamera aufstellen muss?«, fragt Alvarez.

»Keine Ahnung«, lüge ich.

Callie hebt eine Augenbraue, doch sie schweigt. Alan betrachtet seine Fingernägel.

»Sehen wir uns den Rest vom Video an«, sage ich und setze mich.

Callie hatte auf die Pause-Schaltfläche geklickt, als ich in den Garten gegangen war. Jetzt drückt sie auf »Weiter«.

Wir schauen zu, wie Valerie mit einer Gartenkelle ein Loch schaufelt. Dann wickelt sie das tote Kätzchen aus dem Handtuch, hält es im Nacken gepackt und starrt dem Kadaver für einen Moment in die Augen. Sie zuckt mit den Schultern und lässt das tote Tier ins Loch fallen. Sie füllt das Loch auf und klopft das Erdreich flach. Faltet das Handtuch. Einmal noch sehen wir ihr Gesicht, bevor sie sich erhebt und den schmalen Raum zwischen Hecke und Mauer verlässt. Sie sieht glücklich und wunderschön aus, unbekümmert und zufrieden mit sich und der Welt.

Die Aufnahme läuft noch eine Minute weiter, zeigt die Mauer, die Hecke, die umgegrabene Erde.

Dann ein Schnitt. Die Hände des Predigers und die unvermeidlichen Perlen seines Rosenkranzes füllen das Fenster.

»Sie sehen, dass das Böse alterslos ist«, sagt er. »Und wenn das Böse alterslos ist, gilt dies auch für das Bedürfnis nach Wahrhaftigkeit. Gebt acht, Eltern. Die kleine Valerie war ein extremes Beispiel, doch sie dient als Warnung. Was machen eure Kinder in diesem Augenblick? Seid ihr sicher, dass sie tun, was sie zu tun vorgeben?«

Er bewegt die Hände. Legt sie flach auf den Tisch.

»Kommen wir zum zweiten Teil dieser Lektion – dass das Fehlen von Reue dazu führen kann, dass die Beichte zu einer Lüge wird.«

Ein Standbild erscheint. Es ist aus dem Video und zeigt, wie Valerie die Katze erwürgt. Es zeigt jenen Moment, in dem sie ihre Maske hat fallen lassen, in dem ihr wahres Gesicht am deutlichsten zu erkennen ist. Wir sehen die geweiteten Augen, die perverse Freude, die Spitze ihrer rosigen Zunge im Mundwinkel. Es ist ein Augenblick unverhüllter Ekstase.

Der Prediger spricht im Hintergrund weiter, während das Bild von Valerie im Fenster steht. »Stellen Sie sich vor, wie dieses Kind sein Verbrechen beichtet. Stellen Sie sich vor, wie dieses Kind Krokodilstränen vergießt, während es schluchzend von dem ›dunklen Ding‹ in seinem Innern erzählt und von dem Kampf gegen die Versuchungen, die Satan ihm in den Weg legt. Sehen Sie es? Und jetzt betrachten Sie erneut dieses Bild und fragen sich: Kann dieses Ungeheuer, das Sie hier sehen, jemals wirklich bereuen, was es getan hat?«

Nein, geht es mir durch den Kopf. Sie benutzt ihre Jugend, ihr engelsgleiches Gesicht, ihr Zahnpasta-Lächeln, um die Menschen in ihrer Umgebung zu manipulieren und ihr wahres Ich zu verbergen. Doch sie verspürt keine aufrichtige Reue. Nicht heute und niemals.

»Vergessen Sie nicht, Wahrheit alleine reicht nicht aus. Wahrheit für sich genommen ist immer noch eine Lüge, es sei denn, sie ist begleitet von aufrichtiger Reue und dem Wunsch, die Schuld zu sühnen und wiedergutzumachen.«

Der Clip endet.

»Mein Gott.« Alvarez stößt einen leisen Pfiff aus. »Das wird ihre Eltern umbringen. Haben Sie so etwas schon einmal gesehen? Ein Mädchen wie Valerie?«

»So etwas kommt vor«, sage ich. »Manche Psychopathen werden durch ihre Umwelt zu dem, was sie sind, andere werden anscheinend so geboren. Sie wachsen in behüteten Elternhäusern auf, werden nicht misshandelt und nicht missbraucht, erfahren alle Liebe dieser Welt, bekommen alle Chancen und enden doch als Psychos. Warum, wissen wir nicht.«

»Es ist unheimlich.«

Ich stehe auf und lasse den Blick in die Runde schweifen, über das in dunklem Braun gehaltene Sofa, den beigefarbenen Teppichboden, die weißen Wände. Alles ist sehr sauber, sehr unauffällig. Ganz und gar nicht das Zuhause eines kindlichen Ungeheuers. Ich suche die Wände ab, bis ich gefunden habe, was ich suche. Ein Kruzifix. Es ist aus Holz. Da bist du ja, denke ich. Sie hat sich hinter dir versteckt. Hinter dir und all diesem Beige. Katholizismus und Beichte – das ist die Antwort.

»Wir müssen gehen«, sage ich zu Alvarez.

»Was denn? Das war alles?«, fragt er verblüfft.

»Wir wissen, wer sie umgebracht hat«, antworte ich. »Jetzt müssen wir ihn schnappen.«

Es ist ein Spiessrutenlauf bis zum Wagen. Kameras blitzen, und Reporter, Männer wie Frauen, rufen meinen Namen. Sie haben mich erkannt; sie haben Blut gerochen.

»Du bist eine richtige Berühmtheit, Süße«, spottet Callie.

Wir steigen in den Wagen und schließen die Tür.

»Warum hast du Alvarez kein Wort von deiner katholischen Theorie gesagt?«, fragt Alan.

»Weil es bis jetzt nur eine Theorie ist, und weil sie wie eine Atombombe einschlagen würde.«

»Stimmt«, sinniert Callie. »Ich schätze, eine ganze Menge Leute würden sehr aufgebracht reagieren, wenn sie erfahren, dass sie während der Beichte von einer ›Versteckten Kamera‹ gefilmt wurden.«

»Ist es normal, dass Valerie so jung zur Beichte gegangen ist, Smoky?«, fragt Alan.

»Ich bin auch so jung zur Beichte gegangen«, antworte ich. »Es hat mit dem Alter der freien Willensbestimmung zu tun. Dem Zeitpunkt, wenn ein Kind anfängt, über Richtig und Falsch, Gut und Böse nachzudenken. Es ist ein umstrittenes Problem. Manche Leute sind der Meinung, es sei gleichbedeutend mit dem Diebstahl der Kindheit, ein Kind zu früh zur Beichte zu schicken. Andere sind der Auffassung, dass sich schlechte moralische Angewohnheiten einnisten können, wenn man zu lange damit wartet. Sieben oder acht Jahre gilt im Allgemeinen als akzeptables mittleres Alter.«

Alan schüttelt den Kopf. »Gott sei Dank, dass ich als Baptist erzogen wurde. Ihr Katholiken habt viel zu viele Regeln für meinen Geschmack.«

Ich starre ihn finster an. »›Ihr Katholiken‹? Beiß dir auf die Zunge und lass uns zurück ins Büro fahren. James und Jezebel müssten bald mit der Befragung der Familienangehörigen der Opfer fertig sein. Wenn ich recht habe – und ich bin inzwischen fast sicher –, müssen wir überlegen, wie wir die Nachricht am besten an die Öffentlichkeit bringen.«

ALAN FÄHRT. Callie folgt uns in ihrem eigenen Wagen.

»Verrückt, nicht wahr?«, sagt Alan.

»Was?«

»Wir sind zu den Cavanaughs gefahren, voller Mitleid mit dem kleinen Mädchen, das ermordet wurde. Und jetzt? Nach dem, was wir auf dem Video gesehen haben, weiß ich überhaupt nicht mehr, was ich denken soll.«

Ich stelle mir eine ältere Valerie vor, atemberaubend schön und betörend, wie sie die Hände um die Kehle eines Menschen legt und in die Augen ihres Opfers starrt und mit blitzend weißen Zähnen grinst und grinst und grinst. *Braves Kätzchen,* flüstert sie dabei. *Was für ein braves, liebes Kätzchen du bist.*

34

»EINUNDZWANZIG RÜCKMELDUNGEN fehlen uns noch«, sagt Jezebel. »Entweder, weil wir die Familien nicht erreichen, oder weil es keine Familien gibt. Von denen, die wir befragt haben, haben wir ausschließlich Bestätigungen erhalten. Sämtliche Opfer waren praktizierende Katholikinnen.«

Ich habe es bereits geahnt, doch die volle Bedeutung kommt mir erst jetzt zu Bewusstsein, nachdem wir den Verdacht bestätigt haben. Ich setze mich auf einen freien Stuhl neben Alans Schreibtisch und nehme mir einen Moment Zeit, um auf all die Namen zu starren, die an der Tafel stehen.

»Wow.« Mehr bringe ich nicht heraus.

»Ich habe ein wenig nachgeforscht«, sagt James. »Offenbar hat es noch nie einen solchen Verstoß gegen das Beichtgeheimnis gegeben.«

»Das kann ich mir vorstellen.«

Ich sehe Vater Yates vor meinem geistigen Auge, wie er gestern Abend, völlig außer sich, in seiner Kirche auf und ab marschiert ist, und stelle mir an seiner Stelle den Papst vor.

Ich hasse diesen Fall. Er hat mich in unmittelbaren Kontakt mit dem FBI-Direktor gebracht, sogar in die Nähe des Präsidenten gerückt, und ich bin sicher, dass ein Fall von dieser Größenordnung schließlich auch dem Papst zu Ohren kommen wird.

Ich stehe auf und warte, bis ich die Aufmerksamkeit aller habe.

»Wir arbeiten nicht zum ersten Mal an einem Fall, der im Brennpunkt öffentlicher Aufmerksamkeit steht«, sage ich und blicke in die Gesichter, »aber das hier ist ein ganz neues Spielfeld. Die Sache bleibt unter uns. Keine Kopfkissenunterhaltung mit Eheleuten oder Partnern, nicht mal mit eurem Hund, falls ihr einen habt. Ist das klar?«

Alle nicken. Niemand zeigt Anzeichen von Widerspruch. Vielleicht ist auch ihnen die nüchterne Wahrheit gerade erst bewusst geworden.

»James, ich möchte, dass du dich mit Callie, Alan und Jezebel hinsetzt und die Datenbank durchforstest, die du angelegt hast. Sucht nach den Kirchen, die die jeweiligen Opfer mit der größten Wahrscheinlichkeit besucht haben, und stellt eine Liste zusammen.«

»Und was machst du, Smoky?«, fragt Callie.

»Ich gehe zu AD Jones und überbringe ihm die schlechten Neuigkeiten.«

»Sind Sie ganz sicher?«, fragt Jones.

»Absolut, Sir. Wir haben inzwischen die erforderlichen Daten, die es bestätigen. Wir wissen vom Cavanaugh-Tatort, dass der Gesuchte gerne verdeckte Überwachungsmethoden benutzt. Und wir konnten eine eindeutige Verbindung zur katholischen Kirche herstellen. Wie sonst hätte er wissen können, was er über seine Opfer weiß? Abgesehen davon hat er selbst uns auf die Spur gebracht.«

»Wie das?«

»Die Notiz in Lisa Reids Tagebuch. ›Was sammle ich? Das ist die Frage, und diese Frage ist der Schlüssel.‹ Und in den ersten Videoclips erklärt er, dass wir alles, was wir wissen müssen, um ihn zu fassen, in eben diesen Clips finden. Außerdem passt das Verhalten der Opfer ins Bild. Sie waren schockiert, als sie erfuhren, dass er über ihre dunkelsten Geheimnisse informiert war. Und es gab keinerlei Zeichen von Wiedererkennen seitens der getöteten Frauen. Er muss für sie alle ein Fremder gewesen sein.«

Ich hatte es übersehen, und jetzt könnte ich mich selbst dafür ohrfeigen. Alle Opfer haben gedacht, dass ihre Geheimnisse noch immer geheim wären.

Warum habe ich das nicht sofort gesehen?

Vielleicht, weil mein eigenes Geheimnis mich noch zu sehr behindert hat?

AD Jones schweigt, verschränkt die Hände hinter dem Kopf und starrt ins Nichts, während er nachdenkt.

»Das ist ein politischer Albtraum, Smoky«, sagt er schließlich. »Normalerweise wäre mir das völlig egal, doch in unserem Fall behindert es wahrscheinlich unsere Arbeit und erschwert es uns, diesen Irren zu fassen. Wenn wir uns an die katholische Kirche wenden und nicht aufpassen, werden die uns sagen, wir sollen uns zum Teufel scheren.«

»Ja. Priester, die Jungen unsittlich berühren? Schlimm, schlimm, schlimm. Aber Wanzen in den Beichtstühlen? Wow. Ich denke, wir sollten denen zeigen, dass wir mitspielen. Sie zu Verbündeten machen, nicht zu Gegnern.«

Er runzelt die Stirn. »Und wie stellen Sie sich das vor?«

»Soweit wir wissen, sind nicht die gesamten Vereinigten Staaten betroffen. Wir halten den Mantel der Verschwiegenheit darüber und behalten es für uns – mein Team, Sie und Director Rathbun. Niemand sonst. Rathbun wendet sich an einen hohen Kirchenmann, der genügend Courage und Einfluss hat. Er bringt ihn dazu, uns Zutritt zu verschaffen, und wir erklären uns im Gegenzug bereit, Stillschweigen über die ganze Sache zu wahren. Wir müssen nicht mal die örtlichen Priester einweihen, wenn die Kirche es nicht möchte.«

»Was ist mit Vater Yates?«

»Er hat kein Interesse, diese Geschichte an die große Glocke zu hängen, glauben Sie mir. Er ist loyal gegenüber seiner Kirche, und ich schätze, das wissen seine Vorgesetzten.«

»Es könnte funktionieren«, räumt Jones ein.

»Es *wird* funktionieren. Ich bezweifle, dass die katholische Kirche anders arbeitet als jede andere Bürokratie, wenn es um gewisse Dinge geht. Die Leute bewachen ihre Territorien und ihre Budgets und tun alles, um sich Ärger vom Hals zu halten. Ich gehe jede Wette ein, dass sie den Papst aus der Sache heraushalten wollen, wenn sie es irgendwie einrichten können.«

»Wie Sie das sagen, hört es sich an, als wäre die Kirche wie wir«, sagt AD Jones und meint es nur halb im Scherz.

»Diese Vorgehensweise wäre mir auch aus einem anderen Grund lieber, Sir. Dem Prediger geht es in erster Linie darum, Staub aufzuwirbeln. Er hält sich für einen Propheten, der über Wahrheit predigt und die Leute dazu bringt, über Gott nachzudenken und zu reden. Je weniger Chaos dieser Bursche anrichtet, desto besser fühle ich mich.«

»Also gut. Ich setze mich sofort mit Director Rathbun in Verbindung.«

»SIE SIND IN DEN NACHRICHTEN«, eröffnet mir Jezebel, als ich ins Büro zurückkehre.

»Gut, dass wir hier keinen Fernseher haben.«

Sie lächelt. »Keine Sorge. Ich habe über den Computer Zugriff auf verschiedene Newsfeeds.« Sie zeigt auf Alans Bildschirm. »Darf ich?«

»Sicher.«

Sie öffnet mit der Maus ein Programm und tippt ein Passwort ein. Ein paar Sekunden später erscheint eine neue Oberfläche auf dem Bildschirm.

»Das ist jetzt mein eigener Computer«, sagt sie. »Ich steuere ihn von hier aus.« Sie startet einen Mediaplayer und lädt ein Video.

Die Reporterin kommt mir bekannt vor.

»Sie war vor dem Haus der Cavanaughs!«, sage ich, als es mir wieder einfällt. »Die Clevere.«

Die, die uns bei unserer Ankunft bemerkt und ihren Kameramann angewiesen hat, seine Kamera in unsere Richtung zu schwenken.

Ich schaue zu, wie wir aus dem Wagen steigen. Im Hintergrund beginnt die Reporterin mit ihrem Kommentar.

»Heute Morgen wurde in dieser stillen Vorstadtgegend namens Burbank ein junges Mädchen tot in seinem Kinderzimmer aufgefunden. Es dauerte nicht lange, bis ein großes Polizeiaufgebot vor Ort erschien, was nicht weiter überrascht. Verwunderlich hingegen ist das Eintreffen von FBI-Spezialagentin Smoky Barrett am Tatort.«

»He, und was ist mit mir?«, witzelt Alan.

»Agentin Barrett erlangte vor knapp drei Jahren landesweite Bekanntheit, als sie Opfer eines heimtückischen Angreifers wurde. Joseph Sands, ein Serienmörder, den Barrett jagte, drehte den Spieß um und drang eines Nachts ins Haus seiner Verfolgerin ein. Er ermordete ihren Ehemann und ihre zehn Jahre alte Tochter, bevor er Barrett vergewaltigte und entstellte.«

Ein Foto von mir erscheint auf dem Bildschirm, mit den Narben und allem Drum und Dran.

»Agentin Barrett arbeitet heute wieder in ihrem alten Job beim FBI, obwohl anfangs Diskussionen darüber aufkamen, ob sie jemals wieder dazu imstande sei. Diese Debatte scheint jedoch beendet zu sein, und der Erfolg gibt Barrett recht – was uns zu der Frage führt: Was macht die beste Ermittlerin des südlichen Kaliforniens im Haus der Familie Cavanaugh? Die einzig logische Schlussfolgerung lautet, dass der Tod der zehn Jahre alten Valerie Cavanaugh mit jenem Mann in Zusammenhang steht, der sich der ›Prediger‹ nennt.«

Eine kurze Zusammenfassung der bisherigen Taten des Predigers folgt – auch seine Drohung, ein Kind zu töten, falls wir ihn nicht vorher schnappen.

»Was für ein Glück«, meint Callie. »Sie haben Valeries Clip noch nicht gesehen.«

Ich denke an das Versprechen des Predigers, einen Weg zu finden, die Wahrheit zu veröffentlichen, trotz unserer gegenteiligen Bemühungen. *Ich würde nicht darauf bauen, dass dieses Glück anhält.*

»Findet der Kerl viel Aufmerksamkeit in den Medien?«, frage ich Jezebel.

»Jede Menge. Es gibt reichlich Diskussionen über Wahrheit, Religion und sämtliche Themen, über die er schwadroniert hat. Er hat eine überraschend hohe Zahl von Unterstützern.«

»Unterstützer?«, fragt Alan fassungslos. »Was gibt es da zu unterstützen? Der Kerl ist ein verdammter Killer!«

»Es ist nicht so schockierend, wie du vielleicht glaubst«, wirft James ein. »Es gibt viele ähnlich gelagerte Fälle, und sie sind nicht auf den Katholizismus beschränkt. Er predigt einen Totalitarismus des Glaubens, ein Alles oder Nichts, ein Hingeben an Gott. So etwas fällt immer wieder auf fruchtbaren Boden. Extremismus und Fanatismus gehen Hand in Hand mit der Religion. So war es schon immer.«

Jezebel sagt: »Außerdem wurde eine Verbindung zwischen Ihnen und den Reids hergestellt. Jemand war so nett und hat einen Reporter darüber informiert, dass Sie und Ihr Team in Virginia waren.«
»Wie das so ist in diesem Job«, sagt Alan.
»Verdammt! Wurde die Verbindung der Opfer zum Katholizismus erwähnt?«
»Nein. Lediglich die des Predigers.«
»Gut.« Ich informiere die anderen über das Ergebnis meiner Unterhaltung mit AD Jones und meinen Vorschlag, wie wir damit umgehen sollen.
»Das ist wohl das Klügste«, meint Alan. »Die Kirche ist neuerdings ein bisschen empfindlich gegenüber Skandalen.«
»Meine Mutter ist katholisch«, sagt James. »Sie geht regelmäßig zur Beichte. Die Vorstellung, dass jemand mithört ...« Er schüttelt den Kopf. »Die große Frage ist, wie stellt dieser Prediger das an?«
»Macht mir die Liste fertig.«

»AGENTIN BARRETT?«
Ich habe einen Anruf auf meinem Handy entgegengenommen. Das Display hat eine Nummer gezeigt, die ich nicht kenne.
»Ja?«
»Hier spricht Kardinal Adam Ross. Ich bin der Erzbischof von Los Angeles.«
»Oh ... hallo ...« Ich runzle die Stirn. »Ist ›Kardinal‹ die richtige Anrede?«
»Sagen wir, es ist in Ordnung. Sie können mich auch Adam nennen, wenn Sie wollen.«
»Bleiben wir lieber beim Kardinal. Wie kann ich Ihnen helfen?«
»Ich glaube, diese Frage geht in beide Richtungen, Agentin Barrett. Ich habe vor etwa zehn Minuten einen Anruf vom FBI-Direktor erhalten. Einen bestürzenden Anruf. Nun bin ich auf dem Weg zu Ihrem Büro. Hätten Sie Zeit, mich zu empfangen?«
Die Manieren des Mannes sind tadellos, trotz der unüberhörbaren Anspannung in seiner Stimme. Ich hatte Anmaßung und Befehlston erwartet, aber dieser Mann ist die Höflichkeit in Person.
»Ich bin hier, Kardinal Ross.«

AD JONES STÖSST EINEN LEISEN PFIFF AUS. »Das ging aber schnell. Ich habe mein Gespräch mit Director Rathbun vor weniger als einer halben Stunde beendet.«

»Wie ist es gelaufen?«

»Er ist mit Ihrem Plan einverstanden. Er sagt, dass wir strengstes Stillschweigen wahren sollen, falls es sich irgendwie einrichten lässt.«

»Kennen Sie Kardinal Ross, Sir?«

»Ich bin ihm nie begegnet. Ich bin nicht gerade ein eifriger Kirchgänger. Aber wenn er im Schnellwahlverzeichnis des Direktors steht, ist er ein wichtiger und einflussreicher Mann. Versuchen Sie ihn entsprechend zu behandeln.«

»Wir behandeln jeden gut, solange er auch uns gegenüber freundlich ist, Sir.«

»MAN MUSS KARDINAL SEIN, um Papst werden zu können, nicht wahr?«, fragt Callie.

»Nein. Technisch gesehen kann jeder männliche Katholik, der die Bedingungen erfüllt, zum Papst gewählt werden«, sagt James. »In der Praxis ist das Amt jedoch für die Kardinäle reserviert. Das letzte Mal, dass ein Nicht-Kardinal zum Papst gewählt wurde, war 1378.«

»Und wie wird man Kardinal?«

»Man wird vom Papst dazu ernannt. Es ist ein sehr hohes Amt, und man muss der Kirche viele Jahre lang gedient haben, um so hoch aufzusteigen … vom Priester über den Weihbischof, Bischof, Erzbischof … ebenfalls ein Amt, in das man vom Papst berufen wird. Die Kardinäle schließlich werden unter den Erzbischöfen ausgewählt. Sie sind die mächtigsten Männer in der katholischen Kirche, abgesehen vom Papst, der von den Kardinälen gewählt wird. Es gibt nur hundertachtzig bis zweihundert Kardinäle, eine sehr geringe Pro-Kopf-Zahl, wenn man die Größe der gesamten katholischen Kirche bedenkt. Ein bis zwei Kardinäle auf acht bis neun Millionen Katholiken.«

»Ich könnte mir vorstellen, dass die Kardinäle einen direkten Draht zum Papst haben.«

»Allerdings.«

Diese Informationen verschaffen mir ein besseres Bild von dem Mann, der inzwischen im Lift auf dem Weg nach oben ist. Er ist intelligent, zielstrebig und daran gewöhnt, Macht auszuüben. Und er ist ein Mann, der Entscheidungen treffen und Befehle erteilen kann, die andere beachten müssen – und das ist für unsere Zwecke am wichtigsten.

Hoffentlich erweist Ross sich nicht als taube Nuss.

»Ob sie irgendwas unter ihren Roben tragen?«, fragt Callie.

»Lange Hosen, meine Liebe. Ganz normale lange Hosen.«

Wir drehen uns zu der Stimme um, die so volltönend und wohlklingend ist, wie man es sich von einem Kardinal nur vorstellen kann.

Kardinal Ross ist ein sehr großer Mann, bestimmt einsfünfundneunzig, und er ist schlank, ohne mager zu sein. Er hat silbernes Haar und ein langes Gesicht, nicht unattraktiv, auch wenn man ihm die Jahre ansieht. Ich schätze ihn auf knapp über sechzig. Er hat dunkle Augen, die uns ernst und gemessen mustern. Er trägt schlichtes priesterliches Schwarz: Hose, Hemd, Jacke und den weißen Priesterkragen. Um den Hals hängt ein silbernes Kreuz. Die Unscheinbarkeit seiner Kleidung jedoch kann seiner immensen Ausstrahlung nichts anhaben.

Zu meiner Überraschung ist er allein gekommen.

Ich strecke ihm die Hand entgegen. »Willkommen, Kardinal Ross.«

Er schüttelt die dargebotene Hand und lächelt dabei freundlich auf mich herunter. Ross hält meine Hand ein wenig länger als nötig und betrachtet aufmerksam mein vernarbtes Gesicht.

»Danke, dass Sie sich Zeit für mich nehmen.«

Ich mache ihn mit dem Rest meines Teams bekannt. Er schaut sich interessiert in unserem Büro um.

»Hier also fangen Sie Mörder.«

»Von hier aus versuchen wir's, ja.«

Er geht zu der Tafel und studiert die Namen. Umrundet die Schreibtische, nickt anerkennend über das, was er sieht.

»Die wichtigsten Arbeiten werden stets in der bescheidensten Umgebung erledigt, scheint mir.« Er blickt in unsere Richtung und lächelt. »Nicht dass jemand mich falsch versteht, das soll keine Herabwürdigung sein. Ich meine es als Kompliment.«

»Wir sind nun mal einfache Leute«, sagt Callie mit breitem Akzent.

»Irgendwie glaube ich, dass diese Aussage richtig ist und zugleich falsch, Agentin Thorne. Sie mögen einen eingeschränkten Blickwinkel haben und überaus zielstrebig zu Werke gehen, doch Sie verstehen zugleich komplexe Wege des Bösen, die mein Begriffsvermögen übersteigen.«

Callie grinst. »Sie wissen, wie man Leuten Honig um den Bart schmiert, wie?«

Er lacht. Es ist ein angenehmes Lachen, voll und unbefangen. »Eine Berufskrankheit. Ich bin aber nicht unehrlich in meinem Lob, das darf ich Ihnen versichern.«

»Das ist ja alles schön und gut«, sagt James, »aber was können wir für Sie tun?«

Er ist mir mit seiner Frage zuvorgekommen, doch mit mehr Feindseligkeit, als mir lieb gewesen wäre. Der Kardinal nimmt es äußerlich gelassen hin.

»Ja, in der Tat. Ihr Direktor hat mich angerufen. Er hat mich über ihre Vermutungen informiert, was diesen Mann angeht, der unsere reuigen Sünder heimsucht.« Er richtet den Blick auf mich. »Bitte entschuldigen Sie die Frage, aber könnten Sie mir erklären, wie Sie zu Ihrer Schlussfolgerung gelangt sind?«

Ich berichte ihm von dem Prediger und erwähne meine Unterhaltung mit Vater Yates und seiner unausgesprochenen Bestätigung bezüglich Rosemary Sonnenfelds Beichte. Von den silbernen Kreuzen in den Körpern der Toten sage ich nichts.

Als ich fertig bin, reibt Kardinal Ross sich die Stirn und blickt sorgenvoll drein.

»Dürfte ich mich setzen?«

Alan bringt ihm einen Stuhl.

»Nun, ich pflichte dem selbstverständlich bei. Es gibt keinen anderen Weg, wie er es hätte erfahren können. Das ist furchtbar. Furchtbar, furchtbar, furchtbar. Wenn es an die Öffentlichkeit gelangt, wird es die Gläubigen tief erschüttern.«

»Sind Sie sicher, dass Sie sich nicht nur wegen weiterer Klagen sorgen?«, sagt James. »Ihre Kirche hat schließlich jahrelang erfolgreich Pädophile versteckt.«

»James!«, fauche ich ihn an.

Der Kardinal hebt die Hand. »Nein, Agentin Barrett. Ich habe zu akzeptieren gelernt, dass ich jede Demütigung verdiene, die mir wegen dieser Sache widerfährt. Ich persönlich habe niemals einen pädophilen Priester versteckt, doch Mitglieder meiner Kirche haben es getan, und das war schändlich. Meine Sorge gilt nicht dem Ruf meiner Kirche, trotz allem, was Sie vielleicht denken. Es ist eine Frage des Glaubens. Hat einer von Ihnen jemals gebeichtet?«

»Ich«, melde ich mich. »Zum letzten Mal allerdings als junges Mädchen.«

Alan lässt sich nichts anmerken angesichts meiner kleinen Lüge.

»Ich habe ewig nicht gebeichtet«, sagt Callie. »Ist auch besser so. Ich hätte dem armem Priester wahrscheinlich die Schamesröte ins Gesicht getrieben.«

James schweigt.

»Können Sie sich vorstellen, wie Sie sich fühlen würden, wenn Sie feststellen, dass außer Ihrem Beichtvater und Gott noch eine dritte Person zugehört hat? Es ist weit mehr als ein Skandal. Es ist eine Verletzung einer der grundlegendsten, wunderbarsten und heiligsten Bastionen des Katholizismus. Priester sind eher gestorben, als das Siegel des Beichtgeheimnisses zu brechen.«

»Kardinal Ross«, sage ich. »Wir sind hier nicht auf einem Kreuzzug. Wir mussen diese Sache nicht an die Öffentlichkeit bringen. Allerdings brauchen wir die Kooperation seitens der Kirche und Zugang zu relevanten Informationen.«

»Beides werden Sie selbstverständlich erhalten. Ganz gleich, was passiert. Doch ich weiß Ihre Versicherungen zu schätzen. Die Wahrheit ist, früher oder später wird es trotzdem herauskommen. Ich bin sicher, irgendjemand anders wird die Fakten genauso analysieren, wie Sie es getan haben, und zu den gleichen Schlüssen gelangen. Was ich brauche, ist Zeit.«

»Es würde auch nicht schaden, wenn wir den Mann schnappen könnten, der dafür verantwortlich ist«, stelle ich klar.

»Das kann niemand bestreiten. Was benötigen Sie von mir?«

»Wir haben eine Liste sämtlicher Opfer angefertigt und die jeweiligen Wohnungen mit den nächstgelegenen Kirchen in Beziehung gesetzt. Ich brauche Zugang zu jeder dieser Kirchen, und ich muss herausfinden, ob die Opfer Mitglieder der jeweiligen Gemeinden waren. Sobald wir das bestätigt haben, müssen wir mit dem zuständigen Priester sprechen – vielleicht erinnert er sich an unseren Mann.«

»Ich kann Ihnen sofort drei Mitglieder meines Stabes zur Verfügung stellen. Sie können die Anrufe erledigen und die jeweiligen Priester

anweisen, uneingeschränkt mit Ihnen zu kooperieren, noch ehe sie den Hörer an Sie weitergeben.«
Ich kann es kaum glauben. »Das wäre großartig.«
»Ich werde alles arrangieren.«

35

JEZEBEL, CALLIE, ALAN UND JAMES sind in der improvisierten Telefonzentrale, zusammen mit den drei Priestern, die Kardinal Ross zu uns geschickt hat. Ich habe ihnen eine Weile zugesehen. Die Leute des Kardinals sind tüchtige, ernste Männer, die ihre Arbeit erledigen, ohne zu fragen. Sie sind hier, um das zu tun, was ihnen aufgetragen wurde.

Ohne großes Getue setzen sie sich an die Telefone und beginnen mit den Anrufen. Sie informieren die Priester am anderen Ende in knappen Worten, dass sie den Hörer sogleich an einen FBI-Mitarbeiter weitergeben würden, der Fragen an sie hätte, die sie bitte uneingeschränkt beantworten sollten. Einer meiner Leute übernimmt dann den Hörer und führt die eigentliche Befragung durch. Anschließend gibt er den Hörer wieder an den Mann von Kardinal Ross zurück, der dem betreffenden Priester abschließend erklärt, dass kein Wort davon nach draußen gelangen darf, unter gar keinen Umständen. Dann legt er auf. Ganz einfach, keine Fisimatenten, keine Beschwerden.

Ich lasse sie mit ihrer Arbeit allein und kehre in die jetzt leere Todeszentrale zurück, um mich einen Moment zu besinnen. In den letzten Tagen hat sich sehr viel getan. Der Prediger ist mit seinen Videoclips an die Öffentlichkeit getreten, und ich bin seiner Fährte in die Dunkelheit der katholischen Beichtstühle gefolgt.

Ich brauche diesen Moment, um geistig einen Schritt zurückzutreten. Um den Wald anzuschauen, nicht die Bäume. Den Mann, den wir jagen.

Er ist gerissen. Seine Ideen sind nicht neu, doch die Art und Weise, wie er sie verbreitet, lässt Umsicht und eine gewisse Ehrfurcht erkennen. Er verbirgt kein anderes Motiv hinter dem, was er sagt. Er glaubt an seine eigenen Worte. Sie sind es, die ihn vorantreiben.

Doch was sind das für Worte?

Letztendlich geht es um Wahrheit und Wahrhaftigkeit, um Lügen und Sünde und ihre religiöse Bedeutung. Er hat nicht den philosophischen Ansatz gewählt, nach dem Wahrhaftigkeit eine allgemein gültige Regel ist. Sein Ansatz dreht sich speziell um die Erlösung nach dem Tod. Was sagt mir das?

Er wurde katholisch erzogen.

Ich nicke mir selbst zu. Ja. Er ist nach katholischen Grundsätzen und Wertvorstellungen erzogen worden, dem Hin und Her von Schuld und Sühne, Sorge und Hoffnung, gemischt mit Selbstverachtung und der Vergebung der Sünden. Er ist mit dem gekreuzigten Christus aufgewachsen und mit der damit verbundenen Dankesschuld.

Und warum hat er das Bedürfnis, aller Welt davon zu erzählen?

Weil er meint, dass die Welt nicht zuhört.

Die Welt? Nein. Da ist die sichtbare Manifestation. Wir haben es hier mit einem Serienkiller zu tun. Mit einem Mann, der einen starken Glauben hat und fest entschlossen ist, seine Botschaft zu verkünden. Ein Mann, der zwanzig Jahre oder mehr damit verbracht hat, nach Frauen mit dunklen Geheimnissen zu suchen, um sie vor laufender Kamera zu töten. Wie man es auch sieht – und was immer das vorgebliche Glaubenssystem sein mag, das um die Tat herum konstruiert wird –, Mord ist und bleibt ein Akt der Wut. Es kann Wut auf die getötete Person sein, ist es aber nicht zwangsläufig. Gerade bei Serienmördern ist es fast immer eine fehlgeleitete Wut. Der Hass auf Mom oder Dad zum Beispiel, die er wieder und wieder und wieder ermordet.

Irgendjemand oder irgendetwas hat an einem bestimmten Punkt in seinem Leben nicht zugehört. Jemand oder etwas, das ihm nahestand, das ihm wichtig war, das eng verbunden war mit seinem Selbstwertgefühl. Doch er wurde ignoriert, und das hat ihn wütend gemacht, *sehr* wütend, und jetzt trägt er dafür Sorge, dass seine Botschaft nie wieder einfach so unter den Teppich gekehrt wird.

Wie lautet seine Botschaft?

Einfache Worte. Er hat sie auf zahlreiche unterschiedliche Weisen gesagt.

Lüge nicht vor Gott.

Doch seine Logik hat einen Fehler, wird mir bewusst. Ein riesiges, klaffendes Loch in seiner Argumentation: Die Menschen, die er umgebracht hat, haben ihre Sünden bereits gebeichtet. Sie haben das getan, was sie seinen Worten zufolge erst noch tun sollten. Sie haben sich im Beichtstuhl hingekniet, haben nach den richtigen Worten gesucht und mit sich gerungen, bis sie den Mut fanden, diese Worte auszusprechen. Vielleicht bedenkt er nicht, dass seine Opfer fehlbar waren. Vielleicht waren sie keine Vorbilder für das, was man *nicht* tun soll, sondern Beispiele für das, was man *tun* soll. Vielleicht ist es gerade die Tatsache, dass sie bereits gebeichtet und deswegen einen Platz zur Rechten Gottes sicher haben, die ihn ohne Schuldgefühl töten ließ. Vielleicht liefert es ihm die Entschuldigung, die er braucht, um gegen das Gebot »Du sollst nicht töten« zu verstoßen.

Oder ist das der Punkt, an dem es mit ihm durchgeht? An dem er verrückt wird? Er hat sich selbst eine Kirche aus Gedanken und Ideen errichtet, doch er hat sie auf Mord erbaut, aus den Knochen seiner Opfer.

Vielleicht ist er trotz seinem Gerede über die Wahrheit derjenige, der am meisten von allen lügt.

Bei diesem Gedanken muss ich lächeln. Mir gefällt die Vorstellung, dass er sich selbst und seine Prinzipien verrät. Sie gefällt mir sogar sehr.

Du bist nicht anders als alle anderen. Du bist genau wie die anderen Ungeheuer. Du sprichst nicht mit Gott, du sprichst nicht mit mir ... letzten Endes sprichst du mit Leuten, die du einmal gekannt hast, und ganz egal, wie laut du schreist, sie werden dir wahrscheinlich niemals zuhören.

ES IST ZEHN UHR. Alle sind zurück in der Todeszentrale und hören zu, als James uns über die Ergebnisse der Telefonaktion informiert.

»Wir konnten ungefähr neunzig Prozent der Opfer in den letzten fünf Jahren bestimmten Kirchengemeiden zuordnen. Außerhalb dieser Zeitspanne sinkt der Prozentsatz, weil die Gemeindepriester versetzt wurden.«

Daran habe ich nicht gedacht, doch es ergibt Sinn. Die katholische Kirche hat eine Personalfluktuation wie jedes andere Unternehmen auch.

»Und noch etwas ist bemerkenswert«, führt James weiter aus. »Bei allen Opfern, die wir einer bestimmten Kirchengemeinde zuordnen konnten, konnten die Priester sich meist auf Anhieb an die jeweilige Person erinnern. Es waren fast ausnahmslos Leute, die ganz unten waren, sich aber wieder gefangen hatten. Es gab ein paar Ausnahmen, doch in den meisten Fällen trifft es zu.«

»Es würde mit seiner Agenda übereinstimmen«, sage ich. »Diejenigen, die gebeichtet haben, haben ihr Leben geändert.«

»Ja, er wählt sie mit Bedacht aus. Auch die Kirchen, in denen er seine Opfer gefunden hat, ähnelten bis auf wenige Ausnahmen der Erlöserkirche von Vater Yates. Sie werden von Priestern geleitet, die den Leuten mit den größten Schwierigkeiten zu helfen versuchen.«

»Leute, die in ihrer Vergangenheit vermutlich schlimme Dinge erlebt haben«, führt Alan aus. »Und die außerdem mit größter Wahrscheinlichkeit nicht vermisst werden.«

»Und jetzt die schlechte Nachricht«, sagt James. »Keiner der Priester, mit denen wir gesprochen haben, kann sich an einen Fremden erinnern, der sich im fraglichen Zeitraum, als die Opfer verschwanden, im Dunstkreis der Kirche herumgetrieben hat.«

»Absolut niemand?«, frage ich nach.

»Leider. Dabei haben wir die Frage sehr gezielt gestellt: ›Erinnern Sie sich an eine Person, die zu der Zeit, als das Opfer verschwand, nicht mehr in Ihrer Kirche erschienen ist?‹ Keine einzige positive Antwort.«

Ich weiß nicht, was ich sagen soll. Dabei ist James' Information eigentlich nicht sehr überraschend. Der Prediger war zweifellos extrem vorsichtig, und die meisten Menschen sind keine guten Beobachter – aber dass sich absolut *niemand* erinnert? Das ist eigenartig.

»Was ist mit Reinigungspersonal?«

»Die meisten Gemeinden haben nicht das Geld, um Leute zu bezahlen, die zum Saubermachen kommen. Diese Arbeit wird von Gemeindemitgliedern ehrenamtlich erledigt.«

»Okay«, sage ich. »Gehen wir mehr ins Detail. Er braucht Zugang zum Beichtstuhl, und er muss sich einfügen ... in die Gemeinde, in die gesamte Umgebung. Die Kirchen, die uns interessieren, sind relativ klein, sodass die Gemeindemitglieder sich untereinander ziemlich gut kennen dürften. Es muss schwer für einen Fremden sein, unter diesen Voraussetzungen nicht aufzufallen.«

»Er könnte sich als Pennbruder ausgegeben haben«, sagt Callie. »Ein Verlierer und Außenseiter, so wie die anderen.«

»Warum erinnern die Priester sich dann nicht an ihn? Zumal er verschwunden ist, nachdem er sich sein Opfer geholt hatte. Außerdem haben wir es wahrscheinlich mit Priestern zu tun, die es gewohnt sind, die Augen offen zu halten, weil die soziale Zusammensetzung ihrer Gemeinden problematisch ist. Wie beispielsweise bei Vater Yates. Er weiß nur zu gut, dass er nicht vor einer Schar unschuldiger Lämmer predigt.«

James' Handy summt.

»Was gibt's? Was? Okay. Danke.« Er klappt das Gerät zu. »Das waren unsere Computerspezialisten. Der Prediger hat einen neuen Versuch gestartet, einen Clip auf User-Tube hochzuladen. Die Computerleute haben den Videoclip abgefangen und schicken ihn per E-Mail an mein Postfach. Der Clip ist anders, sagen sie.«

»Anders? Inwiefern?«, frage ich.

»Es gibt kein Opfer. Doch er lässt uns wissen, dass es bald ein neues Opfer geben wird.«

»ICH STELLE FEST, dass die Polizeibehörden hartnäckig bemüht sind, meine Videoclips von der Webseite zu entfernen, auf der ich meine Arbeiten veröffentliche. Das ist verständlich und kommt alles andere als unerwartet. Es spielt auch keine so große Rolle mehr. Die Clips, die ich bisher hochgeladen habe, haben bereits ihren Weg auf Festplatten auf der ganzen Welt gefunden. Sie werden via Newsgroups, E-Mail und über andere virale Video-Webseiten verbreitet. Es ist die Natur des Internet. Das ist auch der Grund, warum ich es als mein bevorzugtes Medium erwählt habe.

Jedenfalls, von diesem Punkt an wird es ein wenig schwieriger, muss ich gestehen. Die Polizei- und Justizbehörden werden alles tun, um zu verhindern, dass meine Botschaft nach draußen gelangt. Aber auch das kommt nicht unerwartet. Aus diesem Grund ist dieser Clip speziell an Sie gerichtet – Sie, die mich jagen, wer immer Sie sein mögen. Ich habe Ihnen alles an die Hand gegeben, was Sie benötigen, um mich zu finden. Falls Ihnen das nicht gelingt, werde ich irgendwann in den nächsten achtundvierzig Stunden erneut töten.« Er zögert. Sein Daumen gleitet über die Perlen des Rosenkranzes. »Ich sage es noch einmal: Ich habe Ihnen alles gegeben, was Sie wissen müssen, um mich zu finden. Inzwischen sollten Sie auch erkannt haben, dass ich niemals lüge und meine Versprechen halte. Finden Sie mich.«

Damit endet das Video.

»Warum will er, dass wir ihn schnappen?«, fragt Callie.

»Das ist der nächste Schritt«, entgegne ich. »Er hat jetzt schon ein großes Publikum. Aber warte erst mal ab, bis er im Knast sitzt. Er wird eine echte Berühmtheit sein. Die Medien werden über ihn berichten, bis ihm die Nadel mit dem tödlichen Cocktail verpasst wird.«

»Womit er zum Märtyrer würde. Das ist wahrscheinlich ganz nach seinem Geschmack«, wirft James ein.

»Zurück zum Thema.« Ich gehe unruhig auf und ab. »Er hat gesagt, er habe uns bereits genug Informationen gegeben, dass wir ihn finden können. Er hat außerdem gesagt, dass er niemals lügt. Bei dieser Behauptung bin ich normalerweise skeptisch, aber in seinem Fall bin ich geneigt, es zu glauben, weil er *will*, dass wir ihn fassen. Wir übersehen irgendetwas. Aber was?«

Alan seufzt. »Mit logischen Problemen habe ich mich immer schon schwergetan. Wenn du den Burschen hast, überlass ihn mir zur Vernehmung – darauf verstehe ich mich. Aber das hier ist dein Gebiet, Smoky. Deins und das von James.«

»Es muss irgendetwas Einfaches sein ...«, meint James, wobei er ein weiteres Mal die Namensliste auf der Tafel studiert. »Wir übersehen es, weil es offensichtlich ist. Wie den Beichtstuhl als Quelle seiner Informationen. Er war die ganze Zeit vor unseren Augen. Deshalb haben wir ihn anfangs nicht gesehen. Weil er ins Bild gehörte ...«

»Weil er *zu* offensichtlich war«, sagt Jezebel.

»Genau. Verstecke eine Sache da, wo alle sie sehen können, nur ein klein wenig getarnt. Sie liegt an dem Platz, an den sie gehört, während wir nach etwas suchen, das verborgen zu sein scheint.«

Mir fällt wieder ein, was ich zu AD Jones gesagt habe: dass der Prediger im Flugzeug vermutlich eine Verkleidung benutzt hat, etwas Unauffälliges mit nur einem einzigen markanten Charakteristikum ...

Irgendetwas in mir macht *Klick*.

Ich habe schon häufiger versucht, anderen dieses Phänomen zu erklären, dieses eigenartige Gefühl, das stets eine plötzliche Erkenntnis anzukündigen scheint, die mir wie aus dem Nichts zufliegt. Es ist, als würde ich einen Augenblick erstarren, mich in der Zeit verlieren, als würde ein Teil meines Bewusstseins für eine Millisekunde aussetzen, nur eine einzige Millisekunde. Wenn ich wieder bei mir bin, frage ich mich, was in jener winzigen Zeitspanne geschehen ist. Was habe ich verpasst? Die Antwort ist einfach: Ich habe gesehen, was ich hätte sehen müssen, war aber noch nicht so weit, es verstehen zu können. Ich gewinne die verlorene Zeit zurück, sobald ich es schließlich verstehe. Genau das ist soeben geschehen, und ich frage mich: Was ist es, was ich verstehen muss? Was ist das für ein Ding, das gesehen werden will?

»James«, sage ich, »zähl mir die Teile des Problems auf, eines nach dem anderen.«

Er fragt nicht warum. Wir haben dieses Spiel schon öfter gespielt.

»Wie wählt er seine Opfer aus? Basierend auf ihren Beichten. Weshalb hat er diese Möglichkeit? Weil er Beichtstühle verwanzt hat. In welchen Kirchen hat er das getan? In Kirchen, deren Gemeinden sich besonders um Menschen kümmern, die vom Schicksal gebeutelt wurden. Solche Gemeinden stehen meist besonders eng zusammen.«

»Halt. Warum stehen sie eng zusammen?«

»Gemeinsame Erfahrungen.«

»Nein«, entgegne ich. »Es liegt vor allem daran, dass außer ihnen selbst niemand diese Menschen so akzeptiert, wie sie sind, mit all ihren Fehlern.«

»Okay«, sagt James. »Was uns wieder zu unserem anfänglichen Problem führt: Menschen, die neu in eine solche Gemeinschaft kommen, werden sehr genau beobachtet. Umso mehr fällt es auf, wenn sie plötzlich verschwinden. Trotzdem erinnert sich niemand an einen Kerl, der ungefähr zur gleichen Zeit verschwunden ist wie sein Opfer in der betreffenden Gemeinde.«

Die Lösung liegt vor dir, vor aller Augen, vor aller Augen, vor aller Augen ...

Die Worte bewegen sich durch mich hindurch wie Wellen, die sich nicht brechen. Es ist zum Verrücktwerden. Ich stelle mir vor, ich bin der Mond, ziehe die Wellen mit meiner Gravitation an. Sie kommen nahe heran, doch dann verschwinden sie, bevor sie die Küste erreichen.

»Weiter«, sage ich zu James.

»Er braucht Zugang, also muss er dort gewesen sein. Doch niemand erinnert sich an ihn.«

Ich richte mich kerzengerade auf.

Die Wellen treffen ans Ufer.

Vor aller Augen.

»Weil er eben *nicht* da war!«, sage ich aufgeregt. »Er weiß, welchen Gesetzmäßigkeiten die Gruppen gehorchen, die er infiltrieren muss.«

Die Vertrautheit, die dadurch entsteht, dass man einräumt, ein Ausgestoßener zu sein. Und die Leute, denen man dies gesteht, akzeptieren einen dennoch, weil sie ebenfalls Ausgestoßene sind.

»Du meinst, jemand hat mit ihm zusammengearbeitet?«, sagt James.

»Was hilft uns das jetzt? Er würde immer noch vermisst, wenn er nach dem Tod seiner Opfer verschwindet.«

»Richtig. Nur dass er nicht verschwunden ist, nachdem die Opfer tot waren. Er hat noch eine Weile gewartet, ein paar Wochen, einen Monat vielleicht, und ist dann erst gegangen. Er braucht kein Alibi, weil er genau wie der Rest der Gemeinde die ganze Zeit da war, während das Opfer entführt und getötet wurde.«

James runzelt die Stirn. »Das sind eine Menge Vermutungen.«

»Aber es sind logische Vermutungen, meinst du nicht?«

»Sie ergeben Sinn«, räumt er ein.

»Wir müssen sämtliche Priester noch einmal anrufen. Diesmal müssen wir unsere Fragen ausweiten und uns nach Männern erkundigen, die sich nicht *sofort* nach dem Verschwinden der Opfer aus der Gemeinde zurückgezogen haben, sondern erst einige Zeit später. Außerdem müssen sie den Opfern nahegestanden haben. Es gehört für sie dazu. Informationen sammeln, sich mit dem Leben des Opfers vertraut machen ...«

»Richtig«, sagt Alan. »Und diese Opfer sind instabile Menschen, die häufig den Wohnort wechseln oder durchs Land ziehen. Also muss es schnell gehen: die Wanze im Beichtstuhl anbringen, ein Opfer finden, zuschlagen. Sie können es sich nicht leisten zu verschwinden und später wiederzukommen. Sie würden Gefahr laufen, dass ihr ausgewähltes Opfer sich inzwischen aus dem Staub gemacht hat. Deshalb müssen sie konzentriert bei der Sache bleiben und vor Ort ausharren, bis sie ihr Ziel erreicht haben. Und deshalb ...«

»Ja?«

»Deshalb müsste zwischen den einzelnen Morden eigentlich ziemlich viel Zeit vergehen. Ein Opfer finden, es entführen, filmen, töten und dann weiterziehen ... das muss verdammt gut geplant werden. Das braucht eine Menge Logistik. Trotzdem haben wir drei Tote in weniger als zwei Wochen: Lisa Reid, Rosemary Sonnenfeld und Valerie Cavanaugh. Wenn ihr mich fragt, musste er sich bei wenigstens einem dieser

Opfer selbst ins Zeug legen, um die erforderlichen Informationen zu sammeln, meint ihr nicht?«

»Guter Gedanke«, sagt Callie. »Aber bei welchem Opfer?«

»Lisa Reid«, sagt James und spricht damit den Namen aus, an den auch ich denke. »Es muss so sein. Sie ist die einzige Abweichung ... das einzige Opfer, das nicht als Frau geboren wurde. Sie ist außerdem diejenige, die er benutzt hat, um uns auf sich aufmerksam zu machen.«

Erneut spüre ich, wie sich Aufregung in mir ausbreitet. Die Wellen rollen heran, gischtend und tosend, und drohen alle gleichzeitig das Ufer zu erreichen.

»Wir müssen uns im Moment auf diese beiden konzentrieren«, sage ich. »Auf Lisa und Rosemary. Wie ist er überhaupt auf Lisa gekommen? Wie ist sie auf seinem Radar aufgetaucht? Sie hat sich nicht in seinen normalen Jagdgründen bewegt. Sie ist nicht zu ihm gekommen – er war hinter ihr her. Woher also wusste er überhaupt von ihr? Rosemary ist eines seiner letzten Opfer, und wir haben einen Anlaufpunkt in Vater Yates. Er muss sich an irgendetwas erinnern, an irgendjemanden, der ihr nahestand, der ...«

Ich verstumme, als eine *gigantische* Welle ans Ufer rollt, donnernd und krachend, und die Gischt ist wie ein Nebel.

Vor meinen Augen, direkt vor meinen Augen.

Die Nebel lichten sich.

»Er hat es mir gleich zu Anfang gesagt«, flüstere ich.

»Wer hat was gesagt?«, fragt Callie.

»Yates. Wir wollten mit Rosemarys Freundinnen reden, aber sie hatte nur eine einzige – Andrea, die Ex-Polizistin.« Ich schlucke. Blicke Alan an. »Ruf Yates an. Finde Andreas Nachnamen heraus und überprüfe ihren Hintergrund. Ich habe das dumme Gefühl, dass wir einem Schwindel aufgesessen sind und dass sie schon lange nicht mehr existiert.«

36

»Lisa Reid war gewissermassen ein interner Skandal für die Kirche«, sagt Kardinal Ross. »Der Gemeindepriester ist ein jüngerer

Mann, Vater Strain. Er gehört zu einer kleinen, jedoch wachsenden Gruppe junger, aufgeweckter Geistlicher, die zwar respektvoll, aber kritisch sind gegenüber Rom, was sich verschiedentlich in Ansichten äußert, die von denen ihrer Kirchenoberen abweichen.«

»Ich nehme an, einer Transsexuellen die Beichte abzunehmen, würde dazu passen?«

»Ja und nein.«

»Wie meinen Sie das?« Ich runzle die Stirn.

»Die Haltung der Kirche gegenüber der Homosexualität ist unverändert. Homosexualität gilt als Sünde. Individuen, die ihr Geschlecht wechseln – also Homosexuelle, die sich mithilfe der modernen Medizin so verändern lassen, dass ihr Äußeres ihren inneren Wünschen entspricht –, werden als effeminiert angesehen. Die Veränderung des Körpers wird von der Kirche als nicht hinreichend betrachtet, um die Wahrheit zu überdecken, dass sie so geboren wurden, wie Gott sie erschaffen hat.«

»Also ist eine Person, die ihr Geschlecht gewechselt hat, für die Kirche ein Homosexueller.«

»Ja.«

»Sie sagten ›effeminiert‹. Was ist mit Frauen, die zu Männern werden?«

»Beide werden nach den gleichen Maßstäben beurteilt. Homosexualität ist eine Sünde.«

»Und was macht ein Homosexueller, der römisch-katholisch sein möchte?«

»Er kann das Sakrament der Buße erhalten und ist auch aufgefordert, es zu empfangen, bis er beschließt, sein Leben zu ändern und wieder zu dem zu werden, als das Gott ihn erschaffen hat, so wie die Bibel es verlangt. Wenn er nicht imstande ist, vollkommen ›normal‹ zu leben und einen Partner zu heiraten, der dem anderen Geschlecht angehört, wird von ihm zumindest Keuschheit erwartet. Bis es so weit ist, dürfen Homosexuelle weder die heilige Kommunion noch die anderen Sakramente empfangen.«

»Das verstehe ich nicht. Was ist dann der Grund für den Konflikt mit diesem Vater Strain?«

»Es gibt zwei Gründe. Erstens hat Dexter Reid von Vater Strain die heilige Kommunion erhalten.«

»Und der andere Grund?«

»Gemeindemitglieder haben sich beschwert. So etwas hängt sehr davon ab, wo Sie leben, Agentin Barrett. Einem Homosexuellen in einer Kirche in Los Angeles mag durchaus eine andere Behandlung widerfahren als in einer Gemeinde in Texas.«

»Ich verstehe.«

»Vater Strain wurde lediglich ermahnt. Er wurde angewiesen, Dexter Reid keine heilige Kommunion mehr zu geben und vorsichtiger in seinem Umgang mit Dexter zu sein. Doch Vater Strain hat sich geweigert.«

»Was geschah mit ihm?«

»Nichts.«

Dieses »Nichts« hat einen Beiklang, der in mir den Verdacht aufkommen lässt, dass drei Worte fehlen: »Für den Augenblick.«

»Was wird mit ihm geschehen?«

»Das liegt in Gottes Hand.«

Ich kichere und schüttle den Kopf. In gewisser Hinsicht ist es tröstlich zu sehen, dass eine Bürokratie eine Bürokratie eine Bürokratie ist – überall auf der Welt. Irgendetwas sagt mir, dass Vater Strain keine Beförderung mehr erwarten kann. Aber vielleicht ist es ihm egal.

»Also gut, Kardinal Ross. Wie könnte Lisa Reid die Aufmerksamkeit des Predigers auf sich gezogen haben? Durch Zeitungsberichte?«

»Es ist in keinem größeren Blatt erschienen, von dem ich wüsste. Sicher, es gab ein paar Erwähnungen in katholischen Blogs im Internet und in einigen Newslettern. Selbst in der katholischen Kirche wird gelegentlich eine Debatte über Homosexualität geführt und darüber, wie man die Homosexuellen am besten zu Gottes Gnaden führen kann. Ein Thema, das hitzige Reaktionen hervorruft, wie Sie sich bestimmt vorstellen können.«

»Das könnte die Verbindung sein«, sage ich nachdenklich. »Vielleicht liest er religiöse Blogs ...«

»Halten Sie es für möglich, dass Vater Strain in Gefahr ist, Agentin Barrett? Dieser Mörder, dieser Prediger ... würde er Vater Strain etwas antun, weil dieser Dexter Reid in die Gemeinde aufgenommen hat?«

Mir fällt auf, dass wir die Debatte, die der Kardinal erwähnt hat, im Hier und Jetzt fortsetzen. Ich spreche von Lisa, er von Dexter, und doch reden wir von der gleichen Person. Dass Kardinal Ross von »Dexter« spricht, kommt mir herablassend und abwertend vor.

»Das glaube ich nicht«, beantworte ich seine Frage. »Lisa war ein Werkzeug für ihn und bot ihm die Möglichkeit, unsere Aufmerksamkeit auf sich zu ziehen und auf das, was er getan hat. Er wollte mit einem Paukenschlag aus der Anonymität hervortreten. Lisa passte da großartig in seinen Plan, schon wegen der politischen Verbindungen ihrer Familie. Virginia liegt weit außerhalb seines üblichen Jagdreviers. Ich nehme an, er hat seinen Plan in die Tat umgesetzt und ist dann verschwunden. Ich muss trotzdem mit Vater Strain sprechen, unbedingt.«

»Ich verstehe.«

Alan steckt den Kopf ins Büro. »Ich hab da etwas ...«, sagt er aufgeregt.

»Bitte entschuldigen Sie, Kardinal. Ich danke Ihnen für Ihre Hilfe.«

»Ich stehe Ihnen zur Verfügung, wann immer Sie mich brauchen, Agentin Barrett.«

Jede Wette, dass du zur Verfügung stehst, denke ich, nachdem ich aufgelegt habe. *Kannst keine weiteren Skandale gebrauchen, wie?*

Der Diskurs über Homosexualität und seine beharrliche Weigerung, Lisa bei ihrem selbstgewählten Namen zu nennen, hat einen Teil meines alten Zorns auf die katholische Kirche wieder aufgerührt. Es hat eine Zeit gegeben, da habe ich die Reinheit des Gebets geliebt. Nur Gott und ich allein. Es war ganz unkompliziert, und es steckte eine friedvolle Wahrheit dahinter. Ich habe die Intoleranz und die Unwilligkeit, hinter die Dinge zu schauen und weiterzudenken, niemals verstanden. Es sieht so aus, als hätte sich seit damals nicht viel verändert.

»Was liegt an?«, frage ich Alan.

»Andrea hat Vater Yates gesagt, ihr voller Name sei Andrea True.«

»Und?«

»Es ist ein falscher Name. Bei der Polizei in Ohio jedenfalls hat nie eine Andrea True gearbeitet. Keine Andrea True im AFIS oder im CODIS, nichts. Wo wir auch nachsehen, überall Fehlanzeige.«

»Vielleicht ist sie eine Durchreisende, die einen falschen Namen angegeben hat«, meint Callie.

»Das wäre ein ziemlicher Zufall«, sagt Alan, und seine Stimme klingt mehr als zweifelnd.

Ich schüttle den Kopf. »Nein. Sie steckt in der Sache mit drin.«

Und los geht's, denke ich. *Wir sind über den Berg. Von jetzt an nimmt die Geschichte Fahrt auf.*

»Callie, du kommst mit mir zu Vater Yates. Nimm deine forensische Ausrüstung mit. Alan, setz dich telefonisch mit Vater Strain in Virginia in Verbindung. Quetsch ihn noch einmal nach jedem aus, der mit Lisa Reid befreundet war oder der sich für sie interessiert hat. Geh diesmal anders herum vor – such nach der Person, die er am wenigsten von allen verdächtigen würde.«

»Verstanden.«

VATER YATES SIEHT IMMER NOCH BETRÜBT AUS. Ich habe ein schlechtes Gewissen, weil ich alles noch schlimmer für ihn machen werde.

»Andrea True ist ein falscher Name, Vater«, sage ich zu ihm.

»Das ist nicht ungewöhnlich in dieser Gemeinde.«

»Es gibt keine Andrea True, die jemals für irgendeine Polizeibehörde in Ohio gearbeitet hat.«

Er streicht sich mit den Händen durchs Haar. Sein Blick schweift zum Kruzifix über dem Altar. Wie oft jeden Tag mag er diesen Erlöser, von dem die Farbe abblättert, trostsuchend anschauen?

»Sie glauben, dass Andrea für den Prediger gearbeitet hat, nicht wahr?«

»Das glaube ich, ja.«

Ich erkläre ihm, wie ich zu dieser Schlussfolgerung gelangt bin. Er lässt die Schultern immer mehr hängen, und es wird noch schlimmer, als ich ihm die wahrscheinliche Vorgehensweise schildere: die Infiltration der Kirchengemeinde, das Verwanzen des Beichtstuhls, das Aussuchen eines Opfers, die allmähliche Annäherung, das Weiterreichen des Opfers an den Komplizen und so weiter. Und schließlich, nach dem Verschwinden des Opfers, das Verweilen in der Gemeinde, um jeden Verdacht von sich abzulenken.

Vater Yates will es nicht wahrhaben, doch er hat zu viele Jahre in zu großer Nähe zu menschlichem Abschaum verbracht, als dass er Beweise für die Existenz des Bösen bestreiten würde, wenn man sie ihm vorlegt.

»Alles, was Sie sagen, erscheint logisch, so wahr mir Gott helfe. Andrea ist von hier weggezogen an dem Tag, nachdem Sie mit ihr gesprochen hatten. Sie sagte, es wäre Zeit, nach Hause zurückzukehren und das Leben wieder in den Griff zu bekommen.« Seine Stimme klingt bitter. »Ich habe ihr vertraut. Ich habe sie aufgenommen, ich gab ihr die

heilige Kommunion und das Sakrament der Beichte. Ich hielt sie in den Armen, als sie mir von ihrem toten Sohn erzählte und um ihn weinte.«
Callie hat die ganze Zeit geschwiegen. Jetzt meldet sie sich zu Wort.
»Manchmal sind diese Menschen großartige Schauspieler«, sagt sie. »Es ist keineswegs so, dass Sie blind oder dumm wären. Es liegt daran, dass die Leute Oscar-reife Vorstellungen abgeben, wenn es sein muss.«
Vater Yates lächelt ihr halbherzig zu, doch er scheint ihren Worten keinen rechten Trost abgewinnen zu können.
»Wie kann ich Ihnen helfen?«, fragt er.
»Ich vermute, Andrea hat etwas für uns zurückgelassen. Absichtlich. Es ist ein Endspiel für sie und den Prediger. Sie wollen, dass wir sie fassen, doch sie wollen auch, dass wir uns dafür abrackern. Der Prediger hat gesagt, dass alles da sei, was wir brauchen, um sie zu finden.«
»Gibt es in dieser Kirche etwas, mit dem Andrea regelmäßig in Berührung gekommen ist?«, fragt Callie. »Irgendetwas, das sie häufig angefasst hat oder für das sie ein auffällig großes Interesse zeigte?«
Yates' Augen weiten sich.
»Was ist es, Vater?«, frage ich.
»Der Kelch. Sie hat gefragt, ob sie die Aufgabe übernehmen dürfe, ihn zu reinigen. Sie sagte, dass sie ihn gerne berühren würde, weil sie sich dadurch näher bei Gott fühlte.«
»Das stimmt möglicherweise sogar«, sage ich.
»Können wir diesen Kelch sehen?«, fragt Callie.
»Selbstverständlich. Warten Sie bitte.«
Er geht und kommt ein paar Sekunden später mit einem blauen Schnürbeutel zurück. Er bedeutet uns, nach vorne zum Altar zu treten.
»Bitte stellen Sie ihn ab, Vater«, sagt Callie.
Er tut wie geheißen.
Vater Yates und ich beobachten, wie Callie ein Paar Handschuhe anzieht. Sie greift nicht in den Stoffbeutel, um den Kelch hervorzunehmen. Stattdessen öffnet sie den Beutel und streift ihn nach unten. Der Kelch darin ist golden und strahlt trotz des schwachen Lichts in der abendlichen Kirche.
Callie nimmt eine Ultraviolett-Taschenlampe und untersucht die Außenseite.
»Nichts zu sehen«, sagt sie schließlich. »Kein einziger Fleck.«
Enttäuschung steigt in mir auf; dann aber kommt mir ein Gedanke.

»Sieh auf der Unterseite nach, am Boden. Wahrscheinlich wird diese Stelle beim Reinigen meistens übersehen. Wenn Andrea uns einen Tipp hinterlassen wollte, hat sie bestimmt dafür gesorgt, dass er nicht versehentlich beseitigt wird.«

Callie dreht den Kelch auf den Kopf und beleuchtet mit ihrer Lampe den Boden. Ein Lächeln erscheint auf ihrem Gesicht, und sie schaut mich an.

»Bingo. Ein hübscher großer Daumenabdruck. So klar wie der helllichte Tag.«

Wieder erfasst mich dieses elektrisierende Gefühl. Es ist nicht das Finale, doch wir sind auf dem Weg dorthin.

Callie macht den Abdruck mit Aluminiumpulver sichtbar und nimmt ihn mit klarem Klebefilm ab. Sie klebt den Abdruck auf einen weißen Karton. Anschließend fertigt sie digitale Aufnahmen des Abdrucks an, sodass wir eine Sicherungskopie besitzen für den Fall, dass mit der Karte irgendetwas passiert.

Die Kamerablitze wirken fremd. Wie ein von Menschenhand gemachtes Gewitter. Jesus am Kruzifix und der Altar werden für einen Sekundenbruchteil aus dem Halbdunkel gerissen und sind im hellen Tageslicht, ehe sie in die Schatten zurückkehren, in denen trüb das Kerzenlicht flackert. Der Kelch erstrahlt so hell, als würde er glühen.

Ich starre darauf und frage mich, wann genau das alles passiert ist. Wie bin ich hierhergekommen? Als kleines Mädchen habe ich aus einem ähnlichen Kelch getrunken, und es bedeutete, dass ich Gott nahe war. Heute ist die Bedeutung eine andere. Heute verrät mir der Kelch, dass in der Nähe ein Ungeheuer lauert.

Ist es eine Entscheidung?, frage ich mich. *Die Ungeheuer oder Gott? Ist es möglich, den Bestien so nahezukommen wie ich, sie so gut zu verstehen, und trotzdem noch Platz für einen Gott zu haben?*

Die Kamera blitzt, und ich kneife die Augen zusammen wegen der plötzlichen schmerzhaften Helligkeit – einem Licht, das rein gar nichts mit Gott zu tun hat.

»Das wäre alles für den Augenblick«, sagt Callie.

Ich wende mich an Vater Yates. »Wir müssen den Kelch mitnehmen, Vater.«

Er verzieht das Gesicht. »Tun Sie sich keinen Zwang an. Er ist nicht mehr für unsere Zwecke geeignet, soweit es mich betrifft.«

»Sie meinen, der Daumenabdruck löscht die Gegenwart Gottes aus?«, frage ich. »Mir scheint, als würden Sie Andrea große Macht zusprechen.«

Er lächelt jenes Lächeln, das ich gesehen habe, als ich ihm von meiner eigenen Verbitterung und meinem Abfall vom Glauben berichtete. Ein Teil Toleranz, zwei Teile Mitgefühl, Wärme und Liebe.

»Nein, das ist es nicht«, sagt er. »Ich will nur nicht, dass irgendeine noch so kleine Hinterlassenschaft dieser Ungeheuer bei der heiligen Kommunion dabei ist und sie entweiht. Sie haben es nicht verdient.«

Vater Yates ist betrübt wegen der Ereignisse in jüngster Vergangenheit, doch sein Glaube ist deswegen noch lange nicht ins Wanken geraten. Die Unsicherheit, was die Existenz Gottes und seine Güte angeht, ist mein Gebiet, nicht seins. Er war stets ein Mann des Glaubens.

»Wofür werden Sie jetzt beten, Vater?«

»Für die Gerechtigkeit.«

Ich verziehe den Mund, als noch mehr von dieser dunklen Bitterkeit in mir aufsteigt. Sie scheint unerschöpflich zu sein.

»Meine Art von Gerechtigkeit?«, frage ich. »Oder die Gerechtigkeit Gottes?«

»Ich muss nicht um Gottes Gerechtigkeit beten. Sein Urteil ist unfehlbar. Also wird es wohl so sein, dass ich für Ihre Art der Gerechtigkeit bete, Smoky.«

»WIR SIND IHNEN DICHT AUF DEN FERSEN«, sagt Callie auf der Rückfahrt. »Nicht mehr lange und wir wissen, wer sie sind.«

»Ja.«

»Es muss schön sein, einen so tiefen Glauben zu haben wie dieser Priester.«

»Ja, wahrscheinlich. Du glaubst also nicht?«

Sie lacht und schiebt sich ein Vicodin in den Mund, das sie schon in der Hand gehalten hat.

»Ich glaube an mich und an ein paar wenige Auserwählte. Das allein ist schon schwer genug.«

Amen, denke ich.

»Wie sieht es mit dir aus?«, fragt sie.

»Frag mich, nachdem wir ihn geschnappt haben. Aber ich verrate dir etwas anderes – allerdings nur, wenn du dein großes Maul geschlossen halten kannst.«

»Wie gemein von dir!«, seufzt sie. »Also schön, einverstanden. Erzähl's mir.«

»Tommy und ich ziehen zusammen. Mitten in all diesem Mist bleibt mir wenigstens das. Und weißt du was? Vater Yates hat eine wichtige Rolle dabei gespielt.«

Callie schweigt sekundenlang. Dann sagt sie schlicht: »Ich freue mich für dich, Smoky.« In ihrer Stimme klingt unendliche Erleichterung mit. Ich bin erstaunt, bis ich ihr in die Augen sehe und begreife.

»Du hast dir viel zu viele Gedanken um mich gemacht, Callie. Hast du mir etwa nicht zugetraut, dass ich wieder in Ordnung komme?«

Sie schenkt mir eines von ihren Tausend-Megawatt-Lächeln.

Ich strecke die Hand aus, um Callie zu berühren, ziehe sie dann aber wieder zurück. Vertraulichkeiten mit Callie sind ein Kapitel für sich.

37

»Vater Strain hat sich auf Anhieb erinnert«, sagt Alan. »Als ich ihm erklärt habe, wonach ich suche und aus welchem Grund, ist es ihm sofort wieder eingefallen. Ein Mann im Rollstuhl war zu ihm gekommen. Der Mann war Trinker gewesen und im Suff vor einen Wagen getaumelt. Es endete damit, dass er von den Hüften abwärts gelähmt blieb. Er und Lisa Reid haben sich blendend verstanden.«

»Warum tauchte sein Name nicht auf, als Lisa ermordet wurde?«

»Er war gerissen. Hat irgendeine Geschichte von einer Tochter erzählt, mit der er sich ausgesöhnt hatte. Er ist angeblich schon ein paar Tage vor Lisas Reise nach Kalifornien abgeflogen. Ich schätze, dass er Ambrose zu diesem Zeitpunkt schon getötet hatte. Wahrscheinlich hat er sich in Ambroses Haus aufgehalten, bis Lisa aufbrach. Dann ist er ihr nach Texas und zurück gefolgt.«

Alles ergibt Sinn und verstärkt das Bild, das wir bereits von ihm haben. Intelligent, entschlossen, organisiert. Bei sämtlichen vorhergehenden Morden hat er »Andrea« vorgeschickt, um das Opfer zu lokalisieren. Sie war das öffentliche Gesicht. Und mit Lisa ist er an die Öffentlichkeit getreten. Es muss sehr befriedigend gewesen sein.

»Alan, du musst den Platz mit Callie tauschen und den Fingerabdruck aus Vater Yates' Kirche mit den Datenbanken abgleichen. Callie, du setzt dich telefonisch mit der Forensik in West Virginia in Verbindung. Sie sollen in der Kirche von Vater Strain nach einem entsprechenden Fingerabdruck suchen.«

»Meinst du, der Abdruck ist auf dem Kelch?«

»Da würde ich jedenfalls zuerst suchen.«

Möglich, dass er nicht widerstehen konnte. Kein weiteres Verstecken mehr, richtig? Er hat wahrscheinlich gegrinst, ohne es zu wissen, als er seinen Abdruck für uns hinterlassen hat.

»Volltreffer!«, ruft Alan.

Ich haste zu seinem Schreibtisch. Auf seinem Computermonitor ist ein Foto von Andrea True. Sie ist jünger auf dem Bild, das Haar ist kürzer, doch es ist unverkennbar die gleiche Person.

»Frances Murphy«, lese ich. »Warum sind ihre Abdrücke in der Datenbank?«

»Sie hat ein Vorstrafenregister.« Er scrollt nach unten. »Hier, sieh dir das an: Sie hat einen katholischen Priester tätlich angegriffen. Der Priester wurde später wegen Kindesmissbrauchs verhaftet und, warte ... keine mildernden Umstände vor Gericht, weil Frances nicht zu den Kindern gehörte, an denen der Priester sich vergangen hatte. Er stand auf Jungs.«

»Hatte Frances Komplizen?«

Er drückt eine Taste, und drei Worte erscheinen, die mir den Atem stocken lassen.

»Bruder, Michael Murphy«, lese ich laut. »Sieh nach, was wir über ihn haben.«

Michael Murphys Foto erscheint auf dem Bildschirm. Er ist eine männliche Version seiner Schwester und besitzt die gleichen großen, traurigen Augen. Er ist attraktiv, ohne ein Schönling zu sein. Er hat ein ausdrucksstarkes Gesicht und strahlt Intensität aus. Ein Typ, der bestimmt keine Probleme mit den Frauen hat.

»Er hat bei dem tätlichen Angriff auf den Priester mitgemacht«, liest

Alan vor. »Das ist zwanzig Jahre her. Auch hier keine mildernden Umstände. Er gehörte ebenfalls nicht zu den belästigten Kindern.«

»Was noch?«

Ein paar Klicks später erscheint das gemeinsame Register der beiden.

»Ein Familienunternehmen«, stellt Alan fest.

Die Auflistung der Vergehen beginnt im Alter von achtzehn Jahren und setzt sich vier, fünf Jahre fort. Gelegenheitsdiebstahl, Scheckfälschungen ... nichts Großes. Die Verurteilungen bei beiden gehen bis zum Alter von zweiundzwanzig Jahren ständig zurück. Danach ist nichts mehr – bis auf den Angriff auf den Priester.

»Sieh dir an, wann sie geboren sind«, sagt Alan.

»Zweiundzwanzigster Januar und zweiundzwanzigster ... Januar?« Ich blinzle ungläubig. »Sie sind Zwillinge.«

»Und? Meint ihr, dass sie gut aussehen in gleichen Overalls?«

Kirbys Stimme lässt mich zusammenzucken. Sie hat sich von hinten an uns herangeschlichen. Ich war so vertieft in meine Arbeit, dass ich sie nicht bemerkt habe.

»Zwillinge, die ein Killerteam bilden?«, frage ich skeptisch. »Wie soll das funktionieren?«

»Er wird derjenige sein, der das Sagen hat«, mutmaßt Kirby. »Seht sie euch an. Sie ist schwach, das sieht man in ihren Augen.« Ihre Stimme trieft vor Verachtung. »Ich hatte es schon mal mit einem Bruder-Schwester-Killerteam zu tun, damals in ... na ja, irgendwo anders. Morden schien bei denen in der Familie zu liegen. Selbst der gute Dad war Auftragskiller. Und ein ziemlich netter Typ obendrein.«

Ich starre sie an. Sie grinst.

»Schon gut, schon gut, ich hab verstanden«, sagt sie. »Ich rede später mit Callie. Viel Spaß noch mit Dick und Jane.«

Ich denke nach, als Kirby geht.

Sie ist schwach, hat Kirby gesagt. Ich denke über die falsche Andrea nach, die Intensität ihrer Beziehung zu dieser Rolle. Nein, ich kann Kirbys Einschätzung nicht teilen. Ich frage mich, ob die Narben auf ihrem Arm echt sind. Oder hat sie sich die Wunden irgendwann selbst zugefügt, um die Rolle einer gescheiterten Selbstmörderin bis zur Perfektion zu spielen? Die mögliche Antwort ist so bestürzend wie alles andere bei diesem Geschwisterpaar.

»Wir müssen sie finden, Alan.«

Jetzt kriegen wir dich, Prediger. Du und deine Schwester, ihr mögt alles geteilt haben, doch ihr werdet allein sterben, jeder für sich. Dafür sorge ich.

»SIE HABEN EINEN FINGERABDRUCK GEFUNDEN. Das Foto ist per E-Mail auf dem Weg hierher«, sagt Callie. »Gib mir eine Sekunde, um den Abdruck unserem Mr. Murphy zuzuordnen, und wir haben die Beweise, die wir brauchen.«

»Okay. Alan, wie weit bist du, was die möglichen derzeitigen Aufenthaltsorte der beiden angeht?«

»Ich arbeite noch dran.«

Die Tür zum Büro schwingt auf, und James marschiert zusammen mit Jezebel herein. Beide blicken grimmig.

»Wir haben eine neue Botschaft vom Prediger«, sagt James. »Ich habe nur den Anfang gesehen, aber er zeigt sein Gesicht und gratuliert uns, weil wir herausgefunden haben, wer er ist.«

»Scheiße!«, sagen Alan und ich unisono und starren uns an.

»Er scheint die Erlöserkirche weiterhin beobachtet zu haben«, sage ich. »Er wusste, dass es nur einen Grund geben konnte, warum wir dort aufgetaucht sind, und er weiß, dass wir den Daumenabdruck gefunden haben.«

»Glaubst du, dass er flieht?«, fragt Alan.

»Ich weiß es nicht. Ich denke, er will gefasst werden, aber jetzt, wo wir wirklich davor stehen ...« Ich zucke die Schultern. »Zeig uns den Videoclip, James.«

James geht an seinen Schreibtisch, und wir alle, mit Ausnahme von Callie, drängen uns um den Bildschirm, um das Video zu sehen.

Es gibt diesmal keine weiße Schrift und keine schicke Einführung. Er kommuniziert mit uns, direkt und so nah an der Echtzeit, wie das Medium es gestattet. Der zweite Unterschied ist der, dass wir diesmal sein Gesicht sehen können.

Ich betrachte dieses Gesicht und erkenne, dass Michael Murphy mit sich selbst im Reinen ist. Er ist sich seiner Sache sicher. Er tut, was seine Bestimmung war, und er geht des Nachts nicht zu Bett und fragt sich, ob er auf der richtigen oder falschen Seite steht. Er ist gelassen, gefasst, zufrieden. Seine Stimme klingt beinahe freundlich.

»Ich habe erfahren, dass die Gesetzesbeamten, die mir auf der Spur sind, endlich herausgefunden haben, wer ich bin. Ich kann Ihnen gar nicht sagen, wie sehr mich das freut. Meine Schwester und ich haben zwanzig Jahre lang auf diesen Moment hingearbeitet. Zwanzig Jahre des Versteckens, des Planens, der Opfer und Entbehrungen.

Viele werden fragen: Warum? Wenn ihr etwas zu sagen hattet, warum habt ihr es nicht einfach gesagt? Ich denke, die Antwort auf diese Frage ist offensichtlich. Sehen Sie sich um. Sehen Sie, was aus der Gesellschaft heute geworden ist. Wir leben in einer Welt, in der die Vorstellung der menschlichen Seele mehr und mehr verhöhnt wird, falls man überhaupt daran denkt. Die Menschheit genießt in vollen Zügen das Fleisch, und das Fleisch glaubt nur an das, was es sehen kann.

Sprich zum Fleisch über Wahrhaftigkeit, und es rümpft die Nase und fragt: ›Wahrhaftigkeit? Was für eine Wahrhaftigkeit? Ich sehe keine Wahrhaftigkeit. Ich sehe Sex. Ich sehe Drogen. Ich sehe Sensationen.‹

Mir war klar, dass wir den Menschen Beweise präsentieren mussten, wenn wir unseren Standpunkt darlegen und sie zu Gott zurückbringen wollten. Sie mussten es mit eigenen Augen sehen. Mit eigenen Ohren hören. Erst dann würden sie begreifen.

Und es funktioniert, gepriesen sei Gott! Die Wirkung unseres Werkes ist bereits spürbar. Überall auf der Welt sind Diskussionen entflammt.« Er nimmt ein Blatt Papier vom Tisch auf und liest: »›Der Prediger hat mir die Augen wieder geöffnet für die Hoffnung, die Ferne zwischen mir und Gott zu beseitigen, eine Ferne, die ich selbst geschaffen habe mit all den Lügen, von denen ich nicht lassen wollte. Ich habe auf das gehört, was er zu sagen hatte, bin in meine Kirche gegangen und habe seit zehn Jahren zum ersten Mal wieder gebeichtet.‹«

»Widerlich!«, sagt Callie und schürzt verächtlich die Lippen. »Hast du auch gebeichtet, dass du der gleichen Meinung bist wie ein Mörder?«

Unbehagen regt sich in mir. Auch mich hat der Prediger in den Beichtstuhl getrieben.

Ich mache es wieder gut, indem ich ihn schnappe.

»Das ist nur eine von vielen Reaktionen auf unser Werk. Natürlich stimmen mir längst nicht alle zu, doch der Punkt ist – sie reden darüber. Sie reden über Themen wie Wahrheit, Lüge, Sünde, Gott, Beichte und Erlösung. Die Flamme ist wieder entzündet, Lob sei dem Herrn. Versuche, meine Botschaft nicht nach außen dringen zu lassen, sind in der heutigen Welt hoffnungslos. Kopien von diesem und sämtlichen vorhergehenden Videos sind längst auf CD gebrannt und weltweit an Medien und Autoren, an Gläubige und Skeptiker versandt worden. Die Verbreitung der Botschaft mag verlangsamt werden können – aufhalten kann man sie nicht.«

»Da hat er leider recht«, sagt James.

»Ich bin überzeugt, dass meine Schwester und ich bald verhaftet werden.«

»Auch damit hat er recht«, sage ich.

»Wir sind froh darüber. Es ist der nächste Schritt auf dem Weg, den wir eingeschlagen haben. Es ist an der Zeit, dass wir persönlich predigen, dass wir für Diskussionen zur Verfügung stehen, für Interviews und Fragen. Bevor das geschieht, hielt ich es für wichtig, der Welt zu zeigen, dass wir selbst imstande sind, das zu praktizieren, was wir predigen. Komm her, Frances.«

Frances, die ich als Andrea kennen gelernt habe, tritt ins Aufnahmefeld der Kamera. Sie sieht genauso friedvoll und entspannt aus wie ihr Bruder. Beinahe strahlend. Zusammen sind beide sehr viel attraktiver als allein. Wie Spiegel, die das Licht aufeinander zurückwerfen. Sie lächelt ihren Bruder an und wendet sich der Kamera zu. Er spricht weiter.

»Frances und ich wurden als Zwillinge geboren. Wir kamen gesund zur Welt und lebten gesund, was Gottes erstes Geschenk an uns war, wie Sie zweifellos bald sehen werden. Es hätte durchaus ganz anders kommen können. Wir hatten ein schwieriges Leben, und es war nicht ohne Sünden und Lügen. Wir sind bei mehr als einer Gelegenheit von Gottes Pfad abgewichen. Jetzt ist es an der Zeit für uns, das zu tun, was wir auch von anderen verlangen: Es ist an der Zeit für unsere Beichte.«

»Die will ich hören«, murmelt Alan.

»Unser Vater ...«, beginnt der Prediger, »... unser Vater war katholischer Priester.«

Die Sünden von
Michael und Frances Murphy

38

Michael hockte sich hinter den Vorhang und schob mit großer, ach so großer Behutsamkeit das Ohr an die Wand des Beichtstuhls. Mrs. Stevens war im Beichtstuhl, Mrs. Stevens mit den blonden Haaren und den großen Brüsten. Mrs. Stevens war spezialisiert auf Sünden der Fleischeslust. Sie zu belauschen war ganz besonders aufregend. Michael schloss die Augen und öffnete den Mund ein klein wenig. Es dauerte einen Moment, ehe die Stimmen durch die Wand hindurch sickerten.

»Ich kann nicht aufhören, mich immer wieder ... zu berühren, Vater.«
Eine Pause. Michael stellt sich vor, wie der Priester einen Seufzer unterdrückt.
»Und wo berührst du dich, mein Kind?«
Ein scharfes Luftholen.
Sie mag diese Frage!, denkt Michael.
»Zwischen meinen Beinen, Vater. Unter dem Höschen. An meiner Pussy.«
Michaels Unterkiefer sank weiter herab. Was für eine Hure musste das sein, die das Wort »Pussy« in einem Beichtstuhl verwendete!
Er schalt sich für seine eigene Scheinheiligkeit. Scheinheiligkeit war eine Form von Stolz, und Stolz war eine Sünde. Die Wahrheit sah nämlich so aus, dass er einen Steifen hatte. Die Vorstellung, dass Mrs. Stevens mit den blonden Haaren und den großen Brüsten sich selbst streichelte, da unten ... verdammt, die bloße Vorstellung, sie in Höschen zu sehen, brachte ihn beinahe um den Verstand.
Der Nachteil von alledem war leider, dass er es wieder würde beichten müssen. Er würde wieder einmal zugeben müssen, dass er sich hinter dem Vorhang versteckt und mit dem Ohr an der Wand des Beichtstuhls die privatesten Augenblicke anderer Menschen belauscht hatte. Und in diesem Fall kamen erschwerend seine eigenen lustvollen und sündhaften Gedanken hinzu.
Was die Sache noch schwieriger machte: Der Priester, bei dem er

beichten musste, war sein eigener Vater. Kein Beichtvater, sondern sein Dad. Doch es führte kein Weg daran vorbei. Beichte musste sein, und Michael würde sich niemals um eine Beichte drücken, ganz gleich, wie hoch der Preis sein mochte. Sich vor der Beichte zu drücken war ein Einzelfahrschein geradewegs in die Ewigkeit des Höllenfeuers. Michael glaubte an die Hölle. Und kein Geheimnis war es wert, in die Hölle zu kommen.

Eines von den vielen Dingen, die Michael an seinem Dad bewunderte, war die vollkommene Trennung zwischen seiner Arbeit als Priester und seiner Eigenschaft als Vater. Michael hatte im täglichen Leben noch nie auch nur andeutungsweise eine persönliche Meinung seines Vaters über irgendetwas zu hören bekommen, das er ihm im Beichtstuhl anvertraut hatte.

Während Michael lauschte, wie Mrs. Stevens immer bildhafter wurde bei ihrer Beichte der Selbstbefriedigung (*Feucht*, flüsterte sie, *so feucht, so unglaublich feucht ...*), erlebte Michael einen Augenblick der Bewunderung und tiefen Liebe zu seinem Vater. Dad war der beste Mann, den Michael kannte. Der anständigste, ehrenhafteste Mann auf der Welt. Es war eine Frage des Charakters, und davon hatte Frank Murphy massenhaft. Er brauchte nicht mal einen Priesterkragen, um es zu beweisen.

Dad war der Grund, weshalb Michael ebenfalls Priester werden wollte. Dad war der Grund, aus dem er beschlossen hatte, als Jungfrau in den Priesterstand einzutreten. Wenn er ehrlich war mit sich selbst (und Michael schätzte Ehrlichkeit über alles), war es dieses Gelöbnis, das er als Ausrede für sein Lauschen benutzte. Wenn er schon niemals die Berührung einer Frau erfahren würde, war es dann wirklich so schlimm, einen flüchtigen Blick auf die Welt von Mrs. Stevens und ihre nassen Höschen zu werfen? Nur einen ganz schnellen, flüchtigen Blick?

Nein, so schlimm war es nicht, sagte er sich, aber trotzdem eine Sünde. Eine Sünde, die er beichten musste.

Er staunte manchmal über die Geduld seines Vaters. Mrs. Stevens klang ganz und gar nicht zerknirscht in Michaels Ohren. Sie klang im Gegenteil sehr erregt. Selbst mit seinen dreizehn Jahren vermochte Michael zu sehen, dass sie die Beichte benutzte, um noch mehr zu sündigen, weil es sie anmachte, einem attraktiven, zölibatären Priester ihre

Selbstbefriedigung in sämtlichen Details zu beichten. Wahrscheinlich hatte sie jetzt, in diesem Moment, schon wieder ein nasses Höschen. *Schamhaar so blond wie das Haar auf ihrem Kopf, glitzernd vor Feuchtigkeit, während sie leise stöhnt ...*

Diese Vorstellung schreckte ihn ab und erregte ihn zugleich.

»Wer ist da drin?«

Die geflüsterte Frage hätte ihn zu Tode erschreckt, hätte er nicht ihr Kommen gespürt. Es war nahezu unmöglich für einen von ihnen, sich unbemerkt an den anderen heranzuschleichen. Er wusste nicht, woran es lag. Vielleicht daran, dass sie Zwillinge waren.

Michael nahm sehr vorsichtig, sehr zögernd das Ohr von der Wand und drehte sich zu seiner Schwester um.

»Mrs. Stevens«, gestand er grinsend.

Sie schnitt eine Grimasse. »Diese Hure? Warum hörst du dir so gerne an, was sie zu sagen hat? Macht es deinen Pipimann hart?«

»Nein!«, flüsterte Michael protestierend. »Selbstverständlich nicht!«

Frances grinste zurück. Es war ein wissendes Grinsen. Michael wusste, dass sie seine Lüge durchschaute – genauso, wie er jede ihrer Lügen auf den ersten Blick erkannte.

Er seufzte und zuckte die Schultern.

»Ich gehe zur Beichte.«

»Gut.«

Damit war die Sache erledigt, wie Michael wusste. Denn der Liebe seiner Zwillingsschwester konnte er sich so sicher sein wie seines Glaubens.

»Lass uns von hier verschwinden«, flüsterte er.

Sie huschten lautlos wie Meisterdiebe vom Beichtstuhl weg und kehrten in die Wohnung zurück, in ihr gemeinsames Zimmer. Es war ein kleines Zimmer. Man konnte es karg nennen, doch es war nichtsdestotrotz ihr Zuhause.

Das Zimmer wurde durch einen Vorhang geteilt, der von der Decke hing und den sie zuziehen konnten, falls nötig. Vater hatte ihn aufgehängt, als Frances Brüste gewachsen waren.

»Das ist eine Mauer«, hatte er gesagt. »Eine Mauer ohne Tür darin. Wenn ihr diesen Vorhang zuzieht, kann ihn nur die Person, die ihn geschlossen hat, wieder öffnen. Versteht ihr?«

»Ja, Vater«, hatten sie übereinstimmend geantwortet, ohne damals so recht die Notwendigkeit dafür zu begreifen.

Das hatte sich inzwischen geändert. Michael masturbierte manchmal des Nachts, nachdem Frances eingeschlafen war. Er kämpfte zwar dagegen an, doch mitunter wurde das Verlangen überwältigend. In seinem dunklen Versteck, seine Schwester auf Armeslänge neben sich und doch unberührbar, war es irgendwie noch aufregender. Er gab sich alle Mühe, leise zu sein, wusste aber auch, dass er manchmal lauter aufstöhnte, als er sollte. Ob sie ihn in diesen Augenblicken hören konnte? Wahrscheinlich, dachte er. Ja, wahrscheinlich hatte sie ihn gehört.

Er hatte sie ebenfalls gehört. Spät nachts, wenn sie geglaubt hatte, dass er schlief, hatte er ihre leisen Seufzer und ihr unterdrücktes Stöhnen vernommen, und ihm war klar geworden, dass auch sie sich selbst befriedigte. Zuerst war er schockiert gewesen, dann fasziniert, und dann brachte es etwas in ihm hervor, über das er lieber nicht genauer nachdenken wollte.

Er würde seine Schwester niemals berühren, nicht in einer Million Jahren, doch eines Tages gestand er ihr etwas.

»Ich werde niemals Sex haben«, sagte er. »Aber wenn ich mit einer Frau schlafen würde, müsste sie genauso sein wie du, Frances.«

»Ich weiß.« Sie lächelte. »Mir geht es bei dir nicht anders.«

Manche würden es verdreht nennen, sie aber nannten es Liebe, und sie achteten sorgfältig darauf, nicht zu weit zu gehen. Abgesehen davon passierte niemals etwas zwischen ihnen.

Frances wollte Nonne werden. Es war ihr gemeinsamer Plan. Dass sie dadurch getrennt wurden, machte es ihnen schwer, sehr schwer, doch war Leid nicht eines der Dinge, die Gott den Gläubigen auferlegte?

Es gab für alles einen Grund, daran glaubten sie beide. So wie Frances und Michael, war auch ihr Vater ein Zwilling. Er hatte eine Schwester. Er war nicht als Jungfrau ins Priesterseminar gegangen. Er hatte mit einer Frau geschlafen und sie geschwängert. Sie war bei der Geburt der Kinder gestorben. Es war schwierig, doch wie bei allen anderen Dingen auch war Vater der Aufgabe gewachsen, die Gott ihm auferlegt hatte. Er erzog seine Kinder und überzeugte die Kirche, ihn trotzdem im Seminar aufzunehmen. Seine Zwillingsschwester, Tante Michelle, kümmerte sich in der Zwischenzeit um sie. Als Vater als geweihter Priester zurückkam, nahm er die Kinder wieder zu sich, und Tante Michelle schloss sich einem Konvent an und wurde Nonne.

Es war ein ungewöhnliches Leben, das wussten beide Kinder, doch Dad war ein guter Vater. Er war freundlich, er war klug, er war hart, aber gerecht. Er erzog sie vor allem anderen dazu, Gott zu lieben, doch er verlangte auch, dass sie ihren Glauben mit dem Verstand prüften, indem er sie auf öffentliche, nicht auf private Schulen schickte und sie mit der sündhaften Welt draußen jenseits der Kirchenmauern in Kontakt brachte.

»Es gibt weitaus mehr Menschen auf dieser Welt, die nicht an Gott glauben, als es Gläubige gibt«, sagte er zu ihnen. »Wenn ihr den Ungläubigen das Wort Gottes verkünden wollt, müsst ihr sie zuvor verstehen. Verständnis erzeugt Mitgefühl, und Mitgefühl erzeugt Liebe. Und Liebe ist der beste Weg, Jesus in das Herz eines Sünders zu bringen.«

Michael und Frances taten wie geheißen und gingen gemeinsam hinaus in die Welt. Sie betrachteten die Welt wie zwei Soldaten, die auf einen Einsatz geschickt worden waren. Beide waren so attraktiv, dass Michaels Ablehnung sämtlicher Annäherungsversuche die Mädchen schier verrückt machte, und Frances' Ablehnung die Jungen überzeugte, dass sie die begehrenswerteste Frau auf der Welt war.

Sie hatten keine echten Freunde oder Freundinnen in der Schule, nur Bekanntschaften, doch das genügte ihnen. Sie waren zufrieden mit dem Weg, den sie vor sich sahen, und sie hatten keine Zweifel an ihrer Zukunft.

Vater und Tante Michelle waren Zwillinge, und sie waren Priester und Nonne geworden. Frances und Michael waren ebenfalls Zwillinge und würden der gleichen Berufung folgen. Was konnte das anderes sein als ein Zeichen Gottes?

Sie setzten sich auf ihre Betten, um ihre Hausaufgaben zu machen. Michael war sich der Tatsache peinlich bewusst, dass er noch immer eine Erektion hatte. Das Bild von Mrs. Stevens war sehr lebendig. Er sah aus den Augenwinkeln zu seiner Zwillingsschwester und stellte schockiert fest, dass sie ihn prüfend musterte.

Sie weiß es. Sie weiß es jedes Mal.

Es erregte ihn, es stieß ihn ab, es erfüllte ihn mit Schuld und mit etwas sehr viel Dunklerem.

Ihre Miene war grüblerisch. Dann lächelte sie und streckte die Hand nach dem Vorhang aus. Ehe sie ihn zuzog, sagte sie: »Dass du mir nicht vergisst, morgen zur Beichte zu gehen.«

Er schluckte. »Keine Sorge.«

»Ich liebe dich, Michael.«

»Ich liebe dich auch.«

Sie zog den Vorhang zu.

MICHAEL UND FRANCES WAREN SIEBZEHN JAHRE ALT, als sich alles änderte.

Es gab keinerlei Vorzeichen, dass ihre Welt zusammenstürzen würde. Die Welt – und Gott – waren grausam und fremd in ihren Wegen. Das hatte Michael stets gewusst und akzeptiert, bis es ihm selbst zugestoßen war.

Sie schliefen beide in ihrem Zimmer, als Michael durch das Geräusch von Stimmen geweckt wurde. Er blickte zu seiner Schwester und sah, dass sie noch schlief. Noch Jahre später fragte er sich, warum er aufgewacht war. Er gelangte zu dem Schluss, dass Gott ihn aus dem Schlaf gerufen hatte. Weil Gott einen Plan hatte.

Die Stimmen waren nicht laut, aber drängend. Seltsamerweise war es zwei Uhr nachts; Vater ging normalerweise um halb zehn ins Bett und stand um halb fünf wieder auf.

Michael erhob sich und tappte zur Tür. Er legte das Ohr ans Holz, wie er es so viele Male beim Beichtstuhl getan hatte. Er schloss die Augen und lauschte.

Eine der Stimmen war die einer Frau, und sie klang seltsam vertraut – auch wenn Michael sie nicht recht einordnen konnte. Die andere Stimme gehörte seinem Vater.

»Sie dürfen es nicht erfahren!«, flüsterte sein Vater drängend. »Es gibt keinen Grund dafür! Das war unsere Sünde. Es bleibt unser Geheimnis. Den Kindern geht es gut, sie sind gesund, und beide wollen ein Leben im Dienste Gottes führen. Warum sollen wir ihnen jetzt diese Bürde aufladen?«

»Gott hat zu mir gesprochen, Frank. Ich habe die letzten sechzehn Jahre damit verbracht, zu ihm zu beten und ihn um Vergebung zu bitten. Ich habe Schwielen an den Knien vom Beten. Endlich, endlich hat er geantwortet. Und weißt du, was er gesagt hat? Nur ein einziges Wort. WAHRHEIT. Ich habe es in meinem Herzen gehört, so klar wie eine Glocke. Gott ist Liebe, Frank, weißt du? Und Liebe kann nur aus Wahrheit entstehen. Ich war zu Anfang einverstanden, diese Sache geheim zu halten, weil ich mich so sehr geschämt habe. Ich war sicher, dass Gott mir niemals vergeben würde. Doch er hat zu mir gesprochen, er hat mir gesagt, dass er mir vergibt. Ich muss nichts weiter tun, als ihm zu gehorchen und allen die Wahrheit zu erzählen.«

»Du leidest an Halluzinationen! Glaubst du allen Ernstes, Gott würde wünschen, dass du ihrer beider Leben ruinierst, indem du ihnen erzählst, dass du ihre Mutter bist?«

Michaels Kopf schoss von der Tür weg, als hätte er das Ohr gegen ein glühendes Eisen gepresst.

Was hatte er da gesagt?
Mutter. Das Wort war Mutter.

Wie viele Male hatten sie in ihrer Kindheit den Vater bedrängt, hatten ihn nach ihrer Mutter gefragt?

Sie sei bei ihrer Geburt gestorben, hatte er ihnen erzählt. »Sie ist jetzt bei Gott«, hatte er gesagt, »und ihretwegen bin ich Priester geworden. Lasst sie in Frieden ruhen.«

Eines Tages hatten sie aufgehört zu fragen, doch die Sehnsucht nach ihrer Mutter war stets geblieben.

Und warum klang diese Frauenstimme so vertraut?

»Was ist?«

Er zuckte in der Dunkelheit zusammen. Seine Zwillingsschwester stand hinter ihm. Ihm wurde bewusst, dass er zitterte.

»Michael?«

Sie legte die Arme um seine Taille und schmiegte sich an ihn, drückte die Wange an seine Schulterblätter. Er zitterte weiter, doch selbst in seiner Angst war er sich ihrer kleinen Brüste in seinem Rücken bewusst. Er tadelte sich im Stillen dafür.

Lust ist Teufelswerk, und der Teufel ist unermüdlich.

»Vater streitet m-mit jemandem. Mit einer F-frau. Ich habe ihn s-sagen hören, dass sie unsere M-mutter wäre.«

Er spürte, wie sie sich hinter ihm versteifte.

»Was?«

Er wollte sich umdrehen. Er wollte sich umdrehen und ihr sagen, es zu vergessen, und dass sie wieder in ihre Betten zurückgehen sollten und am nächsten Morgen erkennen würden, dass alles nur ein Traum gewesen sei. Doch er konnte sich nicht zu ihr umdrehen. Sie würde seine Lust bemerken.

Der Teufel ist unermüdlich ...

»Ich habe ihn gehört. Hör selbst.«

Sie drängte sich weiter an ihn, während sie beide die Ohren spitzten. Er staunte über Satans unendliches Geschick. Er hatte entsetzliche Angst vor dem, was sie vielleicht zu hören bekamen; er war wütend wegen dem, was er bereits gehört hatte – und trotz allem vergaß er keinen Augenblick lang diese kleinen kecken Brüste in seinem Rücken, die Andeutung dessen, was vielleicht – nur ganz vielleicht – ihre Nippel waren. Luzifer konnte es einem wirklich verdammt schwer machen, da gab es nicht den geringsten Zweifel.

»Ich verbiete es!«, hörten sie ihren Vater zornig flüstern.

Schweigen.

Die Stimme der Frau war gelassen, sicher, entschieden. Er vermochte sie immer noch nicht einzuordnen; das Flüstern machte es unmöglich für ihn.

»Du kannst mir nicht verbieten, was Gott mir befohlen hat, Frank. Ich bin ihre Mutter, und Gott hat gesagt, dass es an der Zeit für sie ist, alles zu erfahren.«

Michael wusste, dass etwas sehr, sehr falsch lief, als er seine Schwester ächzen hörte. Sie vergrub das Gesicht in seinem Rücken und stöhnte leise. Es war ein Laut nackten Entsetzens. Sie löste ihren Griff um ihn und trat zurück. Er drehte sich zu ihr um und sah, dass ihr Gesicht weiß war wie Milch. Ihre Augen waren so weit, dass es aussah, als könnten sie aus den Höhlen treten. Sie hatte eine Faust auf den Mund gepresst, um ihr Stöhnen zu ersticken. Mit zitterndem Finger deutete sie zur Tür, brachte aber kein zusammenhängendes Wort hervor.

»Frances! Was ist denn?«

Sie nahm die Faust vom Mund. Er war schockiert, als er sah, dass sie so fest auf die eigenen Finger gebissen hatte, dass sie bluteten.

»Sie ...«, flüsterte Frances, noch immer voller Entsetzen. »Erkennst du ihre Stimme denn nicht?« Sie raufte sich die Haare. Ganze Büschel riss sie sich aus. »Erkennst du ihre Stimme nicht?«

Michael packte ihre Handgelenke, um sie daran zu hindern, dass sie sich selbst noch mehr Schmerzen zufügte. Er hatte ihr Haar immer geliebt. Von ihren Augen abgesehen, waren es ihre Haare, die ihre Schönheit ausmachten.

»Frances! Reiß dich zusammen!«

Sie wand sich aus seinem Griff, setzte sich an die Wand, zog die Knie an die Brust und legte die Stirn darauf. Dann fing sie an zu schaukeln – vor und zurück, vor und zurück.

»Geh nur und sieh selbst«, sagte sie leise. »Dann wirst du es wissen.«

Er konnte sie kaum verstehen.

Doch irgendetwas hatte sich in Bewegung gesetzt, an einem sehr dunklen, sehr tiefen Ort in seinem Innern, und stieg nun nach oben. Etwas, das Michael dicke Schweißperlen auf die Stirn trieb.

Er warf einen letzten Blick auf seine Zwillingsschwester; dann öffnete er die Tür und bewegte sich durch den Flur in Richtung der Stimmen, die aus der Kapelle drangen. Er schwitzte immer heftiger, schritt schneller aus und rannte schließlich, weil dieses Ding, das aus der Dunkelheit emporstieg, sich zielstrebig näherte, und weil er dort sein wollte, ehe es an die Oberfläche brach, damit er dem Ding beweisen konnte, dass es Unrecht hatte und das alles nur ein Irrtum war. Ein Irrtum, Irrtum, *Irrtum*.

Er platzte barfuß in die Kapelle, in Unterwäsche, schweißbedeckt und am ganzen Leib zitternd wie ein Nackter im Schneesturm.

Das Ding durchbrach die Oberfläche. Prustend.

Siehst du?, fragte es. *Siehst du es jetzt, mein Freund? Hehehe!*

Und er sah. Er sah seinen Vater, den großen, ehrenwerten Frank Murphy, neben der Frau stehen, die gesagt hatte, sie wäre seine und Frances' Mutter.

Die Frau war eine Nonne, und Michael kannte sie sehr gut.

Es war Tante Michelle.

39

»Mein Vater und meine Mutter waren Zwillinge, so wie meine Schwester und ich. Sie hatten miteinander geschlafen, und das Ergebnis sind wir.« Das Gesicht Murphys, des Predigers, ist traurig, ernst und düster. »Sie kamen überein, Mutters Schwangerschaft zu verbergen. Es war nicht besonders schwierig. Sie waren beide achtzehn. Sie hatten zu viel getrunken, und der Teufel hatte sie verführt. Wie soll ich beschreiben, was für ein Gefühl das für mich war? Die beiden Menschen, die meine Schwester und ich am meisten achteten auf der Welt, hatten uns belogen, unser Leben lang. Wir waren Produkte einer inzestuösen Beziehung, einer verbotenen Paarung. Ich fragte meinen Vater noch in jener Nacht, ob er diese Sünde jemals gebeichtet hätte. Nein, sagte er, das habe er nicht.«

Murphys Gesichtsausdruck ist ungläubiges Staunen. »Kann man sich das vorstellen? Er hatte seine Sünde für sich behalten und sich selbst verdammt. Warum? Alles nur, um uns zu schützen? Nein. Jeder Priester, dem er gebeichtet hätte, hätte sein Geheimnis bewahrt. Er tat es nicht, weil er sich schämte. Und das war in meinen Augen unverzeihlich. Nicht der Inzest, obwohl auch das schlimm war. Nicht das Lügen gegenüber meiner Schwester und mir – selbst das konnte ich irgendwie verstehen. Doch den Versuch, Gott zu hintergehen, konnte ich ihm nicht verzeihen.

Sie erzählten uns, sie hätten dem Herrgott ihr Leben geweiht und uns gottesfürchtig erzogen als Buße für ihre Sünde. Ich konnte es nicht ertragen. Ich sah darin nichts als Täuschung und Lüge.

Meine Schwester und ich flohen noch am nächsten Morgen aus dieser Kirche. Vater versuchte uns aufzuhalten, doch ich schlug ihn nieder.« Ein knappes Lächeln. »Nein, ich habe ihn nicht getötet. Er ist vor zehn Jahren an Krebs gestorben. Ich habe keine Ahnung, ob er seine Sünde jemals gebeichtet hat. Ich würde es gerne glauben.«

»Sie sagt überhaupt nichts«, stellt Alan fest.

»Er hat das Kommando«, sage ich. »Es ist sein Auftritt. Seine Show.« Das ist normal bei Serienkillerteams. Der eine ist der Dominante, der die Trümpfe ausspielt und die Erklärungen für ihr Tun liefert. Kirby war wohl doch nicht so weit von der Wirklichkeit entfernt.

»Ein paar Jahre lang waren wir orientierungslos und verloren unser Ziel aus den Augen. Nur unsere gegenseitige Liebe blieb immer bestehen.« Seine Schwester legt eine Hand auf seine Schulter. Er ergreift sie, hält sie, während er weiterspricht. »Es dauerte eine Weile, bis wir zu Gott zurückfanden. Ich will niemanden mit dem Hin und Her langweilen, bis es so weit war. Später ist noch Zeit genug für unsere vollständige Geschichte. Für den Augenblick ist nur eines wichtig: Wir fanden zu Gott zurück. Mir wurde bewusst, dass unser zerstörtes Leben das Ergebnis einer Lüge war, einer Weigerung, Gott alles zu offenbaren und alle Sünden zu gestehen, um von ihnen erlöst zu werden. Seit damals haben wir uns selbst der Beichte unterworfen, ohne Vorbehalt und ohne Lüge. Ich habe mein sexuelles Verlangen nach meiner Schwester gebeichtet, und sie hat das Gleiche getan. Wir haben Buße getan für unser Tun und dafür, dass wir um ein Haar in die sündhaften Fußstapfen unserer Eltern getreten wären. Und schließlich wurde uns wieder bewusst, welche Aufgabe Gott für uns auserwählt hatte.«

Er blickt zu ihr hoch. Sie blickt auf ihn hinunter. Beide lächeln. Es ist ein grausames Bild, weil es so glückselig wirkt. Zwei Monster mit Heiligenscheinen und Blut an den Zähnen. Sie richten ihre Blicke wieder in die Kamera.

»Gott hat uns geprüft, vom Augenblick unserer Geburt an. Er lieferte uns jeden nur erdenklichen Grund, uns von ihm abzuwenden. Er konfrontierte uns mit Betrug, Zweifel und Leiden. Er wollte sicher sein, dass wir stark genug sind. Gott stellt alle seine Propheten so schwer auf die Probe.

Ich begriff, dass das Gesicht meines Vaters genauso war wie das Gesicht viel zu vieler anderer. Das Gesicht des frommen Mannes, der sein Leben Gott und den Mitmenschen weiht. Die bewundernswerte Seele, die bereit ist, sich selbst der ewigen Verdammnis auszusetzen, weil sie sich weigert, ihre Geheimnisse zu beichten. Mein Vater räumte ein, in einem außerehelichen Verhältnis Kinder gezeugt zu haben, doch er verschwieg die absolute Wahrheit – dass die Frau, mit der er geschlafen hatte, seine Schwester gewesen war.

Ich gelangte zu der Einsicht, dass es unsere Pflicht war, andere in das Licht Gottes zu bringen, indem wir ihnen deutlich machten, dass Gott nur die vollkommene, reine Wahrheit akzeptiert. Sei wahrhaftig in allem, was du tust, empfinde aufrichtige Zerknirschung und Reue, bitte den Herrn um Vergebung, und er wird die Sünde von dir nehmen. Gestehe nur neun Sünden von zehn, halte nur eine einzige zurück, und du brennst für immer in der Hölle.

Wir haben unser Leben dieser Aufgabe gewidmet. Es war schwierig. ›Du sollst nicht töten‹ ist schließlich eines von Gottes edelsten Geboten. Doch all die, die wir getötet haben, hatten vorher ihre Sünden gebeichtet, und mit einer einzigen Ausnahme haben sie alle aufrichtig bereut. Wie wir das wissen konnten? Nun, wir nahmen nur diejenigen, die einem Priester bei der Beichte ihre Sünden gestanden hatten. Es waren Märtyrer, alle bis auf eine. Wir durchbohrten ihre Seiten, wie die Seite von Jesus Christus am Kreuz durchbohrt worden ist. Nun sitzen diese Märtyrer zur Rechten Gottes.« Er zögert einen Moment. »Das Mädchen ist die Ausnahme, wie man sich wohl denken kann. Ich habe keinen Zweifel, dass sie in der Hölle schmort, während ich diese Worte spreche. Sie ist gestorben, um die andere Hälfte der heiligen Übereinkunft zu verdeutlichen: Zerknirschung. Wegen dieser Toten werden Millionen verstehen, dass sie nicht alleine sind, dass jeder von uns, wir alle, Dinge mit uns herumtragen, deren wir uns schämen müssen. Wir alle haben eine dunkle Seite, die wir eingestehen müssen, soll uns die ganze Liebe Gottes zuteil werden. Und was für eine wundervolle Liebe das ist! Gott ist viele Dinge, doch am meisten ist Gott Liebe.«

Die erste schwache Andeutung von Wahnsinn, ganz subtil: Es ist ein Glänzen in den Augen, ein um weniges höherer Tonfall als vorher. Doch sie ist da. Und dahinter verbirgt sich die Wahrheit dessen, was er tut, was er getan hat, und die Gründe dafür. Scham über die Umstände ihrer Geburt und deren Folgen; Betrug vonseiten jener, denen sie blind vertraut hatten – alles eingewickelt in den Deckmantel der Religion, in der sie aufgezogen wurden. Es ist mir gleichgültig, wie blumig seine Worte sind und wie überlegt die Erklärungen: Serienmord ist sublimierte Wut. Es gibt keine Ausnahme.

Ich denke erneut daran, dass sämtliche Opfer Frauen waren, und mir wird bewusst, dass Callie recht gehabt hat mit ihrem Sprichwort von der Heiligen und der Hure. Michael Murphy gibt seiner Mutter/Tante mehr Schuld als seinem Vater, und die Frauen, die er ermordet hat, mussten den Preis dafür bezahlen.

»Dieser Abschnitt unserer Arbeit ist getan. Wir sind nun bereit, den nächsten Schritt auf dem Weg zu gehen, den Gott vor uns ausgebreitet hat. Kommen Sie und finden Sie uns. Wir sind bereit. Wir werden bereitwillig mitgehen. Wir werden uns nicht widersetzen.«

Schwarzblende.

»Ist das nicht nett von den beiden Kotzbrocken?«, fragt Callie geringschätzig. »Die armen Kleinen, *buhuuu!* Daddy war ja so ein böser Mann, willkommen im Club.«

Ich neige dazu, mich Callies Meinung anzuschließen. Wir alle empfinden ähnlich. Das Leben ist hart, manchmal sogar grausam und oft ungerecht. Doch das ist keine Entschuldigung dafür, seine Mitmenschen zu ermorden. Seit Jahren wird unter Wissenschaftlern ein erbitterter Streit darüber geführt, ob sich beim Erwachsenen eher die Gene oder die Erziehung durchsetzen, und dieser Streit wird noch viele Jahre andauern. In meinen Augen spielt das Umfeld eine entscheidende Rolle. Unsere Zukunft basiert auf dem, was wir als Kinder erlebt haben. Statistiken zeigen dies zu deutlich, als dass man es von der Hand weisen könnte.

Ungefähr ein Drittel aller missbrauchten Kinder werden im Erwachsenenalter selbst zu Missbrauchern. Doch was ist mit den anderen zwei Dritteln? Mit all den misshandelten, geschlagenen und betrogenen Kindern, die später ein ganz normales Leben führen? Für immer verfolgt von ihren Erfahrungen, vielleicht sogar für immer geschädigt, und trotzdem – der entscheidende Punkt – anständig? Für jedes missbrauchte Kind, das im Erwachsenenalter selbst Kinder missbraucht, finden wir auf der anderen Seite Opfer, die zu liebenden, warmherzigen Eltern werden. Was ist der Unterschied zwischen diesen beiden Gruppen? Sind einige von uns von Geburt an fähig, eine größere Last zu tragen als andere?

Michael und Frances haben eine schlimme Erfahrung gemacht, doch diese Erfahrung hat ihre Seelen nicht verkrüppelt. Sie war nicht einmal annähernd so schlimm wie die schlimmsten Fälle, denen ich in meiner Laufbahn begegnet bin. Dass es ihnen gelungen ist, ihr Unglück so zu verarbeiten, dass daraus zwanzig Jahre währendes Morden entstehen konnte, ist für mich eher ein Zeugnis ihrer Schwäche und ihrer Schuld als ein Grund, mit ihnen zu fühlen.

»Es ist mir egal warum«, sage ich. »Ich will sie beide hinter Gittern sehen, nur das zählt für mich.«

»Ganz meine Meinung«, sagt Alan zustimmend.

Letzten Endes ist es diese Entschlossenheit, die uns rettet. Wenn man versucht, nach den Gründen zu suchen und hinunterzusteigen in dieses tiefe, dunkle Schlangennest, dann ist man wie eine Schlange, die sich in den eigenen Schwanz beißt. Man findet nicht die Wahrheit, sondern verzehrt sich selbst auf der Suche danach. An einem bestimmten Punkt müssen wir den Versuch aufgeben, das Warum zu begreifen, und akzeptieren, dass unsere einzige Aufgabe darin besteht, diese Ungeheuer aus der Gesellschaft zu entfernen. Bei einigen ist es einfacher als bei anderen.

»Beschaffen wir uns ihre Adresse«, sage ich. »Und erfüllen wir ihnen ihren Wunsch.«

EINE STUNDE IST VERGANGEN, seit Hektik ausgebrochen ist und eine Entdeckung die andere jagt. AD Jones ist in unserem Büro, zusammen mit meinen Leuten und dem Chef unseres Sondereinsatzkommandos.

Dieser Mann ist Sam Brady, Callies Bräutigam. Brady ist Mitte vierzig; ein großer, schlaksiger Mann mit kurz geschnittenen Haaren und einem Gesicht, das genauso grimmig dreinblicken kann, wie sein Job es erfordert. Ich habe andere Seiten an ihm gesehen und einen Mann vorgefunden, der im Frieden ist mit sich selbst. Er liebt Callie leise, unauffällig, doch er liebt sie tief und aufrichtig – eine Eigenschaft, mit der er sämtliche Dinge in seinem Leben anzugehen scheint. Er ist ein Fels in der Brandung, ein ganzer Kerl und einer der wenigen Menschen, die völlig unbeeindruckt sind von Callies Allüren.

Er hat den letzten Videoclip des Predigers gesehen.

»Ich empfehle, nicht gewaltsam zuzugreifen«, sagt er. »Ich bin zwar nicht der Experte, aber mir scheint, dass die beiden es geradezu darauf anlegen, festgenommen zu werden. Sie *brauchen* es förmlich.«

»Der Meinung bin ich auch«, pflichte ich ihm bei. »Allerdings glaube ich nicht, dass ich einfach hingehen und an die Tür klopfen sollte. Wir sollten das Haus umstellen und entweder telefonisch oder über Flüstertüten mit ihnen verhandeln. Wenn sie unauffällig und leise mitgehen wollen, geben wir ihnen die Chance. Falls nicht ...« Ich zucke die Schultern. »Dann eben Tränengas und Blendgranaten.«

Sam denkt kurz darüber nach und nickt. »Ich mache mein Team einsatzbereit. Gebt uns zwanzig Minuten.«

»Wir treffen uns hinter dem Parkplatz.«

ICH ÜBERPRÜFE MEINE WAFFE und konzentriere mich auf den Job, der vor mir liegt. Wir alle.

»Hey«, sagt Alan, wobei er seine Waffe durchlädt. »Wenn du weißt, dass dir die Todesstrafe droht und du auf schuldig plädierst – ist das Selbstmord?«

»Ich glaube, die beiden sind zuversichtlich, dass es sich in ihrem Fall um Märtyrertum handelt.«

Er schiebt seine Waffe ins Halfter und seufzt. »Ja. Ob sie es ernst gemeint haben, als sie sagten, sie würden freiwillig mitkommen?«

»Ich glaube schon. Doch letzten Endes kann man nie sicher sein.« Selbstmord, entweder durch eigene Hand oder die eines Cops, ist eine Lösung, die Kriminelle häufig vorziehen, wenn sie am Ende der Fahnenstange angekommen sind. Die meisten akzeptieren diese Möglichkeit von Anfang an für den Fall ihrer Entdeckung.

»Irgendwie seltsam, dass sie im Valley wohnen«, sagt Alan. »Wahrscheinlich bin ich das eine oder andere Mal bei ihnen vorbeigefahren, ohne es zu ahnen.«

James' Handy summt. Er nimmt das Gespräch entgegen, lauscht, runzelt die Stirn.

»Wie bitte?«, fragt er dann. Er ist plötzlich ganz weiß im Gesicht.

»Schicken Sie es an mich, sofort.«

»Was gibt's?«, frage ich.

»Miststück!«, flucht er, doch es klingt eigenartig. Mehr verzweifelt als beleidigend.

»James?«

Er sieht mich an.

»Kirby war schneller als wir. Und jetzt haben diese beiden Ungeheuer sie.«

40

KIRBY ERSCHEINT IM BLICKFELD DER KAMERA, nackt und an einen Stuhl gefesselt. Michael Murphy steht neben ihr. Er ist wütend.

»Ich habe Ihnen gesagt, dass wir uns gewaltlos ergeben würden! Ich habe nicht erwartet, dass Sie unser Tun akzeptieren, aber ich hätte gedacht, dass Sie wenigstens das Gesetz achten.«

»Herrgott noch mal, halt endlich die Fresse«, sagt Kirby und verdreht die Augen.

»Kirby, diese dumme Nuss!« Brady schüttelt den Kopf. »Sie lernt einfach nicht, das Maul zu halten.« Ich habe Brady zurückgerufen, sobald wir wussten, was dieser Videoclip zu bedeuten hatte.

Michael Murphy tritt vor Kirby hin. Wir sehen nur seinen Rücken und seine Beine.

»Du bist nicht in der Position, mir in Gottes Namen zu drohen!«, sagt er.

»Leck mich, du Spinner«, entgegnet Kirby. »Und dein Gott kann mich ebenfalls mal, aber richtig.«

Ich rechne damit, dass er sie ohrfeigt, doch er holt aus und schlägt ihr mit der geballten Faust ins Gesicht. Das Geräusch kommt satt durch den Computerlautsprecher, und Kirby kippt mitsamt dem Stuhl hintenüber.

»Mistkerl«, flüstere ich.

Die Kamera war während der gesamten Szene stationär. Jetzt bewegt sie sich, wobei sie ein klein wenig wackelt. Frances muss sie vom Stativ genommen haben. Sie zoomt auf Kirbys Gesicht. Kirby liegt auf einem Holzboden, der Kopf eingerahmt von langen blonden Strähnen. Ihre Augen sind glasig, ihre Lippen aufgeplatzt. Blut strömt über ihr Kinn und die linke Wange. Sie schüttelt benommen den Kopf und lacht.

»Du Weichei kannst nicht mal richtig zuschlagen.«

»Oh, Kirby!«, ruft Callie aus. »Du dumme Pute! Halt die Klappe!«

Sie denkt nicht mal daran. Kirby ist und bleibt Kirby.

Michael packt sie bei den Haaren und zerrt erbarmungslos daran, bis sie mit ihrem Stuhl wieder in einer sitzenden Position angelangt ist. Kirby dreht den Kopf nach rechts und spuckt das Blut aus, das sich in ihrem Mund gesammelt hat. Dann wendet sie sich der Kamera zu, und wir alle sehen ihre kalten, erbarmungslosen Killeraugen.

»Ich werde dich töten«, sagt sie. »Dich und deine Schwester. Ich will, dass du das weißt. Und niemand hat mich hergeschickt. Eine der Frauen, die ihr umgebracht habt, war eine alte Freundin von mir.« Sie grinst. Ihre Zähne sind rot von ihrem eigenen Blut. »Ich dachte, ich erwidere den Gefallen.«

»Mord ist eine Sünde«, tadelt Michael sie. »Wir haben im Namen Gottes getötet. Wenn du uns aus Rache tötest, wirst du zur Hölle fahren.«

Tatsächlich?, denke ich. Was ist mit Ambrose, dem Mann, den du um seiner Identität willen ermordet hast? Geschah das auch im Namen Gottes?

Es ist eine sinnlose Frage. Murphys Antwort wäre ohne jeden Zweifel: »Selbstverständlich.«

Kirby zuckt die Schultern. »Dann sehen wir uns dort wieder.« Ein weiteres Grinsen aus geplatzten Lippen und roten Zähnen. »Du wirst schon sehen.«

»Du bist wirklich aus eigenen Stücken hierhergekommen?«, fragt Michael.

»Ich arbeite immer allein, Arschloch. Ich hab noch nie in einem Team gearbeitet.«

»Pech für dich«, sagt er, »dass du die zweite Überwachungskamera übersehen hast. Wir haben auf dich gewartet, als du durch die Tür gekommen bist.«

»Tja, was soll ich sagen? Nobody is perfect. Ihr hättet mich sofort erledigen sollen. Taser sind etwas für Pussys.«

»Immerhin haben wir dich sauber von den Beinen geholt«, sagt Frances.

Kirby grinst. »Von den Beinen, Dummerchen, ist nicht tot. Kein geschickter Schachzug von euch.«

»Wie heißt du?«, fragt Michael.

»Wo wir auf einer religiösen Veranstaltung sind – warum nennst du mich nicht einfach Eve?« Sie kichert. »Ich hatte schon immer eine Vorliebe für sie, weißt du? Hier, iss den Apfel. Lecker, lecker.«

»Also schön, wie du meinst. Bist du katholisch, Eve?«

Sie verdreht die Augen. »Göttliche Wesen sind was für Schwächlinge. Ich glaube an harte Fäuste, an Schusswaffen, an den Suff, an Selbstbefriedigung, wenn ich keinen Kerl habe, und an einen hübschen harten Schwanz, *wenn* ich einen habe.« Sie zwinkert. »Verstehst du, was ich meine?«

»Gotteslästerliches Miststück«, flucht er.

»Oh, danke, Arschloch.«

»Warum hörst du nicht auf, mich so zu nennen, Eve? Ich heiße Michael.«

»Arschloch passt aber viel besser zu dir.«

Er seufzt. »Ich sehe schon, es wird ein hartes Stück Arbeit, dich zum Beichten zu bringen.«

»Oh, du willst mich foltern? Ist ja geil.«

»Warum hört dieser Clip nicht auf?«, frage ich.

»Das ist kein Clip«, sagt James. »Das ist live.«

»Sam?« Ich drehe mich zu ihm um. »Wir müssen rüber, so schnell wie möglich. Das ist deine Show. Wie lautet der Spielplan bei so einer Geschichte?«

Er starrt auf die Video-Übertragung. »Sieht aus, als wären sie im Wohnzimmer«, sagt er und nimmt die Grundrisspläne des Hauses von einem Schreibtisch. »Es gibt nur zwei Wege hinein. Vordertür und Hintertür.« Er legt das Kinn in die Hand, während er nachdenkt. »Blendgranaten durch die vorderen Fenster, und wir brechen gleichzeitig durch Vorder- und Hintertür. Wir schlagen kompromisslos zu und schalten sie aus, solange sie unter Schock stehen. Je einfacher, desto besser. Sobald es kompliziert wird, nimmt die Wahrscheinlichkeit zu, dass jemand Mist baut.« Er nickt in Richtung des Computers. »Sie waren so freundlich, uns eine kostenlose Video-Überwachung zur Verfügung zu stellen. Machen wir das Beste daraus. Wir nehmen ein Notebook mit Drahtlos-Netzwerk mit und schlagen im geeigneten Moment zu.«

Für mich hört sich der Plan vernünftig an. Ich sehe AD Jones an. »Sir?«

»Einverstanden. Wenn nötig, erschießen Sie die beiden. Und finden Sie heraus, wie Sie dafür sorgen können, dass dieses Video niemals nach draußen gelangt. Bei einem Fall, der die Öffentlichkeit so sehr beschäftigt, können wir am allerwenigsten die Verbindung zu einer professionellen Killerin wie Kirby Mitchell gebrauchen.«

»Ich habe eine schnelle Internetverbindung via Handy auf meinem Notebook«, sagt Callie. »Ich brauche nichts weiter als die URL für diese Video-Übertragung.«

»Gebe ich dir gleich«, sagt James.

Brady nickt. »Wir treffen uns dann unten auf dem Parkplatz.«

»Bevor ich fertig bin mit dir«, sagt Michael in diesem Augenblick zu Kirby, »wirst du wissen, wie es ist, vor Gott zu beichten. Du wirst erfahren, wie es ist, frei zu sein von allen Lügen. Die Wahrheit ist ein Licht, Eve, ein Licht, das mit keinem anderen vergleichbar ist.«

»Fang endlich an, Saftsack. Aber hör auf, mir ins Gesicht zu schlagen. Ich hab morgen 'ne Verabredung.«

»Los!«, sage ich drängend. »Wenn Kirby so weiterredet, hat sie möglicherweise nicht mehr viel Zeit.«

41

»FANG KLEIN AN, EVE. Das ist manchmal das Beste. Fang mit den kleinen Dingen an und arbeite dich zu den anstößigsten und beschämendsten vor. Kannst du das?«

Wir sitzen alle im gleichen Wagen. Alan fährt. Wir folgen Brady und seinem Team in ihrem Einsatzfahrzeug. Ich habe das Notebook auf den Knien.

Kirby lächelt. »Klar kann ich das. Ich weiß da 'ne ulkige Story.«

»Tatsächlich?« Michael klingt erfreut, sogar ein wenig überrascht, dass sie so bereitwillig einverstanden ist. »Und was für eine?«

»Als ich 'nem Typen das erste Mal einen geblasen habe.«

Michael nickt. »Sehr schön. Sprich weiter.«

»Er war ein richtig hübscher Bursche. Ein ziemlicher Brocken obendrein. Ich hatte gehört, dass er ein riesengroßes Ding haben sollte. Ich hatte zwar schon Bilder von Schwänzen gesehen, aber noch nie einen in echt. So richtig prall und hart, weißt du?«

»Ja, ja. Sprich weiter«, sagt er ungeduldig.

»Na ja, ich hab ihm jedenfalls gesagt, dass ich sein Ding sehen will, und was soll ich sagen? Er war ganz scharf darauf, ihn mir zu zeigen.« Sie verdreht die Augen. »Kerle sind schon ziemlich eigenartig. Er hatte einen Wagen, also hab ich mich nachts rausgeschlichen, und wir haben uns vor dem Haus getroffen und sind zu einem Parkplatz unten am Strand gefahren. Ich hab ihm gesagt, dass er sein Ding rausholen soll, und was soll ich sagen … irgendjemand hatte ein paar Zentimeter dazugedichtet. Nicht dass er mickrig war oder so, aber ich hab schon größere gelutscht.«

»Komm bitte zur Sache.«

»Es war ein hübscher Kerl mit seinem kleinen Helmchen, ganz sauber gewaschen und blitzblank und in Habachtstellung. ›Feldwebel Schwanz meldet sich zum Dienst, Ma'am.‹« Sie kichert.

»Die Schlampe verschwendet deine Zeit«, sagt Frances aus dem Off hinter der Kamera.

»Hey!«, ruft Kirby. »Es ist meine Sünde, oder? Solange ich die ganze Wahrheit sage und nichts verschweige, müsste es ja wohl egal sein, wie ich es erzähle.«

Michael nickt. »Das stimmt. Sprich weiter, Eve.«

»Okay. Also, ich sagte mir, Eve, es wird Zeit, dass du zur Sache kommst. Also rein mit dem Ding und drauf gelutscht. Und was soll ich sagen? Kaum hatte ich mir das Gerät reingeschoben, fing er an zu schreien.«

Einen Augenblick lang herrscht Stille. Michael runzelt die Stirn. »Warum hat er denn geschrien?«

Kirby stößt einen übertriebenen Seufzer aus. »Mann, ich war gerade erst zwölf. Er war sechzehn und echt heiß. Ich war nervös. Ich hatte Angst wegen schlechtem Atem und so, also hab ich bestimmt eine Stunde lang mit irgendeinem scharfen Mundwasser gegurgelt. Und dann hab ich Pfefferminz gegessen, direkt bevor ich anfing ... du weißt schon.« Sie schnalzt mit der Zunge und blickt bedauernd. »Der arme Kerl. Das muss wehgetan haben. Jedenfalls, er kreischt los und stößt meinen Kopf von sich. Wenn ein Typ so was macht, muss es wirklich verdammt wehtun, ich spreche da aus Erfahrung. Er sprang aus dem Wagen, hüpfte im Kreis herum und jammerte: ›Aua, aua! Wie das brennt! Au, verdammt, das brennt!‹ Und genau das war die *echte* Sünde.«

»Was war die echte Sünde?«

»Dass ich den Job vermasselt habe.« Sie klimpert gekonnt mit den Wimpern. »Ob mir der große Badabuh verzeiht? Ich hab's auch nie wieder getan. Ich bin heute eine viel, viel bessere Schwanzlutscherin als damals.«

»Oh, Kirby!«, stöhne ich. »Warum kannst du nicht einfach deine große Klappe halten und mitspielen?«

Ich mache mich auf einen Wutanfall Michaels gefasst, doch er schüttelt nur bedauernd den Kopf.

»Es tut mir leid, dass du beschlossen hast, störrisch zu sein«, sagt er. »Aber vielleicht wird deine Reise anderen helfen zu verstehen, wie töricht es ist, an der Sünde festzuhalten. Denn letzten Endes wirst du beichten, Eve. Du magst bis dahin keine Augen mehr haben, deine Nippel mögen dir abgeschnitten worden sein, und vielleicht sind deine Kniescheiben gebrochen, aber auf die eine oder andere Weise wirst du beichten, ganz bestimmt.«

Kirby gähnt. »Ich hab einen Tipp für dich, Arschloch, was das Foltern angeht. Die Wirkung ist viel stärker, wenn du es einfach tust und nicht vorher darüber quatschst, bis dir einer abgeht.«

»Wenn du darauf bestehst. Wir fangen klein an, genau so, wie ich vorgeschlagen hatte, dass du mit deinen Sünden beginnen sollst.«

Er verschwindet aus dem Aufnahmebereich. Ich höre seine Schritte auf dem Dielenboden. Frances konzentriert sich weiter auf Kirby.

»Er wird dich zerbrechen«, sagt sie.

Kirby bläst einen Kuss zur Kamera. Sie bewegt die Augenbrauen auf und ab. »Mann, wir haben ja 'ne Kamera dabei! Eine nackte, heiße Braut ...« Sie spreizt die Beine. »Ich bin bereit für die Nahaufnahme! Willst du nicht herkommen? Was ist? Keine Lust?«

»Jezebel!«, zischt Frances.

»He, verdammt! Ich hab eine Freundin, die so heißt, okay? Also sei nett!«

»Ich glaube, die ist wirklich wahnsinnig!«, sagt Callie.

»Oder sie hat Todessehnsucht«, flüstere ich.

»Furchtlosigkeit ist weit verbreitet bei Soziopathen«, sagt James.

»Da, er kommt zurück.«

Michael Murphy trägt einen Stab, ungefähr einen Meter lang, mit einer Kupferspitze und einem isolierten Handgriff. Ein Kabel kommt aus dem Griff und verschwindet irgendwo aus dem Bild.

»Weißt du, was das ist?«

»Sieht nach einer Picana aus. Ein beliebtes Folterinstrument in Südamerika und anderen so genannten zivilisierten Gegenden. Wie viel Volt hat es? Sechzehntausend?«

»Dreißigtausend. Die Technik hat sich weiterentwickelt, Eve. Aber wenn du damit vertraut bist, weißt du wohl auch, wozu es imstande ist. Ich bitte dich ein letztes Mal, eine Sünde zu beichten und wahre, von Herzen kommende Zerknirschung zu zeigen.«

»Hey, das hab ich doch schon! Ich war wirklich geknickt, weil ich dem Typen den Spaß versaut hatte. Ein Mädchen muss schließlich auf Qualität achten.«

Michael seufzt. »Frances, stellst du die Kamera bitte wieder auf das Stativ? Ich brauche deine Hilfe.«

»Ja, Bruder.«

Das Bild wackelt, während sie seinem Wunsch nachkommt. Dann taucht sie selbst im Aufnahmebereich auf.

»Viele Leute denken, die Anwendung der Picana auf der Körperoberfläche, beispielsweise auf den Brüsten oder den Genitalien, wäre ausreichend. Es ist schmerzhaft, zugegeben, doch ich habe festgestellt, dass eine Anwendung im Körperinnern sehr viel effizienter ist.«

»Ich auch«, sagt Kirby. »Also, wo? In meinem Mund, meinem Hintern oder meiner Pussy?«

»Ein Stück weit in deiner Kehle«, sagt er. »Versuch, nicht dein Erbrochenes einzuatmen, sonst erstickst du uns noch.«

Ich sehe ein Zucken in Kirbys linkem Augenwinkel. Es ist der erste Riss in der Fassade, die sie bis zu diesem Moment aufrechterhalten hat.

»Halt ihren Kopf«, befiehlt Michael seiner Schwester.

Frances tritt hinter Kirby und packt ihren Kopf an beiden Seiten, bis sie sich nicht mehr bewegen kann. Michael bringt die Picana vor Kirbys Mund in Position.

»Du kannst den Mund entweder freiwillig öffnen, oder ich ramme dir den Stab so lange gegen die Zähne, bis sie nicht mehr im Weg sind.«

Kirby lächelt nicht mehr und antwortet auch nicht. Stattdessen öffnet sie gehorsam den Mund.

»Letzte Chance«, sagt Michael. »Möchtest du deine Sünden beichten?«

Kirby streckt die Zunge heraus und macht »Aaah«, als würde ein Arzt ihren Hals kontrollieren.

Michael zögert nicht länger. Er schiebt die Picana zwischen ihre Zähne und tief in ihren Schlund. Ich kann es daran erkennen, dass ihr Gesicht rot anläuft, wobei sie zu würgen anfängt. Frances nimmt die Hände von Kirbys Kopf. Es ist eine flüssige Bewegung. Sie und ihr Bruder haben das schon häufiger getan.

In diesem Moment drückt er auf den Knopf im Griff der Picana.

Das Resultat zeigt sich augenblicklich, und es ist scheußlich und abstoßend. Kirbys Körper wird starr, als der Strom ihre Muskulatur verkrampfen lässt. Ihre Augen quellen aus den Höhlen, und ihre Zähne schnappen mit solcher Wucht auf den Stab in ihrem Mund, dass ich überrascht bin, dass sie nicht zersplittern. Urin rinnt an ihren Beinen herab. Ihr Bauch zuckt; mir wird bewusst, dass ihr Darm sich wahrscheinlich gegen ihren Willen entleert.

Es dauert nur eine Sekunde, doch es kommt mir wie eine Stunde vor.

Michael lässt den Knopf los. Kirby reißt den Mund weit auf, und

Michael zerrt die Picana aus ihrem Hals. Mit dem Stab kommt Erbrochenes, gefolgt von weiteren konvulsivischen Zuckungen. Krämpfe lassen ihren Körper erbeben, während Muskeln und Gehirn verzweifelt überlegen, wie sie auf das soeben Erlebte reagieren sollen. Sie kippt mitsamt dem Stuhl seitwärts und landet krachend auf den Dielen, wo sie weiter zuckt. Ihre Augenlider flattern. Nach einer Weile lassen die Krämpfe nach, und wir hören ihren Atem vom Fußboden widerhallen. Es sind tiefe, abgehackte Atemzüge.

Michael steht abwartend da und beobachtet sie. Dann tritt er hinter sie, greift nach unten und stellt sie mitsamt dem Stuhl wieder hin. Ich kann nicht fassen, wie sehr Kirby sich in diesen letzten Sekunden verändert hat. Ihr Gesicht ist triefnass vor Schweiß, ihr Kinn und ihre Brust sind bedeckt von Erbrochenem, und ihre Augen blicken wirr.

Michael beugt sich vor. Er schiebt Kirby eine schweißverklebte Locke aus der Stirn.

»Nun, mein Kind? Bist du jetzt bereit zu beichten? Hab keine Angst, Gott wird dir alle Sünden vergeben, die du aufrichtig bereust.«

Kirby öffnet den Mund, um zu sprechen, bringt aber keinen Laut hervor. Sie schließt ihn wieder, schluckt, kämpft sichtlich um Haltung. Dann hebt sie den Kopf und schenkt Michael das zuckersüßeste Lächeln, das ich bei dieser eiskalten Killerin je gesehen habe.

»Komm, Süßer, steck ihn mir wieder rein.«

»Mein Gott!«, sage ich. »Wie lange noch, Alan?«

»Zehn Minuten.«

Zehn Minuten? Was wir soeben gesehen haben, hat sich innerhalb von zwei Minuten abgespielt!

»Ich weiß nicht, ob sie so lange durchhält.«

»Sie wird durchhalten«, sagt James.

Ist das eine Hoffnung oder ein Gebet?, frage ich mich.

»Wenn du darauf bestehst«, sagt Michael in der Liveübertragung. »Aber glaub mir, am Ende bleibt es sich gleich. Wir alle zerbrechen unter dem Willen Gottes. Gott ist Liebe.«

Frances packt erneut Kirbys Kopf, und Michael bringt die Picana vor ihren Mund.

»Fahr schneller, Alan!«, dränge ich meinen Freund. »Bitte!«

42

»Die Vorhänge sind zugezogen«, erklärt Brady. »Wie ist ihr Zustand? Kann sie die Blendgranaten ertragen?«

Kirby hat die Picana noch drei weitere Male in den Hals bekommen. Sie ist nicht zerbrochen, doch ihr freches Mundwerk ist verstummt – das sicherste Zeichen, dass sie leidet. Ihr Kopf hängt nach vorn. Einzig ihre Augen blicken immer noch trotzig.

»Sie kann.«

Das Haus liegt in Reseda. Es ist ein älteres Gebäude im Ranchhaus-Stil aus den 1960ern, das seither nicht großartig renoviert wurde. Die blau-weißen Holzumrandungen sind gesprungen, und die Farbe blättert ab. Der Rasen ist vertrocknet. Die Fenster sind schmutzig, die Vorhänge sehen alt und schäbig aus. Die Murphys machen sich nichts aus diesem Haus; es ist für sie bloß ein Ort, an dem sie zwischen den Morden ihr Lager aufschlagen.

Brady zeigt mit dem Finger auf die Panoramafenster, die zum Wohnzimmer führen.

»Es wird nicht lange gefackelt, klar? Auf mein Zeichen werfen wir Blendgranaten durch die Fenster, brechen Vorder- und Hintertür auf und werfen weitere Granaten. Dann erst dringen wir ein und schalten die beiden aus. Das alles macht mein Team allein. Wir rufen euch, sobald wir fertig sind.«

Bradys Stimme ist leise und drängend. Seine Männer schweigen und sitzen regungslos da, doch jeder von ihnen zeigt die Anspannung eines Sprinters, der auf den Startschuss wartet.

In diesem Moment schreit Kirby zum ersten Mal. Wir hören es in Stereo: Es dringt aus dem Haus und aus den Lautsprechern des kleinen Computers.

»Wartet auf den nächsten Schrei«, sage ich. »Dann ist die Überraschung für die beiden am größten.«

Letzten Endes sind alle Ungeheuer gleich. Sie leben für die Schreie ihrer Opfer.

Brady sieht mich an und runzelt die Stirn.

»Es ist Kirbys beste Chance«, sage ich zu ihm. »Besser ein weiterer Elektroschock als eine Kugel. Sie hält es aus, keine Angst.«

Brady verarbeitet meine Worte blitzschnell. Er nickt und signalisiert seinen Männern, sich bereit zu machen. Einer steht vor dem Wohnzimmerfenster. Ein weiterer steht mit einer erhobenen Ramme vor der Haustür. Ein Dritter wartet neben ihm, die Blendgranaten wurfbereit. Brady hat seine HK 53 im Anschlag.

Mein Team und ich stehen abwartend bei den Wagen. Alle haben ihre Waffen gezückt. Der Mond hängt über uns am Himmel, silbern, kalt und unversöhnlich.

Wir sind gerade erst eingetroffen; deswegen hat die Nachbarschaft noch nichts mitbekommen. Niemand ist aufgestanden und neugierig nach draußen gekommen. Das wird sich in den nächsten Sekunden ändern.

Ich habe ein Gefühl, als würde die Zeit in Zehntel-, Hundertstel- oder Tausendstelsekunden vergehen. Alles ist wie erstarrt. Das Warten ist schier unerträglich.

Dann schreit Kirby erneut, und die Welt explodiert.

Blendgranaten segeln durch Fenster. Die Ramme donnert gegen die Tür, der Rückhaltemechanismus splittert, die Tür fliegt auf. Weitere Blendgranaten fliegen ins Innere, und erneut höre ich das Stereo-Echo bei der Detonation. Ich sehe alles von draußen, ich höre es von drinnen, und alles passiert binnen weniger Sekundenbruchteile.

Brady stürmt ins Haus, gefolgt von seinen Leuten. In ihren Bewegungen gibt es kein Stocken, kein Zögern. Alles, was sie tun, ist entschlossen, rasch und kompromisslos. Die Kamera ist umgestürzt und zeigt nun auf eine Wand. Ich kann nicht sehen, was im Haus passiert.

»Komm schon«, murmelte James. »Halt durch, Kirby.« Ich glaube, er weiß nicht einmal, was er sagt.

Ich höre, wie Brady und seine Leute die beiden Murphys anbrüllen.

»Auf den Boden! Gesicht nach unten!«

Grunzen und die Geräusche von Handgemenge folgen. Ich höre dumpfe Schläge. Augenblicke später steht Brady in der Tür und bedeutet uns zu kommen. Wir rennen los.

Das Wohnzimmer liegt unmittelbar rechts. Die Murphys liegen beide auf dem Bauch. Sie sehen einander an, und ihre Lippen bewegen sich.

»Und muss ich auch wandern in finsterer Schlucht ...«, sagt Michael.

»... ich fürchte kein Unheil«, fährt Frances fort.

»Halten Sie den Mund, verdammt!«, ruft Brady.
Sie beachten ihn nicht und beten weiter.
James geht zu Kirby. Der Gestank nach Ausscheidungen und Schweiß liegt in der Luft. Kirbys Kopf hängt auf der Brust, die Haare berühren die Oberschenkel. James kniet sich vor sie hin, legt eine Hand unter ihr Kinn und hebt es vorsichtig an. Es ist eine zärtliche, unerwartete Geste.
»Ist alles okay?«
»D-dämliche ... dämliche Frage«, krächzt sie.
Sie spricht zu ihm, doch ihre Augen sind auf mich gerichtet. Sie flehen mich an.
»Alles raus, außer Callie und mir«, befehle ich.
Zögern. Verwirrte Blicke. Im Hintergrund murmeln die Murphys ihre Psalmen. Es hört sich an wie Fliegen, die gegen ein Gitter anstürmen.
»Ich meine es ernst«, sage ich. »Los, raus. Auf der Stelle.«
Einzig James scheint mich zu verstehen. Er erhebt sich und geht ohne ein weiteres Wort zur Tür. Bradys Leute zerren die beiden Murphys auf die Beine und führen sie nach draußen. Michael bleibt vor Kirby stehen.
»Du hast nicht gebeichtet. Du wirst zur Hölle fahren.«
»W-wir ... sehen uns d-dort ...«, ächzt Kirby. Sie versucht ihm einen Kuss zuzuwerfen, hat aber nicht die Kraft.
»Schafft sie hier raus«, sage ich.
Alan geht als Letzter.
»Ich stehe Wache vor der Tür«, sagt er und zieht sie hinter sich ins Schloss.
»K-kannst d-du Callie-Baby a-auch rausschicken?«
»Ich brauche ihre Hilfe, Kirby«, widerspreche ich mit sanftem Nachdruck. »Sie war auch für mich da, damals, nachdem es passiert ist. Du kannst ihr vertrauen.«
Callie schweigt, während Kirby sie aus misstrauischen Augen mustert.
»Okay. K-könnt ihr m-mich bitte losschneiden?«
»Sicher, Süße«, sagt Callie leise und kniet neben ihrem Stuhl nieder.
Sie zieht ein Taschenmesser hervor und macht sich daran, die Seile zu durchtrennen. Kirby fängt an zu zittern. Ich lege eine Hand auf

ihre Schulter, wische ihr mit der anderen die Haare aus der Stirn. Als die Fesseln abgefallen sind, bleibt sie zitternd sitzen und reibt sich die Handgelenke.

»K-kann ich ... euch ein Geheimnis a-anvertrauen?«, fragt sie uns flüsternd.

»Sicher. Alles«, antwortet Callie.

Kirby grinst schwach. »I-ich schätze, m-mir geht gerade der Saft aus ...«

Wir fangen sie auf, als sie bewusstlos aus dem Stuhl nach vorn kippt.

Das ist es, was ich in ihren flehenden Augen gesehen habe: Kirby war am Ende, und sie wollte so wenige Zeugen für dieses Geheimnis wie nur möglich.

KIRBY KLAMMERT SICH AN MICH, die Arme um meinen Hals, während Callie sie in der Badewanne wäscht. Wir säubern sie wie ein Baby, und sie wehrt sich nicht. Es ist ein Moment des Vertrauens, der so schnell wohl nicht wiederkommen wird. Ihre Muskeln zucken und zittern, und ihr Griff um meinen Hals verkrampft sich, als Callie (sanft, unendlich sanft und behutsam) ihre intimen Stellen wäscht.

»Möchtest du meine Beichte hören?«, flüstert sie mir ins Ohr, so leise, dass nur ich sie hören kann.

Ich sage nichts. Ich spüre, wie Kirbys Lippen sich zu einem Grinsen verziehen.

»Ich hatte eine Freundin, als ich sechzehn war. Sie wurde von ihrem Freund umgebracht. Er hat sie totgeschlagen und ist geflüchtet. Ich habe ein Jahr gebraucht, um ihn zu finden, und es dauerte drei Tage, bis er tot war. Ich war nicht mal achtzehn, aber ich empfand nicht einen Hauch von Schuldgefühl. Niemals.«

Ich sage nichts. Ich streichle ihr übers Haar. Sie legt den Kopf an meine Schulter und seufzt.

Jeder, selbst Kirby, braucht jemanden, dem er seine größten Geheimnisse anvertrauen kann. Manchmal.

Ego te absolvo, Kirby.

43

»WAS HABEN SIE MIT DEN LEICHEN GEMACHT?«

Ich sitze mit Michael Murphy im Vernehmungszimmer, wie schon mit so vielen von seiner Sorte, und versuche, ihm die letzten Geheimnisse zu entlocken. Das letzte Geständnis, die letzte Beichte. Er mustert mich, meine Narben, versucht (so stelle ich mir vor), in meine Seele zu blicken.

»Sind Sie katholisch?«, fragt er schließlich.

»Nicht mehr.«

»Glauben Sie an Gott?«

»Vielleicht. Was haben Sie mit den Leichen gemacht?«

Er hat sich zwanzig Jahre lang vor uns versteckt. Wohin sind seine Opfer verschwunden?

Er sitzt genauso am Tisch, wie er in den Videoclips am Tisch gesessen hat. Der Rosenkranz ist Handschellen gewichen, doch die Körperhaltung ist die gleiche. Michael Murphy ist genau da, wo er sein will. Für ihn war das Gefängnis die nächstbeste Kanzel, um seine Predigt zu verkünden. Und die Todesstrafe, die ihn und seine Schwester erwartet, ist eine Gelegenheit, zum Märtyrer zu werden. Sie haben gestanden, ohne dass wir sie vernehmen oder in den Zeugenstand rufen mussten.

Die Videoclips haben sich tatsächlich verbreitet wie ein Virus. Sie sind via Internet einmal um die ganze Welt gegangen und wieder zurück. Hauptsächlich wurden sie von Voyeuren missbraucht als eine Gelegenheit, die letzten Augenblicke eines menschlichen Wesens zu verfolgen, ein Ohr an den Beichtstuhl zu legen. Doch es kann nicht bestritten werden, dass sie eine Debatte angestoßen haben, die Monate andauern wird, möglicherweise noch länger.

Manche halten die Methoden der beiden Killer für unentschuldbar, sind aber der Ansicht, dass die Botschaft dennoch einen wahren Kern enthält. Mord, lautet ein Argument, ist keine christliche Tugend, die volle Wahrheit vor Gott jedoch ist es sehr wohl. Mit anderen Worten: Wir billigen nicht, *wie* sie es getan haben, gütiger Himmel, nein! Doch in Bezug auf das, *was* sie zu sagen hatten … nun ja …

Es gibt eine radikale Splittergruppe, die Michael und seine Schwester sogar als Helden verehrt, als Revolutionäre. Ich bin über eine Webseite gestolpert, die T-Shirts anbietet mit Slogans wie »Die volle Wahrheit oder die ewige Verdammnis« und »Nur Gott allein kann über die Murphys richten«.

Doch die Zahl der Unterstützer ist verschwindend gering. Die meisten Christen, die überwältigende Mehrheit, verabscheut alles, was die Murphys getan haben, jeden Aspekt ihres Tuns. Viele haben offene Briefe an die Familien der Opfer geschrieben und sich im Namen sämtlicher Christen und Katholiken für das entschuldigt, was die Murphys getan haben. Ich fühle mich an das Kapitel aus dem Katechismus erinnert, aus dem Vater Yates mir vorgelesen hat – über die Liebe als leitendes Prinzip für jedes Handeln. Es tut gut zu sehen, dass es für die meisten Katholiken nicht bloß Worte sind.

Die Murphys bleiben für mich eine Ansammlung von Widersprüchen. Wenn man diese Monster so versteht, wie ich es tue, dann ist es so, als würde man versuchen, in eine misstönende Melodie einzustimmen, bei der man immer nur mutmaßen kann, wie sie weitergeht.

Nicht selten gehen Fanatismus und Serienmord Hand in Hand, und die Folgen sind verheerend. Terroristenführer, die im Namen Gottes den Tod predigen, sind oftmals gar nicht wirklich an Gott interessiert. Sie ergötzen sich vielmehr am Tod von Menschen. Hitler hat davon geredet, die »arische Rasse« zu stärken. In Wirklichkeit war er bloß ein ganz normaler Massenmörder.

Es gab kaum Hinweise, dass Michael oder Frances bei ihren Verbrechen sexuelle Lust empfunden haben. Der Arzt im Frauengefängnis, in dem Frances einsaß, hat bestätigt, dass sie noch Jungfrau war. Weder sie noch Michael haben ein Gnadengesuch auf Erlass der Todesstrafe gestellt.

Wahre Gläubige? Oder gibt es eine dunkle Freude, tief in ihnen und so gut verborgen vor aller Augen, dass nicht einmal sie selbst davon wissen.

Michael kommt auf meine Frage zurück. »Was mit den Leichen geschehen ist? Möchten Sie das wirklich wissen?«

»Nein, Michael. Ich hatte heute nur ein wenig freie Zeit und dachte, ich schaue auf ein Schwätzchen vorbei. Selbstverständlich will ich es wissen!«

Er verschränkt die Hände und lächelt. »Dann müssen Sie mir etwas beichten. Es muss keine große Sünde sein, aber es darf auch keine

Lappalie sein. Beichten Sie mir, und ich gebe Ihnen mein Wort, dass ich Ihnen sage, was mit den anderen Opfern geschehen ist.«

Ich denke über dieses Angebot nach. Es ist nie eine gute Idee, sich bei einer Vernehmung auf einen Handel einzulassen. Sobald die Vernommenen haben, was sie wollen, brauchen sie einen nicht mehr und verkriechen sich in sich selbst. Michaels Droge der Wahl ist die Wahrheit.

»Schwören Sie bei Gott«, sage ich.

»Wie bitte?«

»Schwören Sie bei Gott, dass Sie es mir sagen, wenn ich etwas beichte.«

Er zuckt die Schultern. »Wie Sie meinen. Ich schwöre bei Gott.«

Ich lehne mich im Stuhl zurück und denke darüber nach. Er wird sich nicht zufriedengeben mit einer Lappalie wie Masturbation. Es muss etwas Persönliches sein, es muss kompliziert sein, es muss nach Wahrheit klingen, und meine persönliche Integrität darf letzten Endes keinen Schaden nehmen.

»Meine Mutter starb, als ich zwölf Jahre alt war«, sage ich.

»Woran?«

»Bauchspeicheldrüsenkrebs.«

»Das tut mir leid. Ein schmerzhafter Tod.«

»Ja. Als es zu Ende ging, stöhnte sie nur noch, Tag und Nacht. Die Schmerzmittel halfen nicht mehr.«

»Das muss schwierig gewesen sein für Sie.«

Schwierig? Es setzt mir heute noch genauso zu wie damals. Der bloße Gedanke daran ist der nackte Horror. Die Haare meiner Mutter waren immer lang und voll gewesen, doch die Bestrahlung hatte sie kahl gemacht wie ein Baby und ihre schönen Augen stumpf werden lassen. Sie war abgemagert bis auf die Haut, und ihr Geruch, der Mutter-Geruch, der früher so tröstend und natürlich für mich gewesen war wie das Atmen, war verdrängt worden vom Gestank nach Krankheit und Tod.

Mein Dad – Gott segne ihn – war ein guter Vater, ein großartiger Vater und ein wunderbarer Ehemann, doch nicht einmal er konnte es lange in ihrem Krankenzimmer aushalten, direkt neben ihrem Bett. Er kam für eine Stunde und benötigte anschließend zwei Tage, um sich zu erholen. Also blieb nur ich. Ich saß neben Mutters Bett, streichelte ihre Stirn, sang für sie und weinte mit ihr. Sie war zu Hause, wir hatten eine Pflegeschwester, doch ich brachte sie dazu, dass ich ihr bei den meisten Dingen helfen durfte. Mit meinen zwölf Jahren wechselte ich ihr die Windeln, und ich hasste diesen Augenblick genauso sehr, wie ich ihn liebte.

»In den letzten Wochen ihres Lebens bettelte sie jeden Tag darum, manchmal zweimal am Tag, dass ich sie töte.«

Töte mich, bitte töte mich, Liebes, töte mich, stöhnte sie, schrie sie, kreischte sie, wieder und wieder. *Bitte, bitte, töte mich und mach, dass es aufhört, mach, dass es aufhört, o gütiger Gott, mach, dass es aufhört ...*

»Mom war katholisch und immer sehr gläubig gewesen. Sie erzog mich zur Katholikin. Und trotzdem lag sie in ihrem Bett und bettelte um ihren Tod.«

»Gott erlegt uns Prüfungen auf«, sagt Michael.

Ich sehe ihn an und überlege, ob ich ihn umbringen soll. Doch nur für eine Millisekunde.

»Eines Tages, ganz gegen Ende, hatte Mom einen guten Morgen. Das kam manchmal vor. Manchmal war sie ganz bei sich. Ihre Augen waren normal und klar, und wir konnten uns sogar ein wenig unterhalten. Doch es dauerte nie lange. An jenem Morgen hätte ich meinen Vater hinzurufen können, aber ich tat es nicht. Ich beschloss, allein mit ihr zu reden, unter vier Augen.«

»Über ihren Todeswunsch.« Es ist eine Feststellung, keine Frage.

»Ja. Ich sagte ihr, dass Selbstmord eine Sünde wäre, und wenn sie mich darum bäte, sie zu töten, und ich ihren Wunsch erfüllte, würde sie in die Hölle fahren. Ich sagte ihr, sie müsse mir sagen, dass sie leben wollte bis zum Ende. Ich musste diese Worte aus ihrem Mund hören.«

Michael neigt den Kopf zur Seite, während er mich aus zusammengekniffenen Augen mustert.

Sieht er schon, wohin das führt? Vielleicht. Vielleicht ist das sein Talent, seine Begabung. Vielleicht riecht er Sünden wie ein Hund das Fleisch.

»Sie war klar im Kopf. Sie hatte immer noch Schmerzen, doch sie begriff, was ich von ihr wollte, und in diesem Moment zeigte sie mir, wie weit echter Glaube gehen konnte. Sie lächelte und sagte mir genau das Gleiche wie Sie vorhin. ›Gott prüft mich, Liebes, das ist alles. Es ist bald vorbei‹, sagte sie. ›Sag die Worte, Mom‹, bettelte ich sie an. Sie war ein wenig verblüfft, doch sie war müde, unendlich müde. ›Ich möchte bis zum Ende leben‹, sagte sie dann. Eine Stunde später war sie wieder im Fieberwahn, gefangen im Schmerz, und bettelte um ihren Tod.«

»Das hört sich an, als wäre Ihre Mutter eine außergewöhnliche Frau gewesen.«

»Ja, das war sie.«

Er beugt sich ein klein wenig vor.

»Die Sünde, Smoky Barrett. Was haben Sie getan?«

Ich hasse es, dass er mich mit Vornamen anspricht.

»Ich musste die Worte hören, verstehen Sie? Damit es nicht Selbstmord war, als ich sie getötet habe.«

Da hast du es, denke ich. *Die Wahrheit.*

Seine Augen haben sich unmerklich geweitet. Nicht aus Schock oder Überraschung, sondern wegen des Nervenkitzels. Die Wahrheit ist seine Droge.

»Sie haben Ihre Mutter getötet?«, fragt er atemlos.

»Ich habe ihr Frieden gegeben. Den Frieden, den Gott ihr nicht geben wollte. Sie litt Höllenqualen. Kein Tier lassen wir so leiden. Warum sollten Menschen so etwas durchmachen?«

»Weil Menschen eine Seele haben, Smoky.«

Ich würde ihm am liebsten ins Gesicht spucken.

»Was auch immer, letzten Endes habe ich sie mit einer Überdosis Morphium vergiftet. Ich wusste, was ich zu tun hatte – ich habe geholfen, ihr ihre Medikamente zu geben. Und es war kein Selbstmord, also ist sie dafür nicht in die Hölle gekommen.«

Er trommelt mit den Fingern auf das Resopal des Tisches, während er nachdenkt. »Ich muss dir zustimmen, Smoky. Deine Mutter ist in den Himmel gekommen. Ihr letzter, bei klarem Verstand geäußerter Wunsch war es, zu leben. Du selbst jedoch ...« Er schüttelt den Kopf. »Du wirst Gottes Gnade niemals spüren, es sei denn, du bittest ihn um Vergebung.«

»Mag sein. Aber das war nicht unsere Abmachung. Ich habe mich bereit erklärt, etwas zu beichten, und ich glaube, ich habe meinen Teil der Vereinbarung eingehalten.«

Er seufzt. »Ja. Und ich habe bei Gott geschworen. Ich hoffe trotzdem, dass du irgendwann darüber nachdenkst. Ich hoffe für dich, dass du eines Tages aufwachst und Gott bittest, dir den Mord an deiner

Mutter zu vergeben. Verstehst du denn nicht? Es ist die einzige Möglichkeit, wie du sie jemals wiedersehen kannst.«
»Was ist mit den Leichen der anderen Opfer?« Meine Stimme ist eisig.
»Speckkäfer. Das sind Fleischfresser, die beispielsweise beim Präparieren von Tierkörpern eingesetzt werden, um die Knochen von Haut und Fleisch zu befreien. Diese Käfer sind sehr effizient, und man kann sie leicht erwerben. Wir benutzten sie, um die Leichen zu skelettieren. Anschließend haben wir die Knochen zermahlen und das Pulver auf geweihtem Boden verstreut.«
»Sie haben die Leichen von Käfern ... *auffressen* lassen?«, frage ich fassungslos.
»Der Körper ist nur ein Gefäß, Smoky. Ihre Seelen sind im Himmel.« Er ist ruhig, gelassen, entspannt.
»Ich bin nicht sicher, ob die Familien der Opfer das auch so sehen.«
»Es spielt keine Rolle, ob sie es so sehen oder nicht. Die Wahrheit bleibt die Wahrheit.«
Ich kämpfe gegen das Verlangen an, ihn mit den bloßen Händen zu erwürgen. Nur noch ein paar letzte Fragen.
»Wie haben Sie von Dexter Reid erfahren?«
»Dexters ... Situation wurde zu einem kontroversen Thema in verschiedenen katholischen Weblogs. Wir haben weltweit sämtliche für Katholiken relevanten Nachrichten im Internet verfolgt.«
Ich stelle mir Michael und Frances als Ghouls vor, zusammengekauert in der Dunkelheit, die Gesichter erhellt vom geisterhaften Schimmern eines Computerbildschirms, während sie sich die Lippen lecken und durch den Cyberspace surfen.
»Reden wir von Ihrer Vorgehensweise. War sie immer gleich? Frances hat sich in die Gemeinde eingeschlichen und die Beichtstühle verwanzt?«
Er nickt. »Anschließend haben wir gemeinsam die Bänder abgehört und unsere Wahl getroffen. Frances freundete sich dann mit der jeweiligen Person an, um deren Verhaltensmuster kennenzulernen.«
»Und Sie haben das Töten übernommen.«
»Manchmal hat Frances geholfen, aber im Allgemeinen ... ja. Das war unsere Arbeitsteilung.«
»Anschließend blieb Frances noch eine Zeit lang in der Kirchenge-

369

meinde, damit niemand Verdacht schöpft, sie könnte etwas mit dem Verschwinden des Opfers zu tun haben.«
Er nickt erneut. »Richtig.«
»Sie haben mit Ihrer ... *Arbeit* angefangen, ehe es das Internet gab. Was hatten Sie ursprünglich mit den Filmen vor, die Sie aufgenommen haben?«
»Wir wussten es selbst nicht genau. Wir wussten nur, dass wir unsere Arbeit aufzeichnen mussten, doch ich gestehe, dass uns anfangs nicht klar war, wie wir diese Aufzeichnungen letztlich nutzen würden. An eine Nachrichtenagentur schicken? Direkt an andere Leute?« Er blickt auf und lächelt. »Wir vertrauten darauf, dass Gott uns einen Weg zeigen würde, und tatsächlich, nach einer Reihe von Jahren hat er es getan.«
»Warum haben Sie bei Lisa Reid Ihre Vorgehensweise geändert? In Lisas Fall haben Sie selbst die Gemeinde infiltriert.«
Er zuckt die Schultern. »Eifer, nehme ich an. Wir haben zwanzig Jahre damit verbracht, unsere Sache aufzubauen. Wir wussten, dass unser Werk fast vollendet war, und wir wollten keine Sekunde länger warten als nötig. Und weil wir an die Öffentlichkeit treten wollten, war es nicht mehr notwendig, ganz so vorsichtig zu sein. Abgesehen davon hatte ich auf diese Weise Gelegenheit, meinen eigenen Daumenabdruck auf dem Kelch zu hinterlassen.«
»Hatten Sie denn keine Angst, Lisa könnte Sie im Flugzeug erkennen?«
»Ich trug einen falschen Bart und änderte meine Augenfarbe. Sie hatte mich immer nur in einem Rollstuhl gesehen. Wenn jemand behindert ist, erinnern die Menschen sich oft nur an die Behinderung.«
Da hat er recht.
»Woher wussten Sie, dass Ihr Werk getan war?«
Das ist eine Schlüsselfrage für mich, denn es macht Michael und Frances einzigartig, von einem »Abschluss ihres Werks« zu reden. Serienkiller töten, weil sie es gerne tun. Sie töten, bis sie aufgehalten werden, entweder durch Verhaftung oder Tod. Die Murphys haben praktisch von allein das Töten eingestellt, indem sie sich offenbarten.
»Wir haben immer gewusst, dass wir eines Tages erkennen würden, wann wir genug getan hatten. Vor ein paar Monaten wurde uns offenbar, dass dieser Augenblick gekommen war.«

»Wie das?«

Michael Murphy sieht mir direkt in die Augen und lächelt. Es ist das freudigste Lächeln, der glückseligste Ausdruck, den ich jemals auf einem menschlichen Gesicht gesehen habe.

»Gott hat es mir gesagt.« Seine Stimme bebt vor Ehrfurcht. Er meint es nicht als Scherz.

»Er hat mit Ihnen gesprochen?«

»Nicht nur das. Er ist mir *erschienen!* Es war vor ungefähr drei Monaten. Ich hatte aus irgendeinem Grund schlecht geschlafen in jener Nacht, was ungewöhnlich war. Normalerweise schlafe ich tief und fest. Ich war einen Moment lang eingedöst. Es war an der Grenze, an jenem Abgrund, bevor man in Bewusstlosigkeit stürzt, als ich seine Stimme vernahm.«

»Was hat er gesagt?«, bohre ich nach, obwohl es unnötig ist. Michael ist zurückgekehrt zu jenem Augenblick und hört die Stimme Gottes, so wie damals.

»›Michael, mein Sohn, du hast dein Werk vollbracht‹, hat er gesagt. ›Du bist einen schweren Weg gegangen und hast große persönliche Gefahren auf dich genommen, doch nun ist der Zeitpunkt für den nächsten Teil deiner Reise gekommen.‹«

Mir bleibt nicht verborgen, dass nur Michael gelobt wird; Frances wird mit keinem Wort erwähnt.

»›Die Zeit ist gekommen, dass du der Welt die Wahrheit enthüllst. Es wird nicht einfach. Viele werden dich verunglimpfen und mein Wort zurückweisen, doch lasse dich davon nicht beeindrucken! Mein Weg ist der richtige Weg, der einzige Weg. Du musst ihn weitergehen, selbst wenn du durch ein Feld von Glassplittern musst.‹«

Tränen strömen über Michaels Gesicht. »Ja, Herr‹, rief ich aus. ›Was immer du verlangst, ich werde gehorchen. Welche Bürde du mir auch auferlegst, ich werde sie tragen.‹« Er verstummt sekundenlang, ehe er weiterspricht. Ich warte geduldig. »Dann war er verschwunden, und ich fühlte mich voller Energie und erfrischt, obwohl ich nicht geschlafen hatte. Ich fühlte mich, als könnte ich tagelang rennen, wochenlang, monatelang.« Er kommt zurück in die Gegenwart, wischt sich die Tränen aus dem Gesicht, scheinbar ohne es zu bemerken, und konzentriert sich wieder auf mich. »Gott hat uns auf diesen Weg gebracht. Gott hat mir gesagt, dass wir an seinem Ende angekommen waren. So war es immer, bei allen Propheten seit Anbeginn der Zeit.«

Er glaubt es. Er glaubt jedes Wort von dem, was er sagt. Ich sehe es an seinem Gesicht, höre es an seiner Stimme. Der Wahnsinn lodert wieder in seinen Augen. Warum haben die Murphys zu morden aufgehört? Aus dem gleichen Grund, aus dem sie angefangen haben. Beide Murphys sind wahnsinnig.

»Was ist mit Valerie Cavanaugh, Michael? Sie passt nicht in Ihr Muster. Jedes Opfer hatte ein äußeres Geheimnis, in dem sich ein weiteres, dunkleres Geheimnis verbarg. Was war Valeries äußeres Geheimnis?«

Er stockt, denkt nach. »Du hast recht«, gesteht er dann. »Sie hatte keins. Doch als wir ihre Beichte hörten ... sie hat gebeichtet, um den Priester zu quälen, nicht, weil sie Gottes Vergebung suchte. Man konnte den Stolz in ihrer Stimme hören. Einmal kicherte sie sogar. Der arme Priester. Er wusste gar nicht, was er tun sollte, aber es gibt nun mal das Beichtgeheimnis.« Er zuckt die Schultern. »Sie war nicht wie die anderen, doch ihr Tod dient trotzdem zur Verdeutlichung der Botschaft, dass vor Gott nur die vollkommene Wahrheit zählt. Beichte ohne Reue ist die schlimmste Art der Lüge, die es gibt.« Seine Stimme wird tonlos. »Diese Welt ist ein besserer Ort ohne sie.«

Ich neige den Kopf zur Seite und sehe ihn an. »Valerie hat Sie wütend gemacht, nicht wahr? Sie war die Antithese all dessen, was Sie in Ihrer Botschaft verkünden. Ihre Version des Teufels.«

Er zuckt. Er ist nicht meiner Meinung, doch ...

»Eine Frage noch, Michael. Warum nur Frauen? Gab es keine Männer mit Geheimnissen, die es wert waren, getötet zu werden, um Ihren Standpunkt zu verdeutlichen?«

Er starrt mich mit leerem Blick an, weiß nicht, was er sagen soll. »Was spielt das für eine Rolle?«

Es verschlägt mir die Sprache. Er sieht es nicht, wird mir klar. Das ist sein blinder Fleck, und er ist vorsätzlich und tiefgründig. Selbsterkenntnis, das habe ich schon vor langer Zeit begriffen, ist ein Luxus, den ein Psychopath nicht kennt.

»Noch eine Sache, Michael. Die Narben auf Frances' Handgelenken. Sie sind echt. Wann hat sie versucht, sich das Leben zu nehmen?«

Er lächelt mich an und schüttelt den Kopf. »Das hat sie nicht. Die

Narben waren notwendig, damit sie ihre Rolle spielen konnte. Es war riskant, doch ich habe sie durchgebracht, mit Gottes Hilfe.«

Ich starre ihn an. Ich wünschte, ich hätte irgendwie die Kraft, einen schockierten Gesichtsausdruck aufzusetzen, doch ich weiß, dass ich dazu längst nicht mehr in der Lage bin. Ich erinnere mich an etwas, das mir ein erfahrener Profiler einmal gesagt hat, als ich neu war und voller Optimismus und als man mich noch schocken konnte: *Manchmal sind nur die schlimmsten Dinge wahr.*

Ich stehe auf. Ich will raus hier, auf der Stelle, mehr als alles andere. Gott sei Dank fällt mir gerade noch rechtzeitig ein, dass ich so nicht gehen kann. Ich blicke Michael an und lächle.

»Michael?«

»Ja?«

»Was ich Ihnen über meine Mutter erzählt habe ... das war alles gelogen. Sind Sie tatsächlich so dumm und glauben, ich würde Ihnen einen Mord beichten? Hier? Unsere Unterhaltung wird auf Video aufgezeichnet, Herrgott noch mal!«

Ich verlasse den Raum ohne ein weiteres Wort. Seine Flüche verfolgen mich.

Das ist mein Nervenkitzel, eine Sache, die mich mit Befriedigung erfüllt: die Qualen, die sie spüren, wenn ich ihnen nicht gebe, was sie wollen.

»DANN IST ES ALSO VORBEI«, sagt Rosario am Telefon zu mir.

»Es ist vorbei. Beide wurden zum Tode verurteilt und warten auf die Hinrichtung.«

Sie schweigt, und ich spüre diese Stille und verstehe sie. Es ist die Stille des unerfüllten, unvollendeten Satzes.

»Warum fühle ich mich nicht besser?«, fragt sie mich.

»Sie kennen den Grund.«

Sie schnieft. Sie weint.

»Ja. Ja, ich glaube, Sie haben recht.«

Es ist nicht genug, weil ihr Kind immer noch tot ist, für immer tot bleiben wird, nie zurückkehren wird. Nichts kann das richten, niemals.

»Danke, dass Sie mich angerufen haben, Smoky. Und für ... nun ja, für alles.«

»Auf Wiedersehen, Rosario.«

Wir legen auf, und ich weiß, dass dieser Abschied für immer ist. Die Familien der Opfer halten keinen Kontakt zu mir; ich bin in ihren Gedanken für immer mit dem Verlust ihrer Angehörigen verbunden. Rosario ist dankbar, doch ich muss in ihrer Vergangenheit verschwinden und darf nicht ihre Zukunft ausfüllen. Früher hat mir das zu schaffen gemacht, doch heute verstehe ich es aus sehr viel persönlicherer Sicht.

Ich fahre zu meiner nächsten Station und denke über die vergangenen Wochen nach. Habe ich etwas gelernt in dieser Zeit? So sehr ich mich gegen das Lernen sträube wegen meiner Berührungen mit den Ungeheuern, so sehr weiß ich, dass es eine der wichtigsten Eigenschaften ist, die mich von ihnen unterscheiden. Ich kann lernen und mich verändern. Sie können es nicht.

Geheimnisse. Sie ziehen sich durch alles, was wir tun, alles, was wir sind. Die Religion nennt sie Sünden und sagt, dass sie uns den Weg ins Himmelreich versperren. Sie können klein sein oder groß. Wir können uns an sie klammern, als wären es Barren aus Gold. Jeder von uns hat sie.

Vielleicht hat die Religion recht. Vielleicht ist es auch nur eine weitere Metapher. Vielleicht, nur vielleicht, tragen wir den Himmel und die Hölle in uns, schon hier auf der Erde, und zu allen Zeiten. Vielleicht befördert es uns in eine Hölle auf Erden, wenn wir uns an unsere dunkelsten Geheimnisse klammern – und vielleicht ist die Erleichterung, die wir verspüren, wenn wir uns von diesen Geheimnissen befreien, eine Art Himmelreich.

»Hallo, Vater«, sage ich.

Vater Yates lächelt erfreut, als er mich sieht. Die Kirche ist leer. Er führt mich zur vordersten Bank und bittet mich, Platz zu nehmen.

»Wie geht es Ihnen?«, fragt er.

»Gut, danke. Und Ihnen?«

Er zuckt die Schultern. »Besser. Einige Dinge haben sich geändert. Die Kirchen bekommen technisches Gerät, um die Beichtstühle auf Wanzen überprüfen zu können. Mit dem PR-Edikt, ›dafür zu sorgen, dass das Sakrament der Beichte unantastbar bleibt, selbst in unserer modernen, von Technologie beherrschten Zeit‹.«

»Irgendwann wird jemand zwei und zwei zusammenzählen.«

»Das glaube ich auch. Doch die Kirche zögert, ihre Schwäche einzuräumen.« Er lächelt. »Was eine ihrer Schwächen ist.«

»Sie sind noch immer nicht auf einen Kardinalsposten aus, wie ich sehe«, sage ich schmunzelnd.

»Ich bin nicht für ein solches Amt geschaffen, darum ist es mir egal.«

»Ich bin auch nicht karrieregeil«, rutscht es mir heraus. »Oh, Verzeihung, Vater.«

Er lacht. »Dann sollten wir am besten mit dem weitermachen, was wir bis jetzt getan haben.«

»Ja.«

»Nun, Michael Murphy hat gesagt, dass es ihm um die Wahrheit geht, doch letzten Endes hat er möglicherweise mehr dazu beigetragen, den sicheren Hafen des Beichtgeheimnisses zu beschädigen, als irgendjemand vor ihm in der Geschichte der katholischen Kirche.«

»So wird er es niemals sehen, Vater. Nicht in einer Million Jahren. Täter kommen nie mit ihren eigenen Widersprüchen zurecht.«

Wir schweigen. Ich blicke zum Kruzifix über dem Altar, von dem noch immer die Farbe abblättert, und an dem Jesus noch immer leidet.

»Weshalb sind Sie hergekommen, Smoky?«

»Ich brauche etwas von Ihnen.«

»Was?«

Ich zögere mit der Antwort: »Ich möchte Jesus wiederfinden.«

Bin ich mir ganz sicher?

»Ich möchte, dass Sie mir noch einmal die Beichte abnehmen. Es geht schnell.«

Er sieht mich für einen Moment an. Dann erhebt er sich und deutet auf den Beichtstuhl an der Seite.

»VERGEBEN SIE MIR, VATER, denn ich habe gesündigt. Sie wissen, wie lange meine letzte Beichte zurückliegt. Ich habe heute einen Mann belogen. Es war eine schlimme Lüge.«

»Was für eine Lüge?«

»Ich habe ihm erzählt, ich hätte etwas Schreckliches getan. Später habe ich ihm gesagt, dass es eine Lüge gewesen sei und dass ich mir alles nur ausgedacht hätte.«

»Aber das stimmt nicht?«

Die große Frage, mit der großen Antwort, die Frage, die mich niemals in Ruhe lässt. Sie ist bei mir, wenn ich aufwache, sie ist bei mir, wenn ich schlafen gehe, sie ist bei mir den ganzen Tag über. Sie hat auch bei meiner Berufswahl eine Rolle gespielt, da bin ich sicher.

»Ja. Was ich ihm zuerst gesagt habe, war die Wahrheit.«

»Möchtest du mir erzählen, was du ihm gesagt hast?«

»Nein, Vater.«

Eine Pause. Ich kann beinahe hören, wie er über meine Worte nachdenkt. Ich kann sein Zögern spüren und sein Misstrauen.

»Das, was du ihm erzählt hast … glaubst du, Gott hat es ebenfalls gehört?«

»Wenn er existiert, Vater, war es eigentlich für seine Ohren bestimmt.«

»Ich verstehe. Dann möchtest du also einräumen, dass das, was du gesagt hast, die Wahrheit ist, aber du möchtest es nicht wiederholen.«

»So ähnlich.«

Er seufzt. »Und du möchtest Vergebung für diese Sache?«

»Um ehrlich zu sein, ich weiß es nicht, Vater. Ich weiß nur, dass ich beichten möchte, dass es geschehen ist. Das ist doch ein Anfang, oder?«

»Ja. Es ist ein Anfang. Aber ich kann dir auf diese Weise keine Absolution erteilen und keine Buße auferlegen.«

»Was die Buße angeht, Vater … ich bereue seit langer, langer Zeit. Und was die Absolution betrifft, werden wir sehen. Ich wollte nur sicher sein, dass Sie mich angehört haben, Vater. Ich weiß immer noch nicht, ob Vergebung bei dieser Sache überhaupt eine Rolle spielt.«

Ich würde meine Mom fragen, wenn ich könnte.

»Also gut, Smoky. Und wenn du mir jemals mehr erzählen möchtest, werde ich dir zuhören.«

»Ich weiß, Vater. Danke.«

Ich fahre über den Highway nach Hause, wo Bonnie und Tommy auf mich warten, und ich denke an meine Mutter. Ich rufe mir ihre Schönheit ins Gedächtnis, ihr Lächeln, ihr Temperament. Ich erinnere mich an jede Sekunde, die ich mit ihr verbracht habe, und ich schätze diese Erinnerungen als das, was sie sind: Zeiten und Orte, die niemals wieder existieren werden.

Ich habe meine Mutter getötet, als ich zwölf Jahre alt war. Ich habe es aus Liebe getan, gewiss, doch ich habe mich immer gefragt, ob das der Grund dafür ist, dass ich mich in die Ungeheuer hineinversetzen kann, dass ich sie verstehen kann. Ist es, weil in mir ebenfalls ein Stück Ungeheuer schlummert?

Was meinst du, Gott?

Er schweigt, und genau das ist mein grundlegendes und fortgesetztes Problem mit ihm.

Mom?

Vielleicht ist es Einbildung, doch die Brise, die durchs Wagenfenster dringt und in meinen Haaren spielt, fühlt sich wie eine Bestätigung an, und für einen Moment bin ich mit mir im Reinen.

44

»Wie geht es ihr?«, frage ich.

»Sieh selbst«, antwortet Kirby.

Das Hotelzimmer, das Callie gemietet hat, um sich von ihrer Vicodinsucht zu befreien, hat schon bessere Zeiten gesehen. Callie wohnt seit nunmehr zwölf Tagen in diesem Zimmer, und es stinkt nach Schweiß und Erbrochenem. Sie hat sich geweigert, eine Entziehungsanstalt aufzusuchen, was keine Überraschung für mich war.

»Das Reinigungspersonal wird uns hassen, wenn wir ausziehen.«

»Keine Bange, ich lass denen ein üppiges Trinkgeld hier ...«

Callie steht in der Tür zum Bad. Sie ist blass und hat Ringe der Erschöpfung unter den Augen, doch sie sieht gefestigter aus als in den letzten Tagen.

»Wie fühlst du dich?«, frage ich.

»Ich werde allmählich wieder menschlich, schätze ich. Hat ja auch lange genug gedauert. Ich denke, morgen bin ich so weit, dass ich aus diesem Höllenloch ausziehen kann.«

Kirby und ich haben uns abwechselnd um sie gekümmert. Wir haben sie gehalten, während sie gezittert und geschwitzt und geflucht hat. Wir haben ihre Haare gehalten, während sie sich übergeben hat. Einmal habe ich ihr übers Haar gestreichelt, als sie vor Verlangen nach der Droge geweint hat.

»Meine Güte, das wurde aber auch Zeit«, sagt Kirby. »Mein Sexualleben hat echt darunter gelitten.«

»Meines auch«, sage ich.

»Ja, ja, ja«, meint Callie. »Ich habe meinen zukünftigen Ehemann auch nicht mehr gesehen, seit das hier angefangen hat. Nicht mehr lange, und wir liegen alle wieder in den Armen unserer Liebhaber.«

»Wie geht es deinem Rücken?«, frage ich. »Probleme?«

»Ich hab schon verdammt lange keine Probleme mehr mit dem Rücken, Smoky. Das Vicodin war um des Vicodins willen.«

»Wow!«, sagt Kirby. »Dann warst du ein echter Junkie, oder wie?«

»Ich hab meine kleinen weißen Pillen geliebt, stimmt. Glücklicherweise liebe ich meinen Zukünftigen mehr. Wo wir gerade davon reden … wie weit sind wir mit den Hochzeitsvorbereitungen?«

»Alles im grünen Bereich«, sagt Kirby. »Deine Tochter hat bei den letzten Feinheiten geholfen. Brady hat versucht, uns eine Einladung an deine Eltern unterzuschieben, aber ich hab's bemerkt und sie aus dem Stapel genommen.«

»Danke.«

»Mit dem größten Vergnügen. Wie dem auch sei, alles ist vorbereitet. Du musst nur noch hier raus, ein paar Mal ins Fitnesscenter, vielleicht ein wenig unter die Sonnenbank …«

»Ich gehe nicht unter die Sonnenbank«, sagt Callie. Ich bin froh, ein wenig von der alten Arroganz in ihrer Stimme zu hören. Ein gutes Zeichen.

»Wenn du aussehen willst wie 'ne Leiche, es ist schließlich deine Beerdigung … ich meine, Hochzeit.«

»Alle Rothaarigen haben einen hellen Teint«, protestiert Callie.

»Es gibt einen Unterschied zwischen hellem Teint und Junkie-Weiß«, entgegnet Kirby.

»Ist es wirklich so schlimm?« Sie klingt unglücklich.

Kirby seufzt. »Du willst nur, dass ich nett zu dir bin, stimmt's? Nein, es ist nicht so schlimm. Ich versuche nur, dir das Leben schwer zu machen, Callie. In Wahrheit siehst du großartig aus, trotz deiner Anfälle und der Schwitzerei und dem vielen Gekotze, und ich hasse dich aufrichtig dafür.«

Callie lächelt. »Jetzt fühlst du dich schlecht, weil du es gesagt hast.« Sie streckt Kirby die Zunge heraus.

»Du doofe Zicke«, sagt Kirby.

Das Gespräch stockt. Callie starrt auf ihre Hände. Offensichtlich überlegt sie, wie sie etwas sagen kann, das ihr auf der Seele brennt.

»Hört genau zu«, sagt sie schließlich. »Ich sage es nur einmal. Ich danke euch beiden für das, was ihr getan habt. Alleine hätte ich es nicht geschafft.«

»Kein Problem«, erwidere ich.

»Null Problemo«, sagt Kirby. »Abgesehen davon hab ich gesehen, wie du auf die Knie gesunken bist und den Porzellangott angebetet hast.« Sie kichert. »Ich wünschte, ich hätte das filmen können.«

Callie schneidet eine Grimasse, und weiteres, gut gelauntes Gezicke folgt. Ich lausche nur mit halbem Ohr, lächle an den richtigen Stellen und denke an die Geheimnisse, die ich in meinem Innern verschlossen habe. Ich weiß, dass es bei Callie und Kirby nicht anders ist. Wir vertrauen uns nicht genug, um uns diese Geheimnisse zu beichten. Es gibt Dinge, die unsere Männer nie erfahren werden, ganz gleich, wie sehr wir sie lieben. Dinge, über die wir die meiste Zeit nicht einmal unter uns Frauen reden.

Doch es ist schön zu wissen, dass wir jemanden haben, zu dem wir gehen können, sollte diese Bürde zu groß werden. Dass es jemanden gibt, der unserem Flüstern und Weinen lauscht und unsere Geheimnisse mit ins Grab nimmt.

»Ich könnte mich daran gewöhnen, Baby. Was denkst du?«

»Einen Mann zu finden, der kochen kann, ist auf jeden Fall einfacher, als es selbst zu lernen«, pflichtet Bonnie mir bei.

Tommy bereitet ein italienisches Abendessen für uns vor. Die Fleischsoße lässt mir das Wasser im Mund zusammenlaufen, und der Duft von selbst gemachtem Knoblauchbrot erfüllt das Zimmer.

»Meine Mutter hat mich gezwungen, kochen zu lernen!«, ruft er aus der Küche. »Sie meinte, für eine Frau zu kochen wäre ein todsicherer Weg, sie zu beeindrucken.«

»Kluge Frau, deine Mutter«, sage ich.

»Oh ja.«

»Wann wirst du sie uns vorstellen?«, fragt Bonnie.

Mein Blick streift Tommy. »Warum fragst du, Süße?«

Sie verdreht die Augen. »Hältst du mich für zurückgeblieben, Smoky? Ihr beiden zieht doch zusammen, oder?«

Ich blicke finster drein. »Wer hat dir das verraten? Callie? Kirby?«
Sie grinst. »Also wirklich. Du könntest ruhig ein bisschen mehr Vertrauen in meine Fähigkeiten haben.«
Ich kaue nervös auf dem Daumennagel. Tommy schweigt.
»Tut mir leid, Bonnie. Wir wollten es dir rechtzeitig sagen. Was hältst du davon?«
Das war mein letzter Einwand, meine letzte Sorge. Bonnie mag Tommy lieben, doch wir wohnen inzwischen seit zwei Jahren allein im Haus. Wir haben unser Leben zusammen neu aufgebaut. Wir haben einander gebraucht. Ich habe mir Gedanken gemacht, wie Bonnie auf diese Veränderung reagieren könnte.
Sie kommt zu mir und nimmt meine Hand. Ihr Lächeln verrät mir alles, was ich wissen muss.
»Was ich davon halte? Es ist großartig! Wirklich, wirklich großartig! Außerdem kann er *kochen!*«

ES IST SPÄT IN DER NACHT, und Tommy schläft neben mir. Durch das Fenster sehe ich den Mond, jenen alterslosen uralten Gesellen. Menschen haben unter ihm getanzt, sich unter ihm gepaart, unter ihm getötet, geliebt, sind unter ihm gestorben. Der Mond hört nicht auf zu scheinen. Das Leben geht weiter.
Ich denke an meine Mutter und frage mich, warum die Sterbehilfe, die ich ihr geleistet habe, eine geringere Bürde für mich gewesen ist als die Abtreibung. *Das* ist das eine Geheimnis, das ich niemandem je erzählt habe, nicht einmal Matt. Und jetzt habe ich es einem Ungeheuer gebeichtet. Irgendwie passt es zu meinem Leben. Es hat mir nie wirklich zu schaffen gemacht. Es ist passiert, und ich denke nicht sehr oft daran.
War es falsch?
Auf diese Frage finde ich die gleiche Antwort, die ich immer gefunden habe: *Es ist mir egal.*
Sie musste nicht mehr leiden. Das war alles, was letzten Endes für mich gezählt hat.
Ich habe bei ihrer Beerdigung geweint. Ich habe seit damals nicht mehr um sie geweint. Ich weine auch jetzt nicht, doch ich lasse die Trauer um sie ein ganz klein wenig an mich heran.
Ich vermisse dich, Mom. Dad war ein großartiger Vater, aber ich war immer die Tochter meiner Mutter.

Tommy rührt sich neben mir. Ich lächle.

Er ist ein guter Mann, Mom. Anders als Matt. Nicht besser oder schlechter, nur anders.

Mein Leben ist chaotisch. Mir wird bewusst, dass ich versucht habe, jeden zu begraben. In eine kleine Kiste zu stecken und mit Erde zu bedecken. Was für ein Unsinn. Die Geister sind da, und sie werden immer da sein. Und sie zeigen sich immer dann, wenn ihnen danach ist.

Der Trick besteht darin, einfach weiterzumachen, ohne den Schmerz zu spüren. Wie der Mond. Ohne zu leiden.

Der Mond scheint weiter, und ich sage den Geistern, dass sie sich schlafen legen sollen. Ich drehe mich zu Tommy um und kuschle mich an seine Wärme.

Willkommen daheim, Reisende, raunt jemand.

Und ich flüstere: »Mom?«, ehe ich in einen tiefen, traumlosen Schlaf versinke.

Der Mond scheint weiter.

Eine letzte Sache:

Die Sünden der Kirby Mitchell

Los Angeles, Nachrichtenmeldung:

Michael und Frances Murphy wurden heute Morgen tot in ihren Gefängniszellen aufgefunden. Offensichtlich handelt es sich um Selbstmorde. Die Zwillingskiller wurden berüchtigt wegen ihrer Videoclips, die sie auf der beliebten User-Tube Webseite gepostet hatten. Diese Clips zeigten die letzten Augenblicke und die intimsten Beichten von mehr als einhundertvierzig Frauen.

Michael Murphy war der Kopf des Killerduos. Er behauptete, dass religiöse Motive hinter den Morden standen. Seine Taten wurden jedoch – obwohl für kurze Zeit von einer radikalen Minderheit unterstützt – von der weltweiten christlichen Gemeinde verurteilt und abgelehnt.

Die beiden starben in einem Abstand von wenigen Stunden. Dass keine Abschiedsbriefe gefunden wurden und die Murphys obendrein katholisch waren, sodass Selbstmord für sie wohl nicht in Betracht kam, zieht in beträchtlichem Ausmaß Spekulationen nach sich, dass ein Verbrechen vorliegen könnte. Derartige Spekulationen werden von den Polizei- und Justizbehörden zurzeit jedoch nicht ernsthaft verfolgt.